Radreise 2015

m[illegible]

Jeder [illegible] st
sollte die Meisternovelle
„Colomba" und Matteo Falcone"
gelesen haben.

Viel Lesespaß
wünscht Dir

[illegible]

PROSPER MÉRIMÉE

Meisternovellen

Aus dem Französischen übersetzt
von Ferdinand Hardekopf

Nachwort von Theophil Spoerri

MANESSE VERLAG
ZÜRICH

Inhalt

MATTEO FALCONE

Wenn man, von Porto-Vecchio aus, nordwestlich in das Innere der Insel vordringt, so sieht man das Terrain ziemlich rasch ansteigen, und auf gewundenen, bisweilen durch Felsblöcke versperrten, von Schluchten unterbrochenen Pfaden gelangt man nach drei Stunden an den Rand eines ausgedehnten *Maquis*.

Das *Maquis*, auf korsisch *macchia*, ist der klassische Aufenthalt der Hirten sowie aller derer, die irgendwie mit der Justiz in Konflikt geraten sind. Man muß wissen, daß der korsische Bauer, um der Mühe, sein Feld zu düngen, enthoben zu sein, ein gewisses Stück Wald in Brand zu stecken pflegt. Mag auch das Feuer manchmal weiter ausgreifen, als beabsichtigt ist: indem man die durch die Asche fruchtbar gemachte Erde besät, ist man auf jeden Fall eines guten Ertrages versichert. Die Ähren werden weggesichelt; das Stroh läßt man aus Bequemlichkeit liegen. Im nächsten Frühling treiben die im Boden verbliebenen Baumwurzeln dichte Schößlinge, die im Laufe weniger Jahre eine Höhe von sieben bis acht Fuß erreichen. Diesen gestrüppigen Buschwald nennt man Maquis. Es ist ein wirres, wildverschlungenes Durcheinander der verschiedensten Arten von Bäumen und Sträuchern. Nur mit der Axt in der Hand kann man sich einen Durchgang durch das wüste Dickicht erzwingen, und an vielen Stellen ist das Gewirr so undurchdringlich, daß selbst die Mouflons, die korsischen Wildschafe, sich nicht hindurchwinden können.

Falls Sie, lieber Leser, einen Menschen getötet haben sollten, so rate ich Ihnen, sich in das Maquis oberhalb von Porto-Vecchio zu begeben. Mit einem guten Gewehr sowie einer genügenden Provision von Pulver und Blei werden Sie dort in Sicherheit leben. Vergessen Sie nicht, sich einen braunen Kapuzenmantel zu besorgen, der Ihnen als Decke und Lager dienen wird. Die Hirten geben Ihnen Milch, Käse und Kastanien, und von der Justiz oder von den Anverwandten des Ermordeten haben Sie höchstens dann etwas zu fürchten, wenn Sie zur Erneuerung Ihrer Munition in die Stadt hinunter müssen.

Als ich mich — im Jahre 18.. — auf der Insel Korsika aufhielt, lag, eine halbe Stunde vom Maquis entfernt, das Anwesen des Matteo Falcone. Dieser war ein, nach korsischem Maßstab, recht wohlhabender Mann. Er lebte «standesgemäß» (das heißt: in völligem Nichtstun) vom Ertrage seiner Herden, die von nomadenhaften Hirten auf wechselnde Bergweiden getrieben wurden. In der Zeit, wo ich ihn kennenlernte — etwa zwei Jahre nach dem Ereignis, das ich erzählen will —, schien er mir höchstens fünfzig Jahre alt zu sein. Er war ein Mann von ziemlich kleiner, aber kräftiger Statur, mit pechschwarzem, krausem Haar, einer Adlernase, schmalen Lippen, großen, lebhaften Augen und lederbrauner Hautfarbe. Korsika hat viele ausgezeichnete Schützen: man rühmte ihn als einen der besten. So würde er es zum Beispiel durchaus verschmäht haben, auf Mouflons etwa mit Schrot zu schießen; doch auf hundertzwanzig Schritt traf seine Kugel das Tier unfehlbar im Kopf oder Blatt, ganz wie er wollte. In tiefster Dunkelheit handhabte er seine Flinte ebensosicher wie am hellen Tage. Man hat mir von ihm ein Bravourstückchen erzählt, das dem, der Korsika nicht kennt, kaum glaublich erscheinen wird. In einer Entfernung von achtzig Schritt stellte man eine brennende Kerze hinter eine tellergroße Scheibe aus Ölpapier. Matteo legte an. Dann wurde die Kerze ausgeblasen; es herrschte völlige Dunkelheit. Nach Verlauf einer Minute drückte er ab und traf — von vier Schüssen — dreimal ins Schwarze.

Diese außerordentliche Fähigkeit hatte ihm einen großen Ruf eingetragen. Er galt als der treueste Freund und als der gefährlichste Feind. Dienstbereit und mildtätig, hielt er Frieden mit jedermann. Freilich ging das

Gerücht, er habe sich in Corte, dem Geburtsort seiner Frau, eines ebenso gewalttätigen wie herzensbrecherischen Rivalen auf recht unbedenkliche Weise entledigt. Wenigstens wurde dem Matteo ein gewisser Flintenschuß zugeschrieben, der den besagten Nebenbuhler tödlich traf, als er sich gerade vor einem kleinen, am Fenster aufgehängten Spiegel rasierte. Die Sache ward vertuscht; und Matteo führte die Braut heim. Giuseppa schenkte ihm (worüber er in Raserei geriet) zunächst drei Mädchen, dann endlich einen Sohn, den er Fortunato nannte — ihn, den Erben seines Namens, die Hoffnung der Familie! Die Töchter verheirateten sich gut, so daß der Vater im Bedarfsfalle auf die Dolche und Feuerbüchsen von drei robusten Schwiegersöhnen rechnen konnte. Der Sohn war erst zehn Jahre alt, schien aber zu den besten Hoffnungen zu berechtigen.

Eines schönen Herbsttages verließ Matteo Falcone zu früher Stunde das Haus, um eine seiner Herden zu besichtigen, die auf einer Lichtung des Maquis weidete. Seine Frau begleitete ihn. Auch der kleine Fortunato wäre gern mitgegangen; aber die Entfernung war für ihn zu weit. Außerdem schien es geraten, daß jemand zurückblieb, um das Heim zu hüten. Somit schlug der Vater die Bitte des Knaben ab: man wird sehen, ob er es vielleicht zu bereuen hatte.

Die Eltern waren schon seit mehreren Stunden abwesend, und Fortunato lag friedlich in der Sonne, sah zu den blauen Bergen empor und freute sich auf den Besuch, den er am Sonntag seinem Onkel in der Stadt, dem *caporale**, machen sollte. Da wurden diese Träumereien durch einen Knall unterbrochen. Er sprang auf und spähte in die Richtung, aus der die Detonation gekommen zu sein schien. Andere Schüsse folgten, in ungleichen Zwischenräumen, allmählich näher kommend. Schließlich erschien auf dem zum Hause führenden Pfade ein wild aussehender Mann mit struppigem Bart, in zerlumpten Kleidern, eine schwarze Zipfelmütze auf dem Kopf. Sich auf sein Gewehr stützend, kam er schwerfällig herangehumpelt: er hatte einen Schuß in den Schenkel erhalten.

Dieser Mann war ein Bandit, ein Geächteter, der, bei Nacht aufgebrochen, um sich in der Stadt mit Pulver zu versorgen, unterwegs auf einen Streifzug korsischer Füsiliere gestoßen war. Nach mutiger Gegenwehr war es ihm gelungen, den Rückzug zu gewinnen, andauernd verfolgt und von einem Fels zum andern auf die Soldaten feuernd. Aber sein Vorsprung war gering, und die Verwundung hinderte ihn, das Maquis zu erreichen, bevor er von den Feinden eingeholt worden wäre.

Er schleppte sich auf Fortunato zu und

* Die *caporali* waren einstmals die Anführer, die sich die korsischen Gemeinden gaben, wenn sie sich gegen ihre Lehnsherren erhoben. Heutzutage wird diese Bezeichnung bisweilen noch auf jemanden angewandt, der durch Besitz, Anhang und Verbindungen eine Art obrigkeitlicher Herrschaft über einen Bezirk ausübt.

redete ihn an: «Du bist der Sohn von Matteo Falcone?»

«Ja.»

«Ich bin Gianetto Sanpiero. Die Gelbkragen sind mir auf den Fersen. Ich kann nicht weiter. Versteck mich!»

«Und was wird mein Vater sagen, wenn ich dich ohne seine Erlaubnis verstecke?»

«Er wird sagen, daß du recht gehandelt habest.»

«Wer weiß?»

«Verbirg mich rasch: ich höre sie kommen!»

«Warte, bis mein Vater zurück ist!»

«Ich soll warten?!... Verwünschter Ratschlag! In fünf Minuten sind sie hier! Rasch, versteck mich, oder ich mach' dich zu einer Leiche!»

Mit größter Kaltblütigkeit antwortete der Knabe:

«Dein Gewehr ist nicht mehr geladen, und du hast auch keine Patronen mehr in deinem Gürtel!»

«Ich habe meinen Dolch!»

«Aber kannst du so rasch laufen wie ich?»

Und mit einem Sprung entzog er sich jeder Möglichkeit eines Überfalls.

«Du bist nicht der Sohn von Matteo Falcone!... Du willst es also ganz unbekümmert mitansehen, wie ich vor deinem Hause gefangengenommen werde?»

Von diesen Worten schien der Knabe sich getroffen zu fühlen. Er kam näher und fragte:

«Was gibst du mir, wenn ich dich verstecke?»

Der Räuber brachte aus einer an seinem Gürtel hängenden Ledertasche ein Fünffrankenstück zum Vorschein, das zum Erwerb der Munition bestimmt gewesen sein mochte. Beim Anblick der Silbermünze lächelte Fortunato. Er riß sie an sich und sagte zu Gianetto:

«Brauchst keine Angst mehr zu haben!»

Mit schnellen Griffen machte er in einem seitlich des Hauses aufgeschichteten Heuschober eine Öffnung. Gianetto kroch hinein, und der Knabe verbarg ihn so geschickt, daß ihm etwas Luft zum Atmen blieb, ohne daß jemand auf die Vermutung hätte kommen können, in diesem Heuhaufen sei ein Mensch versteckt. Und Fortunato vollendete seine List durch einen von wahrhaft indianerhafter Schlauheit zeugenden Einfall. Er holte eine Katze aus dem Winkel hervor, in dem sie mit ihren Jungen gelegen hatte, und siedelte die ganze Familie oben auf dem Haufen an, damit der Augenschein ergebe, daß dieser Schober seit langem in ungestörter Ruhe verblieben sei. Und da er bemerkte, daß Blutspuren auf das Haus zuführten, so verwischte er sie, so gut er konnte, und streute Asche darüber. Worauf er sich seelenruhig wieder hinstreckte auf den sonnendurchwärmten Boden.

Wenige Minuten später standen sechs Männer in brauner Uniform und gelbem Kragen, von einem Wachtmeister geführt, vor Matteos Hause. Dieser Wachtmeister war ein weitläufiger Verwandter des Matteo Falcone. (In Korsika läßt man den Begriff der «Verwandtschaft» bis in sehr entfernte Grade gelten.) Er hieß Tiodoro Gamba und war ein tatkräftiger, von den Räubern, deren er schon mehrere zu Tode gehetzt hatte, mit Recht gefürchteter Mann.

«Guten Tag, mein kleiner Vetter!» sagte er im Nähertreten zu Fortunato. «Wie du inzwischen gewachsen bist!... Hast du eben jemanden vorbeikommen sehen?»

«Oh, so groß wie Ihr bin ich noch lange nicht, Herr Vetter!» erwiderte das Kind mit einfältiger Miene.

«Na, das wird schon kommen!... Aber sag mir: hast du nicht jemanden vorbeikommen sehen?»

«Ob ich jemanden habe vorbeikommen sehen?»

«Ja, einen Mann mit schwarzer Zipfelmütze und einem rot und gelb gestickten Wams?»

«Einen Mann mit schwarzer Zipfelmütze und einem rot und gelb gestickten Wams?»

«Ja, antworte rasch, anstatt nur immer meine Fragen zu wiederholen!»

«Heute vormittag ist der Abate auf seinem Roß Piero vorbeigeritten. Er hat mich gefragt, wie es Papa gehe, und ich habe ihm geantwortet...»

«Du scheinst mir ein ganz verflixter Schlaukopf zu sein, mein Bürschchen! Sag mir rasch, welchen Weg Gianetto genommen hat; denn der ist es, den wir suchen, und ich bin sicher, daß er hier vorbeigekommen ist.»

«Wer weiß?»

«Wer weiß?!... Ich weiß genau, daß du ihn gesehen hast!»

«Sieht man denn, wer vorbeikommt, wenn man im Schlafe liegt?»

«Du hast nicht geschlafen, du Taugenichts! Das Knallen der Schüsse muß dich geweckt haben!»

«Glaubt Ihr denn, mein großer Herr Vetter, daß Eure Gewehre gar so viel Lärm machen?... Meines Vaters Büchse, die donnert ganz anders!»

«Der Teufel soll dich holen, du verdammter Bengel! Ich bin sicher, daß du den Gianetto gesehen hast! Vielleicht hast du ihn gar versteckt?!... Schnell, Kameraden, kommt herein und seht, ob unser Mann in diesem Hause versteckt ist! Er konnte ja nur noch mit der einen Pfote laufen, und er ist nicht so dumm, sich einzubilden, daß er das Maquis im Humpelschritt hätte erreichen können! Außerdem sehe ich, daß die Blutspuren hier aufhören.»

«Und was wird Papa dazu sagen?» fragte Fortunato grinsend. «Was wird er sagen, wenn er erfährt, daß während seiner Abwesenheit Leute in sein Haus gedrungen sind?»

«Du Schlingel!» sagte, ihn am Ohre zerrend, der Wachtmeister. «Weißt du, daß es in meiner Macht liegt, dir andere Töne beizubringen? Wenn ich dir ein gutes Dutzend

Hiebe mit der flachen Klinge aufzählen lasse, so wirst du vielleicht einige Vernunft annehmen!»

Fortunato grinste nur noch herausfordernder.

«Mein Vater heißt Matteo Falcone!» rief er pathetisch.

«Weißt du auch, mein kleiner Pfiffikus, daß ich dich ohne weiteres nach Corte oder nach Bastia expedieren könnte?! Ich lasse dich in Eisen legen, und du wirst die Nacht auf dem feuchten Stroh einer Gefängniszelle zubringen! Und wenn du dann immer noch nicht sagst, wo Gianetto Sanpiero ist, so lasse ich dich guillotinieren!»

Bei dieser abgeschmackten Drohung brach der Knabe in Lachen aus; und er wiederholte die stolzen Worte:

«Mein Vater heißt Matteo Falcone!»

«Wachtmeister», sagte einer der Soldaten leise, «es wäre wahrhaftig nicht gut, wenn wir es mit dem Matteo Falcone verdürben!»

Gamba befand sich in sichtlicher Verlegenheit. Flüsternd beriet er sich mit den Soldaten, die inzwischen schon das ganze Haus durchsucht hatten. Dies war keine besonders zeitraubende Operation; denn die Wohnstätte eines Korsen pflegt nur einen einzigen viereckigen Raum zu enthalten. Die Einrichtung besteht gewöhnlich aus einem Tisch, ein paar Bänken und Truhen sowie etlichem Jagd- und Haushaltungsgerät. Währenddessen unterhielt sich Fortunato vertraulich mit der Katze und schien an der Ratlosigkeit des großen Vetters und der von diesem befehligten Patrouille sein boshaftes Vergnügen zu finden.

Ein Soldat trat auf den Schober zu. Er sah die Katze und stieß mit dem Bajonett ins Heu hinein, achselzuckend und ohne rechte Überzeugung, als empfinde er dies Experiment als überflüssig und lächerlich. Im Innern des Haufens regte sich nichts; und das Gesicht des Kindes verriet nicht die geringste Erregung.

Fluchend schienen Mannschaft und Führer sich damit abfinden zu wollen, daß ihr Verdacht unbegründet gewesen sei; und schon trafen sie Anstalten, nach der Ebene hin abzuziehen: da, im letzten Moment, beschloß der Wachtmeister, seine Taktik zu ändern und bei dem Knaben, der sich allen Drohungen so unzugänglich erwiesen hatte, einen Versuch mit Schmeicheleien und Geschenken zu machen.

«Mein kleiner Vetter», sagte er zu ihm, «du scheinst mir ein gar vielversprechendes Früchtchen zu sein! Kannst es im Leben noch weit bringen! Aber mit mir treibst du ein sehr ungehöriges Spiel, und wenn es mir nicht leid täte, meinem Vetter Matteo Kummer zu bereiten —: bei allen Teufeln, ich würde dich einfach mitnehmen und ins Loch sperren!»

«Bah!» lautete die einsilbige Erwiderung des Knaben.

«Aber wenn Matteo zurückkommt, dann erzähle ich ihm die ganze Geschichte, und er wird dir wegen deiner Lügenhaftigkeit das Fell verprügeln, daß du braun und blau wirst!»

«Das müßte man doch erst sehen!»

«Du wirst es schon merken!... Aber hör mal zu: wenn du jetzt ein lieber, artiger Junge sein willst, so schenke ich dir etwas sehr Schönes!»

«Und ich, mein Herr Vetter, ich will Euch etwas ebenso Schönes sagen: wenn Ihr Eure Zeit hier noch weiter vertrödelt, so wird Gianetto inzwischen längst ins Maquis entkommen sein; und ihn dort wieder aufzustöbern, dazu reicht ein ganzes Dutzend Wachtmeister nicht aus!»

Tiodoro Gamba zog aus seiner Tasche eine silberne Uhr hervor, die gut ihre zehn Taler wert war. Es entging ihm nicht, wie bei diesem Anblick die Augen des kleinen Fortunato aufleuchteten, und so ließ er den schimmernden Köder an der Stahlkette nahe vor des Kindes Gesicht hin und her baumeln.

«Eine solche Uhr möchtest du wohl gern am Halse hängen haben, was, mein Jüngelchen?! Wie ein kleiner Pfau würdest du damit in den Straßen von Porto-Vecchio einherstolzieren, und wenn jemand dich nach der Zeit fragte, so brauchtest du einfach zu sagen: ‚Hier, sieh selber nach!'»

«Wenn ich erst groß bin, bekomme ich von meinem Onkel, dem *caporale*, eine Uhr geschenkt!»

«Ja, aber der Sohn von deinem Onkel hat

schon eine Uhr! Allerdings keine so schöne wie diese hier! Aber dafür ist er auch jünger als du.»

Der Knabe seufzte.

«Nun, möchtest du es haben, das Ührchen, kleiner Vetter?»

Fortunato blinzelte nach der Uhr mit dem Gelüste einer Katze, der man ein schönes, gebratenes Huhn vor die Nase hielte. Da sie spürt, daß man sie nur zum besten hat, wagt sie nicht zuzupacken, und von Zeit zu Zeit muß sie die Augen abwenden, um der Versuchung nicht zu erliegen. Doch immer wieder leckt sie sich das Mäulchen und scheint ihrem Herrn sagen zu wollen: ‚Welch grausames Spiel treibst du doch mit mir!'

Der Wachtmeister aber schien seine Uhr in vollem Ernst zum Verschenken ausersehen zu haben. Fortunato wagte es nicht, die Hand danach hinzustrecken, und mit bitterem Lächeln sagte er zu dem Versucher:

«Warum macht Ihr Euch so erbarmungslos über mich lustig?»

«Nein, es ist mir heiliger Ernst! Der allmächtige Gott ist mein Zeuge! Sag mir nur schnell, wo Gianetto steckt, und im gleichen Moment ist die Uhr dein Eigentum!»

Um Fortunatos Mund zuckte immer noch ein Lächeln der Ungläubigkeit; seine schwarzen Augen schienen in Gambas Miene den Grad der Vertrauenswürdigkeit dieses erstaunlichen Versprechens erforschen zu wollen.

«Ich will meine Epauletten einbüßen», rief

mit Emphase der Wachtmeister, «wenn ich dir unter dieser Bedingung die Uhr nicht gebe! Die Kameraden sind Zeugen; ein gegebenes Wort habe ich noch nie zurückgenommen!»

Während dieser Verheißung ließ er die Uhr so verführerisch hin und her pendeln, daß sie des Knaben Wange fast berührte. Auf Fortunatos Gesicht spiegelte sich der Kampf zwischen Begehrlichkeit und der Ehrfurcht vor dem heiligen Gastrecht mit aller Deutlichkeit wider. Seine Brust keuchte, er schien dem Ersticken nahe zu sein. Und immer noch kreiste und glitzerte und lockte die Uhr und streifte ihm arglistig die Nase.

Langsam hob seine Rechte sich nach der Uhr hin; die Spitzen seiner Finger berührten sie; schon lag sie ihm rund und schwer in der Hand, ohne daß jedoch der Wachtmeister das Ende der Kette losgelassen hätte ... Das Zifferblatt war von hellblauer Farbe ... Das Gehäuse blitzblank ... es glitzerte und glühte in der Sonne ... Die Versuchung war zu groß.

Fortunato erhob auch seine linke Hand und wies, über seine Schulter hinweg, mit dem Daumen auf den Heuhaufen, an den er gelehnt stand. Der Wachtmeister begriff sofort. Er ließ das Kettenende los, und der Knabe durfte sich als unbestrittener Besitzer der Uhr fühlen. Mit der Behendigkeit einer Gemse sprang er etwa zehn Meter vom Schober weg, den die Soldaten sogleich auseinanderzureißen begannen.

Schon raschelte es im Heu, und ein blutender Mann, den Dolch in der Hand, kam hervorgekrochen. Er versuchte sich aufzurichten; aber seine Verwundung hinderte es. Er fiel hin und blieb auf der Erde liegen. Der Wachtmeister stürzte auf ihn los und entriß ihm den Dolch. Dann wurden ihm, trotz seines Widerstrebens, die Hände gefesselt.

Wie ein verschnürtes Bündel am Boden liegend, wandte der Gefangene sich an Fortunato, der wieder herangeschlichen war.

«Du Hundesohn!» sagte er mit einer Stimme, in der mehr Verachtung als Zorn lag.

Der Knabe warf ihm das Fünffrankenstück vor die Füße, das er von ihm erhalten hatte, und auf das er nun kein Recht mehr zu haben glaubte. Der Verwundete schien nicht darauf zu achten; kaltblütig sagte er zu dem Wachtmeister:

«Mein lieber Gamba, ich bin nicht imstande, zu gehen; falls Ihr mich in die Stadt zu bringen gedenkt, werdet Ihr mich wohl tragen müssen!»

«Vorhin konntest du doch schneller laufen als ein Rehbock!» spottete der grausame Sieger. «Aber mach dir nur keine Sorge: ich bin so glücklich darüber, dich erwischt zu haben, daß ich dich ohne Murren meilenweit auf dem Rücken tragen würde! Übrigens werden wir dir eine schöne Sänfte aus Baumästen und deinem Mantel zurechtmachen, Kamerad! Und auf der Farm von Crespoli bekommen wir dann Pferde.»

«Gut», sagte Gianetto Sanpiero. «Aber tut

auch etwas Stroh auf Eure Sänfte, damit ich nicht gar so unbequem liege!»

Während die Soldaten beschäftigt waren, die einen, aus den Zweigen des vorm Hause stehenden Kastanienbaumes eine Art Tragbahre herzustellen, die anderen, Gianettos Wunde zu verbinden, erschienen plötzlich, an der Biegung des vom Maquis herabführenden Pfades, Matteo Falcone und seine Frau. Letztere, unter der Last eines gewaltigen Sackes mit Kastanien fast zusammenbrechend, ging tiefgebückt, während der Mann, ein Gewehr in der Hand und ein zweites über der Schulter, selbstbewußt wie ein Prälat daherkam; denn es ist eines Mannes unwürdig, eine andere Last zu tragen als seine Waffen.

Beim Anblick der Soldaten war Matteos erster Gedanke, sie seien gekommen, um ihn zu verhaften. Doch weshalb eine solche Vermutung?! Hatte er irgend etwas von der Justiz zu befürchten? Nein. Er genoß den besten Ruf, er war ein allgemein geachteter Mann. Doch immerhin war er auch ein Bewohner des korsischen Hochlandes, und in dieser Kategorie gibt es nur wenige, die, falls sie ihr Gedächtnis etwas genauer durchforschen, dort nicht irgendeine kleine Unregelmäßigkeit fänden, wie etwa einen wohlgezielten Flintenschuß, einen mit Erfolg geführten Dolchstoß oder andere derartige Kleinigkeiten. Matteo hatte ein besseres Gewissen als die meisten seiner Landsleute: seit mehr als zehn Jahren war sein Gewehr auf kein menschliches Ziel mehr gerichtet gewesen. Auf alle Fälle schien Vorsicht geboten; und so setzte er sich denn klüglich in Verteidigungszustand.

«Weib», sagte er zu Giuseppa, «leg deinen Sack nieder und sei mir zur Hand!»

Sie gehorchte auf der Stelle. Er gab ihr das Gewehr, das er über der Schulter getragen hatte, lud das andere und ging, im Schutze der den Weg einfassenden Bäume, langsam auf sein Haus zu, jeden Augenblick bereit, beim geringsten Zeichen von Feindseligkeit hinter einem Baumstamm Deckung zu suchen und von dort aus das Feuer zu eröffnen. Seine Frau, die zweite Flinte und die Patronentasche bereithaltend, ging hinter ihm her. Die Pflicht einer guten Hausfrau im Falle des Kampfes ist, die Waffen ihres Mannes zu laden.

Wie der Wachtmeister den Matteo so herannahen sah, langsamen Schrittes und mit vorgehaltenem Gewehr, ward ihm recht schwül zumute.

Wenn Matteo, dachte er, Gianettos Verwandter oder Freund sein sollte und ihm zu Hilfe kommen will, so ergeben seine beiden Gewehre todsicher zwei Treffer, von denen der eine, aller Verwandtschaft unerachtet, sehr gut ich selber sein könnte!

In dieser heiklen Lage faßte er den gewagten Entschluß, dem Matteo ganz allein entgegenzugehen, ihn wie einen alten Bekannten zu begrüßen und ihm alles zu erzählen, was sich in seinem Hause ereignet hatte. Die kurze Strecke aber, die er auf diese Weise zurücklegen mußte, erschien ihm als ein endlos langer Passionsweg.

«Hallo!» rief er ihm zu, «wie geht es dir, alter Kamerad?... Ich bin's: Gamba, dein Vetter!»

Ohne ein Wort zu erwidern, blieb Matteo stehen, und während der andere sprach, hob er langsam das Rohr seiner Büchse, so daß es zum Himmel gerichtet war, als Gamba ihn erreichte.

«*Buon giorno*, *fratello!*»* sagte der Wachtmeister, ihm die Hand hinstreckend. «Es ist lange her, daß wir uns gesehen haben.»

«*Buon giorno*, *fratello.*»

«Ich wollte im Vorbeikommen dir und meiner Cousine Peppa guten Tag sagen. Wir haben heute einen anstrengenden Marsch gehabt, dabei aber auch einen ausgezeichneten Fang gemacht: den Banditen Gianetto Sanpiero.»

«Gott sei gelobt!» ließ Giuseppa sich vernehmen. «Gianetto hat uns vorige Woche unsere beste Milchziege gestohlen!»

Diese Worte klangen dem Gamba höchst angenehm ins Ohr.

«Der arme Teufel!» sagte Matteo; «er muß wohl großen Hunger gehabt haben.»

«Der Kerl hat sich wie ein Löwe verteidigt», fuhr, etwas herabgestimmt, der Wachtmeister

* «Guten Tag, Bruder!» — Der gewöhnliche korsische Gruß.

fort. «Er hat einen meiner Füsiliere niedergeschossen und außerdem dem Korporal Chardon einen Arm zerschmettert; aber dies ist ja nicht weiter schlimm, da Chardon nur ein Franzose ist... Und dann hat er sich so gut zu verstecken gewußt, daß der Teufel selber ihn nicht hätte finden können! Ohne mein Vetterchen Fortunato hätte ich ihn niemals aufgestöbert.»

«Fortunato!» schrie Matteo.

«Fortunato!» wiederholte Giuseppa.

«Ja, der Gianetto hatte sich in dem Heuhaufen da verborgen, aber dein kluges Söhnchen hat mich auf den Schlupfwinkel hingewiesen! Das alles will ich seinem Onkel, dem *caporale*, ausführlich mitteilen, damit er ihm für seinen hilfreichen Eifer ein hübsches Geschenk zukommen lasse. Und sein Name, sowie auch der deinige, soll in dem Bericht figurieren, den ich dem Staatsanwalt schriftlich erstatten werde.»

«Verflucht!» murmelte Matteo.

Sie hatten das kleine Detachement erreicht. Gianetto lag schon transportfertig auf der Tragbahre. Als er den Matteo in Gesellschaft von Gamba erblickte, lächelte er ein sonderbares Lächeln. Dann, seinen Kopf nach der Tür des Hauses wendend, spuckte er auf die Schwelle und sagte:

«Verräterhöhle!»

Nur ein dem Tode rettungslos verfallener Mensch konnte es wagen, das Wort «Verräter» in bezug auf Matteo Falcone anzuwenden. In jedem anderen Falle hätte ein unfehlbarer

Dolchstoß den Schimpf augenblicklich gerächt. Matteo jedoch hob nur seine Hand zur Stirn empor: ein vom Schicksal zermalmter Mann.

Als Fortunato den Vater kommen sah, war er ins Haus gegangen, um etwas Milch für den Gefangenen zu holen. Mit gesenkten Augen bot er ihm die Schale dar.

«Hebe dich weg von mir!» schrie ihm der Geächtete mit Donnerstimme zu.

Dann, sich an einen der Füsiliere wendend: «Kamerad, gib mir zu trinken!»

Der Soldat legte ihm seine umflochtene Flasche zwischen die Hände; und der Räuber trank aus dem Gefäß eines Mannes, mit dem er vor kaum einer halben Stunde Flintenschüsse gewechselt hatte. Dann bat er, man möge ihm die Hände so binden, daß sie, anstatt im Rücken gefesselt zu sein, auf der Brust gekreuzt wären.

«Ich liege gern ein wenig bequem», sagte er.

Man beeilte sich, seinen Wunsch zu erfüllen. Hierauf gab der Anführer das Zeichen zum Aufbruch, verabschiedete sich von dem stummbleibenden Matteo, und bald war der kleine Trupp auf dem in die Ebene hinabführenden Pfade verschwunden.

Es vergingen beinahe zehn Minuten, bevor Matteo ein Wort sprach. Unruhig sah das Kind bald zur Mutter hin, bald zum Vater, der auf sein Gewehr gelehnt dastand, und in dessen Zügen eine verhaltene Erbitterung zu erkennen war.

«Du fängst gut an!» sagte Matteo schließlich mit einer ruhigen, aber für den, der ihn kannte, erschreckenden Stimme.

«Vater!» rief, mit Tränen in den Augen, der Knabe. Zögernd wagte er sich näher, als ob er ihm zu Füßen fallen wolle. Matteo aber schrie ihm zu:

«Weg von mir!»

Schluchzend blieb das Kind stehen.

Da trat Giuseppa heran; sie hatte die Uhrkette bemerkt, die der Knabe sich um den Hals gehängt hatte.

«Wer hat dir das gegeben?» fragte sie in strengem Ton.

«Mein Vetter Gamba.»

Falcone nahm die Uhr und schleuderte sie so heftig gegen einen Steinblock, daß sie in tausend Splitter zerbarst.

«Weib», sagte er, «ist dieser Knabe von mir?»

Giuseppas braune Wangen wurden ziegelrot.

«Was sagst du, Matteo?! . . . Und weißt du, zu wem du sprichst?»

«So wird dieser Knabe der einzige seines Stammes sein, der einen Verrat begangen hat!»

Fortunato stöhnte und seufzte immer kläglicher. Starr blieben des Vaters Luchsaugen auf ihn gerichtet. Dann stieß Matteo mit dem Kolben des Gewehrs auf den Boden, warf es über die Schulter und schickte sich an, wieder den Weg nach dem Maquis einzuschlagen, dem Knaben zurufend, er solle ihm folgen.

Das Kind gehorchte.

Giuseppa kam nachgelaufen und faßte den Mann am Arm.

«Es ist dein Sohn!» sagte sie mit zitternder Stimme, und ihre schwarzen Augen senkten sich in die des Gatten, als wolle sie in seiner Seele lesen.

«Laß mich!» erwiderte Matteo, «ich bin sein Vater.»

Giuseppa umarmte den Knaben und kehrte weinend ins Haus zurück. Vor einem Bilde der Madonna warf sie sich auf die Knie und betete inbrünstig. Falcone folgte dem Bergpfade nur etwa zweihundert Schritt. An der Stelle, wo seitlich eine kleine Schlucht sich öffnet, hielt er inne. Er stieg den Abhang hinab. Er prüfte die Erde mit dem Flintenkolben und fand sie weich und bequem aufzuwerfen. Der Ort schien ihm passend.

«Fortunato, geh an den großen Stein da!»

Der Knabe tat, wie ihm geheißen. Dann kniete er nieder.

«Verrichte dein Gebet!»

«Vater, lieber Vater, laßt mich am Leben!»

«Verrichte dein Gebet!» wiederholte Matteo mit schrecklicher Stimme.

Stammelnd, schluchzend begann das Kind das *Paternoster* und das *Credo* herzusagen. Mit lauter Stimme sprach der Vater jedesmal das *Amen!* nach.

«Sind das alle Gebete, die du kannst?»

«Vater, ich kann auch noch das *Ave Maria* und die Litanei, die die Tante mich gelehrt hat.»

«Die ist sehr lang; aber sag sie trotzdem!»

Mit erstickter Stimme murmelte das Kind die Litanei.

«Bist du zu Ende?»

«Oh, lieber Vater, hab doch Mitleid mit mir! Vergib mir, was ich getan habe! Niemals wieder werde ich so böse handeln! Aus tiefstem Herzen will ich den Vetter Gamba bitten, daß Gianetto begnadigt werde!»

Er sprach noch; aber Matteo hatte sein Gewehr geladen, legte an und sagte:

«Möge Gott dir vergeben!»

Der Knabe machte einen verzweifelten Versuch, sich zu erheben, um des Vaters Knie zu umklammern. Es war keine Zeit mehr: Matteo drückte ab, und Fortunato fiel tot nieder.

Ohne einen Blick auf die Leiche zu werfen, wandte Matteo sich heimwärts; er wollte einen Spaten holen zum Begräbnis seines Sohnes. Kaum war er einige Schritte gegangen, da kam, durch den Knall erschreckt, Giuseppa herbeigestürzt.

«Was hast du getan?» schrie sie.

«Den Verräter gerichtet!»

«Wo ist er?»

«In der Schlucht. Ich will ihn begraben. Er ist als Christ gestorben; ich werde ihm eine Messe lesen lassen. — Sag meinem Eidam, dem Tiodoro Bianchi, er solle fortan bei uns im Hause wohnen.»

1829.

COLOMBA

1

In den ersten Oktobertagen des Jahres 1815 stieg im Hotel Beauveau zu Marseille ein distinguierter Gast ab: Sir Thomas Nevil, irischer Abkunft, Colonel in der englischen Armee. Er reiste in Gesellschaft seiner einzigen Tochter, Miß Lydia. Die beiden befanden sich auf der Rückreise von Italien. Die exaltierte Schwärmerei für alles Italienische war bei vielen Touristen neuerdings in das strikte Gegenteil umgeschlagen. Zu der Klasse dieser Enttäuschten gehörte Miß Lydia Nevil. Raffaels «Verklärung» war ihr unbedeutend erschienen und der rauchende Vesuv kaum eindrucksvoller als die Fabrikschornsteine von Birmingham. Italien schien ihr jeden Charakters, jeder Eigenart, jeglichen «Lokalkolorits» zu ermangeln. Diese Entzauberung sowie die Unmöglichkeit, sich durch Auffinden unentdeckter Herrlichkeiten hervorzutun, hatten sie dahin gebracht, die apenninische Halbinsel in Bausch und Bogen zu verdammen.

Colonel Nevil, der die Welt seit dem Tode seiner Frau nur noch mit den Augen seiner

Tochter sah, teilte diese absprechende Kritik. Für ihn bestand der große Fehler von Italien darin, seine Tochter gelangweilt zu haben, und somit war es, ein für allemal, das langweiligste Land der Welt. Waren nicht auch die dortigen Jagdverhältnisse geradezu erbärmlich? Und mußte man nicht meilenlang in der Bruthitze der römischen Campagna herumlaufen, um ein paar elende Rebhühner zu erjagen?

Am Tage nach seiner Ankunft in Marseille lud der Colonel seinen früheren Adjutanten zum Mittagessen ein, den Hauptmann Ellis, der sechs Wochen auf der Insel Korsika verbracht hatte. Der Hauptmann erzählte Miß Lydia eine korsische Banditengeschichte, deren Abenteuerlichkeit alles ihr durch Lektüre Bekanntgewordene übertraf. Späterhin unterhielten sich die Herren, von Miß Lydia mit einigen Flaschen Bordeaux allein gelassen, über die Jagd; und der Colonel erfuhr, diese sei in keinem Lande der Welt mannigfaltiger, reichhaltiger und interessanter als gerade auf jenem Eiland.

«Es gibt dort unendlich viele Wildschweine», berichtete Ellis; «aber man muß sie von zahmen Schweinen, mit denen sie große Ähnlichkeit haben, unterscheiden lernen. Wer das Pech hat, ein zahmes Schwein zu schießen, der bekommt es mit den Sauhirten zu tun. Diese tauchen, bis an die Zähne bewaffnet, plötzlich aus dem — *macchia* benannten — Dickicht hervor, lassen sich das Tier mit dem zehnfachen

Preise bezahlen und schlagen sich dann hohnlächelnd wieder in die Büsche. Des weiteren finden Sie dort das Mouflonschaf, ein merkwürdiges Tier, das sonst nirgends vorkommt, ein ausgezeichnetes Wildbret abgibt, aber sehr schwer zu erlegen ist. Ferner gibt es Hirsche, Damwild, Fasanen, Rebhühner — oh, wer das ganze im korsischen Busch umherwimmelnde Getier aufzählen wollte, käme niemals zu Ende! Wenn Sie auf Jagen erpicht sind, Colonel, dann gehen Sie nach Korsika! Dort kann man — wie einer meiner Gastgeber sich ausdrückte — Wild sämtlicher Art schießen, vom Krammetsvogel bis zum Menschen!»

Beim Nachmittagstee unterhielt der Hauptmann die Tochter des Colonels mit der Erzählung eines erregenden Falles von Blutrache. Auch beschrieb er ihr den pittoresk-wilden Charakter der korsischen Landschaft, das eigentümliche Wesen der Bewohner, ihre Gastfreundlichkeit und urwüchsigen Sitten. Das alles erregte die Neugier der jungen Dame; und ihre Begeisterung erreichte den Gipfel, als der Hauptmann ihr einen kleinen Dolch zum Geschenk machte, eine hübsche Waffe mit kupfernem Griff, deren größter Reiz in ihrer «Geschichte» bestand. Ein berühmter korsischer Bandit hatte sie dem Hauptmann abgetreten, mit der heiligen Versicherung, daß sich ihre Spitze bereits viermal in den Leib verruchter Gegner gesenkt habe. Dieses interessante Stilett steckte Miß Lydia in ihren Gürtel, legte es beim Schlafengehen auf ihren Nachttisch und zog es, bevor sie einschlummerte, zweimal aus dem Futteral. Der Colonel aber träumte in dieser Nacht, er habe ein Mouflon geschossen, dessen übertriebenen, von dem plötzlich erscheinenden Besitzer geforderten Preis er gern erlegte, weil es ein wirklich einzigartiges Exemplar war: eine Art Eber mit dem Geweih eines Hirsches und dem Schweif eines Fasanen!

«Ellis hat mir Wunderdinge von der Jagd auf Korsika erzählt», sagte, tags darauf, am Frühstückstisch der Colonel zu seiner Tochter. «Wenn es nicht gar so weit wäre, möchte ich wohl auf vierzehn Tage hin!»

«Ja», pflichtete Miß Lydia bei, «warum sollten wir eigentlich nicht hinreisen?! Du würdest auf die Jagd gehen, und ich hätte viel Anregung, mich mit meinem Zeichenbuch zu beschäftigen! Wie hübsch wäre es zum Beispiel, wenn meine Skizzensammlung sich um jene berühmte Grotte bereicherte, in der Napoleon als Knabe seine Schularbeiten gemacht haben soll!»

Es war vielleicht das erstemal, daß ein vom Colonel geäußerter Wunsch den Beifall seiner Tochter fand. Ganz entzückt über diese Gedankenharmonie, war er dennoch klug genug, ein paar Einwendungen zu erheben, um eben dadurch Miß Lydias eigenwillige Laune noch heftiger zu reizen. So sprach er von der Wildheit des Landes sowie von den Terrain- und Obdachverhältnissen, die besonders einer reisenden Dame hinderlich wären: Miß Lydia

Nevil hatte vor nichts Angst; sie liebte es leidenschaftlich, zu Pferde zu sitzen; und nächtliches Biwakieren war ihr das herrlichste Fest! Kurz: sie fegte alle Bedenken kategorisch hinweg. Noch niemals war eine Engländerin auf Korsika gewesen. Folglich mußte sie unbedingt hin! Und wenn man dann an St. James's Place zurück wäre: welche Wonne würde es sein, den Freundinnen das Album korsischer Zeichnungen mit gespielter Lässigkeit vor Augen zu führen!

«Aber warum, meine Liebe, blättern Sie über diese reizvolle Zeichnung so schnell hinweg?!»

«Oh, das ist nichts! Das ist nur eine Skizze, die ich von einem berühmten korsischen Briganten gemacht habe, der uns in der ganzen Zeit als Führer gedient hat.»

«Wie?! Sie sind auf Korsika gewesen?!...»

Eine Dampfbootverbindung zwischen Frankreich und Korsika gab es damals längst noch nicht. Somit erkundigte man sich, ob auf der Reede vielleicht ein Segelschiff zur Abfahrt nach der von Miß Lydia zu entdeckenden Insel bereit liege. Es fand sich in der Tat eine korsische, nach Ajaccio bestimmte Goëlette, und der Colonel wurde mit dem Besitzer über den Preis der beiden — freilich sehr wenig komfortablen — Kajüten einig. Man schaffte eine genügende Menge Proviant auf den Schoner; der Schiffspatron beteuerte, einer seiner Matrosen verstehe ganz ausgezeichnet zu kochen, Mademoiselle werde sich an Bord zweifellos ungemein wohl fühlen, und guter Wind und ruhige See seien auch zu erwarten.

Auf Wunsch seiner Tochter stellte der Colonel noch die Bedingung, daß kein weiterer Passagier aufgenommen werde, und daß das Fahrzeug so nahe an der Küste der Insel entlangfahren solle, daß die Silhouette der Berge in voller Schönheit sichtbar werde.

2

Der für die Abreise festgesetzte Tag war gekommen. Schon am Morgen befand sich das Gepäck wohlverstaut an Bord. Mit der Abendbrise sollte abgesegelt werden. Inzwischen promenierte der Colonel mit seiner Tochter auf der Cannebière*. Da trat der Schiffspatron auf ihn zu, um von ihm die Erlaubnis zu erbitten, einen seiner Verwandten — das heißt: ein Geschwisterkind des Paten seines ältesten Sohnes — mit auf die Reise nehmen zu dürfen. Besagter Verwandter müsse dringender Geschäfte halber nach seiner korsischen Heimat zurückkehren und finde keine andere Schiffsgelegenheit.

«Es ist ein ausgezeichneter Bursche», fügte der Kapitän Mattei hinzu; «Militär, stand bisher bei den Gardejägern zu Fuß. Er wäre längst Oberst geworden, wenn der Andere** noch Kaiser wäre.»

* Prunkvolle, breite Straße in Marseille; zum Alten Hafen führend
** Napoleon.

«Da es sich um einen Soldaten handelt . . .», begann der Colonel.

Er hatte hinzufügen wollen: «. . . so bin ich gern damit einverstanden, daß er mitgenommen wird.»

Aber Miß Lydia rief in englischer Sprache: «Einer von der Infanterie! . . .» (Da ihr Vater bei der Kavallerie gestanden hatte, so hegte sie gegen jede andere Waffe eine tiefe Verachtung.) «Vielleicht ein Mann ohne jede Erziehung, der seekrank wird und uns die ganze Freude an der Überfahrt verdirbt!»

Der Schiffskapitän verstand kein Wort Englisch, schien aber an dem schmollenden Mund des jungen Mädchens ihre ablehnende Haltung zu erraten; und so begann er denn, sich in einer ausführlichen Lobpreisung seines Verwandten zu ergehen, der ein Mann von durchaus feinem Ton sei, aus einer Familie von *caporali* stammend, und den er übrigens in einem so versteckten Winkel des Schiffes unterzubringen gedenke, daß seine Anwesenheit völlig unbemerkt bleiben werde.

Der Colonel und seine Tochter fanden es eigentümlich, daß es auf Korsika Familien zu geben scheine, wo man vom Vater auf den Sohn immer Korporal sei. Sie dachten naiverweise, es handle sich hier um einen Korporal der Infanterie, einen armen Teufel, den der Schiffseigner aus christlicher Nächstenliebe mitnehmen wolle. Falls der in Aussicht genommene Passagier ein Offizier gewesen wäre, so würde man sich verpflichtet gefühlt haben, mit ihm zu sprechen, mit ihm zu leben; mit einem einfachen Korporal jedoch brauchte man sich nicht zu genieren: das war ein Mann ohne Bedeutung.

«Pflegt Ihr Verwandter seekrank zu werden?» fragte Miß Nevil in trockenem Tone.

«Absolut nicht, Mademoiselle; er bleibt unangefochten zu Wasser und zu Lande!»

«Dann können Sie ihn mitnehmen», sagte das Fräulein.

«Sie können ihn mitnehmen», wiederholte der Colonel.

Und die beiden setzten ihren Spaziergang fort.

Gegen fünf Uhr nachmittags holte der Kapitän Mattei sie ab. Bei seiner am Quai des Hafens liegenden Jolle fanden sie einen hochgewachsenen jungen Mann in blauem, bis ans Kinn zugeknöpftem Überrock; sein Teint war dunkelbraun; die Augen schwarz, lebhaft, schön geschnitten; der Gesichtsausdruck intelligent und freimütig; die Haltung militärisch.

Wie er den Colonel und seine Tochter kommen sah, nahm er die Mütze ab und dankte in höflichen, unbefangenen Worten für den Dienst, den man ihm erwiesen habe.

«Es freut mich, daß ich Euch von Nutzen sein konnte, mein Bester», sagte der Colonel mit freundlichem Kopfnicken.

Und stieg ins Boot.

«Er ist nicht besonders förmlich, Euer Engländer», sagte der junge Mann auf italienisch leise zum Kapitän.

Dieser legte seinen Zeigefinger unter das linke Auge und zog die Mundwinkel herab. Darin lag, in der korsischen Zeichensprache, der Rat, vorsichtig zu sein, da der Engländer offenbar Italienisch verstehe und überdies ein sonderbarer Kauz zu sein scheine. Der junge Mann lächelte und berührte mit einem Finger flüchtig seine Stirn — eine optische Antwort, die besagen wollte: alle Engländer hätten ja einen Spleen. Dann setzte er sich neben den Kapitän und betrachtete aufmerksam, doch in respektvoller Zurückhaltung, seine hübsche Reisegefährtin.

«Sie haben viel Anstand, die französischen Soldaten», sagte der Colonel auf englisch zu seiner Tochter. «Deshalb konnte man auch so ausgezeichnete Offiziere aus ihnen machen!»

Dann wandte er sich in französischer Sprache an den jungen Mann:

«Sagt mir doch, mein Guter: in welchem Regiment habt Ihr gedient?»

Der also Befragte gab dem Vater des Täuflings seines Halbcousins einen leisen Stoß mit dem Ellbogen; und, ein ironisches Lächeln unterdrückend, antwortete er, er habe bei den Gardejägern gestanden und komme jetzt eben vom siebenten leichten Regiment.

«Seid Ihr bei Waterloo gewesen? . . . Ihr seid noch sehr jung.»

«Pardon, Colonel; es war meine einzige Kampagne.»

«Sie zählt doppelt», sagte der Colonel.

Der junge Korse biß sich auf die Lippen.

«Papa», sagte Miß Lydia auf englisch, «frag ihn doch, ob die Korsen ihren Bonaparte sehr lieben!»

Bevor noch der Colonel diese Frage ins Französische übersetzt hatte, antwortete der junge Mann in einem ziemlich fehlerfreien, wenn auch nicht ganz klangreinen Englisch:

«Sie wissen, Mademoiselle: der Prophet gilt nichts in seinem Vaterlande! Wir Landsleute von Napoleon lieben ihn im allgemeinen vielleicht weniger als die Franzosen. Was mich persönlich anbelangt: ich liebe und bewundere ihn, obgleich meine Familie früher mit der seinigen verfeindet war.»

«Sie sprechen englisch?!» rief der Colonel erstaunt.

«Nicht besonders gut, wie Sie bemerkt haben werden.»

Wiewohl über die Zwanglosigkeit seines Tons ein wenig verblüfft, konnte Miß Lydia sich nicht enthalten, bei dem Gedanken, daß eine persönliche Feindschaft zwischen einer Korporalfamilie und einem Kaiser bestanden habe, in Lachen auszubrechen. Sie nahm es als Vorgeschmack korsischer Sonderbarkeiten und beschloß, diesen Zug in ihr Tagebuch einzutragen.

«Vielleicht seid Ihr als Gefangener in England gewesen?» fragte der Colonel.

«Nein, Colonel! Ich habe, schon als Knabe, das Englische in Frankreich von einem Gefangenen Ihrer Nation gelernt.»

Dann, sich an Miß Nevil wendend:

«Mattei hat mir gesagt, Sie kämen soeben von Italien. Vermutlich sprechen Sie ein reines Toskanisch, Mademoiselle, und ich muß fürchten, daß unsere korsische Mundart Ihnen vielleicht einige Schwierigkeiten bereiten wird.»

«Meine Tochter spricht sämtliche italienischen Dialekte», erwiderte der Colonel. «Sie hat ein außerordentliches Sprachtalent. Von mir muß ich leider das Gegenteil bekennen.»

«Versteht Mademoiselle zum Beispiel folgende Worte aus einem alten korsischen Liede? Ein Schäfer sagt zu einer Schäferin:

S'entrassi 'ndru Paradisu santu, santu,
*E nun truvassi a tia, mi n'esciria.** »

Miß Lydia verstand die Worte, fand jedoch die Anspielung — und besonders den sie begleitenden Blick — etwas zu gewagt. Errötend antwortete sie:

«*Capisco!*»

«Und Ihr geht auf halbjährigen Urlaub in Eure Heimat?»

«Nein, Colonel. Ich bin mit der Hälfte meines Gehaltes zur Disposition gestellt, vermutlich deswegen, weil ich bei Waterloo gefochten habe und ein Landsmann von Napoleon bin. Leicht am Beutel, leicht an Hoffnung, wie es im Liede heißt, kehre ich in meine Heimat zurück.»

Und er blickte zu den Wolken empor und seufzte.

* Käm' ich in das heil'ge Paradies,
Und du wärst nicht da: ich ginge wieder!

Der Colonel steckte seine Hand in die Tasche; und, ein Goldstück zwischen den Fingern hin- und herwendend, suchte er innerlich nach einer geeigneten Redensart, mittels welcher er es auf nichtverletzende Weise in die Hand seines unglücklichen Feindes gleiten lassen könnte.

«Auch ich bin auf Halbsold gesetzt worden», sagte er in launigem Tone. «Nur . . . nur verhält es sich wohl leider so, daß Ihr für Euren Halbsold noch nicht einmal genügend Tabak kaufen könnt! Deshalb nehmt dies hier, Korporal!»

Und er suchte sein Goldstück in die geschlossen auf dem Bootsrand liegende Hand des jungen Mannes hineinzupraktizieren.

Der Korse errötete, sprang auf, biß sich auf die Lippen. Eine scharfe Erwiderung schien ihm auf der Zunge zu liegen, als er plötzlich, den Ausdruck wechselnd, in lautes Gelächter ausbrach. Der Colonel, sein Geld in der Hand, war bestürzt.

«Colonel», sagte, ernst werdend, der junge Mann, «darf ich mir die Freiheit nehmen, Ihnen zwei Ratschläge zu geben? Der erste wäre: einem Korsen niemals Geld anzubieten; denn etliche meiner Landsleute könnten unhöflich genug sein, es Ihnen an den Kopf zu werfen; und zweitens: den Leuten keine Titel beizulegen, die ihnen nicht zukommen. Mich nennen Sie Korporal, und ich bin Leutnant. Der Unterschied ist freilich nicht sehr groß; aber . . .»

«Leutnant!» rief Sir Thomas, «Leutnant!... Aber der Schiffspatron hat mir doch gesagt, Sie seien Korporal, gleich Ihrem Vater und sämtlichen männlichen Sprossen Ihres Geschlechtes!»

Bei diesen Worten wäre der junge Mann beinah hintenüber gefallen; er lachte so schallend und mit so ansteckender Herzlichkeit, daß der Kapitän und seine beiden Matrosen nicht umhin konnten, in die Heiterkeit einzustimmen.

«Pardon, Colonel», sagte endlich der Leutnant; «aber die Verwechslung war zu amüsant! Ich habe sie erst im jetzigen Moment begriffen... Meine Familie rühmt sich allerdings, unter ihren Vorfahren eine lange Reihe von *caporali* zu haben; aber unsere korsischen ‚Korporale' haben nie eine militärische Litze an ihrem Rocke getragen! Gegen das Jahr des Heils 1100 empörten sich viele Gemeinden gegen die Tyrannei der ländlichen Grundherren und wählten aus eigener Machtvollkommenheit Führer, die sie *caporali* nannten. Auf unserer Insel gilt es als hohe Ehre, von dieser Art Tribunen abzustammen.»

«Oh, pardon, Monsieur!» rief der Colonel; «ich bitte Sie tausendmal um Verzeihung! Da Sie nun die Ursache meines Mißgriffs erkannt haben, darf ich vielleicht hoffen, daß Sie ihn entschuldigen werden.»

Und er reichte ihm die Hand.

«Das war die gerechte Strafe für meinen törichten Anflug von Stolz», sagte der junge Mann, immer noch lachend und die Hand des Engländers schüttelnd. «Ich zürne Ihnen in keiner Weise! Da jedoch mein Freund Mattei mich so ungeschickt bei Ihnen eingeführt hat, so bitte ich, mich selbst vorstellen zu dürfen: ich heiße Orso della Rebbia, Premierleutnant auf Halbsold; und da ich beim Anblick dieser beiden schönen Hunde auf die Vermutung komme, daß es die Liebe zur Jagd ist, die Sie nach Korsika führt, so würde ich mich glücklich schätzen, Ihnen die Honneurs unserer Berge und Waldungen machen zu dürfen ... falls ich» — so fügte er seufzend hinzu — «ihnen inzwischen selbst nicht fremd geworden sein sollte.»

In diesem Augenblick erreichte die Jolle den Schoner. Der Leutnant gab Miß Lydia die Hand und half dann auch dem Colonel, auf das Segelschiff hinaufzuklimmen. Sir Thomas, immer noch beschämt ob seines Mißgriffs gegenüber einem Manne, der seinen Stammbaum bis auf das Jahr 1100 zurückführen konnte, nahm sich — ohne die Zustimmung seiner Tochter abgewartet zu haben — die Freiheit, den Leutnant zum Abendessen einzuladen. Miß Lydia rümpfte über diese Eigenmächtigkeit zwar ein wenig die Nase, war im Grunde aber durchaus nicht böse darüber, erfahren zu haben, was ein *caporale* sei. Auch hatte der Fremdling ihr keineswegs mißfallen; sie begann sogar etwas «Aristokratisches» an ihm zu entdecken. (Für einen Romanhelden allerdings war er zu freimütig, zu wenig düster.)

«Leutnant della Rebbia», sagte der Colonel, «ich habe in Spanien viele Ihrer Landsleute

— von dem berühmten korsischen Schützenregiment — zu sehen bekommen.»

«Ja, viele von ihnen sind in Spanien geblieben», sagte der Leutnant mit ernstem Gesicht.

«Niemals werde ich die Haltung jenes Bataillons in der Schlacht von Vitoria* vergessen», fuhr der Colonel fort. «Es ist übrigens dafür gesorgt, daß ich mich daran erinnere.» (Bei diesen Worten griff er sich an die Brust.) «Den ganzen Tag hatten sie aus den Gärten, hinter den Hecken auf uns geschossen und uns große Verluste an Menschen und Rossen beigebracht. Als dann der Rückzug beschlossen wurde, sammelten sie sich und waren im Nu davon. In der Ebene hofften wir Revanche zu nehmen; aber diese Kerle — pardon, Leutnant! — diese tapferen Leute hatten sich zu einem Karree formiert, das wir nicht durchbrechen konnten. Im Innern dieses Vierecks hielt, neben dem Napoleonischen Adler, ein Offizier auf einem kleinen schwarzen Roß und rauchte seine Zigarre so seelenruhig, als ob er sich im Café befunden hätte. Ich schickte meine beiden ersten Eskadronen gegen sie ... Aber danke schön! Anstatt das Karree zu überreiten, wichen sie nach der Seite aus und kamen aufgelöst zurück — manches Roß ohne Reiter! ... Als der das Bataillon einhüllende Rauch sich verzogen hatte, sah ich den Offizier wieder neben dem Adler, immer noch seine Zigarre in der Hand. Erbittert setzte ich mich nun selbst

* In der Schlacht bei Vitoria (Baskenland, Nordspanien) besiegte Wellington 1813 die Franzosen unter General Jourdan.

an die Spitze eines Angriffs mit blanker Waffe. Ihre vom vielen Schießen verschleimten Gewehre gingen nicht mehr los; aber in sechs engen Reihen standen sie da und hielten den Nüstern der Pferde ihre Bajonette entgegen. Eine lebendige, von Eisen starrende Mauer! Ich schrie, ich feuerte meine Dragoner an, ich gab meinem Pferde die Sporen, um es vorwärts zu reißen — da sah ich, wie jener Offizier, endlich die Zigarre wegwerfend, einen von seinen Leuten auf mich aufmerksam machte. Ich hörte etwas wie: ‚*Al cappello bianco!*'* (Ich trug einen weißen Federbusch.) Dann hörte ich nichts mehr: eine Kugel war mir in die Brust gedrungen. — Es war ein schönes Bataillon, Monsieur della Rebbia, dieses erste des achtzehnten Regiments: lauter Korsen, wie man mir später gesagt hat.»

«Ja», bestätigte Orso, dessen Augen bei dieser Erzählung aufgeflammt waren, «die Leute sicherten den Rückzug und brachten ihren Adler mit zurück. Aber zwei Drittel dieser Tapferen schlummern jetzt in der Ebene von Vitoria!»

«Kennen Sie vielleicht zufällig den Namen des Offiziers, der dies Bataillon kommandiert hat?»

«Es war mein Vater. Er war damals Major und wurde wegen seiner Haltung an jenem unseligen Tage zum Colonel befördert.»

«Ihr Vater!... Wahrhaftig, es war ein heldenhafter Mann! Es wäre mir eine große

* Auf den weißen Hut!

Freude, ihn wiederzusehen; sicherlich würde ich ihn sofort erkennen! ... Befindet er sich noch am Leben?»

«Nein, Colonel», antwortete, leicht erblassend, der junge Mann.

«Ist er auch bei Waterloo dabeigewesen?»

«Ja, Colonel; aber er hatte nicht das Glück, auf dem Schlachtfeld zu fallen ... Er ist vor zwei Jahren auf Korsika gestorben ... Mein Gott, wie herrlich doch dieses Meer ist! Seit zehn Jahren habe ich das Mittelmeer nicht gesehen! — Finden Sie es nicht auch schöner als den Ozean, Mademoiselle?»

«Ich finde es zu blau ... und die Wellen nicht hoch genug.»

«Sie lieben eine wilde Schönheit, Mademoiselle? Oh, dann wird sicherlich die korsische Landschaft Gnade vor Ihren Augen finden!»

«Meine Tochter», erklärte der Colonel, «liebt alles Außergewöhnliche; eben deshalb hat Italien ihr so wenig gefallen.»

«Ich kenne von Italien», sagte Orso, «eigentlich nur Pisa, wo ich einige Zeit zur Schule gegangen bin. Aber mit Entzücken denke ich zurück an den Dom, an den Schiefen Turm, an den Campo Santo ... Erinnern Sie sich vielleicht an das Gemälde: ‚Der Triumph des Todes' von Andrea Orcagna? ... Ich glaube, ich könnte es zeichnen: so deutlich ist es mir vor Augen geblieben.»

Miß Lydia begann zu fürchten, der Herr Leutnant werde sich in endlose Tiraden der

Begeisterung über die Kunstwerke Italiens verstricken.

«Gewiß, das ist alles sehr hübsch», sagte sie gähnend. — «Doch bitte, Papa, entschuldige mich: ich hab' etwas Migräne und möchte in die Kabine hinunter.»

Sie gab dem Vater einen Kuß auf die Stirn, nickte dem Leutnant hoheitsvoll zu und verschwand. Die beiden Männer plauderten noch weiter — jetzt nur von der Jagd und vom Kriege.

Dabei ergab sich, daß sie bei Waterloo einander gegenübergestanden und wohl manche Kugel miteinander gewechselt hatten. Das verstärkte ihr gutes Einvernehmen noch erheblich. Einem ausführlichen Meinungsaustausch über Napoleon, Wellington und Blücher folgten Jagdabenteuer mit Hirschen, Wildschweinen, Mouflonschafen. Inzwischen war die Nacht vorgerückt und die letzte Flasche Bordeaux geleert. Der Colonel drückte dem Leutnant abermals die Hand, wünschte ihm gute Ruh und sprach die Hoffnung aus, daß eine so seltsam begonnene Bekanntschaft sich in freundlichen Bahnen weiterentwickeln werde. Dann trennte man sich.

3

Mondbeglänzte Zaubernacht! ... Sanft beschwingt durch eine leichte Brise glitt die Goëlette dahin. Miß Lydia hatte vorhin durchaus keine Lust empfunden, sich zur Ruhe zu begeben; nur die Gegenwart eines «Profanen» hatte sie abgehalten, sich oben auf Deck jener Schwärmerei zu überlassen, zu der eine Mondnacht auf dem Meere jedes poetische Herz verführt. Als sie annehmen zu dürfen glaubte, der Leutnant — dieses gewiß ungemein prosaische Wesen — sei in einen gesunden Schlaf gefallen, erhob sie sich, nahm ihren Pelz, weckte die Kammerjungfer und stieg wieder zur Oberwelt empor.

Dort befand sich jetzt niemand außer dem Matrosen am Steuer, der, in korsischem Dialekt, eine Art Klagelied sang, eine wilde, eintönige Weise.

Miß Lydia verstand nicht jedes einzelne Wort, begriff jedoch, daß es sich um einen Mord handeln mußte. Verwünschungen gegen die Mörder, Rachedrohungen, Lobeserhebungen auf den Toten — das schien alles wirr durcheinanderzugehen. Sie verstand etwa folgendes:

Nicht Kanonen, nicht Gewehre
Ließen seine Stirn erbleichen!
Heitren Sommerglanz der Seele
Zeigte er noch auf dem Schlachtfeld!
Falke war er, Freund des Adlers! . . .
Süßer Honig seinen Freunden;
Doch den Feinden Zorn der Sturmflut! . . .
Sonnenhoch und mondessüß! . . .
Ihn, der mit des Landes Feinden

Hundertmal sich hatt' gemessen,
Ihn erschlugen in der Heimat
Hinterrücks die Meuchelmörder,
Wie einst Vittolo, der Feigling,
Schlug den Helden Sampiero*.

... Hängt das Ehrenkreuz mir dorthin
An die Wand, ganz nah am Bette,
Dies in mancher Schlacht verdiente
Kreuz an seinem roten Bande! ...
Ach, mein Hemd ist noch viel röter! —
Aufbewahrt dem fernen Sohne
Seien Kreuz und blut'ges Hemde,
Daß er, heimgekehrt, erblicke
In dem Hemd die beiden Löcher,
Und daß er zwei Löcher bohre
In des Meuchelmörders Hemd!
Ewig dürstet meine Rache
Nach der Hand, die abgedrückt hat,
Nach dem Auge, das gezielt hat,
Nach dem Herzen, das den Plan sann ...

Der Matrose brach plötzlich ab.

«Warum singt Ihr nicht weiter, mein Lieber?» fragte Miß Nevil.

Mit einer verstohlenen Kopfbewegung wies der Matrose auf eine eben aus der Luke emportauchende Gestalt. Es war der Leutnant Orso,

* Sampiero, der korsische Nationalheld, verteidigte die Freiheit seines Vaterlandes im sechzehnten Jahrhundert gegen Genua; er wurde von Vittolo ermordet, einem von den Genuesen gedungenen Verräter.

der gleichfalls den Zauber der Mondnacht genießen zu wollen schien.

«Setzt Euer Klagelied doch fort!» sagte Miß Lydia; «es hat mich außerordentlich interessiert.»

Sich zu ihr vorbeugend, antwortete der Matrose leise:

«Den *rimbecco** gebe ich niemandem!»

«Wie? ... Den ...?»

Der Matrose antwortete nicht; er begann vor sich hin zu pfeifen.

«Ich überrasche Sie also doch beim Bewundern unseres Mittelländischen Meeres, Miß Nevil!» sagte, sich ihr nähernd, der Leutnant della Rebbia. «Gestehen Sie, daß auf keinem anderen Meere der Mond einen so zauberhaften Glanz hat!»

«Ich habe gar nicht darauf geachtet; mich fesselte vielmehr ein Beispiel korsischer Lyrik. Der Matrose sang ein Totenlied, hat es aber leider im interessantesten Moment abgebrochen.»

Der Matrose beugte sich tief vornüber, als ob er den Kompaß eingehend studieren müsse. Gleichzeitig zupfte er Miß Nevil heftig am Pelz. Es schien, als ob sein Totenlied in Gegenwart des Leutnants Orso keinesfalls gesungen werden dürfe.

* *rimbeccare* (italienisch): jemandem die Schuld zuschieben; im Korsischen: jemandem öffentlich einen beleidigenden Vorwurf machen. — Dem Sohne eines Ermordeten «den *rimbecco* geben» bedeutet: ihm laut zurufen, es sei noch keine Rache geübt worden für seinen Vater, die frevelhafte Beleidigung sei noch nicht mit Blut abgewaschen worden.

«Was war es, was du eben gesungen hast, Paolo? War es ein *vocero**? ... Mademoiselle hat die Worte verstanden und möchte den Gesang zu Ende hören.»

«Das Ende hab' ich vergessen, Ors' Anton'», antwortete der Matrose.

Und schon begann er aus voller Kehle ein Preislied auf die Heilige Jungfrau herauszuschmettern.

Aber Miß Lydia hörte dem frommen Hymnus nur mit halbem Ohre zu. Sie drängte den Sänger nicht weiter und nahm sich vor, eine bessere Gelegenheit zur Entschleierung des Rätsels abzuwarten. Ihre Kammerjungfer jedoch — die, als Florentinerin, den korsischen Dialekt kaum besser verstand als ihre Herrin — war ebenso wißbegierig wie diese. Und, bevor noch Miß Lydia ihr durch einen heimlichen Seitenstoß hatte abraten können, wandte sie sich an Orso:

«Herr Leutnant», sagte sie, «was bedeutet das: jemandem den *rimbecco* geben?»

«Den *rimbecco*?» wiederholte Orso. «Oh, das ist die tödlichste Beleidigung, die man einem Korsen zufügen kann: es bedeutet den Vorwurf, sich für die Ermordung eines Ver-

* Wenn ein Mann gestorben war — und zumal, wenn er einem Morde zum Opfer gefallen war —, so legte man seinen Leichnam auf einen Tisch, und die Frauen der Familie — manchmal auch Freundinnen oder sogar fernstehende, aber sich durch dichterische Begabung auszeichnende Frauen — improvisierten vor zahlreichen Zuhörern rhythmische Totenklagen in der Mundart des Landes. Ein solches Klagelied hieß *vocero*. Bisweilen wurden, der Reihe nach, verschiedene derartige tragische Inspirationen vorgetragen, in deren *rimbecco* dann (falls es sich um einen Ermordeten handelte) die Frau oder die Tochter des Toten mit einstimmte.

wandten nicht gerächt zu haben. — Wer hat Ihnen davon gesprochen?»

«Gestern in Marseille», fiel Miß Lydia der Zofe, die schon antworten wollte, ins Wort, «hat der Schiffspatron sich dieses Ausdruckes bedient.»

«Und von wem sprach er in solchem Zusammenhang?» fragte Orso lebhaft.

«Oh, er erzählte uns eine alte Geschichte ... aus der Zeit von ... ja, ich glaube, sie bezog sich auf die Vannina d'Ornano.»

«Ich vermute, Mademoiselle, daß die Todesart der Vannina Sie nicht mit besonders freundlichen Gefühlen für unseren Nationalhelden, den tapferen Sampiero, erfüllt hat?»*

«Finden Sie etwa, daß seine Tat ein besonderes Heldenstück gewesen sei?»

«Sein Verbrechen erklärt sich durch die wilden Sitten der Zeit. Außerdem lag Sampiero in tödlichem Streit mit den Genuesen; welches Vertrauen hätten seine Landsleute noch in ihn setzen können, wenn er die Frau nicht bestraft hätte, die mit den erbitterten Feinden Korsikas in geheime Verhandlungen getreten war?»

«Vannina», fügte der Matrose hinzu, «war ohne Erlaubnis ihres Ehemannes weggegangen! Und Sampiero hat recht gehandelt, wenn er ihr den Hals umgedreht hat!»

«Aber», warf Miß Lydia ein, «es war die

* Sampiero tötete seine Gemahlin Vannina (aus dem alten Adelsgeschlecht Ornano), weil sie — während er selbst, 1559 bis 1563, an den europäischen Höfen um Hilfe für sein Vaterland warb — sich mit den Genuesen, den hartnäckigen Bedrohern der korsischen Freiheit, in Unterhandlungen eingelassen hatte.

Liebe zu ihrem Gemahl, die sie antrieb! Um ihn zu retten, ging sie zu den Genuesen und bat um Gnade für den angebeteten Mann!»

«Für ihn um Gnade bitten, das bedeutete: ihn erniedrigen!» rief Orso leidenschaftlich.

«Und dann hat er sie mit eigener Hand getötet!» fuhr Miß Nevil entrüstet fort. «Nur ein Ungeheuer konnte solche Freveltat begehen»!

«Aber sie selbst hatte Sampiero um die Gunst gebeten, von seiner Hand zu sterben dürfen! — Mademoiselle, halten Sie auch den Othello für ein solches Ungeheuer?»

«Oh, es besteht ein großer Unterschied zwischen diesen beiden! . . . Der Mohr von Venedig war eifersüchtig; Sampiero aber hatte nichts als seine Selbstgefälligkeit!»

«Ist die Eifersucht nicht etwa auch eine Form der Selbstgefälligkeit? Sie ist die Selbstgefälligkeit der Liebe; und deshalb werden Sie vielleicht geneigt sein, ihr mildernde Umstände zuzubilligen, Mademoiselle?»

Miß Lydia warf ihm einen vernichtenden Blick zu. Dann wandte sie sich an den Matrosen und fragte ihn, wie lange die Reise noch dauern werde.

«Wenn der Wind günstig bleibt, sind wir übermorgen da!» antwortete der Seemann.

«Ich wollte, daß Ajaccio schon in Sicht wäre! Dieses Fahrzeug beginnt mich entsetzlich zu langweilen!»

Sie erhob sich, nahm den Arm ihrer Jungfer und ging ein paar Schritte auf und nieder. Orso, unschlüssig, wie er sich verhalten solle, blieb am Steuerruder stehen. «Ein schönes Mädchen, beim Teufel!» murmelte der Matrose. «Wenn die Flöhe in meinem Bett alle so viel Reiz hätten wie sie, würde ich mich gern von ihnen beißen lassen!»

Miß Lydia schien die naive Anerkennung vernommen zu haben und nicht gerade erbaut davon zu sein; sie hielt es für geraten, sich rasch in die Kajüte zurückzuziehen. Dann begab auch Orso sich zur Ruhe. Nach wenigen Minuten jedoch kam die Kammerjungfer wieder zum Vorschein — und konnte, nachdem sie ein ausführliches Verhör mit dem Matrosen vorgenommen, ihrer Herrin folgende Aufschlüsse übermitteln:

Der durch Orsos Hinzukommen unterbrochene Klagegesang war beim Tode seines vor zwei Jahren ermordeten Vaters, des Colonel della Rebbia, verfaßt worden. Der Matrose — so berichtete die kammerjüngferliche Kundschafterin — zweifle nicht daran, daß Orso nach Korsika komme, um die Rache ins Werk zu setzen (so lauteten seine Worte), und habe die Meinung geäußert, binnen kurzem werde es frisches Fleisch geben im Dorfe Pietranera. Dieser Ausdruck wollte besagen, daß Signor Orso unzweifelhaft die Absicht habe, die beiden (oder drei) Personen, die man für die Mörder seines Vaters halte, umzubringen. Diese Personen seien zwar vor Gericht gezogen worden; da sie aber sowohl Richter und Advokaten wie auch den Präfekten und die Gendarmen zuverlässig «in der Tasche» gehabt hätten, so seien sie als schneeweiße Unschuldslämmer befunden und mit allen Ehren freigesprochen worden.

«Auf Korsika gibt es keine Gerechtigkeit», hatte der Matrose hinzugefügt; «ich habe mehr Vertrauen zu einer guten Flinte als zu einem Dutzend königlicher Gerichtsräte! Wer bei uns zulande einen Feind hat, dem bleibt nur die Wahl zwischen den drei *S: schiopetto, stiletto, strada**.»

Diese Auskünfte waren angetan, Miß Lydias Beziehung und Verhalten zu dem Leutnant della Rebbia wesentlich zu verändern. In den Augen dieser romantischen Engländerin war Orso jetzt zu einer «Persönlichkeit» geworden. Seine scheinbare Sorglosigkeit, seine gute Laune und Freimütigkeit — alles, was ihr zunächst so sehr mißfallen hatte — ließen ihn jetzt nur um so interessanter erscheinen. Entsprang doch dies Gehaben der tiefen Verstellungskunst einer Seele, die, zur höchsten Tat bereit, von ihrer Zerrissenheit, von ihren leidenschaftlichen Empfindungen und Plänen nicht das geringste Anzeichen verriet! Dieser Leutnant erschien ihr jetzt als eine Art Fiesco: als ein Mann, der die erhabensten Absichten unter der Maske tändelnder Leichtfertigkeit verbarg. Allerdings: ein paar schuftige Mordbuben umzubringen, war nicht ganz so glorreich, wie das Land vom Tyrannen befreien; dennoch bleibt eine schöne Rache etwas unbe-

* Flinte, Dolch, Flucht.

streitbar Edles! Außerdem sind alle Damen froh, wenn ihre Helden sich nicht mit Politik befassen.

Erst jetzt entdeckte Miß Nevil, daß der Leutnant sehr große Augen hatte, sehr weiße Zähne, einen eleganten Wuchs, Erziehung und auch einige gesellschaftliche Erfahrung. Kommenden Tages sprach sie viel mit ihm, und seine Unterhaltung schien ihr interessant. Ausführlich befragte sie ihn über sein Land; er antwortete in fesselnder Weise. Er hatte seine korsische Heimat schon in früher Jugend verlassen (um das Lyzeum, späterhin die Kadettenanstalt zu besuchen), und somit war die Insel für ihn mit allen Reizen und Farben der Poesie geschmückt geblieben. Mit Lebhaftigkeit sprach er von ihren Bergen, ihren Wäldern, von den eigentümlichen Sitten der Bewohner. Des öfteren kam in seiner Schilderung das Wort «Rache» vor; denn niemand kann von Korsen sprechen, ohne die ihnen eingeborene Leidenschaftlichkeit entweder zu tadeln oder zu rechtfertigen. Orso setzte seine Zuhörerin in ein gewisses Erstaunen, als er die gleich einer ewigen Krankheit sich forterbenden Gehässigkeiten seiner Landsleute gemeinhin verdammte. Bei der ländlichen Bevölkerung jedoch, bei den Bauern entschuldigte er sie mit der Formulierung: die *vendetta* — die Blutrache — sei das «Duell der Armen». Nur nach einer regelrechten Herausforderung, wie beim Duell, pflege man einander zu ermorden. «Hüte dich! . . . Ich hüte mich!» — diesen feierlich-warnenden Ruf müssen die Feinde austauschen, bevor sie das Recht haben, sich gegenseitig in die verderbenbringende Falle zu locken. «Zwar sind die Mordtaten bei uns zahlreicher als irgendwo anders», fügte der Leutnant hinzu; «aber niemals liegt diesen Verbrechen ein gemeines Motiv zugrunde. Wir haben viele Mörder, aber keinen einzigen Dieb!»

Während Orso die Worte «Mord» und «Rache» aussprach, beobachtete Miß Lydia ihn genau, vermochte jedoch nicht die geringste Erregung in seiner Miene zu entdecken. Da sie indessen kategorisch dekretiert hatte, seine heldenhafte Selbstbeherrschung mache ihn für alle Augen — ausgenommen ihre eigenen — undurchdringlich, so zweifelte sie keinen Augenblick, daß den Manen des Colonels della Rebbia die verlangte Sühne binnen kurzem dargebracht werden würde.

Schon war Korsika in Sicht. Der Kapitän nannte dem jungen Mädchen die Hauptpunkte der Küste. Miß Lydia hörte die Namen mit Wohlgefallen. Ohne solche geographischen Informationen wird jede Reise langweilig. Bisweilen gewahrte man durch das Fernrohr des Colonels einen Insulaner, der, braun gekleidet, eine lange Flinte auf dem Rücken, auf seinem Rößlein die steilen Hänge hinabritt. In jedem glaubte Miß Lydia einen Räuber erblicken zu dürfen oder wenigstens einen auf Rache für die Ermordung seines Vaters ausziehenden Sohn. Orso bedeutete ihr jedoch, es seien alles nur harmlose Dorfbewohner, die friedlich ihren Geschäften nachritten; die Waffe trage man mehr um der Mode als um der Sicherheit willen; es handle sich da um eine Koketterie ähnlich jener, die dem Dandy seinen eleganten Spazierstock in die Hand drücke. Miß Lydia fand die Flinte — wenn auch nicht so romantisch wie einen blitzenden Dolch — immerhin heroischer als einen Spazierstock. Auch fiel ihr rechtzeitig ein, daß in Lord Byrons zündenden Dichtungen sämtliche Heldengestalten einer Kugel zum Opfer fielen, und nicht dem klassischen Stilett.

Nach dreitägiger Fahrt befand man sich vor der Inselgruppe der *Sanguinaires**, und den Augen unserer Reisenden enthüllte sich das herrliche Panorama der Bucht von Ajaccio. Dieser Anblick ist häufig mit dem des Golfs von Neapel verglichen worden; und in dem Augenblick, wo die Goëlette in den Hafen einfuhr, wurde die Ähnlichkeit noch verstärkt durch eine brennende *macchia*, deren die *Punta di Girato* einhüllende Rauchwolken den Gedanken an den Vesuv geradezu provozieren zu wollen schienen. Aber, ganz im Gegensatz zu dem heiteren Glanz der Umgebung von Neapel, ist um Ajaccio alles öde und tot; nur auf düstere Waldungen und kahle Gipfel

* Die «Blutgierigen»: die mörderischen Eilande — eine Gruppe von vier kleinen, für die Seefahrt äußerst gefährlichen Inseln am Eingang des Golfs von Ajaccio.

fällt der suchende Blick. Keine einzige Villa ringsum; keinerlei menschliche Siedelung. Nur hier und da, auf den die Stadt überragenden Höhen, einige vom Dunkel des Grüns sich grell abhebende weiße Flecke: Gedächtniskapellen, Familiengräber. Eine Landschaft von tragischer Schönheit.

Dem entspricht der Anblick der Stadt. Keine Bewegung in den Straßen; nur ein paar Müßiggänger (immer dieselben). Keine Frau; höchstens ein paar Bäuerinnen, die ihr Gemüse zum Verkauf bieten. Kein lautes Reden, kein Lachen und Singen wie in Italien. Bisweilen gewahrt man im Schatten eines Baumes an der Promenade einige — bewaffnete — Bauern, kartenspielend oder dem Spiele zusehend. Kein Rufen; kein Streiten; wenn das Spiel lebhaft wird, vernimmt man Pistolenschüsse, die der Bedrohung stets vorausgehen. Der Korse ist von Natur ernst und schweigsam. Des Abends kommen einige Gestalten zum Vorschein, sich an der Frische zu laben; aber die Spaziergänger auf dem Corso sind fast nur Ausländer. Die Insulaner bleiben vor ihren Häusern; ein jeder scheint auf der Lauer zu liegen wie ein Falke in seinem Nest.

4

Nachdem Miß Lydia Napoleons Geburtshaus besucht und sich dort, auf mehr oder weniger loyale Weise, ein Stückchen Tapete angeeignet hatte, verfiel sie — zwei Tage nach der Landung — in abgründige Melancholie. Das ist unvermeidlich in einem Lande, dessen Ungeselligkeit den Fremdling zu völliger Isolierung verurteilt. Die junge Dame bereute jetzt den Eigensinn, der sie zu dieser Fahrt veranlaßt hatte; aber eine sofortige Rückkehr würde ihren Ruf als den einer unerschrockenen Reisenden schwer beeinträchtigt haben. So suchte sie sich in Geduld zu fassen und die Zeit so gut wie möglich totzuschlagen. Sie legte ihre Bleistifte und Farben zurecht, machte eine Anzahl Hafenskizzen und entwarf das Porträt eines sonnenverbrannten, weißbärtigen alten Melonenverkäufers von exquisitschurkenhaftem Aussehen. Da all dieser Zeitvertreib der grenzenlosen Langenweile nicht zu steuern vermochte, so beschloß sie, dem Abkömmling der caporali den Kopf zu verdrehen. Das war kein besonders schweres Unternehmen, denn Orso hatte es offenbar durchaus nicht eilig, sein Heimatdorf wiederzusehen. In Ajaccio hingegen schien es ihm — obwohl er fast mit niemandem sprach — außerordentlich gut zu gefallen. Miß Lydia stellte sich die erhabene Aufgabe, diesen korsischen Bären zu zähmen, das heißt: ihn von dem düsteren Vorhaben, das ihn in seine Heimat zurückgerufen hatte, abzubringen. Wäre es nicht bedauerlich gewesen, diesen sympathischen jungen Mann unberaten in sein Verderben rennen zu lassen? Und würde es für sie nicht höchst ehrenvoll sein, einen

Korsen zu christlicher Milde bekehrt zu haben?

Die Tage verliefen folgendermaßen: Früh am Morgen gingen der Colonel und der Leutnant auf die Jagd. Miß Lydia zeichnete oder schrieb an ihre Freundinnen, um die Briefe mit der Ortsbezeichnung «Ajaccio» zieren zu können. Gegen sechs Uhr kamen, wildbretbeladen, die Jäger zurück. Man dinierte. Lydia sang. Papa nickte ein. Die jungen Leute plauderten bis spät.

Eine Paßformalität veranlaßte den Colonel, dem Präfekten einen Besuch zu machen. Dieser, in seiner präfektoralen Langenweile, war ganz entzückt gewesen, als ihm vor einigen Tagen das Eintreffen eines reichen, weltmännisch auftretenden Engländers und seiner hübschen Tochter gemeldet worden war. Deshalb empfing er ihn jetzt mit größter Höflichkeit und bot ihm jede erdenkliche Art von Dienstleistung an. Ein paar Tage später machte er ihm einen Gegenbesuch.

Der Colonel, eben von Tisch aufgestanden, lag bequem auf seinem Sofa, schon halb entschlummert. Die Tochter sang an einem abgespielten Klavier. Orso, mit dem Blick auf Schultern und Blondhaar der Virtuosin, wandte die Notenblätter um. Der Präfekt wurde gemeldet. Das Piano verstummte. Der Colonel raffte sich hoch, rieb sich die Augen, stellte seiner Tochter den Präfekten vor.

«Den Leutnant della Rebbia brauche ich Ihnen wohl nicht vorzustellen», sagte er. «Sie werden ihn sicherlich kennen.»

«Monsieur ist der Sohn des Colonels della Rebbia?» fragte, mit leicht verlegener Miene, der Präfekt.

«Ja, mein Herr», antwortete Orso.

«Ich habe die Ehre gehabt, Ihren Herrn Vater zu kennen.»

Die Banalitäten der Unterhaltung waren bald erschöpft. Colonel Nevil vermochte das Gähnen kaum zu unterdrücken. Orso, als ein Mann von liberaler Gesinnung, zeigte wenig Lust, sich mit einem Trabanten der herrschenden Macht zu unterhalten. Somit lief alles auf ein Geplauder zwischen Miß Lydia und dem Präfekten hinaus, dem es offenbar Freude machte, mit einer jungen Dame, die alle Berühmtheiten der europäischen Gesellschaft kannte, über Paris und die Welt konversieren zu dürfen. Immerhin sandte er bisweilen einen forschenden Blick zu Orso hinüber.

«Haben Sie die Bekanntschaft von Monsieur della Rebbia auf dem Festland gemacht?» fragte er Miß Lydia.

Mit einiger Verwirrung erzählte diese, wie die Bekanntschaft zustande gekommen sei.

«Er ist ein ausgezeichneter junger Mann», sagte der Präfekt leise. Und mit noch leiserer Stimme:

«Hat er Ihnen gesagt, welche Absicht ihn in seine Heimat zurückführt?»

Lydia nahm ihre hoheitsvolle Miene an.

«Ich habe ihn nicht gefragt», erwiderte sie. «Wollen Sie sich nicht selbst danach erkundigen?»

Der Präfekt schwieg. Doch als er, einen Augenblick später, den Leutnant mit dem Colonel englisch sprechen hörte, sagte er zu ersterem:

«Sie sind viel gereist, wie es scheint, Monsieur. Gewiß haben Sie Korsika... und... seine... Bräuche völlig vergessen!?»

«Allerdings war ich sehr jung, als ich meine Heimat verlassen habe.»

«Sie gehören noch der Armee an?»

«Ich bin auf Halbsold gesetzt, Monsieur.»

«Immerhin haben Sie lange genug in der französischen Armee gedient, um völlig Franzose geworden zu sein — möchte ich vermuten dürfen, Monsieur!»

Diese letzten Worte sprach er mit auffälliger Betonung aus.

Die Korsen pflegen es nicht gerade als Schmeichelei zu empfinden, wenn man sie daran erinnert, daß sie Angehörige der Großen Nation sind. Sie wünschen ein Volk für sich zu sein; und diesen durch ihre Eigenart gerechtfertigten Anspruch wird man ihnen gönnen dürfen.

Etwas betroffen erwiderte Orso:

«Wollen Sie mit Ihren Worten zu verstehen geben, Herr Präfekt, daß ein Korse, um als Mann von Ehre zu gelten, in der französischen Armee gedient haben müsse?»

«Nein», antwortete der Präfekt, «das habe

ich durchaus nicht sagen wollen. Ich sprach nur von gewissen Bräuchen dieses Landes, deren einige nicht gerade geeignet sind, einem Verwaltungsbeamten Freude zu bereiten.»

Er betonte das Wort «Bräuche» scharf und nahm die gewichtigste Miene an, deren er fähig war. Gleich darauf stand er auf und empfahl sich, nachdem er das Versprechen erhalten, daß Miß Lydia nicht versäumen werde, seine Frau auf der Präfektur zu besuchen.

Als er fort war, sagte das junge Mädchen zu Orso:

«Bis auf die Insel Korsika mußte ich also kommen, um zu erfahren, was ein Präfekt ist! Dieser hier scheint ein recht liebenswürdiger Mann zu sein.»

«Ich kann Ihren Eindruck nicht teilen», erklärte Orso; «ich finde ihn ziemlich unsympathisch mit seinem hochtrabenden und geheimnisvollen Benehmen.»

Trotzdem der Colonel inzwischen eingeschlummert war, warf Miß Lydia einen prüfenden Blick zu ihm hin. Dann erwiderte sie leise:

«Ich finde ihn nicht so geheimnisvoll, wie Sie ihn aufzufassen scheinen; denn ich glaube ihn verstanden zu haben.»

«Sie sind sehr scharfsinnig, Miß Nevil! Wenn Sie wirklich einigen Geist in seinen Worten entdeckt haben, so müssen Sie ihn vorher selbst hineingelegt haben!»

«Nun, darf ich Ihnen einen kleinen Beweis

meiner Geistesschärfe geben? Ich verstehe mich etwas auf das Gedankenlesen; wenn ich jemanden nur zweimal gesehen habe, so weiß ich alles, was er denkt!»

«Sie erschrecken mich! Und ich weiß wirklich nicht, ob ich froh oder betrübt sein soll, wenn Sie in meinem Herzen zu lesen verstehen...»

«Monsieur della Rebbia», sagte Miß Lydia errötend, «wir kennen uns erst seit wenigen Tagen. Aber auf Reisen befreundet man sich schneller als in den Salons der Städte, nicht wahr? Deshalb möchte ich als Freundin einer Sache Erwähnung tun, in die ein Fremder sich niemals einmischen dürfte.»

«Oh, Miß Nevil, diese letzte Bezeichnung gefällt mir weit weniger als die erste, deren Sie sich bedienten!»

«Ich muß Ihnen also sagen, daß, obwohl ich Ihren Geheimnissen keineswegs nachgeforscht habe, doch ein Teil davon mir bekannt geworden ist, und daß einiges mich betrübt. Ich kenne das Unglück, das Ihre Familie betroffen hat; auch hat man mir viel erzählt von dem vergeltungssüchtigen Wesen Ihrer Landsleute und von der Art, in der sie die Rache auszuüben pflegen... War es nicht das, worauf der Präfekt anspielte?»

«Wie können Sie denken, Miß Lydia?!...»

Orso wurde bleich wie der Tod.

«Monsieur della Rebbia», erwiderte sie, «ich weiß, daß Sie ein Gentleman sind. Sie haben mir selbst gesagt, daß in Ihrem Lande nur noch die bäuerliche Bevölkerung die Ausübung dieser *vendetta* beibehalten habe, die Sie mir als eine Art Duell darzustellen beliebten . . .»

«Halten Sie mich für fähig, jemals ein Mörder zu werden?!»

«Schon die Tatsache, daß ich zu Ihnen von diesen Dingen spreche, Signor Orso, sollte Ihnen beweisen, daß ich nicht den geringsten Zweifel an Ihrer humanen Gesinnung hege! Immerhin habe ich geglaubt» — fuhr sie mit niedergeschlagenen Augen fort —, «daß Sie, in die Heimat zurückgekehrt und vielleicht aufs neue umstellt von den alten, barbarischen Vorurteilen, möglicherweise eine gewisse Freude empfänden über die Gewißheit, daß es jemanden gibt, der Sie wegen Ihrer Widerstandskraft gegen solchen Gespensterglauben nur noch um so höher schätzen würde . . . Aber» — und Miß Lydia erhob sich — «sprechen wir jetzt nicht mehr von solchen häßlichen Dingen! Sie machen mir Kopfschmerz; und außerdem ist es spät geworden . . . Zürnen Sie mir nicht? . . . Gute Nacht!»

Und sie streckte ihm die Hand hin.

«Mademoiselle», sagte, mit tiefem Ernst, der Leutnant, «wissen Sie, daß es Augenblicke gibt, wo der Geist des Landes in mir wieder wach wird? . . . Bisweilen, wenn ich an meinen armen Vater denke, überfallen mich grausige Bilder . . . Ihnen, Mademoiselle, werde ich es schulden, wenn ich jetzt auf ewig von ihnen befreit bin! Seien Sie tausendmal bedankt!»

Er wollte noch weiterreden. Aber Miß Lydia ließ einen Teelöffel fallen, und das Geräusch weckte den Colonel.

«Della Rebbia», rief dieser, aus dem Schlummer emporfahrend, «morgen um fünf Uhr zur Jagd!»

«Ich werde pünktlich sein, Colonel.»

5

Anderen Tages, kurz vor der Rückkehr der Jäger, waren Miß Nevil und ihre Zofe auf dem Heimweg von einem Strandspaziergang begriffen, als sie auf der Straße einer schwarzgekleideten Reiterin ansichtig wurden. Es war ein junges Mädchen, das auf einem kleinen, kräftigen Rosse dahergeritten kam. Ihr folgte, gleichfalls zu Pferde, ein bäuerlich aussehender Mann in braunem, zerrissenem Wams. Er trug eine Kürbisflasche am Riemen über der Brust, eine Pistole am Gürtel, und in der Hand eine Flinte, deren Kolben in einer am Sattelbogen befestigten ledernen Tasche steckte; kurz: er war kostümiert wie der Räuberhauptmann im Melodrama oder ein korsischer Bourgeois auf Reisen.

Miß Nevils Interesse wurde vor allem durch die ungewöhnliche Schönheit des jungen Mädchens erregt. Dieses schien etwa zwanzig Jahre alt zu sein. Sie war von großer Statur, hatte veilchenblaue Augen, einen rosigen Mund und blendendweiße Zähne. Aus ihrer

Miene sprach Stolz, aber zugleich Unruhe und Trauer. Auf dem Kopfe trug sie den — *mezzaro* genannten — schwarzseidenen Schleier, den die Genuesen auf Korsika eingeführt haben und der schöne Frauen so gut kleidet. Lange kastanienbraune Flechten bildeten eine Art Turban um das Haupt der Reiterin. Ihre Kleidung war sauber, aber von äußerster Einfachheit.

Miß Nevil fand Muße, sie zu betrachten; denn die junge Dame hielt mitten auf der Straße an und wandte sich — wohl mit der Bitte um eine ihr wichtige Auskunft — an einen vorüberkommenden Mann. Als sie erfahren hatte, was sie wünschte, gab sie dem Rößlein einen Schlag mit der Gerte und ritt schnell weiter, um erst vor dem Eingang desselben Albergo wieder haltzumachen, in dem Sir Thomas Nevil und Leutnant Orso sich einquartiert hatten. Nachdem sie ein paar Worte mit dem Wirt gesprochen, sprang sie behende von ihrem Tier und setzte sich, während der Begleiter die Pferde in den Stall führte, auf eine steinerne Bank neben der Tür. Als Miß Lydia in ihrem Pariser Kostüm vorbeikam, hob das fremde Mädchen nicht einmal die Augen. Etwa eine Viertelstunde lang verharrte sie unbeweglich in derselben Stellung.

Da erschienen, von der Jagd zurückkehrend, der Colonel und Leutnant Orso. Der Wirt, aus dem Hause tretend, richtete einen erklärenden Satz an das schwarzgekleidete Fräulein und wies auf den jungen della Rebbia hin.

Sie errötete, erhob sich schnell, machte einige Schritte vorwärts und blieb dann, wie verwirrt, nahe vor Orso stehen, der sie neugierig betrachtete.

«Ihr seid», sagte das junge Mädchen mit bewegter Stimme, «Orso Antonio della Rebbia? Ich bin Colomba.»

«Colomba!» rief Orso.

Er nahm sie in die Arme und küßte sie zärtlich — was den Colonel und seine Tochter einigermaßen befremdete; denn in England küßt man sich nicht auf der Straße.

«Bruder!» sagte Colomba, «verzeiht mir, wenn ich ohne Eure Weisung gekommen bin! Aber ich habe von unseren Freunden erfahren, daß Ihr eingetroffen seid, und das war mir eine solche Tröstung, daß . . .»

Orso küßte sie nochmals. Dann, sich an den Colonel wendend:

«Das ist meine Schwester. Wenn sie nicht ihren Namen genannt hätte, würde ich sie nicht wiedererkannt haben. — Für das heutige Diner muß ich bitten, mich entschuldigen zu wollen, Colonel . . . Meine Schwester . . .»

«Wo, zum Teufel, wollen Sie denn mit ihr dinieren, mein Lieber?» rief der Engländer. «Sie wissen doch, daß in dieser verfluchten Herberge nur an einem einzigen Tisch zu Mittag gegessen wird: dem unsrigen. Möchte die Signorina meiner Tochter nicht die Freude machen, mit uns zu speisen?»

Colomba sah ihren Bruder an, der sich nicht lange bitten ließ, und so begab sich denn die ganze Gesellschaft in das geräumige, für den Colonel als Empfangs- und Speisezimmer hergerichtete Gemach. Als die beiden jungen Damen einander vorgestellt wurden, machte Signorina della Rebbia eine tiefe Reverenz, sprach aber kein Wort. Ihr scheues Wesen mochte sich dadurch erklären, daß sie sich vielleicht zum erstenmal in Gesellschaft distinguierter Ausländer befand. Dennoch lag in ihrem Benehmen durchaus nichts, was an eine Dorfbewohnerin gemahnt hätte. Eine seltsame Würde ließ alles linkische Wesen vergessen. Gerade dieses Absonderliche gefiel der jungen Engländerin; und da im Gasthaus kein Raum mehr frei war, so ging Miß Lydia in ihrer Höflichkeit — oder Neugier? — so weit, der Korsin ein in ihrem eigenen Schlafzimmer aufzuschlagendes, zweites Bett anzubieten.

Colomba murmelte ein paar Worte des Dankes und folgte der Zofe, um die unvermeidlichen Spuren eines langen Rittes durch Sonne und Staub von ihrer Toilette verschwinden zu lassen.

Bald zu den anderen zurückgekehrt, blieb sie vor den Gewehren stehen, die die heimkehrenden Jäger in eine Ecke des Zimmers gestellt hatten.

«Die schönen Waffen!» sagte sie. «Gehören sie Euch, Bruder?»

«Nein, es sind englische Gewehre, und sie gehören dem Colonel. Ihre Konstruktion ist ebenso vorzüglich wie ihr Aussehen.»

«Ich möchte wohl», sagte Colomba, «daß auch Ihr ein solches Gewehr hättet!»

«Eines von den dreien gehört dem Signor della Rebbia!» rief der Colonel. «Er versteht es meisterhaft zu handhaben; heute: vierzehn Schuß und vierzehn Treffer!»

Es entspann sich ein edelmütiger Wettstreit, in welchem Orso besiegt wurde, zur großen Freude seiner Schwester, in deren eben noch so ernster Miene ein Ausdruck kindlicher Genugtuung erkennbar wurde.

«Wählen Sie, mein Lieber!» sagte der Colonel.

Orso weigerte sich.

«Nun, so mag die Signorina für Sie wählen!»

Das ließ Colomba sich nicht zweimal sagen: sie nahm das am wenigsten verzierte der Gewehre: es war ein ausgezeichnetes Fabrikat großen Kalibers.

«Diese Flinte muß die Kugel gut zum Ziele tragen», sagte sie.

Orsos verlegenen Danksagungen bereitete das Auftragen der Speisen ein erwünschtes Ende. Colomba sträubte sich zunächst ein wenig, am Mahle teilzunehmen, gehorchte dann aber dem Blicke des Bruders. Bevor sie sich bediente, machte sie, als gute Katholikin, das Zeichen des Kreuzes, was Miß Lydia entzückend fand.

Das ist noch wahre Urwüchsigkeit, dachte sie.

Sie beschloß, an dieser jungen Repräsentantin alter korsischer Sitten ausführliche Studien zu machen. Orso fühlte sich offenbar nicht sehr behaglich; er schien zu befürchten, daß seine Schwester etwas sage oder tue, was allzusehr nach ihrer dörflichen Heimat schmecke. Colomba aber sah mit steter Aufmerksamkeit zu ihm hin und paßte alle ihre Bewegungen den seinigen an. Bisweilen heftete sie einen von tiefer Trauer erfüllten Blick auf den Bruder. Wenn dann die Augen der beiden sich trafen, so war er der erste, der den Blick abwandte, als ob er einer nur allzugut verstandenen schwesterlichen Frage hätte ausweichen wollen. Da der Colonel nur wenig Italienisch verstand, so wurde die Unterhaltung auf französisch geführt — eine Sprache, in der Colomba — nach den wenigen Worten zu schließen, die sie mit ihren Gastgebern zu wechseln verpflichtet war — sich mit leidlicher Gewandtheit auszudrücken imstande war.

Nach der Mahlzeit fragte, mit seinem gewöhnlichen Freimut, der Colonel (dem die leise, zwischen Bruder und Schwester herrschende Gezwungenheit nicht entgangen sein mochte), ob die beiden nicht ein wenig allein zu sein wünschten — in welchem Falle er und seine Tochter sich in die anliegende Stube zurückziehen würden. Orso lehnte dies Angebot dankend ab, mit dem Hinzufügen, daß man späterhin, in Pietranera — so hieß das Dorf, das er zum Aufenthalt nehmen wollte — genügend Zeit haben werde, sich auszusprechen.

So nahm denn der Colonel seinen vertrauten Sofaplatz ein; und Miß Nevil, nach mehreren vergeblichen Versuchen, mit der schönen Korsin in ein Gespräch zu kommen, bat Orso, ihr einen Gesang aus Dantes *Divina Commedia*, ihrem Lieblingswerk, vorzulesen. Orso wählte den Gesang aus dem *Inferno*, wo der die Hölle durchwandernde Dichter mit den Schatten des unglücklichen Liebespaares Paolo Malatesta und Francesca da Rimini zusammentrifft. Mit möglichst viel Ausdruck las er die herrlichen Terzinen, in denen die Gefahr, zu zweien einen Liebesroman zu lesen, so anschaulich demonstriert wird. Je weiter er las, desto mehr näherte sich Colomba dem Tisch; sie hob den bisher gesenkten Kopf; ihre Augen, sich weit öffnend, erglänzten in einem seltsamen Feuer; sie wurde abwechselnd rot und blaß und schien es auf ihrem Platz kaum noch aushalten zu können. Oh, bewundernswerte Veranlagung italienischer Herzen, die, um von der Schönheit einer Dichtung gepackt zu werden, keiner hochgelahrten Fingerzeige pendantischer Kommentatoren bedürfen!

Als Orso geendet hatte, sagte sie:

«Wie schön das ist! ... Wer hat das gemacht, Bruder?»

Orso wurde etwas verlegen; und Miß Lydia antwortete lächelnd, der Verfasser sei ein vor mehreren Jahrhunderten verstorbener florentinischer Dichter.

«Wenn wir zusammen in Pietranera sind, werde ich dir den Dante zu lesen geben», sagte Orso.

«Mein Gott, wie schön das ist!» rief abermals das junge Mädchen. Und sie wiederholte zwei oder drei der soeben vernommenen Terzinen, zunächst ganz leise, dann mit lauterer Stimme und mit weit schönerer Empfindung, als ihr Bruder sie beim Lesen aufgebracht hatte.

Miß Lydia war erstaunt.

«Sie scheinen die Poesie sehr zu lieben», sagte sie. «Wie beneide ich Sie um das Glück, Dantes Göttliche Komödie erst kennenzulernen!»

«Sie sehen, Miß Nevil», meinte Orso, «welcher Wirkung Dantes Verse mächtig sind, wenn sie eine kleine Wilde, die kaum mehr gelernt hat als ihr Vaterunser, so in Erregung versetzen können!... Aber ich tue ihr ja unrecht; denn soeben fällt mir ein, daß Colomba selber zum Metier gehört! Schon als Kind machte sie Verse, und mein Vater schrieb mir, daß sie sich bei allen Totenklagen als die größte Begabung von ganz Pietranera und zwei Meilen in der Runde erwiesen habe.»

Colomba warf ihrem Bruder einen flehentlichen Blick zu. Miß Nevil, die schon viel von jenen korsischen Improvisationstalenten hatte reden hören, drängte Colomba, eine Probe ihrer Kunst abzulegen. Wie bereute Orso es jetzt, sich der poetischen Veranlagung seiner Schwester so unbedacht erinnert zu haben! Vergebens beteuerte er, nichts sei im Grunde banaler als ein korsisches Totenlied, und es komme geradezu auf eine Entweihung der hohen Poesie hinaus, solche Verse nach denen eines Dante vortragen zu wollen. Er erreichte mit alledem nichts, als daß Miß Nevil in ihrem Begehren nur noch hartnäckiger wurde, und so mußte er sich denn schließlich bequemen, seiner Schwester die Weisung zu geben:

«Na, dann improvisiere etwas — aber laß es kurz sein! ...»

Colomba stieß einen Seufzer aus, starrte ein paar Minuten vor sich hin, sah zur Decke empor, legte die Hand über die Augen und sang — oder vielmehr: deklamierte — mit zagender Stimme folgendes Lied:

Das junge Mädchen und die Taube

Tief entrückt dem Sonnenstrahle,
Steht ein Haus in dunklem Tale.
Seine Tür seht ihr verschlossen,
Unkraut vor dem Eingang sprossen;
Und vom Dache quillt kein Rauch.

Zu entlassen die Gespenster,
Öffnet mittags sich ein Fenster;
Und ein Mädchen sitzt am Spinnrad,
Singt ein Lied, das trüben Sinn hat,
Und das niemand mit ihr singt.

Eines Tags doch aus dem Laube
Klingt die Antwort einer Taube:
«Maid, wen traf das Schicksal herber
Von uns beiden? . . . Ach, ein Sperber
Hat die Schwester mir geraubt!»

«Oh, den tückischen Bewerber,
Taube, zeig ihn mir, den Sperber!
Meine Flinte holt ihn nieder! —
Doch wo find' ich Arme wieder
Meinen Bruder, der mir fern?»

«Sag mir nur, wo er sich aufhält!
Es gibt nichts, was in den Lauf fällt
Dann dem Fluge meiner Schwingen,
Die dem Bruder Kunde bringen
Von des Mädchens Einsamkeit!»

«Das ist eine recht wohlerzogene Taube!» rief Orso, seine Schwester mit einer Rührung umarmend, die seltsam abstach von dem scherzenden Tone, den er anschlug.

«Das Lied ist reizend!» sagte Miß Lydia. «Sie müssen es mir in mein Album schreiben, Signorina Colomba! Ich übersetze es dann ins Englische und lasse es komponieren.»

Unter solcherlei Zerstreuungen war es allmählich Schlafenszeit geworden, und die beiden jungen Mädchen zogen sich in ihre Kammer zurück. Während Miß Lydia Halskette, Ohrringe, Armbänder ablegte, sah sie, wie Colomba etwas Längliches aus dem Kleide hervorzog und es verstohlen unter ihren auf dem Tische liegenden schwarzseidenen Schleier steckte. Darauf kniete die Korsin nieder, verrichtete ihr Gebet und legte sich zu Bett. Von Natur aus neugierig und, wie alle Engländerinnen, beim Auskleiden äußerst langsam, näherte sich Miß Lydia unauffällig dem Tische, tat, als ob sie eine Nadel suche, hob den Schleier auf und entdeckte einen ziemlich langen Dolch, hübsch ausgelegt mit Perlmutter und Silber: ein interessantes altes Stück, durchaus angetan, das Entzücken der Kenner zu bilden.

«Ist es hierzulande üblich», fragte lächelnd Miß Nevil, «daß die jungen Damen solche kleinen Instrumente in ihrem Mieder tragen?»

«Man kann nicht darauf verzichten», antwortete Colomba, «es gibt hier so viel böses Volk!»

«Und hätten Sie wirklich den Mut, so zuzustoßen?»

Und Miß Nevil machte mit dem Dolch eine Theatergeste des Zustoßens: von oben nach unten.

«Wenn es gälte, mich oder Freunde zu verteidigen, gewiß!» sagte Colomba mit ihrer sanften, musikalischen Stimme. «... Aber so dürfen Sie den Dolch nicht halten: Sie könnten sich selbst verletzen, falls die Person, die Sie treffen wollen, zurückwiche.»

Und sich im Bette aufrichtend:

«Sehen Sie: so, von unten nach oben! So ist der Stoß tödlich! ... Oh, wie gut wäre es, wenn man solche Waffen eines Tages nicht mehr brauchte!»

Sie seufzte, legte den Kopf aufs Kissen zurück und schloß die Augen. Man konnte sich kein schöneres, edleres, jungfräulicheres Antlitz vorstellen. Ein Phidias hätte sich für seine Athene kein anderes Modell wünschen können.

6

Nur um der Vorschrift des Quintus Horatius Flaccus zu genügen, habe ich mich, zu Beginn meines Rapportes, gleich *medias in res** gestürzt. Jetzt, zur Nachtzeit, wo alles schläft, sowohl die schöne Colomba und die junge Engländerin wie der Colonel und der Leutnant, finde ich endlich ungestörte Muße, meinen Leser über gewisse Eigentümlichkeiten zu informieren, die zum Verständnis dieser wahren Geschichte durchaus erforderlich sind. Der Leser weiß schon, daß der Colonel della Rebbia — Orsos Vater — ermordet worden ist. Nun, auf der Insel Korsika wird man nicht in der in Frankreich üblichen Weise ermordet, das heißt: seitens irgendeines entlaufenen Zuchthäuslers, der keine geistvollere Manier findet, einem das Silberzeug zu stehlen; sondern man wird von seinen Feinden ermordet. Das Motiv, warum man Feinde hat, ist oft sehr schwer zu ermitteln. Viele Familien hassen sich aus alter Gewohnheit; jedes Wissen um den ursprünglichen Grund ihres Hasses, um die Ur-Sache des Zwiespaltes ist ihnen im Laufe der Zeit verlorengegangen.

Die Familie, zu welcher der Colonel della Rebbia gehörte, haßte mehrere andere Familien, vor allem aber die der Barricini. Einige behaupten, im sechzehnten Jahrhundert habe ein della Rebbia eine Barricini verführt und sei deshalb von einem Verwandten des gekränkten

* mitten in die Dinge hinein

Fräuleins erdolcht worden. Von anderer Seite wird die Sache anders dargestellt, nämlich in der Version, daß es eine della Rebbia gewesen sei, die verführt wurde, und folgerichtig ein Barricini, der der Erdolchung anheimgefallen sei. Doch wie es sich nun auch damit verhalten möge: es befand sich (um mich eines auf der Insel üblichen Ausdrucks zu bedienen) Blut zwischen den beiden Häusern.

Immerhin hatte — gegen allen Brauch — jener erste Mord bisher keine weiteren Mordtaten nach sich gezogen. Dies hatte seinen Grund darin, daß beide Familien gleichermaßen von der genuesischen Regierung verfolgt wurden; und da alle jüngeren Familienmitglieder ins Exil gingen, so sahen sich, während mehrerer Generationen, sowohl die della Rebbia wie die Barricini ihrer tatkräftigsten Repräsentanten beraubt. Gegen Ende des vorigen Jahrhunderts geriet ein della Rebbia, Offizier in neapolitanischen Diensten, in einer Spielhölle in Streit mit einigen Militärpersonen, die ihn, neben anderen Beleidigungen, einen korsischen Ziegenhirten nannten. Er zog seinen Degen. Aber, einer gegen drei, hätte er einen schweren Stand gehabt, wenn nicht, mit dem Rufe: «Auch ich bin ein Korse!» ein anderer Spieler ihm zu Hilfe gekommen wäre. Dieser hilfsbereite Fremdling war ein Barricini (der übrigens seinen Landsmann nicht kannte). Nach gewonnenem Siege überhäuften sich die Zufalls-Bundesgenossen mit Höflichkeitsbezeugungen und Schwüren ewiger Freundschaft. Auf dem

Festland pflegen Korsen sich leicht aneinander anzuschließen, während auf der Insel selbst — wie sich auch im Verlauf dieses Falles erweisen sollte — das diametrale Gegenteil üblich ist.

Die Signori della Rebbia und Barricini blieben intime Freunde, solange sie in Italien waren. In die Heimat zurückgekehrt, fanden sie — obwohl Bewohner eines und desselben Dorfes — nur noch selten Gelegenheit, einander zu sehen; und als sie starben, wurde behauptet, daß sie seit fünf oder sechs Jahren nicht miteinander gesprochen hätten. Die Söhne lebten auf dem Fuße einer gegenseitigen kühlen Höflichkeit. Der eine, Ghilfuccio della Rebbia (der Vater von Orso) wurde Offizier; der andere, Giudice Barricini, Advokat. Da sie nun beide Familienhäupter geworden und außerdem durch ihren Beruf meist auch räumlich getrennt waren, so hatten sie fast nie Gelegenheit, sich zu sehen oder voneinander sprechen zu hören.

Als indessen eines Tages, gegen das Jahr 1809, Giudice Barricini, zu Bastia die Zeitung lesend, in dieser die Nachricht fand, daß der Hauptmann Ghilfuccio einen Orden erhalten habe, tat er — vor Zeugen — die Äußerung, er sei über diese Auszeichnung keineswegs verwundert, da die Familie della Rebbia bekanntermaßen von dem General *** begünstigt werde. Dieses Wort wurde dem Ghilfuccio, der sich in der Stadt Vienne (südlich von Lyon) aufhielt, hinterbracht; und Ghilfuccio sagte zu einem sich zur Rückkehr nach Korsika anschickenden Landsmann, er werde dort den Advokaten Giudice als einen erstaunlich reich gewordenen Mann wiederfinden, da er an den von ihm verlorenen Fällen mehr Geld zu verdienen pflege als an den gewonnenen. Man hat niemals genau erfahren, ob er damit sagen wollte, daß der Advokat heimlich gegen die Interessen seiner eigenen Klienten arbeite, oder ob die Redewendung nur als Variante jener banalen Weisheit gedacht war, daß eine schlechte Sache den Rechtsvertretern mehr Geld einbringe als eine gute. Wie dem auch sei: Barricini erfuhr das Stachelwort — und vergaß es nie.

Im Jahre 1812 strebte er nach der Ernennung zum Amtmann seiner Gemeinde und hätte gute Aussicht gehabt, diesen Herzenswunsch erfüllt zu sehen, wenn nicht der Präfekt von dem General *** einen Brief erhalten hätte, in dem ein Verwandter der Frau des Ghilfuccio als Gemeindehaupt in Vorschlag gebracht wurde. Der Präfekt beeilte sich, der Anregung des Generals zu entsprechen; und Barricini zweifelte keinen Augenblick daran, daß es einzig die Intrigen des Ghilfuccio waren, denen er sein Mißgeschick zuzuschreiben hatte. Nach Napoleons Sturz, im Jahre 1814, wurde der Schützling des Generals als Bonapartist denunziert und durch Barricini ersetzt. Während der Hundert Tage wurde wiederum letzterer seines Amtes enthoben. Als dann auch dieser Sturm vorüber war, ergriff, mit großem Pomp, abermals Giudice Barricini Besitz vom

Petschaft des Gemeindehauses und von den standesamtlichen Registern.

Seitdem glänzte sein Stern heller denn je. Der Colonel della Rebbia, seine magere Offizierspension in Pietranera verzehrend, hatte eine nie abbrechende Kette heimtückischer Schikanen von ihm zu erdulden. Bald wurde er vorgeladen, um Ersatz zu leisten für einen von seinem Pferde an den Hecken des Amtmanns angerichteten Schaden; bald ließ letzterer, unter dem Vorwand, daß der Mosaikfußboden der Kirche renoviert werden müsse, eine geborstene Steinplatte wegnehmen, die das Wappen der della Rebbia trug und das Grab eines Angehörigen dieser Familie deckte. Wenn aber andererseits Ziegen die jungen Anpflanzungen des Colonels abfraßen, dann fanden die Besitzer dieser Tiere jederzeit Schutz beim Amtmann der Gemeinde. Und sowohl der brave Krämer, dem die Posthalterei von Pietranera anvertraut gewesen war, wie auch der Feldhüter — ein im Kriege zum Krüppel gewordener alter Knasterbart — beides Schutzbefohlene der Familie della Rebbia — wurden abgesetzt und mußten mitansehen, wie Barricini-Kreaturen in ihre Amtsbereiche Einzug hielten.

Sterbend sprach die Gemahlin des Colonels den Wunsch aus, in einem kleinen Gehölz, das sie besonders geliebt hatte, zur ewigen Ruhe bestattet zu werden. Sofort erklärte der Amtmann, sie müsse und werde auf dem allgemeinen Friedhof begraben werden, da er nicht ermächtigt sei, ihretwegen eine Ausnahme von der Regel zu machen. Voller Wut erklärte seinerseits der Colonel, in Erwartung der von ihm beantragten Autorisation werde seine Frau an dem ihr so lieben Orte beigesetzt werden; und er ließ dort ein Grab aufwerfen. Der Amtmann ließ ein ebensolches auf dem Friedhof schaufeln und bot seine gesamte Gendarmerie auf, damit — wie er sagte — dem «Gesetze unbedingt Folge geleistet» werde. Am Tage der Beerdigung standen die beiden Parteien einander gegenüber, und einen Augenblick hätte man fürchten können, es werde sich ein Kampf entspinnen um den Besitz der sterblichen Überreste der Signora della Rebbia. Eine von den Verwandten der Dahingeschiedenen zusammengebrachte Schar von etwa vierzig bewaffneten Bauern zwang den aus seiner Kirche hervortretenden Abate, mit dem Zuge den Weg nach dem Gehölz einzuschlagen. Der Amtmann mit seinen beiden Söhnen, den Gendarmen und seinem Anhang suchte sich diesem Vorhaben zu widersetzen. Als er erschien und den Trauerzug zum Umkehren aufforderte, wurde er mit Geschrei und Drohungen empfangen. Mehrere Flinten wurden geladen. Man erzählte später sogar, daß ein Hirte sein Schießgewehr auf den Gemeindehäuptling angelegt habe; aber der Colonel schlug ihm die Waffe aus der Hand und gab strengen Befehl, daß niemand ohne besondere Weisung feuern dürfe. Vor der Übermacht zog der Amtmann sich zurück, und der Leichenzug setzte seinen

Weg in der Richtung nach dem Wäldchen fort. Als er am Gemeindehaus vorbeikam, beging ein im Zuge mitlaufender Tölpel die Dummheit, den Ruf auszustoßen: « Es lebe der Kaiser!»

Man kann sich denken, daß über diese erregenden Vorfälle ein behördliches Protokoll aufgenommen wurde. In dem Bericht, den der Amtmann — in seinem erhabensten Stil — dem Präfekten unterbreitete, wurde ausführlich dargestellt, wie von den Trauerdemonstranten «alle menschlichen und göttlichen Gesetze mit Füßen getreten» seien, ja, wie der Colonel della Rebbia sich durch sein Verhalten geradezu an die Spitze eines bonapartistischen Komplotts gestellt und die Anwesenden zum Bürgerkrieg aufgehetzt habe — Verbrechen, die nach den §§ 86 und 91 des Strafgesetzbuches zu ahnden seien.

Die Übertriebenheit dieser Anklage schadete ihrer Wirkung. Der Sache wurde höhererseits keine weitere Folge gegeben, die Signora della Rebbia blieb in ihrem Pinienhain, und nur der törichte Schreier sah sich zu vierzehn Tagen Gefängnis verurteilt.

Wenig zufrieden mit diesem undramatischen Ausgang, sann der Advokat Barricini auf anderes. Aus alten Papieren grub er eine vergilbte Urkunde hervor, mittels derer er dem Colonel das Eigentumsrecht an einem kleinen Bache streitig machte, der ein Mühlrad trieb. Es ergab sich ein langwieriger Prozeß, der — nach Verlauf eines Jahres — wahrscheinlich zu Gunsten des Colonels ausgegangen wäre, wenn nicht im entscheidenden Moment Signor Barricini dem Staatsanwalt einen Brief übergeben hätte, in welchem ein gewisser Agostini, ein berühmter Bandit, ihn, den Gemeindeamtmann, mit Mord und Brandstiftung bedrohte, falls er von seinen Ansprüchen auf das Bächlein nicht ablasse. Man weiß, daß es in Korsika als hocherwünscht gilt, die Protektion von Banditen zu genießen, und daß besagte Herren, um sich ihre Freunde zu verpflichten, häufig auch in private Streitigkeiten einzugreifen belieben. Eben wollte der Amtmann sich die Existenz dieses Briefes zunutze machen, als ein neuer Zwischenfall eintrat, der die Sache weiterhin komplizierte. Der Bandit Agostini beklagte sich in einem an den Staatsanwalt gerichteten Briefe darüber, daß man seine Handschrift nachgeahmt habe, und daß er durch diese verleumderische Fälschung in den Ruf eines Mannes gebracht werde, der mit seinem Einfluß eigensüchtigen Handel treibe.

«Wenn ich den Fälscher ausfindig mache», erklärte der Räuber zum Schluß seines Briefes, «so werde ich Mittel und Wege zu finden wissen, ihn exemplarisch zu bestrafen!»

Es konnte kein Zweifel sein, daß der Bandit den Drohbrief an den Amtmann nicht geschrieben hatte. Die Partei della Rebbia warf den Verdacht auf die Partei Barricini, und umgekehrt. Von beiden Seiten regnete es Drohungen, und die Justiz wußte nicht, in welchem Lager sie die Schuldigen zu suchen habe.

Nicht lange nach all diesen Vorkommnissen wurde der Colonel Ghilfuccio ermordet. Im folgenden erzähle ich den Tatbestand so, wie er sich aus der gerichtlichen Untersuchung ergab.

Am 12. August 18 . . — der Tag neigte sich schon seinem Ende zu — stieg, mit einem Kornsack beladen, die verehelichte Maddalena Pietri den Weg nach Pietranera empor. Da vernahm sie, aus einer Entfernung von etwa einhundertfünfzig Schritt, rasch nacheinander zwei Schüsse, die in einem ebenfalls zum Dorfe führenden Hohlweg abgegeben zu sein schienen. Gleich darauf sah sie, wie, auf einem zwischen den Reben sich hinschlängelnden Pfade, ein Mann in gebückter Haltung dem Dorf zulief. Dieser Mann wandte sich einen Augenblick um, war aber zu weit entfernt, als daß die Frau seine Gesichtszüge hätte erkennen können. Außerdem verdeckte ein Weinblatt, das er im Munde trug, fast sein ganzes Gesicht. Er schien einem Komplizen (den die Zeugin nicht sah) ein Zeichen zu geben und verschwand zwischen den Rebstöcken.

Die Pietri warf ihre Last zu Boden, eilte den Hohlweg hinauf und fand — blutüberströmt, von zwei Schüssen durchbohrt, aber noch atmend — den Colonel della Rebbia. Neben ihm lag sein Gewehr, geladen und gespannt, was darauf hindeutete, daß er sich gegen einen von vorn kommenden Angriff hatte verteidigen wollen, aber von hinten erschossen worden war. Er röchelte und kämpfte mit dem Tode, vermochte jedoch kein Wort hervorzubringen — was sich, wie die Ärzte später konstatierten, dadurch erklärte, daß die Kugeln die Lunge durchschlagen hatten. Das Blut erstickte ihn; es entquoll langsam, wie roter Schaum, seinem Munde. Vergeblich hob die Frau ihn etwas in die Höhe und richtete einige Worte an ihn. Er schien antworten zu wollen, konnte sich aber nicht verständlich machen. Da bemerkte sie, daß er mit der Hand seine Tasche zu erreichen versuchte. Sie griff selber hin und brachte ein kleines Notizbuch zum Vorschein, das sie ihm aufgeschlagen vorhielt. Der Verwundete nahm den an dem Büchlein befestigten Bleistift und versuchte zu schreiben. Mühsam brachte er einige Buchstaben zustande; aber, des Lesens unkundig, vermochte die Frau den Sinn nicht zu deuten. Durch die Anstrengung erschöpft, ließ der Colonel das Notizbuch in ihren Händen. Dann sah er sie mit seltsamer Dringlichkeit an und presste ihr heftig die Hand, als wolle er ihr einprägen — so gab die Zeugin ihre Auffassung wieder —:

«Dies ist wichtig! Es ist der Name meines Mörders!»

Zum Dorfe hinaufeilend, begegnete die Frau dem Amtmann Barricini und dessen Sohn Vincentello. Es war inzwischen fast ganz dunkel geworden. Sie erzählte, was sie gesehen hatte. Signor Barricini nahm das Notizbuch an sich und lief ins Gemeindehaus, um seine Amtsschärpe anzulegen sowie den Sekretär und die Gendarmen herbeizurufen. Mit dem jungen Vincentello allein geblieben, gab die Pietri ihm den Rat, er möge dem Colonel, der vielleicht noch am Leben sei, Hilfe bringen. Vincentello erwiderte jedoch: wenn er sich in die Nähe eines Mannes begebe, der der erbitterte Feind seiner Familie gewesen sei, so werde man ihn späterhin zweifellos des Mordes verdächtigen. Bald darauf kam der Amtmann, fand den Colonel tot, ließ den Leichnam wegtragen und setzte ein Protokoll auf.

Trotz seiner — unter den gegebenen Umständen erklärlichen — Bestürzung beeilte sich Barricini, das Notizbuch des Colonels unter Siegel zu legen und alle in Frage kommenden Nachforschungen anzustellen. Aber keiner dieser Schritte führte auf eine erfolgversprechende Spur. Als der Untersuchungsrichter erschien, wurde das Notizbuch entsiegelt und geöffnet. Auf einem blutbefleckten Blatte las man die von zitternder Hand geschriebenen, jedoch deutlich erkennbaren Buchstaben:

Agosti . . .

Auf Grund dessen hegte der Richter keinen Zweifel, daß der Colonel den Räuber Agostini als seinen Mörder habe bezeichnen wollen.

Darauf wurde Colomba della Rebbia gerufen. Sie bat den Richter, das Notizbuch prüfen zu dürfen. Nachdem sie lange darin geblättert, hob sie die Hand gegen den Amtmann und rief:

«Das ist der Mörder!»

Mit einer bei ihrem zerreißenden Schmerz erstaunlichen Klarheit und Genauigkeit erzählte sie dann, daß ihr Vater vor wenigen Tagen von seinem Sohne Orso einen Brief erhalten und gleich darauf verbrannt, vorher jedoch Orsos — infolge eines Wechsels der Garnison veränderte — Adresse in sein Notizbuch eingetragen habe. Diese Adresse war in dem Buch nicht mehr vorhanden. Colomba schloß daraus, daß der Amtmann das betreffende Blatt — dasselbe, auf das der sterbende Vater dann den Namen seines Mörders geschrieben hatte — herausgerissen haben müsse. Den von des Colonels versagender Hand geschriebenen Namen aber habe der Amtmann — nach Colombas Überzeugung — auf einem anderen Blatt durch den von Agostini ersetzt.

In der Tat bemerkte der Richter, daß ein Blatt der Lage Papier, auf welcher der Name geschrieben stand, fehlte. Dann jedoch gewahrte er, daß auch bei anderen Lagen des Notizbuchs verschiedene Blätter fehlten; und Zeugen erklärten, der Colonel habe die Gewohnheit gehabt, zum Anzünden seiner Zigarre gelegentlich ein Blatt herauszureißen. Somit war nichts wahrscheinlicher, als daß er das Blatt mit Orsos Adresse aus Versehen als «Fidibus» benutzt, das heißt: verbrannt hatte.

Weiterhin wurde noch konstatiert, daß der Amtmann, als er das Notizbuch aus der Hand der Pietri in Empfang nahm, wegen der Dunkelheit nichts mehr habe lesen können. Es wurde bewiesen, daß er sich, bevor er ins Amtshaus ging, keinen Augenblick aufgehalten habe. Der Wachtmeister der Gendarmerie hatte ihn dorthin begleitet und gesehen, wie er die Lampe anzündete, das Notizbuch in ein Kuvert steckte und versiegelte.

Als der Wachtmeister seine Aussage beendet hatte, warf sich Colomba ihm in höchster Erregung zu Füßen und beschwor ihn, bei allem, was ihm heilig sei, genau darüber nachzudenken, ob er den Amtmann nicht vielleicht einen Augenblick allein gelassen habe. Der Wachtmeister, von der leidenschaftlichen Aufwallung des jungen Mädchens ergriffen, gestand nach einigem Zögern, daß er, um einen Bogen Aktenpapier zu holen, in einen Nebenraum gegangen sei, sich aber dort weniger als eine Minute aufgehalten habe, und daß, während er das Papier in einer Schublade suchte, der Amtmann durch die geöffnete Tür ununterbrochen mit ihm gesprochen habe. Außerdem bezeugte er, daß er bei seinem Zurückkommen das blutbefleckte Büchlein noch genau an derselben Stelle des Tisches habe liegen sehen, wohin der Amtmann es vorher gelegt hatte.

Signor Barricini machte seine Aussagen mit der größten Ruhe. Er verzeihe — sagte er — den heftigen Ausbruch der Signorina della Rebbia und wolle sich dazu herbeilassen, seine Schuldlosigkeit klarzulegen. Er wies nach, daß er sich den ganzen Abend im Dorfe aufgehalten habe, daß er in dem Augenblick, wo das Verbrechen geschah, mit seinem Sohne Vincentello vorm Amtshaus gestanden habe, und schließlich, daß sein anderer Sohn, Orlanduccio, an jenem Tage das Fieber gehabt und nicht aus dem Bette herausgekommen sei. Er legte alle im Besitze der Familie befindlichen Gewehre vor: aus keinem derselben war kürzlich ein Schuß abgegeben worden. Was das Notizbuch betreffe — erklärte Barricini weiter —, so sei er sich der Wichtigkeit desselben augenblicklich bewußt geworden. Er habe diesen Beweisgegenstand deshalb sofort eingesiegelt und ihn — in der Voraussicht, daß er wegen seiner Verfeindung mit dem Colonel selbst in Verdacht geraten könne — seinem Adjunkten in Verwahrung gegeben. Schließlich erinnerte er daran, daß Agostini den Nachahmer seiner Handschrift mit dem Tode bedroht habe, und gab zu verstehen, vermutlich habe dieser Elende den Colonel für den Schreiber des gefälschten Briefes gehalten und ihn deswegen ermordet. Die primitive Brutalität der Banditenmoral lasse eine Rache aus solchem Motiv keineswegs als undenkbar erscheinen.

Fünf Tage nach der Ermordung des Colonels della Rebbia wurde Agostini von einer Gendarmerieabteilung überrascht und, nach verzweifeltem Widerstand, niedergemacht. Auf seiner Leiche fand man einen Brief von Colomba, die ihn flehentlich beschwor, zu erklären, ob er den Mord, dessen er bezichtigt war, begangen habe oder nicht. Aus der Tatsache, daß er keine Antwort gegeben hatte, wurde ziemlich allgemein geschlossen, er habe nicht den Mut aufgebracht, der Tochter den Mord an ihrem Vater einzugestehen. Es gab jedoch auch Leute, die insgeheim die Ansicht aussprachen, daß Agostini, falls er den Colonel wirklich getötet hätte, es nicht unterlassen haben würde, sich dieser Tat vor anderen zu rühmen. Ein ihm befreundeter Bandit, namens Brandolaccio, ließ der Tochter des Colonels eine Erklärung zukommen, in welcher er «ehrenwörtlich» die Unschuld seines Kameraden bezeugte. Allerdings bestand der einzige Beweis, den er dafür beizubringen vermochte, in der Behauptung, daß Agostini ihm niemals gesagt habe, er hege gegen den Colonel wegen des gefälschten Briefes irgendwelchen Verdacht.

Ergebnis der Beweisaufnahme: die Familie Barricini wurde in keiner Weise behelligt. Im Gegenteil, der Untersuchungsrichter überhäufte den Amtmann mit Lob; und dieser krönte sein edles Verhalten dadurch, daß er alle Ansprüche auf das mühlentreibende Bächlein, wegen dessen er mit dem Colonel im Prozeß gelegen hatte, fallen ließ.

Am Totenbett des Vaters trug, nach Landesbrauch, Colomba den versammelten Freunden den *vocero*, den Klagegesang, vor. Der Haß verlieh ihrer Improvisation einen hinreißenden Schwung. Mit leidenschaftlich-präzisen Worten beschuldigte sie die Familie Barricini des Mordes und drohte ihr mit der Rache ihres Bruders. Dieses alsbald in den Volksmund übergegangene Klage- und Anklagelied war es, das, in jener Mondnacht auf dem Meere, der Matrose in Gegenwart von Miß Lydia vor sich hin gesungen hatte.

Leutnant Orso befand sich in Nordfrankreich, als er den Tod seines Vaters erfuhr. Er suchte um einen Urlaub nach, erhielt ihn aber nicht. Auf den Brief seiner Schwester hin war er zunächst geneigt, die Familie Barricini für schuldig zu halten. Dann aber ging ihm eine Abschrift sämtlicher Untersuchungsakten zu, und aus ihrer Lektüre gewann er nunmehr die fast sichere Überzeugung, daß Agostini der Mörder sei — eine Ansicht, in der ein Privatbrief des Untersuchungsrichters ihn noch bestärkte. Alle drei Monate kam ein Brief, in dem Colomba ihre Verdachtsgründe — die sie «Beweise» nannte — wiederholte. Und sosehr er sich dagegen sträubte: diese wilden Anklagen ließen sein korsisches Blut dennoch aufwallen, und manchmal fühlte er sich wieder nicht weit entfernt davon, die Vorurteile seiner Schwester zu teilen. In allen seinen Antworten aber erklärte er ihre Behauptungen für grundlos und unglaubwürdig. Er verbot ihr sogar — wenn auch vergeblich —, ihm noch weiter davon zu sprechen.

So vergingen zwei Jahre, ohne daß die des Vaters so grausam beraubten Geschwister sich hätten sehen können. Dann aber geschah es, daß der Leutnant della Rebbia auf Wartegeld gesetzt wurde. Er beschloß, nunmehr seine Heimat aufzusuchen, nicht, um sich an Leuten zu rächen, die er für schuldlos hielt, sondern um seine Schwester zu verheiraten und — falls sich aus dem Ertrage die Mittel für ein bescheidenes Festlanddasein erwarten ließen — sein kleines Anwesen zu veräußern.

7

Sei es, daß das Wiedersehen mit der Schwester in Orso schlummernde Kindheitserinnerungen aufgewühlt hatte, sei es, daß er sich vor den ausländischen Freunden ein wenig verlegen fühlte wegen Colombas «unzivilisierter» Art und Tracht: folgenden Tages gab er seine Absicht kund, Ajaccio zu verlassen und sich in sein Heimatdorf Pietranera zu begeben. Er nahm jedoch dem Colonel das Versprechen ab, auf der Weiterreise nach Bastia in seinem bescheidenen Landhause Wohnung zu nehmen, und stellte ihm dafür die Jagd auf Hirsche, Fasanen, Wildschweine und anderes Getier in verlockende Aussicht.

Am Tage vor der Abreise machte Orso den Vorschlag, in einen Spaziergang auf der Uferstraße des Golfs einzuwilligen. Er reichte Miß Lydia den Arm und konnte nun in aller Freiheit mit ihr plaudern; denn Colomba war, um Verschiedenes einzukaufen, in der Stadt geblieben; und der Colonel entzog sich ihnen alle Augenblicke, um auf Möven und jene entenartigen Wasservögel zu schießen, die man wegen der Leichtigkeit, mit der sie sich erlegen lassen, «Tölpel» zu nennen pflegt.

Sie gingen den Weg, der zu der griechischen Kapelle führt, von der man den schönsten Überblick über die Bucht hat. Aber die beiden Plaudernden achteten nicht darauf.

«Miß Lydia», sagte, nach einem längeren, etwas bedrückenden Schweigen, der Leutnant, «sagen Sie mir offen: was denken Sie von meiner Schwester?»

«Sie gefällt mir sehr», antwortete Miß Nevil. «Eigentlich sogar» — fügte sie lächelnd hinzu — «besser als Sie selbst; denn Signorina Colomba ist eine wirkliche Korsin, während Sie ein allzu kultivierter Outsider Ihrer Insel geworden sind.»

«Ich weiß nicht, ob Sie mit dieser Einschätzung recht haben; denn seitdem ich wieder hier bin, fühle ich bisweilen eine alte Wildheit in mir erwachen. Tausend gräßliche Gedanken stürmen auf mich ein und bereiten mir Qual. Und bevor ich mich in meine Einöde wage, möchte ich gern etwas ausführlich mit Ihnen sprechen.»

«Man muß den Mut zu der edlen Entsagung aufbringen, zu der man sich entschlossen hat, Signor della Rebbia! Die Resignation Ihrer Schwester mag Ihnen als Beispiel dienen!»

«Oh, Miß Lydia, glauben Sie doch nicht an Colombas Resignation! Zwar hat sie mir noch kein einziges mahnendes Wort gesagt; aber ich lese in jedem ihrer Blicke, was sie von mir erwartet!»

«Was erwartet sie denn von Ihnen?»

«Oh, nichts . . . Nur, daß ich schleunigst ausprobiere, ob das Gewehr Ihres Herrn Vaters sich ebensogut gegen Menschen wie gegen Rebhühner verwenden läßt.»

«Was für eine Idee! Einen solchen Gedanken trauen Sie Ihrer Schwester zu, obwohl sie Ihnen absolut nichts Derartiges gesagt hat?! Das ist abscheulich von Ihnen!»

«Wenn Colomba nicht an Rache dächte, hätte sie mir sofort von unserem Vater gesprochen! Sie hat es nicht getan. Sie hätte die Namen derer ausgesprochen, die sie — oh, ich weiß: zu Unrecht! — für seine Mörder hält. Sie hat diese Namen nicht erwähnt. Aber wir Korsen sind gar listige Geschöpfe. Meine Schwester hat erkannt, daß sie mich nicht völlig in ihrer Gewalt hat; und solange ich ihr noch entwischen kann, will sie mich nicht unnötig scheu machen. Wenn sie mich aber einmal bis an den Rand des Abgrundes geführt hat und sieht, wie der Kopf mir zu schwindeln droht, dann stößt sie mich unweigerlich hinunter in die Tiefe!»

Orso machte der jungen Engländerin einige genauere Angaben über den Tod seines Vaters und zählte die hauptsächlichen Gründe auf, die ihm den Banditen Agostini als den mutmaßlichen Mörder erscheinen ließen.

«Aber nichts», fügte er hinzu, «hat meine Schwester überzeugen können. Sie hat der Barricini-Sippe den Tod geschworen; und — Sie sehen, Miß Nevil, welches Vertrauen ich zu Ihnen hege! — vielleicht wären diese Leute längst nicht mehr am Leben, wenn Colomba, ganz im Banne der Tradition, nicht davon durchdrungen wäre, daß die Ausführung der Rache mir, dem jetzigen Oberhaupt der Familie, zukomme, und daß meine Ehre dabei verpfändet sei.»

«Wirklich, Signor della Rebbia», sagte Miß Nevil, «Sie verleumden Ihre Schwester!»

«Nein, Sie haben es ja eben selbst gesagt: Colomba ist eine wahre Korsin ... So, wie sie denkt, so denken hierzulande alle ... Gestern kamen der Colonel und ich im Boote von der Jagd zurück. Wissen Sie, was einer der Schiffsleute, in seinem vermaledeiten Kauderwelsch, zu mir gesagt hat? ...: ‚Ihr habt mancherlei Wild erlegt, Ors' Anton'; aber in Orlanduccio Barricini werdet Ihr einen größeren Jäger finden, als selbst Ihr es seid!'»

«Nun, was sollte in diesen Worten so Furchtbares enthalten sein?! Legen Sie denn gar soviel Wert darauf, als unübertrefflicher Jäger zu gelten?»

«Aber verstehen Sie denn nicht, Miß Nevil, daß dieser Kerl sagen wollte, ich hätte nicht den Mut, den Orlanduccio zu töten?»

«Wissen Sie, Signor della Rebbia, daß Sie beginnen, mir Angst zu machen?! Das Klima Ihrer Insel scheint nicht nur Fieber, sondern auch Wahnwitz zu erzeugen! ... Zum Glück werden wir Korsika bald verlassen.»

«Nicht, bevor Sie in Pietranera gewesen sind! Sie haben es meiner Schwester bestimmt versprochen!»

«Und wenn wir dies Versprechen brächen, müßten wir wohl auf irgendeine entsetzliche Rache gefaßt sein?»

«Sie sollten mich nicht mit so grausamen

Scherzen traktieren, Miß Nevil! Sehen Sie: ich bin hier ganz allein! Als Bundesgenossen gegen den ‚Wahnwitz', wie Sie es nennen, hatte ich nur Sie, Miß Lydia! Sie waren mein Schutzengel, und jetzt . . .»

«Jetzt haben Sie, zum Schutze einer, wie es scheint, ziemlich leicht zu erschütternden Vernunft, Ihre Mannes- und Soldatenehre und» — sie bückte sich, um eine Blume zu pflücken —, «falls Ihnen das etwas bedeutet, außerdem das Gedenken an Ihren ‚Schutzengel' . . . Hier, nehmen Sie diesen Ring als Talisman! Die Gemme darauf ist in Ägypten gefunden worden, angeblich sogar in einer Pyramide, und die Hieroglyphen bedeuten: ‚Das Leben ist ein Kampf.' Jedesmal, wenn ein schlimmer korsischer Gedanke Sie befallen will, betrachten Sie die Gemme und bestärken sich in dem Vorsatz, den Kampf mit antiquierten Leidenschaften siegreich zu bestehen!»

«Ich werde an Sie denken, Miß Nevil, und werde mir sagen . . .»

«Sagen Sie sich, daß Sie eine Freundin haben, die keineswegs entzückt wäre, wenn sie erführe, daß man Sie zum Galgen verurteilt habe — ein Gedanke, der übrigens auch Ihren Vorfahren, den Herren *caporali*, wohl nicht besonders standesgemäß erscheinen würde!»

Und lachend machte sie sich vom Arme des jungen Mannes los.

Orso und seine Schwester sollten zu sehr früher Stunde aufbrechen. Schon am Abend verabschiedete der Leutnant sich von Miß Lydia; denn es war nicht anzunehmen, daß sie zu seinen Gunsten eine Ausnahme machen werde von der süßen Gewohnheit, lange zu schlafen. Der Abschied war kalt und steif. Miß Lydia fürchtete, während des Spazierganges ein allzu großes Interesse an Orso verraten zu haben. Und ihm war ein peinlicher Nachklang verblieben von der scherzend-leichtfertigen Tonart, die sie anzuschlagen beliebt hatte. Einen Augenblick hatte er geglaubt, in ihrem Verhalten etwas wie aufkeimende Neigung zu spüren; doch ihre oberflächliche Tändelei warf ihn bald in die Rolle einer flüchtigen, zu rascher Vergessenheit bestimmten Reisebekanntschaft zurück. Um so erstaunter war er, beim Frühstück mit dem Colonel nicht nur Colomba, sondern zugleich auch Miß Lydia erscheinen zu sehen. Sie war schon um fünf Uhr aufgestanden, und diese Selbstüberwindung einer Engländerin, zumal einer Miß Nevil, schien geeignet, den jungen Mann fast ein wenig eitel zu machen.

«Ich bin untröstlich, daß Sie sich so früh haben aufscheuchen lassen!» sagte Orso. «Vermutlich hat, trotz meines dringenden Abmahnens, Colomba Sie geweckt? Sie müssen furchtbar böse auf uns sein, Miß Nevil; und ich fürchte, daß Sie mich schon jetzt an den Galgen wünschen!»

«Nein», erwiderte Miß Lydia leise (und, damit es dem Vater unverständlich bleibe, auf italienisch). «Aber Sie haben, glaube ich, mein harmloses Scherzen gestern übel aufgenommen, und ich möchte durchaus nicht, daß Sie ein schlimmes Andenken an Ihre ergebene Dienerin mit auf die Reise nähmen! . . . Oh, was ihr doch für schreckliche Menschen seid, ihr Leute von Korsika! . . . Aber nun adieu! Und auf baldiges Wiedersehen, hoffe ich!»

Und sie streckte ihm die Hand entgegen.

Orso — nachdem er sich einen kurzen Augenblick mit Colomba in eine Fensternische zurückgezogen — erwiderte:

«Wir Korsen haben nicht viel zu geben; doch meine Schwester möchte Ihnen ein etwas seltsames Geschenk machen. Sie sagte mir, dieses Stilett habe Ihr Interesse erregt. Es ist ein altes Familienstück: bitte, nehmen Sie es!»

«Es ist ganz entzückend», erwiderte Miß Lydia mit jenem Zögern, das der Annahme vorauszugehen pflegt; «aber, liebste Signorina Colomba, ich darf Sie auf keinen Fall so waffenlos auf die Reise gehen lassen!»

«Oh, jetzt ist mein Bruder bei mir!» sagte Colomba stolz. «Und außerdem haben wir das schöne Gewehr Ihres Vaters! . . . Orso, Ihr habt es doch geladen?»

Die Versuchung war allzu groß: Miß Nevil behielt den Dolch. Und Colomba — um die Gefahr abzuwenden, die in jedem Verschenken einer schneidenden oder stechenden Waffe verborgen liegt — verlangte als Kaufpreis einen Soldo.

Die Abschiedsstunde war gekommen. Orso drückte der jungen Engländerin nochmals die

Hand. Colomba umarmte sie. Dann bot sie ihre rosigen Lippen dem Colonel, der über diese Art korsischer Höflichkeit ebenso erstaunt wie entzückt war. Vom Fenster aus sah Lydia die Geschwister zu Pferde steigen. Colombas Augen leuchteten in einem triumphierenden Glanz, der bisher noch nicht darin erglommen war. Dieses hochgewachsene, kraftvolle junge Mädchen, inbrünstig erfüllt von einem barbarischen Ehrbegriff, die Stirn hochmütig zurückgeworfen, die Lippen zu einem gefährlichen Lächeln geschürzt, schien einem bösen Dämon zu gleichen, der den ihm Anheimgefallenen dem Verderben entgegenführt. Orso — sei es, daß er Lydias Gedanken ahnte, sei es, daß er ihr einen letzten Gruß senden wollte — nahm den ägyptischen Ring, den er an einer Schnur auf der Brust trug, und führte ihn an die Lippen. Errötend trat Miß Lydia vom Fenster zurück, doch nur, um alsbald ihren Beobachtungsposten wieder einzunehmen und zu sehen, wie Bruder und Schwester auf ihren kleinen Rossen dahingaloppierten — zunächst den Weg am Golf entlang, dann den Bergen zustrebend und rasch entschwindend.

8

Anfangs hinderte das schnelle Reiten die beiden am Sprechen. Dann, als der steiler werdende Anstieg die Pferde zwang, im Schritt zu gehen, wechselten sie ein paar Worte über die

Freunde, von denen sie eben Abschied genommen hatten. Mit Begeisterung sprach Colomba von Miß Nevils Schönheit, von ihren blonden Haaren, ihrem anmutigen Wesen. Dann fragte sie, ob der Colonel wohl in Wirklichkeit so reich sei, wie es den Anschein habe, und ob Miß Lydia seine einzige Tochter sei.

«Das muß eine gute Partie sein», meinte sie. «Der Colonel hegt offenbar große Neigung für Euch . . .»

Und, da Orso nicht antwortete, fuhr sie fort:

«Unsere Familie ist früher reich gewesen. Noch heute ist sie eine der angesehensten des Landes. Wahren Adel gibt es nur noch in den Familien der *caporali;* und Ihr wißt, Orso, daß Ihr von den ersten *caporali* der Insel abstammt. Wenn ich an Eurer Stelle wäre, so würde ich nicht zögern, den Colonel um die Hand seiner Tochter zu bitten.» (Orso zuckte mit den Achseln.) «Ihre Mitgift würde ich dazu verwenden, die Waldungen der Falsetta und die unterhalb unseres Anwesens gelegenen Rebhügel zu kaufen. Ich würde mir ein schönes Haus aus Quadersteinen bauen lassen; und um einen Stock erhöhen würde ich den alten Turm, von dem aus dereinst Sambucuccio so viele Mauren getötet hat, zur Zeit des Conte Arrigo bel Missere.»

«Colomba, du bist toll», antwortete, im Weitergaloppieren, Orso.

«Ihr seid ein Mann, Ors' Anton', und wißt besser als ein Weib, was Ihr zu tun habt. Aber ich frage mich, was dieser Engländer gegen eine Verbindung unserer Familien einzuwenden haben könnte. Gibt es in England *caporali?*...»

Nach einem ziemlich langen Ritt gelangten die Geschwister, unweit von Bocognano, in ein kleines Dorf, wo sie von einem Freunde der Familie della Rebbia mit korsischer Gastfreiheit aufgenommen wurden und die Nacht verbrachten. Am folgenden Morgen begleitete sie der Freund, der ein Gevattersmann von Madama della Rebbia war, mehr als eine Meile auf ihrem Weg.

«Ihr seht diese Waldungen, dieses undurchdringliche Dickicht von Gebüsch und Gestrüpp», sagte er, als sie sich trennten, zu Orso. «Jemand, der ein Unglück angerichtet* hätte, könnte dort zehn Jahre in Frieden leben, ohne daß Gendarmen oder Soldaten ihm auf die Spur kämen. Diese *macchia* stößt an den Wald von Vizzavona; und wer Freunde in oder bei Bocognano hat, dem kann es an nichts fehlen . . . Ihr habt da ein schönes Gewehr, Ors' Anton'; es trägt sicherlich weit! Bei der Madonna, ein ordentliches Kaliber! Damit ließe sich besseres Wild erlegen als immer nur Eber und Säue!»

In frostigem Tone antwortete Orso, sein Gewehr sei englischen Ursprungs und trage allerdings sehr weit. Nach diesen Worten umarmte und trennte man sich.

* korsische Umschreibung für: einen Menschen töten.

Schon waren unsere Reisenden in die Nähe von Pietranera gelangt, als sie, am Eingang einer Schlucht, durch die sie hindurchmußten, einer Gruppe von sieben oder acht bewaffneten Männern ansichtig wurden. Einige von ihnen saßen auf Steinblöcken; andere lagen im Grase; wieder andere standen aufrecht und schienen nach etwas auszuspähen. In geringer Entfernung weideten ihre Pferde. Mit einem Fernrohr, das sie aus ihrer Satteltasche hervorzog, faßte Colomba die Gruppe ins Auge.

«Es sind unsere Leute!» rief sie freudig. «Pieruccio hat seine Aufgabe gut besorgt.»

«Was für Leute?» fragte Orso.

«Unsere Schäfer», antwortete sie. «Vorgestern abend habe ich Pieruccio beauftragt, diese braven Leute zusammenzurufen, damit sie Euch in Euer Haus geleiten. Es wäre unschicklich, wenn Ihr ohne Begleitung in Pietranera ankämet; und außerdem müßt Ihr Euch stets bewußt bleiben, daß die Barricini zu allem fähig sind.»

«Colomba», antwortete Orso in strengem Ton, «ich habe dich oft genug gebeten, mir nicht mehr von den Barricini und all diesen unbegründeten Vermutungen zu sprechen!... Ich werde mich nicht dadurch lächerlich machen, daß ich mit einer Eskorte von Tagedieben in mein Heimatdorf einziehe; und es mißfällt mir sehr, daß du die Leute ohne mein Vorwissen hierher zusammenberufen hast.»

«Mein Bruder, Ihr habt das Wesen Eures

Landes vergessen! Deshalb kommt es mir zu, für Euren Schutz zu sorgen, wenn Eure Unvorsichtigkeit Euch in Gefahr bringt. Es war meine Pflicht, zu tun, was ich getan habe.»

In diesem Augenblick liefen die Hirten, die der Geschwister ansichtig geworden waren, zu ihren Pferden und ritten den Kommenden im Galopp entgegen.

«*Evviva Ors' Anton'!*» rief ein robuster, weißbärtiger Alter, der trotz der großen Hitze in einen dicken, zottigen Wollmantel gehüllt war. «Oh, ist er nicht ganz das Ebenbild seines Vaters?! ... Nur noch größer und stärker! Und welch schönes Gewehr er hat!... Von diesem Gewehr werden die Leute weit in der Runde sich bald etwas zu erzählen haben, Ors' Anton'!»

«*Evviva Ors' Anton'!*» wiederholten die Schäfer im Chor. «Wir wußten es ja, daß er schließlich doch heimkehren würde!»

«Oh, Ors' Anton'!» sagte ein großer Kerl mit ziegelfarbenem Gesicht, «wie glücklich wäre Euer Vater gewesen, wenn er diesen Tag erlebt hätte! Und er befände sich wirklich noch am Leben, wenn er mir nur erlaubt hätte, dem Giudice Barricini sein gerechtes Teil zu geben... Aber er hat mir niemals Glauben schenken wollen! Erst jetzt — im Jenseits — wird er erfahren haben, wie recht ich mit allem hatte!»

«Na», hub der Greis wieder an, «jetzt braucht Giudice nicht mehr lange zu warten!»

«*Evviva Ors' Anton'*!»

Und ein Dutzend Flintenschüsse begleiteten den Willkommensgruß.

Inmitten dieser heftig gestikulierenden, ihn mit wildem Geschrei umdrängenden berittenen Hirten fühlte Orso sich keineswegs behaglich. Er wollte sprechen, vermochte sich aber nicht verständlich zu machen. Endlich nahm er die strenge Miene an, die er vor seiner Kompagnie aufzusetzen pflegte, wenn er Verweise zu erteilen oder Arreststrafen zu verhängen hatte.

«Liebe Freunde», sagte er, «ich danke euch für die Zuneigung, die ihr mir entgegenbringt, und für eure Treue zu meinem Vater. Aber ich glaube, daß niemand mir Ratschläge zu geben hat. Ich weiß selbst, was ich zu tun habe!»

«Er hat recht, er hat recht!» riefen die Schäfer. «Und Ihr wißt, daß Ihr auf uns rechnen könnt!»

«Ja, ich rechne auf euch. Aber für den Augenblick brauche ich niemanden, und keinerlei Gefahr bedroht mein Haus. Deshalb kehrt ruhig zu euren Ziegen zurück! Ich kenne den Weg nach Pietranera und brauche keine Führer.»

«Fürchtet nichts, Ors' Anton'», sagte der Greis; «heute werden sie nicht wagen, sich zu zeigen. Die Maus verkriecht sich, wenn der Kater ankommt.»

«Selber Kater, du alter Weißbart!» erwiderte Orso. «Wie heißest du denn?»

«Was, Ihr kennt mich nicht mehr, Ors' Anton'?! Mich, der ich Euch so oft auf meinem bissigen Maultier hinten habe mitaufsitzen lassen?! Ihr kennt den Polo Griffo nicht mehr?! Den braven alten Kerl, der den della Rebbia mit Leib und Seele ergeben ist?... Sagt nur ein einziges Wort, und wenn Euer großes Gewehr sprechen wird, dann wird auch diese alte Muskete — so alt wie ihr Besitzer — nicht schweigen! Darauf könnt ihr rechnen, Ors' Anton'!»

«Gut, gut! ... Aber jetzt, bei allen Teufeln, müßt ihr gehen, wohin ihr gehört! Laßt mich und meine Schwester nur ruhig weiterreiten!»

Die Hirten entfernten sich; in scharfem Trabe ritten sie dem Dorfe zu. Aber an allen höhergelegenen Punkten des Weges machten sie halt und schienen auszuspähen, ob der Feind nicht doch irgendwo auf der Lauer liege. Und immer blieben sie den Geschwistern so nahe, daß sie ihnen im Notfall hätten zu Hilfe kommen können.

Der alte Polo Griffo aber sagte zu seinen Gefährten:

«Oh, ich verstehe ihn recht gut! Er kündigt nicht gleich an, was er zu tun gedenkt; aber er wird es tun! ... Gut so, gut! Sag du nur ruhig, daß du gegen niemanden etwas im Schilde führst! Brav, mein junger Freund! ... Aber für die Haut des Amtmannes gäbe ich jetzt keinen Pfifferling mehr!»

Von einem so tatenlustigen Vortrab gesichert, hielt der Abkömmling der della Rebbia seinen Einzug in das heimatliche Dorf und ins alte Haus der *caporali*, seiner Vorfahren.

Die Rebbianer, die lange ohne Führer gewesen waren, kamen ihm vollzählig entgegen; die «neutralen» Dorfbewohner standen auf der Schwelle ihrer Türen, um ihn vorbeikommen zu sehen; die Barricinianer aber hielten sich in ihren Häusern und lugten nur durch die Spalten der geschlossenen Fensterläden mißtrauisch nach ihm aus.

Der Marktflecken Pietranera ist, wie alle korsischen Dörfer, sehr unregelmäßig gebaut. Die Häuser, ohne jeden Plan angelegt, bedecken ein kleines Plateau oder vielmehr einen Treppenabsatz des Gebirges. In der Mitte des Ortes erhebt sich eine hohe, immergrüne Eiche; und daneben gewahrt man einen Trog aus Granit, in den eine hölzerne Röhre das Wasser einer benachbarten Quelle ergießt. Die Kosten dieser gemeinnützigen Anlage waren je zur Hälfte von den della Rebbia und von den Barricini getragen worden — ein Faktum, das jedoch nicht etwa auf eine frühere Eintracht der beiden Familien, sondern nur auf ihre gegenseitige Eifersucht hinweist. Da der Colonel della Rebbia dem Gemeinderat eine kleine Summe als Grundkapital zur Errichtung eines Brunnens überwiesen hatte, beeilte sich der Advokat Barricini, einen Betrag von gleicher Höhe zu spenden, und diesem Wettstreit des Edelmutes verdankt die Gemeinde Pietranera ihre Wasserleitung.

Auf der sich um Eiche und Brunnen ausbreitenden Piazza finden sich abends die geselligen Naturen des Dorfes zusammen. Bisweilen kommt ein Kartenspiel zustande; und einmal im Jahre — im Karneval — wird getanzt. An den beiden Enden des Platzes erheben sich absonderliche Baulichkeiten aus Granit und Schiefer, die mehr hoch als breit sind. Das sind die feindlichen «Türme» der della Rebbia und der Barricini. Was die Architektur und die Höhe betrifft, so gleichen sie einander völlig — woraus sich erkennen läßt, daß die Rivalität der beiden Familien im Laufe der Jahrhunderte stets auf gleicher Höhe geblieben ist, ohne daß das Schicksal zwischen ihnen eine endgültige Entscheidung getroffen hätte.

Unter der Bezeichnung «Turm» versteht man auf Korsika einen viereckigen Bau von etwa vierzig Fuß Höhe — ein Gebilde, dem man in anderen Ländern ganz einfach den Namen «Taubenschlag» geben würde. Acht Fuß über dem Boden öffnet sich eine enge Tür, zu der man auf einer steilen Treppe hinaufgelangt. Oberhalb dieser Pforte befindet sich ein Fenster mit einem erkerartigen Ausbau, einer sogenannten «Pechnase», durch deren Luken man zudringliche Besucher mittels Ausschüttens von heißem Pech oder auf andere passende Weise gefahrlos beseitigen kann. Zwischen Tür und Fenster gewahrt man zwei roh gemeißelte Wappenschilder. Das eine zeigte früher das Genueser Kreuz; aber, längst durch Hammerschläge zerstört, ist es nur noch für Geschichtsforscher erkennbar. Auf dem anderen Schild befindet sich das Wappen der

Familie, welcher der Turm gehört. Die Spuren von Flintenschüssen auf Wappen und Fensterrahmen vervollständigen das Bild einer mittelalterlichen Stammburg in Korsika. Zu erwähnen bleibt noch, daß die Wohngebäude an den Turm anstoßen und meistens durch einen inneren Gang mit ihm verbunden sind.

Turm und Haus der della Rebbia nehmen die Nordseite der Piazza von Pietranera ein. Vom Nordturm zum Brunnen führt die Promenade der Rebbia; die der Barricini bildet, auf der anderen Seite, das Gegenstück.

Seit dem Begräbnis der Frau des Colonels hatte niemals ein Mitglied einer der beiden Familien die ihm nicht «zustehende» Seite des Platzes berührt. Orso wollte, um sich einen Umweg zu ersparen, am Hause des Amtmanns vorbeireiten; aber seine Schwester hielt ihn zurück und bat ihn, einen Seitenweg zu nehmen, auf dem sie ohne Überquerung des Platzes ihr Haus hätten erreichen können.

«Warum soviel Umstände?» erwiderte Orso. «Ist der Platz nicht für alle da?»

Und er trieb sein Pferd an.

«Oh, du tapferes Herz!» murmelte Colomba vor sich hin. «Vater, du wirst gerächt werden!»

Als sie sich inmitten des Platzes befanden, heftete Colomba, nachdem sie ihr Roß auf die Barricini-Seite gelenkt, die Augen scharf auf das feindliche Haus. Sie sah, daß die Fenster desselben verbarrikadiert und, als ob man auf einen feindlichen Angriff gefaßt sei, mit Schießscharten versehen waren.

«Diese Feiglinge!» rief sie. «Seht nur, Bruder, wie sie sich verrammelt haben! Aber eines Tages werden sie aus ihrer Höhle herausmüssen!»

Orsos Erscheinen auf der Südseite der Piazza erregte in Pietranera das größte Aufsehen: es wurde als ein an Tollkühnheit streifender Wagemut gewertet. Und am Abend, als die «Neutralen» sich unter der großen Eiche versammelten, bildete diese Sensation das Thema endloser Erörterungen.

«Es ist ein wahres Glück» — so lautete das allgemeine Urteil —, «daß die Söhne des Amtmanns noch nicht zurück sind; denn die Jungen wären nicht so duldsam gewesen wie der Alte: sie hätten den Einbruch in ihr Gebiet nicht ungestraft gelassen!»

«Achtet auf das, was ich euch jetzt sage!» verkündete ein Greis, der als das Orakel des Dorfes galt. «Ich habe vorhin auf die Miene der Colomba aufgepaßt: ihr steckt etwas im Kopf! Freunde, ich wittere Pulverdampf in der Luft; und binnen kurzem wird das Schlachtfleisch billig sein in Pietranera!»

9

Von seinem Vater Ghilfuccio della Rebbia früh getrennt, hatte Orso kaum Zeit gehabt, ihn richtig kennenzulernen. Im Alter von fünfzehn Jahren hatte er Pietranera verlassen, um in Pisa zu studieren. Er war dann in die Militärschule eingetreten, während der Vater den glorreichen Napoleonischen Adlern durch Europa folgte. Auf dem Festlande hatte Orso ihn nur selten zu sehen bekommen. Im Jahre 1815 jedoch fügte es sich, daß der Colonel della Rebbia mit dem Kommando des Regimentes, dem sein Sohn Orso als Leutnant angehörte, betraut wurde. Nun, der Colonel, in der Disziplin unbeirrbar, behandelte seinen Sohn genau so wie alle anderen jungen Leutnants, das heißt: mit größter Strenge. Die Erinnerungen, die Orso an ihn bewahrt hatte, waren somit zwiefacher Natur. Er dachte daran, wie der Vater dem kleinen Buben einmal seinen Degen in die Hand gegeben, wie er, von der Jagd zurückkehrend, ihn sein Gewehr hatte abschießen lassen oder wie er das Kind zum erstenmal am Mittagstisch der «Großen» hatte teilnehmen lassen. Aber dann tauchte wieder das Bild des Colonels auf, der den Sohn bei jeder kleinen Inkorrektheit bestrafte und ihn immer nur «Leutnant della Rebbia» anredete.

«Leutnant della Rebbia, Sie stehen nicht an Ihrem reglementsmäßigen Platze! . . Drei Tage Stubenarrest!»

«Ihre Schützen sind zu weit vorgestoßen: fünf Tage Arrest!»

«Sie haben jetzt, fünf Minuten nach zwölf Uhr, noch die Feldmütze* auf: acht Tage Arrest!»

* Die Feldmütze durfte nur bis zwölf Uhr mittags getragen werden; später war der Helm oder das Käppi vorgeschrieben.

Nur ein einziges Mal, bei Quatre-Bras*, hatte er den Sohn gelobt:

«Sehr gut, Orso! Aber sei etwas vorsichtiger!»

Doch nicht an diese Szenen aus dem militärischen Dasein erinnerte ihn jetzt die alte Heimat. Vielmehr erweckte der Anblick der trauten Plätze seiner Kindheit, des Hausrats der zärtlich geliebten Mutter in ihm eine Fülle schmerzlich-süßer Gefühle. Und dann dachte er an die dunkle Zukunft, die ihm bevorzustehen schien, und an das beunruhigende Verhalten seiner Schwester. Auch quälte ihn der Gedanke, daß ein so verwöhntes Geschöpf wie Miß Nevil, wenn sie nach Pietranera käme, gewiß mit äußerster Geringschätzung auf die Armseligkeit seines Hauswesens herabblicken werde. Das beklemmende Durcheinander aller dieser Empfindungen erfüllte ihn mit tiefer Mutlosigkeit.

Zum Nachtessen setzte er sich in den großen Sessel aus nachgedunkeltem Eichenholz, der der Ehrenplatz des Vaters gewesen war. Er mußte lächeln, wie er sah, daß Colomba zögerte, sich neben ihn zu setzen. Und er empfand es angenehm, daß sie bei Tische schweigsam blieb und sich bald zurückzog. Offenbar wollte sie dem Bruder Zeit lassen, sich in die heimischen Verhältnisse zurückzufinden.

* Quatre-Bras, im südlichen Brabant, wo, am 16. und 17. Juni 1815, die Verbündeten über die Franzosen siegten.

Den Kopf in die Hand gestützt, saß Orso regungslos da und ließ die Erlebnisse der letzten vierzehn Tage an seinem Geiste vorüberziehen. Mit Schrecken sah er, was, in bezug auf die Barricini, hier jedermann von ihm zu erwarten schien. Und er glaubte bereits zu fühlen, wie die «öffentliche Meinung» von Pietranera für ihn die Meinung der Welt zu werden begann. Wenn er hier nicht als Feigling gelten wollte, mußte er sich rächen! Aber an wem? Er vermochte die Barricini nicht für Mörder zu halten. Gewiß: sie waren die Feinde seiner Familie, aber nur ein barbarisches Vorurteil konnte ihnen einen Mord zutrauen... Ein paarmal fiel sein Blick auf den Talisman, den er von Miß Nevil erhalten hatte, und leise wiederholte er den Wahlspruch: «Das Leben ist ein Kampf!...» Doch festen Tones fügte er hinzu: «Ich werde Sieger bleiben!»

Mit diesem ermutigenden Gedanken erhob er sich, nahm die Lampe und wollte in sein Zimmer hinaufgehen, da wurde draußen an die Tür des Hauses geklopft. War es denkbar, daß ein Besucher kam zu so später Stunde?... Gleich darauf erschien Colomba, von einer Magd begleitet.

«Es wird nichts sein», sagte sie und ging zur Tür.

Bevor sie jedoch öffnete, fragte sie, wer der Klopfende sei. Eine zarte Stimme antwortete:

«Ich bin's.»

Der Riegel wurde weggeschoben, und hinter

der ins Eßzimmer zurückkehrenden Colomba ward ein etwa zehnjähriges Mädchen sichtbar, barfüßig und zerlumpt. Unter ihrem zerrissenen Kopftuch quoll rabenschwarzes Haar hervor. Sie war mager und blaß; ihre Augen verrieten Intelligenz. Wie sie Orso erblickte, blieb sie schüchtern stehen und machte ihm einen ländlichen Knix. Dann sprach sie leise mit Colomba und gab ihr einen eben geschossenen Fasanen.

«Danke, Chili*», sagte Colomba. «Sag auch deinem Onkel meinen Dank. Geht es ihm gut?»

«Zu dienen, Signorina, sehr gut! ... Ich habe nicht eher hier sein können, weil ich drei Stunden in der *macchia* warten mußte, bis er kam.»

«Und du hast nicht zu Abend gegessen?»

«Nein, Signorina, dazu hatte ich keine Zeit.»

«Man wird dir gleich zu essen geben. Hat dein Onkel noch Brot?»

«Nur wenig, Signorina. Aber was ihm besonders fehlt, das ist: Pulver. Jetzt, wo die Kastanien reif sind, braucht er nichts anderes mehr als Pulver.»

«Ich will dir für ihn Brot geben und auch Pulver. Sag ihm, er möge sparsam damit umgehen: es sei teuer.»

«Colomba», sagte Orso auf französisch, «wer ist es, dem du solche milden Gaben zukommen lässest?»

* Diminutivum von Michelina.

«Ein armer Bandit, der aus unserem Dorfe stammt», antwortete Colomba in derselben Sprache. «Diese Kleine ist seine Nichte.»

«Es scheint mir aber doch, als ob du deine Geschenke passender verteilen könntest! Warum einen Spitzbuben mit Pulver versorgen, das ihm nur zu schlimmen Taten dienen wird?... Ohne die beklagenswerte Schwäche, die hier jedermann für die Banditen zu hegen scheint, wäre die ganze Räuberwirtschaft längst aus Korsika verschwunden.»

«Es gibt schlimmere Leute hierzulande als die Banditen*», erwiderte das junge Mädchen.

«Gib ihnen Brot, soviel du magst! Brot darf man niemandem verweigern. Aber ich will nicht, daß man solchen Leuten Munition zukommen läßt!»

«Bruder», sagte Colomba in ernstem Ton, «Ihr seid der Herr dieses Hauses, und alles, was darin ist, ist Euer Eigentum. Aber ich sage Euch: lieber schenke ich dieser Kleinen meinen seidenen Schleier, damit sie ihn verkaufe, als daß ich einem Banditen, der Pulver braucht, sein Verlangen abschlüge! Ihm das Pulver versagen, das hieße soviel wie: ihn wehrlos in die Hände der Gendarmen liefern! Denn welchen Schutz hätte er gegen sie außer seinen Patronen?»

Die Kleine verschlang indessen ein Stück Brot und schien aus den Augen der beiden

* Der Ausdruck Bandit enthält im Korsischen nichts Tadelndes oder Gehässiges; er ist gleichbedeutend mit Verbannter und entspricht dem *outlaw* der englischen Balladen.

Redenden den Sinn ihrer Worte erraten zu wollen.

«Was hat er denn eigentlich getan, dein Bandit? Um welches Verbrechens willen hat er sich in die *macchia* zurückgezogen?»

«Brandolaccio hat kein Verbrechen begangen!» rief Colomba. «Während er Soldat war, hat Giovan' Opizzo seinen Vater ermordet, und Brandolaccio hat nur seine Pflicht erfüllt, wenn er den Mörder getötet hat!»

Orso wandte sich ab, nahm die Lampe und stieg schweigend in sein Zimmer hinauf. Colomba aber gab der Kleinen Pulver und Mundvorrat, geleitete sie bis an die Haustür und schärfte ihr ein:

«Und vor allem, daß der Onkel sich bereit halte, Orso zu schützen!»

10

Stundenlang konnte Orso nicht einschlafen, und die Sonne stand schon hoch am Himmel, als er erwachte. Das erste, worauf seine Blicke fielen, war, jenseits der Piazza, das verbarrikadierte Haus der Feinde. Er stieg die Treppe hinunter und fragte nach seiner Schwester.

«Sie ist in der Küche und gießt Kugeln», antwortete Saveria, die Magd.

Nicht einen Schritt konnte er in diesem Hause machen, ohne von Bildern der Feindseligkeit verfolgt zu werden!

Colomba saß auf einem Schemel. Neben ihr lag ein Haufen frischgegossener Kugeln, deren Gußzapfen sie eben abschnitt.

«Was zum Teufel treibst du da?» fragte Orso.

«Lieber Bruder, es waren Euch die Kugeln für Euer neues Gewehr ausgegangen», antwortete, mit sanfter Stimme, das Mädchen. «Ich habe eine Kugelform gefunden, die für die Gewehrweite paßt, und Ihr werdet noch heute vierundzwanzig Stück davon bekommen, Ors' Anton'!»

«Gott sei Dank, brauche ich sie nicht!»

«Oh, man muß auf alles vorbereitet sein! Ihr habt Land und Leute von Korsika vergessen, Bruder!»

«Wenn ich sie vergessen hätte,so würdest du mich genugsam daran erinnern, Colomba!... Doch sag mir: ist nicht vor einigen Tagen ein großer Reisekoffer für mich angekommen?»

«Ja, Bruder. Wollt Ihr, daß ich ihn in Euer Zimmer hinauftrage?»

«Du den Koffer hinauftragen?! Woher solltest du eine solche Kraft nehmen?... Ist nicht irgendein Mann da, der es tun könnte?»

«Ich bin nicht so schwach, wie Ihr denkt!» sagte Colomba, schob ihren Ärmel zurück und ließ einen wohlgeformten, ungemein kräftigen Arm sehen. «Komm, Saveria, hilf mir!»

Und schon wollte sie den schweren Koffer ganz allein hochheben. Doch Orso kam ihr zuvor.

«In diesem Koffer, liebe Colomba», sagte er, «ist etwas für dich. Du mußt verzeihen, wenn ich dir nur armselige Geschenke machen kann; aber die Börse eines pensionierten Leutnants pflegt nicht allzu reich gespickt zu sein.»

Mit diesen Worten öffnete er den Koffer und brachte einige Kleider, einen Schal und verschiedene andere Dinge, die ein Mädchenherz erfreuen können, zum Vorschein.

«Was für schöne Sachen!» rief Colomba. «Ich will sie gleich einschließen, damit sie mir nicht schlecht werden! . . . Ich bewahre sie für meinen Hochzeitstag auf» — fügte sie mit trübem Lächeln hinzu —; «denn jetzt bin ich in Trauer.»

Und sie küßte ihrem Bruder die Hand.

«Schwester, liegt nicht eine gewisse Übertreibung darin, so lange Trauer zu tragen?»

«Ich habe es geschworen», erwiderte, festen Tones, Colomba. «Ich werde die Trauer nicht eher ablegen, als . . .»

Und sie blickte durchs Fenster auf das Haus der Barricini.

«. . . als an dem Tage, wo du dich verheiraten wirst?» fragte Orso, um dem befürchteten Schlusse des Satzes zuvorzukommen.

«Verheiraten», erklärte Colomba, «werde ich mich nur mit einem Manne, der dreierlei vollbracht haben wird . . .»

Und immer düsterer starrten ihre Augen auf das feindliche Haus hinüber.

«Hübsch, wie du bist, Colomba, könnte man es erstaunlich finden, daß du nicht schon längst vermählt bist! Komm, erzähl mir, wer dir den Hof macht! ... Vielleicht werde ich bisweilen eine Serenade zu hören bekommen? Aber sie müßte mit großem Talent vorgetragen werden, wenn sie einer Künstlerin, wie du es bist, gefallen soll!»

«Wer möchte wohl ein armes Waisenmädchen wie mich heiraten? ... Auf alle Fälle aber müßte der Mann, für den ich meine Trauerkleider ablegen soll, dafür sorgen, daß dort drüben die Frauen Trauerkleider anlegen müssen!»

Das artet in Wahnsinn aus! dachte Orso. Aber er antwortete der Schwester mit keinem Worte.

«Bruder», sagte, ins Schmeichlerische umschlagend, Colomba. «Ich habe auch ein kleines Geschenk für Euch! Die Kleidung, die Ihr da tragt, ist viel zu schön für unsere Gegend. Euer feiner Überrock würde in zwei Tagen zerfetzt sein, wenn Ihr ihn in der *macchia* trüget. Muß er nicht geschont werden bis zur Ankunft von Miß Nevil?»

Sie öffnete einen Schrank und holte ein vollständiges Jagdkostüm daraus hervor.

«Ich habe Euch eine Sammetjacke zurechtgeschneidert. Und dies ist eine Mütze, wie sie hierzulande die eleganten jungen Leute tragen. Ich habe sie schon vor längerer Zeit gemacht. Wollt Ihr die Sachen nicht gleich einmal anprobieren?»

Und sie half ihm in eine weite grüne Sammetjacke hinein, die hinten eine enorm große

Tasche hatte. Auf den Kopf setzte sie ihm eine spitze Mütze aus schwarzem Sammet, mit bunter Seide und Jett bestickt und in eine Art Quaste auslaufend.

«Dies ist der Patronengürtel unseres Vaters», sagte sie; «sein Dolch steckt in der Tasche von Eurem Wams. Die Pistole will ich Euch gleich holen.»

«Ich sehe aus wie ein veritabler Operettenbrigant», meinte Orso, sich in dem kleinen Spiegel, den Saveria ihm hinhielt, betrachtend.

«Dieser Anzug kleidet Euch vortrefflich, Ors' Anton'», erklärte die alte Dienerin; «die schmucksten Zipfelmützenträger von Bocognano oder Bastelica könnten Euch darum beneiden!»

Während des Frühstücks sagte Orso (der sein neues Kostüm anbehalten hatte) zu seiner Schwester, der Reisekoffer enthalte auch eine Anzahl Bücher, und er gedenke noch weitere aus Frankreich und Italien kommen zu lassen, an denen Colomba sich weiterbilden könne.

«Denn es ist eine Schande», fügte er hinzu, «daß ein so großes Mädchen wie du noch unbewandert ist in Dingen, die auf dem Kontinent jedes kleine Kind weiß!»

«Ihr habt recht, Bruder», antwortete Colomba. «Ich weiß genau, was mir alles fehlt, und will gern arbeiten, besonders wenn Ihr mich gütigerweise unterrichten wollt.»

Es vergingen mehrere Tage, ohne daß Colomba den Namen Barricini erwähnt hätte. Sie sorgte aufmerksam für ihren Bruder und sprach mit ihm häufig über Miß Nevil. Orso gab ihr französische und italienische Bücher zu lesen und war immer wieder erstaunt sowohl über die Verständigkeit und den Scharfsinn ihrer Bemerkungen wie über ihre tiefe Unkenntnis selbst der gewöhnlichsten Dinge.

Eines Morgens nach dem Frühstück ging Colomba einen Augenblick hinaus und, anstatt, wie gewöhnlich, mit einem Buch und Papier zurückzukommen, erschien sie mit ihrem schwarzen seidenen Schleier auf dem Kopfe. Ihre Miene war noch ernster als gewöhnlich.

«Bruder», sagte sie, «ich bitte Euch, mit mir auszugehen.»

«Wohin soll ich dich begleiten?» fragte Orso und bot ihr den Arm.

«Eures Armes bedarf ich nicht, Bruder; aber nehmt Euer Gewehr und Eure Patronentasche! Ein Mann sollte das Haus niemals unbewaffnet verlassen.»

«Na, gut! Man muß sich den Sitten des Landes fügen ... Wohin gehen wir?»

Colomba antwortete nicht. Sie zog den Schleier enger um ihren Kopf, rief den Hund und machte sich auf den Weg. Orso folgte ihr. Sich mit großen Schritten aus dem Dorfe entfernend, schlug sie einen sich durch die Weinberge schlängelnden Pfad ein. Sie schickte den Hund voraus und gab ihm ein Zeichen, das er genau zu kennen schien; denn alsbald begann er im Zickzack zu laufen, bald hierhin, bald dorthin, sich immer etwa fünfzig Schritt vor seiner Herrin haltend. Bisweilen blieb er mitten auf dem Wege stehen und sah sie schweifwedelnd an. Offenbar erfüllte er seine Pflicht des Rekognoszierens in ausgezeichneter Weise.

«Wenn Muschetto bellt», sagte Colomba, «so spannt den Gewehrhahn, Bruder, und verhaltet Euch ganz still!»

Eine halbe Meile vom Dorfe entfernt, nach vielen Umwegen, machte Colomba halt. An einer Biegung des Weges erhob sich, etwa drei Fuß hoch, eine kleine Pyramide aus teils noch grünen, teils verdorrten Zweigen. Die Spitze eines schwarzbemalten Kreuzes stach daraus hervor. In manchen Gegenden Korsikas, besonders im Gebirge, besteht noch die uralte, vielleicht auf einen heidnischen Aberglauben zurückgehende Sitte, daß jeder des Weges kommende Wanderer auf den Ort, wo jemand ermordet worden ist, einen Zweig oder einen Stein werfen muß; und solange das tragische Gedenken an den Ermordeten wachbleibt, häuft sich dieses seltsame Monument mit jedem Tage höher.

Colomba blieb vor dem Blätterdenkmal stehen, brach von einem Sandbeerbaum einen Zweig und warf ihn auf die Pyramide.

«Orso», sagte sie, «an dieser Stelle ist unser Vater gestorben. Wir wollen für seine Seele beten, Bruder!»

Sie kniete nieder. Orso tat desgleichen. In diesem Augenblick begann, vom Kirchturm des Dorfes, die Glocke langsam und feierlich zu läuten: ein Bewohner von Pietranera war in der Nacht gestorben. Orso brach in Tränen aus.

Nach einigen Minuten erhob sich Colomba. Ihr Auge war trocken; aber ihre Miene verriet lebhafte Erregung. Sie machte mit dem Daumen das den Korsen geläufige Zeichen des Kreuzes, das einen heiligen Eid zu begleiten pflegt. Dann zog sie ihren Bruder mit sich fort. Schweigend kehrten die Geschwister ins Dorf zurück.

Zu Hause angelangt, ging Orso in seine Stube hinauf. Einen Augenblick später folgte Colomba ihm dorthin. Sie trug ein Kästchen in der Hand, stellte es auf den Tisch und nahm ein blutbeflecktes Hemd daraus hervor.

«Das ist das Hemd Eures Vaters, Orso.» Sie breitete es ihm über die Knie.

«Und das ist das Blei, das ihn getroffen hat.» Sie legte zwei verrostete Kugeln auf das Hemd.

«Orso, mein Bruder!» rief sie, sich in seine Arme werfend und ihn heftig umschlingend, «Orso, du* wirst ihn rächen!»

Sie umarmte ihn mit einer Art Wut, küßte die Kugeln und das Hemd und verließ den Raum, den Bruder wie versteinert auf seinem Stuhle zurücklassend.

Eine Zeitlang brachte Orso es nicht über sich, die entsetzlichen Reliquien von sich zu

* In der Erregung nennt sie den Bruder zum erstenmal du.

entfernen. Endlich gab er sich einen Ruck, legte sie in den Kasten zurück, lief ans andere Ende der Stube und warf sich aufs Bett. Das Gesicht zur Mauer gewandt, in die Kissen eingewühlt, als wolle er sich dem Anblick eines Gespenstes entziehen, verharrte er lange in völliger Regungslosigkeit. Dann erhob er sich, schloß den Kasten und eilte aus dem Hause — hinaus ins Freie.

Er achtete nicht darauf, wohin er ging; aber die frische Luft tat ihm gut: er wurde ruhiger und gewann die Kraft, seine Lage mit einiger Kaltblütigkeit zu überdenken. Als er den Weg zum Dorfe — von dem er sich ziemlich weit entfernt hatte — wieder einschlug, vernahm er die singende Stimme eines sich offenbar unbelauscht glaubenden kleinen Mädchens, die langsame, monotone Weise einer Totenklage:

Aufbewahrt dem fernen Sohne
Seien Kreuz und blut'ges Hemde,
Daß er, heimgekehrt, erblicke
In dem Hemd die beiden Löcher . . .

«Was singst du da, Kleine?» sagte, plötzlich hervortretend, Orso mit zorniger Miene.

«Oh, Ihr seid es, Ors' Anton'!» rief, etwas erschrocken, das Kind. «Es ist ein Lied von Signorina Colomba . . .»

«Ich verbiete dir, es zu singen!» schrie Orso mit schrecklicher Stimme.

Die Kleine, den Kopf nach allen Seiten wendend, schien unschlüssig, in welcher Richtung sie am besten entfliehen könne; und vermutlich wäre sie so rasch wie möglich davongelaufen, wenn nicht die Sorge um ein zu ihren Füßen im Grase liegendes, dickes Bündel sie zurückgehalten hätte.

Orso schämte sich seiner Heftigkeit.

«Was hast du da, mein Kind?» fragte er, so sanft er konnte.

Und da Chilina mit der Antwort zögerte, schob er das Einschlagetuch ein wenig beiseite und sah, daß das Bündel ein Brot und verschiedene andere Nahrungsmittel enthielt.

«Wem bringst du das Brot, liebe Kleine?» fragte er.

«Ihr wißt es doch, Signore: meinem Onkel.»

«Und ist dein Onkel nicht Bandit?»

«Zu dienen, Signor Ors' Anton'.»

«Wenn du nun den Gendarmen in den Weg liefest, so würden diese dich fragen, wohin du wolltest ...»

Ohne zu zögern, antwortete das Kind:

«Ich würde ihnen sagen, daß ich den Leuten aus Lucca*, die in der *macchia* Holz schlagen, ihren Proviant brächte.»

«Und wenn dir ein hungriger Jäger begegnete, der Lust hätte, auf deine Kosten zu dinieren und dich deiner Vorräte zu berauben?»

«Sobald er erführe, daß die Sachen für meinen Onkel bestimmt sind, würde er es nicht mehr wagen!»

«Allerdings, dein Onkel ist nicht der Mann,

* Bewohner der italienischen Stadt Lucca kamen alljährlich in großer Anzahl nach Korsika, um sich für ländliche Arbeiten zu verdingen.

der sich das ihm Zukommende wegnehmen ließe ... Hat er dich sehr lieb, dein Onkel?»

«Oh, ja, Ors' Anton'! Seitdem mein Vater tot ist, sorgt der Onkel für die Familie: für meine Mutter, für mich und meine kleine Schwester. Als die Mutter noch nicht krank war, war er immer darauf bedacht, daß sie bei reichen Leuten Arbeit finde. Der Amtmann schenkt mir jedes Jahr ein Kleid und der Abate lehrt mich den Katechismus, seit der Onkel mit ihnen gesprochen hat. Am gütigsten zu uns ist aber Eure Schwester Colomba.»

In diesem Augenblick erschien ein Hund auf dem Pfade. Das Mädchen, zwei Finger an die Lippen führend, ließ einen spitzen Pfiff ertönen. Der Hund kam auf sie zu, umwedelte sie und verschwand wieder im Dickicht der *macchia*. Plötzlich tauchten, ganz nahe hinter Orso, zwei Männer aus einem Busch hervor, zerlumpt, aber gut bewaffnet. Schlangenartig schienen sie sich durch das Gesträuch und Gestrüpp der Myrten und der Zist-Rosen hindurchgewunden zu haben.

«Sieh da, Ors' Anton'! Seid uns willkommen!» sagte der ältere von den beiden ... «Aber was?! Ihr erkennt mich nicht mehr?»

«Nein», sagte Orso, ihn scharf ins Auge fassend.

«Es ist doch merkwürdig, wie ein Bart und eine Zipfelmütze den Menschen verändern können! ... Seht nur etwas genauer hin, Leutnant della Rebbia! Habt Ihr Eure alten Mitkämpfer von Waterloo schon ganz vergessen? Und sogar mich, den Brando Savelli, der, Euch zur Seite, an jenem Unglückstage so manche Patrone abgebissen* hat?»

«Was? Du bist es?!» rief Orso. «Und Anno 1816 bist du dann desertiert!»

«Es ist so, wie Ihr sagt, Leutnant! Beim Teufel, der Dienst war verdammt langweilig geworden; und außerdem hatte ich auf dieser Insel eine Rechnung zu begleichen. Haha! ... Chili, du bist ein braves Mädchen! Bediene uns rasch, denn wir haben Hunger! Ihr macht Euch keine Vorstellung davon, Leutnant, welch' gewaltigen Appetit man in der *macchia* entwickelt! ... Wer schickt uns das: Signorina Colomba oder der Amtmann?»

«Weder sie noch er, lieber Onkel! Sondern es war die Müllerin, die mir das für Euch gegeben hat, und dazu eine Decke für Mama.»

«Was will sie von mir?»

«Sie sagte, daß die Lucca-Leute, die sie für die Feldarbeiten angenommen hat, jetzt plötzlich — außer den Kastanien — fünfunddreißig Soldi verlangen, wegen des Fiebers, das unterhalb von Pietranera ausgebrochen sei.»

«Diese Faulpelze! ... Na, ich werde sehen, was sich machen läßt. — Aber jetzt ohne Umstände, Leutnant: wollt Ihr das Diner mit uns teilen? Zur Zeit unseres armen, abgedankten korsischen Landsmannes** haben wir oft schlechtere Mahlzeit zusammen gehalten!»

* Die Hülsen der Patronen bestanden aus Papier, dessen Ende abgebissen wurde.

** Napoleon.

«Vielen Dank! — Mich haben sie auch abgedankt, die Kerle!»

«Man hat es mir erzählt. Na, Ihr seid wohl nicht besonders unwillig darüber gewesen, vermute ich! Auch Ihr habt ja in diesem Lande noch eine Rechnung zu begleichen. — Aber nun los, Priester, zu Tisch!» wandte sich der Bandit an seinen Kameraden. «Signor Orso, ich stelle Euch hiermit den Herrn Abate vor; das heißt: ich weiß nicht recht, ob er wirklich die Priesterweihen empfangen hat; jedenfalls fehlt es ihm nicht an der nötigen Gelehrsamkeit!»

«Ich bin ein armer Student der Theologie, Signore», sagte der zweite Bandit, «den man verhindert hat, seiner Berufung zu folgen. Wer weiß, Brandolaccio? Vielleicht wäre ein Papst aus mir geworden!»

«Welcherlei Ursache hat die christliche Kirche Eurer Erleuchtungen beraubt?» erkundigte sich Orso.

«Ein Nichts, Signore; eine kleine Abrechnung, wie Freund Brandolaccio sagt. Während ich, zu Pisa auf der Universität, in heiligen Folianten umherstöberte, beging zu Hause eine Schwester von mir gewisse Dummheiten. Ich mußte nach Korsika zurück, um sie zu verheiraten. Aber der präsumptive Herr Gemahl hatte es gar zu eilig: drei Tage vor meiner Ankunft starb er an einem hitzigen Fieber. Somit wandte ich (wie Ihr an meiner Stelle auch getan hättet) meine Aufmerksamkeit dem Bruder des Dahingeschiedenen zu.

Doch es ergab sich, daß er längst verheiratet war. Was ließ sich da tun?»

«In der Tat, das war unbequem! . . . Und was tatet Ihr?»

«Es gibt Fälle, wo eine ordentliche Ladung das einzig gebotene Mittel ist.»

«Das will besagen, daß . . .»

«. . . daß ich ihm eine Kugel in den Kopf gejagt habe», erklärte der Bandit kühl.

Orso empfand eine Regung des Grauens. Die Neugier jedoch — und vielleicht auch der Wunsch, nicht gar so schnell wieder nach Hause zu kommen — ließen ihn an seinem Platze bleiben und das Gespräch fortsetzen mit zwei Leuten, deren jeder mindestens einen Mord auf dem Gewissen hatte.

Während der Theologe sprach, legte Brandolaccio Brot und Fleisch vor ihn hin. Dann bediente er sich selbst und gab auch dem Hunde seinen gebührenden Anteil. Dieses außerordentliche Hundetier stellte er dem Leutnant unter dem Namen Brusco vor, als ein Wesen, begabt mit der wundersamen Fähigkeit, einen Gendarmen unter jeder erdenklichen Verkleidung zu erschnuppern und zu entlarven. Endlich schnitt er auch der Nichte ein Stück Brot und eine Scheibe geräucherten Schinkens ab.

«Es gibt kein schöner' Leben als das Räuberleben!» ließ, nach einigen mächtigen Bissen, der Studierende der Gottesgelahrtheit sich begeistert vernehmen. «Ihr werdet es vielleicht eines Tages selber kennenlernen, Signor della Rebbia; und dann werdet Ihr sehen, wie herrlich es ist, nichts über sich anzuerkennen als die eigene Machtvollkommenheit!»

Der Bandit, der bisher italienisch gesprochen hatte, fuhr jetzt auf französisch fort:

«Für bürgerliche junge Leute ist Korsika kein sehr amüsantes Land. Für uns Banditen aber — welch ein Paradies! Alle Weiber sind in uns vernarrt. Wie Ihr mich da vor Euch seht, hab' ich drei Liebchen in drei verschiedenen Kantonen der Insel. Überall bin ich zu Hause. Und eine von ihnen ist die Frau eines Gendarmen.»

«Ihr sprecht viele Sprachen, Signore», sagte Orso in ernstem Tone.

«Wenn ich jetzt französisch spreche, so deshalb, weil *maxima debetur pueris reverentia**. Es liegt Brandolaccio und mir sehr am Herzen, daß die Kleine keinen Fingerbreit vom rechten Wege abweiche.»

«Wenn sie fünfzehn wird», sagte Chilinas Oheim, «so will ich sie verheiraten. Ich habe schon eine gute Partie in Aussicht.»

«Und du wirst selber den Brautwerber machen?» fragte Orso.

«Gewiß! Wenn ich zu einem reichen Mann gehe und ihm sage: ‚Ich, Brando Savelli, sähe es gern, wenn Euer Sohn meine Nichte, die Michelina Savelli, heiratete' — glaubt Ihr, daß er sich dann erst lange besinnen würde?»

«Das möchte ich ihm auch nicht geraten

* Kindern ist man größte Rücksicht schuldig.

haben!» sagte der andere Bandit. «Die Hand des Kameraden Brando kann sehr unsanft zupacken!»

«Wenn ich ein gemeiner Kerl wäre», sagte Brandolaccio, «ein Lump, eine Canaille, brauchte ich nur meinen Sack zu öffnen, und die Silbertaler würden nur so hineinregnen!»

«Dein Sack enthält wohl etwas, was sie besonders anlockt?» fragte Orso lächelnd.

«Nein, nichts Derartiges. Aber wenn ich (wie einige es getan haben) einem reichen Kerl schriebe: ‚Ich brauche hundert Franken!', so würde er nichts Eiligeres zu tun haben, als sie mir zu schicken. Aber ich bin ein Mann von Ehre, Leutnant della Rebbia!»

«Ihr müßt wissen, Signore», sagte der «Abate», «daß es in diesem scheinbar so harmlosen Lande Lumpen gibt, die sich die Achtung, die unsere Gewehre uns verschafft haben, zunutze machen, indem sie heimtükkisch unsere Handschrift fälschen. Vor ungefähr einem halben Jahr sah ich in der Gegend von Orezza einen Bauersmann auf mich zukommen, der unterwürfig den Hut zog und sagte: ‚Herr Abate' — so nennen sie mich hier alle —, ‚laßt mir doch noch etwas Zeit! Ich habe nicht mehr als fünfundsechzig Franken zusammenbringen können!' — Ganz erstaunt frage ich: ‚Fünfundsechzig Franken — was soll das bedeuten, du Wicht?' — ‚Ja', antwortet er, ‚die hundert, die Ihr von mir verlangt habt, konnte ich mit dem besten Willen nicht auftreiben! Es war mir leider ganz unmöglich!' — ,Was, du Narr, ich soll hundert Franken von dir verlangt haben!? Ich kenne dich ja gar nicht!' — Und da zeigt er mir einen schmutzigen Wisch, auf dem ihm anbefohlen wird, an einem bestimmten Orte die Summe von hundert Franken niederzulegen, widrigenfalls sein Haus in Brand gesteckt und seine Kühe totgeschlagen werden würden von Giocanto Castriconi (das ist mein Name). Man hatte die Frechheit gehabt, meine Handschrift nachzuahmen! Was mich aber am meisten empörte, war, daß der Brief von orthographischen Fehlern wimmelte — der angebliche Brief eines Mannes, dem auf der Universität die höchsten Preise zuerkannt worden sind! — ,Wohin solltest du das Geld bringen?' frage ich den Mann. — ,Ich soll es unter eine Pinie eingraben.' (Der Ort war genau angegeben.) — ,Und wann?' — ,Gerade heute!' — ,Gut, so trag es hin!' — Der Kerl bringt das Geld hin, gräbt es am Fuße des Baumes ein und kommt wieder zu mir. Wir verstecken uns in der Nähe und warten. Nach sechs tödlich langen Stunden taucht ein Kerl aus Bastia auf, von dem ich wußte, daß er ein ganz niederträchtiger Wucherer war. Er bückt sich, um das Geld auszugraben. Ich gebe Feuer und treffe ihn so gut, daß sein Kopf genau auf die eben zum Vorschein kommenden Taler hinschlägt. — ,Jetzt, du Idiot', sage ich zu dem Bauer, ,nimm dein Geld zurück, und laß es dir nicht wieder einfallen, den Giocanto Castriconi einer Gemeinheit für fähig zu halten!' — Zitternd nimmt der arme Teufel seine fünfundsechzig Franken an sich, bedankt sich, kriegt zum Abschied noch einen Tritt von mir und läuft davon.»

«Abate», sagte Brandolaccio, «ich beneide dich um diesen Flintenschuß!... Aber die Sonne ist schon im Untergehen, und da Ihr, Ors' Anton', nicht mit uns habt essen wollen, so rate ich Euch, Signorina Colomba nicht länger warten zu lassen. Auch scheint es mir nicht sonderlich geraten, in der Dunkelheit umherzuspazieren. Warum habt Ihr Euer Gewehr nicht mitgenommen? Es gibt viele böse Menschen hierzulande; seid auf der Hut!... Für heute abend allerdings ist vielleicht nichts zu fürchten. Die Barricini haben den Präfekten bei sich zu Gaste. Er ist auf dem Wege nach Corte, wo er, lächerlicherweise, einen feierlichen Grundstein legen soll, und bleibt die Nacht bei jenen Leuten. Aber morgen sind sie frei, die Barricini! Da ist der Vincentello, ein schlimmer Bursche, und der Orlanduccio, der auch nicht viel besser ist!... Richtet es möglichst so ein, daß Ihr einzeln mit ihnen zusammentrefft, heute mit dem einen und morgen mit dem andern! Und vor allem: seid mißtrauisch! Seht Euch vor!»

«Danke für den Rat!» sagte Orso. «Aber jene Leute und ich haben nichts miteinander zu schaffen; solange sie nicht zu mir kommen, habe ich ihnen nichts zu sagen.»

Der Bandit schnalzte vielsagend mit der Zunge, antwortete aber nicht. Orso erhob sich, um zu gehen.

«Übrigens», sagte Brandolaccio, «habe ich Euch noch nicht gedankt für Euer Pulver. Es ist mir sehr zustatten gekommen. Jetzt fehlt mir nichts mehr — oder höchstens ein Paar Schuhe; aber dieser Tage mache ich mir selber ein Paar aus Schaffell.»

Orso ließ zwei Fünffrankenstücke in die Hand des Banditen gleiten.

«Es war Colomba, die dir das Pulver geschickt hat. Hiefür kauf dir ein Paar Schuhe!»

«Macht keine Dummheiten, Leutnant!» rief Brandolaccio und gab ihm die beiden Geldstücke zurück. «Haltet Ihr mich für einen Bettler? Brot und Pulver nehme ich an; aber ich will nichts anderes!»

«Ich dachte, alte Soldaten dürften sich gegenseitig wohl ein bißchen helfen ... Also adieu!»

Aber bevor er ging, praktizierte er das Geld heimlich in den Sack des Banditen.

«Adieu, Ors' Anton'!» sagte der Theologe. «Vielleicht sehen wir uns bald in der *macchia* wieder!»

Orso hatte seine ehrenwerten Landsleute seit etwa einer Viertelstunde verlassen, als er eilige Schritte hinter sich vernahm. Es war Brandolaccio.

«Das ist ein wenig stark, Leutnant!» rief der Bandit keuchend. «Hier sind Eure zehn Franken! Von einem anderen hätte ich den Streich nicht so glatt hingenommen! ... Viele Grüße an Signorina Colomba! — Ihr habt mich ganz außer Atem gebracht. Adieu!»

11

Colomba hatte sich wegen der langen Abwesenheit ihres Bruders etwas geängstigt, nahm aber, als sie ihn zurückkehren sah, ihre gewöhnliche Miene ruhiger Entschlossenheit alsbald wieder an. Beim Nachtessen erzählte Orso ihr von seinem Zusammentreffen mit den Banditen und wagte sogar einige Scherze anzubringen über die moralische und religiöse Erziehung, der die kleine Chilina seitens ihres Onkels und des Gottesmannes Castriconi teilhaftig wurde.

«Brandolaccio ist ein ehrenwerter Mann», sagte Colomba. «Von Castriconi habe ich allerdings sagen hören, er sei ein Mensch ohne sittliche Grundsätze.»

«Ich glaube», erwiderte Orso, «daß die beiden einander nichts nachgeben. Sie liegen beide mit der Gesellschaft im Krieg. Ein erstes Verbrechen treibt sie zu immer neuen Missetaten. Und doch sind sie vielleicht weniger schuldig als manche Leute, die nicht in der *macchia* wohnen.»

Ein Schimmer der Freude erglomm auf dem Antlitz seiner Schwester.

«Ja», fuhr Orso fort, «diese armen Kerle haben ihre besondere Auffassung von Ehre. Eine grausame Tradition, nicht aber niedrige Gewinnsucht hat sie in das Leben geworfen, das sie führen.»

«Bruder», sagte dann Colomba und schenkte ihm Kaffee ein, «hast du gehört, daß vergangene Nacht Carlo Battista Pietri am Sumpffieber gestorben ist?»

«Wer ist dieser Pietri?»

«Ein Bewohner unseres Dorfes: der Mann von jener Maddalena, die das Notizbuch unseres sterbenden Vaters in Empfang genommen hat. Sie hat mich gebeten, zur Totenwache zu kommen und etwas zu singen. Auch Ihr müßt hinkommen, Bruder! Die Leute sind unsere Nachbarn, und in einem so kleinen Orte wie Pietranera darf man sich der üblichen Höflichkeit nicht entziehen.»

«Zum Teufel mit deiner Totenwache, Colomba! Es mißfällt mir im höchsten Grade, daß meine Schwester sich vor aller Welt als visionäre Dichterin produzieren soll!»

«Orso», erwiderte Colomba, «jedes Volk hat seine besondere Art, die Toten zu ehren. Der *vocero*, die Totenklage, stammt von unseren frühesten Vorfahren, und wir müssen den uralten Brauch respektieren. Maddalena hat keine Begabung dafür, und die alte Fiordispina, die beste *voceratrice* der Gegend, ist krank. Irgend jemand aber muß da sein, das Totenlied vorzutragen!»

«Glaubst du, daß Carlo Battista den Weg in die andere Welt nicht finden würde, wenn an seiner Bahre keine schlechten Verse gesungen würden? . . . Geh zur Totenwache, wenn du willst; ich komme mit, wenn du es für unerläßlich hältst; aber stell dich nicht mit solcher theatralischen Inspiration zur Schau; das ist in deinem Alter sehr unpassend! Ich bitte dich, es nicht zu tun, Schwester!»

«Lieber Bruder, ich habe es versprochen! Es ist in unserem Lande so der Brauch, und ich bin die einzige, die die Fähigkeit dazu hat.»

«Ein höchst törichter Brauch!»

«Ich selbst leide ja sehr bei solchem Klagelied; es gemahnt mich tief an unsere eigene Trauer! Morgen werde ich sicherlich ganz krank davon sein. Aber es geht nun einmal nicht anders. Deshalb erlaubt es mir, Bruder! Habt Ihr mich nicht neulich in Ajaccio selbst aufgefordert, ein solches Lied zu improvisieren, nur um dem englischen Fräulein damit eine Unterhaltung zu bieten? Warum sollte ich es also jetzt nicht für diese armen Leute tun, die mir sehr dankbar dafür sein werden, und denen es helfen wird, ihr Leid zu ertragen?»

«Na, so tu, was du willst! Vielleicht hast du deinen *vocero* gar schon fertig und möchtest ihn nun nicht umsonst gedichtet haben?»

«Nein, solches Lied könnte ich niemals vorher dichten, Bruder! Ich stelle mich neben den Toten, sehe ihn fest an und versetze mich ins Gefühl der Hinterbliebenen. Dann kommen mir Tränen in die Augen, und ich singe, was der Geist mir eingibt.»

All dies wurde mit solcher Einfachheit ausgesprochen, daß es ganz unmöglich gewesen wäre, bei Signorina Colomba auch nur die geringste poetische Eitelkeit zu vermuten. Orso verzichtete auf jeden weiteren Widerstand und begab sich mit seiner Schwester in das Haus der Pietri.

In einem geräumigen Zimmer lag der Tote, mit enthülltem Gesicht, auf einen Tisch gebettet. Türen und Fenster standen weit offen. Um den Tisch herum brannten mehrere Kerzen. Zu Häupten des Verstorbenen stand die Witwe. Hinter ihr zahlreiche Frauen des Dorfes. Den anderen Teil des Raumes nahmen die Männer ein, aufrecht stehend, entblößten Kopfes, die Augen auf den Leichnam geheftet, in tiefer Schweigsamkeit. Jeder Ankommende trat an den Tisch heran, küßte den Toten, machte der Witwe und ihrem Sohne ein Zeichen der Ehrerbietung und nahm dann wortlos seinen Platz im Kreise ein.

Nur von Zeit zu Zeit brach einer der Anwesenden das feierliche Schweigen, um ein paar Worte an den Verstorbenen zu richten.

«Warum hast du deine gute Frau verlassen?» sagte eine grauhaarige Nachbarin. «Hat sie nicht gut für dich gesorgt? Hat sie es jemals an Liebe fehlen lassen? Wenn du noch einen Monat gewartet hättest, so würde deine Schwiegertochter dich mit einem Enkelkinde erfreut haben!»

Ein hochgewachsener junger Mann — der Sohn Pietris — drückte die kalte Hand seines Vaters und rief:

«Oh, warum bist du nicht von Mörderhand gefallen?! Dann wäre es uns vergönnt gewesen, Rache zu üben für deinen Tod!»

Dies waren die ersten Worte, die Orso bei seinem und Colombas Eintreten vernahm. Ein Murmeln erwartungsvoller Neugier lief durch die Reihen, als man die Geschwister ankommen sah. Colomba küßte die Witwe, nahm eine ihrer Hände, senkte die Augen und verblieb eine Zeitlang in andächtiger Sammlung. Dann warf sie ihren Schleier zurück, sah den Toten starr an, und, nunmehr über ihn gebeugt, beinahe ebenso bleich wie er selbst, begann sie:

Gott sei deiner Seele gnädig, Carlo Battista!
Leben ist Leiden. — Du gehst in ein Land,
das keine Leiden kennt.
Nicht der Sichel bedarfst du mehr und nicht
der schweren Hacke.
Jeder Tag hinfort wird dir ein Sonntag sein.
Und dein Sohn betreut jetzt dein irdisches
Haus...
Eine hohe Eiche sah ich fallen,
Ausgedörrt war sie vom heißen Südwind,
Und ich glaubte, sie sei tot.
Doch als ich desselben Weges wiederkam,
Sah ich, daß der Wurzel schon ein junges
Reis entsprossen war.
Und der Sproß ward bald zum Baume,
Unter dessen starken Zweigen, unter dessen
dichtem Laube
Du in Frieden ausruhn mögest, Maddalena,
Träumend von der Eiche, die dereinst dein
Glück war!

Jetzt begann Maddalena laut zu schluchzen, und zwei oder drei Männer (die bei gegebener Gelegenheit so kaltblütig auf Menschen geschossen hätten wie auf Rebhühner) wischten sich dicke Tränen von ihren gebräunten Wangen. Colomba fuhr noch eine Weile in dieser Weise fort, bald den Verstorbenen, bald seine Familie anredend, dann wieder — im Stil der in diesen Trauergesängen üblichen Dramatisierung — den Toten selber reden lassend, um seine Verwandten und Freunde zu trösten oder ihnen Ratschläge zu erteilen. Je tiefer die Inspiration sie ergriff, um so mehr verklärte sich ihre Miene. Ihr Gesicht erglühte in fiebrigem Glanz, und Feuer sprühte aus den weit aufgerissenen Augen. In dieser Vergeistigung glich sie einer Wahrsagerin aus alter heidnischer Zeit. Die sie umgebende Menge verhielt sich totenstill. Nur dann und wann entrang ein Seufzer sich einer keuchenden Brust. Selbst Orso, sowenig er für diese wilde Art von Poesie empfänglich war, fühlte sich von der allgemeinen Erregung ergriffen. In einen dunklen Winkel zurückgezogen, vergoß er Tränen, die nicht minder bitter waren als die des jungen Pietri.

Plötzlich lief eine Bewegung durch die Reihen, der Kreis öffnete sich, und mehrere neue Gäste traten ein. Der Eifer, mit dem man ihnen Platz machte, ließ erkennen, daß es sich um Personen von Rang handelte, deren Erscheinen dem Hause zur Ehre gereichen mußte. Der zuerst Eingetretene mochte ungefähr vierzig Jahre alt sein; seine schwarze Kleidung, die Rosette im Knopfloch, die selbstbewußte Miene ließen in ihm den Präfekten vermuten. Ihm folgte ein gebückter

Greis mit galligem Teint, unter dessen dunkelgrünen Brillengläsern scheue, listige Blicke hervorglommen. Dem Präfekten ängstlich zur Seite bleibend, schien er sich im Schatten des hohen Beamten verbergen zu wollen. Hinter ihm tauchten zwei bärtige, sonnenverbrannte junge Männer auf. In ihrer hochfahrenden, anmaßenden Haltung äußerte sich eine impertinente Neugier. Orso hatte in der langen Zeit seiner Abwesenheit die Gesichter des Heimatdorfes fast ganz vergessen; aber der grünbebrillte Greis weckte unliebsame Erinnerungen wieder auf. Es war der Advokat Barricini, der Amtmann von Pietranera, der mit seinen beiden Söhnen kam, um dem Präfekten das interessante Schauspiel eines *vocero* zu bieten. Es wäre schwer zu sagen, was in diesem Augenblick in Orsos Seele vorging; die Gegenwart des verschlagenen Feindes seines ermordeten Vaters verursachte ihm eine Art Grauen, und mehr als sonst fühlte er sich einem Argwohn zugänglich, den er bisher bekämpft hatte.

Als Colomba den Mann erblickte, dem sie ewigen Haß zugeschworen hatte, nahm ihr Gesicht einen unheimlichen Ausdruck an. Sie erbleichte, ihre Stimme wurde rauh, die Worte erstarben ihr auf den Lippen . . . Dann, sich aufraffend, fuhr sie mit verdoppelter Heftigkeit fort:

Wenn vor seinem leeren Neste
Traurig sinnt der edle Sperber,
Kommen Stare angeflattert
Und verhöhnen seinen Schmerz.

Bei dieser Stelle vernahm man ein ersticktes Lachen: es waren die beiden neuangekommenen jungen Leute, denen das dichterische Bild wohl allzu gewagt erschien.

Doch der Sperber hebt die Flügel,
Und in Blut wird er den Schnabel tauchen! —
Deinem Tode, Carlo, brauchen
Keine Tränen mehr zu fließen!
Wohlbetagt und fromm entschliefst du
Sanft im Schoße der Familie. —
Eine andere Waise aber klagt noch
Um den heißgeliebten Vater,
Der, von Mörderhand gefallen,
Rot mit Blut den Rasen färbte.
Aber diesen edlen Blutstrom
Hat die Waise aufgefangen;
Auf Pietranera hat sie
Dieses Blutes Fluch ergossen,
Daß das Dorf gebrandmarkt bleibe,
Bis durch schuld'ges Blut des edlen
Blutes letzte Spur getilgt sei.

Als sie ihren Gesang vollendet hatte, ließ Colomba sich auf einen Stuhl sinken, zog ihren Schleier über das Gesicht, und man hörte sie schluchzen. Weinende Frauen beeiferten sich um sie; einige Männer warfen wilde Blicke auf Barricini und seine Söhne; und aus dem Gemurmel verwitterter Graubärte war, in bezug auf das Erscheinen der feindlichen Familie, das Wort «Skandal» herauszuhören. Der Sohn der Verstorbenen drängte sich durch die Menge;

er schien den Amtmann bitten zu wollen, sich unverzüglich zu entfernen. Aber dieser wartete die Aufforderung nicht ab; schon hatte er mit seinen beiden Söhnen die Tür erreicht, und alsbald befanden sich alle drei auf der Straße. Der Präfekt, nachdem er einige Worte des Beileids an den jungen Pietri gerichtet, folgte ihnen sogleich. Orso trat auf seine Schwester zu, ergriff ihren Arm und zog sie mit sich fort.

«Begleitet die beiden!» rief der junge Pietri einigen Freunden zu. «Sorgt dafür, daß ihnen nichts geschehe!»

Zwei oder drei junge Leute steckten rasch ihren Dolch in den linken Rockärmel und begleiteten die Geschwister bis zur Tür ihres Hauses.

12

Colomba, völlig erschöpft, schwer atmend, vermochte lange kein Wort hervorzubringen. Sie lehnte ihren Kopf auf die Schulter ihres Bruders und hielt sich krampfhaft an ihn festgeklammert. Obwohl mit dem leidenschaftlichen Ausbruch des Schlusses ihrer Improvisation wenig einverstanden, war Orso doch allzu besorgt um sie, als daß er ihr irgendwelche Vorwürfe gemacht hätte. Schweigend wartete er auf das Ende der nervösen Krise, von der die Schwester befallen schien, als plötzlich an die Zimmertür geklopft wurde und, ganz verstört, Saveria, die Magd, eintrat, um zu melden:

«Der Herr Präfekt!»

Bei diesem Namen erhob sich, alle Schwachheit mit einem Ruck abschüttelnd, Colomba. Sie lehnte sich an den Stuhl, der unter ihrer Hand sichtbar erzitterte, und sah dem Besucher aufrecht entgegen.

Der Präfekt begann mit einigen konventionellen Entschuldigungen wegen der ungebührlichen Stunde seines Besuches. Er beklagte die bedauernswerte Signorina Colomba, sprach von der Gefahr allzu starker seelischer Erregungen, tadelte diese Art des Totenkultus, die, je größer das visionäre Talent der Dichterin sei, auf die Anwesenden nur um so peinlicher wirke, und ließ geschickt einen leichten Einwand gegen die Tendenz der Schlußverse einfließen.

Dann, in eine andere Tonart übergehend, sagte er:

«Monsieur della Rebbia, ich bin von Ihren englischen Freunden beauftragt, Ihnen viele Grüße zu bestellen. Miß Nevil läßt sich Ihrer Schwester freundschaftlich empfehlen. Und Ihnen habe ich einen Brief von ihr zu übergeben.»

«Einen Brief von Miß Nevil?» rief Orso.

«Leider habe ich ihn nicht bei mir; aber in fünf Minuten werden Sie ihn haben. Miß Nevils Vater ist sehr leidend gewesen. Einen Augenblick hatten wir gefürchtet, er sei von unserem bösartigen Fieber erfaßt worden. Glücklicherweise befindet er sich jetzt außer jeder Gefahr, wovon Sie sich vermutlich bald durch den Augenschein überzeugen werden.»

«Miß Nevil hat wohl große Angst ausgestanden?»

«Zum Glück hat sie die Gefahr erst erkannt, als sie vorüber war. — Monsieur della Rebbia, Miß Nevil hat mir viel von Ihnen und von Mademoiselle Colomba erzählt.»

Orso verbeugte sich.

«Sie hegt große Sympathie für Sie beide. Unter einem anmutigen Äußeren, unter dem Schein der Oberflächlichkeit verbirgt sie einen ungemein scharfen Verstand.»

«Ja, sie ist eine bezaubernde junge Dame», bestätigte Orso.

«Fast auf die Anregung ebendieser Dame komme ich zu Ihnen, Monsieur. Niemand kennt besser als ich jene fatale Sache, deren ich am liebsten Ihnen gegenüber gar keine Erwähnung tun möchte. Da aber Monsieur Barricini noch Amtmann von Pietranera ist und ich der Präfekt dieses Departements, so konnte ich gewisse Verdächtigungen nicht unbeachtet lassen, von denen, soweit ich unterrichtet bin, einige unkluge Personen Ihnen Mitteilung gemacht haben, und die Sie — ich weiß es — mit der Entrüstung zurückgewiesen haben, die man von Ihrer Stellung und Ihrem Charakter erwarten durfte.»

«Colomba», sagte, auf seinem Stuhl hin- und herrückend, Orso, «du bist müde und solltest dich zur Ruhe begeben.»

Colomba machte eine verneinende Gebärde; sie hatte ihre gewöhnliche Sicherheit wiedergewonnen und richtete glühende Blicke auf den Präfekten.

«Monsieur Barricini», fuhr dieser fort, «hegt den lebhaften Wunsch, daß die Feindseligkeit ... das heißt: die zwischen Ihnen leider waltende Unklarheit aufhören möge. Und für mich wäre es eine große Freude, wenn Sie mit ihm Beziehungen anzuknüpfen geneigt wären, wie sie unter Leuten, die berufen sind, einander zu achten, normalerweise bestehen sollten.»

«Herr Präfekt», erwiderte Orso mit erregter Stimme, «ich habe den Advokaten Barricini nie beschuldigt, meinen Vater ermordet zu haben; aber er hat eine Handlung begangen, die mich stets verhindern wird, irgendeine Beziehung zu ihm zu unterhalten. Er hat dem Staatsanwalt einen Drohbrief mit der Unterschrift eines gewissen Banditen übergeben — einen Brief, dessen Urheberschaft er in versteckter Weise meinem Vater zugeschoben hat. Vermutlich ist dieser Brief die indirekte Ursache seines Todes gewesen.»

Der Präfekt bedachte sich einen Augenblick. Dann sagte er:

«Daß Ihr Vater, hingerissen von der Lebhaftigkeit seines Charakters, es im Laufe der Prozeßverhandlungen über jenen Mühlbachkonflikt für möglich gehalten hat, daß sein Gegner einem solchen Verdachte Raum gegeben habe — das mag als verzeihlich gelten; daß aber Sie in der gleichen Verblendung verharren, das scheint mir nicht mehr entschuldbar! Bedenken Sie doch, daß Barricini nicht das geringste Interesse daran hatte, einen solchen Brief zu unterschieben. Ich spreche Ihnen nicht von seinem Charakter — den Sie nicht kennen, da Sie gegen ihn eingenommen sind —; aber Sie werden doch nicht annehmen wollen, daß ein Mann, der mit den Gesetzen Bescheid weiß . . .»

«Monsieur», sagte, sich erhebend, Orso, «wollen Sie, bitte, bedenken, daß die Behauptung, dieser Brief sei nicht das Werk des Monsieur Barricini, gleichbedeutend ist mit der Annahme, er stamme von meinem Vater. Die Ehre meines Vaters, Monsieur, ist die meine . . .»

«Von der absoluten Ehrenhaftigkeit des Colonel della Rebbia kann niemand in höherem Grade überzeugt sein als ich», erwiderte der Präfekt. «Und außerdem . . . ist der Urheber jenes Briefes jetzt bekannt.»

«Wer ist es?» rief Colomba, ein paar Schritte auf den Präfekten zutretend.

«Ein elender Spitzbube, namens Tomaso Bianchi. Wegen mehrerer Diebstähle, die er begangen hat, sitzt er im Gefängnis von Bastia, und im Laufe der Vernehmungen hat er die Enthüllung gemacht, daß er der Urheber jenes verhängnisvollen Briefes sei.»

«Ich kenne diesen Mann nicht», sagte Orso. «Welches könnte das Motiv seiner Handlungsweise gewesen sein?»

«Er stammt aus unserem Dorfe», sagte Colomba, «und ist der Bruder eines früheren Müllers von uns. Er ist ein böser, lügenhafter Mensch, der nicht den geringsten Glauben verdient.»

«Sie werden gleich erkennen», fuhr der Präfekt fort, «welches Interesse er an der Sache hatte. Der Müller, von dem Mademoiselle della Rebbia soeben sprach — er hieß, glaube ich, Teodoro — hatte von dem Colonel eine Mühle gepachtet, die an dem Bache gelegen war, dessen Besitz Monsieur Barricini Ihrem Vater streitig machte. Der Colonel, großmütig, wie er war, zog von dieser Mühle fast keinen Vorteil. Nun glaubte Tomaso, daß, wenn das Anrecht auf den Bach dem Amtmann Barricini zugesprochen würde, Teodoro diesem eine weit höhere Pachtsumme würde zahlen müssen als bisher; denn es scheint die Meinung zu bestehen, daß Monsieur Barricini dem Gelde nicht gerade abhold sei. Kurz: in der Absicht, seinem Bruder einen Gefallen zu erweisen, hat Tomaso den Brief mit der Unterschrift des Agostini gefälscht. — Das ist die ganze Geschichte. — Auf Korsika herrschen ja, wie Sie wissen, die Verwandschaftsgefühle oft in so gebieterischer Weise, daß sie bis zum Verbrechen führen können ... Ich bitte Sie, Kenntnis zu nehmen von diesem Brief, den ich vom Staatsanwalt erhalten habe: er wird Ihnen meine Mitteilungen vollinhaltlich bestätigen.»

Orso las den Brief, der alle Einzelheiten von Tomasos Geständnis enthielt. Colomba, sich über des Bruders Schulter neigend, las mit.

Als sie geendet hatte, rief sie:

«Vor einem Monat ist Orlanduccio Barricini nach Bastia gereist, gerade als bekannt geworden war, daß mein Bruder zurückkehren werde.

Gewiß hat er mit Tomaso gesprochen und ihm diese Lüge abgekauft.»

«Mademoiselle», erwiderte, ungeduldig werdend, der Präfekt, «Sie suchen alles mit gehässigen Vermutungen zu erklären! Ist das der richtige Weg, der Wahrheit auf die Spur zu kommen?... Sie, Monsieur della Rebbia, verfügen über eine größere Kaltblütigkeit; sagen Sie mir: welches ist jetzt Ihre Meinung? Glauben Sie, daß (wie Ihre Schwester anzunehmen scheint) ein Mann, der nur eine ziemlich gelinde Strafe zu gewärtigen hat, sich leichten Herzens einer Fälschung beschuldigen wird — aus purer Gefälligkeit gegen jemanden, den er gar nicht kennt?»

Orso las den Brief des Staatsanwaltes von neuem, jedes einzelne Wort genau prüfend, denn seitdem er den alten Barricini wiedergesehen hatte, fühlte er ein steigendes Mißtrauen in sich erwachen. Immerhin sah er sich schließlich genötigt, einzugestehen, daß die Erklärung ihm zureichend erscheine.

Colomba aber rief in heftigem Tone:

«Tomaso Bianchi ist ein Schuft! Er wird nicht verurteilt werden, oder er wird aus dem Gefängnis entweichen, dessen bin ich sicher!»

Der Präfekt zuckte mit den Achseln.

«Monsieur», sagte er zu Orso, «ich habe Ihnen alles mitgeteilt, was mir berichtet worden ist. Ich ziehe mich zurück und überlasse Sie Ihren Erwägungen. Hoffentlich wird Ihre Einsicht sich als stärker erweisen als die... Mutmaßungen Ihrer Schwester.»

Orso, nach einigen Worten der Erklärung von Colombas Verhalten, wiederholte, daß er den Tomaso jetzt für den einzig Schuldigen halte.

Der Präfekt hatte sich erhoben, um zu gehen. «Wenn es nicht schon so spät wäre», sagte er, «so würde ich Sie bitten, mit mir zu kommen, um Miß Nevils Brief in Empfang zu nehmen ... Bei dieser Gelegenheit könnten Sie dann dem Amtmann Barricini vielleicht wiederholen, was Sie mir soeben gesagt haben, und der ganze Zwist wäre zu Ende.»

«Niemals wird Orso della Rebbia das Haus eines Barricini betreten!» rief Colomba in höchster Erregung.

«Mademoiselle scheint sich als eine Art Leithammel der Familie zu fühlen!» scherzte der Präfekt.

«Monsieur», sagte Colomba mit fester Stimme zu ihm, «Sie lassen sich irreführen! Sie kennen den Advokaten Barricini nicht! Er ist der listigste, abgefeimteste Mensch unter der Sonne! Ich beschwöre Sie, verleiten Sie Orso nicht zu einer Handlungsweise, die ihn mit ewiger Schmach bedecken müßte!»

«Colomba», rief Orso, «die Leidenschaft läßt dich alles Maß verlieren!»

«Orso, Orso! Bei den heiligen Reliquien unseres Vaters, die ich Euch übergeben habe, beschwöre ich Euch, auf mein Wort zu hören! Zwischen uns und den Barricini ist Blut! Niemals dürft Ihr die Schwelle dieser Leute überschreiten!»

«Schwester!»

«Liebster Bruder, geht nicht dorthin! Oder ich verlasse dieses Haus, und Ihr werdet mich nie im Leben wieder zu sehen bekommen!... Orso, Bruder, habt Mitleid mit mir!»

Und sie warf sich ihm zu Füßen.

«Es tut mir sehr leid», sagte der Präfekt, «sehen zu müssen, daß Mademoiselle della Rebbia sich den Gründen der Vernunft so unzugänglich erweist. Aber Sie, Monsieur, werden sie eines Besseren zu belehren wissen, dessen bin ich sicher!»

In der geöffneten Tür stehenbleibend, schien er zu erwarten, daß Orso ihm folge.

«Ich kann meine Schwester jetzt nicht verlassen», sagte Orso... «Vielleicht morgen, wenn...»

«Ich reise morgen zu ganz früher Stunde ab», erwiderte der Präfekt.

«Bruder», flehte Colomba mit gefalteten Händen, «wartet wenigstens bis morgen früh! Gebt mir Zeit, die Papiere meines Vaters noch einmal durchzusehen!... Diese Bitte dürft Ihr mir nicht abschlagen!»

«Na gut! Sieh die Papiere jetzt noch einmal durch, dann wirst du mich wenigstens heute abend nicht mehr peinigen mit deinem zügellosen Haß... Ich bitte Sie tausendmal um Verzeihung, Herr Präfekt... Mir selbst ist übel zumute... Es wird vielleicht am besten sein, wenn wir alles auf morgen verschieben.»

«Guter Rat kommt über Nacht», sagte der Präfekt im Weggehen. «Morgen wird, so hoffe ich, all Ihre Unentschlossenheit verschwunden sein!»

«Saveria», rief Colomba, «nimm die Laterne und begleite den Herrn Präfekten über den Platz! Er wird dir einen Brief für meinen Bruder mitgeben.»

Dann flüsterte sie der Magd noch einige Worte zu, die Orso nicht verstand.

«Colomba», sagte Orso, als der Präfekt gegangen war, «du hast mir großen Kummer bereitet! Willst du denn deine Augen immer noch verschließen vor Tatsachen, die doch ganz unverkennbar sind?»

«Ihr habt mir bis morgen Zeit gegeben», antwortete das junge Mädchen. «Die Frist ist gering, aber ich gebe die Hoffnung noch nicht auf.»

Sie nahm einen Schlüsselbund und stieg in ein Zimmer des oberen Stockwerkes hinauf. Dort hörte man sie Schubladen aufmachen und in dem Schreibpult herumkramen, in welchem Colonel della Rebbia seine wichtigen Papiere aufbewahrt hatte.

Saveria blieb lange aus, und Orsos Ungeduld hatte den höchsten Grad erreicht, als sie endlich wiedererschien, einen Brief in der Hand und begleitet von der kleinen Chilina, die sich die Augen rieb; denn sie war ungestüm aus dem ersten Schlummer gerissen worden.

«Kind», sagte Orso, «was willst du hier um diese Stunde?»

«Signorina Colomba hat nach mir verlangt», antwortete Chilina.

Was zum Teufel mag sie von der Kleinen wollen? dachte Orso. Er ließ sich jedoch keine Zeit, länger darüber nachzugrübeln, sondern beeilte sich, Miß Lydias Brief zu öffnen, und während Chilina zu seiner Schwester hinaufging, begann er zu lesen:

«*Dear friend*, mein Vater hat etwas Fieber gehabt, und ich hatte große Angst um ihn. Aber der liebenswürdige Präfekt hat uns einen Arzt geschickt, der sich als so tüchtig erwies, daß wir in zwei Tagen von aller Sorge befreit waren. Wie haben Sie Ihr Bergschloß gefunden? Steht Ihr Nordturm immer noch an derselben Stelle? Und sind recht viele Gespenster darin? Auf dem Wege nach Bastia, wo wir das Schiff zum Kontinent nehmen wollen, möchten wir Sie um Ihre Gastfreundschaft bitten, und ich hoffe, daß das alte Schloß der della Rebbia, das Sie uns als so schrecklich verfallen geschildert haben, nicht über uns zusammenbrechen wird! Obgleich der Präfekt (dem ein bißchen den Kopf verdreht zu haben ich mir schmeichle) um Gesprächsstoff nie verlegen ist, haben wir doch auch des öfteren von Eurer Hoheit gesprochen. Die Gesetzesleute von Bastia haben ihm Bericht erstattet von gewissen Geständnissen eines dort gefangengesetzten Spitzbuben — und diese Enthüllungen sind geeignet, Ihren letzten Argwohn illusorisch zu machen, Monsieur! Somit muß es ein Ende haben mit aller Feindseligkeit, die mich bisweilen doch recht beunruhigt hat! Und dieses Aufhören des gespenstischen Zwistes wird mir eine große Freude sein! Als Sie neulich mit der schönen *voceratrice* von dannen ritten, finsteren Blickes, das Gewehr in der Hand, da sind Sie mir korsischer vorgekommen als je ... allzu korsisch sogar ... Sobald wir uns auf den Weg machen, erhalten Sie genauere Mitteilung. Hören Sie, bitte, auf den Rat des Präfekten; er ist ein verständiger Mann und hat, glaube ich, den Umweg über Pietranera nur Ihretwegen gemacht. Übrigens finde ich es befremdend, daß Sie mir Ihre glückliche Ankunft in Pietranera-Castle noch mit keinem Worte gemeldet haben!

Lydia.»

Orso las das Schreiben drei- oder viermal durch; dann verfaßte er ohne Säumen einen langen Antwortbrief, den Saveria zu einem Manne des Dorfes tragen mußte, der in selbiger Nacht nach Ajaccio aufbrach. Lydias Worte ließen dem jungen Manne die ganze Welt in rosigem Licht erscheinen; er empfand weder Argwohn mehr noch Haß. Und da seine Schwester nicht wieder zum Vorschein kam, so legte er sich schlafen, leichteren Herzens als seit langer Zeit.

Colomba verbrachte — nachdem sie Chilina mit geheimen Aufträgen weggeschickt hatte — einen großen Teil der Nacht mit dem Lesen alter Papiere. Kurz vor Tagesanbruch wurden Kieselsteine gegen ihr Fenster geworfen. Infolge dieses Signals stieg sie in den Garten hinab, öffnete eine geheime Pforte und ließ zwei wild aussehende Männer ein. Sie führte sie schnell in die Küche und gab ihnen zu essen. Was das für Männer waren, darüber soll der Leser nicht lange im ungewissen bleiben.

13

Gegen sechs Uhr morgens klopfte ein Diener des Präfekten an Orsos Haus. Von Colomba empfangen, sagte er zu ihr, der Präfekt sei im Begriff, weiterzureisen, und erwarte ihren Bruder. Ohne eine Sekunde des Zögerns antwortete Colomba, ihr Bruder sei auf der Treppe gefallen und habe sich den Fuß so heftig verstaucht, daß er keinen Schritt machen könne; er lasse den Herrn Präfekten um Entschuldigung bitten und ihm sagen, daß er sehr glücklich sein würde, wenn der Herr Präfekt seinerseits die Güte haben wolle, nochmals einen Augenblick bei ihm vorzusprechen.

Bald darauf erschien Orso und fragte seine Schwester, ob der Präfekt nicht nach ihm geschickt habe.

«Er bittet Euch, ihn hier zu erwarten», antwortete Colomba durchaus unbefangen.

Eine halbe Stunde verrann, ohne daß man im Hause der Barricini die geringste Bewegung gewahrt hätte. Orso fragte seine Schwester, ob sie bei der nächtlichen Durchsicht der Papiere irgend etwas Neues entdeckt habe. Sie antwortete: sie werde in Gegenwart des Präfekten alles sagen, was sie zu sagen habe. Sie trug eine große Ruhe zur Schau, aber ihre glühenden Wangen und Augen deuteten auf fieberhafte Erregung.

Endlich sah man, wie die Haustür der Barricini sich öffnete. Der Präfekt, in Reisekleidern, trat als erster heraus. Ihm folgten der Amtmann und seine beiden Söhne. Wie groß war das Erstaunen der seit dem Morgengrauen auf den weiteren Gang der Ereignisse lauernden Bewohner von Pietranera, als sie den Präfekten, begleitet von allen drei Barricini, den großen Platz in gerader Linie überschreiten und in das Rebbia-Haus eintreten sahen!

«Sie wollen Frieden machen!» äußerten sich die Dorfpolitiker.

«Ich hab' es ja immer gesagt», ließ sich ein Weißbart vernehmen: «Orso Antonio hat zu lange auf dem Kontinent gelebt, als daß er noch so handeln könnte, wie ein herzhafter Mann handeln muß!»

«Immerhin», erwiderte ein Rebbianer, «sind es doch die Barricini, die zu ihm kommen, und nicht umgekehrt! Offenbar wollen sie um Gnade bitten!»

«Der Präfekt wird sie alle eingewickelt haben», replizierte der Alte. «Es gilt heute ja nicht mehr als modern, mutig zu sein; und die jungen Leute kümmern sich so wenig um das

Blut ihrer Väter, als wenn sie alle Bastarde wären.»

Der Präfekt war nicht wenig erstaunt, Orso aufrecht und ohne die geringsten Fußbeschwerden zu finden. Mit zwei Worten beschuldigte Colomba sich selbst der Lüge und bat um Verzeihung.

«Wenn Sie anderswo Wohnung genommen hätten, Herr Präfekt», sagte sie, «so hätte mein Bruder Ihnen gestern gleich nach Ihrer Ankunft mit Freuden seine Aufwartung gemacht!»

Orso erschöpfte sich in Entschuldigungen und beteuerte, daß er mit dieser kindischen List, die ihm unendlich peinlich sei, nicht das geringste zu tun habe. Der Präfekt und der alte Barricini schienen an die Aufrichtigkeit seiner Worte zu glauben: Orsos Zerknirschung und die Vorwürfe, die er seiner Schwester machte, galten ihnen als genügender Beweis. Die Söhne des Amtmanns dagegen schienen keineswegs zufriedengestellt zu sein.

«Man mokiert sich über uns!» sagte Orlanduccio — und zwar laut genug, um von allen verstanden zu werden.

«Wenn meine Schwester auf solche Streiche verfiele», sagte Vincentello, «so würde ich nicht eine Sekunde in Verlegenheit sein über die Mittel, ihr eine so eigenmächtige Erfindungsgabe auszutreiben!»

Diese Worte und der Ton, in dem sie gesprochen wurden, mißfielen Orso und beeinträchtigten den guten Willen, der sich in ihm während der Nacht noch mehr befestigt hatte. Er wechselte mit den jungen Leuten ein paar Blicke, aus denen keinerlei Sympathie herauszulesen war.

Alle Anwesenden hatten inzwischen Platz genommen; nur Colomba war nahe der zur Küche führenden Tür stehengeblieben. Jetzt ergriff der Präfekt das Wort, um — nach einer sich im Allgemeinen haltenden Mißbilligung «gewisser auf der Insel herrschender Vorurteile» — den Satz aufzustellen, daß eine große Anzahl gerade der am tiefsten eingewurzelten Familienfeindschaften im Grunde nur auf Mißverständnissen beruhe. Sich sodann im speziellen an den Amtmann wendend, erklärte er diesem, Monsieur della Rebbia sei niemals des Glaubens gewesen, daß die Familie Barricini in irgendeiner — direkten oder indirekten — Beziehung stehe zu dem beklagenswerten Ereignis, das ihn seines Vaters beraubt habe; allerdings habe er bisher einige Zweifel gehegt in bezug auf eine Einzelheit des Prozesses, der zwischen den beiden Familien geschwebt habe; diese Bedenken seien jedoch durch die jüngsten Enthüllungen so völlig zerstreut worden, daß Monsieur Orso nunmehr von dem aufrichtigen Wunsche erfüllt sei, mit Monsieur Barricini und dessen Söhnen in ein loyales Verhältnis der Freundschaft und Nachbarschaft zu treten.

Orso verneigte sich etwas gezwungen. Monsieur Barricini murmelte ein paar Worte, die von niemandem verstanden wurden. Die Söhne blickten krampfhaft zur Decke empor.

Der Präfekt, seine Ansprache fortsetzend, war im Begriff, Orso mit dem Gegenstück der Ausführungen, die er dem Amtmann dargeboten hatte, zu beglücken, als Colomba einige Papiere unter ihrem Brusttuch hervorzog und sich mit ernster Miene zwischen die beiden Parteien stellte.

«Auch mir wäre es eine Freude», sagte sie, «wenn der Krieg zwischen den beiden Familien ein Ende finden könnte. Damit jedoch eine Versöhnung aufrichtig sei, muß man sich vorher untereinander aussprechen und keinen Punkt im Zweifel lassen. — Herr Präfekt, die Erklärung des Tomaso Bianchi ist mir von vornherein verdächtig erschienen, da sie von einem so übelberüchtigten Manne ausging. — Ich habe die Vermutung ausgesprochen, daß vielleicht einer der Söhne des Amtmanns diesen Menschen im Gefängnis von Bastia aufgesucht habe ...»

«Das ist ein Irrtum», unterbrach Orlanduccio, «ich habe ihn nicht gesehen!»

Colomba warf ihm nur einen verächtlichen Blick zu und fuhr mit scheinbarer Ruhe fort: «Herr Präfekt, nicht wahr, Sie erklären sich das Interesse, das Tomaso daran haben konnte, im Namen eines gefährlichen Banditen Monsieur Barricini zu bedrohen, mit dem Wunsche, den er hegte, seinem Bruder Teodoro die Mühle zu bewahren, die mein Vater ihm zu einem besonders niedrigen Pachtpreis überlassen hatte? ...»

«Allerdings, das scheint mir ein durchaus

plausibler Grund zu sein», bestätigte der Präfekt.

«Einem so erbärmlichen Kerl, wie dieser Tomaso es offenbar ist, kann man ja alles Mögliche zutrauen», sagte Orso, durch die anscheinende Mäßigung seiner Schwester getäuscht.

«Der gefälschte Brief», fuhr Colomba fort — und ihre Augen flammten in wilderem Glanze auf —, «ist vom 11. Juli datiert. Damals befand sich Tomaso bei seinem Bruder in der Mühle.»

«Das ist richtig», sagte der Amtmann, etwas beunruhigt.

«Welches Interesse konnte also Tomaso Bianchi damals noch haben?» rief Colomba mit triumphierender Miene. «Der Pachtvertrag seines Bruders war abgelaufen: mein Vater hatte ihm am 1. Juli gekündigt. Hier ist das Geschäftsbuch meines Vaters, der Entwurf der Kündigung sowie der Brief eines Agenten aus Ajaccio, der uns einen neuen Müller in Vorschlag brachte.»

Mit diesen Worten überreichte sie dem Präfekten die Papiere, die sie in Händen gehalten hatte.

Einen Augenblick herrschte allgemeine Bestürzung. Man konnte sehen, wie der Amtmann blaß wurde. Stirnrunzelnd trat Orso vor, um von den Papieren Kenntnis zu nehmen, in die der Präfekt sich zu vertiefen begann.

«Man will uns hier verhöhnen!» rief Orlanduccio und sprang wütend vom Stuhle auf.

«Kommt, Vater, verlassen wir dies Haus, das wir nie hätten betreten dürfen!»

Der Amtmann hatte jedoch seine Kaltblütigkeit schon wiedergewonnen. Er äußerte den Wunsch, die Papiere zu prüfen. Der Präfekt reichte sie ihm hin, ohne ein Wort zu sagen. Die grüne Brille auf die Stirn emporschiebend, durchflog der alte Advokat die Schriftstücke mit gespielter Gleichgültigkeit, während Colomba ihn mit den Augen einer Tigerin beobachtete, die einen Hirsch der Höhle ihrer Jungen nahe kommen sieht.

«Hm ...», sagte, seine Brille wieder zurechtrückend und dem Präfekten die Papiere zurückgebend, Monsieur Barricini, «im Vertrauen auf die allgemein bekannte Güte des Herrn Colonel della Rebbia hat Tomaso offenbar gedacht ... und denken müssen ... daß der Herr Colonel seinen Entschluß, ihm den Pachtvertrag zu kündigen, zurücknehmen werde ... Und wirklich ist sein Bruder Teodoro ja im Besitze der Mühlenpachtung geblieben ...»

«Ich selbst bin es», sagte Colomba, «die ihm die Pachtung belassen hat. Mein Vater war tot, und in meiner Lage hatte ich allen Anlaß, die Schutzbefohlenen meiner Familie zu schonen.»

«Immerhin», sagte der Präfekt, «gibt dieser Tomaso zu, den Brief geschrieben zu haben... Das ist klar.»

«Mir aber beginnt klarzuwerden», unterbrach ihn Orso, «daß bei dieser Sache arge Ränke im Spiele sind!»

«Ich habe noch einer Behauptung dieser Herren zu widersprechen», bemerkte Colomba.

Sie öffnete die Tür zur Küche, und ins Zimmer traten drei Wesen: Brandolaccio, Castriconi, Lizentiat der Theologie, und der Hund Brusco. Die beiden Banditen waren ohne Waffen, wenigstens dem Anschein nach; sie trugen ihre Patronentasche am Gürtel, schienen aber die dazugehörige Pistole nicht bei sich zu haben. Beim Eintreten lüfteten sie respektvoll ihre Mützen.

Man kann sich leicht vorstellen, welche Wirkung das plötzliche Erscheinen dieser Leute ausübte. Der Amtmann wäre beinahe auf den Rücken gefallen. Seine Söhne stellten sich beherzt vor ihn hin, die Hand in der Tasche, wo der Dolch verborgen war. Der Präfekt machte eine Bewegung nach der Tür. Orso aber packte Brandolaccio am Kragen und schrie:

«Was machst du hier, du Schurke?»

«Wir sind in einen Hinterhalt geraten!» rief der Amtmann und versuchte, die Tür zu öffnen. Saveria hatte sie jedoch von außen doppelt verschlossen, und zwar, wie man später erfuhr, auf Weisung der beiden Banditen.

«Ihr guten Leute», sagte Brandolaccio, «habt keine Angst vor uns! Meine Seele ist bei weitem nicht so schwarz wie mein Äußeres! Wir haben durchaus keine bösen Absichten! — Herr Präfekt, ich bin Ihr ergebener Diener! — Leutnant della Rebbia, fassen Sie mich, bitte, etwas sanfter an, sonst erwürgen

Sie mich noch! — Wir kommen als Zeugen. — Los, Abate, führ du das Wort: du verstehst dich auf die Kunst der Rede!»

«Herr Präfekt», hub der Lizentiat an, «ich habe nicht die Ehre, Ihnen bekannt zu sein. Mein Name ist Giocanto Castriconi; doch nennt man mich meistens nur den ‚Abate' ... Ah, jetzt wissen Sie wohl, um wen es sich handelt! ... Signorina Colomba, die ich ebenfalls nicht das Vergnügen hatte zu kennen, hat mich bitten lassen, ihr einige Auskunft zu geben in betreff eines gewissen Tomaso Bianchi, mit dem ich — es sind drei Wochen her — im Gefängnis zu Bastia eingesperrt war. Darüber habe ich Folgendes zu bekunden ...»

«Geben Sie sich keine Mühe!» sagte der Präfekt; «von einem Menschen wie Sie kann ich keinerlei Aussagen entgegennehmen ... Monsieur della Rebbia, ich will gern glauben, daß Sie mit diesem abscheulichen Komplott nichts zu tun haben! Aber sind Sie denn nicht Herr in Ihrem Hause?! Lassen Sie sofort die Tür öffnen! ... Ihre Schwester wird vielleicht Rechenschaft ablegen müssen über die höchst merkwürdigen Beziehungen, die sie zu Banditen unterhält.»

«Herr Präfekt», rief Colomba, «ich bitte Sie, anhören zu wollen, was dieser Mann zu sagen hat! Sie sind hier, um Gerechtigkeit zu üben für alle; es ist Ihre Pflicht, der Wahrheit nachzuforschen! Sprecht, Giocanto Castriconi!»

«Hört nicht auf ihn!» riefen die drei Barricini im Chor.

«Wenn alle gleichzeitig reden», meinte der Bandit lächelnd, «so erleichtert das in keiner Weise die Verständigung! . . . Also: im Gefängnis von Bastia hatte ich zum ‚Gesellschafter' — nicht: zum Freunde — besagten Tomaso. Dieser empfing häufig den Besuch von Signor Orlanduccio . . .»

«Das ist gelogen!» riefen beide Brüder zugleich.

«Zwei Verneinungen ergeben eine Bejahung», bemerkte Castriconi kaltblütig. «Tomaso hatte Geld; er aß und trank stets vom Besten. Ich habe leider immer eine Schwäche für gute Kost gehabt (das ist nicht mein schlimmster Fehler), und trotz meines Widerwillens gegen solchen Gefährten habe ich mich mehrmals bewegen lassen, mit ihm zu dinieren. Zum Dank schlug ich ihm vor, mit mir zu entweichen . . . Eine kleine Freundin . . . der ich einige Gefälligkeiten hatte erweisen können, hatte mir die Mittel dazu verschafft . . . Doch ich will niemanden kompromittieren . . . Tomaso lehnte mein Anerbieten ab; er sagte zu mir, daß er seiner Sache absolut sicher sei, daß der Advokat Barricini ihn allen Richtern lebhaft empfohlen habe, und daß er rein wie Schnee aus dem Gefängnis hervorgehen werde, und zwar mit Geld in der Tasche. Was mich betrifft, so zog ich es vor, das Weite zu suchen. *Dixi.*»

«Alles, was dieser Mensch sagt, ist gelogen!» erklärte Orlanduccio entschlossen. «Wenn wir uns auf freiem Felde träfen, jeder mit seiner

Flinte in der Hand, so würde er nicht so zu sprechen wagen!»

«Das war ein unbedachtes Wort!» rief Brandolaccio. «Mit dem Abate sollten Sie sich nicht überwerfen, Orlanduccio!»

«Werden Sie mich nun endlich aus dem Hause herauslassen, Monsieur della Rebbia?» sagte der Präfekt, aufstampfend vor Ungeduld.

«Saveria! Saveria!» rief Orso. «Zum Teufel, so öffne doch die Tür!»

«Einen Augenblick!» sagte Brandolaccio. «Es scheint mir geraten, daß zunächst wir das Lokal verlassen!... Nicht wahr, Herr Präfekt, in Situationen wie der, in der wir uns gegenwärtig befinden, ist es üblich, daß man beim Abschied eine halbe Stunde beiderseitigen Waffenstillstandes vereinbart!»

Der Präfekt warf ihm nur einen geringschätzigen Blick zu.

«Guten Tag alle miteinander!» rief Brandolaccio.

Dann streckte er seinen Arm waagerecht aus und sagte zu seinem Hunde:

«*Allons*, Brusco, spring zu Ehren des Herrn Präsidenten!»

Brusco sprang elegant über den hingehaltenen Arm. In der Küche griffen dann die Banditen eilig zu den Waffen, die sie dort zurückgelassen hatten, und entflohen durch den Garten. Und auf einen schrillen Pfiff öffnete sich, wie durch Zauberei, die nach außen führende Tür des Zimmers.

«Monsieur Barricini», sagte Orso mit verhaltener Wut, «ich halte Sie für einen Fälscher! Noch heute werde ich dem Staatsanwalt eine Anklage gegen Sie übersenden wegen Urkundenfälschung und Komplizität mit Bianchi. Und vielleicht werde ich bald eine noch schrecklichere Anklage gegen Sie erheben müssen!»

«Und ich, Monsieur della Rebbia», sagte der Amtmann, «ich werde eine Klage gegen Sie einreichen wegen hinterlistiger Nachstellung und Verschwörung mit Banditen. Inzwischen wird der Herr Präfekt sicherlich verfügen, daß Sie der Obhut der Gendarmerie anvertraut werden.»

«Der Präfekt wird seine Pflicht tun!» sagte dieser in strengem Ton. «Er wird dafür sorgen, daß die Ordnung in Pietranera nicht gestört werde; und er wird darüber wachen, daß der Gerechtigkeit Genüge geschehe. Ich spreche zu Ihnen allen, meine Herren!»

Der Amtmann und Vincentello befanden sich schon außerhalb des Zimmers. Orlanduccio folgte ihnen, rückwärts gehend. Da trat Orso auf ihn los und sagte leise zu ihm:

«Ihr Vater ist ein Greis, den eine Ohrfeige von mir zu Boden werfen würde; deshalb stelle ich Ihnen eine solche Züchtigung in Aussicht, Ihnen und Ihrem Bruder!»

Anstatt zu antworten, zog Orlanduccio seinen Dolch und warf sich wie ein Rasender auf Orso. Doch bevor er von seiner Waffe Gebrauch machen konnte, packte ihn Colomba und verdrehte ihm den Arm mit unwiderstehlicher Kraft, während Orso ihm einen Faustschlag ins Gesicht versetzte, der ihn hart an die Türeinfassung anprallen ließ. Der Dolch entsank Orlanduccios Hand; aber Vincentello kam mit dem seinen ins Zimmer zurück gelaufen. Da sprang Colomba auf ein Gewehr zu, das an die Wand gelehnt stand, ergriff es und bewies dem Streitlustigen, wie ungleich die Partie sein würde. Im selben Augenblick warf der Präfekt sich zwischen die Kämpfenden.

«Auf bald, Ors' Anton'!» rief Orlanduccio. Und die Zimmertür hastig hinter sich zuschlagend, drehte er von außen den Schlüssel um, solchermaßen Zeit für den Rückzug gewinnend.

Eine Viertelstunde lang blieben Orso und der Präfekt wortlos zusammen im Zimmer, jeder in eine Ecke zurückgezogen. Mit triumphierender Miene betrachtete Colomba bald den einen, bald den anderen, sich auf das Gewehr stützend, das den Sieg entschieden hatte.

«Welch ein Land! Welch ein Land!» rief endlich, aufspringend, der Präfekt. «Monsieur della Rebbia, Sie haben sehr unrecht gehandelt! . . . Ich muß Sie um Ihr Ehrenwort bitten, sich jeder Gewalttätigkeit zu enthalten, bis die Justiz ihr Wort in dieser verwünschten Affäre gesprochen haben wird.»

«Ja, Herr Präfekt, ich habe unrecht daran getan, den Kerl ins Gesicht zu schlagen! Da es aber einmal geschehen ist, so kann ich ihm die Genugtuung nicht verweigern, die er von mir verlangt.»

«Aber nein! Er hat gar nicht die Absicht, sich mit Ihnen zu duellieren! . . . Doch wenn er Sie ermorden wollte?! . . . Wirklich, Sie haben alles getan, was ihn in solchen Plänen bestärken könnte!»

«Wir werden auf unserer Hut sein!» sagte Colomba.

«Orlanduccio», sagte Orso, «scheint mir ein mutiger Bursche zu sein; ich beurteile ihn nicht so ungünstig, wie Sie es tun, Herr Präfekt! . . . Gewiß, mit seinem Dolch war er schnell bei der Hand; aber ich an seiner Stelle hätte es ebenso gemacht! . . . Glücklich kann ich mich jedenfalls schätzen, daß meine Schwester nicht den zarten Griff eines Modedämchens hat!»

«Sie werden sich nicht schlagen, Monsieur Orso!» rief der Präfekt. «Ich verbiete es Ihnen!»

«Erlauben Sie mir, Ihnen zu sagen, Monsieur», erwiderte Orso, «daß ich in Ehrensachen keine andere Autorität anerkennen kann, als die meines Gewissens!»

«Ich sage Ihnen, daß Sie sich nicht schlagen werden!»

«Sie können meine Verhaftung anordnen, Monsieur . . . das heißt: falls ich mich kriegen lasse! . . . Wenn es Ihnen jedoch gelänge, so würde damit nichts weiter erreicht sein, als daß eine unvermeidlich gewordene Regelung um eine gewisse Zeit hinausgeschoben würde. Sie sind ein Mann von Ehre, Herr Präfekt, und Sie wissen genau, daß es nicht anders sein kann.»

«Wenn Sie meinen Bruder verhaften lassen», fügte Colomba hinzu, «so wird das halbe Dorf seine Partei ergreifen, und dann könnten Sie eine hübsche Knallerei erleben!»

«Herr Präfekt», sagte Orso, «ich kündige Ihnen an (das ist keine leere Redensart): falls Monsieur Barricini seine obrigkeitlichen Befugnisse mißbrauchen sollte, um mich verhaften zu lassen, so werde ich mich gewaltsam zur Wehr setzen!»

«Vom heutigen Tage an», erklärte der Präfekt, «ist Monsieur Barricini von seinem Amte suspendiert . . . Ich hoffe allerdings, daß es ihm gelingen wird, sich zu rechtfertigen . . . Hören Sie, Monsieur della Rebbia, ich nehme Anteil an Ihrem Geschick. Was ich von Ihnen verlange, ist wenig: halten Sie sich ruhig zu Hause, bis ich von Corte zurück bin! Das wird in drei Tagen der Fall sein. Ich komme mit dem Staatsanwalt zurück, und gemeinsam werden wir dann diese traurige Geschichte zu entwirren suchen. Versprechen Sie mir, sich bis dahin jeder feindseligen Handlung zu enthalten?»

«Ich kann es nicht versprechen, Monsieur, falls, wie ich vermute, Orlanduccio mich zum Zweikampf herausfordert.»

«Wie, Monsieur della Rebbia?! Sie, ein französischer Offizier, wollen sich mit einem Manne duellieren, den Sie einer betrügerischen Handlung für fähig halten?!»

«Ich habe ihm einen Schlag ins Gesicht versetzt, Monsieur!»

«Ja; aber wenn Sie einen Galeerensträfling ins Gesicht geschlagen hätten, und er verlangte Satisfaktion von Ihnen: würden Sie sie ihm geben?! ... Also, Monsieur Orso! ... Doch ich will meine Bitte noch ermäßigen: suchen Sie Ihrerseits wenigstens Orlanduccio nicht weiter zu provozieren! ... Ich erlaube Ihnen den Zweikampf, falls der andere Sie dazu herausfordert!»

«Das wird er ganz bestimmt tun, Herr Präfekt! Aber ich verspreche Ihnen, ihn nicht etwa durch weitere Ohrfeigen zu diesem Vorhaben noch anzuspornen.»

«Was für ein Land! Was für ein Land!» wiederholte der Präfekt, mit großen Schritten im Zimmer auf- und abgehend. «Oh, wann werde ich endlich das Glück haben, nach Frankreich zurückversetzt zu werden?»

«Herr Präfekt», sagte, mit ihrer sanftesten Stimme, Colomba, «der Tag ist schon ziemlich weit vorgeschritten: möchten Sie uns nicht die Ehre erweisen, mit uns das Mittagsmahl zu nehmen?»

Der Präfekt konnte sich eines Lächelns nicht erwehren.

«Ich bin schon allzulange bei Ihnen geblieben ... Das könnte als Parteilichkeit mißdeutet werden . . . Oh, dieser verdammte Grundstein, den ich legen soll! . . . Nein, ich muß jetzt weg! Ich fürchte, daß Sie heute großes Unheil angestiftet haben, Mademoiselle della Rebbia!»

«Wenigstens werden Sie doch die Überzeugung gewonnen haben, Herr Präfekt, daß meine Schwester von der Berechtigung ihres Verdachtes tief durchdrungen ist; ja, ich darf vielleicht vermuten, daß Sie selbst diesen Argwohn für sehr begründet halten!»

«Adieu, Monsieur!» sagte der Präfekt mit einer Bewegung des Abschieds. «Ich werde dem Gendarmeriewachtmeister Weisung geben, Ihr Handeln genau im Auge zu behalten.»

Als der Präfekt das Haus verlassen hatte, sagte Colomba zu ihrem Bruder:

«Orso, Ihr seid hier nicht auf dem Festlande! Orlanduccio will von Euren ritterlichen Zweikämpfen nichts wissen, und außerdem verdient dieser Elende nicht den Tod eines ehrlichen Mannes.»

«Colomba, du bist ein tapferes Mädchen. Laß mich die kleine Hand küssen, die mich so energisch vor einem Messerstich bewahrt hat! . . . Aber für gewisse Dinge hast du nicht das geringste Verständnis! Bereite uns etwas zu essen, und sobald der Präfekt sich auf die Reise gemacht hat, schick mir die kleine Chilina, die sich der Aufträge, die man ihr gibt, so gewandt zu entledigen weiß; sie soll mir einen Brief besorgen.»

Während Colomba die Vorbereitungen zum Mittagessen traf, ging Orso in seine Kammer hinauf und schrieb folgendes Billett:

«Sie wünschen gewiß ebenso lebhaft wie ich, daß möglichst bald ein Zusammentreffen von uns erfolge. Ist es Ihnen passend morgen früh 6 Uhr im Tale von Acquaviva? Ich bin besonders geschickt mit der Pistole, und deshalb möchte ich Ihnen diese Waffe nicht vorschlagen. Aber man sagt, Sie verständen gut mit dem Gewehr umzugehen: versehen wir uns also jeder mit einer doppelläufigen Flinte! Ich werde von einem Bewohner unseres Dorfes begleitet sein. Falls Ihr Bruder Sie begleiten will, so bringen Sie einen zweiten Zeugen mit, und lassen Sie mich's vorher wissen. Nur in diesem Falle werde auch ich mit zwei Zeugen kommen.

Orso Antonio della Rebbia.»

Nachdem der Präfekt sich eine Stunde lang beim Adjunkten des Amtmannes aufgehalten hatte und dann noch für ein paar Minuten bei den Barricini eingetreten war, machte er sich, von einem einzigen Gendarmen begleitet, nach Corte auf den Weg. Eine Viertelstunde später brachte Chilina den oben wiedergegebenen Brief in das feindliche Haus und übergab ihn zu eigenen Händen des Orlanduccio.

Die Antwort ließ sehr lange auf sich warten; sie traf erst in der Abendstunde ein. Sie war von dem alten Barricini unterzeichnet und teilte dem Briefschreiber mit, daß der an Orlanduccio gerichtete Drohbrief dem Staatsanwalt übergeben werden würde.

«Im Bewußtsein unserer gerechten Sache» — so schloß der alte Advokat — «warte ich ab, bis das Gericht sein Urteil über Ihre Verleumdungen gesprochen hat.»

Mittlerweile erschienen, von Colomba herbeizitiert, fünf oder sechs Schäfer, um dem Turm der della Rebbia als Besatzung zu dienen. Trotz Orsos Einspruch wurden die auf den großen Platz gehenden Fenster mit Schießscharten versehen, und während des ganzen Abends kamen Leute aus dem Dorfe, um ihn ihrer Hilfsbereitschaft zu versichern. Es traf sogar ein Brief von dem Räuber-Theologen ein, der, in seinem und Brandolaccios Namen, feierlich versprach, einzugreifen, falls der Amtmann die Gendarmerie zu irgendwelchen Aktionen zu benützen versuche.

Dieser Brief hatte folgende Nachschrift:

«Darf ich fragen, was der Herr Präfekt von der ausgezeichneten Erziehung denkt, die mein Freund Brandolaccio dem Hunde Brusco angedeihen läßt? Nächst Chilina gibt es keinen besseren Schüler und niemanden, der glücklichere Anlagen verriete.»

14

Der folgende Tag verlief ohne offene Feindseligkeiten. Auf beiden Seiten hielt man sich in der Defensive. Orso ging nicht aus dem Hause, und das Heim der Barricini blieb fortwährend geschlossen. Man sah die fünf oder sechs Gendarmen, die als «Garnison» in Pietranera belassen waren, auf dem Platze oder in der Umgebung des Dorfes umherflanieren, unter Assistenz des Flurschützen, der die Ortsmiliz repräsentierte. Der Adjunkt blieb ununterbrochen mit der Amtsschärpe bekleidet; doch außer den beiderseitigen Schießscharten wies nichts auf kriegerische Ereignisse hin. Nur einem Kenner korsischer Verhältnisse wäre es aufgefallen, daß abends auf dem Platze unter der immergrünen Eiche kein einziger Mann sichtbar wurde, sondern eine rein weibliche Gesellschaft sich zu lokalkritischen Diskussionen zusammenfand.

Zur Stunde des Nachtmahls zeigte Colomba ihrem Bruder mit froher Miene einen Brief, den sie von Miß Nevil erhalten hatte:

«Liebe Signorina Colomba, wie glücklich bin ich, aus einem Brief Ihres Bruders zu ersehen, daß aller Zwist zu Ende ist! Ich gratuliere Ihnen vielmals dazu! Meinem Vater ist, seitdem er nicht mehr mit Ihrem Bruder über Krieg und Jagd plaudern kann, Ajaccio so langweilig geworden, daß wir uns entschlossen haben, noch heute abzureisen. Die

Nacht gedenken wir bei Ihrer Verwandten zu verbringen, an die Sie uns freundlicherweise empfohlen haben; und übermorgen gegen elf Uhr werde ich Sie um eine Probe von jenem Ziegenkäse bitten, der bei Ihnen so viel besser sein soll als in der Stadt! Inzwischen verbleibe ich, mit vielen Grüßen, Ihre Freundin

Lydia Nevil.»

«Meinen zweiten Brief hat sie also nicht erhalten?» rief Orso erregt.

«Ihr seht aus dem Datum des ihrigen, daß, als Euer Brief in Ajaccio eintraf, Miß Lydia schon unterwegs sein mußte. Ihr habt ihr gewiß geschrieben, sie solle nicht kommen?»

«Ich teilte ihr mit, daß wir uns hier in einer Art Belagerungszustand befänden, und daß unsere Situation für Besucher kaum viel Verlockendes haben könne.»

«Bah, diese Engländer sind komische Leute! Damals, als ich eine Nacht in Miß Lydias Zimmer verbrachte, sagte sie zu mir, daß sie untröstlich sein würde, wenn sie Korsika verlassen müßte, ohne eine richtige *vendetta* miterlebt zu haben! Wenn Ihr wolltet, Orso, könnte man ihr das Schauspiel eines Angriffs auf die Barricini-Festung bieten, meint Ihr nicht auch?»

«Weißt du, Colomba», sagte Orso, «daß es eine frappante Dummheit von der Natur war, dich zu einem Mädchen zu machen? Du hättest einen ausgezeichneten Feldherrn abgegeben!»

«Vielleicht. — Auf jeden Fall will ich jetzt meinen Ziegenkäse ansetzen.»

«Das wäre überflüssig. Wir müssen ihnen jemanden entgegenschicken, der sie von der Lage unterrichtet und ihnen vom Weiterreisen abrät.»

«Oh, bei diesem Wetter wollt Ihr einen Boten aussenden, damit ein angeschwollener Wildbach ihn mit sich fortreiße samt Eurem Sendschreiben?!... Wie leid tun mir doch die armen Banditen in solcher Gewitternacht! Ein Glück nur, daß ihre Kapuzenmäntel wetterfest sind!... Wißt Ihr, was Ihr tun solltet, Orso? Wenn das Gewitter aufhört, so macht Euch selbst zu früher Morgenstunde auf den Weg, sodaß Ihr bei unserer Verwandten seid, bevor die englischen Freunde aufgebrochen sind! Das kann Euch nicht schwerfallen, denn Miß Lydia liebt es, sehr lange zu schlafen. Ihr würdet den Freunden alles erzählen, was sich bei uns zugetragen hat; und, falls sie dennoch darauf bestehen, zu kommen: nun, so sagt ihnen, daß wir sie mit großer Freude empfangen würden.»

Orso stimmte diesem Vorschlag gerne zu. Und Colomba sagte, nach kurzem Schweigen:

«Ihr glaubt vielleicht, Orso, daß es mir nicht ernst gewesen sei, als ich von einem Angriff auf das Barricini-Haus sprach? Aber bedenkt nur, daß wir durchaus in der Übermacht wären: mindestens zwei gegen einen! Seitdem der Präfekt den Amtmann seiner Stellung enthoben hat, sind alle Männer des Dorfes auf unserer Seite. Wenn wir wollten, könnten wir Frikassee machen aus der ganzen feindlichen Sippschaft!... Man könnte die Sache folgendermaßen in Gang bringen. Wenn Ihr einverstanden wäret, ginge ich an den Brunnen und sagte allerlei Spöttisches über ihre Weiber. Dann kämen die Männer aus dem Hause... Vielleicht; denn sie sind ja so feige! Vielleicht schössen sie durch ihre Schießscharten auf mich... Sie würden mich nicht treffen! Damit wäre die Sache ins Geleise gebracht: sie hätten sich als die Angreifenden verraten! Um so schlimmer für sie, wenn sie dann besiegt sein werden! Wer kann in einem Zusammenstoß die herausfinden, denen ein guter Schuß gelungen ist?... Glaubt Euer Schwester, Orso: die Schwarzrobenmänner werden einen Haufen Papier verschmieren und ein unendliches Geschwätz anheben, aber es wird nichts dabei herauskommen!... Oh, wenn der Präfekt den Vincentello vorhin nicht mit seinem Körper gedeckt hätte, wäre schon einer von der Verbrecherbande ins Jenseits befördert!»

Alle diese Gedanken wurden mit derselben kaltblütigen Ruhe vorgebracht, mit der die Sprecherin sich über das «Ansetzen» des Ziegenkäses geäußert hatte.

Orso betrachtete seine Schwester mit einer Bewunderung, in die ein Gefühl von Angst sich mischte.

«Meine zarte Colomba», sagte er, sich von Tische erhebend, «ich beginne zu fürchten, daß du der Teufel in Person bist! Aber sei ruhig: falls es mir nicht gelingt, die Barricini an den Galgen zu bringen, werde ich ein anderes Mittel zu finden wissen, mit ihnen fertig zu werden! Heiße Kugel oder kaltes Eisen! ... Du siehst, daß ich das Korsische nicht verlernt habe.»

«Die rascheste Methode wäre die beste», sagte Colomba seufzend. «Welches Pferd gedenkt Ihr morgen früh zu nehmen, Ors'Anton'?»

«Den Rappen. — Warum fragst du danach?»

«Weil ich ihm Gerste geben will.»

Als Orso sich in seine Schlafstube zurückgezogen hatte, gebot Colomba der Magd und den Hirten, sich zur Ruhe zu legen. Sie selbst blieb in der Küche bei ihrem Ziegenkäse. Von Zeit zu Zeit hob sie lauschend den Kopf und schien ungeduldig zu erwarten, daß ihr Bruder zu Bett gegangen sei. Als sie ihn endlich eingeschlafen glauben konnte, nahm sie ein Messer, prüfte es auf seine Schärfe, zog grobe Schuhe an ihre kleinen Füße und begab sich, ohne das leiseste Geräusch zu machen, in den Garten.

Der Garten, von Mauern umschlossen, stieß an ein ziemlich ausgedehntes Terrain, das von Hecken eingezäunt war. Dorthin wurden die Pferde getrieben (denn Pferdeställe gibt es auf Korsika kaum). Für gewöhnlich läßt man die Tiere frei ins Feld laufen, wobei es ihrer Intelligenz vorbehalten bleibt, sich irgendwo Nahrung sowie Schutz gegen Regen und Kälte zu suchen.

Colomba öffnete die Gartentür und schlich mit der gleichen indianerhaften Behutsamkeit ins Innere der Umzäunung. Durch ein leises Pfeifen lockte sie die Pferde zu sich heran: sie waren gewohnt, von ihr Brot und Salz zu erhalten. Als der Rappe herangekommen war, packte sie ihn heftig an der Mähne und versetzte ihm mit ihrem Messer einen Schnitt ins Ohr. Das Pferd tat einen furchtbaren Satz und rannte mit gellenden Schmerzenslauten davon. Von ihrem Tun befriedigt, ging Colomba in den Garten zurück.

In diesem Augenblick öffnete Orso das Fenster seines Zimmers und rief hinaus:

«Wer ist da?»

Gleichzeitig hörte sie, wie er den Hahn seines Gewehres spannte. Zum Glück für sie lag die (teilweise von einem großen Feigenstrauch bedeckte) Gartentür völlig im Dunkeln. Hastig schloß sie die Tür und, an den Mauern entlang schleichend (wobei ihr schwarzes Kleid mit dem Laubwerk des Spaliers zu einer einzigen Finsternis verschmolz), gelangte sie wohlbehalten in die Küche zurück — wenige Sekunden, bevor Orso dort erschien.

«Was gibt's?» fragte sie ihn.

«Es kam mir vor», antwortete Orso, «als ob die Gartentür geöffnet worden wäre.»

«Unmöglich! Der Hund würde gebellt haben. — Aber wir können ja nachsehen.»

Orso untersuchte den Garten nach allen Richtungen; er überzeugte sich, daß die äußere Tür gut verschlossen war, und mußte

— etwas beschämt über den falschen Alarm, den er gegeben — den Rückzug in seine Kammer antreten.

«Es freut mich, Bruder», sagte Colomba, «daß Ihr vorsichtig zu werden beginnt: Eure Lage erfordert es dringend.»

«Ein Resultat deiner Erziehung!» antwortete Orso. «Gute Nacht!»

Mit dem ersten Morgengrauen war Orso zum Aufbruch bereit. Sein Kostüm stellte ein Stilgemisch dar zwischen einer auf das Wohlwollen von Damenaugen berechneten Eleganz und jener Vorsicht, wie sie gegenüber den Zwischenfällen der *vendetta* unerläßlich ist. In einen blauen Rock gepreßt, trug er, an grünseidener Schnur, ein blitzendes Patronentäschchen quer über die Brust; der Dolch steckte kokett in einer Brusttasche; und in der Hand hielt er das geladene englische Prachtgewehr. Während er eine Tasse heißen Kaffees hinunterstürzte, begab ein Schäfer sich in das eingehegte Terrain, um das für den Ritt bestimmte Pferd zu satteln und zu zäumen. Orso und seine Schwester folgten ihm. Da sahen sie, wie das von dem Schäfer festgehaltene Pferd sich plötzlich aufbäumte (es fürchtete wohl, daß seinem anderen Ohr dasselbe Unheil drohe) und sich unter schrecklichem Gewieher loszureißen suchte.

«Was gibt es da?» rief Orso dem Hirten zu.

«Oh, seht doch, Ors' Anton'!» antwortete

dieser unter tausend Flüchen und Verwünschungen.

«Was ist denn passiert?» fragte Colomba.

Alle gingen nun auf das Pferd zu, und wie man die blutende Wunde am Ohre gewahrte, war die Überraschung und Empörung allgemein. Denn das Pferd seines Feindes zu verletzen, bedeutet für den Korsen dreierlei zugleich: Rache, Herausforderung und Todesdrohung.

«Nur ein Flintenschuß kann solche Schandtat sühnen!»

Obgleich Orso, infolge seines langjährigen Aufenthaltes auf dem Kontinent, das Ungeheuerliche der Beleidigung vielleicht nicht ganz so stark empfand, wie ein anderer Korse es aufgefaßt hätte, so würde er doch, falls gerade ein Barricianer zur Stelle gewesen wäre, gewiß augenblicklich Rache genommen haben für eine Beschimpfung, an der er begreiflicherweise seinen Feinden schuld gab.

«Die elenden Feiglinge!» rief er. «Anstatt mir von Angesicht zu Angesicht entgegenzutreten, vergreifen sie sich an einem wehrlosen Tier!»

«Worauf warten wir denn noch?» rief Colomba stürmisch. «Sie provozieren uns, sie verstümmeln unsere Pferde — und wir sollten ihnen nicht antworten? Seid ihr denn keine Männer?»

«Rache! Rache!» antworteten die Hirten. «Wir wollen das blutende Pferd durch das ganze Dorf führen und das Barricini-Haus erobern mit stürmender Hand!»

«Unmittelbar an den Turm stößt eine Scheune, mit Stroh gedeckt», sagte der alte Polo Griffo. «Im Handumdrehen lasse ich sie aufflammen lichterloh!» Ein anderer schlug vor, sich für den Ansturm der Leitern des Kirchturms zu bemächtigen; ein dritter: man solle mit einem großen, für einen Neubau bestimmten Balken, der gerade auf dem Platze lag, die Türen der feindlichen Festung einrennen. Und Colomba verhieß allen ihren Parteigängern ein vor der kriegerischen Aktion zu schlürfendes, großes Glas Anislikör.

Leider — oder vielmehr: glücklicherweise — wirkte auf Orso die an dem armen Roß verübte Grausamkeit nicht ganz so, wie Colomba es erwartet hatte. Allerdings zweifelte er nicht daran, daß die empörende Verstümmelung das Werk eines seiner Feinde sei, und speziell den Orlanduccio hatte er in Verdacht. Aber keineswegs war er der Meinung, daß dieser von ihm durch einen Faustschlag gezüchtigte junge Mann seine Schande dadurch getilgt habe, daß er einem Pferde das Ohr zerschnitt. Im Gegenteil: der ebenso widerwärtige wie lächerliche Racheversuch vermehrte die Geringschätzung, die Orso für seine Feinde empfand, und er neigte sich jetzt der Ansicht des Präfekten zu, daß solche Leute einer chevaleresken Erledigung von Streitigkeiten nicht würdig seien. Und so erklärte er denn seinen bestürzten Anhängern gebieterisch, daß sie, unter Verzicht auf alle pittoresken Heldentaten, ruhig warten müßten, bis die Justiz —

deren Vertreter sehr bald erscheinen würden — ihr Urteil gesprochen habe zur Sühne für das verwundete Pferdeohr.

«Ich bin es, der hier zu befehlen hat!» rief er strengen Tones. «Ich verlange, daß man mir gehorche! Und wer noch weiterhin von Mord und Brand zu sprechen wagt, der sehe sich vor, daß ihm nicht etwa selbst dieses Schicksal blühe!... Und nun rasch: man sattle mir den Grauschimmel!»

«Was, Orso?!» sagte, ihn beiseite ziehend, Colomba, «Ihr wollt diesen Schimpf wirklich so einfach hingehen lassen? Zu Lebzeiten des Vaters hätten die Barricini niemals eine solche Schandtat gewagt.»

«Es ist Sache der Gendarmen und der Gefängniswärter, diese Feiglinge zu bestrafen!... Aber merke dir wohl, Schwester: wenn ich bei meiner Rückkehr finden sollte, daß irgendeine Demonstration gegen die Barricini gemacht worden ist, so würde ich es nie und nimmer verzeihen!...»

Und in sanfterem Tone fügte Orso hinzu:

«Es ist möglich — und sogar wahrscheinlich —, daß ich mit dem Colonel und seiner Tochter zurückkomme. Laß Zimmer für sie in Ordnung bringen und sorge für ein gutes Mahl!... Mut zu haben, ist gewiß etwas sehr Schönes; aber eine Frau muß auch ihr Haus instand zu halten wissen!... Komm, gib mir einen Kuß und sei verständig! Sieh, da ist der Graue schon reisefertig!»

«Orso», sagte Colomba, «Ihr dürft nicht so allein aufbrechen!»

«Ich brauche niemanden», erwiderte Orso; «und ich garantiere dir feierlich, daß man mir nicht das Ohr abschneiden wird!»

«Oh, in Kriegszeiten lasse ich Euch nicht ohne Begleitung auf Reisen gehen!... Kommt, Polo Griffo und Memmo! Nehmt eure Gewehre! Ihr sollt meinen Bruder begleiten.»

Nach einem ziemlich lebhaften Wortwechsel mußte Orso sich mit dieser Eskortierung einverstanden erklären; dann machte er sich auf den Weg.

Schon waren sie weit von Pietranera, als, beim Übergang über einen Bach, der sich in einem Sumpfe verlor, der alte Polo mehrere Schweine bemerkte, die, behaglich im Schmutz liegend, sich gleichzeitig der Sonne und des frischen Wassers erfreuten. Er nahm das fetteste aufs Korn und tötete es durch einen wohlgezielten Kopfschuß. Die Kameraden des Toten flohen mit erstaunlicher Schnelligkeit und entkamen ins Dickicht, obwohl nun auch der andere Schäfer auf sie schoß.

«Ihr Idioten!» schrie Orso. «Ihr haltet diese braven Säue für Wildschweine!»

«Durchaus nicht, Ors' Anton'», antwortete Polo, «aber diese Herde gehört dem Advokaten.»

«Schurken, die ihr seid!» brüllte Orso, rasend vor Wut. «Macht euch davon! Ich brauche euch nicht! Ihr seid nur gut zum

Kampfe mit Schweinen! ... Wer mir noch weiter zu folgen wagt, dem schlage ich den Schädel ein!»

Bestürzt sahen die beiden Schäfer einander an. Orso gab seinem Pferde die Sporen und verschwand.

«Und für solche Leute sollen wir uns einsetzen!» sagte Polo zu seinem Gefährten. «Der Colonel, sein Vater, ist böse auf dich gewesen, weil du einmal auf den Advokaten gezielt hast ... Dumm genug von dir, nicht zu schießen! ... Und der Sohn? ... Du siehst, was ich für ihn getan habe ... Er spricht davon, mir den Schädel einzuschlagen ... Dergleichen scheint man auf dem Kontinent zu lernen, Memmo!»

«Ja; und wenn man erfährt, daß du die Sau totgeschossen hast, so macht man dir den Prozeß, und Ors' Anton' wird absolut nichts tun zu deinen Gunsten! Ein Glück nur, daß kein Mensch dich gesehen hat!»

Eine kurze Beratung führte die empörten Schäfer zu der Erkenntnis, daß es am vernünftigsten sei, das Schwein in ein Sumpfloch zu werfen. Dieser Entschluß wurde in die Tat umgesetzt — jedoch nicht ohne daß ein jeder sich einige gute Stücke abgeschnitten hätte von dem unschuldigen Opfer des Zwistes der Familien della Rebbia und Barricini.

15

Seiner eigenmächtigen Eskorte entledigt, ritt Orso weiter; die Freude auf das Wiedersehen mit Miß Nevil ließ ihn kaum an die Möglichkeit feindlicher Begegnungen denken.

«Wegen des Prozesses um das Pferdeohr und andere schöne Dinge werde ich nach Bastia müssen», überlegte er sich. «Warum sollte ich Miß Nevil nicht dorthin begleiten?... Und warum könnten wir dann nicht zusammen in die erfrischenden Bäder von Orezza gehen?»

Solch verlockenden Perspektiven nachhängend, achtete er nicht auf den Weg. Da blieb das Pferd plötzlich stehen: die kleine Chilina versperrte ihm den Weg und ergriff es am Zügel.

«Wohin reitet Ihr, Ors' Anton'?» fragte sie. «Wißt Ihr nicht, daß Euer Feind in der Nähe ist?»

«Welcher Feind?» rief Orso, unwillig, seinen verliebten Träumereien so brüsk entrissen zu sein. «Und wo ist er?»

«Orlanduccio lauert, ganz nahe von hier, auf Euer Kommen. — Kehrt um! Kehrt schnell um!»

«Wie?... Er lauert auf mich?... Hast du ihn denn gesehen?»

«Ja, Ors' Anton', ich lag im Gebüsch versteckt; da kam er vorüber. Er spähte mit seinem Fernglas nach allen Seiten.»

«Nach welcher Seite hat er sich gewandt?»

«Er ritt in der Richtung weiter, der Ihr jetzt folgt.»

«Ich danke dir.»

«Ors' Anton', wäre es nicht gut, wenn Ihr auf meinen Onkel warten wolltet? Er muß bald kommen, und mit ihm wäret Ihr in Sicherheit.»

«Hab keine Angst, Chili; ich brauche deinen Onkel nicht.»

«Wenn Ihr wollt, könnte ich vorausgehen.»

«Danke, danke!»

Und Orso, seinem Pferde die Sporen gebend, ritt in der Richtung weiter, die das Kind als gefahrdrohend bezeichnet hatte.

Seine erste Regung war ein Anfall blinder Wut gewesen; er hatte sich gesagt, das Schicksal biete ihm hier eine ausgezeichnete Gelegenheit, den Feigling zu züchtigen, der sich, wegen einer erhaltenen Ohrfeige, an einem wehrlosen Pferde zu rächen gedachte. Dann aber ließ sein dem Präfekten gegebenes Versprechen und, mehr noch, die Furcht, Miß Lydia zu verfehlen, ihn anderen Sinnes werden, und allmählich begann er fast zu wünschen, daß Orlanduccio ihm nicht begegnen möge. Doch auch diese Empfindungen wurden wieder verdrängt durch das Andenken an seinen Vater, durch die dem Pferde angetane Beschimpfung und all die Drohungen der Barricini — und nun trieb es ihn, den Feind herauszufordern und sich mit ihm zu messen auf Leben und Tod.

Von so gegensätzlichen Gefühlen hin- und hergerissen, ritt er weiter, jetzt sorglich auf alle Büsche und Hecken achtend, die dem

Feinde als Hinterhalt dienen könnten. Etwa eine Viertelstunde nach dem Gespräch mit Chilina (es mochte neun Uhr morgens sein) befand er sich am Rande eines steilen Hügels. Der kaum erkennbare Pfad, dem er folgte, durchzog eine kürzlich niedergebrannte *macchia*. Der Boden war mit weißlicher Asche bedeckt; hier und da standen Büsche und dicke, rauchgeschwärzte, ihres Laubes beraubte Baumstämme. Diese Leere und Kahlheit bot Orso den Vorteil, daß das Terrain sich leicht überblicken ließ und kein aus einem Gesträuch hervorblitzender Flintenschuß zu fürchten war. Auf die verbrannte *macchia* folgten bebaute Felder, die in Brusthöhe von Mauern aus rohem Gestein eingefaßt waren. Zwischen diesen Einzäunungen lief der Pfad hin. Hohe Kastanienbäume, unregelmäßig über das Gelände verstreut, machten von weitem den Eindruck eines dichten Gehölzes.

Die Steilheit des Abhanges hatte Orso gezwungen, vom Pferde zu steigen. Dem Tiere die Zügel übergehängt lassend, kletterte er, halb glitschend auf der Asche, die Böschung hinab. Und er war kaum fünfundzwanzig Schritt von einer jener mauerumgebenen Anbauflächen entfernt, als er plötzlich, genau vor sich, einen Flintenlauf und dann einen über die Mauerhöhe hervorragenden Kopf bemerkte. Die Flinte senkte sich, und er erkannte Orlanduccio, der im Begriff war, Feuer zu geben. Rapid setzte Orso sich in Verteidigungszustand; und, aufeinander anlegend, betrachteten sich die beiden Feinde während einiger Sekunden in jener brennenden Erregung, die auch der Mutigste empfindet in dem Augenblick, wo er den Tod geben oder empfangen soll.

«Elender Feigling!» rief Orso.

Doch schon sah er die aufblitzende Flamme von Orlanduccios Gewehr, und fast gleichzeitig ging zu seiner Linken ein Schuß los, abgefeuert von einem Manne, den er nicht bemerkt hatte, und der sich hinter einer anderen Mauer verborgen halten mußte. Beide Kugeln trafen ihn; die eine (die von Orlanduccio) durchbohrte ihm den linken Arm, den er beim Anlegen des Gewehres erhoben hatte; die andere traf ihn an der Brust, zerriß seinen Rock, plattete sich aber glücklicherweise an der Klinge seines Dolches ab und verursachte ihm nur eine leichte Quetschung.

Orsos linker Arm sank gelähmt zur Hüfte nieder, und der Lauf seines Gewehrs senkte sich einen Augenblick; aber er hob ihn sofort wieder empor und schoß auf Orlanduccio, die Waffe nur mit der rechten Hand bedienend. Der Kopf seines Feindes, der nur bis zu den Augen sichtbar gewesen war, verschwand hinter der Mauer. Orso, sich nach links wendend, gab seinen zweiten Schuß auf einen Mann ab, den er im Pulverrauch kaum gewahrte. Auch dieses Gesicht verschwand. Die vier Schüsse waren einander mit größter Geschwindigkeit gefolgt. Nach Orsos letztem Schuß wurde alles wieder still. Langsam stieg der Rauch seiner Waffe gen Himmel. Hinter der Mauer war nicht das geringste Geräusch mehr zu hören. Ohne den Schmerz, den er am Arme empfand, hätte er glauben können, die Männer, auf die er geschossen hatte, seien Phantome eines Fieberwahns gewesen.

Sich auf eine zweite Salve gefaßt machend, tat Orso einige Schritte seitwärts, um hinter einem jener ausgebrannten Bäume der *macchia* Schutz zu suchen. Hier klemmte er das Gewehr zwischen seine Knie und lud es hastig von neuem. Indessen begann sein linker Arm sehr zu schmerzen; es ward ihm, als habe er an ihm eine schwere Last zu tragen.

Was war aus seinen Gegnern geworden? Er vermochte es sich nicht zu erklären. Wenn sie verwundet waren, wenn sie entflohen waren, so hätte er doch irgendein Geräusch, irgendein Rascheln im Laubwerk vernehmen müssen. Waren sie also tot? Oder warteten sie im Schutze ihrer Mauern auf die Gelegenheit, erneut auf ihn zu schießen? In dieser Ungewißheit und angesichts des Schwindens seiner Kräfte ließ sich Orso auf sein rechtes Knie nieder, stützte seinen verwundeten Arm auf das andere und bediente sich eines aus dem Stumpf des verbrannten Baumes hervorragenden Astes, um sein Gewehr daraufzulegen. Den Finger am Hahn, das Auge auf die Mauer gerichtet, das Ohr lauschend auf das leiseste Geräusch, hielt er sich unbeweglich — und die Minuten schienen ihm zu Jahren zu werden.

Endlich ward, aus weiter Ferne, ein Rufen vernehmbar, und kurz darauf kam, mit der Geschwindigkeit eines Pfeiles, ein Hund den Abhang heruntergeschnellt und machte schweifwedelnd neben ihm halt. Es war Brusco, der Schüler und Gefährte von Banditen — und sicherlich der Vorbote seines Herrn, des Räubers Brandolaccio. Oh, niemals war ein ehrenwertes Wesen mit größerer Ungeduld erwartet worden! Die Schnauze in der Luft, schnupperte der Hund aufgeregt nach der nächsten Umzäunung hin. Dann ließ er ein dumpfes Knurren ertönen, sprang mit einem Satz über die Mauer und erschien fast augenblicklich wieder auf deren Höhe, von wo aus er so überrascht und zugleich so fest und bedeutsam zu Orso hinsah, wie ein Hundetier es nur irgend vermag. Darauf hob er die Nase abermals in den Wind, diesmal in der Richtung nach dem anderen umzäunten Terrain, und sprang auch über dessen Umfassungsmauer. Nach einer Sekunde erschien er, mit demselben Ausdruck von Erstaunen und Unruhe, wieder auf der Steinwand, sprang herunter und entfernte sich, Orso ununterbrochen im Auge behaltend, langsam seitlich zurücktappend, in der Richtung nach der *macchia*. Erst als er sich in einer gewissen Entfernung befand, setzte er sich in Lauf, erklomm den Abhang fast ebensorasch, wie er ihn herabgeeilt war, und sprang, oben angelangt, einem Manne entgegen, der nun seinerseits die steile Böschung in voller Hast abwärts rannte.

«Hierher, Brando!» rief Orso, sowie er den Kommenden in Stimmweite glaubte.

«Oh!... Ors' Anton'! Ihr seid verwundet?» fragte Brandolaccio ganz außer Atem. «An welcher Stelle?»

«Am Arm.»

«Am Arm?!... Das hat nichts zu bedeuten. — Und der andere?»

«Den glaub' ich getroffen zu haben.»

Dem Hunde folgend, eilte Brandolaccio zu der nächsten Umzäunung und beugte sich über die Mauer hinüber. Seine Mütze abnehmend, sagte er dann:

«Salut, Signor Orlanduccio!»

Und, sich zu Orso hinwendend, mit respektvollem Ernst:

«Das nenne ich einen gut hergerichteten Menschen!»

«Lebt er noch?» fragte Orso, schwer atmend.

«Oh, der wird sich hüten! Das durchschossene Auge täte ihm allzu weh!... Eine ausgezeichnete Waffe, Euer englisches Gewehr, Signor Orso! Was für ein Kaliber! Das schlägt ein Gehirn glatt zu Brei!... Sagt mal, Ors' Anton': als ich zuerst ‚piff, paff!' hörte, da dachte ich: Verdammt! man schießt meinen Leutnant tot!... Dann aber hörte ich: ‚bum, bum!'... Aha, dachte ich, das ist die Antwort der englischen Flinte!... Aber, Brusco, was willst du denn noch?»

Der Hund führte ihn zu dem anderen Gehege.

«Alle Wetter!» rief Brandolaccio verblüfft. «Ein Doppeltreffer! Wahrhaftig, das Pulver muß teuer sein; denn Ihr scheint es sorgsam zu sparen!»

«Was gibt es, in Teufels Namen?!» fragte Orso.

«Ihr treibt merkwürdige Späße, Leutnant! Ihr schießt das Wildbret nieder, und wir sollen es aufsammeln! ... Na, dem Advokaten Barricini wird heute ein reichhaltiges Diner aufgetischt werden: frisches Menschenfleisch in Hülle und Fülle!»

«Wie? ... Vincentello auch tot?» fragte Orso erschauernd.

«So tot wie nur möglich! ... Er hat einen Schuß in die Brust bekommen, ganz nahe am Herzen, und liegt so ruhig da, als ob er schliefe ... Beide Brüder! ... Wenn Ihr einen dritten Schuß gehabt hättet, wäre der Papa wohl auch noch drangekommen!»

Während solcher Reden untersuchte der Bandit Orsos Arm und schnitt ihm mit seinem Dolch den Ärmel auf.

«Es ist nichts!» sagte er dann. «Der aufgeschlitzte Rock wird Arbeit geben für Signorina Colomba ... Doch was sehe ich da?! ... Ein Riß auf der Brust?! ... Ist da wirklich nichts eingedrungen? ... Nein; Ihr wäret sonst nicht so guten Mutes! ... Versucht mal, die Finger zu bewegen! ... Fühlt Ihr meine Zähne, wenn ich Euch in den kleinen Finger beiße? ... Nicht sehr?! ... Na, es wird trotzdem gewiß nichts Schlimmes sein! ... Zum

Verbinden nehme ich Euer Taschentuch und die Krawatte ... Ah, da kommt endlich die kleine Schildkröte Chilina!»

Orso antwortete nicht. Er war bleich wie ein Toter und zitterte an allen Gliedern.

«Chili», rief Brandolaccio, «sieh mal über die Mauer da drüben!»

Das Kind kletterte gehorsam auf die Mauer, und sowie es den Leichnam Orlanduccios erblickt hatte, machte es das Zeichen des Kreuzes.

«Das ist noch gar nichts!» fuhr der Bandit fort. «Nun schau noch etwas weiterhin — auf das andere Feld da!»

Das Kind machte abermals das Zeichen des Kreuzes.

«Seid Ihr es gewesen, Onkel?» fragte es schüchtern.

«Ich!? ... Als ob ich noch zu irgend etwas gut wäre! ... Nein, Chili, die Arbeit stammt von Signor Orso! Mach ihm dein Kompliment!»

«Signorina Colomba wird sich sehr freuen», sagte Chilina. «Aber leid wird es ihr tun, daß Ihr verwundet seid, Ors' Anton'!»

«Seht, Ors' Anton'!» sagte der Bandit, nachdem er den Verband beendet hatte: «Chilina hat Euer Pferd eingeholt und zurückgebracht. Sitzt auf und kommt mit mir in die *macchia* von Stazzona! Das müßte schon ein verteufelter Spürhund sein, der Euch dort fände! Wir pflegen Euch, so gut wir können! ... Wenn wir bis ans Kreuz der heiligen Cristina gelangt sind, müßt Ihr das Pferd der

Chilina überlassen, die Eurer Schwester dann sofort Nachricht bringen wird.»

«Wohin soll ich gehen, Brando?» fragte Orso mit erlöschender Stimme.

«Ihr habt die Wahl zwischen dem Gefängnis und der *macchia!* ... Aber für einen Sprößling des Hauses della Rebbia kommt ein Gefängnis nicht in Frage; also: in die *macchia*, Ors'Anton'!»

«Lebt wohl denn, alle meine Hoffnungen!» rief der Verwundete traurig.

«Eure Hoffnungen?! Was konntet Ihr von einer Doppelflinte noch Besseres erhoffen?!... Übrigens: wie haben die Kerle noch auf Euch schießen können?! Die müssen ein Leben gehabt haben, zäher als die Katzen!»

«Sie haben zuerst geschossen», antwortete Orso.

«Das ist ja wahr; ich hatte es im Moment ganz vergessen...,Piff, paff!'...,Bum, bum!'... Der zweite Schuß mit einer einzigen Hand! Eine Meisterleistung!... So, jetzt sitzt Ihr fest im Sattel! ... Aber wollt Ihr Euch nicht, bevor wir den Ort verlassen, Euer Werk ein wenig betrachten? ... Es wäre sehr unhöflich, den Herren nicht adieu zu sagen!»

Doch Orso gab seinem Pferde die Sporen; um keinen Preis hätte er die Unseligen noch einmal sehen mögen, die von seiner Hand den Tod erlitten hatten.

Brandolaccio aber griff dem Pferde in die Zügel und führte Orso, Chilina und den Hund Brusco in aller Eile nach der *macchia* von Stazzona.

16

Colomba hatte bald nach Orsos Aufbruch durch ihre Kundschafter erfahren, daß die Barricini in feindlicher Absicht draußen umherschweiften, und somit befand sie sich in einem Zustand großer Besorgnis. Unruhig ging sie im Hause hin und her, von der Küche zu den für die englischen Freunde hergerichteten Zimmern, alle Augenblicke hinausspähend, ob im Dorfe nicht eine ungewöhnliche Bewegung bemerkbar werde. Gegen elf Uhr hielt eine ziemlich zahlreiche Kavalkade ihren Einzug in Pietranera; es waren der Colonel, seine Tochter, ihre Bedienten und ihr Führer.

Beim Empfang war Colombas erstes Wort: «Haben Sie meinen Bruder gesehen?»

Dann fragte sie den Führer, wann man aufgebrochen sei und welchen Weg man genommen habe. Und nach dessen Antworten blieb es ihr unbegreiflich, wie es kam, daß die Reisegesellschaft und Orso einander nicht begegnet waren.

«Vielleicht hat Ihr Bruder den oberen Weg genommen», meinte der Führer; «wir haben die untere Strecke vorgezogen.»

Doch Colomba schüttelte den Kopf und erneuerte ihre Fragen. Trotz ihrer selbstbewußten, standhaften Natur vermochte sie ihre Unruhe nicht zu verbergen, und als sie den Gästen von jenem so gründlich mißlungenen Versöhnungsversuch berichtet hatte, begannen auch der Colonel und besonders Miß

Lydia sehr ängstlich zu werden. Letztere schlug vor, daß man Boten nach allen Richtungen aussende, und ihr Vater erbot sich, sofort wieder loszureiten und gemeinsam mit dem Führer die Spuren des Vermißten zu suchen. Diese freundschaftliche Hilfsbereitschaft gemahnte Colomba an ihre Pflichten als Herrin des Hauses. Sie zwang sich, zu lächeln, drängte den Colonel, sich zu setzen, und fand, um des Bruders Ausbleiben zu erklären, eine Menge von Gründen — die sie im nächsten Augenblick selbst wieder verwarf. In dem Glauben, seine Kavalierspflicht erheische, die jungen Mädchen zu beruhigen, gab auch der Colonel eine Erklärung zum besten.

«Ich möchte darauf wetten», sagte er, «daß della Rebbia auf Wildbret gestoßen ist. Er wird der Versuchung nicht haben widerstehen können, und gewiß werden wir ihn mit einer prall gefüllten Jagdtasche zurückkehren sehen! . . . Dabei fällt mir ein: wir haben unterwegs vier Gewehrschüsse gehört. Zwei von ihnen waren stärker als die anderen, und ich habe gleich zu meiner Tochter gesagt: Ich wette, es ist della Rebbia, der da jagt; es kann nur mein Gewehr sein, das solchen Lärm verursacht.»

Colomba erbleichte; und Lydia, die sie aufmerksam beobachtete, erriet leicht, welchen Argwohn die Vermutung des Colonels in ihr wachrief. Nach einem langen Schweigen fragte Colomba erregt, ob die beiden stärkeren Detonationen den anderen vorangegangen oder gefolgt seien. Aber weder der Colonel noch seine Tochter noch auch der Führer hatten auf diesen ausschlaggebenden Punkt geachtet.

Als gegen ein Uhr noch keiner der von Colomba ausgeschickten Boten zurückgekommen war, raffte sie all ihre Energie zusammen und zwang die Gäste, sich zu Tisch zu setzen. Aber außer dem Colonel vermochte niemand einen Bissen hinunterzubringen. Beim geringsten Geräusch, das auf dem Platze hörbar ward, stürzte Colomba ans Fenster, um sich sodann traurig wieder hinzusetzen und, noch trauriger, eine nichtssagende Unterhaltung fortzuführen, der niemand Aufmerksamkeit schenkte, und die von langen Pausen bedrückten Schweigens unterbrochen wurde.

Plötzlich vernahm man den Galopp eines Pferdes.

«Das ist mein Bruder!» rief Colomba aufspringend.

Aber beim Anblick Chilinas, die auf Orsos Pferd angesprengt kam, brach sie in den herzzerreißenden Ruf aus:

«Mein Bruder ist tot!»

Der Colonel ließ sein Glas fallen, Miß Nevil kreischte schrill auf, und alle stürmten zur Haustür. Bevor Chilina noch Zeit gehabt hatte, vom Pferde zu springen, wurde sie von Colomba gepackt und durch ihre wilde Umschlingung fast erstickt. Die Kleine verstand den angstvollen Blick, der sich auf sie heftete, und ihre ersten Worte waren die des Chors in Rossinis Oper «*Otello*»:

«*Er lebt!*»

Colomba ließ von dem Kinde ab, und leichtfüßig wie eine junge Katze sprang Chilina zu Boden.

«Und die anderen?» fragte Colomba mit rauher Stimme.

Chilina machte mit dem Zeige- und Mittelfinger das Zeichen des Kreuzes. Da stieg eine heftige Röte in Colombas eben noch todesbleiches Antlitz. Sie warf einen brennenden Blick auf das Haus der Barricini und sagte lächelnd zu ihren Gästen:

«Wir wollen wieder hineingehen und den schwarzen Kaffee trinken.»

Die kleine Räuber-Iris* hatte viel zu erzählen. Ihr in reinstem Korsisch vorgebrachter Rapport — von Colomba, so gut es gehen wollte, ins Italienische, dann von Miß Nevil ins Englische übertragen — entlockte dem Colonel mehr als eine Verwünschung, seiner Tochter mehr als einen Seufzer. Colomba aber hörte mit unergründlicher Miene zu. Fünf- oder sechsmal unterbrach sie das Kind, um sich die Versicherung Brandolaccios wiederholen zu lassen, daß Orsos Wunde nicht gefährlich sei.

Zum Schluß berichtete Chilina, daß Orso dringend nach Schreibpapier verlangt habe und seine Schwester bitten lasse, eine vielleicht jetzt in seinem Hause befindliche Dame unbedingt zum Bleiben zu bewegen, bis sie einen Brief von ihm empfangen haben werde.

* Iris war, in der griechischen Sagenwelt, die Botin der Götter.

«Dies», fügte das Kind hinzu, «quälte ihn am meisten. Und ich war schon unterwegs, als er mich zurückrief, um mir diesen Auftrag nochmals auf die Seele zu binden. Dreimal hat er ihn mir wiederholt.»

Angesichts dieses Eifers lächelte Colomba ein wenig und preßte die Hand der Engländerin, die in Tränen ausbrach, es jedoch nicht für geraten hielt, ihrem Vater diesen Teil der Berichterstattung zu übersetzen.

«Ja, Sie werden bei mir bleiben, liebe Freundin», rief Colomba und umarmte Miß Nevil, «und Sie werden uns beistehen!»

Dann nahm sie aus einem Schrank eine Menge alten Linnens und begann es zu zerschneiden, um Binden und Charpie daraus zu machen. Wer den Glanz ihrer Augen sah, das Erglühen ihres Gesichtes, den Wechsel von Besorgtheit und Entschlossenheit — dem wäre es wohl schwergefallen, zu entscheiden, ob dieses junge Mädchen mehr beunruhigt war über die Verwundung ihres Bruders oder entzückt über den Tod ihrer Feinde. Bald goß sie dem Colonel Kaffee ein und rühmte sich ihres Talentes, dieses Getränk zu bereiten; bald teilte sie Arbeit an Lydia und Chilina aus und gab Anweisungen zum Nähen und Rollen der Binden; und zum zwanzigsten Male erkundigte sie sich, ob Orsos Wunde sehr schmerzhaft sei. Dann wieder überhäufte sie den Colonel mit aufgeregten Betrachtungen:

«Zwei gegen einen! Zwei so hinterlistige, furchtbare Gegner! Und er ganz allein, verwundet, nur noch einen Arm frei! Er hat sie alle beide niedergeschossen! Welch große Tat, Colonel! Ist er nicht ein Held? ... Miß Nevil, ich bin sicher, daß Sie noch nicht die richtige Vorstellung haben von meinem Bruder! ... Hab' ich es nicht gesagt: ‚der Sperber wird seine Flügel ausbreiten'?! Sie ließen sich durch seine Sanftmut täuschen ... Die hatte er nur bei Ihnen ... Oh, wenn er jetzt sehen könnte, wie Sie für ihn arbeiten!»

Aber Miß Lydia arbeitete kaum. Sie sprach kein einziges Wort. Der Colonel fragte, warum man nicht eiligst Klage einreiche bei einer Behörde. Er sprach von der Funktion des *coroner** und vielen anderen, in Korsika völlig unbekannten Dingen. Dann wollte er wissen, ob das Landhaus dieses guten, hilfreichen Mister Brandolaccio sehr weit von Pietranera entfernt liege, und ob er, der Colonel, seinen verwundeten Freund nicht besuchen dürfe.

Colomba antwortete mit ihrer gewohnten Bestimmtheit: ihr Bruder befinde sich in der *macchia*, wo ein Bandit ihn pflege; er laufe große Gefahr, wenn er sich zeige, bevor man über die Art und Weise, wie der Präfekt und die Richter die Sache zu behandeln gedächten, einigermaßen Klarheit gewonnen habe; sie werde jedoch dafür sorgen, daß ein geschickter Wundarzt sich in aller Heimlichkeit zu ihm begebe.

«Vor allem, Monsieur le Colonel», schloß

* Der englische Justizpolizeibeamte, der mit der sofortigen Untersuchung der Ursache plötzlicher Todesfälle beauftragt wird.

sie, «müssen Sie genau im Gedächtnis behalten, daß Sie vier Flintenschüsse gehört, und daß Sie mir gesagt haben, Orso habe zuletzt geschossen!»

Der Colonel begriff nichts von der ganzen Sache; seine Tochter seufzte nur und wischte sich die Augen.

Der Tag war schon weit vorgeschritten, als eine traurige Prozession ins Dorf einzog. Man brachte dem Advokaten Barricini die Leichname seiner Söhne, ein jeder quer über einem Maultier liegend, das von einem Bauern geführt wurde. Eine Menge von Anhängern und Müßigen folgte dem traurigen Zuge. Unter ihnen bemerkte man die Gendarmen (die ja berufsmäßig immer zu spät kommen) und den Adjunkten, der, die Arme gen Himmel erhebend, unaufhörlich rief:

«Was wird der Herr Präfekt dazu sagen?»

Einige Weiber — darunter eine Amme des Orlanduccio — rauften sich die Haare und stießen heulende Schreie aus. Doch ihr geräuschvoller Schmerz machte nicht so viel Eindruck wie die stumme Verzweiflung eines Mannes, der alle Blicke auf sich zog. Das war der unglückliche Vater, der, von einer Leiche zur anderen gehend, ihre erdbeschmutzten Köpfe emporhob, die bläulichen Lippen küßte und die schon erstarrten Glieder umfing, als wolle er sie schützen vor den Unebenheiten des holperigen Bodens. Bisweilen sah man ihn den Mund öffnen, als wolle er sprechen, aber kein Wort, kein Schrei drang daraus hervor. Die Augen unablässig auf die toten Söhne geheftet, stieß er sich an Steinen, an Bäumen, an allem, was im Wege stand.

Das Geheul der Frauen, die Verwünschungen der Männer verdoppelten sich, als man in die Nähe von Orsos Haus kam. Und als gar einige Rebbia-Schäfer triumphierende Rufe auszustoßen wagten, da kannte der Ingrimm der Gegner keine Grenzen mehr.

«Rache! Rache!» schrien mehrere Stimmen.

Man schleuderte Steine; zwei gegen die Fenster des Raumes, in dem sich Colomba und ihre Gäste befanden, gerichtete Flintenschüsse durchbohrten die Läden, und ein paar Holzsplitter flogen bis auf den Tisch, an dem die beiden jungen Mädchen saßen. Miß Lydia brach in gellende Schreie aus; der Colonel griff zu seinem Gewehr; Colomba aber, bevor er sie zurückhalten konnte, stürzte zur Haustür und öffnete sie ungestüm.

Draußen, wild aufgerichtet auf der erhöhten Schwelle, die Hände weit ausgestreckt zur Verwünschung der Feinde:

«Ihr Feiglinge!» rief sie. «Ihr schießt auf Weiber, auf Ausländer?! . . . Seid ihr Korsen? Seid ihr Männer? . . . Elende, ihr, die nur von hinten morden können! . . . Kommt doch heran! Ich biete euch Trotz! Ich bin allein; mein Bruder ist weit. Tötet mich! Tötet meine Gäste! Das ist eurer würdig! . . . Ihr wagt es nicht, Feiglinge die ihr seid?! Ihr wißt, daß wir uns rächen! Nun, so geht und weint wie die

Weiber und sagt uns Dank, daß wir nicht noch mehr Blut von euch verlangen!»

In Colombas Stimme und Haltung lag etwas Erschreckendes und zugleich Erhabenes. Entsetzt wich die Menge vor ihr zurück, wie beim Erscheinen einer jener bösen Feen, von denen man sich an korsischen Winterabenden gruselige Geschichten zuzuraunen pflegt. Der Adjunkt, die Gendarmen und eine Anzahl Frauen benutzten diese Rückwärtsbewegung, um sich zwischen die beiden Parteien zu werfen; denn schon hatten die Rebbia-Schäfer zu ihren Waffen gegriffen, und einen Augenblick konnte man befürchten, daß ein mörderischer Kampf sich entspinnen werde auf dem großen Platze von Pietranera. Aber beide Lager waren ihrer Anführer beraubt, und es passiert selten, daß Korsen — zuchtvoll in Haßgefühlen — in Abwesenheit der Urheber ihrer inneren Streitigkeiten handgemein werden. Übrigens hielt Colomba, durch den Erfolg besonnen geworden, ihre kleine Garnison von Gewalttätigkeiten ab.

«Laßt diese armen Leute nur weinen!» sagte sie; «laßt diesen Greis sein Fleisch und Blut heimwärts tragen! Wozu sollte es gut sein, einen alten Fuchs totzuschlagen, der keine Zähne mehr hat zum Beißen? — Giudice Barricini, denk an den zweiten August! Denk an das blutige Notizbuch, in das deine Fälscherhand eine Lüge hineinschrieb! Mein Vater hatte in dieses Buch deine Schuld eingetragen; deine Söhne haben sie bezahlt. Ich gebe dir die Quittung, alter Barricini!»

Mit gekreuzten Armen, ein Lächeln der Geringschätzung auf den Lippen, sah Colomba die Leichen in das Haus ihrer Feinde tragen. Dann zerstreute sich die Menge langsam. Das junge Mädchen schloß die Haustür, kehrte in das Eßzimmer zurück und sagte zu dem Colonel:

«Ich bitte Sie für meine Landsleute um Verzeihung! Nie hätte ich es für möglich gehalten, daß Korsen auf ein Haus schössen, in dem Ausländer sich aufhalten, und ich schäme mich um meines Landes willen!»

Abends, als Miß Lydia sich in ihr Zimmer zurückgezogen hatte, folgte ihr der Colonel und fragte sie, ob sie nicht besser täten, gleich morgigen Tages ein Dorf zu verlassen, wo sie jeden Augenblick eine Kugel in den Kopf bekommen könnten, und dann auch so rasch wie möglich die ganze Insel, auf der es nur Mord und Verrat zu geben scheine.

Nach kurzem Schweigen erwiderte Miß Lydia:

«Wie könnten wir dieses unglückliche junge Mädchen im Stich lassen, in einer Lage, in der sie so sehr des Trostes bedarf?! Wäre das nicht sehr grausam von uns?»

«Nur deinetwegen habe ich den Vorschlag gemacht, Tochter», sagte der Colonel. «Und wenn ich dich in unserem Hotel zu Ajaccio in Sicherheit wüßte, so möchte ich dies verdammte Eiland nur ungern verlassen, ohne dem braven della Rebbia noch einmal die Hand gedrückt zu haben!»

«So laßt uns noch warten, Vater, und vor der Abreise überlegen, ob wir unseren Freunden nicht irgendwelche Dienste erweisen können.»

«Du hast ein gutes Herz!» sagte der Colonel und küßte seine Tochter auf die Stirn. «Du opferst dich auf, um das Unglück anderer zu lindern. Also laß uns bleiben! Eine gute Tat hat man nie zu bereuen!»

17

Miß Nevil lag stundenlang schlaflos in ihrem Bett. Bisweilen glaubte sie draußen die Vorbereitungen zu einem Angriff auf das Haus zu hören; dann wieder mußte sie an den armen Verwundeten denken, der in dieser Nacht wohl ausgestreckt lag auf kalter Erde, beschützt nur vom Mitleid eines Banditen... Das Zimmer, das sie innehatte, war das von Colomba. Über einer Art Betschemel, neben einem geweihten Palmzweig, hing an der Wand ein Miniaturbild von Orso in Leutnantsuniform. Miß Lydia nahm es ab, betrachtete es lange und, anstatt es wieder hinzuhängen, legte sie es neben das Bett. Erst bei Tagesanbruch schlief sie ein; und die Sonne stand schon hoch am Himmel, als sie erwachte: vor ihr stand Colomba.

«Oh, Mademoiselle, fühlen Sie sich nicht sehr unbehaglich in unserem armseligen Hause?» sagte diese. «Ich fürchte, daß Sie kaum Schlaf gefunden haben.»

«Haben Sie Nachricht von ihm, liebe Freundin?» fragte Miß Nevil, sich aufrichtend.

Dabei gewahrte sie Orsos Bild und warf, um es zu verbergen, rasch ein Taschentuch darüber.

«Ja, ich habe Nachricht von ihm», antwortete Colomba lächelnd.

«Wie geht es ihm?» erkundigte sich die Engländerin angstvoll.

«Ziemlich gut. Giocanto ist heute früh gegen vier Uhr gekommen und hat einen Brief gebracht ... für Sie, Miß Lydia. Mir hat Orso nicht geschrieben. Auf der Adresse steht zwar: ‚An Colomba'; aber weiter unten: ‚Für Miß N.' ... Nun, Schwestern sind nicht eifersüchtig ... Giocanto sagte, das Schreiben habe ihm große Schmerzen verursacht ... Hier ist der Brief.»

Miß Nevil nahm ihn und las; zur Vorsicht war er in englischer Sprache abgefaßt. Folgendes war der Inhalt:

Mein Fräulein!

Ein unseliges Verhängnis hat mich verfolgt. Die Verleumdungen, die meine Feinde erfinden werden, sollen mir gleichgültig sein, wenn nur Sie, Miß Nevil, nicht daran glauben wollen. Seitdem ich Sie gesehen, hatte ich mich in wahnwitzige Träume versenkt. Es bedurfte dieser Katastrophe, mich ihnen zu entreißen; jetzt bin ich zur Vernunft gekommen. Ich weiß, welche Zukunft meiner harrt. Den Ring, den Sie mir gegeben haben, und den ich für ein Unterpfand des Glückes hielt, wage ich nicht zu behalten. Colomba wird ihn an Sie zurückgeben... Adieu, mein Fräulein; Sie werden Korsika verlassen, und ich werde Sie nicht wiedersehen. Aber sagen Sie meiner Schwester, ob Sie mir eine Achtung, deren ich nicht unwürdig geworden zu sein glaube, bewahrt haben. O. D. R.

Miß Lydia hatte sich, um den Brief zu lesen, zur Seite gewandt. Colomba, die sie aufmerksam beobachtete, übergab ihr den ägyptischen Ring, sie mit dem Blicke befragend, was er zu bedeuten habe. Aber Lydia wagte den Kopf nicht zu heben, sondern starrte nur traurig auf den zurückgekehrten Talisman.

«Liebe Miß Nevil», fragte Colomba, «darf ich nicht erfahren, was mein Bruder schreibt? Berichtet er Ihnen von seinem Zustand?»

«Nein», antwortete Miß Lydia errötend, «er spricht nicht davon... Der Brief ist englisch geschrieben... Er beauftragt mich, meinem Vater zu sagen... Er hofft, daß der Präfekt den Fall in Ordnung bringen werde...»

Colomba setzte sich zu der jungen Engländerin aufs Bett, nahm ihre beiden Hände und sagte:

«Nicht wahr, Sie werden meinem Bruder antworten?... Das wäre ein so großes Glück für ihn!... Doch im Augenblick kann ich ihm keinen Brief zukommen lassen, denn der Präfekt ist eingetroffen, und Pietranera ist voll von seinen Leuten. Nachher wollen wir sehen!... Oh, wenn Sie meinen Bruder richtig kennten, Miß Nevil: Sie würden ihn lieben, wie ich ihn liebe!...»

Der Präfekt war in das Dorf zurückgekehrt. Durch einen Boten des Adjunkten benachrichtigt, hatte er sich eiligst aufgemacht, in Begleitung von Gendarmen und Füsilieren, wie auch des Staatsanwaltes, eines Gerichtsschreibers und sonstigen Personals, um eine Untersuchung anzustellen über das neue, schreckliche Ereignis, das den Familienzwist von Pietranera noch weiter komplizierte — oder vielleicht auch beendete. Gleich nach seiner Ankunft sah er den Colonel Nevil und dessen Tochter und verschwieg ihnen nicht, daß er in bezug auf den Ausgang der Sache große Besorgnisse hege.

«Wie Sie wissen», sagte er, «hat der Kampf keine Zeugen gehabt; und die unglücklichen beiden Opfer galten allgemein als so mutig und geschickt, daß niemand glauben will, Monsieur della Rebbia habe sie ohne Beistand jener Banditen, bei denen er dann Zuflucht gefunden haben soll, besiegen können.»

«Das ist eine absurde Vermutung!» rief der Colonel. «Orso della Rebbia ist ein Mann von Ehre; ich bürge für ihn!»

«Ich will es gern glauben», antwortete der

Präfekt, «aber der Staatsanwalt (diese Herren sind immer mißtrauisch) scheint nicht gerade besonders wohlwollend gestimmt zu sein. Er hat ein für Ihren Freund recht bedenkliches Dokument in Händen: einen Drohbrief an Orlanduccio, dem Monsieur della Rebbia ein Stelldichein gibt — und dieses Rendezvous wird vom Staatsanwalt als ein Hinterhalt gedeutet.»

«Dieser Orlanduccio», erwiderte der Colonel, «hat es abgelehnt, sich zu schlagen wie ein Mann von Ehre.»

«Das ist des Landes nicht der Brauch! Man legt sich auf die Lauer, man tötet einander von hinterrücks: so will es die Tradition. Allerdings liegt auch eine günstige Aussage vor: die eines kleinen Mädchens, welches behauptet, vier Schüsse gehört zu haben, deren beide letzten stärker waren als die anderen und somit aus einer Waffe großen Kalibers gekommen sein können, wie es das Gewehr von Monsieur della Rebbia ist. Nur ist dieses Mädchen leider die Nichte eines der mitschuldverdächtigen Banditen und wiederholt vermutlich gehorsam eine Version, die man ihr eingetrichtert hat.»

«Herr Präfekt», unterbrach ihn Miß Lydia, bis ins Weiße der Augen errötend, «wir waren unterwegs, als die Schüsse fielen, und wir haben dasselbe gehört!»

«In der Tat? Das ist äußerst wichtig! Und Sie haben gewiß die gleiche Beobachtung gemacht, Colonel?»

«Ja», fiel Miß Nevil lebhaft ein, «mein Vater, der sich auf Waffen versteht, sagte: ‚Das ist Monsieur della Rebbia, der mit meinem Gewehr schießt!'»

«Und diese Gewehrschüsse, die Sie erkannt haben, waren die letzten?»

«Es waren die beiden letzten, nicht wahr, Papa?»

Der Colonel hatte kein besonders gutes Gedächtnis; jedenfalls aber hätte er es sich nie einfallen lassen, seiner Tochter zu widersprechen.

«Sie müssen das sofort dem Staatsanwalt mitteilen, Colonel. Übrigens erwarten wir heute abend einen Chirurgen, der die Leichen untersuchen und konstatieren soll, ob die Wunden von der betreffenden Waffe herrühren.»

«Ich habe sie dem Leutnant Orso geschenkt», sagte der Colonel. «Aber jetzt sähe ich sie am liebsten versenkt ins tiefste Meer!... Das heißt...: eigentlich ist es mir doch lieb, daß er sie zur Hand gehabt hat; denn ohne mein Gewehr — wie hätte er sich da aus der Affäre ziehen sollen, der brave Junge?»

18

Der Arzt kam etwas verspätet. Er hatte unterwegs ein Abenteuer gehabt. Signor Giocanto Castriconi war ihm begegnet, und dieser geistliche Räuber hatte ihn mit vollendeter Höflichkeit aufgefordert, mit ihm zu kommen, um einem Verwundeten sachkundige Hilfe angedeihen zu lassen. Man hatte ihn zu Orso geführt, und er hatte den ersten Verband auf die Wunde gelegt. Dann hatte der Bandit ihn ziemlich weit zurückbegleitet, ihm mit allerlei Anekdoten über die berühmtesten Professoren von Pisa aufwartend, die alle — so sagte er — seine intimen Freunde seien.

«Doktor», hatte der Theologe beim Abschied gesagt, «Sie haben mir zuviel Hochachtung eingeflößt, als daß ich es für erforderlich halten sollte, Sie daran zu erinnern, daß ein Arzt ebenso verschwiegen sein muß wie ein Beichtvater.» (Bei diesen Worten hatte er den Deckel der Zündpfanne seines Gewehres spielen lassen.) «Sie haben den Ort, wo wir die Ehre gehabt haben, miteinander zu sprechen, völlig vergessen!... Adieu, Monsieur! Ich bin entzückt, Ihre Bekanntschaft gemacht zu haben.»

Colomba beschwor den Colonel, der Autopsie der Leichen beizuwohnen.

«Sie kennen besser als irgend jemand das Gewehr meines Bruders», sagte sie zu ihm; «Ihre Anwesenheit wird ungemein wertvoll sein. Übrigens gibt es hier so viel übelwollende Menschen, daß es sehr gefährlich für uns wäre, wenn wir niemanden hätten, der unsere Sache verträte.»

Mit der jungen Engländerin allein zurückgeblieben, begann Colomba über heftige

Kopfschmerzen zu klagen, und schlug ihr vor, einen Spaziergang in die Nähe des Dorfes zu machen.

«Die frische Luft wird mir gut tun», sagte sie. «Wie lange ist es doch her, daß ich sie nicht geatmet habe!»

Im Gehen sprach sie von ihrem Bruder; und Miß Lydia, die diesem Thema erhebliches Interesse entgegenbrachte, ward nicht gewahr, daß man sich weit von Pietranera entfernt hatte. Die Sonne neigte sich zum Untergang, als sie es plötzlich bemerkte und Colomba zum Umkehren aufforderte. Colomba sagte, sie kenne einen Querweg, der die Rückkehr bedeutend abkürzen würde, und bog in einen aufwärtsführenden, anscheinend nur selten betretenen Pfad ein. Bald wurde der Anstieg so steil, daß sie sich mit der einen Hand immer wieder an Baumwurzeln und Zweige anklammern mußte, während sie mit der anderen ihre Gefährtin nach sich zog. Nach etwa zwanzig Minuten mühseligen Emporklimmens befanden sie sich auf einem mit Myrtengesträuch und Sandbeerbäumen bewachsenen Plateau, inmitten von Granitmassen, die überall aus dem Boden hervorbrachen.

Miß Lydia war sehr erschöpft, das Dorf wollte nicht erscheinen, und es war fast schon Nacht.

«Liebe Colomba», sagte sie, «ich glaube, daß wir uns verirrt haben!»

«Haben Sie keine Angst!» antwortete Colomba. «Folgen Sie mir unbesorgt.»

«Aber Sie müssen sich irren, liebe Freundin: das Dorf kann unmöglich in dieser Richtung liegen! Ich möchte wetten, daß wir ihm jetzt den Rücken zuwenden! Die Lichter, die dahinten in der Ferne schimmern — das muß Pietranera sein.»

«Meine liebe Miß Lydia», sagte Colomba mit erregter Stimme, «Sie haben recht! ... Aber zweihundert Schritte von hier, in der *macchia* ...»

«Nun?»

«Da befindet sich mein Bruder! Ich könnte ihn jetzt sehen und umarmen, wenn Sie wollten.»

Miß Nevil machte eine Gebärde der Überraschung.

«Ich bin nur deswegen so unbeobachtet aus Pietranera herausgekommen», erklärte Colomba, «weil Sie in meiner Gesellschaft waren; sonst wäre man mir gefolgt ... Ihm so nahe zu sein und ihn nicht zu sehen! ... Warum sollten Sie nicht mit mir kommen und meinem armen Bruder die Hand drücken?! Er wäre so glücklich darüber!»

«Aber ... Colomba ... das wäre absolut nicht schicklich von mir!»

«Ich verstehe; Euch städtischen Damen kommt es immer nur darauf an, ob etwas ‚passend' sei, während wir Dorfweiber bedenken, ob es uns gut und vernünftig scheint.»

«Aber es ist schon so spät! ... Und Ihr Bruder — was wird er von mir denken?»

«Er wird denken, daß er von seinen Freunden nicht im Stiche gelassen wird, und das wird ihn ermutigen in seinem Leiden.»

«Und mein Vater... der wird sich beunruhigen...»

«Er weiß, daß Sie mit mir sind... Nun, Mademoiselle, entscheiden Sie sich!... Heute früh waren Sie in sein Konterfei versunken», fügte sie mit einem spöttischen Lächeln hinzu.

«Nein, wirklich, Colomba, ich wage es nicht... Und die Banditen, die dabei sind...»

«Was schadet das? Diese Banditen haben doch keine Ahnung davon, wer Sie sind!... Übrigens wünschten Sie ja immer solche Leute einmal zu Gesicht zu bekommen!»

«Mein Gott!»

«Also entschließen Sie sich endlich, Miß Nevil!... Sie hier allein zurücklassen — das kann ich nicht; man weiß nicht, was passieren könnte... wir müssen jetzt entweder zu Orso gehen oder zusammen ins Dorf zurückkehren. Und nur Gott weiß, wann ich meinen Bruder dann wieder zu sehen bekäme — vielleicht niemals!»

«Was sagen Sie da, Colomba?... So möge es denn sein! Aber nur für eine Minute — dann kehren wir gleich zurück!»

Colomba gab ihr die Hand und stürmte, ohne ein Wort zu erwidern, so eilig voran, daß Miß Lydia Mühe hatte, ihr zu folgen. Glücklicherweise hielt Colomba bald inne und sagte zu ihrer Gefährtin:

«Wir wollen nicht weitergehen, ohne uns vorher angekündigt zu haben; sonst könnten uns vielleicht ein paar Kugeln um die Ohren sausen!»

Sie brachte mit den Fingern eine besondere Art von Pfiff hervor. Bald darauf hörte man einen Hund bellen, und es dauerte nicht lange, da erschien der vorgeschobene Posten des Banditenlagers: unser alter Freund, der Hund Brusco. Er erkannte Colomba sofort und übernahm es, ihr als Führer zu dienen. Nach mancherlei Windungen auf den engen Pfaden der *macchia* sahen die jungen Mädchen zwei bis an die Zähne bewaffnete Männer vor sich auftauchen.

«Seid Ihr es, Brandolaccio?» fragte Colomba. «Wo ist mein Bruder?»

«Dort hinten!» antwortete der Bandit. «Aber kommt langsam näher: zum erstenmal seit dem Unfall hat er etwas Schlaf finden können.»

Vorsichtig näherten sich die Nachtwandlerinnen, und neben einem Feuer, dessen Schein durch eine niedrige kleine Ummauerung abgedämmt wurde, sahen sie Orso auf einem Blätterhaufen liegen, von einem groben Hirtenmantel bedeckt. Er war sehr blaß, und man hörte seinen schweren Atem. Colomba setzte sich neben ihn und betrachtete ihn schweigend, mit gefalteten Händen. Miß Lydia, sich das Gesicht mit einem Taschentuch bedeckend, preßte sich an sie; von Zeit zu Zeit jedoch hob sie den Kopf, um, über Colombas Schulter hinweg, den Verwundeten anzusehen. Die beiden Banditen hatten sich diskret in die

Büsche geschlagen, und so ging eine Viertelstunde hin, ohne daß ein Wort gesprochen worden wäre.

Endlich machte Orso eine Bewegung. Colomba neigte sich über ihn, küßte ihn mehrere Male und überhäufte ihn mit Fragen nach seiner Verwundung, seinen Schmerzen und seinen Wünschen. Orso antwortete, es gehe ihm so gut wie nur möglich; gleich darauf erkundigte er sich, ob Miß Nevil noch in Pietranera sei, und ob sie ihm nicht geschrieben habe.

Colomba stand so eng über den Bruder gebeugt, daß sie ihm ihre Begleiterin völlig verbarg, die jener in der Dunkelheit übrigens auch kaum zu erkennen vermocht hätte. Eine ihrer Hände hielt die Rechte von Miß Nevil, während sie mit der anderen den Kopf des Verwundeten ein wenig emporhob.

«Nein, lieber Bruder, sie hat mir keinen Brief für Euch gegeben ... Aber Ihr denkt wohl immer nur an Miß Nevil? Habt Ihr sie denn so lieb?!»

«Ob ich sie liebhabe, Colomba! ... Aber sie ... sie verachtet mich jetzt vielleicht!»

«Euch verachten!» rief Colomba. «Nach dem, was Ihr getan habt! ... Ganz im Gegenteil, sie spricht immer nur Gutes von Euch!»

«Aber», sagte der Verwundete, «warum antwortet sie mir denn nicht? ... Eine einzige Zeile, und ich wäre so glücklich gewesen!»

Während dieses Gesprächs hatte Colomba die Hand von Miß Lydia immer näher an sich herangezogen, und endlich legte sie sie in die Hand ihres Bruders.

Miß Lydia stammelte einige unverständliche Worte. Orso glaubte zu träumen.

«Sie hier, Miß Nevil?! ... Oh, wie glücklich machen Sie mich!»

«Ich habe Ihre Schwester begleitet», sagte die Engländerin. «Oh, wie schlecht Sie Armer es hier haben!»

Colomba hatte sich hinter Orso gesetzt. Sie hob ihn vorsichtig ein wenig empor, sodaß sein Kopf auf ihren Knien liegen konnte. Sie schlang ihre Arme um seinen Hals und machte Miß Lydia ein Zeichen, ganz nahe heranzukommen.

«Noch näher!» sagte sie; «es ist nicht gut, wenn ein Kranker so laut sprechen muß.»

Und da Miß Lydia zögerte, so ergriff sie abermals ihre Hand und zwang sie, sich so nahe zu setzen, daß ihr Kleid Orso berührte und ihre Hand auf der Schulter des Verwundeten ruhte.

«So hat er es ganz gut!» meinte Colomba befriedigt. «Nicht wahr, Orso, ein kleines Feldlager in der Sommernacht — das ist gar keine so üble Sache?»

«Oh!» sagte Orso. «Diese wunderbare Nacht werde ich nie vergessen.»

«Wie mögen Sie leiden!» sagte Miß Nevil.

«Ich habe gar keine Schmerzen mehr», erwiderte Orso, «und ich möchte hier sterben.»

«Sie müssen unbedingt irgendwo hingebracht werden, wo man Sie pflegen kann, Monsieur della Rebbia», erklärte Miß Nevil.

«Wenn ich nicht gefürchtet hätte, Sie anzutreffen, Miß Nevil, so würde ich versucht haben, nach Pietranera zurückzukehren, wo ich mich dem Gericht zur Verfügung gestellt hätte.»

«Und warum fürchtetet Ihr, Miß Lydia anzutreffen, Orso?», fragte Colomba.

«Ich war Ihnen ungehorsam gewesen, Miß Nevil... und hätte nicht gewagt, Ihnen unter diesen Umständen vor Augen zu treten!»

«Ich hoffe», sagte die junge Engländerin, «daß Sie bald nichts mehr zu fürchten haben werden! Wie glücklich werde ich sein, bei unserer Abreise die Gewißheit mitzunehmen, daß Ihr Verhalten behördlicherseits als ebenso tapfer wie berechtigt anerkannt worden ist!»

«Sie denken an Abreise, Miß Nevil?!»

«Aber mein Vater kann doch nicht ewig auf das Wildbret dieses Eilandes jagen!... Er will nach Hause zurück.»

Es entstand ein Augenblick des Schweigens.

«Oh!» sagte Colomba dann. «Gar so bald werden wir Sie nicht loslassen, Miß Lydia!... Haben Sie mir nicht versprochen, mein Porträt zu machen?!... Und ich hatte Ihnen versprochen, Ihnen ein Lied von fünfundsiebzig Strophen zu dichten!... Und außerdem... Aber was hat denn unser Brusco so zu knurren?... Und Brandolaccio läuft hinter ihm her?!... Laßt sehen, was das zu bedeuten hat!»

Sie sprang auf, legte Orsos Kopf ohne weiteres auf Miß Nevils Knie und rannte den Banditen nach.

Etwas verwirrt über die wachsende Intimität dieses nächtlichen Beisammenseins in der *macchia* wußte Miß Nevil nicht recht, wie sie sich benehmen sollte. Wenn sie sich allzu ungestüm losrisse, so hätte sie dem Verletzten vielleicht weh getan... Doch Orso selbst verließ den süßen Ruheort, den seine Schwester ihm angewiesen hatte, und, sich mit dem rechten Arm aufstützend, sagte er:

«Also Sie werden bald abreisen, Miß Lydia?... Oh, ich hatte ja nie zu hoffen gewagt, daß Sie lange auf dieser vermaledeiten Insel bleiben würden... Und dennoch: welche Qual, Ihnen gerade in diesem Augenblick adieu sagen zu müssen!... Ich bin ein armer Leutnant... ohne jede Zukunft... und jetzt auch noch geächtet!... Was für eine Situation, Miß Lydia, um Ihnen zu gestehen, daß ich Sie liebe!... Aber es ist gewiß das einzige Mal im Leben, daß ich es Ihnen sagen kann!»

Miß Nevil wandte den Kopf zur Seite, als ob die Dunkelheit nicht genügt hätte, ihr Erröten zu verbergen.

«Monsieur della Rebbia», sagte sie mit zitternder Stimme, «wäre ich wohl hierhergekommen, wenn...?»

Mit diesen Worten legte sie den ägyptischen Talisman in Orsos Hand zurück.

Orso machte eine Bewegung, um die das Geschenk erneuernde Mädchenhand zu küssen, verlor aber dabei das Gleichgewicht und fiel auf seinen verletzten Arm. Er vermochte einen Schmerzensschrei nicht zu unterdrücken.

«Haben Sie sich weh getan, mein Freund?» rief Lydia und hob ihn wieder auf.

Es folgte ein leises Zwiegespräch, und die beiden waren einander sehr nahe gerückt, als Colomba in wilder Hast zurückkam.

«Die Voltigeure!» rief sie. «Orso, seht, ob Ihr Euch erheben und gehen könnt! Ich werde Euch helfen!»

«Laß mich ruhig hierbleiben!» antwortete Orso. «Sag den Freunden, daß Sie fliehen sollen!... Mich mag man verhaften, das ist mir gleichgültig!... Aber nimm Miß Lydia mit! In drei Teufels Namen, sie darf hier nicht gefunden werden!»

«Ich werde Euch nicht allein lassen!» sagte, aus der Finsternis auftauchend, Brandolaccio. «Der Sergeant der Voltigeure ist ein Patenkind des Advokaten Barricini. Anstatt Euch zu verhaften, wird er Euch töten, und hinterher wird er sagen, er habe es unabsichtlich getan!»

Orso versuchte, sich zu erheben; er tat sogar einige Schritte, mußte es aber gleich wieder aufgeben.

«Es gelingt mir nicht», sagte er. «Macht euch alle davon!... Adieu, Miß Nevil! Geben Sie mir die Hand, und leben Sie wohl!»

«Wir bleiben hier!» riefen die beiden jungen Mädchen.

«Wenn Ihr nicht gehen könnt», sagte Brandolaccio zu Orso, «werde ich Euch tragen! . . . Los, Leutnant, ein bißchen Courage! Wir haben Zeit genug, durch die Schlucht zu entwischen! Der Herr Abate wird die Soldknechte so lange unterhalten!»

«Nein, laßt mich!» sagte Orso, zur Erde niedersinkend. «Um Gottes willen, Colomba, bring doch endlich Miß Nevil von hier weg!»

«Ihr seid stark, Signorina Colomba», sagte Brandolaccio. «Packt ihn an den Schultern! Ich nehme die Füße. — Gut so! Und nun vorwärts!»

Trotz seines Widerstrebens begannen sie ihn fortzutragen, so rasch es ging. Miß Lydia folgte ihnen in tödlicher Angst. In diesem Augenblick ward ein Flintenschuß hörbar. Fünf oder sechs andere antworteten ihm. Miß Lydia stieß einen Schrei aus, Brandolaccio eine Verwünschung, aber er verdoppelte seine Eile, und mit ihm hastete Colomba durch die *macchia*, ohne der Zweige zu achten, die ihr ins Gesicht peitschten, und des dornigen Gestrüppes, das ihr Kleid zerriß.

«Bücken Sie sich, Liebe!» sagte sie zu ihrer Gefährtin. «Einen Flintenschuß holt man sich leicht weg!»

Auf diese Weise kam — oder vielmehr: rannte — man etwa fünfhundert Schritt vorwärts, als Brandolaccio erklärte, er könne nicht weiter, und sich, trotz Colombas Ermahnungen und Vorwürfen, zu Boden fallen ließ.

«Wo ist Miß Nevil?» fragte Orso.

Miß Nevil, durch die Flintenschüsse erschreckt und jeden Augenblick durch Gesträuch und Gebüsch am Weitergehen gehemmt, hatte bald die Spur der anderen verloren und war in größter Angst allein zurückgeblieben.

«Sie ist etwas ins Hintertreffen geraten», antwortete Brandolaccio; «aber verloren ist sie darum nicht: Frauen kommen immer wieder zum Vorschein! ... Hört doch, Ors'Anton', was für einen Lärm der Abate mit Eurer Flinte macht! Leider ist es so stockdunkel, daß wohl niemand getroffen werden wird!»

«Sst!» flüsterte Colomba; «ich höre ein Pferd; wir sind gerettet!»

Wirklich: ein Pferd, das in der *macchia* geweidet hatte und durch das Knallen scheu geworden war, kam auf sie zugerannt.

«Wir sind gerettet!» wiederholte Brandolaccio.

Dem Pferde entgegenlaufen, es an der Mähne packen, ihm statt des Zaumes einen Strick ins Maul knoten — das war für den Banditen (unter Mithilfe Colombas) das Werk eines Augenblicks.

«Jetzt müssen wir den Abate verständigen», sagte er.

Er pfiff zweimal. Ein entfernter Pfiff antwortete dem Signal, und das englische Gewehr hörte zu knattern auf. Brandolaccio sprang aufs Pferd. Colomba setzte ihren Bruder vor den Banditen, der ihn mit der einen Hand festhielt, während die andere das Pferd lenkte.

Trotz seiner doppelten Last trabte, angespornt durch zwei gehörige Stöße in den

Bauch, das Tier hurtig davon und stürmte einen Abhang hinab, dessen Steilheit jedem nichtkorsischen Rosse hundertmal den Hals gekostet hätte.

Colomba ging den Weg, den man gekommen war, zurück und rief, so laut sie konnte, den Namen von Miß Lydia; aber keine Stimme antwortete der ihrigen ... Nach längerem Hin- und Hersuchen stieß sie im Dickicht auf zwei Voltigeure, die ihr zuriefen:

«Wer da?»

«Na, meine Herren», sagte Colomba spöttisch, «das war ja ein höllischer Lärm! Wieviel Tote haben Sie denn gemacht?»

«Sie waren mit den Banditen zusammen, Signorina», sagte einer der Soldaten; «Sie werden mit uns kommen!»

«Sehr gern», antwortete das junge Mädchen; «aber ich habe hier eine Freundin, die müssen wir zuerst suchen.»

«Ihre Freundin haben wir schon gefunden, und Sie werden die Nacht mit ihr im Gefängnis verbringen!»

«Im Gefängnis? ... Das wollen wir sehen! Aber zunächst bringt mich zu ihr!»

Die Voltigeure führten Colomba zur Lagerstelle der Banditen, wo sie die Trophäen ihrer Expedition angehäuft hatten, nämlich: den Mantel, unter dem Orso geschlafen hatte, einen verrosteten Kochtopf und einen mit Wasser gefüllten Krug. An selbiger Stätte befand sich Miß Nevil, die, der Verzweiflung nahe, von den Soldaten aufgespürt, allen Fragen über die Zahl der Banditen und die Richtung, die sie eingeschlagen, nur Ströme von Tränen entgegensetzte.

Colomba warf sich ihr in die Arme und flüsterte ihr ins Ohr:

«Die beiden sind gerettet.»

Dann, sich an den Führer der Voltigeure wendend:

«Signore, Sie sehen, daß die junge Dame von allen Ihren Fragen kein Wort versteht. Lassen Sie uns in das Dorf zurückkehren, wo wir ungeduldig erwartet werden!»

«Man wird Sie rascher, als Ihnen lieb sein kann, dorthin bringen, mein Herzchen», sagte der Sergeant, «und Sie werden sich darüber erklären müssen, was Sie zu dieser Stunde in der *macchia* zu suchen hatten bei den Briganten, die uns leider entwischt zu sein scheinen. Ich weiß nicht, über welche Zaubermittel diese Kerle verfügen, aber sicherlich verhexen sie die Mädchen, denn überall, wo es Banditen gibt, sind auch die reizendsten Weiber zur Stelle.»

«Sie sind galant, mein Herr», sagte Colomba. «Immerhin wäre es vielleicht in Ihrem eigenen Interesse geraten, wenn Sie Ihre Schmeicheleien etwas vorsichtiger dosieren möchten ... Dieses Fräulein ist eine Verwandte des Präfekten, und man sollte sich mit ihr keine unpassenden Scherze erlauben.»

«Eine Verwandte des Präfekten!» raunte einer der Soldaten dem Anführer zu. «Wirklich: sie trägt einen Hut!»

«Hut oder nicht!» erwiderte der Sergeant.

«Sie waren alle beide in Gesellschaft des ‚Abate', des gefährlichsten Weiberhelden auf der ganzen Insel, und meine Pflicht ist es, Sie festzunehmen! Und diese Damen scheinen ja für heute leider unsere einzige Beute bleiben zu sollen . . .»

Der Sergeant gab Befehl zum Aufbruch, und die kleine Truppe schlug den Rückweg nach Pietranera ein, unter Mitnahme immerhin auch des Mantels und des Kochtopfs. Dem Wasserkrug machte ein Fußtritt den Garaus. Einer der Soldaten wollte Miß Lydia am Arm nehmen; aber Colomba stieß ihn zurück.

«Niemand darf sie anrühren!» sagte sie. «Glaubt ihr etwa, daß wir Lust hätten zu fliehen?! . . . Liebste Lydia, stützen Sie sich auf mich, und weinen Sie nicht wie ein Kind! . . . Das war ja nun ein kleines Abenteuer; aber in einer halben Stunde sitzen wir in aller Ruhe beim Nachtmahl, zu dem ich übrigens einen Bärenhunger mitbringe.»

«Was wird man von mir denken?» fragte Miß Nevil leise.

«Daß Sie sich in der *macchia* verirrt haben; weiter nichts!»

«Was wird der Präfekt sagen? . . . Und mein Vater?»

«Den Präfekten werden Sie auffordern, sich gefälligst um seine Präfektur zu kümmern! — Und Ihrem Vater haben Sie doch vielleicht etwas mitzuteilen, was sich auf Orso bezieht?»

Miß Nevil, ohne zu antworten, krampfte sich in den Arm ihrer Begleiterin.

«Lieben Sie meinen Bruder nicht ein wenig?» flüsterte Colomba dem englischen Mädchen ins Ohr.

«Oh, Colomba!» antwortete, in aller Wirrnis lächelnd, Miß Nevil, «Sie haben mich verraten — mich, die ich so viel Vertrauen in Sie gesetzt hatte!»

Colomba schlang einen Arm um ihre Taille und küßte sie auf die Stirn.

«Meine kleine Schwester», sagte sie leise, «verzeihen Sie mir?»

«Ich muß es wohl, Sie böse Schwester», antwortete Lydia, den Kuß zurückgebend.

Präfekt und Staatsanwalt waren im Hause des Adjunkten von Pietranera einlogiert worden, und der sehr geängstigte Colonel hatte sich wohl schon zum zwanzigsten Male nach dem Verbleib seiner Tochter erkundigt, als endlich ein — vom Sergeanten als Eilbote vorausgeschickter — Voltigeur eintraf und Bericht erstattete über den furchtbaren, allerdings unblutigen Kampf gegen die Räuber, wobei ein Mantel, ein Topf und zwei Weibsbilder erbeutet seien, letztere offenbar die Konkubinen oder wenigstens die Kundschafterinnen der Briganten. Solchermaßen angekündigt, erschienen die beiden gefangenen jungen Mädchen inmitten ihrer militärischen Eskorte. Man ahnt Colombas strahlende Sicherheit, Miß Lydias Verschämtheit, des Präfekten Überraschung, das freudige Erstaunen des Colonels. Der Staatsanwalt machte sich das boshafte Vergnügen, die arme Lydia einer Art von Verhör zu unterziehen und sich an ihrer zunehmenden Fassungslosigkeit zu weiden.

«Mich dünkt», sagte dann der Präfekt, «daß wir die ganze Gesellschaft in Freiheit setzen könnten ... Die jungen Damen haben bei dem schönen Wetter einen Spaziergang unternommen: nichts natürlicher als das! Sie sind zufällig einem liebenswürdigen, verwundeten jungen Manne begegnet: auch das ist die natürlichste Sache von der Welt!»

Dann nahm er Colomba beiseite und sagte zu ihr:

«Signorina, Sie können Ihren Bruder wissen lassen, daß die Affäre eine günstigere Wendung nimmt, als ich zu hoffen gewagt hatte. Die Untersuchung der Leichname und die Aussage des Colonels beweisen, daß Signor Orso sich in der Notwehr befunden und die gegen ihn abgegebenen Schüsse seinerseits nur erwidert hat, sowie daß er im Augenblick des Kampfes ganz allein gewesen ist. Alles wird in Ordnung kommen; aber er muß die *macchia* unbedingt so rasch wie möglich verlassen und sich dem Gericht stellen.»

Es war gegen elf Uhr abends, als der Colonel, seine Tochter und Colomba sich zu Tische setzten vor ein längst erkaltetes Mahl. Colomba aß mit gutem Appetit, sich über den Präfekten, den Staatsanwalt und die Voltigeure mokierend.

Der Colonel blieb schweigsam; er sah beim

Essen andauernd auf seine Tochter, die ihrerseits die Augen nicht vom Teller erhob. Endlich sprach, mit ernster Sanftmut, der Vater — auf englisch — den Satz:

«Lydia, du bist mit della Rebbia verlobt?»

«Ja, Papa; seit heute», antwortete, errötend, aber mit fester Stimme, Miß Nevil.

Dann hob sie die Augen, und da sie auf des Vaters Antlitz keinerlei Spuren von Unmut wahrnahm, so warf sie sich ihm in die Arme und küßte ihn, wie es wohlerzogene junge Mädchen bei solcher Gelegenheit eben zu tun pflegen.

«Na ja», sagte der Colonel, «dieser Rebbia ist ein braver Junge! Aber auf seiner verfluchten Insel wollen wir nicht länger bleiben — oder ich verweigere meine Einwilligung!»

«Obwohl ich kein Englisch verstehe», sagte Colomba, «möchte ich wetten, daß ich erraten habe, was ihr da sprecht!»

«Wir sagten gerade», antwortete der Colonel, «daß wir Sie mit auf die Reise nach Irland nehmen möchten.»

«Ja, gern! Und ich werde die *surella** *Colomba* sein! Einverstanden, Colonel? Geben wir uns die Hand darauf?»

«In solchen Fällen pflegt man sich einen Kuß zu geben», erwiderte der Colonel.

* *surella:* die korsische Form des italienischen *sorella*, Schwester

19

Einige Monate nach diesen Begebenheiten, an einem Nachmittage, ritt ein junger Mann, der den linken Arm in der Binde trug, von Bastia nach dem ob seines köstlichen Quellwassers berühmten Dorfe Cardo. Ein schönes, hochgewachsenes junges Mädchen begleitete ihn auf einem kleinen schwarzen Roß, dessen Eleganz durch die Verstümmelung des einen Ohres leider ein wenig beeinträchtigt wurde. Im Dorfe angekommen, sprang das junge Weib leichtfüßig zu Boden, und, nachdem es dem Gefährten beim Absteigen geholfen, schnallte es zwei ziemlich schwere Packtaschen von dem Sattelbaum ab, an dem sie befestigt gewesen waren. Die Pferde wurden der Obhut eines Bauern anvertraut; das Mädchen verbarg die Taschen unter seinem seidenen Umschlagetuch, der junge Mann ergriff eine Doppelflinte, und so begannen die beiden den Weg zum Gebirge zu nehmen. Sie folgten einem steilen Pfad, der zu keinerlei menschlicher Behausung zu führen schien.

Nach langem Ansteigen gelangten sie auf eine der oberen Abstufungen des Monte Quercio. Dort machten sie halt und ließen sich im Grase nieder. Sie schienen jemanden zu erwarten; denn ihre Augen spähten aufmerksam in die Ferne, und das junge Weib sah häufig auf seine hübsche goldene Uhr — vielleicht ebensosehr, um ein kürzlich erhaltenes Geschenk zu bewundern, als um sich zu vergewissern, ob die vereinbarte Stunde heranrücke. Die Wartezeit dauerte nicht lange. Ein Hund kam schnuppernd aus der *macchia* hervor, und als das Mädchen den Namen Brusco gerufen hatte, sprang er schweifwedelnd auf die beiden jungen Leute zu.

Bald darauf erschienen zwei wildbärtige Gesellen, die Flinte unterm Arm, die Patronentasche am Gürtel, das Gewehr an der Seite. Ihre zerrissenen, vielfach geflickten Kleider kontrastierten gar seltsam gegen ihre glänzenden, aus einer berühmten Fabrik des Kontinents stammenden Waffen. Trotz des offensichtlichen Unterschiedes der sozialen Position begrüßten sich die vier Personen mit der Vertraulichkeit alter Freunde.

«Na, Ors' Anton'», sagte der ältere der beiden Briganten zu dem jungen Mann, «so ist Eure Sache also beendet! ‚Einstellung des Verfahrens'. Meine Glückwünsche! Leid tut es mir nur, daß der Advokat Barricini nicht mehr auf der Insel ist, und daß wir dadurch um den Anblick seines Ingrimms kommen. — Und Euer Arm?»

«Der Arzt sagt, in vierzehn Tagen dürfe ich die Binde ablegen. — Brando, mein Freund, ich reise morgen nach Italien ab, und ich habe dir und dem ‚Abate' Lebewohl sagen wollen. Deshalb habe ich euch bitten lassen, hierherzukommen.»

«Ihr habt es recht eilig», meinte Brandolaccio; «gestern seid Ihr freigesprochen, und morgen wollt Ihr schon weg?»

«Man hat Geschäfte», sagte das junge Mädchen frohgelaunt. «Signori, ich habe euch Proviant mitgebracht. Esset, und laßt auch meinem Freund Brusco ein ordentliches Teil zukommen!»

«Sie verwöhnen den Brusco, Signorina Colomba! Doch er erweist sich auch dankbar. Sie werden sich gleich davon überzeugen!... *Allons*, Brusco», rief er und hielt sein Gewehr waagerecht hin, «spring zu Ehren der Barricini!»

Der Hund blieb unbeweglich, leckte sich das Maul und sah seinen Herrn an.

«Spring für die della Rebbia!»

Und Brusco sprang zwei Fuß höher, als nötig gewesen wäre.

«Hört, meine Freunde», sagte Orso, «ihr treibt doch eigentlich ein bedenkliches Handwerk! Falls ihr eure Karriere nicht auf dem Platze beendet, den wir da in der Tiefe sehen*, ist das Beste, was euch treffen kann, die Kugel eines Gendarmen in der *macchia!*»

«Nun», meinte Castriconi, «ein solches Ende wäre mir tausendmal lieber als der Tod im Krankenbett, inmitten des Gejammers mehr oder weniger aufrichtiger Erben. Wenn man, wie wir, an frische Luft gewöhnt ist, dann gibt es nichts Schöneres als den ‚Tod in den Stiefeln', wie die Leute hierzulande sagen.»

«Ich möchte», fuhr Orso fort, «daß ihr diese Insel verließet ... und ein ruhigeres Leben führtet! Warum solltet ihr, zum Beispiel,

* Der Hinrichtungsplatz in Bastia.

nicht nach Sardinien gehen, wie es mehrere eurer Kameraden getan haben? Ich könnte euch die Mittel dazu besorgen.»

«Nach Sardinien?!» rief Brandolaccio entrüstet. «Der Teufel hole die Sarden mit ihrem Kauderwelsch! Das ist keine Gesellschaft für uns.»

«Pfui über Sardinien! Dort ist nichts zu holen!» pflichtete der Theologe bei. «Aber wundern tut es mich doch, Signor della Rebbia, daß Ihr, ein Mann von so viel Wissen und Geschmack, unser *macchia*-Dasein nicht teilen mögt!... Habt Ihr denn keinen Sinn für den Reiz unbeschränkter Freiheit in diesem herrlichen Klima? Mit solchem Zepter» (er wies auf sein Gewehr) «ist man überall König, so weit die Kugel reicht... Man herrscht; man bestraft das Unrecht... Das ist eine ebenso moralische wie ergötzliche Unterhaltung, Signore! Es gibt auf der Welt kein schöner Leben als das eines fahrenden Ritters, zumal wenn man besser bewaffnet und etwas vernünftiger ist als der hagere Held des Romans von Cervantes!* Glaubt mir doch, Signor Orso, nichts kommt dem Räuberleben gleich!... Oh, wenn nicht eine gewisse junge Engländerin wäre: wer weiß, ob Ihr nicht mit Freuden einer der Unsrigen würdet?!»

«Meine zukünftige Schwägerin liebt die *macchia* nicht», erklärte Colomba lächelnd; «sie hat allzuviel Angst dort ausstehen müssen.»

«Ihr wollt also unbedingt hierbleiben?»

* Don Quijote.

sagte Orso zu den freiheitsliebenden Freunden. «Na, es sei! Dann sagt mir nur, was ich für euch tun kann!»

«Nichts», antwortete Brandolaccio, «als bisweilen freundlich an uns zu denken. Ihr habt uns sehr viel Gutes erwiesen. Chilina hat eine Mitgift bekommen; und wir wissen, daß Euer Pächter uns im Notfall Brot und Pulver geben wird. Also: adieu! Hoffentlich sehen wir uns auf Korsika doch einmal wieder!»

«In dringenden Fällen», sagte Orso, «pflegen ein paar Goldstücke gute Dienste zu leisten. Da wir jetzt alte Freunde geworden sind, werdet ihr mir den Gefallen tun, dies Beutelchen nicht zurückzuweisen!»

«Nichts von Geld zwischen uns, Leutnant!» sagte Brandolaccio in entschiedenem Ton.

«In der Welt dort unten mag Geld allmächtig sein», meinte Castriconi; «bei uns in der *macchia* gilt nur ein tapferes Herz und eine unfehlbare Flinte!»

«Ich möchte nicht von euch Abschied nehmen», hub Orso wieder an, «ohne euch wenigstens ein Andenken zurückgelassen zu haben. Sag, Brando, womit könnte ich dir eine Freude bereiten?»

Der Bandit kratzte sich den Kopf, warf einen schrägen Blick auf Orsos Gewehr und sagte: «Verdammt noch mal, Leutnant ... wenn ich wagte ... Aber nein: Ihr hängt zu sehr daran ...»

«Was wünschest du dir denn?»

«Nichts ... Das Ding selbst tut's ja nicht;

alles kommt auf die Handhabung an. Ich denke immer noch an jenen verflixten Doppelschuß — mit einer einzigen Hand!... Oh, so was läßt sich nicht wiederholen!»

«Ist es dies Gewehr, das du möchtest?... Ich hab' es dir mitgebracht: aber bediene dich seiner so wenig wie möglich!»

«Oh, Meisterschüsse wie die Euren kann ich Euch nicht versprechen!... Sollte aber diese Waffe jemals in anderen Händen betroffen werden, so könnt Ihr sicher sein, daß Brando Savelli in der *macchia* den Brigantentod gefunden hat!»

«Und Ihr, Castriconi, was darf ich Euch zum Geschenk machen?»

«Da Ihr mir absolut ein greifbares Andenken von Euch hinterlassen wollt, so bitte ich Euch ohne Umschweife, mir einen Horaz von möglichst kleinem Format zu schenken. Das wäre mir eine wunderbare Zerstreuung, und gleichzeitig behielte ich mein liebes Latein im Gedächtnis!... Am Hafen in Bastia ist eine nette Kleine, die Zigarren verkauft; gebt ihr das Buch: sie wird es mir zukommen lassen.»

«Ihr sollt eine Ausgabe von Elzevir* bekommen, mein hochgelehrter Herr! Es befindet sich zufällig eine solche unter den Büchern, die ich mitnehmen wollte. — Und jetzt, meine Freunde, müssen wir uns trennen. Ein letzter Händedruck noch!... Wenn ihr eines Tages

* Elzevir: Name einer niederländischen Buchdruckerfamilie, die, im sechzehnten und siebzehnten Jahrhundert, die lateinischen Klassiker in zierlichen, als mustergültig betrachteten Editionen herausgab.

doch vielleicht Lust nach Sardinien bekommen solltet, dann schreibt an den Advokaten N . . ., der euch meine Adresse auf dem Kontinent angeben wird.»

«Leutnant», sagte Brando, «wenn Ihr morgen aus dem Hafen heraus seid, dann schaut nach den Bergen zurück, auf ebendiese Stelle hier! Wir werden wieder da sein und Euch mit unseren Tüchern zuwinken.»

Darauf trennte man sich. Orso und seine Schwester nahmen den Weg nach Cardo; die Banditen den in die Berge.

20

An einem schönen Aprilmorgen führte eine Kalesche vier Reisende aus den Toren der Stadt Pisa heraus: den Colonel Sir Thomas Nevil, seine Tochter, die seit wenigen Tagen verheiratet war, Orso und Colomba. Die kleine Gesellschaft wollte ein etruskisches Totengewölbe in Augenschein nehmen, das vor kurzem entdeckt worden war und von allen Fremden besucht wurde. Als man in die Tiefe der Grabanlage hinabgestiegen war, zogen Orso und seine Frau ihre Bleistifte hervor, um die an den Wänden befindlichen Fresken abzuzeichnen. Der Colonel und Colomba, die für Archäologisches nur wenig Interesse aufbrachten, ließen die beiden allein und machten einen Gang in die Umgebung.

«Liebe Colomba», sagte der Colonel, «keinesfalls werden wir zum Mittagessen in Pisa zurücksein können. Sind Sie nicht hungrig? Orso und seine Frau stecken in Altertümern, und wenn sie erst zu zeichnen anfangen, hören sie nicht so leicht wieder auf.»

«Ja», sagte Colomba, «und dabei bringen sie vermutlich nicht die kleinste Skizze zustande.»

«Mein Rat wäre», fuhr der Colonel fort, «daß wir in den kleinen Bauernhof da drüben gingen. Dort finden wir sicherlich Brot und Wein, vielleicht sogar auch Erdbeeren mit Rahm, und können in aller Ruhe abwarten, bis unsere Zeichenkünstler fertig sind.»

«Sie haben recht, Colonel. Sie und ich, wir sind die beiden Vernünftigen der Familie, und wir wären sehr töricht, uns zu Märtyrern dieser Verliebten zu machen, die nur von poetischen Gefühlen leben. Geben Sie mir den Arm! Nicht wahr, ich verrate schon Anlagen, mich zu bilden? Ich hake den Arm ein, ich setze einen Hut auf und trage Kleider nach der neuesten Mode. Ich habe Schmucksachen, lerne viele schöne Dinge und bin durchaus kein wildes Geschöpf mehr. Sehen Sie nur die Grazie, mit der ich diesen Schal zu tragen weiß!... Der blonde Offizier von Ihrem Regiment, der bei der Hochzeit war... oh, ich kann seinen Namen nicht behalten; dieser Dandy, den ich mit dem kleinen Finger umstoßen könnte...»

«Chatworth?» fragte der Colonel.

«Ganz richtig! Aber diesen Namen auszusprechen, wird mir nie gelingen ... Nun, der ist wie toll verliebt in mich.»

«Colomba, Sie scheinen kokett zu werden! Wir müssen uns also auf eine zweite Hochzeit gefaßt machen?»

«Ich mich verheiraten?! ... Wer soll dann meinen kleinen Neffen erziehen ... wenn Orso mir einen geschenkt haben wird?! Wer soll ihn Korsisch sprechen lehren? ... Ja, das soll er lernen, und eine Zipfelmütze werde ich ihm anfertigen, damit Sie recht hübsch in Wut geraten, Colonel!»

«Warten Sie lieber zunächst, bis Sie einen Neffen bekommen! Und dann werden Sie ihn gewiß auch mit Dolchen spielen lehren, vermute ich.»

«Adieu, ihr Dolche!» sagte Colomba mit pathetischer Heiterkeit. «Jetzt habe ich einen Fächer, mit dem ich Ihnen auf die Finger schlagen kann, wenn Sie boshaft gegen meine Insel werden.»

Solchermaßen plaudernd, traten sie in die Meierei ein, wo alles Gewünschte vorhanden war: Wein, Erdbeeren und Rahm. Colomba half der Pächterin beim Pflücken der Erdbeeren, während der Colonel sich schon an einem ausgezeichneten *aleatico** delektierte. An der Biegung eines Gartenweges erblickte Colomba einen Greis, der auf einem Strohstuhl in der Sonne saß und offenbar krank war; seine Wangen waren hohl, die Augen eingefallen; er war

* Ein dunkelroter toskanischer Wein von süßem Geschmack.

völlig abgemagert, und seine Regungslosigkeit, die Blässe, die Starrheit des Blickes ließen ihn einer Leiche ähnlicher sein als einem lebendigen Wesen. Colomba sah ihn minutenlang mit einem so gespannten Ausdruck an, daß es der Pächterin auffiel.

«Dieser bedauernswerte Greis», sagte sie, «ist ein Landsmann von Ihnen; denn ich merke an Ihrer Aussprache, daß Sie Korsin sind, Signorina. Er hat in seiner Heimat großes Unglück erlitten: seine Söhne sind auf schreckliche Weise ums Leben gekommen. Man sagt — ich bitte Sie sehr um Verzeihung, Signorina —, daß Ihre Landsleute, wenn sie verfeindet sind, sich nicht besonders zartfühlend gegeneinander benehmen... Und so hat dieser arme Herr, ganz allein zurückgeblieben, sich nach Pisa gewandt, zu einer entfernten Verwandten, die die Besitzerin dieses Hofes ist. Der gute Mann ist ein bißchen verdreht; das kommt vom Unglück und vom Gram... Und da seine Anwesenheit der Signora, die gern Besuch empfängt, bald peinlich wurde, so hat sie ihn hierher gebracht. Er ist ganz sanft; uns stört er gar nicht; den ganzen Tag spricht er keine drei Worte. Der Arzt kommt jede Woche und meint, er werde es wohl nicht mehr lange machen.»

«So ist er ein Todeskandidat?» sagte Colomba. «In seiner Lage muß der Tod ein Glück sein.»

«Sie sollten ein paar Worte auf Korsisch mit ihm sprechen, Signorina», meinte die Pächterin. «Das würde ihn gewiß aufheitern.»

«Wir wollen sehen», antwortete Colomba mit einem rätselhaften Lächeln.

Sie näherte sich dem Greise, bis ihr Schatten ihm den Sonnenschein wegnahm. Der Schwachsinnige hob den Kopf und starrte Colomba an, die ihrerseits, immer noch lächelnd, auf ihn niedersah. Da fuhr sich der Alte mit der Hand über die Stirn und schloß die Augen, als wolle er dem Blicke Colombas ausweichen. Bald öffnete er sie wieder, ganz unheimlich weit; seine Lippen zitterten; er wollte die Hände ausstrecken; doch, wie gebannt von Colomba, blieb er an seinen Stuhl gefesselt, unfähig, sich zu bewegen oder ein Wort hervorzubringen. Endlich begannen dicke Tränen aus seinen Augen hervorzuströmen, und schwere Seufzer entrangen sich seiner Brust.

«Das ist das erste Mal, das ich ihn so sehe», sagte die Pächtersfrau zu Colomba.

Und zu dem Alten:

«Die junge Dame ist eine Landsmännin von Ihnen; sie ist gekommen, um Ihnen einen kleinen Besuch zu machen.»

«Gnade!» rief der Greis mit heiserer Stimme. «Bist du noch nicht zufrieden, du Vampir?!... Wie hast du es fertiggebracht, jenes Blatt zu lesen, das ich verbrannt hatte? ... Und warum alle beide?!... Gegen Orlanduccio hast du nichts Belastendes lesen können!... Den einen hättest du mir lassen müssen ... diesen einzigen ... den Orlanduccio!... Sein Name stand *nicht* auf dem Blatt ...»

«Ich brauchte sie alle beide», sagte Colomba leise in korsischem Dialekt. «Jetzt sind die Äste weggeschnitten; und wenn der Stamm nicht so morsch wäre: ihn hätte ich aus der Erde vertilgt! ... Beklage dich nicht, Alter: du hast nicht mehr lange zu leiden. Ich aber, ich habe zwei Jahre gelitten.»

Der Greis stieß einen Schrei aus; der Kopf sank ihm auf die Brust. Colomba aber wandte ihm den Rücken und ging langsam zum Hause zurück, wobei sie einige — kaum hörbare — Worte aus einem *vocero* vor sich hinsummte:

Ewig dürstet meine Rache
Nach der Hand, die abgedrückt hat,
Nach dem Auge, das gezielt hat,
Nach dem Herzen, das den Plan sann ...

Während die Pächterin sich beeilte, dem alten Manne beizuspringen, setzte sich Colomba mit geröteten Wangen und glühenden Augen zum Colonel an den Tisch.

«Was haben Sie nur?» fragte dieser; «Sie sehen plötzlich aus wie damals in Pietranera, an dem Tage, wo man uns Gewehrkugeln zum Mittagessen auftischte.»

«Es waren mir Heimaterinnerungen in den Sinn gekommen ... Doch jetzt ist es vorbei ... Ich werde Patin sein, nicht wahr? Oh, welch schöne Namen will ich ihm geben: Ghilfuccio-Tomaso-Orso-Leone!»

In diesem Augenblick trat die Pächtersfrau in die Stube.

«Nun?» fragte Colomba mit vollkommener Seelenruhe; «ist er tot oder nur ohnmächtig?»

«Es war nichts, Signorina! . . . Aber merkwürdig ist mir doch, welche Wirkung Ihr Anblick auf ihn geübt hat!»

«Und der Arzt sagt, daß er nicht mehr lange zu leben habe?»

«Vielleicht keine zwei Monate mehr.»

«Na, es wird nicht viel an ihm verloren sein», erklärte Colomba.

«Von wem zum Teufel redet ihr nur?» fragte der Colonel.

«Von einem Irrsinnigen aus Korsika, der hier in Pension ist», antwortete Colomba mit gleichgültiger Miene. «Ich werde mich von Zeit zu Zeit nach seinem Befinden erkundigen lassen. — Aber, Colonel Nevil, so essen Sie doch nicht alle Erdbeeren auf! Lydia und Orso werden vielleicht auch noch einigen Appetit mitbringen!»

Als Colomba den Bauernhof verließ, um mit den anderen wieder in die Kalesche zu steigen, folgten ihr die Blicke der Pächterin.

«Diese Signorina, die so hübsch ist», sagte die Frau zu ihrem Töchterlein, «ich möchte wetten, daß sie den bösen Blick hat!»

1840.

CARMEN

Πᾶσα γυνὴ χόλος ἔστιν · ἔχει δ'ἀγαθὰς
δύο ὥφας,
Τὴν μίαν ἐν θαλάμῳ, τὴν μίαν ἐν
θανάτῳ.

PALLADAS*

1

JENEN Geographen und Historikern, die das alte Schlachtfeld von Munda in die Gegend der Bastuli-Poeni, nahe dem heutigen Monda, verlegen möchten, kann ich den Vorwurf mangelnder Gründlichkeit nicht ersparen. Nach meiner Auslegung des Textes des *Bellum hispaniense* (dessen Autor nicht bekannt ist) und nach gewissen Aufschlüssen, die ich der vortrefflichen Bibliothek des Herzogs von Osuna verdanke, kam ich zu der Überzeugung, daß die denkwürdige Stätte, wo Julius Cäsar den letzten Schlag gegen die Stützen der römischen Republik führte, in der Gegend von Montilla zu suchen sei.

Ein Aufenthalt in Andalusien, im Herbst des Jahres 1830, sollte die mir noch verbliebenen Zweifel beseitigen. Und die Denkschrift, die ich demnächst zu veröffentlichen beabsichtige, wird, so hoffe ich, dem wissen-

* Übersetzung in den *Sinngedichten* von Gotthold Ephraim Lessing:
Doppelter Nutzen einer Frau.
Zweimal taugt eine Frau — für die mich Gott bewahre! —:
Einmal im Hochzeitsbett und einmal auf der Bahre.

schaftlichen Europa Klarheit verschaffen über eine topographische Streitfrage, die allzulange unentschieden geblieben ist. Bevor jedoch diese Arbeit im Druck erscheint, möchte ich eine kleine Geschichte erzählen, die dem Problem der Lage von Munda in keiner Weise vorgreift.

Nachdem ich mir in Cordova einen Führer und zwei Pferde gemietet hatte, trat ich meine Forschungsreise an. Mein einziges Gepäck bestand in Cäsars *Commentarii* und einigen Hemden. Eines Tages streifte ich auf dem hochgelegenen Teil der Ebene von Cachena umher. Ich war totmüde, erschöpft von Durst und den Strahlen einer bleiernen Sonne. Schon wollte ich den großen Cäsar und beide Söhne des Pompejus zu allen Teufeln wünschen, da bemerkte ich, unweit des Weges, dem ich folgte, ein mit Schilf und Binsen bestandenes Stück Wiese. Das frische Grün schien auf die Nähe einer Quelle hinzudeuten. Beim Herankommen sah ich, daß die vermeintliche Wiese in Wirklichkeit ein Sumpfgelände war, in welches der Lauf eines Bächleins sich verlor. Dieser Wasserlauf schien seinen Ursprung in einer engen Schlucht zu haben, die von zwei hohen Vorbergen der Sierra de Cabra eingeschlossen wurde. Ich vermutete, daß man bachaufwärts frischeres Wasser (mit weniger Fröschen und Blutegeln) finden würde und vielleicht auch etwas Schatten inmitten der Felsen. Am Eingang der Schlucht begann mein Pferd zu wiehern, und alsbald ertönte von seiten eines anderen Pferdes, das ich nicht sah, die Antwort. Nach hundert Schritten erweiterte sich die Schlucht zu einer Art von natürlichem Zirkus, dem die ringsum jäh abfallenden Felswände den tiefsten Schatten gewährten. Keine angenehmere Rast hätte man sich wünschen können, als dieses entzückende Fleckchen Erde! Zu Füßen des kahlen, schroffen Gesteins sprudelte und schäumte die Quelle hervor, um alsbald ein kleines, sich über schneeweißem Sande wölbendes Becken zu bilden. Fünf oder sechs Steineichen, vom frischen Wasser getränkt und vor jedem Winde geschützt, umstanden das Bassin und verdunkelten es mit dem tiefen Grün ihres Laubes. Ringsumher aber bot zartleuchtendes Gras dem Wanderer ein Lager, so verlockend, wie wohl keine Herberge weit und breit es vermocht hätte.

Aber nicht mir gebührte der Ruhm, diesen reizenden Ort entdeckt zu haben. Im Grase erblickte ich einen Mann, der zu schlafen schien. Durch das Wiehern aufgeweckt, erhob er sich und trat auf sein Pferd zu, das inzwischen im Umkreis eine schmackhafte Mahlzeit gehalten haben mochte. Es war ein Mann jugendlichen Aussehens, von mittlerem, aber kräftigem Wuchs, mit finsterem, stolzem Blick. Sein Gesicht, das wohl einmal als schön hatte gelten können, war durch den Sonnenbrand dunkler geworden als die Farbe seiner Haare. In der einen Hand hielt er den Halfter des Pferdes, in der anderen eine altmodisch-schwere, kupferne

Pistole. Diese Waffe und der wilde Blick dessen, der sie trug, machten mich zunächst ein wenig betroffen; aber ich glaubte eigentlich kaum noch an Räuber, diese vielberedeten romantischen Banditen, denen man in Wirklichkeit niemals begegnet. Auch hatte ich so viele ehrsame Pächtersleute, bis an die Zähne bewaffnet, zu Markte pilgern sehen, daß der bloße Anblick einer Feuerwaffe mir als kein genügender Grund erschien, um die «Moral» des Unbekannten anzuzweifeln. Und endlich sagte ich mir: was könnte diesem Spanier viel gelegen sein an meinen paar Hemden und an Cäsars, wenn auch noch so schön gedrucktem Buch über den Gallischen Krieg?

Somit begrüßte ich den Pistolenmann mit einem vertraulichen Kopfnicken und erkundigte mich höflich-lächelnd, ob ich ihn im Schlafe gestört hätte. Anstatt eine Antwort zu geben, musterte er mich nur vom Kopf bis zu den Füßen. Darauf (ich schien die Prüfung bestanden zu haben) betrachtete er, mit gleicher Aufmerksamkeit, meinen Führer, der eben herantreten wollte. Dann aber sah ich, wie dieser erbleichte und erschrocken stehenblieb. Irgendein fataler Zufall! dachte ich. Aber die Vorsicht gebot, keinerlei Unruhe merken zu lassen. Ich sprang vom Pferde, bat den Führer, abzuzäumen, und, am Rande des Quells niederkniend, tauchte ich Gesicht und Hände tief in das erquickende Naß. Sodann, platt hingestreckt, trank ich, wie die Krieger Gideons, ein paar gehörige Schlucke.

Bei alledem versäumte ich nicht, meinen Führer und den unbekannten Mann zu beobachten. Der erstere kam nur widerwillig näher; der andere schien keine bösen Absichten gegen uns zu hegen; denn er hatte sein Pferd losgelassen, und die Pistole, die er bisher waagerecht gehalten hatte, war jetzt zur Erde gerichtet.

Ich fand es geraten, über die wenig schmeichelhafte Gleichgültigkeit, die man meiner Person bekundete, keinerlei Ärger zu offenbaren. Statt dessen streckte ich mich ins Gras und fragte mit lässiger Miene den Pistolenmann, ob er vielleicht ein Feuerzeug habe. Dabei zog ich mein Zigarrenfutteral hervor. Der Unbekannte — immer noch schweigend — suchte in seiner Tasche, brachte ein Feuerzeug zum Vorschein und beeiferte sich, mir Feuer zu geben. Zusehends umgänglicher werdend, setzte er sich mir gegenüber, ohne jedoch seine Waffe aus der Hand zu legen. Als meine Zigarre in Brand war, suchte ich von den übrigen die beste aus und fragte ihn, ob er rauche.

«Ja, Señor», antwortete er.

Das waren die ersten Worte, die ich von ihm zu hören bekam. Den Buchstaben S sprach er nicht auf die andalusische Weise aus, woraus ich schloß, daß er, genau wie ich, in dieser Gegend fremd sei, wenn auch vermutlich weniger archäologisch interessiert als ich.

«Diese hier wird Ihnen vielleicht zusagen», bemerkte ich, ihm eine echte Havanna-Regalia anbietend.

Er nickte leicht mit dem Kopfe, zündete die Zigarre an der meinen an, dankte durch eine erneute Kopfbewegung und begann — offenbar mit größtem Behagen — zu rauchen.

«Oh», rief er, den ersten Zug langsam durch Mund und Nase entweichen lassend, «es ist lange her, daß ich geraucht habe!»

In Spanien bedeutet das Anbieten und Annehmen einer Zigarre den ersten Schritt zu gastfreundlichen Beziehungen, wie im Orient das Teilen von Brot und Salz. Mein Fremdling zeigte sich gesprächiger, als ich zu hoffen gewagt hatte. Obgleich er sich als einen Bewohner des Bezirkes von Montilla bezeichnete, schien er dort nur wenig Bescheid zu wissen. Er kannte weder den Namen des lieblichen Tales, in dem wir uns befanden, noch vermochte er irgendein Dorf der Umgebung zu benennen. Und als ich ihn fragte, ob er in der Nähe nicht vielleicht irgendwelches zertrümmerte Mauerwerk, Bruchstücke von alten Ziegeln oder steinerne Skulpturen gesehen habe, gestand er mir, daß ihm solche Dinge immer gleichgültig gewesen seien.

Dagegen erwies er sich als Kenner von allem, was Pferde betraf. Er kritisierte das meine (was nicht schwer war). Darauf gab er mir die Abstammung des seinigen an, das aus dem berühmten Gestüt von Cordova hervorgegangen war. Es war in der Tat ein edles Tier, und so ausdauernd, daß es, wie sein Herr behauptete, einmal an einem einzigen

Tage dreißig Meilen, teils im Galopp, teils in starkem Trab zurückgelegt habe. Doch mitten in seinem Bericht hielt der Erzähler inne, wie erschrocken und ärgerlich über die eigene Offenherzigkeit.

«Ich mußte damals in aller Hast nach Cordova», erklärte er mit einer gewissen Verlegenheit; «es kam mir darauf an, in Sachen eines Prozesses die Richter günstig zu stimmen...»

Bei diesen Worten blickte er auf meinen Führer Antonio, der die Augen niederschlug.

Der Schatten und die Quelle entzückten mich dermaßen, daß mir der ausgezeichnete Schinken in den Sinn kam, von dem meine Freunde in Montilla uns einige Schnitten in den Reisesack gesteckt hatten. Ich bat den Führer, ihn zu holen, und lud den Fremden ein, an der improvisierten Mahlzeit teilzunehmen. Wenn er seit langem nicht geraucht hatte: gegessen konnte er schon seit mehreren Tagen auch nicht haben! Er schlang die Bissen in sich hinein wie ein ausgehungerter Wolf. Ich verfiel auf den Gedanken, unser Zusammentreffen bedeute für diesen armen Teufel vielleicht eine Art Fügung des Schicksals. Mein Führer aß wenig, trank noch weniger und sprach kein Wort, obgleich er sich im bisherigen Verlauf unserer Exkursion als unerschöpflicher Schwätzer erwiesen hatte. Das Zusammensein mit dem anderen schien ihn zu genieren; ein — für mich nicht verständliches — Mißtrauen hielt die beiden voneinander fern.

Brot und Schinken waren verzehrt; auch hatte jeder von uns eine zweite Zigarre geraucht. Ich gab dem Führer Weisung, unsere Pferde bereitzumachen, und wollte mich eben von dem neuen Freunde verabschieden, als dieser die Frage an mich richtete, wo ich die Nacht zu verbringen gedächte.

Bevor ich noch Zeit gefunden hatte, auf ein warnendes Zeichen meines Führers achtzugeben, antwortete ich bereits, daß ich in der Venta del Cuervo — der «Schenke zum Raben» — zu übernachten vorhätte.

«Kein hervorragendes Obdach für eine Person Ihres Standes, Señor! ... Ich will gerade auch dorthin, und wenn Sie mir erlauben, Sie zu begleiten, könnten wir den Weg gemeinsam machen.»

«Sehr gern», antwortete ich und stieg auf mein Pferd.

Mein Führer, mir den Steigbügel haltend, zwinkerte mir abermals zu. Ich erwiderte ihm nur mit einem, meine völlige Sorglosigkeit bekundenden Achselzucken, und so brachen wir auf.

Antonios verstohlene Warnungen, seine Unruhe, dazu einige dem Unbekannten entschlüpfte Äußerungen — zumal sein Bericht über den Dreißigmeilenritt und die nicht besonders glaubwürdige Begründung dieser Parforcetour — hatten genügt, um mir ein Urteil über unseren Reisegefährten zu bilden. Ich zweifelte nicht, es mit einem Schmuggler, vielleicht gar mit einem Räuber zu tun zu haben. Aber was lag mir daran? Ich kannte den spanischen Charakter hinlänglich, um überzeugt zu sein, daß ich von einem Manne, der mit mir gegessen und geraucht hatte, nichts zu befürchten haben würde. Ja, seine Anwesenheit erschien mir geradezu als ein Schutz gegen unliebsame Begegnungen. Und wie interessant war es doch, einmal einen richtigen Räuber kennenzulernen! Derlei passiert einem nicht alle Tage, und die Nähe eines so gefährlichen Wesens — zumal wenn es sich, wie in diesem Falle, sanft und gesellig zeigt — hat unbedingt etwas Bestrickendes.

Ich hoffte, den Unbekannten allmählich zu vertraulicheren Mitteilungen zu bewegen, und lenkte — trotz aller abmahnenden Winke des Führers — die Unterhaltung auf das Thema der Straßenräuber. Natürlich sprach ich von diesen Männern mit großem Respekt. Es gab damals in Andalusien einen berühmten Räuber namens José-Maria, dessen Taten in aller Munde waren.

Sollte es denkbar sein, daß der Mann, neben dem ich hier einherreite, eben dieser José-Maria ist? fragte ich mich... Ich erzählte alles, was ich von diesem Helden wußte, lauter Geschichten, die für ihn höchst rühmlich waren, und mit Entschiedenheit äußerte ich meine Bewunderung seiner Tapferkeit und seines Edelmutes.

«José-Maria ist nur ein Spitzbube», sagte der Fremde kalt.

Ich fragte mich, was in diesen Worten zu

suchen sei: Selbstkritik oder ein Übermaß an Bescheidenheit? Denn je länger ich Zeit hatte, meinen Begleiter zu betrachten, desto mehr schien mir das Signalement von José-Maria, das an den Toren aller andalusischen Städte angeschlagen war, auf ihn zu passen ... Ja, dachte ich, er ist es ganz gewiß! ... Dunkelblonde Haare, blaue Augen, großer Mund, schöne Zähne, kleine Hände; ein feines Hemd, Samtjacke mit silbernen Knöpfen, helle Ledergamaschen; und ein rotbraunes Pferd ... Kein Zweifel, er mußte es sein! ... Aber natürlich war ich sorgsam bestrebt, sein Inkognito zu respektieren.

Wir langten bei der Schenke an. Sie entsprach durchaus der Vorstellung, die ich mir davon gebildet hatte: es war eine Spelunke elendester Art. Ein einziger großer Raum diente zum Kochen, zum Essen und zum Schlafen. Inmitten desselben brannte, auf einer Steinplatte, das Feuer, dessen Rauch durch eine Öffnung in der Decke hätte abziehen sollen, in Wirklichkeit aber als beizende Wolke in geringer Höhe über dem Boden schweben blieb. Längs der Wand lagen fünf oder sechs alte Maultierdecken hingebreitet: die Betten der hier übernachtenden Gäste. Etwa zwanzig Meter von dieser Behausung entfernt, befand sich eine Art Schuppen oder Stall. Nur zwei Personen waren in der Schenke anwesend: eine alte Frau und ein Mädchen von zehn bis zwölf Jahren, beide rußgeschwärzt und schrecklich zerlumpt.

Das also sind — dachte ich bei mir — die letzten Nachkommen der Bevölkerung des einstigen Munda baetica! Oh, Cäsar! Oh, Pompejus! Was würdet ihr sagen zu solcher Entartung?!

Die Alte, meinen Begleiter gewahrend, stieß einen Schrei der Überraschung aus.

«Ah, Don José!» rief sie.

Don José runzelte die Stirn, und eine gebieterische Handbewegung ließ die Alte verstummen. Ich wandte mich zu meinem Führer und gab ihm durch eine unmerkliche Bewegung zu verstehen, daß er mich über die Identität des Mannes, mit dem ich die Nacht zu verbringen gedachte, nicht weiter zu belehren brauche.

Das Nachtessen war besser, als man erwarten konnte. Auf einem kleinen, kaum einen Fuß hohen Tisch wurden aufgetragen: zunächst ein Frikassee von altem Hahn mit Reis und viel Pfefferschoten; dann Pfefferschoten in Öl; und zum Schluß eine Art Pfefferschotensalat. Diese gepfefferte Speisenfolge ließ uns dem Montillawein, der sich als ganz vortrefflich erwies, mit besonderem Eifer zusprechen. Nach dem Essen gewahrte ich an der Wand eine Mandoline (an allen spanischen Gasthauswänden hängen solche) und fragte die Kleine, ob sie spielen könne.

«Nein», antwortete sie. «Aber Don José — der kann es wunderschön!»

«Wollen Sie vielleicht die Liebenswürdigkeit haben», wandte ich mich an diesen, «mir etwas vorzusingen? Ich höre eure Volkslieder leidenschaftlich gern!»

«Einem so hochachtbaren Herrn, der mir so vorzügliche Zigarren anbietet, kann ich nichts abschlagen!» antwortete Don José mit höflichem Lächeln.

Er ließ sich die Mandoline geben und, sich selbst begleitend, begann er zu singen. Seine Stimme klang rauh, doch angenehm; die Melodie war von seltsamer Schwermut; vom Text verstand ich kein einziges Wort.

«Wenn ich mich nicht irre», sagte ich, «so ist das kein spanisches Lied; es erinnert mich an Melodien, die ich in den Provinzen* gehört habe; und die Worte scheinen mir baskisch zu sein.»

«Ja», bestätigte Don José mit finsterer Miene.

Er legte die Mandoline beiseite, verschränkte die Arme und starrte trübe in das verglimmende Feuer. Im matten Schein der Lampe gemahnte sein edles und wildes Gesicht an den Satan aus Miltons «Verlorenem Paradies». Und, wie dieser verbannte Engel, dachte auch er vielleicht an eine Seligkeit, auf die er, um einer Sünde willen, hatte verzichten müssen. Ich versuchte, das Gespräch wieder anzufachen, aber es gelang mir nicht. Die Alte war inzwischen in ihrem, durch eine quergehängte Decke abgetrennten Winkel zur Ruhe gegan-

* Die «privilegierten Provinzen», die sich einer besonderen Gerichtsbarkeit erfreuten: Alava, Viscaya, Guipuzcoa und ein Teil von Navarra. Dort war das Baskische die Landessprache.

gen, und das kleine Mädchen war ihr gefolgt. Mein Führer, sich erhebend, bat mich, ihn in den Stall zu begleiten. Aber Don José, jäh aus seinen Träumereien auffahrend, fragte ihn barschen Tones, wohin er wolle.

«In den Stall», antwortete der Führer.

«Zu welchem Zweck? . . . Die Pferde haben genug zu fressen! Leg dich hier nieder! Der Herr wird nichts dagegen haben!»

«Ich fürchte, das Pferd des Señor ist krank! Es wäre mir eine große Beruhigung, wenn er nach ihm sehen und bestimmen wollte, was dabei zu tun ist!»

Offensichtlich wünschte Antonio mit mir allein zu sprechen. Ich aber wollte Don José nicht den geringsten Anlaß zum Argwohn bieten; sondern, wie die Dinge nun einmal gediehen waren, erschien es mir ratsam, ihm ein unbegrenztes Vertrauen zu bekunden. Somit erwiderte ich dem Führer, ich verstände nichts von Pferden und sei auch viel zu müde, um noch irgend etwas zu bewerkstelligen. Don José aber folgte ihm in den Stall, aus dem er, ohne den anderen, sehr bald zurückkam. Er sagte mir, dem Pferde fehle nichts; aber mein Führer scheine es für ein so wertvolles Tier zu halten, daß er es durch Abreiben mit seiner Jacke in Schweiß zu bringen suche — eine Beschäftigung, der er sich die ganze Nacht hingeben zu wollen scheine. Ich hatte mich inzwischen auf einer Maultierdecke ausgestreckt, sorglich in meinen Mantel gehüllt, um möglichst wenig mit ersterer in Berührung zu kommen. Don José, nachdem er mich um die Erlaubnis gebeten, mit mir im gleichen Raume schlafen zu dürfen, wählte seinen Platz in unmittelbarer Nähe der Tür, nicht ohne vorher das Zündhütchen seiner Pistole erneuert zu haben, die er dann unter den Mantelsack schob, der ihm als Kopfkissen diente.

Wir wünschten einander gute Nacht, und fünf Minuten später lagen wir beide in tiefem Schlaf.

Ich hatte geglaubt, erschöpft genug zu sein, um selbst in dieser Spelunke Ruhe zu finden; aber nach Verlauf von etwa einer Stunde entriß ein sehr unangenehmes Jucken mich dem ersten Schlummer. Sobald ich mich von der Ursache der Störung überzeugt hatte, stand ich auf, um den Rest der Nacht unter freiem Himmel zu verbringen. Auf den Fußspitzen gehend, behutsam über Don Josés Lager hinwegstelzend, gelang es mir, den Raum unbemerkt zu verlassen. Draußen neben der Tür stand eine breite, hölzerne Bank; auf diese legte ich mich, nur darauf bedacht, es mir bis zum Morgengrauen dort so bequem wie möglich zu machen. Eben wollte ich die Augen wieder schließen, da glaubte ich, in unbestimmten Konturen, zu bemerken, wie die Schattenbilder eines Mannes und eines Pferdes lautlos an mir vorüberzogen. Ich erhob mich, erkannte Antonio und ging auf ihn zu. Er hatte mich inzwischen auch schon erblickt.

«Wo ist er?» fragte er leise.

«In der Venta. Er schläft. Die Wanzen

scheinen ihn nicht zu stören. — Warum hast du das Pferd aus dem Stalle geführt?»

Erst jetzt bemerkte ich, daß er dem Tiere, damit es beim Gehen kein Geräusch mache, die Hufe mit Lappen umwickelt hatte.

«Um Himmels willen, sprechen Sie leiser!» sagte Antonio. «Sie wissen also nicht, wer dieser Mann ist?! Es ist José Navarro, der größte Räuber von Andalusien! Während des ganzen Tages habe ich Ihnen Zeichen gemacht, aber Sie haben nie darauf achten wollen!»

«Räuber oder nicht — was geht's mich an?» erwiderte ich. «Uns hat er nicht beraubt, und ich möchte wetten, daß er nicht die geringste Neigung dazu verspürt.»

«Das mag sein. Aber es sind zweihundert Dukaten auf seinen Kopf gesetzt! Ich kenne, anderthalb Meilen von hier, einen Militärposten; und bevor es Tag wird, bin ich mit ein paar handfesten Lanzenreitern wieder hier! Ich hätte lieber sein eigenes Pferd genommen, aber es ist bösartig und läßt niemanden an sich heran als Navarro selbst.»

«Der Teufel soll dich holen!» rief ich. «Was hat der arme Bursche dir getan, daß du ihn anzeigen willst? ... Bist du übrigens deiner Sache ganz sicher?»

«Vollkommen! ... Er ist mir vorhin in den Stall gefolgt und hat zu mir gesagt: ‚Du scheinst mich zu kennen; aber wenn du deinem guten Herrn sagst, wer ich bin, so jage ich dir eine Kugel in den Kopf!‘ ... Bleiben Sie hier, Señor, bleiben Sie hier bei ihm! Sie haben nichts zu fürchten! Und solange Sie da sind, wird er keinen Verdacht schöpfen.»

Im Sprechen hatten wir uns so weit von der Schenke entfernt, daß man dort das Geräusch der Hufe nicht mehr hätte vernehmen können. Im Nu riß Antonio die Lappen von den Füßen des Tieres und schickte sich an, aufzusitzen. Ich suchte ihn durch Bitten und Drohungen zurückzuhalten.

«Ich bin ein armer Teufel, Señor», erwiderte er. «Zweihundert Dukaten sind für mich keine Kleinigkeit, zumal wenn das Land mittels dieser Summe von einem solchen Schuft befreit werden kann! ... Aber seien Sie vorsichtig! Wenn der Navarro erwacht, wird er sofort zu seinem Pistol greifen — und dann aufgepaßt! ... Ich selbst kann jetzt nicht mehr zurück ... Handeln Sie, wie es Ihnen gut scheint! ...»

Der Kerl saß schon im Sattel, gab dem Rosse die Sporen und war schnell in der Dunkelheit verschwunden.

Das Verhalten dieses Menschen empörte und beunruhigte mich. Nach einigen Augenblicken des Überlegens ging ich in die Venta zurück. Don José, wohl übermüdet von den Abenteuern und Anstrengungen mehrerer Tage, lag noch in festem Schlaf. Nur durch starkes Rütteln gelang es mir, ihn zu wecken. Nie werde ich seinen wilden Blick vergessen und den jähen Ruck nach der Pistole — die ich, zur Vorsicht, ein wenig aus seiner Reichweite entfernt hatte.

«Verzeihen Sie, Señor», sagte ich zu ihm, «wenn ich Sie wecke! Aber ich muß eine sehr törichte Frage an Sie richten: wäre es Ihnen erwünscht, wenn binnen kurzem ein halbes Dutzend Lanzenreiter hier angerückt käme?»

Er sprang auf die Füße und rief mit schrecklicher Stimme:

«Wer hat es Ihnen gesagt?»

«Auf die Warnung kommt es an, nicht auf die Person dessen, der sie ausgesprochen hat!»

«Nur Ihr Führer kann mich verraten haben! Aber der Kerl soll es mir büßen! ... Wo ist er?»

«Ich weiß nicht ... Vermutlich im Stalle ... Aber jemand anders hat mir gesagt ...»

«Wer hat Ihnen etwas gesagt?! ... Die Alte kann es nicht gewesen sein! ...»

«Jemand, den ich nicht kenne ... Aber ohne weiter viel zu reden: habt Ihr Grund, ein Zusammentreffen mit Soldaten zu vermeiden — ja oder nein? ... Wenn ja, so ist für Euch keine Minute mehr zu verlieren! ... Wenn aber nein, dann wünsche ich eine geruhsame Nacht und bitte um Entschuldigung, daß ich Euch im Schlafe gestört habe! ...»

«Es kann niemand anders gewesen sein als Ihr Führer! Oh, ich habe ihm von Anfang an mißtraut! ... Nun, ich werde mit dem Lumpen abzurechnen wissen ... Leben Sie wohl, Señor! Gott vergelte Ihnen den Dienst, den Sie mir erwiesen haben! ... Ich bin nicht völlig so schlecht, wie Sie vielleicht glauben... Es leben noch Regungen in mir, denen kein Ehrenmann sein Mitgefühl versagen dürfte... Adieu, Señor! Leid tut mir nur, daß ich nicht imstande bin, Ihnen Ihre Güte zu vergelten!»

«Don José, zum Entgelt müssen Sie mir versprechen, gegen niemand Argwohn zu haben und an keinerlei Rache zu denken!... Und hier sind noch ein paar Zigarren auf den Weg! Glückliche Reise!»

Ich reichte ihm die Hand.

Wortlos ergriff er sie. Dann nahm er Pistole und Mantelsack, rief der Alten ein paar — mir unverständlich bleibende — Worte zu und eilte in den Stall. Einige Sekunden später hörte ich ihn querfeldein davongaloppieren.

Ich legte mich wieder auf meine Bank, konnte aber keinen Schlaf mehr finden. Ich fragte mich, ob ich recht daran getan hätte, einen Räuber — oder gar einen Mörder? — vorm Galgen zu retten, nur weil wir zusammen geraucht und uns an einem Valencia-Reis delektiert hatten... Und war ich nicht unfreiwillig zum Verräter meines gesetzestreuen Führers geworden? Hatte ich ihn nicht der Rache eines Verbrechers preisgegeben?... Die Pflichten der «Gastfreundschaft» sollten meine Handlungsweise rechtfertigen?!... Veraltete Räuberromantik! sagte ich mir; ich würde vielmehr verantwortlich sein für alles, was mein Räuber noch weiterhin anrichten würde! . . . Dann wieder, allen solchen Überlegungen kraß widersprechend, erhob sich erneut die Stimme des Gewissens in mir. Konnte man eine innerste Herzenswallung mit dem Spottwort: ‚altmodische Sentimentalität‘ abtun?

Den quälenden Zweifeln setzte ein halbes Dutzend Reiter ein Ziel, das militärische Detachement, das jetzt mit dem — sich klüglich im Hintergrunde haltenden — Antonio angesprengt kam. Ich ging den Soldaten entgegen und erzählte ihnen, daß der Bandit schon vor länger als zwei Stunden die Flucht ergriffen habe. Die Alte, von dem Brigadier verhört, erklärte, sie kenne den Navarro sehr wohl, würde aber, da sie ganz allein lebe, ihr eigenes Todesurteil unterzeichnet haben, wenn sie je gewagt hätte, ihn anzuzeigen. Sie fügte hinzu, daß er, wenn er einmal bei ihr einkehre, immer schon gegen Mitternacht wieder davonreite.

Was mich betrifft, so mußte ich die Soldaten bis in ein etliche Meilen entferntes Städtchen begleiten, dem dortigen Alkalden meine Papiere vorweisen und eine Erklärung unterzeichnen, auf Grund welcher man mir dann erlaubte, meine archäologischen Studien fortzusetzen.

Antonio vermochte seinen Groll gegen mich nicht zu verheimlichen. Für ihn war ich nur noch derjenige, der ihn um seine zweihundert Dukaten gebracht hatte. Trotzdem schieden wir in Cordova ohne Feindseligkeit; und die

Vergütung, die ich ihm gab, war so hoch bemessen, wie es der Stand meiner Finanzen nur irgend erlaubte.

2

Ich blieb einige Tage in Cordova. Man hatte mich auf eine in der Dominikanerbibliothek befindliche Handschrift hingewiesen, in welcher aufschlußreiche Angaben über das antike Munda zu finden sein sollten. Von den frommen Vätern in gütigster Weise aufgenommen, verbrachte ich die Tage in ihrem Kloster; und abends schlenderte ich durch die Stadt.

Am Quai des Guadalquivir zu Cordova pflegen sich, wenn die Dämmerung hereinbricht, allerlei Müßiggänger einzufinden. Zwar muß der Flaneur die Dünste einer Gerberei in Kauf nehmen, die den uralten Ruf der Stadt als eines Zentrums der Lederbereitung aufrecht zu erhalten sucht. Jedoch wird dieser Nachteil aufgewogen durch ein stadtbekanntes Schauspiel, das keineswegs ohne Reize ist. Ein paar Minuten vor dem Abendläuten pflegt sich eine große Anzahl von Frauen am Ufer des Flusses zu versammeln, tief unterhalb der — ziemlich hohen — Quaimauern. Kein Mann würde es jemals wagen, sich in diese Schar einzudrängen. Sobald das Angelus ertönt, gilt die Nacht als angebrochen. Mit dem letzten Glockenschlag legen alle Frauen ihre Kleider ab und steigen ins Wasser. Und sogleich beginnt, aus hundert Kehlen, ein Schreien und Lachen ohnegleichen, ein wahrhaft höllisches Gelärm! Von der Höhe ihres Quais schauen die Männer zu den badenden Frauen hinab, reißen die Augen auf und sehen nicht viel. Immerhin mögen poetische Naturen sich angeregt fühlen durch dies Gewirr ungewiß schimmernder Formen, die sich vom tiefen Blau des Flusses abheben, und wer über eine klassische Einbildungskraft verfügt, darf — ohne das Schicksal eines Aktäon* befürchten zu müssen — der Phantasie frönen, er belausche Diana im Bade mitsamt ihrer ganzen Nymphenschar.

Es ist mir erzählt worden, eines Tages hätten ein paar Taugenichtse ein Sümmchen zusammengebracht und mittels dieses Bestechungsfonds den Glöckner der Kathedrale «geschmiert», damit er das Angelusläuten zwanzig Minuten vor der reglementarischen Zeit ins Werk setze. Was denn auch redlich geschah. Und obgleich es noch heller Tag war, zeigten die Guadalquivir-Nymphen sich ohne weiteres bereit, den Angelusklängen mehr zu trauen als dem Sonnenstande: in aller Ruhe nahmen sie ihre Badetoilette vor, was übrigens immer eine höchst einfache Sache war. An jenem denkwürdigen Abend befand ich mich nicht in Cordova. Zu meiner Zeit war der Glöckner der prachtvollen alten Kathedrale völlig unbestechlich und die Dämmerung so wenig transparent, daß ein wahres Luchsauge dazu

* Aktäon: in der griechischen Mythologie ein jagdliebender thebanischer Prinz, der die Artemis (Diana) im Bade überraschte und von der erzürnten Göttin in einen Hirsch verwandelt wurde, den die eigenen Hunde auf der Stelle zerrissen.

gehört hätte, das verhutzeltste Orangenweib von der reizendsten corduanischen Putzmacherin zu unterscheiden.

Eines Abends, um die Stunde, wo alles längst in Dunkelheit versunken war, stand ich rauchend an die Quaibrüstung gelehnt, als eine weibliche Person die Flußtreppe heraufkam und sich unweit von mir niedersetzte. In den Haaren trug sie eine Fülle von Jasminblüten — deren Duft nach Untergang der Sonne so betäubend ist.

Sie war einfach, vielleicht ärmlich gekleidet, ganz schwarz, wie die meisten Grisetten am Abend. (Die Frauen von Welt tragen nur vormittags Schwarz; abends kleiden sie sich a la francesa.)

Während die Schaumentstiegene sich niedersetzte, ließ sie das Schleiertuch, das ihren Kopf bedeckt hatte, auf die Schultern gleiten, und «beim dunklen Licht, das von den Sternen fällt», sah ich, daß sie ziemlich klein, aber jung und wohlgestaltet war und sehr große Augen hatte. Sogleich schleuderte ich meine Zigarre weit von mir weg. Sie verstand diese Geste einer ganz «französischen» Höflichkeit und beeilte sich, mir zu erklären, sie habe gegen den Geruch des Tabaks nicht das geringste einzuwenden, ja, sie rauche gelegentlich selber, falls sie recht milde papelitos zur Hand habe. Glücklicherweise befanden sich gerade einige solche in meiner Tasche, und ich bot sie ihr an. Sie hatte die Gewogenheit, sich zu bedienen, und setzte, mit Hilfe einer Zündschnur, die ein Knabe uns für einen centimo reichte, den Tabak in Brand. Unsere Rauchwolken vermengend, plauderten wir — die schöne Nymphe und ich — so lange, bis wir beinahe ganz allein waren auf dem still gewordenen Quai. Ich hoffte, daß sie es mir nicht als Aufdringlichkeit anrechnen werde, wenn ich sie zu einer Portion Eis in einer neveria* einlud. Nach einer Sekunde angemessenen Zauderns nahm sie die Aufforderung an, wünschte aber vorher noch zu erfahren, wie spät es inzwischen geworden sei. Ich ließ meine Repetieruhr schlagen, und dies Läutwerk schien sie in Erstaunen zu setzen.

«Was für wunderbare Erfindungen es doch bei Ihnen im Auslande gibt! Aus welchem Lande mögen Sie wohl sein, Señor? Ich denke mir: aus England!»

«Ich bin Franzose — und Ihr ganz ergebener Diener! — Sie selbst aber, Señorita oder Señora, Sie sind gewiß aus Cordova gebürtig?»

«Nein.»

«Dann aber wenigstens aus Andalusien — was ich aus dem Wohlklang Ihrer Stimme schließen zu dürfen bitte.»

«Wenn Sie sich so gut auf Akzente verstehen, müßten Sie auch gleich erkennen, was ich bin.»

«Gerade deswegen glaube ich, daß Sie aus diesem ‚zauberhaften Nachbarlande des Paradieses' stammen!»

* neveria: Café mit einem Eiskeller, oder vielmehr einem Vorrat an Schnee. Es gibt fast kein Dorf, das nicht seine neveria hätte.

(Diese lyrische Umschreibung für «Andalusien» hatte ich von meinem Freunde Francisco Sevilla gelernt, dem rühmlichst bekannten Picador.)

«Bah, das Paradies! — Die Leute hierzulande sagen, dieser Ort sei nicht für Angehörige meines Stammes geschaffen.»

«Sollten Sie dann vielleicht Maurin sein, oder ...?»

(Ich hielt inne, da ich nicht zu sagen wagte: «Jüdin».)

«So sagen Sie es doch nur! Sie sehen ja, daß ich eine Zigeunerin bin! ... Soll ich Ihnen die Zukunft voraussagen? ... Haben Sie niemals von der Carmencita sprechen hören? ... Die bin ich.»

Ich war damals (vor fünfzehn Jahren) so wenig fromm, daß ich vor der Nähe einer Hexe nicht den geringsten Schauder empfand. «Gut!» sagte ich zu mir, «vorige Woche habe ich mit einem Straßenräuber soupiert: warum sollte ich heute nicht Pistazien-Eis essen mit einer Tochter der Hölle? Auf Reisen darf man sich nichts Anregendes entgehen lassen!»

Es gab noch einen anderen Grund, der mir diese Bekanntschaft verlockend erscheinen ließ. Als Student hatte ich — ich gestehe es zu meiner Schande — einige Zeit damit vergeudet, mich in die Geheimwissenschaften einweihen zu lassen; und mehrmals hatte ich sogar den Versuch gemacht, den Dämon der Finsternis aus dem Inferno heraufzubeschwören. Obwohl von solchen Passionen längst geheilt, bewahrte ich dennoch einen gewissen lüsternen Geschmack an abergläubischen Vorstellungen jeglicher Art, und es erschien mir reizvoll, zu erfahren, wie weit die Kunst der Magie bei den Zigeunern wohl gediehen sein möge.

Immer weiter plaudernd, hatten wir die neveria erreicht. Wir setzten uns an ein Tischchen, das von einer Stearinkerze in einer Glaskugel erhellt wurde. Jetzt hatte ich Muße, meine gitana zu betrachten, während, einige Tische weiter, ein paar Eis essende Bürgersleute ob meiner erlesenen Gesellschaft schier aus den Wolken fielen.

Ich zweifle sehr daran, daß Señorita Carmen von ganz reiner Rasse war; jedenfalls war sie unendlich viel hübscher als alle Zigeunerinnen, denen ich bisher begegnet war. Damit eine Frau schön sei, sagen die Spanier, muß sie dreißig Qualitäten in sich vereinigen oder, präziser ausgedrückt, durch zehn Adjektiva definierbar sein, deren jedes sich auf drei Teile ihres Körpers anwenden läßt. So muß sie, zum Beispiel, dreierlei schwarz haben: Augen, Wimpern, Brauen; dreierlei fein: Finger, Lippen, Haare; und so weiter. Man vergleiche darüber das berühmte Werk des Abbé Brantôme: *Vie des Dames galantes.*

Auf so viel Vollkommenheit konnte meine Zigeunerin keinen Anspruch erheben. Ihre Haut — übrigens von vollkommener Glätte — näherte sich der Farbe des Kupfers. Die Augen standen etwas schief, waren aber herrlich geschnitten. Die Lippen waren etwas zu voll, aber schön gezeichnet und ließen Zähne sehen, weißer als Mandeln, die soeben geschält sind. Ihre Haare, vielleicht ein wenig grob, erglühten in tiefem Schwarz, durchschimmert von den blauen Reflexen des Rabengefieders. Um den Leser nicht durch allzugenaue Detailschilderung zu ermüden, sei zusammenfassend gesagt, daß jedem ihrer Mängel ein Vorzug gegenüberstand, der durch den Kontrast vielleicht um so stärker wirkte. Sie war eine seltsam wilde Schönheit, und ihr Gesicht, das zuerst etwas Befremdendes hatte, mußte jedem, der es einmal gesehen, unvergeßlich bleiben. Ihre Augen hatten einen sinnlichen und zugleich grausamen Ausdruck, wie ich ihn in keinem menschlichen Antlitz je wiedergefunden habe. «Zigeunerauge: Wolfsauge!» sagt ein von guter Beobachtung zeugendes spanisches Sprichwort. Wer keine Gelegenheit hat, im Zoologischen Garten den Blick eines Wolfes zu studieren, möge seine Katze beobachten, wie sie einem Sperling auflauert.

Man wird mir zugeben, daß es lächerlich gewesen wäre, wenn ich mir in einem Café die Zukunft hätte prophezeien lassen wollen. Somit fragte ich die hübsche Zauberin, ob sie mir erlaube, sie in ihre Wohnung zu begleiten. Sie willigte unbedenklich ein, wünschte jedoch wiederum zu wissen, wie spät es sei, und bat mich abermals, meine Repetieruhr schlagen zu lassen.

«Ist sie wirklich von Gold?» fragte sie mit gespannter Aufmerksamkeit.

Als wir aufbrachen, war es draußen stockfinstere Nacht geworden. In den meisten Häusern brannte kein Licht mehr, und die Straßen lagen öde und verlassen da. Wir gingen über die Guadalquivirbrücke und gelangten, in der äußersten Vorstadt, an ein recht armseliges Haus. Ein Kind öffnete uns. Die Zigeunerin sagte ihm — wohl im Dialekt ihres Stammes — ein paar mir unverständliche Worte. Das Kind verschwand, uns in einer ziemlich großen Stube zurücklassend, deren Möblierung nur aus einem Tischchen, zwei Schemeln und einem Koffer bestand. Nicht vergessen darf ich jedoch einen Krug mit Wasser, einen Haufen Orangen und ein Bund Zwiebeln.

Sobald wir allein waren, nahm die Zigeunerin aus dem Koffer ein sehr abgenutztes Spiel Karten, einen Magnet, ein getrocknetes Chamäleon und ein paar andere, für ihre prophetische Praxis erforderliche Gegenstände. Darauf mußte ich mit einem Geldstück in meine linke Hand ein Kreuz machen, und die geheimnisvollen Prozeduren begannen. Es wäre wenig interessant, den Inhalt der mir zuteil werdenden Weissagung mitzuteilen; aber an der Sicherheit ihrer Kunstgriffe war leicht zu erkennen, daß sie keine Anfängerin im Handwerk war.

Leider wurden wir sehr bald dadurch gestört, daß von außen mit heftigem Ruck die Tür aufgerissen wurde. Ein Mann, bis an die Augen in einen braunen Mantel gehüllt, trat ins Zimmer, die Bewohnerin desselben nicht gerade liebenswürdig begrüßend. Er schien sehr übler Laune zu sein. Die Zigeunerin verriet bei seinem Anblick weder Überraschung noch Zorn. Sie ging ihm ein paar Schritte entgegen und redete mit verblüffender Zungenfertigkeit auf ihn ein. Dabei bediente sie sich desselben — mir unbekannten — Idioms, wie vorhin gegenüber dem Kinde. Bekannt war mir nur das eine (in dem Wortschwall mehrmals vorkommende) Wort ‚payllo', mit dem die Zigeuner alle ihrer eigenen Rasse nicht angehörenden Menschen bezeichnen. In der Vermutung, daß es sich um mich selbst handle, machte ich mich auf eine heikle Auseinandersetzung gefaßt. Schon hatte ich die Hand auf den Fuß eines der beiden Schemel gelegt und suchte den Moment zu berechnen, wo es angezeigt sein würde, ihn dem Eindringling an den Kopf zu werfen. Dieser stieß das junge Weib brutal beiseite und trat auf mich zu. Plötzlich wich er einen Schritt zurück:

«Oh, Señor, das sind Sie!»

Ich sah ihn nun meinerseits genauer an und erkannte meinen Freund Don José. In diesem Augenblick tat es mir fast leid, daß ich ihn vor dem Galgen bewahrt hatte.

«Ah, Sie sind es, mein Bester!» rief ich und lachte so ungezwungen, wie es mir nur möglich war. «Sie haben die Señorita gerade in dem Moment unterbrochen, wo sie im Begriffe war, mir die interessantesten Dinge zu prophezeien!»

«Sie bleibt eben immer die gleiche, die Señorita! Aber das soll ein Ende nehmen!» zischte er zwischen den Zähnen, ihr einen wilden Blick zuwerfend.

Die Zigeunerin indessen fuhr fort, mit drängender Heftigkeit auf ihn einzureden. Sie wurde immer hitziger. In ihren Augen erglomm eine unheimliche Flamme; ihre Züge verzerrten sich; wild stampfte sie mit dem Fuße auf. Sie schien ihren Freund mit aller Gewalt zu einer Handlung treiben zu wollen, der er innerlich widerstrebte. Den Akt, den sie getan zu sehen wünschte, erkannte man nur allzudeutlich daraus, daß sie mit ihrer kleinen Hand immer wieder unterhalb ihres Kinnes hin und her fuhr. Zweifellos handelte es sich um eine abzuschneidende Gurgel, und ich konnte mich des Glaubens nicht erwehren, daß diese Gurgel die meine sein sollte.

Dem Sturzbach der Beredsamkeit setzte, knappen Tones, Don José nur zwei oder drei Worte entgegen — Worte, die ihm einen Blick tiefster Verachtung eintrugen. Darauf kauerte das Mädchen sich in einen Winkel nieder, nahm eine Orange, schälte sie und begann sie naschhaft zu verzehren.

Don José ergriff meinen Arm, öffnete die Tür und führte mich auf die Straße hinaus. In tiefer Schweigsamkeit machten wir ungefähr zweihundert Schritte. Dann sagte er, die Hand ausstreckend:

«Immer geradeaus, und Sie kommen an die Brücke.»

Er wandte mir den Rücken und entfernte

sich rasch. Unmutig und beschämt kam ich in meinen Gasthof zurück. Und beim Auskleiden machte ich die unliebsame Entdeckung, daß meine Repetieruhr nicht mehr da war.

Verschiedene Gründe hielten mich davon ab, sie, folgenden Tages, an Ort und Stelle zurückzuverlangen oder sie durch die Polizei suchen zu lassen. Ich beendete meine Arbeit in der Dominikanerbibliothek und reiste, südwestlich, nach Sevilla. Monatelang durchstreifte ich Andalusien. Dann wollte ich nach Madrid zurück; der Weg führte wieder über Cordova.

Dort gedachte ich mich nur kurze Zeit aufzuhalten; denn dieses vielseitige Kulturzentrum und besonders die Wassergöttinnen des Guadalquivir hatten mir keine allzurosigen Erinnerungen hinterlassen. Immerhin wollte ich ein paar Freunde besuchen, noch einige Kommissionen erledigen; und somit würde mein erneuter Aufenthalt in der alten Hauptstadt der Maurenfürsten wohl mindestens drei bis vier Tage beanspruchen.

Mein Wiedererscheinen im Dominikanerkloster wurde von den frommen Vätern mit großer Freude begrüßt. Einer derselben (der meinen Nachforschungen über die Lage von Munda ein besonderes Interesse entgegengebracht hatte) umarmte mich herzlich und rief:

«Gott sei Lob und Dank! Seien Sie willkommen, liebster Freund! Wir alle hielten Sie für tot, und ich, der ich hier mit Ihnen rede, habe manches Paternoster und manches Ave-Maria für das Heil Ihrer Seele gebetet . . . Also ermordet sind Sie glücklicherweise nicht! Daß Sie beraubt worden sind, das wissen wir ja!»

«Wie das?» fragte ich, etwas überrascht.

«Nun, die schöne Repetieruhr, die Sie in unserer Bibliothek manchmal schlagen ließen, wenn wir Ihnen sagten, es sei Zeit zum Chor — die ist wieder da! Man wird sie Ihnen amtlicherseits zurückgeben.»

«Hm, ich hatte sie verlegt . . .», unterbrach ich ihn verwirrt.

«Der Kerl sitzt hinter Schloß und Riegel! Und da man uns erzählt hatte, er sei durchaus imstande, um einer einzigen Peseta willen einen Christenmenschen umzubringen, so waren wir in Todesangst, daß er Sie ermordet haben könne. Ich begleite Sie nachher zum Corregidor, wo Sie Ihre Aussage zu Protokoll geben und Ihre schöne Uhr zurückbekommen werden . . . In Ihrer Heimat aber dürfen Sie dann nicht etwa behaupten, die Justiz verstehe ihr Metier nicht in spanischen Landen!»

«Ich gestehe», wandte ich ein, «daß ich lieber auf meine Uhr verzichten, als einem armen Teufel zum Galgen verhelfen möchte, zumal . . .»

«Oh, darüber brauchen Sie sich keine Sorgen zu machen! Er hat ohnehin genug auf dem Kerbholz, und zweimal hängen kann man ihn ja nicht! . . . Übrigens wird er gar nicht gehängt werden, sondern — da er aus adeliger

Familie stammt — garrottiert*, und zwar unweigerlich übermorgen! Sie sehen, daß ein Diebstahl mehr oder weniger an seinem Geschick nichts mehr ändern kann. Wollte Gott, daß er nur gestohlen hätte! Aber er hat auch mehrere Morde begangen — den einen immer entsetzlicher als den anderen!»

«Wie ist eigentlich sein Name?»

«Hierzulande kennt man ihn unter dem Namen José Navarro; aber er hat noch einen anderen, baskischen, den weder Sie noch ich jemals aussprechen könnten! . . . Übrigens müßte es für Sie eigentlich interessant sein, ein solches Wesen persönlich kennenzulernen! Da Sie die Sitten und Bräuche unseres Landes so eifrig studieren, sollten Sie nicht versäumen, auch vom Verlauf der letzten Stunden eines spanischen Verbrechers Notiz zu nehmen! Pater Martinez, dessen geistlicher Zuspruch ihn zum Tode bereitet, wird Sie hinführen.»

Mein Dominikaner bestand hartnäckig darauf, daß ich mir die Vorbereitungen zu der hochnotpeinlichen Prozedur mitansehen müsse. Nur widerwillig gab ich nach, wobei ich hoffte, daß der Gefangene ein Bündel Zigarren, das ich mitbringen wollte, als Entschuldigung meiner Zudringlichkeit gelten lassen werde.

Als ich zu Don José hineingeführt wurde, war er gerade bei seinem Mahl. Er begrüßte mich mit einem frostigen Nicken, dankte dann

* garrottieren: mittels der Garrotte (Würg-Schraube) hinrichten, erdrosseln. — Im Jahre 1830 war diese Hinrichtungsart noch ein Vorrecht des Adels; späterhin wurde auch Nicht-Adeligen das «Recht» auf die Garrotte zuerkannt.

aber höflich für das Geschenk, das ich ihm brachte. Er zählte die in dem Pack zusammengebündelten Zigarren, behielt eine gewisse Anzahl für sich und gab mir die übrigen zurück mit der Bemerkung, mehr brauche er nicht.

Ich fragte, ob ich vielleicht durch etwas Geld oder durch den Kredit meiner Freunde eine Linderung seiner Lage herbeiführen könne. Er zuckte nur, traurig lächelnd, mit den Achseln. Dann aber besann er sich und bat mich, für das Heil seiner Seele eine Messe lesen zu lassen.

«Wären Sie wohl geneigt», fuhr er zögernd fort, «auch für eine Person, die schlecht an Ihnen gehandelt hat, eine Messe lesen zu lassen?»

«Gern, mein Freund!» antwortete ich. «Aber ich wüßte in dieser Gegend wirklich keine einzige Person, die schlecht an mir gehandelt hätte!»

Er ergriff meine Hand und drückte sie heftig. Dann, nach einem Augenblick des Schweigens, begann er wieder:

«Dürfte ich es wagen, Sie noch um einen weiteren Dienst zu bitten? ... Ihre Heimreise führt Sie vielleicht durch Pampelona? ... Oder wenigstens durch Vitoria, das nicht weit davon entfernt ist?»

«Ja», antwortete ich, «ich komme bestimmt durch Vitoria. Aber ich könnte leicht nach Pampelona abbiegen, und wenn ich Euch einen Gefallen damit tue, würde ich diesen Umweg gern machen.»

«Oh, in Pampelona finden Sie viel interessante Dinge zu sehen! ... Es ist eine schöne

Stadt . . . Ich möchte Ihnen dies Medaillon mitgeben.» (Er zeigte mir eine kleine silberne Münze, die er am Halse trug.) «Wickeln Sie das Medaillon in Papier . . .» (er hielt einen Augenblick inne, um seiner Bewegung Herr zu werden) «. . . und bringen Sie es — oder lassen es bringen — einer guten alten Frau, deren Wohnung ich Ihnen angeben werde! — Sagen Sie ihr, ich sei gestorben; aber sagen Sie nicht, auf welche Weise!»

Ich versprach, seine Wünsche zu erfüllen. Am nächsten Morgen besuchte ich ihn wieder und verbrachte einen Teil des Tages in seiner Zelle.

Bei dieser Gelegenheit erzählte er mir die traurige Geschichte seines Lebens.

3

Ich bin — so begann Don José seinen Bericht — in Elizondo geboren, im Tale von Baztan.

Ich heiße Don José Lizzarrabengoa, und dieser Name sagt Ihnen gleich, daß ich ein Baske bin aus altchristlichem Hause. Auf den Titel ‚Don' habe ich ein Anrecht; wenn wir zusammen in Elizondo wären, würde ich Ihnen meinen auf Pergament aufgezeichneten Stammbaum zeigen. Man gedachte mich zum Geistlichen zu machen und ließ mich studieren; aber ich hatte wenig Neigung dazu. Meine Leidenschaft galt viel mehr dem Ballspiel, und das wurde mein Verderben. Wenn wir das Rakett in der Hand haben, vergessen wir Navarresen Gott und die Welt! Eines Tages, als ich gewonnen hatte, suchte ein Bursche aus Alava Streit mit mir. Wir griffen zu unseren maquilas*. Ich blieb auch in diesem Kampfe Sieger, fand mich aber durch den Zwischenfall bewogen, die Gegend zu verlassen. Auf meinem Wege stieß ich auf einen Trupp Dragoner und nahm Engagement im Kavallerieregiment von Almanza. Wir Bergbewohner lernen das Soldatenmetier rasch. Ich wurde bald zum Brigadier befördert und hatte Aussicht, Quartiermeister zu werden; da erreichte mich, zu meinem Unheil, die Weisung, mich nach Sevilla zu begeben und im Wachtkommando der dortigen Tabakfabrik Dienste zu tun.

Wenn Sie in Sevilla gewesen sind, Señor, ist Ihnen gewiß ein großes Gebäude außerhalb der Wälle, nahe am Guadalquivir, aufgefallen. Das ist die Tabakmanufaktur. Noch glaube ich das große Tor und die Wache nebenan leibhaftig vor Augen zu sehen. Spanische Soldaten, wenn sie auf Wachtposten sind, spielen Karten oder schlafen. Ich als echter Navarrese suchte mich immer zu beschäftigen; ich machte mir mit Messingdraht eine Kette zurecht, an der ich meine Kartuschen-Nadel tragen wollte.

Plötzlich sagten die Kameraden:

«Es läutet schon; da kommen die Mädchen wieder zur Arbeit.»

Sie müssen wissen, Señor: in der Tabakfabrik von Sevilla sind wohl vierhundert bis

* Eisenbeschlagene Stöcke der Basken.

fünfhundert Frauen und Mädchen beschäftigt. Diese wickeln die Zigarren in einem großen Saal, zu dem Männer nur mit besonderer polizeilicher Erlaubnis Zutritt haben, weil die Weiber, wenn es heiß ist, es sich bei der Arbeit außerordentlich bequem machen, zumal die jungen. Um die Stunde, wo die Arbeiterinnen vom Mittagessen zurückkommen, pflegt sich auch allerlei junges Mannsvolk vor der Manufaktur einzufinden, um mit den Mädchen anzubändeln. Nur wenige von diesen Demoisellen schlagen eine seidene Mantilla aus, und die jungen Leute, die es nach solcher Jagdbeute gelüstet, brauchen nur zuzugreifen.

Während meine Kameraden aufgesprungen waren und sich am Gaffen und Scherzen beteiligten, blieb ich ruhig auf der Bank neben dem Tor sitzen. Ich war damals noch jung, sehnte mich nach meiner Heimat und glaubte, hübsche Mädchen seien undenkbar ohne blaue Röcke und lang herabfallende Zöpfe*.

Die Andalusierinnen schüchterten mich ein; ich hatte mich noch nicht an ihre Art gewöhnt — an dies ewige Getändel, niemals unterbrochen durch ein vernünftiges Wort!

So saß ich über meine Messingkette gebeugt, als ich aus dem Gewimmel der Schwätzer Stimmen vernahm:

«Da kommt die gitanilla, die kleine Zigeunerin!»

Ich hob die Augen auf und sah sie. Es war

* Gewöhnliche Tracht der Bauernmädchen von Navarra und den baskischen Provinzen.

ein Freitag, und ich werde ihn nicht vergessen. Ich sah diese Carmen — dieselbe, in deren Stube ich Ihnen vor einigen Monaten wiederbegegnet bin.

Sie trug einen sehr kurzen roten Rock, weiße, arg zerrissene Seidenstrümpfe und zierliche rote Schuhe, die mit feuerfarbenen Schleifen zugebunden waren. Ihre Mantilla hatte sie zurückgeschlagen, sodaß die Schultern und, vorn am Hemd, ein großer Akazienstrauß sichtbar wurden. Eine Akazienblütentraube trug sie auch im Winkel ihres Mundes. Und beim Gehen wiegte sie sich in den Hüften wie ein Füllen aus dem Gestüt von Cordova. Vor einem Weibe in solchem Aufzug hätte sich in meiner Heimat jedermann ängstlich bekreuzt! In Sevilla jedoch regnete es Komplimente und kecke Späße jeder Art; und sie antwortete auf alles, äugte nach links und zwinkerte nach rechts, das Fäustchen auf die Hüfte gestemmt, frech wie die Zigeunerin, die sie eben war. Zuerst gefiel sie mir gar nicht, und ich nahm meine Arbeit ruhig wieder auf. Sie aber, gemäß dem Brauch aller Frauen und aller Katzen, nicht zu kommen, wenn man sie ruft, und zu kommen, wenn man sie nicht ruft, trat vor mich hin und redete mich an.

«Gevatter», sagte sie auf andalusische Manier, «willst du mir deine Kette nicht schenken? Ich möchte gern meinen Geldschrankschlüssel daran tragen!»

«Sie ist für meine Kartuschennadel bestimmt», erwiderte ich.

«Deine Nadel?!» rief sie lachend. «Oh, der Herr Brigadier ist wohl Spitzenfabrikant, daß er Nadeln zu seinem Handwerk braucht!»

Die Umstehenden brachen in Lachen aus. Ich aber fühlte mich rot werden und wußte nicht, was ich antworten sollte.

«Also, mein Schatz», begann sie wieder, «mach mir sieben Ellen schwarze Spitzen für eine Mantilla — Nadler meines Herzens du!»

Sie nahm die Akazienblüte aus dem Munde und schnipste sie mir mit einer Daumenbewegung gerade zwischen die Augen. Mir war es, als sei ich von einer Kugel getroffen worden... Ich wußte nicht, wohin ich mich verkriechen sollte, und stand regungslos da, plump wie ein Holzklotz.

Als sie in die Manufaktur hineingegangen war, fiel mein Blick auf die Akazienblüte zu meinen Füßen. Ohne daß es jemand gemerkt hätte, hob ich sie auf und steckte sie sorgsam zu mir. Das war die erste Dummheit, die ich beging.

Es mochten zwei oder drei Stunden vergangen sein, und ich dachte immer noch an die Szene mit dem Zigeunermädchen, da kam ein Pförtner ganz verstört und atemlos in die Wachtstube gerannt und sagte, im großen Zigarrensaal sei ein Mord begangen worden, und es müsse sofort jemand von der Wache heraufkommen. Der Wachtmeister sagte zu mir, ich solle zwei Mann nehmen und nachsehen, was passiert sei. Ich nahm also meine

Leute und lief die Treppe hinauf. Oben im Saal erblickte ich zunächst nichts als etwa dreihundert Weiber im Hemd oder wenig mehr, alle schreiend, heulend, mit den Händen fuchtelnd und einen Lärm vollführend, daß man den lieben Gott kaum hätte donnern hören! An der Wand lag eine Frau, alle viere von sich streckend und ganz mit Blut bedeckt. Mitten im Gesicht hatte sie ein Kreuz, das man ihr mit zwei Messerschnitten beigebracht haben mußte.

Vor der Verwundeten (der einige der Besseren von der Bande die erste Hilfe zu leisten suchten) stand Carmen, von fünf oder sechs Weibsbildern festgehalten. Die Verwundete schrie:

«Ich will beichten! Ich will beichten! Ich liege im Sterben!...»

Carmen sagte nichts; sie biß die Zähne zusammen und rollte die Augen wie ein Chamäleon.

«Was ist passiert?» fragte ich.

Es war zunächst nicht ganz leicht, zu erfahren, was eigentlich passiert war; denn die ganze gackernde Gesellschaft redete gleichzeitig auf mich ein. Die Verletzte — das bekam ich schließlich heraus — hatte geprahlt, daß sie so viel Geld in der Tasche habe, um sich dafür auf dem Markte von Triana einen Esel kaufen zu können.

«Man sollte denken», hatte Carmen mit ihrer boshaften Zunge erwidert, «zum Reiten müßte dir ein Besenstiel reichlich genügen!»

Die andere, durch solchen Hohn gekränkt

(und vielleicht auch, weil sie sich in diesem Punkte nicht unangreifbar fühlte), antwortete: da sie nicht die Ehre habe, Zigeunerin oder des Höllenfürsten Patenkind zu sein, so verstehe sie sich nicht besonders auf Besenstiele; die ehrenwerte Señorita Carmen dagegen werde sehr bald Bekanntschaft mit dem Esel machen, wenn nämlich der Herr Corregidor sie darauf spazierenreiten lasse, quer durch die Stadt, mit zwei Lakaien hinterdrein, um dem Tiere die Fliegen abzuwedeln.

«Halt dein freches Maul!» rief Carmen, «oder ich mal dir 'ne blutige Fliegenschwemme mitten ins Gesicht!»

Und — ritsch, ratsch! — begann sie, mit dem Messer, das ihr zum Abschneiden der Zigarrenenden diente, das Kreuz des heiligen Andreas auf die Wange der Gegnerin zu ritzen.

Die Sache lag klar; ich faßte Carmen am Arm.

«Schwester», sagte ich mit aller Höflichkeit zu ihr, «Sie müssen mir folgen!»

Sie sah mich an, und ich hatte die Empfindung, daß sie mich wiedererkenne. Ruhigen Tones sagte sie:

«Also gehen wir!... Wo ist meine Mantilla?»

Sie schlang diese so um den Kopf, daß nur ein einziges ihrer großen Augen sichtbar blieb, und folgte meinen Leuten sanft wie ein Lamm.

Als wir im Wachtlokal angelangt waren, entschied der Quartiermeister, der Fall sei ernst, man müsse die Übeltäterin ins Gefängnis abführen. Wieder war ich es, dem diese Aufgabe zufiel. Ich nahm sie zwischen zwei Dragoner und marschierte hinterher, wie das ein Brigadier bei solcher Gelegenheit wohl tun muß.

Wir machten uns auf den Weg zur Stadt. Die Zigeunerin verhielt sich zunächst ganz still. Aber in der Schlangengasse — so genannt, weil sie besonders viel Windungen macht — ließ sie ihre Mantilla auf die Schultern herabgleiten, damit ich ihr verführerisches Frätzchen recht sehen sollte, wandte sich nach mir um, so weit sie es nur vermochte, und sagte:

«Herr Offizier, wohin führen Sie mich?»

«Ins Gefängnis, mein armes Kind», antwortete ich so sanft, wie ein wackerer Soldat zu einem Gefangenen sprechen muß, zumal wenn es sich um eine Frau handelt.

«Weh mir, was soll aus mir werden?! Gnädiger Herr Offizier, haben Sie Mitleid mit einem schutzlosen Mädchen! Sie sind so jung und so liebenswürdig!...»

Dann, ganz leise:

«Lassen Sie mich entwischen, und ich gebe Ihnen ein Stück von der *bar lachi*, das alle Frauen wie toll in Sie verliebt machen wird!»

(Sie müssen wissen, Señor: die bar lachi, das ist der Magnetstein, mit dem man, wie die Zigeuner sagen, eine Menge Zaubereien ausführen kann, wenn man sich seiner richtig zu bedienen weiß. Schütten Sie einer Frau eine zerriebene Messerspitze davon in ein Glas Weißwein, und sie tut alles, was Sie wollen!)

Gemessenen Tones antwortete ich der Arrestantin:

«Es ist jetzt nicht an der Zeit, Possen zu treiben! Die Parole lautet: Gefängnis, und dagegen gibt es kein Zaubermittel!»

Wir Basken haben einen Akzent, an dem man uns leicht erkennen kann, und Carmen hatte wohl schon längst gemerkt, daß ich aus den baskischen Provinzen stammte. Die Zigeuner ihrerseits, diese heimatlosen Wandersleute, sprechen alle Sprachen. In Portugal, in Frankreich, in den Provinzen, in Catalonien — überall sind sie zu Hause; sogar mit Mauren und mit Engländern können sie sich verständigen. Carmen vermochte sich im Baskischen ganz leidlich auszudrücken.

«Laguna ene bihotsarena, Kamerad meines Herzens», sagte sie plötzlich zu mir, «sind Sie nicht aus Baskenland?»

Unsere Sprache, Señor, ist so schön, daß ihre Klänge, wenn wir sie irgendwo in der Fremde vernehmen, uns vor Rührung erbeben lassen.

— Ich möchte einen baskischen Beichtvater haben! — fügte Don José leise hinzu. Nach einer Pause fuhr er fort —:

Ich bin aus Elizondo, antwortete ich meiner Gefangenen auf baskisch, tief ergriffen, sie meine Sprache reden zu hören.

«Und ich aus Etchalar», sagte sie. (Das liegt vier Meilen von meinem Heimatsort entfernt.) «Ich bin von Zigeunern nach Sevilla entführt worden. Hier arbeite ich in der Tabakmanufaktur, um mir das Reisegeld zu verdienen zur Heimkehr nach Navarra, zu meiner armen Mutter, die auf der Welt nur mich hat und einen kleinen Garten mit zwanzig Apfelbäumen, um Cider zu bereiten! Oh, wäre ich doch wieder in der Heimat, das herrliche große Schneegebirge vor meinen Augen! . . . Hier in Sevilla hat man mich verhöhnt, weil ich nicht aus diesem Lande bin, wo die Leute nichts können, als faule Orangen verkaufen; und die Bettelweiber in der Fabrik haben sich alle gegen mich zusammengetan, weil ich gesagt habe, sämtliche Renommierburschen von Sevilla mit ihren Messern könnten nicht aufkommen gegen einen einzigen Basken mit seiner blauen Mütze und seiner maquila! . . . Kamerad, Freund, werden Sie nichts tun für ein armes junges Weib, das aus Ihrem Lande stammt?»

Carmen log, Señor; sie hat immer gelogen! Vielleicht hat sie in ihrem ganzen Leben kein einziges wahres Wort gesprochen . . . Wenn sie aber redete, so glaubte ich ihr — dagegen war kein Kraut gewachsen! Zwar sprach sie das Baskische ziemlich unbeholfen aus, aber ich hielt sie für eine Navarresin. Ihre Augen, ihr Mund, ihr Teint, alles hätte mir sagen müssen, daß sie eine Zigeunerin war! Doch ich war eben verrückt, ich konnte auf nichts mehr achtgeben. Ich bedachte, daß, wenn ein Spanier sich etwa unterstanden hätte, meine Heimat zu verlästern, ich ihm das Gesicht ebenso zerfetzt haben würde, wie sie, Carmen, das Gesicht ihrer Arbeitsgenossin! Kurz, ich war wie betrunken! Ich begann Dummheiten zu reden; und Dummheiten zu tun, liegt dann nicht mehr weit ab!

«Wenn ich Ihnen einen Stoß gäbe, und Sie fielen hin, Landsmann» — begann sie wieder auf baskisch —, «dann möchte ich sehen, ob Ihre beiden kastilischen Gelbschnäbel mich halten könnten!...»

Da vergaß ich, weiß Gott! den erhaltenen Befehl und alles andere und sagte zu ihr:

«Gut, Freundin, Heimatskind, versuchen Sie es! Und Unsere liebe Frau vom Berge leihe Ihnen ihren Beistand!»

In diesem Augenblick kamen wir am Eingang eines jener engen Gäßchen vorbei, wie es in Sevilla deren so viele gibt. Plötzlich wandte Carmen sich um und versetzte mir einen Faustschlag vor die Brust. Ich ließ mich absichtlich hinfallen, weit hintenüber. Mit einem Satz sprang sie über mich weg und begann zu laufen — uns ein Paar Beine zeigend, die sich wirklich sehen lassen konnten: so flink und schöngeformt waren sie!

Ich sprang auf, hielt aber meine Lanze so in die Quere, daß sie die Gasse versperren und die Kameraden zunächst an der Verfolgung hindern mußte. Dann begann ich selber zu laufen; die beiden anderen hinter mir drein. Aber die Flüchtige einzuholen — das hatte keine Gefahr: wir mit unseren Sporen, unseren Säbeln und Lanzen! Schon war sie uns aus den Augen entschwunden. Und das gesamte Weibervolk des Viertels begünstigte die Flucht, mokierte sich über uns und wies uns absichtlich falsche Wege. Nach vielem Hin- und Her-Rennen mußten wir, wohl oder übel, zur Wache zurück, ohne die Quittung des Gefängnisdirektors über eine vollzogene Einlieferung mitbringen zu können.

Um nicht bestraft zu werden, sagten meine beiden Leute, daß Carmen mit mir baskisch gesprochen habe. Und es erschien ja auch wenig glaubhaft, daß die Faust eines so zierlichen Mädchens einen kräftigen Kerl wie mich ohne weiteres zu Boden gestreckt haben sollte. Die ganze Sache war also verdächtig; oder vielmehr: sie war nur allzu durchsichtig! Ich wurde degradiert und auf einen Monat in Arrest gesteckt. Es war meine erste Strafe, seitdem ich im Dienst war. Adieu nun, ihr Quartiermeisterslitzen, die ich mir schon so nahe geglaubt hatte!

Die ersten Tage im Arrest waren sehr traurig. Als ich Soldat geworden war, hatte ich gehofft, es mindestens bis zum Offizier bringen zu können. War doch eine ganze Anzahl meiner Landsleute in hohe militärische Stellungen eingerückt! Jetzt aber mußte ich mir sagen: Deine ganze bisherige straflose Dienstzeit ist eine verlorene Zeit gewesen! Jetzt bist du bemakelt, und um bei den Vorgesetzten auch nur ein bißchen wieder in Geltung zu kommen, mußt du dich zehnmal mehr anstrengen als in der ersten, schlimmsten Rekrutenzeit! Und warum hatte ich mich einer so infamierenden Bestrafung ausgesetzt? Wegen einer elenden Zigeunerin, die meiner spottete und vielleicht gerade in diesem Augenblick in irgendeinem Winkel von Sevilla ihrem Diebeshandwerk nachging! Trotzdem konnte ich nicht aufhören, an sie zu denken. Mögen Sie es glauben oder nicht, Señor: die zerrissenen Seidenstrümpfe, die ich bei ihrer Flucht so gut zu sehen bekommen hatte, wollten mir nicht aus dem Sinn!... Durch das Gitter meiner Arrestzelle konnte ich auf die Straße sehen; aber unter allen weiblichen Wesen, die vorbeikamen, war kein einziges, das es mit diesem Teufelsmädchen auch nur annähernd hätte aufnehmen können! Und stets noch umschwebte mich der Hauch der Akazienblüte, die sie mir ins Gesicht geschleudert, und die, so vertrocknet sie auch war, ihren vollen Duft dennoch bewahrt hatte... Oh, wenn es Zauberinnen auf der Welt gibt: dieses Mädchen mußte eine sein!

Eines Tages kam der Wärter und gab mir ein Brot aus Alcalà*.

«Das schickt Ihnen Ihre Cousine!» sagte er.

Ich nahm das Brot und war sehr erstaunt; denn ich hatte keine Cousine in Sevilla. Es ist vielleicht ein Irrtum, dachte ich, das Brot nachdenklich betrachtend. Es sah aber so appetitlich aus und duftete so gut, daß ich beschloß, es zu verzehren, ohne mich weiter um Herkunft oder Bestimmung zu kümmern. Als ich es zerschneiden wollte, stieß mein Messer auf

* Alcalà de los Panaderos, ein zwei Meilen von Sevilla gelegener Ort, wo deliziöse Brötchen gebacken werden. Diese Ware, deren Vorzüglichkeit dem Wasser von Alcalà zu verdanken sein soll, wird täglich in großen Mengen in die Stadt geliefert.

etwas Hartes. Bei näherem Zusehen entdeckte ich eine kleine englische Feile, die in den Teig hineingebacken war. Außerdem fand sich darin ein Goldstück im Werte von zwei Piastern. Kein Zweifel mehr: es mußte ein Geschenk von Carmen sein! Für Menschen ihrer Rasse bedeutet Freiheit alles, und sie würden eine ganze Stadt anzünden, wenn sie sich einen Tag Gefängnis damit ersparen könnten.

Die eingeschmuggelten Dinge waren gut ausgedacht; denn mit der kleinen Feile hätte man in einer Stunde das stärkste Gitter durchsägen können, und für das Zweipiasterstück würde der erstbeste Trödler meinen Soldatenmantel gegen ein Zivilgewand umgetauscht haben. Und jemandem, der, wie ich, so oft junge Adler aus ihren Felsennestern geholt hatte, wäre es eine Kleinigkeit gewesen, von einem kaum dreißig Fuß hohen Fenster auf die Straße hinabzuklettern. Aber ich wollte nicht entweichen; ich hatte noch meine Soldatenehre, und Desertion erschien mir als etwas sehr Schimpfliches. Immerhin bewegte mich dieses Zeichen des Gedenkens tief. Für Gefangene ist es ein so tröstlicher Gedanke, in der Außenwelt einen teilnehmenden Freund zu haben! Das Goldstück machte mich allerdings bedenklich, und ich hätte es gern zurückgegeben; aber wo wäre mein Gläubiger zu finden gewesen? . . . Diese Frage schien mir nicht leicht zu beantworten.

Nach der peinlichen Prozedur der Degradierung glaubte ich das Schlimmste überstanden zu haben. Aber weitere Demütigungen harrten meiner. Als ich aus dem Arrest entlassen war, wurde ich zum Postenstehen kommandiert wie ein gemeiner Soldat. Denken Sie, welche Schmach das für einen ehrliebenden Mann bedeutet! Ich glaube, ich hätte mich weit lieber füsilieren lassen! Bei dieser Zeremonie schreitet man wenigstens allein vor dem Zuge einher, man ist die Hauptperson und fühlt aller Augen auf sich gerichtet.

Ich bekam die Wache vor dem Hause des Colonel. Das war ein reicher Herr, noch jung, gutmütig und vergnügungssüchtig. An diesem Tage sollte sich eine große Gesellschaft bei ihm versammeln: junge Offiziere, wohlhabende Bürger, auch Frauen, Schauspielerinnen, wie man sagte. Ich hatte die Empfindung, als habe die ganze Stadt sich gerade an dieses Haustor verabredet, um mich Posten stehen zu sehen. Da kam auch schon der Wagen des Colonels angerollt, mit dem Kammerdiener auf dem Bock. Und wen sah ich daraus hervorkommen? ... Die gitanilla! Diesmal war sie geschmückt wie ein Reliquienkästchen, herausgeputzt und aufgetakelt mit Glitzerwerk und Seidentand. Sie trug ein Flitterkleid, blaue Tanzschuhe, Blumen und Besatz überall. In der Hand hatte sie ein Tamburin. Mit ihr kamen zwei andere Zigeunerinnen, eine junge und eine alte. (Eine Alte ist zur Führung immer dabei.) Außerdem erschien noch ein alter Mann mit einer Gitarre, der zum Tanze aufspielen sollte. Sie wissen: zu solchen Gesellschaften läßt man häufig Zigeunerinnen kommen, damit sie ihren Nationaltanz, romalis genannt, aufführen, und manchmal noch andere Dinge.

Carmen erkannte mich, und wir wechselten einen Blick. Oh, in diesem Moment hätte ich hundert Fuß unter der Erde sein mögen!

«Agur laguna*!» sagte sie. «Aber was sehe ich, Herr Offizier?! Sie stehen hier Wache wie ein gemeiner Soldat?!»

Bevor mir ein Wort der Erwiderung eingefallen war, war sie im Hause verschwunden.

Die Gesellschaft versammelte sich in dem mit Fliesen bedeckten Innenhof, dem sogenannten patio, und durch das Gitter hindurch vermochte ich fast alles zu erkennen, was vorging. Ich hörte die Kastagnetten, das Tamburin, das Gelächter, den Beifall. Manchmal, wenn sie mit ihrem Instrument in die Höhe sprang, erblickte ich Carmens Kopf. Ich hörte auch, wie ihr von Offizieren Dinge gesagt wurden, die mir die Zornesröte ins Gesicht trieben. Von ihren Antworten konnte ich nichts vernehmen.

Ich glaube, daß es diese Stunde war, wo ich mich ernstlich in sie verliebte. Drei- oder viermal fühlte ich mich versucht, in den Hof einzudringen und all den Laffen, die ihr zweideutige Galanterien sagten, meinen Säbel in den Bauch zu rennen. Dies Martyrium dauerte eine gute Stunde. Dann kamen die Zigeunerinnen wieder zum Vorschein, und der Wagen führte sie davon.

* Guten Tag, Kamerad!

Carmen, mich im Vorüberhuschen anblitzend mit den Augen, die Sie kennen, sagte leise zu mir:

«Landsmann, wer gern gebackene Fische ißt, der findet sie in Triana bei Lillas Pastia.»

Leichtfüßig wie ein Zicklein sprang sie in den Wagen, der Kutscher schlug auf seine Maultiere ein, und die ganze lustige Bande entschwand — wer weiß, wohin?

Sie können sich denken, daß ich, als mein Wachtdienst zu Ende war, mich klopfenden Herzens nach Triana begab! Vorher aber ließ ich mich rasieren und machte mich elegant, wie zur Parade. Und richtig: ich fand Carmen bei dem Garkoch Lillas Pastia, einem alten, mohrenschwarzen Zigeuner, dessen Fischküche in Bürgerkreisen großen Zuspruch fand, und zwar besonders seit dem Tage, wo Carmen ihr Quartier dort aufgeschlagen hatte.

«Lillas», sagte sie, sobald sie meiner ansichtig wurde, «heute tue ich nichts mehr! Morgen ist auch ein Tag! ... Kommen Sie, Landsmann, wir wollen spazierengehen!»

Sie nahm ihren Spitzenshawl vor die Nase, und schon befanden wir uns auf der Straße, ohne daß ich gewußt hätte, wohin es nun gehen sollte.

«Señorita», sagte ich zu ihr, «ich glaube, daß ich mich bei Ihnen für ein Geschenk zu bedanken habe, das ich während meiner Gefangenschaft erhielt! ... Das Brot habe ich gegessen; die Feile soll mir zum Schärfen meiner Lanze dienen, und ich behalte sie zum Andenken; aber das Geld — hier ist es zurück!»

«Sieh mal an!» rief sie, laut auflachend, «er hat das Geld brav aufgehoben! . . . Na, das ist nicht so schlimm: ich bin heute gerade knapp bei Kasse . . . Was tut's? Der Hund auf der Straße erwischt was zum Fraße! . . . Also, vertun wir den ganzen Reichtum! Du hältst mich frei!»

Wir nahmen den Weg in die Stadt zurück. An der Ecke der Schlangengasse kaufte sie ein Dutzend Orangen, die ich in einem Tuch tragen mußte. Etwas weiterhin kaufte sie ein Brot, Wurst, eine Flasche Manzanilla. Darauf traten wir in eine Confiserie. Carmen warf das Goldstück, das ich ihr zurückgegeben hatte, auf den Ladentisch, dann noch ein zweites, das sie in ihrer Tasche hatte, und etliches Silbergeld. Zuletzt verlangte sie von mir noch alles, was ich bei mir hätte. Es waren nur eine silberne Peseta und einige Kupferstücke, die ich ihr geben konnte, tiefbeschämt darüber, daß mein Vermögen so gering war. Sie aber schien den ganzen Laden aufkaufen zu wollen. Sie nahm das Beste und Teuerste, Eierbaisers, verschiedene Sorten von Nougat, kandierte Früchte — soviel für das Geld nur zu haben war. All das mußte ich in großen Tüten ebenfalls tragen. Sie kennen vielleicht die Laternengasse, in welcher der von seinem Standbild abgesägte Kopf des Königs Pedro des Grausamen zu sehen ist? Dieser Anblick hätte mir zu denken geben sollen! In besagtem Gäßchen machten wir vor einem alten Hause halt. Carmen trat in einen langen, dunklen Flur und klopfte an eine Tür. Eine hexenhafte Zigeunerin — die, wie ich später erfuhr, Dorothea hieß — öffnete uns. Carmen sprach ein paar Worte zu ihr, aber die Alte schien mißgestimmt zu sein. Da gab Carmen ihr zwei Orangen und eine Handvoll Bonbons; auch erlaubte sie ihr, einen Schluck von dem Wein zu nehmen. Dann hängte sie ihr ihren Mantel um, schob sie mit sanfter Gewalt in den Flur hinaus und verschloß die Tür mit dem Querholz.

Sobald wir allein waren, begann sie zu toben und zu lachen wie eine Tolle, wobei sie eine Zigeunermelodie sang:

«Du bist mein Mann, ich bin dein Schatz...»

Ich, noch mit den Einkäufen beladen, stand mitten in der Stube und wußte nicht, wohin ich die vielen Herrlichkeiten legen sollte. Sie schleuderte alles zur Erde, sprang mir um den Hals und rief:

«Ich bezahle meine Schulden — das ist meines Volkes Brauch!»

Oh, Señor, das war ein Tag!... Wenn ich daran zurückdenke, vergesse ich, was morgen sein wird!

Der Räuber schwieg einen Augenblick; dann setzte er seine Zigarre wieder in Brand und fuhr fort:

Wir verbrachten den ganzen Nachmittag mit Essen und Trinken und anderen Dingen.

Sie schleckte all das süße Zeug wie ein sechsjähriges Kind. Dann warf sie ganze Händevoll Bonbons in den Wasserkrug der Alten.

«Ich mache ihr Zuckerwasser!» sagte sie.

Sie zerquetschte einige von den Eierbaisers und schmiß sie gegen die Wand.

«Damit die Fliegen uns in Ruhe lassen!» sagte sie.

Und so trieb sie tausend Possen und Albernheiten.

Ich sagte, daß ich sie gern tanzen sehen möchte. Da keine Kastagnetten zur Hand waren, so zerbrach sie den einzigen Teller, den die Alte besaß, und tanzte den romalis beim Geklapper der Steingutscherben ebenso wirkungsvoll, als wenn die Kastagnetten aus Ebenholz oder Elfenbein gewesen wären. Oh, mit diesem Mädchen langweilte man sich nicht!... Doch es war inzwischen Abend geworden, und ich hörte in der Ferne den Zapfenstreich blasen.

«Ich muß zum Appell in die Kaserne», sagte ich.

«In die Kaserne?» wiederholte sie spöttisch. «Bist wohl ein Neger, der mit dem Stocke regiert werden muß?... Nein, von Farbe und Charakter bist du eigentlich ein Kanarienvogel, du in deiner gelben Uniform!... Also lauf, du Hasenherz!»

Ich blieb bei ihr — mit der sicheren Aussicht auf erneute Bekanntschaft mit dem Arrestlokal. Am Morgen aber war sie die erste, die von Trennung sprach.

«Hör zu, Joseto», sagte sie. «Hab' ich meine Schuld bezahlt?! Eigentlich hätte ich dir nach unserem Gesetz gar nichts zu zahlen brauchen, weil du ein payllo bist. Aber du bist auch ein hübscher Junge und hast mir gefallen. Wir sind quitt. Adieu.»

Ich fragte sie, wann wir uns wiedersehen könnten.

«Wenn du weniger einfältig sein wirst», antwortete sie lachend.

Dann, in ernsterem Ton:

«Weißt du, mein Kerlchen, daß ich glaube, daß ich dich ein bißchen lieb habe? Aber das kann nicht von Dauer sein. Wolf und Hund — gibt keinen Bund! . . . Falls du ganz zu uns Zigeunern kämest, könnte ich vielleicht deine Liebste werden. Aber das ist ein alberner Gedanke; es kann eben nicht sein! . . . Schließlich darfst du noch von Glück sagen: du bist dem Teufel begegnet, und er hat dir nicht den Hals umgedreht! Opfere deiner Madonna eine Wachskerze, sie hat es redlich um dich verdient! . . . Und nun nochmals adieu! Denk nicht mehr an Carmencita, oder es könnte geschehen, daß du eine Witwe mit Holzbeinen heiraten müßtest*!»

Mit diesen Worten schob sie den Querbalken der Tür zurück, und wir traten auf die Gasse hinaus. Sie hüllte sich in ihre Mantilla und war rasch entschwunden.

Der Rat, den sie mir gegeben, war gut:

* Der Galgen — la potence; lateinisch: potentia — ist die Witwe des zuletzt Gehenkten.

ich hätte klug daran getan, nicht mehr an sie zu denken. Aber seit dieser Nacht vermochte ich an gar nichts anderes mehr zu denken, als eben an sie! In meinen freien Stunden irrte ich durch die Stadt, hoffend, ihr zu begegnen. Ich fragte die alte Hexe und den Fischkoch nach ihr. Beide erklärten übereinstimmend, sie sei nach dem «roten Lande», das heißt: nach Portugal gegangen. Vermutlich waren sie von Carmen in diesem Sinne instruiert worden; aber ich sollte bald erfahren, daß sie logen.

Seit der Nacht in der Laternengasse waren einige Wochen verflossen, da hatte ich Wache an einem der Stadttore. In unmittelbarer Nähe dieses Tores war ein Stück der Umfassungsmauer eingestürzt. Während des Tages arbeiteten Maurer an ihrer Wiederherstellung; für die Nacht aber wurde ein Wachtposten aufgestellt, um der Schmuggelgefahr zu begegnen.

Den Tag über hatte ich Lillas Pastia um das Wachtlokal herumstreichen und mit mehreren meiner Kameraden sprechen sehen; alle kannten ihn, und noch mehr wußten sie seine gebackenen Fische und seine Krapfen zu schätzen. Er trat auf mich zu und fragte, ob ich etwas von Carmen gehört hätte.

«Nein», sagte ich.

«Nun, Sie werden von ihr hören, Gevatter!»

Er sollte recht behalten. In der Nacht bekam ich, wie gesagt, den Posten neben der Mauerbresche. Kaum hatte der den Wachtdienst kommandierende Brigadier sich entfernt, da sah ich, wie eine Frau aus der Dunkelheit auftauchte und auf mich zukam. Eine Ahnung sagte mir, daß es Carmen sein müsse. Dennoch rief ich:

«Weg da! Hier ist kein Durchgang!»

«Tun Sie doch nicht so böse!» sagte, sich zu erkennen gebend, die Zigeunerin.

«Was?! Sind Sie es, Carmen?»

«Ja, Landsmann. Doch ohne Umschweife: willst du dir einen Duro* verdienen?... Es werden Leute mit Säcken und Ballen kommen; laß sie passieren!»

«Nein», erwiderte ich. «Ich muß sie anhalten: das ist die Instruktion.»

«Die Instruktion!... In der Laternengasse dachtest du nicht an die Instruktion!»

«Ah!» antwortete ich, schon ganz betäubt durch die bloße Erinnerung; «damals lohnte es sich, die Instruktion zu vergessen!... Aber von Schmugglern nehme ich kein Geld!»

«Nun, wenn du kein Geld willst, so möchtest du doch vielleicht ganz gern noch mal bei der alten Hexe mit mir schmausen?»

«Nein!» sagte ich, halb erstickt von dem Krampf, den mich diese Ablehnung kostete. «Ich kann nicht!»

«Auch gut!... Wenn du so eigensinnig bist, so weiß ich, an wen ich mich zu wenden habe! Ich werde deinem Leutnant ein Rendezvous bei der Dorothea vorschlagen. Dieser junge Herr macht einen recht umgänglichen

* Duro: Silbermünze im Werte von etwa fünf Franken

Eindruck; er wird den Posten an der Mauer mit einem Soldaten besetzen, der nur das sieht, was er sehen soll! Adieu, mein Kanarienvögelchen! Der Tag, wo die Instruktion lauten wird, dich an den Galgen zu hängen — der soll mir ein Festtag sein!»

Ich war schwach genug, sie zurückzurufen. Ja, ich versprach ihr, falls es sich als nötig erweisen sollte, das gesamte Zigeunervolk durchzulassen, wenn mir dafür nur die einzige Gegenleistung zuteil würde, auf die ich Wert legte! Sie schwor, gleich morgigen Tages ihr Wort einzulösen. Und schon huschte sie davon, um die in unmittelbarer Nähe lauernden Kumpane zu benachrichtigen. Es waren deren fünf, darunter Pastia, alle schwer bepackt mit englischen Waren. Carmen paßte auf, ob nichts Verdächtiges sich rege. Es war verabredet worden, daß sie, falls sie die Runde kommen sähe, mit ihren Kastagnetten ein Signal geben solle. Aber es bedurfte dessen gar nicht. Die Schmuggler bewerkstelligten die Sache ungestört und rapid.

Am folgenden Tage ging ich in die Laternengasse. Carmen kam verspätet und war schlecht gelaunt.

«Ich mag keine Leute, die sich bitten lassen», sagte sie. «Das erste Mal hast du mir einen größeren Dienst erwiesen, ohne auf irgendwelchen Lohn zu rechnen. Gestern hast du dir eine Entschädigung ausbedungen. Ich weiß nicht, warum ich eigentlich gekommen bin, denn ich liebe dich nicht mehr. — Da, nimm einen Duro für deine Mühe!»

Beinahe hätte ich ihr das Geld an den Kopf geworfen, und ich mußte mich zusammennehmen, um sie nicht zu schlagen. Eine Stunde lang stritten wir uns; dann lief ich voller Wut davon. Halb wahnsinnig irrte ich durch die Straßen. Schließlich gelangte ich in eine Kirche, setzte mich in den dunkelsten Winkel und weinte heiße Tränen. Plötzlich vernahm ich eine Stimme:

«Ei, sieh da: Dragonertränen! ... Daraus brau' ich einen Liebestrank!»

Ich hob die Augen: Carmen stand vor mir.

«Nun, zürnen Sie noch, Landsmann?» fragte sie. «Es scheint doch, als ob ich Sie liebhätte, denn seitdem Sie vorhin weggerannt sind, ist mir ganz sonderbar zumute! Und jetzt bin ich es, die dich fragt: kommst du wieder mit in die Laternengasse?»

Somit war der Friede geschlossen. Aber Carmens Launen wechselten wie die Witterung in unseren baskischen Bergen, wo gerade bei glühender Sonne Blitz und Donner am nächsten sind. Zu einer späteren Verabredung, die wir getroffen hatten, kam sie nicht. Und die alte Dorothea erklärte abermals, sie sei «in Zigeunersachen nach Portugal gegangen».

Ich wußte schon, was von solcher Auskunft zu halten sei, und suchte Carmen überall. Wohl zwanzigmal am Tage zog es mich in den Schlupfwinkel der Laternengasse. Eines

Abends befand ich mich wieder dort (Dorotheas Vertrauen hatte ich inzwischen durch gelegentliche Likörspenden halb und halb gewonnen), als Carmen eintrat, und mit ihr ein junger Mann, Leutnant in meinem Regiment.

«Geh schnell weg!» sagte sie auf baskisch zu mir.

Ich blieb regungslos stehen — ebenso verblüfft wie empört.

«Was treibst du denn hier?» fuhr der Leutnant mich an. «Hinaus mit dir, oder ich mach' dir Beine!»

Ich vermochte keinen Schritt zu tun; ich fühlte mich wie angenagelt. Der Offizier, zornbebend, weil ich mich nicht von der Stelle rührte, und auch wohl, weil ich nicht einmal meine Dienstmütze abgenommen hatte, packte mich am Kragen und schüttelte mich heftig. Ich erinnere mich nicht, was ich zu ihm gesagt habe. Er zückte seinen Säbel, und ich zog ebenfalls blank. Die Alte faßte mich am Arm, und der Leutnant versetzte mir einen Hieb über die Stirn, dessen Narbe Sie hier noch sehen können. Ich wich zurück und stieß Dorothea mit dem Ellbogen beiseite, so daß sie hinfiel. Und da der Leutnant mir nachkam, so streckte ich ihm die Spitze meines Säbels entgegen, und er rannte hinein.

Carmen löschte die Lampe und flüsterte der Alten zu, sie solle sich in aller Eile davonmachen. Auch ich stürzte auf die Straße hinaus und begann zu rennen, ohne zu wissen, wohin. Folgte mir jemand? . . . Als ich mich umzublicken wagte, sah ich, daß Carmen mich nicht verlassen hatte.

«Du großer Tölpel von einem Kanarienvogel», sagte sie, «du machst doch nichts als Dummheiten!... Aber hatte ich dir nicht gesagt, daß ich dir Unglück bringen würde?... Na, alles in der Welt läßt sich einrenken, wenn man eine Zigeunerin zur Freundin hat! Zunächst binde dir mal dies Taschentuch um die Stirn und wirf deinen Säbelgurt weg! Warte auf mich in dem dunklen Gang da! In zwei Minuten bin ich zurück!»

Sie verschwand, und alsbald brachte sie mir einen gestreiften Mantel — den sie, weiß Gott woher, geholt hatte!

Ich mußte meine Uniform ausziehen und mich in den Mantel hüllen. In dieser Ausstaffierung, mit dem Taschentuch als Verband um die Stirn, gewann ich einige Ähnlichkeit mit den Bauern aus Valencia, wie sie zahlreich nach Sevilla kommen, um ihren Gerstensirup auf den Markt zu bringen.

Carmen führte mich in ein Haus, ähnlich dem der Dorothea, am Ende eines Gäßchens. Sie und eine andere Zigeunerin wuschen mich, verbanden mich (besser, als jeder Stabsarzt es gekonnt hätte) und flößten mir ein sonderbar schmeckendes Getränk ein. Dann legten sie mich auf eine Matratze, wo ich bald in einen tiefen Schlaf versank.

Wahrscheinlich hatten die Weiber einige jener einschläfernden Kräuter, mit deren Geheimnissen sie vertraut sind, in den Trank gemischt; denn ich erwachte erst am folgenden Tage zu später Stunde. Ich hatte heftige Kopfschmerzen und etwas Fieber. Erst nach geraumer Zeit erinnerte ich mich der Szene, die gestern im Laternengäßchen passiert war. Nachdem Carmen und ihre Freundin den Verband meiner Wunde erneuert hatten, hockten sie sich an mein Lager nieder und tauschten in ihrer Sprache einige Gedanken aus, die wohl die Bedeutung einer medizinischen Konsultation hatten. Darauf erklärten sie mir, ich würde sehr bald wieder gesund sein, müsse aber Sevilla so rasch wie möglich verlassen; denn wenn man mich dort erwische, würde ich unweigerlich erschossen werden.

«Mein Junge», sagte Carmen zu mir, «du mußt irgend etwas unternehmen! Jetzt, wo du vom König weder Reis noch Stockfische mehr geliefert bekommst*, mußt du daran denken, deinen Unterhalt selbst zu verdienen. Leider bist du zu dumm, um heimlich und gewandt zu stehlen, immerhin aber ein starker, flinker Bursche, und wenn du Courage zu haben glaubst, so geh an die Küste und werde Schmuggler! . . . Hab' ich dich nicht gleich dem Galgen versprochen? Besser gehenkt, als erschossen! . . . Wenn du dich leidlich in die Sache hineinfindest, kannst du leben wie ein Fürst, solange die Gendarmen und Strandwächter dich nicht an der Gurgel packen!»

Mit so verführerischen Worten schilderte mir das Teufelsweib die neue Laufbahn, die sie

* Die gewöhnliche Kost des spanischen Soldaten.

mir zudachte, und die in der Tat — nachdem ich die Todesstrafe auf mich geladen — die einzige mir noch offenstehende Karriere war. Und werden Sie es glauben, Señor?: ich ließ mich ohne viel Widerstand überreden, zumal ich die Empfindung hatte, daß das mir bevorstehende Leben der Wagnisse und der Abenteuer mich inniger mit Carmen verbinden müsse. Oh, hinfort glaubte ich ihrer Liebe sicher zu sein! Gab es nicht so manchen kühnen Schmuggler, der auf schnellem Roß über die Gefilde Andalusiens hinsprengte, das Pistol in der Hand, die Geliebte hinten mit aufsitzend? Schon sah ich mich selbst dahinfliegen über Berg und Tal, die reizende Zigeunerin hinter mir! Als ich ihr dies Zukunftsbild ausmalte, lachte sie wie toll und pries mir statt dessen die Sommernächte am Lagerfeuer, wenn jeder Zigeuner sich mit seiner Liebsten ins Zelt zurückziehe — in seine winzige Behausung, aufgebaut aus drei Reifen, mit einer Decke darüber!

«Erst in der Einsamkeit der Berge werde ich deiner sicher sein», sagte ich zu ihr. «Dort gibt es keinen Leutnant, der mit mir teilen will!»

«Ah, du bist eifersüchtig!» rief sie. «Wie unangenehm für dich! Aber wie kannst du nur so dumm sein?! Siehst du denn nicht, wie sehr ich dich lieben muß, da ich niemals Geld von dir verlangt habe?»

Wenn sie so sprach, hätte ich sie erwürgen mögen!

Carmen verschaffte mir Zivilkleider, und es gelang mir, Sevilla zu verlassen, ohne erkannt zu werden. Ich ging nach Jerez, unweit von Cadix, wo ich einem Schnapswirt, bei dem die Schmuggler sich zu treffen pflegten, einen Brief von Pastia zu überbringen hatte. Ich wurde mit diesen Leuten bekannt gemacht, und ihr Führer, den sie den Dancaïre nannten, nahm mich in die Truppe auf. Wir gingen nach Gaucin, wo ich, wie es verabredet worden war, Carmen wiedertraf. Sie diente den Schmugglern als Kundschafterin, und eine bessere Spionin hat es nie gegeben. Sie kam von Gibraltar, wo sie sich mit einem Schiffsbesitzer wegen einer Ladung englischer Waren ins Vernehmen gesetzt hatte, die wir an der Küste in Empfang nehmen sollten. Wir erwarteten diese Güter in der Nähe von Estepona. Es gelang auch alles nach Wunsch. Einen Teil der Waren verbargen wir im Gebirge, mit den übrigen begaben wir uns nach Ronda. Carmen hatte sich schon vorher in die Stadt eingeschlichen; und sie war es, die uns den günstigen Moment wissen ließ, wo auch wir gefahrlos hineingelangen konnten.

Diese erste Expedition sowie einige weitere verliefen durchaus glücklich. Das Schmugglerleben gefiel mir besser als das Soldatenleben. Ich konnte Carmen Geschenke machen; ich hatte Geld, und ich hatte eine Geliebte. Gewissensbisse empfand ich kaum, gemäß dem alten Zigeunerspruch: «Keine Krätze juckt — den, der darauf spuckt! . . .» Überall wurden wir gut empfangen; meine Gefährten kamen mir freundlich entgegen und erwiesen mir sogar Achtung. Der Grund davon war, daß ich einen Mann getötet hatte, und unter ihnen befand sich kaum einer, der nicht eine ähnliche Heldentat vollbracht hätte. Was mich aber am stärksten an mein neues Dasein fesselte, war, daß ich Carmen jetzt häufig zu sehen bekam. Sie bezeigte mir größere Neigung als je. Allerdings wünschte sie vor den Kameraden nicht als meine Geliebte zu gelten und ließ mich sogar tausend Eide schwören, daß ich nichts davon verraten würde. Ich war gegenüber dieser Kreatur so schwach, daß ich mich allen ihren Launen fügte. Übrigens beliebte es ihr damals, mir eine Art ehrsamer Zurückhaltung vorzuspiegeln, und ich war einfältig genug, an eine aufrichtige Wandlung ihrer Natur zu glauben.

Unser Trupp, der aus acht bis zehn Mann bestand, vereinigte sich nur in den entscheidenden Momenten. Gewöhnlich waren wir zu zweien oder dreien in Städten und Dörfern verstreut. Jeder von uns gab sich den Anschein, irgendein Handwerk zu betreiben: der eine war Kupferschmied, der andere Pferdehändler; ich spielte die Rolle eines Hausierers mit Kurzwaren, suchte aber, wegen der Affäre von Sevilla, größere Orte möglichst zu vermeiden.

Eines Nachts wollten wir — so war es ausgemacht — uns an einer einsamen Stelle des Gebirges treffen. Der Dancaïre und ich waren zuerst angekommen. Er schien besonders guter Laune zu sein.

«Du wirst einen neuen Kameraden bekommen», sagte er zu mir. «Carmen hat ein Meisterstück vollbracht: sie hat ihrem Mann zur Flucht aus den Kasematten von Tarifa verholfen.»

«Wie?» fragte ich beklommen: «ihrem Mann?! Ist sie denn verheiratet?»

«Ja», antwortete der Anführer, «mit Garcia dem Einauge, einem Zigeuner, der ebenso geschickt und verschlagen ist wie sie selbst. Der arme Kerl war zur Galeere verurteilt. Carmen aber, dieses Goldmädel, hat den neuen Festungsarzt so gründlich verhext, daß er ihn entweichen ließ. Seit zwei Jahren arbeitete sie an ihrem Befreiungswerk. Nichts gelang, bis endlich ein neuer Doktor dorthin versetzt wurde, mit dem sie sich dann sehr bald verstanden zu haben scheint.»

Sie können sich denken, wie diese Enthüllung auf mich wirkte! ... Garcia der Einäugige tauchte denn auch sehr bald auf: das widerwärtigste Scheusal, das je aus Zigeunerblut entsprungen sein kann, schwarz von Körper und schwärzer an Seele, der infamste Verbrecher, dem ich in meinem Leben begegnet bin. Carmen kam gleichzeitig mit ihm, und wenn sie ihn in meiner Gegenwart ihren «lieben Mann» nannte, dann hätten Sie die Augen sehen sollen, die sie mir machte, und ihre Grimassen, wenn Garcia den Kopf wandte. Ich war empört und sprach stundenlang kein Wort mit ihr.

Kaum hatten wir uns in der Morgenfrühe mit unseren Ballen auf den Weg gemacht, als wir merkten, daß ein Dutzend Reiter uns auf den Fersen war. Die andalusischen Maulhelden, die immer von Mord und Totschlag sprachen, erwiesen sich als elende Feiglinge und dachten einzig daran, ihr wertvolles Leben zu retten. Nur wenige von unserer Bande verloren den Mut nicht: der Dancaïre; Garcia; ein hübscher Junge aus Ecija, genannt der Remendado*; und Carmen. Die übrigen ließen die Maultiere im Stich und flohen in die Schluchten, wohin die Pferde ihnen nicht zu folgen vermochten. Auch wir konnten unsere Tiere nicht behalten, sondern mußten die wertvollste Ware in aller Hast abladen und uns selbst damit bepacken. Und so, mit den Ballen auf der Schulter, versuchten wir, die steilsten Abhänge hinunter, uns quer durch die Felsen zu retten. Wir warfen die Ballen voran und glitschten und rutschten ihnen nach. Während dieser ganzen Zeit wurden wir von den Feinden beschossen. Es war das erste Mal, daß ich Kugeln pfeifen hörte; aber es machte mir wenig aus; und wer bewiese nicht Todesverachtung vor den Augen einer angebeteten Frau?

Wir kamen unversehrt davon, mit Ausnahme des armen Remendado, der einen Schuß ins Kreuz erhielt. Ich warf meinen Ballen hin und lud den Schwerverwundeten auf meine Schulter.

«Idiot!» schrie Garcia mir zu, «sollen wir uns mit einem Kadaver abschleppen?! Gib ihm den Rest und verlier deinen Sack mit den Strümpfen nicht!»

* Der Geflickte.

«Wirf den Kerl hin! Wirf ihn hin!» rief Carmen.

Die Erschöpfung zwang mich, den Armen für einen Augenblick im Schutze eines Felsens niederzulegen. Garcia trat an ihn heran und schoß ihm die volle Ladung seiner Muskete in den Kopf.

«Der müßte verdammt schlau sein, der ihn jetzt noch erkennen wollte!» meinte er mit einem Blick auf das von zwölf Kugeln zerfetzte Gesicht.

So sah das freie Räuberleben aus, das ich mir erträumt hatte, Señor!... Zu Tode ermattet, lagerten wir am Abend in einem dornigen Gebüsch. Wir hatten nichts zu essen und waren durch den Verlust unserer Maultiere völlig zugrunde gerichtet. Und was tat dieser infernalische Garcia? Er zog ein Kartenspiel aus der Tasche, und beim Scheine des rasch angezündeten Feuers begannen er und der Dancaïre seelenruhig ein Spielchen zu machen. Ich hatte mich auf den steinigen Boden hingestreckt, sah zu den Sternen empor und beneidete den toten Remendado um sein Schicksal.

Carmen, neben mir kauernd, trällerte vor sich hin und klapperte bisweilen leise mit ihren Kastagnetten. Dann — mit einer Bewegung, als wolle sie mir etwas zuflüstern — küßte sie mich zwei- oder dreimal, trotz meines Sträubens.

«Du bist der Teufel!» sagte ich zu ihr.

«Ja», bestätigte sie.

Nach einigen Stunden der Ruhe war sie

plötzlich weg, in der Richtung nach Gaucin hin; und am folgenden Morgen erschien ein kleiner Ziegenhirt und brachte uns Brot.

Nachdem wir den ganzen Tag an unserem Zufluchtsort ausgeharrt, schlichen wir uns bei einbrechender Dunkelheit in die Nähe von Gaucin. Dort warteten wir auf ein Zeichen von Carmen. Nichts kam.

Am folgenden Vormittag sahen wir, ein wenig unterhalb unseres Versteckes, einen Maultiertreiber des Weges kommen. Auf dem einen seiner Tiere ritt eine gutgekleidete Dame mit einem Sonnenschirm, auf dem andern ein kleines Mädchen, das ihre Dienerin sein mochte. Garcia schmunzelte:

«Da schickt uns der heilige Nikolaus zwei Maulesel und zwei Weiber. Vier Esel wären mir lieber gewesen. Aber man nimmt, was einem geboten wird!»

Er griff zu seiner Muskete und stieg, vom Buschwerk gedeckt, zum Wege hinunter. Der Dancaïre und ich folgten in geringer Entfernung. Als wir bis auf Schußweite herangekommen waren, traten wir vor und riefen dem Treiber zu, er solle haltmachen. Bei unserem Anblick brach die Dame — anstatt, wie es ihre Pflicht gewesen wäre, vor uns Raubgesellen zu erschrecken — in ein schallendes Gelächter aus.

«Oh, diese Dummköpfe halten mich wirklich für eine brave Bürgersfrau!» rief sie triumphierend.

Es war Carmen, so geschickt verkleidet, daß ich sie ohne diese aufklärenden Worte niemals wiedererkannt hätte. Sie sprang vom Maultier herab und begann alsbald, mit dem Dancaïre und Garcia leise zu verhandeln. Dann sagte sie zu mir:

«Kanarienvogel, bevor du gehenkt wirst, sehen wir uns noch einmal. Ich gehe in Geschäften nach Gibraltar. Ihr werdet bald von mir hören.»

Wir trennten uns, nachdem sie uns einen Ort gewiesen, der uns für einige Tage als Schlupfwinkel dienen konnte. Dieses Mädchen war wirklich unsere Vorsehung! Nach kurzer Frist erhielten wir von ihr etliches Geld und — was mehr wert war — die Ankündigung, daß, an einem bestimmten Tage und auf einem bestimmt bezeichneten Reisewege, zwei englische Lords sich von Gibraltar nach Granada begeben würden. Wir fanden uns pünktlich ein. Die beiden Englishmen führten jeder einen Beutel voll Goldmünzen mit sich. Garcia wollte sie niederschießen, aber der Dancaïre und ich widersetzten uns dieser Absicht. Wir nahmen ihnen nur das Geld, die Uhren sowie die — uns sehr willkommenen — Hemden.

Señor, zum Verbrecher wird man leicht! Ein hübsches Mädchen verdreht einem den Kopf; man schlägt sich für sie; es passiert ein Malheur; man muß in die Berge fliehen; und bald avanciert der Schmuggler zum Straßenräuber.

Nach der Mylord-Affäre erschien uns die

Gegend von Gibraltar nicht mehr recht geheuer, und wir zogen landeinwärts der Sierra de Ronda zu. Von Carmen hörten wir nichts.

Der Dancaïre sagte:

«Einer von uns muß sich in Gibraltar nach ihr erkundigen. Sie wird dort inzwischen eine Sache eingefädelt haben. Ich ginge gern selbst, bin aber in diesem Nest allzusehr bekannt.»

Der Einäugige erklärte darauf, auch für ihn sei es nicht ratsam, hinzugehen, da er den dortigen englischen Rotröcken schon eine Menge böser Streiche gespielt habe und außerdem seine Einäugigkeit nur schwer verbergen könne.

«Soll ich hingehen?» fragte ich, ganz benommen von der Hoffnung auf ein Wiedersehen mit Carmen. «Sagt mir, was ich zu tun habe!»

Die beiden gaben mir folgende Weisungen:

«Nimm den Wasserweg oder geh über San Roque, wie es dir am sichersten erscheint. Wenn du in Gibraltar bist, so frag am Hafen nach der Wohnung der Schokoladenhändlerin Rollona. Von dieser erfährst du, was dort vorgeht.»

Wir beschlossen, gemeinsam nach der Sierra de Gaucin aufzubrechen, wo ich meine Gefährten verlassen sollte, um mich als Fruchthändler nach Gibraltar zu begeben. In Ronda hatte ein Mann, dem wir vertrauen konnten, einen Paß für mich besorgt, und in Gaucin bekam ich einen Esel. Ich belud ihn mit Orangen und Melonen und machte mich auf den Weg.

In Gibraltar angelangt, erfuhr ich, daß man dort die Rollona sehr gut gekannt habe, daß sie aber gestorben oder irgendwie verkommen sei. Ihr Verschwinden schien mir die Ursache des Aufhörens unserer Verbindung mit Carmen zu sein. Ich stellte meinen Esel in einen Stall und begann die Stadt zu durchforschen, scheinbar als Orangenverkäufer, in Wirklichkeit aber, um zu sehen, ob nicht irgendein bekanntes Gesicht in den Straßen auftauchen wolle. In Gibraltar kommt viel Gesindel aus aller Herren Ländern zusammen, es ist das reine Babel, man kann keine zehn Schritt gehen, ohne ebenso viele Sprachen zu vernehmen. Ich traf auch eine Menge Zigeuner, wagte aber nicht, ihnen meine Sache anzuvertrauen. So suchte man sich denn gegenseitig auszuhorchen, ahnte wohl auch die gemeinsame Verrufenheit, mußte es aber doch für fraglich halten, ob man zu einer und derselben Bande gehöre.

Nach zwei Tagen ermüdenden Umherziehens hatte ich immer noch nichts über die Rollona und Carmen erfahren können, und schon dachte ich daran, nach Erledigung einiger Einkäufe zu meinen Kameraden zurückzukehren, als ich, gegen Sonnenuntergang eine mir unbekannte Straße durchwandernd, vom Fenster eines Hauses eine weibliche Stimme rufen hörte:

«Orangenmann!»

Ich hob die Augen und erblickte Carmen. Sie lehnte sich an die Brüstung eines Balkons, und neben ihr stand ein Offizier in roter Uniform mit goldenen Epauletten, geschniegelt und gebügelt, offenbar ein vornehmer Herr. Und auch sie, die Carmen, war glänzend gekleidet: einen Shawl um die Schultern, einen goldenen Kamm im Haar, ganz in Seide. Und dieses Weibsstück lachte, daß sie sich die Seiten halten mußte!

Der Engländer rief mir in gebrochenem Spanisch zu, ich solle heraufkommen, die Señora wünsche Orangen zu kaufen. Carmen fügte auf baskisch hinzu:

«Komm herauf, und wundere dich über nichts.»

Wirklich, bei ihr durfte man über nichts erstaunt sein! ... Ich weiß nicht, ob ich mehr beglückt oder mehr gequält war durch dieses Wiedersehen. An der Tür stand ein englischer Lakai, hochgewachsen und gepudert, der mich in einen prachtvollen Salon führte. Carmen sagte auf baskisch zu mir:

«Du verstehst kein Wort spanisch! Und du kennst mich nicht!»

Dann, sich an den englischen Offizier wendend:

«Ich habe doch gleich gemerkt, daß er ein Baske ist! Sie werden hören, welch drollige Sprache er spricht! ... Und was für eine beschämte Miene er hat, nicht wahr? Ganz wie eine Katze, die sich in der Speisekammer hat erwischen lassen!»

«Und du», sagte ich zu ihr in meiner Heimatsprache, «du hast die Miene einer unverschämten Dirne, und ich hätte Lust, dir vor deinem Galan die Fratze zu vermöbeln!»

«Mein ‚Galan‘!» erwiderte sie; «hast du das mit eigenem Köpfchen herausgefunden?... Und auf diesen geleckten Idioten da bist du eifersüchtig?! Wirklich, du scheinst mir noch verrückter geworden zu sein als damals in der Laternengasse! Merkst du denn nicht, daß ich im jetzigen Augenblick für unser Geschäft arbeite, und zwar in ganz großartiger Weise? Dieses Haus gehört mir; auch das Geld dieses Narren wird mein eigen sein; ich führe ihn an der Nase herum; und bald werde ich ihn irgendwohin führen, von wo er niemals zurückkehren soll!»

«Und ich», antwortete ich, «ich werde dir diese feine Art, fürs ‚Geschäft‘ zu arbeiten, bald so gründlich versalzen, daß dir die Lust dazu auf ewig vergehen soll!»

«Oho! Bist du etwa mein Herr Gemahl, daß du mir Befehle zu erteilen hättest?!... Der Einäugige ist entzückt über meine Arbeitsmethoden! Was hast du dich hineinzumischen? Könntest du nicht damit zufrieden sein, daß du der einzige Luxus bist, den ich mir in der Liebe gönne?!»

«Was sagt er?» fragte der Engländer.

«Er sagt, er habe großen Durst und möchte gern einen Schluck trinken», antwortete Carmen.

Und, laut aufkreischend vor Freude über ihre gelungene Übersetzung, warf sie sich auf ein Kanapee.

Señor, wenn dieses Weib lachte, dann mußte jeder mitlachen, ob er wollte oder nicht! Auch der lange Engländer tat es — in seiner spleenigen Art. Dann ließ er mir etwas zu trinken bringen.

Inzwischen sagte Carmen zu mir:

«Siehst du den Ring an seinem Finger? ... Den schenke ich dir, wenn du willst.»

Ich erwiderte:

«Ich will keinen Ring von deinem Mylord, aber ich gäbe etwas darum, wenn ich ihn einmal in den Bergen zu fassen kriegte, jeder eine maquila* in der Faust!»

«Maquila», was bedeutet das?» fragte der Engländer.

«Maquila», antwortete Carmen lachend, «das ist eine besondere Art von Orangen. Ist es nicht ein sehr komisches Wort? Er sagte, er möchte Ihnen gern eine zu kosten geben.»

«Gut!» sagte der Engländer. «So soll er morgen wiederkommen und maquilas mitbringen.»

Inzwischen war der Bediente erschienen und hatte gemeldet, das Nachtmahl sei bereit. Der Engländer erhob sich, gab mir einen Piaster und bot Carmen (als ob sie nicht allein hätte gehen können!) seinen Arm. Carmen, immer noch lachend, sagte zu mir:

«Mein Junge, zum Diner kann ich dich nicht einladen. Aber morgen, sobald du das Trommeln zur Parade hörst, komm mit deinen Orangen wieder her! Du sollst ein Ruhegemach finden, besser eingerichtet als das in der Laterngasse! Und du wirst sehen, ob ich immer

* Eisenbeschlagener Stock der Basken.

noch deine Carmencita bin! Dann sprechen wir auch von unseren Zigeunergeschäften!»

Ich antwortete nichts. Als ich unten auf der Straße war, hörte ich den Engländer mir nachrufen:

«Nicht vergessen, morgen die maquilas zu bringen!»

Und Carmens Gelächter schallte hinterdrein.

In der Nacht fand ich keinen Schlaf, und als ich mich am Morgen erhob, fühlte ich mich so aufgebracht gegen dies verräterische Geschöpf, daß ich beschloß, Gibraltar zu verlassen, ohne Carmen noch einmal gesehen zu haben. Doch wie ich dann den Trommelwirbel hörte, war es mit aller Widerstandskraft vorbei: ich nahm meinen Orangenkorb und eilte zu Carmen. Ihr Fensterladen stand halb offen, und ich sah, wie ein großes schwarzes Auge nach meinem Kommen auslugte. Der gepuderte Diener ließ mich ohne weiteres eintreten. Carmen schickte ihn auf Kommissionen in die Stadt. Sowie wir allein waren, warf sie sich mir wild an den Hals. Ich hatte sie niemals so schön gesehen. Geschmückt wie eine Madonna, duftend von Wohlgerüchen . . . Und seidene Möbel, gestickte Vorhänge . . . Und dabei ich in meinen elenden Lumpen!»

«Mein Junge», sagte sie zu mir, «am liebsten möchte ich hier alles kurz und klein schlagen, das Haus anzünden und mich verflüchtigen in die Sierra!»

Oh, wie zärtlich sie an diesem Tage war! ... Und wie sie lachte! ... Und dann tanzte sie und zerriß und zerfetzte ihren ganzen Flitterkram. Wirklich, kein Affe hätte sich soviel Sprünge, Grimassen und Teufeleien ausdenken können!

Als sie endlich wieder Vernunft angenommen hatte, sagte sie zu mir:

«Hör zu, es handelt sich um Geschäfte. Er wird mich auf meinen Wunsch nach Ronda begleiten, wo ich eine Schwester im Kloster habe ....» (Erneuter Ausbruch ihres fürchterlichen Lachens.) «Wir kommen an einer Stelle vorbei, die ich dir noch bezeichnen werde. Ihr fallt über ihn her und plündert ihn — ritze, ratze! — aus. Das beste wäre, ihn gleich niederzuknallen. Und» — fügte sie mit einem diabolischen Lächeln hinzu — «weißt du, wie man es machen müßte?! Der Einäugige muß als erster auf dem Platze erscheinen! Ihr anderen haltet euch noch etwas zurück! Denn der Rotrock ist tapfer und weiß mit seinen Pistolen umzugehen ... Begreifst du?»

Dieser heimtückische Plan ließ mich erschauern.

«Nein!» erwiderte ich. «Ich hasse Garcia, aber er ist mein Kamerad! Eines Tages werde ich dich vielleicht von ihm befreien; aber ich werde mein Konto mit ihm so regeln, wie man es in meiner Heimat zu tun pflegt! Denn ein Zigeuner bin ich ja nur aus Zufall; in gewissen Dingen werde ich stets ein Navarrese bleiben!»

Sie erwiderte:

«Ein Dummkopf wirst du stets bleiben und ein Maulheld! Du bist wie der Zwerg, der sich einbildet, wer weiß wie hochgewachsen zu sein, wenn er einmal weit gespuckt hat!.. . Du liebst mich nicht. Geh weg!»

Jedesmal, wenn sie solche Worte zu mir sagte, vermochte ich am allerwenigsten wegzugehen. Ich versprach jedoch, die Stadt zu verlassen, zu den Kameraden zurückzukehren und mit ihnen dem Engländer aufzulauern. Immerhin blieb ich noch zwei Tage in Gibraltar. Während dieser Zeit vollbrachte sie das Wagnis, verkleidet zu mir in die Herberge zu kommen. Nachdem Ort und Stunde des Überfalls auf den Engländer genau verabredet waren, brach ich auf. Aber ich hatte mir auch einen eigenen Plan zurechtgelegt!

Ich fand den Dancaïre und Garcia meiner wartend. Wir verbrachten die Nacht tief im Walde bei einem knisternden Feuer von Pinienzapfen. Ich machte Garcia den Vorschlag, Karten zu spielen. Er war einverstanden. Bei der zweiten Partie sagte ich ihm auf den Kopf zu, daß er betrüge. Er begann zu lachen. Ich schleuderte ihm die Karten ins Gesicht. Er wollte zu der Muskete greifen, die neben ihm im Grase lag. Ich trat mit dem Fuß darauf und sagte zu ihm:

«Man hat mir gesagt, im Messerkampfe fändest du nicht deinesgleichen. Komm und beweis es mir!»

Der Dancaïre versuchte uns zu trennen. Ich

hatte Garcia zwei oder drei Faustschläge versetzt. Die Wut machte ihn kampflustig. Er zog sein Messer; ich das meine. Wir riefen dem Dancaïre zu, er solle uns unsere Sache ausfechten lassen nach allen Regeln der Kunst. Er sah ein, daß es vergeblich gewesen wäre, uns zurückhalten zu wollen, und trat beiseite. Garcia duckte sich wie eine Katze, die auf eine Maus losspringen will. In der linken Hand hielt er seinen Hut, um zu parieren, und das Messer nach vorn. Das ist eine andalusische Art der Deckung. Ich dagegen setzte mich in navarresische Positur, mit Front gerade gegen ihn, den linken Arm erhoben, das linke Bein vorgestellt, das Messer flach am rechten Oberschenkel. Ich fühlte mich stark wie ein Riese.

Pfeilschnell schoß Garcia auf mich los. Ich aber machte mit dem linken Fuß eine so plötzliche Wendung, daß sein Messer nichts mehr fand, wohin es hätte stoßen können. Ich traf ihn an der Gurgel, und das Messer drang so tief ein, daß meine Hand sich unter seinem Kinn befand. Ich drehte die Klinge mit solcher Gewalt um, daß sie zerbrach. Es war mit ihm zu Ende. Die Klinge sprang aus der Wunde, hervorgeschwemmt von einer armdicken Welle von Blut. Er fiel vornüber hin, steif wie ein Pfahl.

«Was hast du getan?» sagte Dancaïre.

«Hör zu!» antwortete ich. «Für uns beide war auf der Welt kein Platz. Ich liebe Carmen, und ich will der einzige sein, der sie lieben darf! . . . Übrigens war dieser Garcia ein niedriger Schuft! Erinnerst du dich, was er mit dem armen Remendado gemacht hat? ... Jetzt sind wir nur noch zwei, aber wir sind wenigstens ehrliche Kerle! Willst du mich zum Freunde haben auf Leben und Tod?»

Der Dancaïre streckte mir die Hand hin. Er war ein Mann von fünfzig Jahren.

«Zum Teufel mit all diesen Liebesgeschichten!» rief er. «Wenn du die Carmen ganz einfach von ihm zu kaufen verlangt hättest, so hätte er sie dir für einen Piaster gern abgetreten! — Ja, wir sind jetzt nur noch zwei. Und wie wollen wir es morgen mit dem Engländer machen?»

«Laß mich die Sache ganz allein in Ordnung bringen!» antwortete ich. «Jetzt nehm' ich's mit der ganzen Welt auf!»

Wir begruben Garcia und lagerten uns zweihundert Schritte weiter hin.

Am folgenden Tage erschienen, programmgemäß, Carmen und ihr Engländer, begleitet von zwei Maultiertreibern und einem Diener. Ich sagte zum Dancaïre:

«Den Engländer nehm' ich auf meine Kappe. Jag du den anderen nur einen heilsamen Schrekken ein: sie sind ganz unbewaffnet.»

Der Engländer war ein tapferer Mann. Wenn Carmen seinen Arm nicht zurückgerissen hätte, so würde er mich niedergeschossen haben.

Kurz: an diesem Tage eroberte ich mir Carmen zurück; und das erste Wort, das ich zu ihr sprach, war:

«Du bist Witwe!»

Nachdem sie sich hatte erzählen lassen, wie die Sache verlaufen war, sagte sie zu mir:

«Du wirst uns immer fremd bleiben! Wenn alles nach Zigeunersinn zugegangen wäre, so hättest du dem Garcia rettungslos verfallen müssen, denn deine Navarra-Finten sind nichts als Kindereien, und Garcia hat geschicktere Kämpfer ins Jenseits befördert, als dich! Aber seine Zeit war gekommen — daran lag es! ... Die deine kommt auch.»

«Und die deine», ergänzte ich, «falls du mir nicht treu bleibst.»

«Mir soll's recht sein!» sagte sie. «Mehr als einmal hab' ich im Kaffeesatz gelesen, daß unsere Liebe für uns beide das Ende bedeute. Bah! ... Mag kommen, was da wolle!»

Und sie klapperte mit den Kastagnetten, wie sie es immer tat, wenn sie einen lästigen Gedanken vertreiben wollte.

Wenn man von sich selber spricht, Señor, wird man leicht weitschweifig. Gewiß langweile ich Sie mit all diesen Einzelheiten; aber ich bin bald am Ende. Das Dasein, wie es sich nun entspann, war von ziemlich langer Dauer. Der Dancaïre und ich hatten uns mit einigen neuen Kameraden zusammengetan, die zuverlässiger waren als die früheren. Unsere gewöhnliche Beschäftigung war der Schmuggel. Nur im äußersten Notfall, wenn wir uns gar nicht anders zu helfen wußten, entschlossen wir uns zum Straßenraub. Niemals aber mißhandelten wir die Überfallenen, sondern begnügten uns damit, ihnen Geld und Schmucksachen abzunehmen.

Mehrere Monate lang konnte ich mit Carmen zufrieden sein. Nach wie vor bewährte sie sich als Kundschafterin und vermittelte uns manche gute Gelegenheit. Sie mußte sich viel in den Städten aufhalten; besonders Malaga, Cordova, Granada waren die Felder ihres Spürsinnes. Stets aber bedurfte es nur eines Wortes von mir, um sie zu bewegen, alles im Stich zu lassen und mit mir in irgendeiner einsamen Schenke oder auch an einem Lagerfeuer zusammenzutreffen.

Ein einziges Mal — es war in Malaga — gab sie mir Anlaß zur Beunruhigung. Es war mir berichtet worden, daß sie ihr Augenmerk auf einen reichen Kaufmann geworfen habe, mit dem sie wohl das Spiel von Gibraltar zu wiederholen gedachte. Trotz aller Abmahnungen des Dancaïre brach ich auf, wagte mich bei hellem Tage mitten in die Stadt, entdeckte Carmen und zwang sie, mir unverzüglich zu folgen.

Wir hatten eine heftige Auseinandersetzung.

«Weißt du», sagte sie zu mir: «seitdem du mein richtiger Mann bist, lieb' ich dich weniger als damals, wo du mein Geliebter warst! Ich wünsche von niemandem kommandiert oder belästigt zu werden! Ich will frei sein und tun und lassen können, was mir beliebt! Treib mich nicht zum Äußersten! Sonst würde es mir nicht schwerfallen, einen tüchtigen Jungen zu finden, der dir täte, was du dem Einauge getan hast!»

Der Dancaïre brachte eine Art Versöhnung zustande. Aber wir hatten einander Dinge gesagt, die im Herzen haften blieben, und es war nicht mehr so wie früher. Bald darauf brach großes Unheil über uns herein. Wir wurden von einem Trupp Soldaten überfallen. Der Dancaïre wurde getötet, ebenso zwei Kameraden; zwei andere wurden gefangengenommen. Ich selbst erlitt eine schwere Verwundung, und hätte ich mein gutes Roß nicht gehabt, so wäre auch ich in die Hände der Soldaten gefallen. Zu Tode erschöpft, mit einer Kugel im Leib, verbarg ich mich im Walde — zusammen mit dem einzigen Gefährten, der mir geblieben war. Kaum war ich vom Pferde herunter, da sank ich in tiefe Ohnmacht, und mein Kamerad glaubte, daß ich hier im Gebüsch krepieren würde wie ein angeschossener Hase.

Der gute Kerl trug mich in eine Höhle, die uns bekannt war. Dann machte er sich auf nach Granada, um Carmen zu holen. Sie kam in aller Hast. Vierzehn Tage lang verließ sie mich nicht eine Minute. Sie schloß kein Auge und pflegte mich mit einer Geschicklichkeit und einer Sorglichkeit, wie nie eine Frau es getan hat für den geliebtesten Mann. Sobald ich mich wieder auf den Beinen halten konnte, führte sie mich auf Schleichwegen nach Granada. Zigeunerinnen kennen überall sichere Zufluchtsorte, und so verbrachte ich denn mehr als sechs Wochen in einem Hause, das in unmittelbarer Nähe der Wohnung des Corregidor lag, der nach mir fahndete. Durch einen Spalt im Fensterladen sah ich ihn manchmal vorbeikommen.

Endlich war ich ganz wiederhergestellt. Aber das Krankenlager hatte mir allerlei Ideen eingegeben, und ich beschloß, ein neues Leben zu beginnen. Ich sprach zu Carmen von dem Gedanken, Spanien zu verlassen und in der Neuen Welt eine ehrbare Existenz zu begründen. Sie nahm meinen Plan mit Hohngelächter auf.

«Zum Kohlbauen sind wir nicht geschaffen», sagte sie; «unsere Bestimmung ist, auf Kosten der ,rechtschaffenen' Leute zu leben! . . . Hör zu: ich hab' ein Geschäft mit Nathan-Ben-Joseph in Gibraltar verabredet. Er hat Baumwollwaren, die nur auf dich warten, um durchzuschlüpfen. Er weiß, daß du wieder arbeitsfähig bist. Er rechnet auf dich. Was würden unsere Geschäftsfreunde in Gibraltar sagen, wenn wir unser Wort nicht unverbrüchlich hielten?»

Ich ließ mich bereden und nahm mein schlimmes Handwerk wieder auf.

Während der Zeit meines verborgenen Aufenthaltes in Granada fanden dort Stiergefechte statt. Carmen ging hin. Als sie zurückkam, sprach sie viel von einem Picador namens Lucas und rühmte seine große Geschicklichkeit. Sie kannte auch den Namen seines Pferdes und wußte, wieviel sein gesticktes Wams gekostet hatte. Ich achtete nicht weiter darauf.

Ein paar Tage später erzählte mir Juanito — das war der Name des Kameraden, der mich gerettet hatte und mir als einziger geblieben war —, er habe Carmen in Gesellschaft jenes Lucas in einem Kaufladen der Stadt gesehen. Das machte mich stutzig, und ich fragte Carmen, wie und in welcher Absicht sie die Bekanntschaft des Picador gemacht habe.

«Das ist ein Bursche», antwortete sie, «mit dem sich ein Geschäft machen ließe! Er hat als Stierkämpfer eintausend und zweihundert Reale verdient. Somit gibt es für uns zwei Möglichkeiten: entweder nehmen wir ihm dieses Geld ab; oder er muß — da er ein guter Reiter und ein beherzter Junge ist — in unsere Bande eintreten! Es sind uns letzthin so viele Leute getötet worden, und wir brauchen Ersatz! Nimm ihn als Kameraden auf!»

«Ich will weder sein Geld noch seine Kameradschaft», entgegnete ich, «und ich verbiete dir, mit ihm zu sprechen!»

«Sei auf deiner Hut!» sagte Carmen. «Wenn man mir etwas verbietet, so lockt es mich um so mehr!»

Glücklicherweise führten anderweitige Verpflichtungen den Picador nach Malaga; und ich meinerseits machte mich ans Werk, die Baumwolle des Juden zollfrei einzuschmuggeln. Dieses Unternehmen erforderte viel Zeit und Mühe von Carmen und von mir. Darüber vergaß ich den Picador. Vielleicht vergaß auch Carmen ihn, wenigstens für eine Weile.

Es war um diese Zeit, Señor, daß ich Ihnen begegnete. Wir trafen uns an der Quelle in der Gegend von Montilla und sahen uns später in Cordova wieder. Bei diesem zweiten Zusammensein stahl Carmen Ihnen die Uhr. Sie hätte gern auch Ihr Geld genommen und besonders den Siegelring, den Sie am Finger tragen, und der — so behauptete sie — ein Zauberring sei, mit dem man große Wunder vollbringen könne. Wir gerieten darüber in heftigen Streit, und ich schlug Carmen. Sie wurde bleich wie der Tod und weinte. Es war das erste Mal, daß ich sie weinen sah: es machte mich fassungslos. Ich bat sie, mir zu verzeihen; aber sie sprach den ganzen Tag kein Wort mehr zu mir, und als ich nach Montilla aufbrechen mußte, wollte sie mir keinen Kuß geben.

Mit schwerem Herzen hockte ich in meinem einsamen Versteck. Aber es vergingen keine drei Tage, da erschien plötzlich Carmen, mit lachender Miene und heiter wie eine Lerche. Alles Böse schien vergessen zu sein; man hätte uns für Neuvermählte halten können.

Beim Abschied sagte sie zu mir:

«In Cordova ist ein Fest. Ich will hin. Ich werde die Leute ausfindig machen, die mit viel Geld von dort abreisen, und ich werde dir berichten.»

Ich ließ sie ziehen. Als ich wieder allein war, überlegte ich mir, was es wohl für eine Bewandtnis haben möge mit diesem Fest und mit Carmens so merkwürdig verwandelter Laune.

Gewiß hat sie sich schon an mir gerächt!

dachte ich, sonst wäre sie nicht so scheinheilig aus freien Stücken hergekommen!

Ein Bauer sagte mir, in Cordova fänden Stiergefechte statt. Da brandete mir das Blut; in wilder Ungeduld machte ich mich auf den Weg, und schon war ich an Ort und Stelle. Man zeigte mir den Picador Lucas, und auf der Bank unmittelbar vor der Schranke sah ich Carmen. Ein Blick genügte mir, um meiner Sache sicher zu sein. Von Beginn des Kampfes an spielte Lucas den Galanten, ganz wie ich es mir gedacht hatte. Er riß dem Stier die bunte Schleife ab und überreichte sie Carmen, die sie in ihr Haar steckte. Aber ebendieser Stier sollte mein Rächer werden. Lucas wurde zu Boden geschleudert, das Pferd fiel über ihn hin, und der Stier über beide. Ich sah Carmen: sie war schon nicht mehr auf ihrem Platze. Den meinen zu verlassen, war unmöglich: ich mußte bis zum Ende der Kämpfe ausharren. Dann ging ich in das Haus, das Sie kennen, und wartete dort den ganzen Abend und einen Teil der Nacht. Gegen zwei Uhr früh erschien Carmen und war etwas überrascht, mich zu sehen.

«Komm mit mir!» sagte ich zu ihr.

«Gut», sagte sie. «Gehen wir!»

Ich holte mein Pferd, hob sie hintenauf, und so ritten wir bis zum Morgengrauen, ohne ein Wort zu sprechen. Dann, beim ersten Strahl der Sonne, machten wir bei einer entlegenen Schenke halt. Nicht weit davon befand sich eine Einsiedelei.

Ich sagte zu Carmen:

«Hör zu! Alles sei vergessen! Nie werde ich irgend etwas erwähnen! Nur das eine mußt du mir schwören: daß du mit mir nach Amerika gehen, und daß du dort Vernunft annehmen willst!»

«Nein!» sagte sie trotzigen Tones. «Ich will nicht nach Amerika. Es gefällt mir hier sehr gut.»

«Weil du in der Nähe von Lucas bleiben willst, wie? Aber gib acht: wenn er wieder gesund wird — alt werden soll er nicht!... Doch weshalb mich an ihn halten?! Es beginnt mich zu langweilen, alle deine Liebhaber zu töten; bald kommst du selbst an die Reihe!»

Sie starrte mich mit ihren Raubtieraugen an und sagte:

«Ich habe immer gewußt, daß du mich töten würdest. An dem Tage, wo ich dich zum erstenmal gesehen, war mir ein Priester begegnet beim Weggehen von meinem Hause. Und heute nacht, als wir Cordova hinter uns hatten, ist uns ein Hase quer über den Weg gelaufen, mitten zwischen den Beinen des Pferdes hindurch. Hast du es nicht gesehen?... Das sind Zeichen dessen, was kommen wird.»

«Carmencita», sagte ich, «liebst du mich nicht mehr?»

Sie antwortete nichts. Sie saß mit gekreuzten Beinen auf einer Matte und zeichnete mit den Fingern Striche auf den staubigen Boden.

«Laß uns ein neues Leben beginnen, Carmen!» sagte ich in flehendem Ton. «Laß uns irgendwo leben, wo wir uns nie mehr zu trennen brauchen! Du weißt: unter einer Eiche, unweit von hier, haben wir einhundertzwanzig Unzen Goldes vergraben. Und wir haben auch noch Geld bei dem Juden Ben-Joseph in Aufbewahrung.»

Lächelnd sagte sie:

«Erst ich; dann du! . . . Ich weiß, daß es so kommen muß.»

«Überleg es dir gut!» erwiderte ich. «Meine Geduld ist zu Ende und desgleichen meine Zuversicht. Entschließe dich, oder es wird zu spät.»

Ich ließ sie allein und ging auf die Einsiedelei zu. Ich fand den Eremiten im Gebet und wartete. Wie gerne hätte ich selber gebetet, wenn ich es vermocht hätte! Als der fromme Mann sich erhob, trat ich auf ihn zu.

«Mein Vater», redete ich ihn an, «wollt Ihr für jemanden beten, der in großer Gefahr ist?»

«Ich bete für alle, die in Angst und Not sind», antwortete er.

«Könntet Ihr eine Messe lesen für eine Seele, die vielleicht bald vor ihrem Schöpfer erscheinen wird?»

«Ja», antwortete er, mir fest ins Auge sehend.

Und da ihm mein Wesen wohl absonderlich erscheinen mochte, so schien er mich zum Sprechen bewegen zu wollen.

«Es kommt mir vor, als ob ich Euch schon einmal gesehen hätte», sagte er.

Ich warf einen Piaster auf die Bank.

«Wann werdet Ihr die Messe lesen?» fragte ich.

«In einer halben Stunde. Der Sohn des Wirtes soll dabei ministrieren. — Aber sagt mir doch, junger Mann, habt Ihr vielleicht etwas auf dem Gewissen, das Euch quält? Wünscht Ihr irgendwelchen christlichen Rat zu empfangen?»

Ich fühlte mich dem Weinen nahe und antwortete, ich würde bald wiederkommen. In einiger Entfernung von der Kapelle warf ich mich ins Gras, um auf das Ertönen der Glocke zu warten. Wie ich die Klänge vernahm, näherte ich mich abermals der Einsiedelei, blieb jedoch außerhalb der Kapelle stehen. Als die Messe beendet war, kehrte ich in die Schenke zurück.

Ich hatte gehofft, daß Carmen inzwischen entflohen sei; sie hätte nur mein Pferd zu nehmen und davonzureiten brauchen ... Aber sie war dageblieben. Sie würde es nicht ertragen haben, daß ich sie für furchtsam gehalten hätte! Während meiner Abwesenheit hatte sie den Saum ihres Kleides aufgetrennt und das Blei herausgenommen. Dann hatte sie dieses geschmolzen und in eine hölzerne Schale mit Wasser geschüttet. Ich fand sie am Tische sitzen; sie betrachtete aufmerksam die sonderbaren Formen des Metalles. So inbrünstig war sie in ihre Magie versunken, daß sie mein

Kommen völlig unbeachtet ließ. Bald fischte sie ein grotesk aussehendes Stück Blei aus der Schüssel und wandte es traurig nach allen Seiten um, bald sang sie eines jener Zauberlieder, in denen Maria Padilla angerufen wird, die Geliebte des Königs Don Pedro, die die heimliche Königin der Zigeuner gewesen sein soll.

«Carmen», sagte ich zu ihr, «willst du mitkommen?»

Sie erhob sich, warf die Schale mit dem Blei zu Boden und nahm ihre Mantilla über den Kopf. Das Pferd wurde gebracht, sie setzte sich hintenauf, und wir ritten von dannen.

«Also», sagte ich nach einer Weile zu ihr, «du bist bereit, mir zu folgen, nicht wahr?»

«Ich folge dir in den Tod, ja; aber leben will ich nicht mit dir.»

Wir waren in eine einsame Schlucht gelangt. Ich brachte das Pferd zum Stehen.

«Ist es hier?» fragte sie.

Schon war sie vom Pferde herunter. Sie riß die Mantilla ab, warf sie zu Boden und stand unbeweglich da, eine Hand auf die Hüfte gestemmt, mich starr anblickend.

«Du willst mich töten, ich sehe es», sagte sie. «In den Sternen steht es geschrieben; aber zum Nachgeben bringst du mich nicht!»

«Ich flehe dich an», sagte ich, «sei vernünftig! Hör auf mich! Alles Vergangene soll vergessen sein. Gleichwohl bist du es gewesen, die mich zugrunde gerichtet hat; um deinetwillen bin ich zum Räuber und Mörder geworden. Carmen, geliebte Carmen, willige ein, daß ich dich rette und daß ich mich mit dir rette!»

«José», antwortete sie, «du verlangst Unmögliches. Ich liebe dich nicht mehr. Du aber liebst mich noch — und das ist der Grund, weshalb du mich töten willst. Wohl könnte ich noch irgendwelche Lügen erfinden; aber es ist mir nicht mehr der Mühe wert. Alles ist zu Ende. Als mein richtiger Mann hast du ein Recht, mich zu töten. Aber Carmen verzichtet nicht auf ihre Freiheit! Zigeunerin war sie im Leben und Zigeunerin bleibt sie im Tode!»

«Du liebst also den Lucas?» fragte ich.

«Ja, ich hab' ihn geliebt, wie früher dich — einen Augenblick lang; vielleicht weniger stark als dich. Jetzt liebe ich nichts mehr; aber ich hasse mich selbst, weil ich dich geliebt habe!»

Ich warf mich ihr zu Füßen, ich ergriff ihre Hände und netzte sie mit meinen Tränen. Ich rief ihr alles Glück, das uns beschieden gewesen, ins Gedächtnis zurück. Ich erklärte mich bereit, ihr zuliebe ein Räuber zu bleiben. Alles, Señor, alles sollte nach ihrem Willen geschehen, wenn sie mir ihre Liebe wieder zuwenden wollte!

Sie antwortete:

«Dich noch zu lieben, ist unmöglich. Und ohne Liebe mit dir leben will ich nicht.»

Da packte mich die Wut. Ich zog mein Messer. Ich hoffte, daß sie Angst bekäme und mich um Gnade bäte; aber dieses Weib war ein Dämon.

«Ich frage dich ein letztes Mal», sagte ich: «willst du bei mir bleiben?»

«Nein! Nein! Nein!» erwiderte sie, mit dem Fuße aufstampfend.

Und sie zog den Ring, den ich ihr einst gegeben, vom Finger und warf ihn tief in die Büsche.

Ich stieß zweimal zu. Es war das Messer des Einäugigen, das ich genommen hatte, als das meinige zerbrochen war. Beim zweiten Stoß sank sie zu Boden. Sie schrie nicht. Starr sahen ihre großen, schwarzen Augen mich an; dann wurden sie trübe und schlossen sich. Lange stand ich regungslos vor der Toten. Ich dachte daran, daß Carmen mir öfter gesagt hatte, sie wünsche in einem Walde begraben zu sein. Ich grub ihr mit dem Messer ein Grab und legte sie hinein. Ich suchte nach dem Ring. Endlich fand ich ihn. Ich legte ihn neben sie ins Grab — und dazu ein kleines Kreuz. Das war vielleicht nicht recht getan.

Darauf stieg ich aufs Pferd und ritt im Galopp nach Cordova. Dem ersten Wachtposten gab ich mich zu erkennen. Ich sagte, daß ich Carmen getötet hätte. Aber wo die Tote sich befand, das habe ich nicht gesagt. Der Einsiedler war ein heiliger Mann. Er hat für sie gebetet! Er hat eine Messe gelesen für das Heil ihrer Seele . . .

Armes Kind! . . . Die Zigeuner sind schuld: sie waren es, die ihr Wesen so geprägt haben.

IL VICOLO
DI MADAMA LUCREZIA

Als ich dreiundzwanzig Jahre alt war, machte ich mich auf die Reise nach Rom. Mein Vater gab mir eine Anzahl Empfehlungsbriefe mit, von denen ein einziger — vier Seiten lang — versiegelt war. Er trug die Adresse:

An die Marchesa Aldobrandi.

«Schreib mir», sagte mein Vater, «ob die Marchesa noch schön ist!»

Seit frühester Kindheit hatte ich in seinem Arbeitszimmer, über dem Kamin, das Miniaturbildnis einer sehr reizvollen Frau gesehen, mit gepuderten Haaren, von Efeu umkränzt, ein Tigerfell über der Schulter. Darunter stand zu lesen:

Roma, anno 18 . . .

Da die Kostümierung mir sonderbar vorkam, so hatte ich des öfteren zu fragen gewagt, wer diese Dame sei. Die Antwort lautete jedesmal:

«Das ist eine Bacchantin.»

Diese Auskunft befriedigte mich wenig.

Ich glaubte ein Geheimnis zu wittern; denn bei meiner so harmlosen Frage kniff meine Mutter die Lippen unwillig zusammen, während das Gesicht meines Vaters einen tiefernsten Ausdruck annahm.

Als er mir nun den versiegelten Brief gab, streiften seine Blicke verstohlen das Bildnis. Auch ich sah unwillkürlich hin, und es kam mir die Idee, diese gepuderte Bacchantin möge wohl die Marchesa Aldobrandi sein. Und da ich eben in dem Alter war, wo man den Lauf der Welt zu verstehen beginnt, so zog ich aus dem Benehmen meiner Eltern alle möglichen Schlüsse.

In Rom angekommen, beeilte ich mich, der Marchesa das an sie gerichtete Schreiben zu überbringen. Sie wohnte in einem Palazzo nahe der Piazza di San Marco.

Ich gab den Brief sowie meine Karte einem Diener in gelber Livree, der mich in einen geräumigen, melancholischen, ziemlich schlecht möblierten Salon führte. In jedem römischen Palazzo finden sich Gemälde alter Meister. Dieser Salon enthielt deren ziemlich viele, darunter etliche, die mir als Werke höchster Kunst erschienen.

Vor allem fiel mir ein Frauenbildnis in die Augen, das von Leonardo da Vinci sein mochte. Der kostbare Rahmen, die Staffelei aus blauem Ebenholz, auf der es ruhte, kennzeichneten es als das Hauptstück der Sammlung. Da die Marchesa nicht erschien, hatte ich Muße, es zu betrachten. Ich nahm mir sogar die Freiheit, es, des besseren Lichtes wegen, von der Staffelei zu heben und in die Nähe eines Fensters zu tragen. Unzweifelhaft handelte es sich um ein Porträt, nicht um ein Phantasiebild, denn solche Gesichter erfindet man nicht: eine schöne Frau mit etwas vollen Lippen, die Augenbrauen beinahe zusammengewachsen, der Blick hochmütig und verführerisch zugleich. Im Hintergrunde sah man ein Wappen, mit einer Herzogskrone darüber. Was mich besonders frappierte, war, daß das Kostüm — einschließlich der gepuderten Haare — dasselbe war wie bei der Bacchantin meines Vaters.

Ich hielt das Bild noch in der Hand, als die Marchesa den Salon betrat.

«Ganz wie sein Vater!» rief sie, auf mich zukommend. «Oh, diese Franzosen! . . . Kaum angelangt, bemächtigt er sich schon der Madama Lucrezia!»

Ich verfehlte nicht, tausend Entschuldigungen vorzubringen, und erging mich sodann in Lobeserhebungen auf Leonardos Meisterwerk, das ich so vorwitzig und unbescheiden von seinem Platze entfernt hatte.

«Es ist wirklich ein Leonardo», sagte die Marchesa, «und zwar ein Porträt der vielleicht allzuberühmten Lucrezia Borgia. Von allen meinen Gemälden ist es dasjenige, das die leidenschaftlichste Bewunderung Ihres Vaters erregte . . . Aber, mein Gott, welche Ähnlichkeit! Ich glaube, Ihren Vater leibhaftig vor mir zu sehen, wie er vor fünfundzwanzig Jahren aussah! ... Wie geht es ihm denn? Was macht er? Wird er uns nicht einmal in Rom besuchen?»

Obgleich die Marchesa weder gepudert war noch ein Tigerfell trug, erkannte ich in ihr sofort die Bacchantin meines Vaters wieder. Eine Zwischenzeit von fünfundzwanzig Jahren hatte die Merkmale großer Schönheit nicht verwischen können. Nur Gesichtsausdruck und Kleidung hatten sich verändert. Sie war ganz in Schwarz, und das Doppelkinn, das würdevolle Lächeln, die feierlich-strahlende Miene verrieten, daß sie fromm geworden war.

Sie empfing mich ungemein herzlich. Mit drei Worten stellte sie mir ihr Haus, ihre Börse, ihre Freunde zur Verfügung — unter welch letzteren sie mir mehrere Kardinäle benannte.

«Betrachten Sie mich als Ihre Mutter», sagte sie mit ehrsam niedergeschlagenen Augen. «Ihr Vater beauftragt mich, über Sie zu wachen und Ihnen Ratschläge zu erteilen.»

Und, wie zum Beweis, daß sie ihre Mission nicht als Sinekure aufzufassen gedenke, begann sie alsogleich, mich vor den Gefahren zu warnen, die eine Stadt wie Rom für junge Leute meines Alters bergen könne. Hüten müsse ich mich vor jeglicher schlechten Gesellschaft, besonders vor Künstlern, und mich nur an die von ihr namhaft zu machenden Personen anschließen. Kurz: sie erteilte mir gleich eine mütterliche Tugendlehre in aller Form. Ich antwortete mit der entsprechenden Ehrerbietung und Scheinheiligkeit.

Als ich mich erhob, um Abschied zu nehmen, sagte sie:

«Leider befindet sich mein ältester Sohn, der Marchese, auf unseren Gütern in der Romagna. Aber ich werde Ihnen meinen zweiten Sohn, Don Ottavio, vorstellen, der demnächst ein Monsignore sein wird. Ich hoffe, daß Sie Gefallen an ihm finden und sich mit ihm befreunden, wie es auch wohl geziemend und naturgemäß ist...»

Hastig fügte sie hinzu:

«Denn Sie müssen ungefähr gleichen Alters mit ihm sein! Und er ist von ebenso sanftem und zuverlässigem Charakter wie Sie.»

Don Ottavio wurde aus seinem Zimmer herbeigerufen, und ich lernte einen hochaufgeschossenen, blassen, schwermütig dreinblickenden jungen Mann kennen, der die Augen gesenkt trug und dem man die Heuchelei auf zehn Schritt Entfernung anmerkte.

Ohne ihm die geringste Zeit zum Reden zu lassen, bot mir die Marchesa in seinem Namen alle möglichen liebenswürdigen Dienstleistungen an. Mit tiefen Verbeugungen bestätigte er diese Vorsorge, und so wurde denn ausgemacht, daß er mich morgen zu einer Spazierfahrt durch die Stadt abholen werde, worauf das Diner gemeinsam im Palazzo Aldobrandi eingenommen werden solle.

Draußen war ich kaum zwanzig Schritte gegangen, als, von rückwärts, eine gebieterische Stimme mir zurief:

«Was kann Sie um diese Stunde so allein auf die Straße führen, Don Ottavio?»

Ich wandte mich um und erblickte einen wohlbeleibten Abate, dessen weit aufgerissene Augen mich vom Kopf bis zu den Füßen anstarrten.

«Ich bin nicht Don Ottavio», sagte ich.

Der Abate, sich bis zur Erde verneigend, erschöpfte sich in Entschuldigungen. Einen Augenblick später war er im Torbogen des Palazzo Aldobrandi verschwunden. Ich setzte meinen Weg fort, nicht übermäßig geschmeichelt durch dies erstaunliche Verwechseltwerden mit einem noch nicht flügge gewordenen Monsignore.

Trotz (oder vielleicht auch wegen) der Warnung der wohlmeinenden Marchesa hatte ich nichts Eiligeres zu tun, als das Atelier eines mir aus Paris bekannten Malers aufzusuchen und mit ihm in aller Ausführlichkeit die mehr oder weniger verbotenen Vergnügungen, die Rom zu bieten hatte, Revue passieren zu lassen. Dann brachte ich ihn auf das Thema: *Aldobrandi.*

Als die Marchesa — so erzählte er mir — nach einem überaus leichtfertigen Leben zu der Erkenntnis gekommen sei, daß die Tage der Eroberungen für sie vorüber waren, habe sie sich der distinguierten Frömmigkeit in die

Arme geworfen. Ihr ältester Sohn sei ein roher Mensch, der seine Zeit mit Jagen und dem Einkassieren der Gelder verbringe, die die Pächter seiner weitläufigen Besitztümer ihm zu überbringen hätten. Man sei nun im Zuge, den zweiten Sohn, Don Ottavio, zu verdummen und abzustumpfen; man hoffe ihn eines Tages als Kardinal zu sehen. Vorläufig sei er den Jesuiten in die Hände geliefert worden. Niemals dürfe dieser junge Mann allein auf die Straße gehen. Streng verboten sei ihm jeder noch so flüchtige Blick auf eine vorüberkommende Frau. Keinen Schritt dürfe er machen, ohne von dem Abate beaufsichtigt zu sein, der ihn zum perfekten Diener Gottes abrichte und der, nachdem er der letzte amico der Marchesa gewesen, jetzt über ihr ganzes Hauswesen eine fast despotische Gewalt ausübe.

Wie verabredet, wurde ich, tags darauf, von Don Ottavio im Wagen abgeholt. Man wollte mir besonders die religiösen Sehenswürdigkeiten der Stadt zeigen. Begleitet war der gelehrige Jesuitenzögling von seinem unvermeidlichen Mentor: eben jenem Abate Negroni, dem es gestern passiert war, mich mit ihm zu verwechseln.

Das erste Monument, das wir besuchten, war eine Kirche. Dem Beispiel des Abate folgend, kniete Don Ottavio nieder, schlug sich an die Brust und machte unzählige Male das Zeichen des Kreuzes. Nachdem er sich erhoben, führte er mich vor die Statuen und Fresken und erwies sich als ein Geist von Urteil und Geschmack. Das war mir eine sehr angenehme Überraschung. Wir begannen zu plaudern, und seine Konversation gefiel mir außerordentlich. Wir sprachen italienisch. Plötzlich sagte er auf französisch:

«Mein Hofmeister versteht kein Sterbenswörtchen von Ihrer Sprache. Wollen wir deshalb nicht lieber französisch sprechen? Dann könnten wir uns bedeutend freier fühlen!»

Der Wechsel der Sprache schien den jungen Mann förmlich zu verwandeln. Keines seiner Worte schmeckte mehr nach «Priester». Ich glaubte einen unserer Liberalen aus der Provinz zu vernehmen. Auffallend war, daß er alles mit höchst eintöniger Stimme vorbrachte — eine Sprechweise, die oft merkwürdig abstach von der Lebhaftigkeit der Ausdrücke. Diesen Trick hatte er sich vermutlich zur Irreführung des Abate ausgedacht, der von Zeit zu Zeit über das Thema unseres Gesprächs informiert zu sein wünschte und, selbstverständlich, eine nicht gerade wortgetreue Übersetzung geliefert bekam.

Wir sahen einen jungen Mann in violetten Strümpfen vorbeigehen.

«Das ist», sagte Don Ottavio zu mir, «die Uniform unserer jetzigen Patrizier! Eine infame Livree! Und in einigen Monaten wird es die meine werden! Welches Glück muß es doch sein» — fügte er nach einem Augenblick des Schweigens hinzu —, «in einem Lande wie dem Ihrigen zu leben! Wäre ich Franzose, so würde vielleicht eines Tages ein Deputierter aus mir werden!»

Dieser erhabene Ehrgeiz hätte mich beinahe zum Lachen gebracht, und da der Abate diesen Heiterkeitsansatz merkte, so mußte ich ihm erklären, daß wir uns über den lächerlichen Irrtum eines Archäologen mokiert hätten, der eine Statue von Bernini für ein Werk der Antike gehalten habe.

Zur Stunde des Diners kehrten wir in den Palazzo Aldobrandi zurück. Gleich nach dem Kaffee bat mich die Marchesa, ihren Sohn zu entschuldigen, da dieser, frommer Übungen wegen, sich in sein Studierzimmer zurückziehen müsse. So blieb ich denn mit ihr und dem Abate allein — welch letzterer, in einen großen Sessel vergraben, alsbald dem Schlaf des Gerechten anheimfiel.

Die Marchesa begann mich nun in aller Ausführlichkeit zu befragen über meinen Vater, über Paris, über mein bisheriges Dasein, über meine Pläne für die Zukunft. Sie erschien mir als eine sehr gütige und liebenswerte Dame — nur vielleicht etwas gar zu neugierig und allzusehr auf das Heil meiner Seele bedacht. Übrigens war ihre Aussprache des Italienischen von erlesener Reinheit, und so erhielt ich zugleich eine phonetische Lektion, deren öftere Wiederholung ich mir nur wünschen konnte.

Ich kam häufig wieder. Fast jeden Vormittag besuchte ich mit ihrem Sohn und dem unumgänglichen Negroni die kirchlichen Kunstschätze; und abends dinierten wir im Palazzo Aldobrandi. Die Marchesa empfing nur wenig Besucher, und fast ausschließlich Geistliche.

Eines Abends jedoch stellte sie mich einer ihr intim befreundeten deutschen Dame vor, die kürzlich zum römischen Glauben übergetreten war. Es war eine Frau von Strahlenheim, eine schöne Person, die seit langen Jahren in Rom lebte. Während die Damen sich gerade über einen berühmten Kanzelredner unterhielten, begann ich, beim Scheine der Lampe, das Lucrezienbildnis in allen Einzelheiten zu bewundern; und, um nicht ganz stumm zu bleiben, brach ich in den Ruf aus:

«Oh, diese Augen! Man könnte wirklich glauben, daß die Wimpern im Begriff wären, sich zu bewegen!»

Diese etwas verstiegene Redensart, mit der ich mich bei Madame Strahlenheim in den Ruf eines Kenners zu setzen gedachte, ließ sie, unvermuteterweise, plötzlich vor Grauen erbeben, und sie barg das Antlitz in ihrem Spitzentüchlein.

«Was haben Sie?» fragte die Marchesa erschrocken.

«Oh, nichts! ... Aber die unheimlichen Worte, die Monsieur soeben gesprochen hat...»

Man bedrängte sie mit Fragen, und da sie sich die Äußerung entschlüpfen ließ, daß meine Worte sie an ein furchtbares Drama erinnert hätten, so wurde ihr nun keine Ruhe mehr gelassen, bis sie die ganze Geschichte erzählt hatte.

Ich suche den Hergang in zwei Worten wiederzugeben:

Frau von Strahlenheim hatte eine Stiefschwester namens Wilhelmine. Diese war verlobt mit einem jungen westfälischen Edelmann, Julius von Katzenellenbogen, der als Freiwilliger in das Korps des Generals von Kleist eingetreten war. Ich bitte um Entschuldigung, wenn ich so viele barbarisch klingende Namen anführen muß; aber interessante Geschichten passieren leider immer nur Leuten, deren Familiennamen schwer auszusprechen sind.

Julius war ein vortrefflicher junger Mann, voll Patriotismus und Überspanntheit. Als er in den Krieg zog, überreichte er der geliebten Braut sein Bildnis, und sie gab ihm das ihre, das er stets auf dem Herzen trug. Das geschieht in Deutschland häufig.

Am 19. Oktober 1813 befand Wilhelmine sich mit ihrer Mutter und ihrer Stiefschwester in Kassel. Es war fünf Uhr nachmittags; die drei Damen saßen in einem Salon und waren mit Stricken beschäftigt. Während dieser Arbeit streifte Wilhelminens Blick das auf einem Nähtischchen vor ihr stehende Bild ihres Verlobten. Plötzlich stieß sie einen furchtbaren Schrei aus, griff sich ans Herz und sank ohnmächtig nieder. Man mußte große Mühe aufwenden, um sie ins Bewußtsein zurückzurufen. Als sie des Sprechens wieder mächtig war, rief sie mit verzerrter Stimme:

«Julius ist tot! Mein Julius ist in der Schlacht gefallen!»

Und mit Entsetzen erklärte sie, daß sie ganz deutlich gesehen habe, wie das Bild die Augen schloß; im selben Moment habe sie einen so schneidenden Schmerz empfunden, als ob ein glühendes Eisen ihr das Herz durchbohre.

Man suchte ihr klarzumachen, daß solche visionären Erscheinungen nichts mit der Wirklichkeit zu tun hätten, und daß sie ihnen keinerlei Bedeutung beilegen dürfe. Vergebens! Das arme Kind war untröstlich und verbrachte die Nacht in Tränen. Am nächsten Morgen wollte sie schwarze Kleidung anlegen: so unbezweifelbar erschien ihr das Unheil, das sich «telepathisch» kundgegeben hatte.

Zwei Tage darauf traf die Nachricht von der blutigen Schlacht bei Leipzig ein. Julius sandte seiner Braut einige Zeilen, datiert vom 19. Oktober 1813, nachmittags drei Uhr. Er schrieb, daß er heil und gesund geblieben sei, sich im Kampfe hervorgetan und soeben den Einzug in die Stadt Leipzig mitgemacht habe, wo er die Nacht im Hauptquartier — und somit allen Gefahren entrückt — verbringen werde. Dieser so tröstliche Bericht vermochte Wilhelmine nicht zu beruhigen; sie verwies darauf, daß das Billett von drei Uhr datiert sei, während, als die übersinnliche Schreckensbotschaft ihr zugegangen sei, die Kaminuhr genau auf fünf gewiesen habe.

Leider täuschte die Unglückliche sich nicht. Man erhielt sehr bald die Nachricht, daß Julius, als Überbringer eines speziellen Befehls, die Stadt Leipzig um halb fünf Uhr nachmittags habe verlassen müssen, und daß er, dreiviertel Meilen vor der Stadt, jenseits der Elster, von einem feindlichen Nachzügler, der sich in einem Straßengraben versteckt hatte, erschossen worden sei. Die Kugel war mitten durch Wilhelminens Bildnis gedrungen, bevor sie ihm das Herz durchbohrte.

«Und was ist aus dem bedauernswerten Fräulein geworden?» erkundigte ich mich bei Madame Strahlenheim.

«Oh, sie verfiel in eine schwere Krankheit... Jetzt ist sie die Gemahlin des Herrn Justizrats von Werner in Dessau; und falls Sie einmal ins Herzogtum Anhalt kommen sollten, wird sie Ihnen das Bild ihres einstigen Verlobten zeigen.»

«All das ist ein Werk des Teufels», sagte der Abate, der, während Frau von Strahlenheim ihre Geschichte zum besten gab, nur noch mit einem Auge geschlafen hatte. «Der Höllenfürst, der einst die Orakel der Heiden sprechen ließ, kann, wenn es ihm in den Sinn kommt, auch die Augen eines Bildes in Bewegung setzen. Es ist noch keine zwanzig Jahre her, daß, unweit von Rom, in Tivoli, ein Engländer von einer Statue erwürgt wurde.»

«Von einer Statue?!» rief ich. «Und wie ging das zu?»

«Es handelte sich um einen Mylord, der in Tivoli archäologische Ausgrabungen veranstaltete. Es war ihm gelungen, die Statue einer Kaiserin zu finden, der Agrippina, Messalina, oder wer es sonst gewesen sein mag. Er ließ sie in seine Behausung bringen und wurde vor lauter Betrachten und Bewundern dieses Bildwerkes alsbald verrückt. Alle solche protestantischen Gentlemen sind es ja ohnehin mehr als zur Hälfte. Er nannte die Statue seine ‚angebetete Frau', seine ‚Mylady' und umarmte sie, so marmorn sie auch war. Er behauptete, in jeder Nacht belebe sie sich zu seinen Gunsten — dermaßen, daß man den guten Mylord eines Morgens starr und tot in seinem Bette fand. — Nun — sollte man es glauben? —, es dauerte nicht lange, da präsentierte sich ein anderer Engländer, der die Statue käuflich erwarb. Falls ich darüber zu befinden gehabt hätte: ich hätte sie in tausend Stücke schlagen lassen!»

Wenn die Unterhaltung sich einmal auf derlei übernatürliche Dinge eingelassen hat, so kommt sie nicht so leicht davon los. Ein jeder hatte nun seine Greuelgeschichte mitzuteilen. Auch ich wußte einen abenteuerlichen Vorgang zu berichten; und als man sich, zu später Stunde, trennte, waren wir alle beträchtlich erregt und von scheuem Respekt vor der Macht des Teufels durchdrungen.

Ich ging zu Fuß nach Hause. Der Wunsch, den Weg zum Corso möglichst abzukürzen, ließ mich in eine winklige, vielfach sich schlängelnde Gasse einbiegen, durch die ich noch nie gegangen war. Sie lag einsam und verlassen da. Man gewahrte nichts als langgestreckte Gartenmauern und ein paar armselige Häuschen; kein einziges war erleuchtet. Mitternacht war längst vorüber; es herrschte tiefste Finsternis. Ich hielt mich in der Mitte der Straße und ging ziemlich rasch, als plötzlich von oben ein kleines Geräusch, ein «St!» hörbar wurde und gleichzeitig eine Rose zu meinen Füßen niederfiel. Als ich aufsah, bemerkte ich, trotz der Dunkelheit, an einem Fenster eine weibliche Gestalt in hellem Kleide, die einen Arm zu mir hinstreckte. Nun sind wir Franzosen, törichterweise, im Auslande von einem ganz besonderen Selbstbewußtsein geschwellt —: haben doch unsere Väter, die Besieger Europas, uns Wunderdinge erzählt von ihren galanten Erfolgen bei der «feindlichen» Damenwelt! Somit glaubte ich in kindlicher Einfalt an die Legende, daß alle deutschen, spanischen und italienischen Damen in hellen Flammen stünden, sobald ein Franzose nur von ferne aufzutauchen geruhe. Ich war damals noch jung und beschränkt — und außerdem: hatte die Rose nicht deutlich genug zu mir gesprochen?

«Madame», sagte ich mit gedämpfter Stimme und hob die Rose auf, «Sie haben Ihre Blume fallen lassen . . .»

Aber schon war die Gestalt verschwunden, und lautlos hatte das Fenster sich wieder geschlossen. In dieser Lage tat ich, was wohl die meisten anderen auch getan hätten: ich suchte die Tür der Behausung ausfindig zu machen. Sie lag unterhalb des Fensters und war fest verschlossen. Ich wartete, daß sie geöffnet werde. Fünf Minuten vergingen in tiefer Stille. Ich ließ ein Hüsteln und Räuspern hören, ich scharrte mit dem Fuß: die Tür öffnete sich nicht. Ich prüfte sie genauer, in der Hoffnung, einen Schlüssel oder eine Klinke zu finden; zu meiner Überraschung fand ich ein Vorlegeschloß.

«Der eifersüchtige Liebhaber ist also nicht gekommen», murmelte ich nachdenklich.

Ich nahm ein Steinchen und warf es gegen das Fenster. Es traf einen hölzernen Laden und fiel vor meine Füße zurück.

Zum Teufel, dachte ich, die römischen Damen scheinen sich einzubilden, jeder Passant trage eine private Strickleiter immer gleich gebrauchsfertig mit sich herum! Über diese Landessitte war ich nicht orientiert!

Ich wartete noch mehrere Minuten — ohne Erfolg. Nur glaubte ich ein paarmal wahrzunehmen, daß der Fensterladen leise erzittere, als ob er von innen ein wenig aufgestoßen werde. Nach einer Viertelstunde war meine Geduld zu Ende; ich zündete mir eine Zigarre an und setzte meinen Weg fort, nicht ohne meinem Gedächtnis die Lage des Hauses mit dem Vorlegeschloß genau eingeprägt zu haben.

Wie ich am nächsten Morgen über das nächtliche Abenteuer nachdachte, kam ich zu folgenden Schlüssen: eine junge Römerin, vermutlich von größter Schönheit, hatte mich auf meinen Spaziergängen durch die Stadt bemerkt und sich in meine — fragwürdigen — Reize verliebt. Die Tatsache, daß sie mir ihre Leidenschaft mittels einer romantischen Blume zu verstehen gegeben hatte, erklärte sich aus der Scheu der vornehmen Jungfrau, vielleicht auch aus der störenden Gegenwart irgendeiner tugendwächterischen Duenna oder eines vertrackten Vormundes, wie es, zum Beispiel, der Bartolo in der berühmten Oper von Rossini war. Ich beschloß, über das Haus meiner Rosenprinzessin einen regelrechten Belagerungszustand zu verhängen.

Nachdem ich meiner Frisur einen unwiderstehlichen Schwung gegeben, machte ich mich auf den Weg. Ich hatte meinen neuen Überrock und elegante gelbe Handschuhe angelegt. Den Hut über das linke Ohr gestülpt, die verwelkte Rose im Knopfloch, stolzierte ich los und hatte denn auch keinerlei Mühe, das Gäßchen wiederzufinden. Eine Tafel oberhalb einer Madonna belehrte mich über seinen Namen; es hieß:

Il vicolo di madama Lucrezia

Diese Benennung setzte mich in Erstaunen. Sie erinnerte mich an das Gemälde von Leonardo da Vinci sowie an die Teufels- und Spukgeschichten, die gestern abend bei der Marchesa erzählt worden waren. Dann verfiel ich auf den beruhigenden Gedanken, es gebe in der Liebe Vorausbestimmungen nicht nur seitens infernalischer Mächte, sondern auch von seiten des Himmels. Warum sollte mein Engel nicht Lucrezia heißen? Und warum sollte er der Lucrezia in der Galerie des Palazzo Aldobrandi nicht ähnlich sein?

Es war heller Tag; ich befand mich in unmittelbarer Nähe eines bezaubernden Wesens, und kein Schatten beeinträchtigte den Höhenflug meiner Erregung.

Ich stand unmittelbar vor dem Hause. Es trug die Nummer 13. Kein gutes Zeichen! ... Leider entsprach auch die Baulichkeit selbst kaum der Vorstellung, die ich mir im nächtlichen Dunkel davon gemacht hatte: es war keineswegs ein Palazzo — weit entfernt! Es schien sich um eine Art Gartengrundstück zu handeln, umschlossen von hohen, verwitterten, moosbedeckten Mauern, über welche das raupenzerfressene Laub etlicher verkümmerter Obstbäume hinüberragte. In einer Ecke dieser Umfassungsmauer erhob sich ein einstöckiger Pavillon mit zwei nach der Straße gehenden Fenstern, deren morsche Läden mit zahlreichen eisernen Stangen verbarrikadiert waren. Die Tür war niedrig, überwölbt von einem längst verblaßten Wappenschild und, wie in der Nacht, gesichert durch Kette und Vorhängeschloß. Die innere Füllung der Tür trug eine mit Kreide hingemalte Inschrift:

Zu verkaufen oder zu vermieten

Über die Identität des Gebäudes hatte ich mich nicht getäuscht. Auf dieser Straßenseite standen auch viel zu wenig Häuser, als daß eine Verwechslung möglich gewesen wäre. Da war wirklich mein Vorlegeschloß; und — was noch beweiskräftiger war — auf dem holprigen Straßenpflaster, unmittelbar vor der Tür, lagen zwei Rosenblätter, genau den Ort bezeichnend, wo ich die nächtliche Liebeserklärung des angebeteten Wesens erhalten hatte, und gleichzeitig verratend, wie geringen Wert man darauf legte, daß das Pflaster vor diesem Hause gefegt und in Ordnung gehalten werde.

Ich wandte mich an einige Nachbarsleute — armselige, schlechtgekleidete Menschen —, um von ihnen zu erfahren, wo der Hüter dieses geheimnisvollen Gemäuers wohnhaft sei.

«Das ist nicht hier!» wurde mir unwirsch geantwortet.

Meine Frage schien den Befragten recht wenig behaglich zu sein — ein Umstand, durch den meine Neugier nur um so heftiger angestachelt wurde. Indem ich so von einer Türe zur anderen ging, gelangte ich schließlich in eine Art Kellergewölbe und entdeckte, tief im Dunkel hockend, ein altes Weib, dessen Zubehör: schwarze Katze und brodelnder Hexenkessel, den Verdacht geheimer Zauberpraxis unabwendbar nahelegte.

«Sie wollen das Haus der Madama Lucrezia sehen?» sagte sie. «Den Schlüssel dazu habe ich.»

«Gut! So zeigen Sie es mir!»

«Wollen Sie es vielleicht mieten?» fragte sie mit einem zweideutigen Lächeln.

«Ja, falls es mir zusagt.»

«Es wird Ihnen nicht zusagen! . . . Wollen Sie mir nicht vielleicht einen Paolo* schenken, damit ich es Ihnen zeige?»

«Gern.»

Auf diese Zusicherung erhob sich die Alte behende von ihrem Schemel, nahm einen großen, verrosteten Schlüssel vom Nagel und führte mich vor die Nummer 13.

«Warum», fragte ich sie, «nennt man dies Haus das ‚Haus der Lucrezia'?»

Grinsend entgegnete die Alte:

«Warum nennt man Sie einen Ausländer?... Doch wohl, weil Sie ein solcher sind!»

«Gut! . . . Wer aber war diese Madama Lucrezia? War es eine römische Dame?»

«Was?! . . . Sie kommen nach Rom und haben nie von der Madama Lucrezia reden hören? . . . Wenn wir im Innern des Baues sind, will ich Ihnen die ganze Geschichte erzählen . . . Aber was ist das wieder für eine verdammte Teufelei? Ich weiß nicht, was dieser verflixte Schlüssel nur hat: er will sich absolut nicht umdrehen lassen! Wollen Sie es vielleicht einmal versuchen?»

In der Tat hatten Schlüssel und Vorlegeschloß einander lange nicht gesehen. Immerhin: mit dreimaligem Fluchen und ebensohäufigem

* Páolo (vom lateinischen *paulus*, klein): ehemalige römische Silbermünze im Werte von etwa fünfzig Rappen.

Zähneknirschen gelang es mir, den Schlüssel umzudrehen — wobei ich mir allerdings die Hand verrenkte und meine gelben Prachthandschuhe zerriß. Wir traten in einen düsteren Korridor, der zu mehreren niedrigen Räumen Zugang gewährte.

Die seltsam getäfelten Decken waren mit Spinngewebe überzogen, unter dessen dichtem Schleier kaum noch einige Spuren der Vergoldung zu erkennen waren. Der Moderdunst, den alle Gemächer ausströmten, bewies zur Genüge, daß sie seit langen Jahren nicht bewohnt gewesen waren. Auch war kein einziges Möbelstück zu sehen. An den schimmeligen Wänden hingen Reste einer prunkvollen Ledertapete. Aus den Skulpturen etlicher Konsolen und aus der Form der Kamine schloß ich, daß das Haus aus dem fünfzehnten Jahrhundert stammte, und man konnte wohl vermuten, daß es damals einen eleganteren Anblick geboten haben mochte. Durch die vielgeteilten Fenster, deren Glas meist zerbrochen war, sah man auf einen Garten, in welchem ein blühender Rosenstrauch, einige Fruchtbäume und eine kleine Wildnis von Kohlgewächsen den Blick auf sich zogen.

Nach Besichtigung der Räume des Erdgeschosses schickte ich mich an, in die erste Etage hinaufzusteigen, das Stockwerk, an dessen Fenster ich meine geheimnisvolle Unbekannte erblickt hatte. Die Alte suchte mich von meinem Vorhaben zurückzuhalten, indem sie beteuerte, es gebe da oben durchaus nichts zu sehen, und außerdem befinde sich die Treppe in einem höchst bedenklichen Zustand. Da ich jedoch auf meiner Absicht beharrte, folgte sie mir die Stufen hinauf, obschon mit sichtlichem Widerstreben. Die Zimmer des oberen Stockes hatten Ähnlichkeit mit den unteren, aber sie waren weniger feucht, und Fußboden sowie Fenster weniger verwahrlost. In dem letzten Gemach, in das ich eintrat, stand ein breiter schwarzer Ledersessel, der seltsamerweise nicht mit Staub bedeckt war. Ich nahm darin Platz, und da er mir zum Zuhören wohlgeeignet schien, so bat ich die Alte, mir die Geschichte der Madama Lucrezia jetzt zu erzählen. Vorher jedoch drückte ich ihr, zur Auffrischung des Gedächtnisses, noch ein paar kleine Silbermünzen in die Hand. Sie räusperte sich, schneuzte sich ausführlich und begann folgendermaßen:

«In alten, heidnischen Zeiten herrschte über Rom der große Kaiser Alexander. Der hatte eine Tochter, die war schön wie der Tag und hieß Madama Lucrezia . . . Sehen Sie, da haben Sie gleich ihr Konterfei!»

Hastig wandte ich mich um. Die Alte wies auf eine an der Rückwand angebrachte Konsole, deren — sehr grob ausgeführte — Skulptur ein sirenenhaft verführerisches Weib darzustellen bemüht war.

«Ja, ja», hub die Alte wieder an, «diese junge Dame amüsierte sich gern. Und da es ihrem Vater gelegentlich einmal zuviel hätte werden können, so ließ sie sich den Pavillon bauen, in dem wir uns hier befinden.

Allnächtlich verließ sie den kaiserlichen Palast und kam in dies verschwiegene kleine Lusthaus, wo sie sich die Zeit weit angenehmer vertreiben zu können sicher war. Sie setzte sich an dieses Fenster hier, und wenn draußen auf der Straße ein Kavalier vorbeikam — ein schmucker Herr von Ihrer Art, Signore! —, so rief sie ihn an. Und daß er dann oben im Zimmer nicht gerade ungnädig empfangen wurde, das können Sie sich leicht vorstellen! Aber manche Männer sind leider schwatzhaft, und solche Beredsamkeit hätte den guten Ruf der Prinzessin beeinträchtigen können. Daher brachte sie den Fall auf die einfachste Weise in Ordnung. Während sie einem Galan adieu sagte, standen auf der Treppe — derselben, die wir eben heraufgekommen sind —, ihre Leibwächter schon bereit, um den genossenen Liebhaber schleunigst zu erwürgen, dessen Leichnam dann im Terrain der Blumenkohlbeete gleich sachgemäß eingescharrt wurde. Was man in dem Garten da an Gebeinen entdeckt hat, Signore, das geht über alle menschliche Phantasie hinaus!

Nun, eine Weile verlief dies Treiben in guter Ruh. Da, eines Tages, fügte es der Dämon, daß Lucrezias leibhaftiger Bruder, mit Namen Sixtus Tarquinius, unter ihrem Fenster vorbeiging. In der Dunkelheit erkannte sie ihn nicht. Sie rief ihn an. Er kam herauf. Bei Nacht sind alle Kater grau. Somit erging es diesem wie den anderen. Aber er hatte sein Taschentuch liegenlassen, in das sein Namenszug eingestickt war.

Als Lucrezia die grause Tat erkannte, die sie begangen hatte, verfiel sie in Verzweiflung. Rasch löste sie ihr Strumpfband und hängte sich an dem Balken da auf. Das ist eine Warnung für die Jugend!»

Während ich zuhörte, wie die Alte solchermaßen die Jahrhunderte durcheinanderwarf und die Borgias mit den Tarquiniern verwechselte, hatte ich die Augen unbewußt auf den Fußboden gesenkt. Plötzlich gewahrte ich dort ein paar noch nicht verwelkte Rosenblätter, die mir zu denken gaben.

«Wer bestellt diesen Garten?» fragte ich die Frau.

«Mein Sohn, Signore! Er ist Gärtner bei dem Signor Vanozzi, dem der Garten nebenan gehört. Signor Vanozzi hält sich fast ununterbrochen in den Maremmen auf; nur selten kommt er einmal nach Rom. Deshalb wird der Garten nicht besonders gut unterhalten. Mein Sohn ist immer mit Signor Vanozzi zusammen... Ich fürchte, die beiden werden nicht so bald zurückkommen», fügte sie seufzend hinzu.

«Er ist wohl sehr beschäftigt bei dem Signor Vanozzi?»

«Oh, ja, das ist ein sonderbarer Herr, der ihm alle möglichen Beschäftigungen zuweist... Ich fürchte, es passieren da bedenkliche Dinge... Ach, mein armer Junge!»

Und sie machte, wie um das Gespräch abzubrechen, einen Schritt in der Richtung nach der Tür.

«In diesem Pavillon wohnt also niemand?» fragte ich, sie zurückhaltend.

«Kein menschliches Wesen!»

«Warum eigentlich nicht?»

Sie zuckte mit den Achseln.

«Hören Sie», sagte ich und hielt ihr einen Piaster vor die Augen, «sagen Sie mir die Wahrheit! Eine Frau kommt hierher!»

«Jesus Maria: eine Frau?!»

«Ja, ich habe sie gestern abend selbst gesehen. Und habe mit ihr gesprochen!»

«Heilige Mutter Gottes!» rief die Alte und stürzte die Treppe hinunter. «Das Gespenst der Madama Lucrezia ist also erschienen! Beeilen wir uns, von hier wegzukommen, mein guter Herr! . . . Schon vor längerer Zeit hat man mir gesagt, daß sie bei Nacht hier umgehe; aber ich habe es Ihnen nicht mitteilen wollen, um den Hausbesitzer nicht zu schädigen, weil ich Sie ja für einen Mietlustigen nehmen mußte!»

Es war mir unmöglich, die Frau zurückzuhalten. Atemlos stürmte sie davon, um — wie sie erklärte — der Madonna in der nächstgelegenen Kapelle eine Kerze darzubringen.

Es wäre aussichtslos gewesen, Weiteres von ihr erfahren zu wollen. So mußte ich sie gehen lassen. Gleich darauf verließ ich auch meinerseits das Haus.

Man kann sich denken, daß ich im Palazzo Aldobrandi nichts von meinem Abenteuer verlauten ließ. Die Marchesa war zu prüde geworden, und Don Ottavio interessierte sich zu ausschließlich für Politik, als daß er ein guter Berater in Liebeshändeln hätte sein können. Da kam ich auf den Ausweg, meinen Kunstmaler aufzusuchen, der in Rom, von der Zeder bis zur Ysopstaude, alles kannte. Ihn fragte ich, was er von der Sache halte.

«Ich vermute mit aller Bestimmtheit», antwortete der Malersmann, «daß Sie den Geist der Lucrezia Borgia gesehen haben! Welcher furchtbaren Gefahr sind Sie entgangen! Bedenken Sie nur: eine Dame, die schon bei Lebzeiten so viel Unheil angerichtet hat — wie gefährlich muß die erst sein, wenn sie tot ist! Der bloße Gedanke läßt mich erschauern!»

«Spaß beiseite! Sagen Sie mir ernsthaft: was kann es mit dieser Geschichte für eine Bewandtnis haben?»

«Ah, Monsieur ist Philosoph und Atheist und glaubt nicht an die respektabelsten Erscheinungen! ... Na gut: so verabreiche ich Ihnen eine andere Hypothese! Nehmen wir also an, die alte Hexe vermiete ihr Haus an gewisse Frauenzimmer, die imstande sind, Vorübergehende anzurufen und hereinzulocken. Es soll alte Weiber geben, ruchlos genug, ein so infames Metier zu betreiben!»

«Ausgezeichnet!» erwiderte ich. «Aber sehe ich denn aus wie ein solcher Heiliger, daß die Alte mir keinerlei in dies Fach schlagende

Offerte gemacht hat?! Das wäre eine Kränkung meines Selbstbewußtseins!... Außerdem bedenken Sie, mein Lieber, was ich Ihnen über die völlig unzureichende Möblierung des Hauses gesagt habe! Man müßte schon den Teufel im Leibe haben, um sich damit zu begnügen!»

«Dann ist es also unzweifelhaft ein Gespenst gewesen, das Sie angerufen hat!... Doch halt: noch ein letzter Deutungsversuch! Sie werden sich in der Hausnummer geirrt haben! Jetzt fällt es mir ein! Es war nahe bei einem Garten? Eine kleine niedrige Tür?... Aber da wohnt ja meine Herzensfreundin Rosina, die noch vor anderthalb Jahren als die Zierde des ganzen Vicolo galt! Inzwischen hat sie allerdings das eine ihrer beiden Augen eingebüßt; aber das ist nicht entscheidend: sie verfügt immer noch über ein wundervolles Profil!»

Alle diese — mehr oder weniger ernsthaften — Erklärungen befriedigten mich nicht; und als die Dunkelheit hereingebrochen war, ging ich langsamen Schrittes an Lucrezias Haus vorüber. Es war nichts zu sehen. Ich wiederholte meine Fensterpromenade: wiederum nichts. Drei oder vier Abende nacheinander lag ich — auf dem Heimweg vom Palazzo Aldobrandi — stundenlang vor dem fatalen Pavillon auf der Lauer —: mit immer gleicher Ergebnislosigkeit. Schon begann ich die geheimnisvolle Bewohnerin des Hauses Nummer 13 zu vergessen, als ich eines Nachts, die

Gasse gegen zwölf Uhr passierend, hinter dem Fensterladen, wo die Rosenwerferin mir damals erschienen war, mit aller Deutlichkeit das leise Lachen eines weiblichen Wesens vernahm. Das Gekicher wiederholte sich zwei- oder dreimal, und ich vermochte mich eines Schauers nicht zu erwehren, als gleichzeitig vom anderen Ende des Gäßchens ein Zug kerzentragender, tiefvermummter Büßermönche herangewandelt kam: das düstere Ehrengeleit eines Toten. Als der Leichenzug vorüber war, postierte ich mich wie eine Schildwache unmittelbar unter Lucreziens Fenster; doch es war absolut nichts mehr zu vernehmen. Ich versuchte kleine Kieselsteine zu werfen; ich wagte sogar ein mehr oder minder vernehmbares Rufen: nichts regte sich, und schließlich sah ich mich durch einen ausgiebigen Platzregen gezwungen, den Rückzug anzutreten.

Kaum wage ich zu gestehen, in wie vielen Nächten ich vor der vermaledeiten Baracke Posten stand, ohne der Lösung des Rätsels auch nur um einen Deut näher zu kommen. Eines Tages indessen fügte es der Zufall, daß ich die Gasse in Gesellschaft des Don Ottavio und seines unzertrennlichen Abate passieren mußte.

«Das», sagte ich, auf den Pavillon weisend, «ist die Behausung der Lucrezia Borgia.»

Ich bemerkte, wie der junge Mann die Farbe wechselte.

«Ja», antwortete er dann, «eine — übrigens

wenig verbürgte — Tradition behauptet, daß Lucrezia Borgia sich hier einen kleinen privaten Wirkungskreis geschaffen habe; und wenn diese Mauern reden wollten, so hätten sie gewiß manches Schaudervolle mitzuteilen. Und dennoch, lieber Freund: wenn ich die damalige Zeit mit unserer heutigen vergleiche, so komme ich in Versuchung, mich nach jener zurückzusehnen! Unter dem Papst Alexander dem Sechsten gab es doch noch wirkliche Römer! Heute gibt es keine mehr! Cesare Borgia, Alexanders Sohn, war gewiß ein Ungeheuer; aber er war ein großer Mann! Er wollte die Barbaren aus Italien vertreiben, und wenn sein Vater länger am Leben geblieben wäre, so wäre ihm dieses Werk sicherlich auch gelungen! Oh, möge der Himmel uns wieder einen Tyrannen geben im Stil des Alexander Borgia, und möge er uns bewahren vor den sentimentalen Despötchen, die uns heute verzärteln und versüßlichen!»

Wenn Don Ottavio sich einmal in die Regionen der hohen Politik emporgeschwungen hatte, so war es unmöglich, ihm Einhalt zu gebieten. Schon waren wir auf der Piazza del Popolo angelangt, und seine Lobrede auf eine genialische Tyrannis hatte noch immer kein Ende gefunden. Von meiner Lucrezia aber waren wir meilenfern!

Eines Abends, als ich der Marchesa meine Aufwartung zu ungewöhnlich später Stunde machte, sagte sie mir, Don Ottavio fühle sich nicht recht wohl; ich möge mir die Mühe nehmen, in sein Zimmer hinaufzugehen. Ich fand ihn angekleidet auf seinem Bette liegen; er las eine französische Zeitung, die ich ihm morgens, sorglich in einen kirchenväterlichen Folianten versteckt, hatte zukommen lassen. Schon seit längerer Zeit dienten uns die dicken Bände der Heiligen Väter zur Übermittlung von Nachrichten, die vor dem Abate und der Marchesa geheimgehalten werden mußten. Das Hin- und Hersenden dieser altertümlichen und voluminösen Schriften (in die ich jedesmal etwas Politisches für Don Ottavio hineinschmuggelte) gaben der Marchesa und ihrem Beichtvater allmählich einen so hohen Begriff von meiner Frömmigkeit, daß der Abate schon mehrmals versucht hatte, mich in ein Gespräch über theologische Streitfragen zu verwickeln.

Während ich mich nun an diesem Abend mit Don Ottavio unterhielt, bemerkte ich, daß er ungewöhnlich erregt war, und daß selbst die hohe Politik ihn nicht zu interessieren vermochte. Deshalb gab ich ihm den Rat, sich auszukleiden und zur Ruhe zu legen. Dann wollte ich mich verabschieden. Es war aber draußen eine kalte Nacht, und ich hatte keinen Mantel. Somit drängte Don Ottavio mir den seinen auf, und bei dieser Gelegenheit erhielt ich nebenbei eine kleine Lektion in der schweren Kunst, sich als echten Römer zu drapieren.

Bis an die Nasenspitze eingemummelt, verließ ich den Palazzo Aldobrandi. Kaum hatte ich auf der Piazza di San Marco ein paar Schritte gemacht, als ein ärmlich gekleideter Mann, der auf einer Bank vor dem Tore des Palazzo gesessen hatte, sich erhob, auf mich zutrat und mir einen zerknitterten Zettel in die Hand drückte.

«Um Christi Leiden willen», sagte er, «lesen Sie das!»

Schon rannte er davon und war alsbald in der Dunkelheit entschwunden.

Ich suchte nach irgendeinem Lichtschein, um den geheimnisvollen Zettel zu lesen. Beim Schimmer des Lämpchens in der kleinen Nische einer Madonna sah ich, daß es ein Briefchen war, mit Bleistift hingekritzelt von offenbar zitternder Hand. Nicht ohne Mühe entzifferte ich die Worte:

Komm heute abend nicht, oder wir sind verloren! Man weiß alles, nur nicht Deinen Namen. Keine Macht der Welt kann uns trennen!

Ewig Deine Lucrezia.

«Lucrezia!» rief ich, «immer wieder Lucrezia! Welch höllisches Blendwerk steckt hinter all diesen Machenschaften?! . . . «*Komm heute abend nicht!*» . . . Wenn ich nur ahnen könnte, schöne Dame, welchen Weg man einschlagen müßte, falls man dennoch zu Ihnen kommen wollte!»

Ganz in solche Überlegungen verloren, den Sinn des Billettes nach allen Richtungen erwägend, tausend Möglichkeiten mir zusammendenkend, schlug ich unwillkürlich den Weg zum Vicolo di Madama Lucrezia ein, und in wenigen Minuten befand ich mich vor dem mysteriösen Hause Nummer 13.

Die Straße lag so einsam und verlassen da wie immer. Nur der Hall meiner Schritte unterbrach das ringsum herrschende Schweigen. Ich blieb stehen und sandte einen Blick zu dem vertrauten Fenster hinauf. Diesmal täuschte ich mich nicht: der Laden wurde aufgestoßen.

Jetzt stand das Fenster ganz weit offen.

Ich glaubte eine menschliche Form zu erkennen, die sich abhob vom Grunde der tiefen Dunkelheit.

«Lucrezia, sind Sie da?» fragte ich mit leiser Stimme.

Ich bekam keine Antwort. Statt dessen wurde eine Art Knistern oder Krachen vernehmbar, dessen Ursache ich mir nicht zu erklären vermochte.

«Lucrezia, sind Sie da?» fragte ich etwas lauter.

Im selben Moment erhielt ich einen furchtbaren Stoß vor die Brust, ein Knall ertönte, und ich fand mich lang hingestreckt auf dem Pflaster des verhängnisvollen Gäßchens.

Eine rauhe Stimme rief mir zu:

«Ein kleines Andenken von der Signora Lucrezia!»

Schwankend erhob ich mich. Ich hatte ein Gefühl, als ob mein Körper in der Magengegend durchbohrt worden wäre. Mantel und Rock hatten auch wirklich Löcher davongetragen, aber die Kugel schien sich in den Falten des Tuches verfangen zu haben, so daß ich mit dem Schreck und einer gehörigen Quetschung davongekommen war.

Dann kam mir der Gedanke, daß ein zweiter Schuß vielleicht nicht lange auf sich warten lassen werde. So suchte ich denn aus dem Bereich des ungastlichen Hauses zu entschwinden, mich so eng an den Mauern entlangdrückend, daß ich keine Zielscheibe mehr abgeben konnte.

Ich keuchte noch vor Anstrengung, als plötzlich ein Mann, der, von mir unbemerkt, hinter mir her gekommen sein mußte, mich am Arme ergriff und mit besorgter Stimme fragte, ob ich verletzt sei.

Am Tonfall erkannte ich Don Ottavio. So erstaunt ich auch war, ihn zu dieser nächtlichen Stunde allein auf der Straße zu sehen —: es war jetzt nicht der Moment, irgendwelche Fragen zu stellen. So sagte ich ihm nur in zwei Worten, man habe aus einem Fenster auf mich geschossen, ich hätte mich aber mit einer Quetschung aus der Affäre gezogen.

«Das war ein Mißverständnis!» rief er. «Aber ich höre Schritte! . . . Sind Sie imstande, zu gehen? Ich wäre verloren, wenn man uns zusammen fände! Keinesfalls aber lasse ich Sie im Stich!»

Er nahm meinen Arm und zog mich mit sich fort. Wir gingen, oder vielmehr: wir rannten, so rasch es meine Kräfte irgend erlaubten. Schließlich mußte ich mich auf einen Prellstein setzen, um etwas Atem zu schöpfen.

Glücklicherweise hatte unsere Flucht uns in die Nähe eines Patrizierhauses geführt, in dem gerade ein großer Ball gegeben wurde. Vor dem Torweg hielten zahlreiche Wagen. Don Ottavio holte einen herbei, ließ mich einsteigen und brachte mich in meinen Gasthof. Ein Glas Wasser genügte, um meine Lebensgeister wieder zu erwecken, und so vermochte ich ihm denn im Zusammenhang alles zu berichten, was das Haus Nummer 13 mir an Präsenten eingetragen hatte, von der Rose bis zu der Flintenkugel.

Den Kopf in die Hände verborgen, hörte Don Ottavio mir zu. Als ich das Briefchen hervorzog, das man mir zugesteckt hatte, riß er es an sich, las es in wilder Gier und rief abermals:

«Ein Mißverständnis! Ein schreckliches Mißverständnis!»

«. . . welches — wie Sie mir zugeben werden, lieber Freund — für mich ziemlich unangenehm gewesen ist, und für Sie ebenfalls! Mich hätte man beinahe totgeschossen; und Ihrem schönen Mantel hat die Kugel übel mitgespielt! Alle Wetter, in Italien versteht man sich gut auf die Kunstgriffe der Eifersucht!»

Verzweifelt drückte Don Ottavio mir die Hand. Und wortlos studierte er von neuem die zerknitterte Botschaft.

«Könnten Sie mir nicht», regte ich an, «das Rätsel dieses Abenteuers ein bißchen zu erklären versuchen? Der Teufel soll mich holen, wenn ich auch nur ein Jota davon verstehe!»

Er zuckte mit den Achseln und schwieg.

«Dann sagen Sie mir wenigstens», fuhr ich fort, «was ich jetzt tun soll! An wen soll ich mich wenden in dieser Heiligen Stadt, um mein Recht zu erlangen gegen einen Kerl, der Passanten niederknallt, ohne sich auch nur für ihren Namen zu interessieren?! Es wäre mir wirklich ein Vergnügen, den edlen Herrn am Galgen zu sehen!»

«Hüten Sie sich vor so temperamentvollen Gelüsten!» rief Don Ottavio. «Sie kennen die Sitten unseres Landes nicht! Sagen Sie niemandem auch nur eine Silbe von dem, was Ihnen geschehen ist! Sie würden sich den schlimmsten Gefahren aussetzen!»

«Welchen Gefahren denn?! ... Zum Teufel noch mal, ich verlange ja nichts als Gerechtigkeit! Wenn ich den infamen Schuft irgendwie beleidigt hätte, wollte ich kein Wort sagen! Aber nur, weil man einmal eine Rose vom Boden aufgehoben hat, braucht man sich doch nicht in aller Demut niederkartätschen zu lassen!»

«Kümmern Sie sich vorläufig um nichts!» sagte Don Ottavio. «Vielleicht gelingt es mir, das Geheimnis aufzuklären! Aber als eine Gunst, als einen entscheidenden Beweis Ihrer Freundschaft verlange ich von Ihnen: wahren Sie ein unverbrüchliches Schweigen über alles, was Ihnen passiert ist! Wollen Sie mir das heilig versprechen?»

Angesichts seiner flehentlich bittenden, mit tief-innerer Angst hervorgestoßenen Worte konnte ich nicht anders, als ihm alles geloben, was er gewünscht hatte. Er dankte auf überschwengliche Weise. Dann legte er mir noch ein mit Eau de Cologne getränktes Tuch auf die Brust, gab mir die Hand und sagte adieu.

«Nur eines noch», bat ich, als er schon in der Tür stand: «Erklären Sie mir wenigstens, wie es kam, daß Sie gerade in dem Moment zur Stelle waren, wo ich so dringend Hilfe brauchte!»

«Ich hatte den Flintenschuß gehört», antwortete er nicht ohne Verlegenheit, «und da ich Böses für Sie ahnte, lief ich schnell auf die Straße hinaus.»

Nachdem er mich nochmals dringend zur Verschwiegenheit gemahnt, verließ er hastig das Zimmer.

Am nächsten Morgen empfing ich den Besuch eines — offenbar von Don Ottavio beauftragten — Arztes. Er verschrieb mir ein Zugpflaster, stellte aber keinerlei Fragen über die Ursache der blauen Flecke, die meinen Lilienteint verunzierten. In Rom ist man diskret, und ich begann mich den Landessitten anzupassen.

Mehrere Tage vergingen, ohne daß ich Gelegenheit gehabt hätte, ungestört mit Don Ottavio zu sprechen. Er irrte wie geistesabwesend umher, war noch finsterer als gewöhnlich und schien meinen Fragen ausweichen zu wollen. In den wenigen Augenblicken, die ich mit ihm allein war, ließ er kein Sterbenswörtchen über die befremdliche Einwohnerschaft des Lucreziengäßleins verlauten. Inzwischen rückte langsam der Termin heran, der für die Zeremonie seiner Priesterweihe angesetzt war, und ich hegte die Vermutung, seine Schwermut erkläre sich in erster Linie durch die Abneigung gegen einen Beruf, für den er sich keineswegs berufen fühlte.

Ich meinerseits traf Vorbereitungen, die Stadt Rom zu verlassen und mich nach Florenz zu begeben. Als ich im Palazzo Aldobrandi von meiner bevorstehenden Abreise sprach, bat mich Don Ottavio unter irgendeinem Vorwand, ihm in sein Zimmer zu folgen.

Dort ergriff er meine beiden Hände und sagte:

«Lieber Freund, wenn Sie mir den Dienst, um den ich Sie jetzt bitten werde, nicht leisten, so jage ich mir eine Kugel durch den Kopf! Ich sehe kein anderes Mittel, aus der Wirrnis herauszukommen, die mich umstrickt hält. Ich bin fest entschlossen, niemals das verhaßte Gewand anzulegen, in das man mich zwängen möchte. Ich will aus dem Gebiet des Kirchenstaates fliehen. Und meine Bitte lautet: nehmen Sie mich mit ins Toskanische! Sie müssen mich für Ihren Diener ausgeben! Ein paar Worte, in Ihren Paß eingefügt, werden genügen, um meine Flucht zu ermöglichen.»

Zunächst suchte ich ihm — besonders durch

Hinweis auf den Kummer, den er seiner Mutter verursachen würde — diesen abenteuerlichen Plan auszureden. Da sein Entschluß sich jedoch als unerschütterlich erwies, so erklärte ich mich schließlich einverstanden, ihn mitzunehmen und die entsprechende Eintragung in meinen Paß vornehmen zu lassen.

«Das ist nicht alles», sagte er. «Meine Reise hängt noch von dem Erfolg eines Unternehmens ab, an dem ich beteiligt bin. Sie wollen übermorgen aufbrechen, nicht wahr? Bis dahin wird mir vielleicht alles geglückt sein, und dann stehe ich Ihnen als ‚Diener' zur Verfügung!»

«Sollten Sie unklug genug gewesen sein», fragte ich mit einiger Besorgnis, «sich in eine politische Verschwörung einzulassen?»

«Nein», antwortete er, «es handelt sich um Dinge, die weniger schwerwiegend sind als die Schicksale ganzer Länder — und doch entscheidend für mein Leben und mein Glück! Heute darf ich Ihnen nicht mehr sagen. Übermorgen sollen Sie alles erfahren!»

Ich hatte mich an die Unantastbarkeit römischer Geheimnisse schon gewöhnt und bedrängte ihn nicht weiter. Es ward verabredet, daß wir in aller Frühe, um drei Uhr morgens, aufbrechen und nicht eher haltmachen wollten, als bis das Territorium des Großherzogtums Toskana glücklich erreicht sein werde.

Da die Abfahrt auf eine so frühe Stunde festgesetzt war, hielt ich es für unpraktisch, vorher noch zu Bett zu gehen, und verwandte meinen letzten römischen Abend darauf, allen Häusern, in denen ich empfangen worden war, Abschiedsbesuche zu machen. So verabschiedete ich mich vor allem von der Marchesa und — «offiziell», der Form wegen — auch von ihrem Sohne. Als ich ihm die Hand drückte, fühlte ich, wie sie in der meinen erbebte. Leise sagte er zu mir:

«In dieser Minute entscheidet sich mein Schicksal und mein Glück! In Ihrem albergo werden Sie einen Brief von mir finden. Wenn ich Punkt drei Uhr nicht bei Ihnen bin, so erwarten Sie mich, bitte, nicht mehr!»

Ich war betroffen über die Verstörtheit seiner Züge, schob jedoch alles einer Erregung zu, die in dem Augenblick, der ihn seiner Familie vielleicht für immer entreißen sollte, nur allzu begreiflich war.

Es war ein Uhr morgens, als ich mich auf den Heimweg machte. Ich wollte das Lucreziengäßchen noch ein letztes Mal sehen und lenkte meine Schritte dorthin. Als das unselige Haus in Sicht kam, bemerkte ich, wie aus dem Fenster, das mir unter so verschiedenartigen Aspekten vertraut geworden war, etwas Hellschimmerndes heraushing. Mit größter Vorsicht kam ich näher: es war eine Strickleiter! Sollte das eine robuste Ermutigung bedeuten, von der Signorina Abschied zu nehmen?... Es sah fast danach aus, und die Versuchung war groß genug. Doch ich widerstand ihr, einerseits wegen des meinem Freunde Ottavio gegebenen Versprechens und zweitens (ich gestehe es) wegen des unangenehmen Empfanges, der, vor ein paar Tagen, einem bedeutend weniger tollen Wagnis beschieden gewesen war.

Zögernd setzte ich meinen Weg fort, immerhin recht enttäuscht über das Entschwinden der letzten Möglichkeit, die Geheimnisse des Hauses Nummer 13 zu enträtseln. Bei jedem Schritt, den ich tat, wandte ich mich um, in gespannter Erwartung, ob nicht irgendein menschliches Wesen die Strickleiter hinauf- oder hinunterklettern werde. Aber nichts war zu sehen. Inzwischen hatte ich das Ende des Vicolo erreicht — die Stelle, wo ich in den Corso einbiegen mußte.

«Addio, Madama Lucrezia!» rief ich, meinen Hut in der Richtung des nur noch undeutlich sichtbaren Hauses schwenkend. «Suchen Sie sich einen anderen Romantiker aus, wenn Sie von Ihrem Kerkermeister erlöst zu sein wünschen!»

Es schlug eben zwei Uhr, als ich mein Gasthaus betrat. Der Reisewagen, schwer bepackt, stand im Hofe. Ein Kellner überreichte mir einen Brief: offenbar den, auf dessen Empfang Don Ottavio mich vorbereitet hatte. Da Ottavios Schreiben sehr umfangreich zu sein schien, so hielt ich es für besser, es in meinem Zimmer zu lesen, und bat den Kellner, mir hinaufzuleuchten.

«Signore», sagte er, «der Bediente, von dem

Sie gesprochen haben, und der mit Ihnen reisen soll . . .»

«Ist er schon da?»

«Nein, aber . . .»

«Er wird auf der Post sein; er kommt dann mit den Pferden!»

«Signore, vor ein paar Minuten ist eine Dame hier erschienen, die mit dem Bedienten zu sprechen wünschte. Sie wollte absolut in Ihr Zimmer hinauf und hat mich beauftragt, dem Diener, sobald er käme, zu sagen, Signora Lucrezia befinde sich in dem Zimmer des Signore.»

«In meinem Zimmer?!» rief ich, mich krampfhaft am Treppengeländer festhaltend.

«Sehr wohl, Signore!... Und es scheint, daß die Signora ebenfalls abzureisen gedenkt: sie hat mir ein kleines Paket gegeben, das ich auf den Koffer des Wagens gelegt habe.»

Das Herz schlug mir zum Zerspringen. Ein Gemisch von Neugier und abergläubischer Furcht hatte sich meiner bemächtigt. Stufe um Stufe schleppte ich mich die Treppe hinauf. Auf dem Flur des ersten Stockwerkes (ich wohnte im zweiten) tat der Kellner, der mir voranging, einen Fehltritt: die Kerze fiel ihm aus der Hand und erlosch. Er verzehrte sich in Bitten um Entschuldigung und eilte hinunter, das Licht wieder anzuzünden. Währenddessen klomm ich die Stiege weiter empor.

Schon griff meine Hand nach dem Türschlüssel . . . Da zauderte ich. Welche neue Irrlichterei würde vor meinen Augen ihr heimtückisches Wesen treiben? Mehr als einmal war mir in der Dunkelheit die Geschichte von der blutigen Nonne in den Sinn gekommen. War ich von einem Dämon besessen wie Don Alonso? ... Ich hatte ein Gefühl, als lasse der Kellner merkwürdig lange auf sich warten ...

Ich öffnete die Tür. Dem Himmel sei Dank: in meinem Schlafzimmer war Licht! Ich durcheilte den kleinen, davorgelegenen Salon. Ein Blick genügte, um zu erkennen, daß im Schlafzimmer niemand anwesend war. Da ertönten hinter mir leichte Schritte, und ich vernahm das Rascheln eines Frauenkleides. Ich glaube, in diesem Augenblick standen mir sämtliche Haare zu Berge! Entsetzt wandte ich mich um.

Eine weißgekleidete Frau, den Kopf in ein schwarzes Schleiertuch gehüllt, stürzte mit ausgebreiteten Armen auf mich zu.

«Da kommst du endlich, Geliebter!» rief sie und ergriff meine Hand.

Die ihre war kalt wie Eis; ihr Gesicht leichenblaß. Ich wich zurück bis an die Wand.

«Heilige Madonna, er ist es ja gar nicht! ... Oh, Signore, sind Sie der Freund von Don Ottavio?»

Damit war alles erklärt. Trotz ihrer Blässe sah die junge Dame keineswegs aus wie ein Gespenst. Sie schlug die Augen nieder (was Gespenster bekanntlich niemals tun) und hielt ihre Hände in der Höhe des Gürtels gekreuzt — eine sittsame Positur, die mich gleichwohl auf die Vermutung brachte, Don Ottavio sei doch kein so großer Politiker, wie ich bisher angenommen hatte. Jedenfalls war es hohe Zeit, Lucrezia zu entführen, und mein Anteil an dem Abenteuer würde leider auf die Rolle eines Mitwissers und Vertrauten beschränkt bleiben.

Ein paar Augenblicke später erschien, als Diener verkleidet, Don Ottavio. Die Pferde kamen, und der Wagen setzte sich in Bewegung. Lucrezia hatte keinen Paß; aber eine Frau — noch dazu, wenn sie jung und hübsch ist — erregt kaum irgendwo Verdacht. Immerhin: ein Carabiniere, der die Kontrolle auszuüben hatte, drohte Schwierigkeiten zu machen. Ich sagte ihm, er sei ein tapferer Soldat und habe zweifellos unter dem großen Napoleon gedient. Er bestätigte das. Ich verehrte ihm ein Porträt jenes großen Mannes — in Gold — und teilte ihm weiterhin mit, es gehöre zu meinen Gepflogenheiten, mit einer amica zu reisen, die unterwegs auf meine Zerstreuung bedacht sein müsse; und da mein Schönheitskultus mich treibe, die Reisegefährtinnen häufig zu wechseln, so erscheine es mir überflüssig, ihre Namen jeweils in meinen Paß eintragen zu lassen.

«Diese hier», fügte ich hinzu, «begleitet mich nur bis zur nächsten Stadt. Man hat mir versichert, daß ich dort andere finden könne, die es an gesellschaftlichen Fähigkeiten mit ihr mindestens aufnähmen.»

«Es würde mir bedauerlich erscheinen, wenn Sie einen Wechsel in Erwägung zögen», erklärte, den Wagenschlag behutsam zudrückend, der Zollbeamte.

Da ich vor Ihnen, wohlgeneigte und schöne Leserinnen, keine Geheimnisse habe, so seien noch folgende Tatsachen notiert. Don Ottavio, dieser durchtriebene Schlaukopf, hatte irgendwo die Bekanntschaft einer höchst liebenswerten Person gemacht, namens Lucrezia. Diese war die Schwester eines gewissen Vanozzi, eines reichen Landwirtes, der nur leider in dem Rufe stand, etwas liberal und sehr schmuggelsüchtig zu sein. Don Ottavio wußte ganz genau, daß (selbst wenn er nicht für den geistlichen Beruf bestimmt gewesen wäre) seine Familie niemals in seine Verbindung mit einem Mädchen gewilligt haben würde, dessen Herkunft so tief unter der seinigen stand.

Aber Liebe macht erfinderisch. Dem Zögling des Abate Negroni gelang es, einen geheimen Briefwechsel mit seiner Vielgeliebten in die Wege zu leiten. In jeder Nacht schlich er sich aus dem Palazzo Aldobrandi hinaus, und da es nicht sehr ratsam gewesen wäre, an der Fassade der Casa Vanozzi emporzuklettern, so wählten die jungen Leute zum Schauplatz ihrer verliebten Zusammenkünfte den Pavillon der Madama Lucrezia, dessen Verrufenheit und Verhextheit ihnen einen Schutz bot, wie sie ihn sich nicht wirksamer wünschen konnten. Eine kleine, unter Gebüsch und Gesträuch verborgene Pforte stellte die bequemste Verbindung zwischen den beiden Gärten her. Jung und verliebt, wie sie waren, fanden Lucrezia und Ottavio niemals ein tadelndes Wort über die Unzulänglichkeit des Mobiliars, das sich — ich glaube, es schon erwähnt zu haben — auf einen alten, schwarzen Ledersessel beschränkte.

Eines Abends, als Lucrezia ihren Geliebten erwartete, nahm sie mich für ihn und verehrte mir jenes Rosengeschenk, über das ich an geziemender Stelle berichtet habe. Erklärlich (und vielleicht: verzeihlich) wurde dieser Irrtum des jungen Mädchens dadurch, daß tatsächlich, in Wuchs und Haltung, eine gewisse Ähnlichkeit zwischen Don Ottavio und mir bestand — und etliche Klatschbasen, die meinen Vater in Rom gekannt hatten, behaupteten, zu solcher Verwechselbarkeit seien hinlängliche Gründe vorhanden. Im Laufe der Zeit begab es sich dann, daß der vermaledeite Bruder der Signorina Lucrezia Wind von der Sache bekam und das Geheimnis entdeckte. Seine wüsten Drohungen vermochten das junge Mädchen jedoch nicht zu bewegen, den Namen des Verführers zu verraten. Ich habe erzählt, auf welche Weise er sich zu rächen suchte, und daß, um ein Haar, ich es gewesen wäre, der die ganze Rechnung hätte bezahlen müssen.

Unnötig erscheint es mir, im einzelnen darzustellen, wie es, in der Nacht der Flucht, den beiden Liebenden — jedem für sich — glückte, von Hause wegzuschleichen und die rettende Kutsche zu erreichen.

Happy end. — Wohlbehalten langten wir in Florenz an. Don Ottavio beeilte sich, Lucrezia zu heiraten und mit ihr nach Paris zu fahren. Dort nahm ihn mein Vater mit der Herzlichkeit auf, wie sie mir seitens der Marchesa zuteil geworden war. Er ließ es sich auch angelegen sein, eine Versöhnung zustande zu bringen, was ihm nicht ohne Mühe gelang. Ottavios älterer Bruder, der Marchese Aldobrandi, wurde — zu höchst gelegener Zeit — vom Maremmenfieber gepackt und starb. Ottavio erbte Titel und Vermögen. Ich ward Pate seines ersten Kindes.

27. April 1846.

DIE ETRUSKISCHE VASE

Monsieur Auguste Saint-Clair war in der Gesellschaft wenig beliebt, und zwar aus dem Grunde, weil er nur *den* Leuten zu gefallen wünschte, die ihm selbst gefielen. Diese suchte er, und mied alle anderen. Außerdem war er zerstreut und teilnahmslos. Eines Abends, nach der Oper, begab er sich in den Salon der Marquise von A… Die Dame des Hauses fragte ihn, wie Mademoiselle Henriette Sontag gesungen habe.

«Ja, Madame», antwortete Saint-Clair mit einem liebenswürdigen Lächeln. Diese absurde Antwort erklärte sich nicht durch Schüchternheit; denn er pflegte mit vornehmen Herren, mit bedeutenden Geistern, ja, sogar mit gefeierten Damen im Bewußtsein einer völligen Gleichberechtigung zu sprechen. — Die Marquise entschied, Saint-Clair sei ein Monstrum an Dünkelhaftigkeit und Unverschämtheit.

An einem Montag war er bei Madame B… zum Diner geladen. Sie unterhielt sich lange mit ihm. Am andern Tage beteuerte er, niemals einer liebenswürdigeren Dame begegnet zu sein. Madame B... hatte die Gepflogenheit, einen Monat lang in befreundeten Salons Geist zu sammeln, um ihn dann, im eigenen Hause, an einem einzigen Abend auszugeben. Saint-Clair sah sie am Donnerstag derselben Woche wieder. Diesmal langweilte er sich etwas. Ein drittes Zusammentreffen veranlaßte ihn, nie wieder in ihrem Salon zu erscheinen. — Madame B... tat kund, Saint-Clair sei ein Mensch ohne jede Lebensart.

Im Grunde war er eine zarte, liebebedürftige Natur. Aber in jenem frühen Alter, wo innere Erlebnisse sich leicht fürs ganze Leben einprägen, hatte seine nach Mitteilung verlangende Empfindsamkeit ihm des öfteren die Witzeleien und Spötteleien der Kameraden eingetragen. Er war stolz und ehrgeizig und legte einen kindlichen Wert auf die Meinung der anderen. Fortan machte er es sich zur Pflicht, nicht das geringste Anzeichen dessen, was er jetzt für eine entehrende Schwäche hielt, sichtbar werden zu lassen. Er erreichte seinen Zweck. Aber wie teuer kam dieser Sieg ihm zu stehen! Er hatte gelernt, die Regungen eines allzu empfänglichen Herzens zu verheimlichen; aber indem er sie tief in sich verschloß, wurden sie für ihn selbst hundertmal quälender. In der Gesellschaft kam er in den Ruf eines oberflächlichen, gefühllosen Wesens; in der Einsamkeit jedoch ersann seine erfinderische Phantasie Ängste, die ihn um so mehr zerrütteten, je gewissenhafter er es mit der Aufgabe nahm, sie niemandem anzuvertrauen.

«Es ist allerdings schwer, einen Freund zu finden!»

«Schwer, sagen Sie? Ist es denn überhaupt möglich? Hat es je zwei Menschen gegeben, die keinerlei Geheimnis voreinander gehabt hätten?»

Saint-Clair vermochte nicht an Freundschaft zu glauben; und diesen Zweifel fühlten die anderen. Man fand, daß er kalt und zurückhaltend sei gegen alle jungen Leute, die ihm begegneten. Niemals zeigte er Interesse für ihre Abenteuer; aber sein eigenes Denken und Tun hatte für die anderen den lockenden Reiz des Geheimnisses. Franzosen sprechen gern von sich selbst; und so wurde Saint-Clair, ohne es zu wollen, zum Mitwisser vieler intimer Einzelheiten. Seine «Freunde» (falls man dieses Wort gelten lassen will für Menschen, denen man zweimal in der Woche begegnet) beklagten sich über sein Mißtrauen. In der Tat: wer uns unerbetene Geständnisse macht, pflegt gekränkt zu sein, wenn wir sein Entgegenkommen nicht mit gleicher Offenherzigkeit vergelten. Man scheint zu denken, Indiskretion müsse auf Gegenseitigkeit beruhen.

«Er ist zugeknöpft bis über den Hals», sagte eines Tages Alphonse de Thémines, ein schmucker Kavallerieoffizier; «niemals könnte ich das geringste Vertrauen fassen zu diesem verflixten Saint-Clair!»

«Man sollte beinahe glauben, daß er es mit den Jesuiten halte!» bemerkte Jules Lambert.

«Neulich hat jemand mir auf Ehrenwort versichert, er habe ihn zweimal aus der Kirche Saint-Sulpice kommen sehen. Keiner weiß, was dieser Mensch in Wirklichkeit denkt oder glaubt. Auch mir wird in seiner Nähe jedesmal unbehaglich zumute!»

Die beiden trennten sich. — Auf dem Boulevard des Italiens erblickte Alphonse das Objekt dieser kritischen Gedanken —: gesenkten Hauptes, ohne jemanden zu sehen, kam Monsieur Saint-Clair dahergewandelt. Alphonse hielt ihn an, nahm seinen Arm, und bevor sie noch auf der Höhe der Rue de la Paix angelangt waren, hatte er ihm die ganze Geschichte seiner Liebschaft mit Madame X... erzählt, jener Dame, deren Ehemann so eifersüchtig und so brutal sei.

Am selben Abend verlor Jules Lambert sein Geld beim Ecarté. Er erhob sich vom Spieltisch, um zu tanzen, und im Tanzen kam er einem Manne zu nahe, der gleichfalls all sein Geld verloren hatte und schlechter Laune war. Ein paar scharfe Worte: Duellforderung. Jules bat Saint-Clair, ihm als Sekundant zu dienen, und bei dieser Gelegenheit lieh er auch gleich Geld von ihm — dessen Rückgabe er dann vergaß.

Somit war Saint-Clair eigentlich ein ganz umgänglicher Mensch. Seine Fehler schadeten nur ihm selbst. Er zeigte sich dienstbereit, oft liebenswürdig, selten unwirsch. Er war viel gereist, hatte viel gelesen, sprach aber von allem nur, wenn man ihn dazu drängte. Seine Gestalt war groß und wohlgebildet, die Gesichtszüge edel und geistvoll, meistens jedoch zu düster. In seinem Lächeln aber lag viel Anmut.

Einen wichtigen Punkt habe ich vergessen. Saint-Clair bezeigte allen Frauen große Aufmerksamkeit und unterhielt sich mit ihnen lieber als mit Männern. War er der Liebe fähig? Das ließ sich bei einer so kalten Natur schwer entscheiden. Fest stand nur, daß, falls bei ihm von Verliebtheit irgendwie die Rede war, diese Passion niemandem anders gelten konnte als der hübschen Gräfin Mathilde de Coursy. Das war eine junge Witwe, bei der man ihn häufig sah. Auf ihr Vertrautsein schienen folgende Momente hinzudeuten: zunächst die fast zeremoniöse Höflichkeit Saint-Clairs gegen die Gräfin und umgekehrt; ferner sein sorgliches Bestreben, in Gesellschaft niemals ihren Namen auszusprechen, oder, falls das unvermeidlich schien, dieser Erwähnung nicht das geringste lobende Wort beizufügen; außerdem: bevor er ihr vorgestellt worden war, hatte Saint-Clair sich für Musik interessiert, die Gräfin für Malerei; nachdem sie sich kennengelernt, waren diese Interessen umgetauscht; und endlich: als, im vorigen Jahre, die Gräfin sich in einen Badeort begeben hatte, war, sechs Tage später, Saint-Clair gleichfalls verschwunden.

Meine Pflicht als Historiker nötigt mich zu berichten, daß in einer Julinacht, kurz vor

Sonnenaufgang, die Parktür eines Landhauses sich öffnete, worauf, mit der Vorsicht eines Diebes, ein Mann den Garten verließ. Das Landhaus gehörte der Gräfin Coursy; und der Mann war Saint-Clair. Eine Dame im Pelz begleitete ihn bis zur Pforte und sah ihm, den Kopf vorstreckend, lange nach, wie er den sich an der Parkmauer entlangschlängelnden Fußpfad hinunterging. Jetzt blieb Saint-Clair stehen, sah sich behutsam nach allen Seiten um und machte der Dame ein Zeichen, das zu besagen schien, sie möge hineingehen. Die Helligkeit der Sommernacht ließ ihn die Blässe ihres — unbewegt auf derselben Stelle verweilenden — Gesichtes deutlich erkennen. Er kehrte um, trat auf sie zu und schloß sie zärtlich in die Arme. Eigentlich wollte er sie nur zum Hineingehen veranlassen, aber es ergaben sich plötzlich hundert Dinge, die er ihr sagen mußte. Die Unterhaltung dauerte wohl zehn Minuten, da wurden die Schritte eines Bauern vernehmbar, der sich zu seiner Feldarbeit begab. Noch ein letzter Kuß, die Tür schloß sich, und im Nu befand sich Saint-Clair schon am unteren Ende des abwärtsführenden Fußweges.

Er folgte Pfaden, die ihm bekannt waren. Bald schien er fast zu springen vor Freude; bald ging er langsam, in Betrachtung des Himmels versunken, der sich im Osten purpurn zu färben begann. Er machte den Eindruck eines seiner Zelle entsprungenen Narren. Nach einer halben Stunde Weges gelangte er an die Tür eines einsamen Häuschens, das er für die Sommermonate gemietet hatte. Er schloß auf, trat ein und warf sich auf ein großes Sofa, wo er sich den lieblichsten Gedanken überließ, einer Folge selig lächelnder Träume.

«Wie glücklich bin ich!» dachte er. «Endlich habe ich ein Herz gefunden, das dem meinigen verwandt ist... Ich habe mein Ideal gefunden!... Ich habe gleichzeitig einen Freund und eine Geliebte... Welch ein Charakter! Welche leidenschaftliche Natur!... Nein: vor mir hat sie niemals geliebt!...»

Und (da Eitelkeit sich in alle irdischen Dinge mischt):

«Sie ist die schönste Frau von Paris.» (Und seine Phantasie führte ihm all ihre Reize vor Augen.) «Sie hat mich unter allen auserwählt. Die Elite der Männerwelt bewarb sich um sie. Aber sie hat alle abgewiesen: den schönen, tapferen, nicht einmal besonders geckenhaften Husarenoberst; den jungen Literaten, der nebenbei so hübsch zeichnen und dramatische Bilder inszenieren konnte; den russischen Lovelace*, der den Balkan gesehen und unter Diebitsch gedient hatte; und sogar den geistvollen Camille T..., der soviel Lebensart und eine so schöne Säbelnarbe auf der Stirn hat!... Mich aber...»

Und abermals:

«Oh, wie bin ich glücklich!»

* Lovelace: der verführerische «Weltmann» in Samuel Richardsons Roman «Clarissa» (1748).

Er erhob sich, öffnete das Fenster, schöpfte Luft, ging im Zimmer auf und ab und warf sich wieder auf das Sofa.

Ein glücklicher Liebhaber ist fast so langweilig wie ein unglücklicher. Ein Freund von mir, der sich dauernd in einem dieser beiden Zustände befand, wußte kein anderes Mittel, sich einen willigen Zuhörer zu verschaffen, als daß er mir ein ausführliches Mahl servieren ließ, während dessen Dauer er über seine Liebesaffären reden durfte; nach dem Kaffee — so war es ausgemacht — mußte er dann mit einem anderen Thema einverstanden sein.

Da ich nicht allen meinen Lesern ein opulentes Frühstück anbieten kann, so erspare ich ihnen Saint-Clairs weitere Liebesgedanken. Übrigens kann kein Sterblicher lange im Bereich der Wolken verbleiben. Saint-Clair wurde müde, gähnte, streckte sich, sah, daß es heller Tag war, und gab sich dem Schlafe hin.

Als er erwachte, sah er, daß es höchste Zeit war, sich anzukleiden und nach Paris zu reiten, wo er mit mehreren jungen Leuten zu einem Dejeuner geladen war.

Soeben war eine neue Flasche Champagner entkorkt worden. Der Leser möge selbst bestimmen, die wievielte. Man war an dem — sich bei Junggesellengastereien so rasch einstellenden — Punkte angelangt, wo alle gleichzeitig sprechen wollen und die Nüchterngebliebenen für die Angeheiterten zu fürchten beginnen.

«Es wäre interessant», sagte Alphonse de Thémines (der niemals eine Gelegenheit versäumte, von England zu sprechen), «wenn bei uns die Londoner Mode Eingang fände, daß jeder Tischgenosse einen Trinkspruch auf seine Geliebte ausbringen muß. Auf diese Weise würden wir endlich erfahren, für welche Schöne das Herz unseres Freundes Saint-Clair entflammt ist.»

Während dieser Anregung füllte er die Gläser von neuem.

Saint-Clair, etwas beunruhigt, dachte über eine Antwort nach. Aber Jules Lambert kam ihm zuvor:

«Dieser Brauch gefällt mir sehr», sagte er; «ich akzeptiere ihn!» — Und, sein Glas erhebend: «Ich trinke auf alle Putzmacherinnen von Paris — ausgenommen die Dreißigjährigen, die Einäugigen und die Hinkenden!»

«Hurra, hurra!» rief der Chor der jungen Englandschwärmer.

Saint-Clair, sein Glas in der Hand, erhob sich:

«Messieurs», sagte er, «mein Herz ist nicht so weit wie das unseres Freundes Jules, aber dafür ist es beständiger. Meine Beständigkeit ist um so lobenswerter, als ich leider seit langem von der Dame meiner Wahl getrennt bin. Dennoch bin ich sicher, daß Sie meinen Geschmack billigen werden, falls Sie nicht etwa gar meine Rivalen sind! Ich trinke auf das

Wohl von Giuditta Pasta! Meine Herren, mögen wir die erste Sängerin Europas bald wieder in Paris begrüßen dürfen!»

Thémines wollte den Trinkspruch nicht gelten lassen; aber der allgemeine Beifall ließ ihn verstummen. Saint-Clair, nach Parierung dieses Stoßes, hoffte für den Rest des Abends außer Gefahr zu sein.

Man sprach von Bühnendingen und geriet, auf dem Umwege über die Theaterzensur, in die Politik. Vom Lord Wellington kam man auf englische Rennpferde und dann — mittels einer leichtverständlichen Ideenverbindung — auf die Weiber; denn für junge Leute sind ein schönes Pferd und eine hübsche Geliebte die beiden begehrenswertesten Dinge auf Erden.

Im weiteren sprach man über die Mittel, diese so wünschenswerten Objekte zu erlangen. Pferde sind käuflich; manche Frauen ebenfalls — doch von solchen war momentan nicht die Rede. Saint-Clair, nachdem er in bescheidener Weise auf seine geringe Erfahrung auf diesem bedenklichen Gebiete hingewiesen, brachte den Satz vor: die erste Bedingung, um einer Frau zu gefallen, sei es, sich durch irgendeine Sonderheit hervorzutun, anders zu sein als die anderen. Gab es aber für den Begriff der «Sonderheit» ein allgemein-gültiges Rezept? Das glaube er nicht.

«Nach diesem Lehrsatz», wandte Jules Lambert ein, «hätten also die Lahmen und Buckligen weit größere Chancen als die Normalgewachsenen?»

«Sie treiben meinen Gedanken vielleicht etwas weit», erwiderte Saint-Clair, «aber wenn es sein muß, lasse ich alle Folgerungen gelten, die man aus dieser These ziehen kann. Wenn ich, zum Beispiel, bucklig wäre, so würde ich mich nicht erschießen, sondern auf Eroberungen ausgehen. In Betracht kämen zwei Arten von Frauen. Erstens die Empfindsamen; und zweitens diejenigen — ihre Zahl ist groß —, die Wert darauf legen, einen originellen, ‚exzentrischen' Charakter zu haben. Den ersteren würde ich die Ungunst meiner Lage schildern, die seitens der grausamen Natur mir zuteil gewordene Zurücksetzung. Ich würde ihr Mitleid zu erregen suchen und andeuten, daß ich leidenschaftlicher Liebe fähig sei. Ich würde einen Rivalen im Duell töten und, mittels einer schwachen Dosis Laudanum, mich zu vergiften scheinen. Nach Verlauf etlicher Wochen würde mein Höcker nicht mehr bemerkt werden, und dann wäre die Zeit gekommen, vom ersten empfindsamen Anfall Nutzen zu ziehen. — Was jedoch jene anderen — auf Originalität bedachten — Damen betrifft, so ist deren Eroberung leicht. Man gebe ihnen einfach zu verstehen, es sei eine von allen Völkerschaften anerkannte Regel, daß ein Buckliger kein Glück haben könne: sofort werden sie sich darauf kaprizieren, diese ‚Allgemeingültigkeit' zu durchkreuzen!»

«Was für ein Don Juan Sie doch sind!» rief Jules.

«Brechen wir uns die Beine, meine Herren!»

sagte der Colonel Beaujeu, «da wir das Pech haben, nicht bucklig geboren zu sein!»

«Ich bin ganz der Meinung von Saint-Clair», sagte Hector Roquantin, der nur dreieinhalb Fuß hoch war. «Man sieht jeden Tag, wie die schönsten und gefeiertsten Frauen sich an Leute verschenken, deren Erfolgsmöglichkeit euch wohlgestalten Herren nicht einmal in den Sinn käme . . .»

«Bitte, Hector, seien Sie so freundlich, aufzustehen und nach Wein zu läuten», sagte Thémines im harmlosesten Tone der Welt.

Der Zwerg erhob sich, und lächelnd dachten alle an die Fabel vom Fuchs mit dem abgeschnittenen Schweif.

«Was mich anlangt», setzte Thémines das Gespräch fort, «so komme ich immer mehr zu der Überzeugung, daß ein leidliches Gesicht» — er warf einen zufriedenen Blick in den Spiegel — «und eine geschmackvolle Kleidung ‚Sonderheiten' sind, gegen die das sprödeste Weib wehrlos ist.»

Und er schnipste ein Brotkrümchen von sich ab, das sich auf seinen Rockumschlag verirrt hatte.

«Ach was!» rief der Kleine, «mit einem hübschen Gesicht und einem gutgeschnittenen Anzug gewinnt man höchstens Frauen, die einem nach acht Tagen langweilig werden! Um Liebe — wirkliche Liebe — zu erwecken, braucht man etwas anderes . . . braucht man . . .»

«Halt!» fiel Thémines ihm ins Wort, «wollt ihr ein schlagendes Beispiel? . . . Ihr habt alle

Massigny gekannt und wißt, was das für ein Kerl war! Manieren wie ein englischer Stallknecht, und ‚Esprit' wie dessen dümmster Gaul ... Aber er war schön wie Adonis und verstand seine Krawatte zu knüpfen wie George Brummel, jener König der Mode. Alles in allem: das langweiligste Wesen, das mir in meinem Leben vorgekommen ist!»

«Mich hätte er einmal fast umgebracht mit seiner Langweiligkeit», sagte der Colonel Beaujeu. «Denkt euch, ich mußte eine Strecke von über zwanzig Meilen in seiner Gesellschaft zurücklegen!»

«Wißt ihr», fragte Saint-Clair, «daß er den Tod des armen Richard Thornton verursacht hat, der euch ja allen bekannt gewesen ist?»

«Aber», widersprach Jules, «Thornton ist doch bei Fondi von Räubern überfallen und ermordet worden!»

«Gewiß, aber ihr werdet gleich sehen, daß Massigny allermindestens ein Mitschuldiger dieses Verbrechens gewesen ist. Eine Anzahl von Besuchern Italiens, unter denen sich Thornton befand, hatte, aus Furcht vor Briganten, die Vereinbarung getroffen, die Reise von Rom nach Neapel gemeinsam zu machen. Massigny erklärte, er wolle sich dieser Karawane anschließen. Als Thornton das erfuhr, beschloß er, der furchtbaren Perspektive, einige Tage mit Massigny verbringen zu müssen, auszuweichen. Er unternahm die Fahrt allein, und das übrige wißt ihr.»

«Thornton hatte recht», meinte Thémines:

«von zwei Todesarten wählte er die weniger grausame! Jeder vernünftige Mann an seiner Stelle hätte es ebenso gemacht.»

Dann, nach einer Pause:

«Ihr gebt mir also zu, daß Massigny der langweiligste Mensch auf Gottes Erde gewesen ist?»

«Zugegeben!» riefen alle einhellig.

«Nehmen wir niemandem die Hoffnung!» sagte Jules. «Machen wir eine Ausnahme zugunsten von X..., zumal wenn er seine politischen Ideen zu entwickeln beginnt!»

«Ihr werdet mir weiter zugeben», fuhr Thémines fort, «daß Madame de Coursy eine Frau von außergewöhnlichem Geist ist!»

Es entstand ein Moment des Schweigens. Saint-Clair senkte den Blick und glaubte zu fühlen, daß aller Augen auf ihn gerichtet seien.

«Wer zweifelt daran?» sagte er endlich, sich so beflissen über seinen Teller neigend, als wolle er alle Einzelheiten der auf die Porzellanfläche gemalten Blumen studieren.

«Ich stelle die Behauptung auf», rief Jules mit erhobener Stimme, «daß sie eine der drei liebenswertesten Frauen von Paris ist!»

«Ich habe ihren Mann gekannt», sagte der Colonel; «er hat mir des öfteren ganz entzückende Briefe von seiner Gemahlin gezeigt.»

«Bitte, Saint-Clair», rief Hector Roquantin dazwischen, «stellen Sie mich doch bei nächster Gelegenheit der Frau Gräfin vor! Man sagt, daß Sie bei ihr Gebieter seien über Regen und Sonnenschein!»

«Gegen Ende Herbst», murmelte Saint-Clair, «wenn sie in Paris zurück sein wird ... Ich ... ich glaube, daß sie auf dem Lande keine Besuche empfängt.»

«Wollt ihr mich nun anhören?» rief Thémines ungeduldig.

Von neuem ward es still. Saint-Clair rückte auf seinem Stuhle hin und her wie ein Angeklagter vor dem Schwurgericht.

«Sie hätten die Gräfin vor drei Jahren sehen sollen, Saint-Clair», fuhr Alphonse de Thémines mit grausamer Kaltblütigkeit fort, «damals, als Sie sich in Deutschland aufhielten! Sie können sich nicht vorstellen, wie schön sie damals war, frisch wie eine Rose, lebendig und heiter wie ein Schmetterling. Nun, unter ihren zahlreichen Anbetern — wer war es, den sie mit ihrer Huld beglückte? Massigny! ... Der dümmste, der albernste Mann verdrehte der klügsten Frau den Kopf! Glauben Sie, daß ein Buckliger das auch fertiggebracht hätte? ... Na also! Das Gebot lautet: habe ein hübsches Gesicht, einen guten Schneider, und sei beherzt!»

Saint-Clair befand sich in peinlichster Lage. Er hätte die so keck aufgestellte Behauptung Lügen strafen mögen, unterließ es aber, damit kein Zufallswörtchen die Gräfin kompromittiere. Er hätte etwas zu ihren Gunsten vorbringen wollen, aber die Zunge war ihm wie angefroren. Seine Lippen zitterten vor Wut, und vergeblich suchte er nach einem Vorwand, um einen Streit zu provozieren.

«Was?!» rief Jules mit der Miene höchster Überraschung, «Madame de Coursy soll die Geliebte eines Massigny gewesen sein?! Schwachheit, dein Name ist Weib!»

«Auf den guten Ruf einer Frau scheinen die Herren nicht viel Wert zu legen!» sagte Saint-Clair in schneidendem, herausforderndem Tone. «Jedermann hält sich für berechtigt, ihn anzuzweifeln, falls bei dieser Gelegenheit nur etwas sogenannter ‚Geist' sich produzieren darf...»

Aber während er so sprach, kam ihm, zu seinem Entsetzen, plötzlich eine gewisse etruskische Vase in den Sinn, die in der Pariser Wohnung der Gräfin auf dem Kamin gestanden hatte. Dort hatte er sie hundertmal gesehen, und er wußte auch, daß sie ein Geschenk von Massigny war, der sie von seiner italienischen Reise mitgebracht hatte. Diese Vase nun — welch verdächtiges Zeichen — hatte den Platz gewechselt: sie war von Paris in die Landwohnung mitgenommen worden! Und jeden Abend stellte Mathilde die Blumen, die er, Saint-Clair, ihr darbot, in diese etruskische Vase!

Er vermochte nicht weiterzusprechen; er sah und dachte nur noch das eine: die etruskische Vase!

«Ein netter Beweis!» wird ein kritischer Kopf einwenden: «wie kann man, aus so fadenscheinigem Grunde, Verdacht schöpfen gegen seine angebetete Geliebte?!...»

«Sind Sie selbst einmal verliebt gewesen, mein gestrenger Herr Kritikus?» —

Thémines war in zu guter Laune, als daß er über den Ton, dessen Saint-Clair sich gegen ihn bedient hatte, erbost hätte sein sollen. So antwortete er denn mit beschwichtigender Lässigkeit:

«Ich wiederhole nur, was in den Salons gesagt worden ist... damals, als Sie in Deutschland waren, Saint-Clair! Man glaubte allgemein an eine solche Beziehung. Ich selbst kenne Madame de Coursy nur oberflächlich; es sind anderthalb Jahre her, daß ich ihr zuletzt meine Aufwartung gemacht habe. Möglich bleibt immerhin, daß man sich geirrt und daß Massigny mir ein Märchen erzählt hat! — Doch um auf den Ausgangspunkt unserer Diskussion zurückzukommen: selbst wenn der von mir erwähnte Fall nicht stichhaltig wäre, so behielte ich trotzdem recht! Ihr wißt alle, daß die geistvollste Frau von Frankreich, diejenige, deren Werke...»

Die Tür öffnete sich und herein trat, soeben aus Ägypten zurückgekehrt, Monsieur Théodore Néville.

«Théodore! Schon zurück?!» — Er wurde mit Fragen überschüttet.

«Hast du ein echtes türkisches Kostüm mitgebracht?» fragte Thémines. «Und ein arabisches Pferd und einen libyschen Reitknecht?»

«Was für eine Art Mensch ist der Pascha?» fragte Jules. «Wann wird er sich unabhängig machen?... Und hast du auch gesehen, wie, mit einem einzigen Säbelhieb, Köpfe vom Rumpf getrennt wurden?»

«Und die ägyptischen Tänzerinnen?» erkundigte sich Roquantin. «Gibt es viele schöne Frauen in Kairo?»

«Haben Sie den General L... zu Gesicht bekommen?» fragte der Colonel Beaujeu. «Wie hat er die Armee des Pascha organisiert?... Und hat der Colonel C... Ihnen einen Säbel für mich mitgegeben?»

«Und die Pyramiden?... Und die Nilfälle? Und die Memnonssäule?... Und Ibrahim Pascha?»

Alle sprachen durcheinander. Saint-Clair dachte nur an die etruskische Vase.

Théodore Néville ließ sich mit gekreuzten Beinen auf den Teppich nieder (eine in Ägypten angenommene Gewohnheit, die er in Frankreich nicht aufgeben wollte), wartete auf das Abflauen der Fragelust und äußerte sich dann folgendermaßen:

«Die Pyramiden! Mit Verlaub zu sagen: der reine Humbug! Sie sind bei weitem nicht so hoch, wie man denkt. Das Straßburger Münster ist nur vier Meter niedriger... Ich habe übrigens genug von sämtlichen Altertümern des Orients! Sprecht mir nicht mehr davon! Der bloße Anblick einer Hieroglyphe erregt mir Übelkeit. Die Absicht meiner Reise war, die Sitten und Bräuche jenes merkwürdigen Völkergemisches zu studieren, das sich in den Straßen von Kairo und Alexandrien drängt —: Türken, Beduinen, Kopten, Fellachen, Môghrabinen. Ich habe über meine Beobachtungen einige Notizen hingeworfen, während ich mich auf dem Hospitalschiff befand. Welch infame Einrichtung — diese Quarantäne! Ihr glaubt doch nicht etwa an Ansteckung? Ich habe ruhig meine Pfeife geraucht inmitten von dreihundert Pestkranken ... Oh, Colonel, Sie hätten eine schön ausgebildete Kavallerie zu sehen bekommen! ... Ich werde Ihnen herrliche Waffen zeigen, die ich mitgebracht habe ... Und wißt ihr, daß ich eine Menge Weiber hätte mitbringen können? Ibrahim Pascha hat aus Griechenland so viele hergeschickt, daß sie rapid im Kurse gesunken sind ... Aber wegen meiner Mutter ... Mit dem Pascha habe ich mich viel unterhalten. Er ist ein kluger, vorurteilsloser Mann. Ihr würdet nicht glauben, wie genau er mit unserer Politik Bescheid weiß; unsere kleinsten Kabinettsgeheimnisse sind ihm vertraut! Ich verdanke ihm wertvolle Aufschlüsse über den Stand der Parteien in Frankreich ... Auf alle unsere Zeitungen ist er abonniert. Er ist ein fanatischer Bonapartist und spricht fortwährend von Napoleon ... Mohammed Ali war anfänglich sehr mißtrauisch und zurückhaltend gegen mich. Er hielt mich für einen Spion oder für einen Jesuiten — weiß der Teufel! Jesuiten sind ihm ein Greuel. Aber bald merkte er, daß ich nur ein harmloser Reisender war, und sprach in aller Offenheit mit mir. Bei der letzten Audienz, die er mir gewährte — es war die dritte —, nahm ich mir die Freiheit, ihm zu sagen: ‚Ich begreife nicht, warum Deine Hoheit sich nicht unabhängig macht von der Hohen Pforte!' — ,Du lieber Gott', antwortete er, ,das möchte ich ja furchtbar gern! Aber ich fürchte, daß die liberalen Zeitungen, die in deinem Lande alles zu sagen haben, mich nicht unterstützen, wenn ich die Unabhängigkeit Ägyptens proklamiere.' — Er ist ein schönbärtiger Greis, der mir wunderbares Konfekt vorgesetzt hat!»

«Wie lange bist du in Ägypten gewesen?» fragte Thémines.

«Sechs Wochen.»

Und der Reisende fuhr fort, das Land in allen Einzelheiten zu beschreiben, von der Zeder bis zum Ysop. Saint-Clair verließ bald nach seinem Kommen die Tafelrunde, um in sein Landhaus zurückzukehren. Der ungestüme Galopp seines Pferdes hinderte ihn, klar zu denken. Aber er fühlte, daß sein Glück für immer zertrümmert sei, und daß ein Toter und eine etruskische Vase daran Schuld trügen.

Zu Hause warf er sich aufs Sofa — dasselbe, das in der Morgenfrühe dieses Tages die Stätte seiner beglückten Meditationen gewesen war. Am süßesten war ihm der Gedanke erschienen, daß seine Freundin, diese ungewöhnliche Frau, noch niemals geliebt hatte und nie jemanden würde lieben können als ihn allein. Jetzt zerrann dieser Traum vor einer traurigen, grausamen Wirklichkeit.

«Ich habe eine schöne Geliebte, das ist alles. Sie ist intelligent. Desto unverzeihlicher ihre Liebe zu einem Massigny! ... Jetzt liebt sie allerdings mich . . . ‚von ganzer Seele‘ . . . wie sie es eben vermag! Geliebt zu werden wie Massigny! . . . Sie hat meinen Aufmerksamkeiten, meinen Zärtlichkeiten, meinen Zudringlichkeiten nachgegeben? Ich habe mich getäuscht. Unsere Herzen sind nicht miteinander verwandt. Massigny oder ich — das ist ihr einerlei! Er ist schön, sie liebt ihn um seiner Schönheit willen. Bisweilen geruht Madame, mich amüsant zu finden . . . ‚Also lieben wir Saint-Clair‘, sagt sie sich dann, ‚da der andere tot ist! Und wenn Saint-Clair stirbt oder mich zu langweilen beginnt, dann werden wir weiter sehen!‘»

Der Erzähler glaubt fest daran, daß der Teufel einen Unglücklichen, der sich in solcher Weise quält, aus nächster Nähe unsichtbar belauscht. Er hat seine Freude an dem hübschen Schauspiel, und falls die Wunden des Opfers sich zu schließen drohen, ist er zur Stelle, sie wieder aufzureißen.

Saint-Clair glaubte eine Stimme zu vernehmen, die ihm ins Ohr wisperte:

. . . *Oh, höchst beneidenswerter Ruhm, dem Abgedankten nachzufolgen!* . . .

Er fuhr in die Höhe und warf einen wilden Blick um sich. Wie glücklich hätte es ihn gemacht, wenn jemand im Zimmer gewesen wäre! Mit einer wahren Lust hätte er ihn in Stücke gerissen!

Es schlug acht. Die Gräfin erwartete ihn um halb neun. — Wenn er die Verabredung nicht innehielte?!... «Warum soll ich Massignys Mätresse wiedersehen?»

Er streckte sich wieder aufs Sofa und schloß die Augen.

«Ich will schlafen», sagte er zu sich.

Er blieb eine halbe Minute unbeweglich liegen. Dann sprang er auf und rannte zur Kaminuhr, um zu sehen, wie weit der Zeiger schon vorgerückt sei.

«Wenn es nur erst halb neun wäre!» murmelte er. «Dann wäre es zu spät, mich noch auf den Weg zu machen!»

Aber er hatte nicht das Herz, zu Hause zu bleiben. Mindestens hätte es irgendeines Vorwandes bedurft. Wenn er wenigstens krank geworden wäre! Er ging im Zimmer auf und ab, setzte sich hin, nahm ein Buch, vermochte keine Silbe zu lesen. Er trat ans Klavier und hatte nicht die Kraft, es zu öffnen. Er pfiff, blickte in die Wolken und wollte die Pappeln zählen, die vor seinem Fenster standen. Endlich kehrte er zu der Pendüle zurück und sah, daß sie um keine drei Minuten vorwärtsgekommen war.

«Es scheint mir unmöglich zu sein, sie nicht zu lieben!» schrie er zähneknirschend und mit dem Fuße aufstampfend; «sie beherrscht mich, ich bin ihr Sklave, wie Massigny es vor mir gewesen ist!... Also gut, Elender! So gehorche denn, da du nicht die Kraft aufbringst, verhaßte Ketten zu brechen!»

Er nahm seinen Hut und stürzte aus dem Hause.

Wenn eine Leidenschaft uns gebannt hält, so gewährt es der Eigenliebe einen gewissen Trost, unsere Schwäche aus der Höhe unseres Stolzes zu betrachten.

«Allerdings bin ich ein Schwächling», sagt man sich; «aber wenn ich wollte, so ...»

Langsam erklomm er den Pfad, der zu der kleinen Seitentür des Parkes hinaufführte. Schon von weitem sah er, wie eine helle Gestalt sich abhob vom dunklen Grunde des Laubes. Ein Tüchlein wurde geschwenkt. Das Herz schlug ihm heftig; seine Knie erzitterten. Er fühlte, daß er nicht die Kraft hatte, zu sprechen; er war so verstört, daß er fürchtete, die Gräfin werde ihm gleich alle Qual vom Gesicht ablesen können.

Er nahm die Hand, die sie ihm hinstreckte. Und wie sie sich an seine Brust warf, küßte er ihr die Stirn. Dann folgte er ihr ins Haus, nur mit Mühe die Seufzer zurückhaltend, die ihm das Herz zu sprengen drohten.

Das Boudoir der Gräfin war von einer einzigen Kerze erhellt. Sie setzten sich. Saint-Clair bemerkte, daß seine Freundin eine Rose im Haar trug. Gestern hatte er ihr eine englische Gravüre gebracht, auf der das Haar der Herzogin von Portland in derselben schlichten Weise geschmückt war. Dabei hatte er geäußert: «Diese einfache Blume liebe ich mehr als die modernste Frisur!» —

Geschmeide mochte er nicht. Und aus der Seele gesprochen war ihm der Ausspruch jenes englischen Lords: «Mit Weibern in Juwelenpracht, mit Pferden im Schabrackenprunk kennt sich kein Teufel aus!»... Vorige Nacht, mit einem Perlenhalsband der Gräfin spielend (beim Sprechen mußte er immer etwas in der Hand haben), hatte er zu ihr gesagt: «Schmuck ist nur gut, um Fehler zu verdecken. Sie, Mathilde, sind zu schön, als daß Sie solcher Hilfsmittel bedürften!» Und heute abend hatte die Gräfin, die jedes seiner Worte behielt, alles Geschmeide abgelegt: Ketten, Armbänder, Fingerringe und Ohrringe.

Saint-Clair pflegte bei einer Frau besonders auf die Schuhe zu achten; über dieses Kapitel hatte er seine fixen Ideen. Vor Sonnenuntergang war ein heftiger Gewitterguß niedergegangen. Obwohl der Rasen noch ganz naß war, war die Gräfin mit seidenen Strümpfen und schwarzen Atlasschuhen durch das feuchte Gras gegangen... Wie leicht hätte sie sich erkälten können!

Sie liebt mich! vermutete Saint-Clair.

Er seufzte über seine eigene Torheit und lächelte widerwillig, hin und her gerissen zwischen seinem Gram und der Annehmlichkeit, eine hübsche Frau vor sich zu haben, die ihm durch tausend Einzelheiten, wie sie den Verliebten so wichtig sind, zu gefallen suchte.

Im Gesicht der Gräfin prägte sich eine Mischung von Liebe und neckischer Laune aus. Einem Kästchen aus Japanlack entnahm sie einen Gegenstand, den ihre kleine, verschlossene Hand noch verbarg.

«Ich habe neulich Ihre Taschenuhr zerbrochen», sagte sie zu Saint-Clair. «Da ist sie wieder in Ordnung!»

Sie gab ihm die Uhr und sah ihn zärtlich an, sich auf die Unterlippe beißend, als habe sie ein Lächeln zu verbeißen.

Was für wundervolle Zähne sie hatte! Wie erglänzten sie weiß auf dem schimmernden Rosa der Lippen! (Ein Mann macht einen unsäglich dummen Eindruck, wenn er den reizenden Schelmereien einer schönen Frau mit eisiger Zurückhaltung begegnet.)

Saint-Clair bedankte sich, nahm die Uhr und wollte sie in die Tasche stecken.

«Betrachten Sie sie doch ein bißchen genauer!» sagte die Gräfin. «Wollen Sie sie nicht einmal aufmachen und nachsehen, ob sie gut repariert ist? Sie sind ja ein gelehrter Herr, haben die Technische Hochschule besucht und müssen es beurteilen können!»

«Oh, ich verstehe mich nur wenig darauf», erwiderte Saint-Clair und öffnete, mit zerstreuter Miene, das Gehäuse. Wie groß aber war seine Überraschung! Auf der Innenseite des Deckels befand sich ein Miniaturbildnis der Gräfin Coursy. Wie hätte man da noch verstimmt bleiben können? Sein Gesicht klärte sich auf; er dachte nicht mehr an Massigny. Er empfand nur noch das

Glück, bei einer bezaubernden Frau zu sein, die ihn anbetete.

— — — — — — — — — — — — — — — — — — —

Die Lerche, Künderin des Morgenrots, begann zu singen, und im Gewölk des östlichen Horizontes erglommen lange Streifen fahlen Lichtes. Es war die Stunde, in der Romeo Abschied nahm von seiner Julia: die klassische Stunde, in der alle Liebenden sich trennen müssen.

Saint-Clair, den Parkschlüssel in der Hand, stand vor dem Kamin, den Blick auf die etruskische Vase geheftet. Immer noch hegte er, in den Falten seines Herzens, Groll gegen dieses gräzisierende Ding. Aber das Glück überglänzte alles, und der so einfache Gedanke, daß Thémines habe lügen können, begann in ihm Wurzel zu fassen. Doch während die Gräfin, die ihn noch ans Gartentor begleiten wollte, beschäftigt war, sich einen Shawl um den Kopf binden, fing Saint-Clair an, mit dem Schlüssel auf die Vase einzuschlagen, zuerst sachte, dann immer stärker, so daß es schließlich aussah, als wolle er sie zertrümmern.

«Um Gottes willen, seien Sie doch ein wenig vorsichtig!» rief Mathilde. «Sie werden mir meine schöne etruskische Vase noch ganz entzweischlagen!»

Und sie entwand den Schlüssel seinen Händen.

Saint-Clair fühlte sich immer mehr gequält, zwang sich aber zur Ruhe. Um der Versuchung nicht zu erliegen, wandte er dem Kamin den Rücken. Und, seine Taschenuhr öffnend, begann er das Porträt, das ihm zum Geschenk gemacht worden war, zu betrachten.

«Wie heißt der Künstler, der es geschaffen hat?» fragte er.

«Es ist ein Maler namens R..., den Massigny mir empfohlen hat.» (Seit seiner italienischen Reise hatte Massigny sich für einen distinguierten Liebhaber der schönen Künste gehalten und den Gönner aller jungen Talente gespielt.) «Wirklich, ich finde das Bild recht ähnlich, obwohl es ein bißchen geschmeichelt ist.»

Saint-Clair hätte Lust gehabt, die Uhr an die Wand zu schleudern — was eine abermalige Reparatur recht schwierig gemacht haben würde. Doch er beherrschte seinen Unmut und steckte sie in die Tasche.

Da es inzwischen heller Tag geworden war, bat er Mathilde, ihn nicht zu begleiten. Er verließ das Haus, durchmaß den Park mit großen Schritten und befand sich bald unter Gottes freiem Himmel.

«Massigny! Massigny!» rief er in krampfhafter Erbitterung. «Muß ich dir denn überall begegnen?! Zweifellos hat der Künstler, der dies Porträt geschaffen hat, ein zweites für Massigny gemalt!... Elender Dummkopf, der ich war! Wie konnte ich auch nur einen Augenblick an ihre Liebe glauben, nur weil sie eine Rose im Haar trug und keine Ringe an den Fingern?!... Besitzt sie nicht ein ganzes Schränkchen voll Geschmeide? Massigny liebte es, daß seine Damen sich damit überluden!... Ja, sie hat wirklich einen guten Charakter, das muß man sagen: sie weiß sich der Geschmacksrichtung jedes einzelnen Liebhabers anzupassen! Bei allen Teufeln! Hundertmal lieber wäre es mir, wenn sie eine käufliche Kurtisane wäre! Dann dürfte ich mir wenigstens einbilden, daß sie mich liebhabe, da sie von mir nicht bezahlt wird!»

Bald kamen noch schlimmere Gedanken. In einigen Wochen würde Mathildes Trauerjahr zu Ende sein, nach dessen Ablauf die Eheschließung der Liebenden erfolgen sollte. Das war, obgleich man kein Wort darüber gewechselt hatte, eine innere Vereinbarung und galt beiden wie ein Schwur. Noch gestern würde Saint-Clair ein Königreich darum gegeben haben, den Tag zu beschleunigen, an dem er der Welt seine Liebe eingestehen durfte; heute erzitterte er bei dem bloßen Gedanken, sein Dasein mit dem der früheren Geliebten eines Massigny zu verbinden.

Und doch schulde ich es ihr, dachte er; und es wird geschehen! Die arme Frau hat wohl geglaubt, ich sei über diese frühere Beziehung unterrichtet; es soll ja ein öffentliches Geheimnis gewesen sein! ... Und abgesehen davon: sie kennt mich in keiner Weise! Sie kann mein Wesen nicht verstehen; sie glaubt, meine Liebe gleiche der eines Massigny!

Dann sagte er sich, nicht ohne Stolz:

Drei Monate lang hat sie mich zum Glücklichsten aller Sterblichen gemacht. Dieses Glück wiegt das Opfer meines Lebens auf.

Er legte sich nicht schlafen, sondern stieg zu Pferde. Den ganzen Vormittag ritt er planlos durch die Wälder. In einer Allee des Forstes von Verrières gewahrte er einen Reiter auf englischem Vollblut, der ihn schon von weitem anrief und rasch auf ihn zukam. Es war Alphonse de Thémines. Wer sich in Saint-Clairs Lage und Laune befindet, hat nur einen einzigen Wunsch: einsam zu bleiben. Die Begegnung mit Thémines wandelte Saint-Clairs Gram in Empörung. Der andere bemerkte es nicht — oder wollte es nicht bemerken: er schien sich ein boshaftes Vergnügen daraus zu machen, den Gequälten zu quälen. Er plauderte, lachte, scherzte, ohne sich darum zu kümmern, daß er keine Antwort erhielt. Saint-Clair bog in eine schmale Seitenallee ein und hoffte, daß der Aufdringliche ihm dorthin nicht folgen werde. Er täuschte sich: Quälgeister lassen ihr Opfer nicht so leicht los. Thémines lenkte sein Roß in dieselbe Richtung und trieb es zu schnellerem Tempo, um an Saint-Clairs Seite zu kommen und die Unterhaltung desto bequemer fortsetzen zu können.

Wie gesagt, die Allee war eng: sie bot nur schlecht Platz für zwei nebeneinandergehende Pferde. Und so war es denn kaum vermeidlich, daß Thémines — trotz seiner Kavaliersgeschicklichkeit — im Weiterreiten den Fuß von Saint-Clair streifte. Dieser, aufs äußerste gereizt, vermochte nicht länger an sich zu halten. Er erhob sich in den Steigbügeln und schlug mit seiner Reitgerte Thémines Pferd heftig auf die Nase.

«Zum Teufel, was haben Sie, Saint-Clair?» rief Thémines. «Warum schlagen Sie mein Tier?»

«Warum reiten Sie mir nach?» erwiderte Saint-Clair mit unheimlicher Stimme.

«Haben Sie den Verstand verloren, Saint-Clair? Wissen Sie nicht, zu wem Sie sprechen?»

«Ich weiß sehr wohl, daß es ein Laffe ist, mit dem ich spreche!»

«Saint-Clair! ... Sie scheinen verrückt geworden zu sein ... Hören Sie: morgen werden Sie sich entweder bei mir entschuldigen oder mir Genugtuung geben für Ihre Unverschämtheit!»

«Also auf morgen, mein Herr!»

Thémines brachte sein Roß zum Stehen. Saint-Clair gab dem seinigen die Sporen und war bald im Dickicht des Waldes verschwunden.

Von diesem Augenblick an fühlte er sich ruhiger. Er glaubte an Vorahnungen und hatte das bestimmte Gefühl, daß er morgen getötet werden würde. Dies hielt er für den besten Ausweg aus der Wirrnis, in der er sich befand. Nur noch ein einziger Tag — dann würde es zu Ende sein mit allen Sorgen und Zweifeln! Er kehrte nach Hause zurück, schickte seinen Bedienten mit einem Billett zum Colonel Beaujeu, schrieb einige Briefe, speiste mit gutem Appetit und war pünktlich um halb neun Uhr abends an der kleinen Seitenpforte des Parkes.

«Was haben Sie nur heute, mein Freund?» fragte die Gräfin. «Sie sind in seltsam lustiger Stimmung, aber Ihre Scherze und Einfälle bringen mich nicht zum Lachen! Gestern waren Sie etwas verdrießlich — und ich so heiterer Laune! Heute scheinen wir die Rollen getauscht zu haben. — Ich habe abscheuliche Kopfschmerzen.»

«Schöne Freundin, ich gebe zu, daß ich gestern recht langweilig war. Heute habe ich einen langen Spazierritt gemacht und befinde mich ausgezeichnet.»

«Und ich habe den ganzen Vormittag geschlafen und schreckliche Träume gehabt.»

«Glauben Sie an Träume?»

«Welch törichte Frage!»

«Ich aber glaube daran! Und ich wette, daß Ihr Traum eine tragische Vorbedeutung in sich barg.»

«Du lieber Gott, ich vergesse meine Träume immer gleich wieder... Doch halt, jetzt erinnere ich mich: ich habe von Massigny geträumt... Sie sehen: keine übermäßig amüsante Vision!»

«Massigny!... Ich dächte im Gegenteil, daß es Ihnen eine besondere Freude sein müßte, ihn im Traume wiederzusehen!»

«Armer Massigny!»

«Armer Massigny?!»

«Lieber Freund, sagen Sie mir, was heute

abend mit Ihnen ist, ich bitte Sie darum! In Ihrem Lächeln liegt etwas Mephistophelisches; Sie scheinen sich über sich selbst lustig zu machen.»

«Oh, jetzt verfallen Sie in die Auffassung der alten Stiftsdamen, Ihrer Freundinnen!»

«Ja, weil Sie dieselbe Miene zur Schau tragen, die Sie in unliebsamer Gesellschaft anzulegen belieben!»

«Wie boshaft Sie sein können, Mathilde! . . . Geben Sie mir Ihre Hand!»

Er küßte ihr die Hand mit ironischer Höflichkeit; und eine Minute lang sahen sie einander fest in die Augen. Saint-Clair war der erste, der den Blick sinken ließ; er sagte:

«Wie schwer ist es doch, in dieser Welt nicht als Spötter zu gelten! Man müßte immer nur vom Wetter und von der Jagd reden oder sich mit würdigen Standesherrinnen über die Bilanz ihrer Wohltätigkeitskomitees unterhalten!»

Er sah ein Blatt Papier auf dem Tisch liegen:

«Aha, das ist die Rechnung Ihrer Feinwäscherin! Sprechen wir doch über dieses Thema, mein Engel! Dann werden Sie gewiß nicht mehr behaupten können, daß ich von diabolischer Gemütsart sei!»

«Wirklich, lieber Freund, Sie setzen mich in Erstaunen . . .»

«Diese Wäscherinnen-Orthographie erinnert mich an einen Brief, den ich vor langen Jahren bekam und der mir heute wieder in die Hände gefallen ist. Ich muß erwähnen, daß ich alte Papiere durchgesehen habe: von Zeit zu Zeit leide ich an solchen Anfällen von Ordnungssinn. So fand ich also den Liebesbrief einer Schneiderin wieder, in die ich mit achtzehn Jahren verliebt war. Sie hatte für jedes einzelne Wort ihre besondere, höchst komplizierte Schreibweise. Und ihr Stil paßte zu dieser Orthographie. Nun, da ich damals ein bißchen Snob war, so fand ich es meiner unwürdig, eine Geliebte zu haben, die nicht den Briefstil der Marquise von Sévigné zu schreiben verstand. Ich verließ sie ohne Erklärung. Heute, beim Wiederlesen ihres Briefes, mußte ich erkennen, daß diese Schneiderin eine echte Liebe für mich empfunden hat.»

«Ein Mädchen, das von Ihnen eine Unterstützung erhielt?...»

«Eine wahrhaft pompöse Unterstützung: fünfzig Franken monatlich! Aber mein Vormund hielt mich knapp: er war der Meinung, ein junger Mann, dem man Geld in die Hand gebe, ruiniere sich und andere.»

«Und was ist aus ihr geworden?»

«Was weiß ich davon?... Vermutlich ist sie in irgendeinem Spital gestorben!»

«Lieber Freund... Wenn das wahr wäre, könnten Sie jetzt kein so unbekümmertes Gesicht machen!»

«Nun, da Sie der Wahrheit Wert beizumessen scheinen —: sie hat sich mit einem ehrbaren Manne verheiratet; und als ich mündig wurde, hab' ich ihr eine kleine Aussteuer zukommen lassen.»

«Wie gut Sie sind!... Aber warum ist Ihnen so viel daran gelegen, als spöttischer Menschenfeind zu gelten?»

«Mag sein, daß ich gelegentlich einen Hang zum ‚Guten' habe... Jedenfalls scheint das junge Mädchen regelrecht in mich verliebt gewesen zu sein... Ich war eben damals noch zu dumm, um die Echtheit einer sich ungeschickt äußernden Empfindung herauszufühlen.»

«Sie hätten mir den Brief mitbringen sollen! Ich wäre nicht eifersüchtig geworden... Wir Frauen erkennen aus der Schreibweise sofort, ob ein Brief mit wahrem Gefühl oder aus irgendwelcher Berechnung geschrieben worden ist.»

«Und doch laßt ihr Frauen euch so oft von Dummköpfen und Gecken übertölpeln!»

Bei diesen Worten starrte er auf die etruskische Vase; aber den düsteren Ausdruck seines Blickes und seiner Stimme bemerkte die Gräfin nicht.

«Ach», sagte sie, «ihr Männer möchtet sämtlich für Don Juans gelten und stoßt dabei nur allzuhäufig auf Frauen, die noch viel durchtriebener sind als ihr selbst!»

«Ich verstehe», erwiderte Saint-Clair, «daß der überlegene Geist der Damen einen Dummkopf auf hundert Meilen wittert! Und so zweifle ich denn auch nicht daran, daß unser Freund Massigny, der ein Idiot und ein Zieraffe war, in jungfräulichem Martyrium dahingeschieden ist...»

«Massigny?! ... Aber der war gar nicht so ausnehmend dumm! Und es gibt ja auch dumme Frauen genug! ... Von Massigny muß ich Ihnen schnell eine kleine Geschichte erzählen. Oder sollte ich sie Ihnen vielleicht schon einmal aufgetischt haben?»

«Durchaus nicht!» antwortete Saint-Clair mit zitternder Stimme.

«So hören Sie denn! ... Als Massigny aus Italien zurückgekehrt war, verliebte er sich in mich. Mein Gatte kannte ihn; er stellte ihn mir vor als einen Mann von Bildung und Geschmack. Die beiden paßten gut zueinander. Massigny kam anfangs sehr häufig. Er schenkte mir Aquarelle, die er bei Schroth gekauft hatte und als seine eigenen ausgab. Über Malerei und Musik sprach er in einem Tone von Überlegenheit, der mich oft amüsiert hat. Eines Tages schrieb er mir einen ganz unglaublichen Brief. Darin sagte er mir, unter anderem, ich sei die ‚ehrbarste Frau von ganz Paris', und das sei der Grund, weshalb er mein Liebhaber zu werden wünsche. Diesen Herzenserguß zeigte ich meiner Cousine Julie. Wir waren damals zwei tolle Geschöpfe und beschlossen, ihm einen Streich zu spielen. Eines Abends hatten wir einige Gäste bei uns, darunter auch Massigny. Bei Tisch sagte Julie zu mir: ‚Ich muß dir doch schnell eine Liebeserklärung vorlesen, die ich heute früh erhalten habe!' Und sie zog Massignys Brief aus ihrem Handtäschchen und las ihn mit lauter Stimme in seiner ganzen Schönheit vor — zum höchsten

Gaudium aller Anwesenden! . . . Da hätten Sie den armen Massigny sehen sollen!»

Saint-Clair stieß einen Freudenschrei aus und sank auf die Knie. Er nahm die Hand der Gräfin und bedeckte sie mit Küssen und Tränen. Mathilde war ebenso verwundert wie erschrocken und glaubte zuerst, er sei von einer Geistesverwirrung befallen worden. Saint-Clair konnte nur immer wieder die Worte hervorbringen:

«Verzeihen Sie mir! Verzeihen Sie mir!»

Endlich erhob er sich. Sein Gesicht strahlte. In diesem Augenblick war er noch glücklicher als an dem Tage, wo Mathilde ihm zum erstenmal gesagt hatte: «Ich liebe Sie!»

«Ich bin der dümmste und schuldbeladenste aller Männer!» rief er. «Seit zwei Tagen hatte ich dich in Verdacht; und ich habe keinen Versuch gemacht, eine Aussprache mit dir herbeizuführen! . . .»

«Du mich in Verdacht?! . . . Und weswegen?»

«Oh, ich erbärmlicher Wicht! . . . Es war mir gesagt worden, du hättest Massigny geliebt, und . . .»

«Massigny?!» — Und sie brach in ein herzliches Lachen aus, wurde aber gleich wieder ernst.

«Mein lieber Freund», sagte sie, «wie konnten Sie nur so töricht sein, solchem Argwohn nachzugeben, und so heuchlerisch, ihn vor mir zu verbergen?»

Eine Träne erglänzte in ihren Augen.

«Ich flehe dich an, verzeih mir!»

«Wie sollte ich dir nicht verzeihen, Geliebter? . . . Aber zunächst laß mich dir schwören . . .»

«Oh, es bedarf keines einzigen Wortes! Ich glaube dir, ich glaube dir!»

«Aber um Himmels willen, welchen Grund kannst du denn gehabt haben, etwas so Unwahrscheinliches für denkbar zu halten?»

«Gar keinen Grund, außer meinem verfluchten Gehirn . . . und . . . siehst du, der etruskischen Vase da! Ich wußte, daß es Massigny war, von dem du sie geschenkt bekommen hattest . . .»

Die Gräfin rang erstaunt die Hände. Dann rief sie, laut auflachend:

«Meine etruskische Vase! Meine etruskische Vase!»

Saint-Clair mußte selber lachen; aber zugleich liefen dicke Tränen ihm die Wangen hinunter. Er schloß Mathilde in die Arme und sagte:

«Ich laß dich nicht eher los, als bis du mir verziehen hast!»

«Ja, ich verzeihe dir, Tor, der du bist!» sagte sie, ihn zärtlich küssend. «Du machst mich heute sehr glücklich: es ist das erste Mal, daß ich dich weinen sehe, und ich glaubte, du könntest niemals weinen!»

Dann machte sie sich aus seinen Armen los, ergriff die etruskische Vase und schleuderte sie zu Boden, wo sie in tausend Scherben zersprang.

(Es war ein seltenes, nirgends reproduziertes Kunstwerk. Die darauf befindliche Malerei stellte, in drei Farben, den Kampf eines Lapithen gegen einen Kentauren dar.)

Während einiger Stunden war Saint-Clair der beschämteste und der glücklichste Mensch auf Erden.

*

«Nun», sagte Roquantin zum Colonel Beaujeu, den er abends im Café Tortoni traf, «ist es wahr?»

«Nur allzuwahr, mein Lieber», antwortete der Colonel traurig.

«Erzählen Sie mir, bitte, wie es zugegangen ist.»

«Gern. — Saint-Clair hat mir durch einen Boten sagen lassen, er habe unrecht, wünsche aber Thémines einen Schuß vorzugeben, bevor er ihn um Entschuldigung bitte. Ich konnte das nur billigen. Thémines schlug vor, das Los solle entscheiden, wer den ersten Schuß habe. Saint-Clair bestand darauf, daß dies Thémines sei. Thémines schoß; ich sah, wie Saint-Clair sich um sich selber drehte und tot zu Boden fiel. Schon oft habe ich bei Soldaten, die von einer Kugel getroffen waren, diese seltsame Kreiselbewegung beobachtet, die dem Tode vorangeht.»

«Das ist sehr merkwürdig», meinte Roquantin. «Und Thémines — was tat der?»

«Was man bei solcher Gelegenheit eben tun kann! Er warf, mit einem Ausdruck des Bedauerns, seine Pistole zu Boden, und zwar so heftig, daß der Hahn zerbrach. Es war eine wertvolle englische Waffe, und ich weiß nicht, ob in Paris ein Büchsenmacher zu finden sein wird, der sie reparieren kann.»

Die Gräfin verbrachte drei Jahre in ihrem Landhaus, ohne jemanden zu empfangen. Winters wie sommers ging sie kaum aus dem Zimmer — bedient nur von einer Mulattin, die ihre Beziehung zu Saint-Clair gekannt hatte, und mit der sie kaum jemals ein Wort sprach.

Nach Verlauf von drei Jahren kehrte die Cousine Julie von einer langen Reise zurück. Sie erzwang sich Zutritt und fand die Frau, die sie in der Blüte ihrer Schönheit verlassen hatte, so abgemagert, verwelkt und eingeschrumpft, daß sie eine Mumie vor sich zu haben glaubte. Nur mit größter Mühe gelang es ihr, die Unglückliche der Einsiedelei zu entreißen und sie zu einer Erholungsreise in den Süden zu überreden. Dort, an der französischen Mittelmeerküste, lebte die Gräfin, immer mehr hinsiechend, noch drei bis vier Monate. Dann verschied sie an einem Lungenleiden, das, nach Aussage des behandelnden Arztes, durch «Familiensorgen» verursacht worden sein sollte.

1830.

DAS ZWIEFACHE VERKENNEN

Zagala, mas que las flores
Blanca, rubia y ojos verdes,
Si piensas seguir amores
*Piérdete bien, pues te pierdes.**

1

Julie de Chaverny war seit sechs Jahren verheiratet; aber schon nach sechsmonatiger Ehe war ihr bewußt geworden, daß es unmöglich sei, ihren Gemahl zu lieben, ja, daß sie kaum eine gewiße Achtung für ihn aufzubringen vermöge.

Dieser Gatte war durchaus kein unehrenhafter Mensch, auch nicht etwa dumm oder läppisch. (Oder barg sein Wesen immerhin Ansätze zu allen diesen Eigenschaften?) Wenn Julie sich die Mühe genommen hätte, frühe Eindrücke heraufzubeschwören, so würde sie sich erinnert haben, daß Monsieur de Chaverny ihr zu Anfang durchaus liebenswert erschienen war. Jetzt aber langweilte er sie; sie fand sein ganzes Wesen abstoßend. Seine Art, zu sprechen, zu essen, den Kaffee einzuschlürfen — alles verursachte ihr nervöse Schauer. Übrigens trafen sich die Eheleute fast nur noch bei Tisch, gingen jedoch des öftern zusammen in Gesell-

* Mädchen, blütenweiß-erkoren,
Grün von Augen, licht von Haaren,
Wenn du liebst, bist du verloren:
So verlier dich an den Wahren!

schaft, und das war genügend, um Julies Abneigung lebendig zu erhalten.

Chaverny war ein stattlicher Mann mit rosigem Gesicht, nur vielleicht ein bißchen zu korpulent für sein Alter. Gänzlich fremd waren seiner unbedenklichen Lebensfreude alle jene Sorgen und Unruhen, von denen phantasiebegabte Wesen so häufig heimgesucht werden. Zu sehr Frauenkenner, um sich etwa noch geliebt zu wähnen wie am ersten Tage, glaubte er immerhin bequemerweise, seine Gemahlin habe ihm eine sanfte Freundschaft bewahrt. Diese Überzeugung verursachte ihm weder Freude noch Unbehagen: auch mit dem Gegenteil würde er sich leicht abgefunden haben.

Er war mehrere Jahre Kavallerieoffizier gewesen. Als ihm dann eine beträchtliche Erbschaft zugefallen war, hatte er, des Garnisonsdaseins müde, seinen Abschied genommen und sich verheiratet. Wie soll man das eheliche Bündnis zweier Wesen erklären, die keinen einzigen Gedanken gemeinsam haben? Einesteils waren allerlei Verwandte sowie jene dienstfertigen Naturen, die, wie Phrosine, die Republik Venedig mit dem Sultan der Türkei vermählen möchten, am Werke gewesen, um die materiellen Fragen zu regeln. Andererseits gehörte Chaverny einer sehr geachteten Familie an und war damals auch noch keineswegs zu dick. Immer heiteren Gemütes, durfte er, im vollen Sinne des Wortes, als das gelten, was man einen «guten Kerl» zu nennen pflegt. Julie freute sich jedesmal, wenn er die Mutter besuchte, weil er sie mit seinen — allerdings nicht überall geschmackvollen — Soldatengeschichten zum Lachen brachte. Sie fand ihn liebenswürdig, weil er auf allen Bällen, bis spät in die Nacht, mit ihr tanzte und es auch nie an Überredungskünsten fehlen ließ, die der Mutter einen Theaterbesuch oder eine Fahrt ins Bois de Boulogne nahelegten. Schließlich glaubte das junge Mädchen sogar einen Helden in ihm erblicken zu müssen, weil er zwei oder drei Duelle mit Ehren ausgefochten hatte. Was aber Chavernys Erfolg bei Julie besiegelte, das war die ausführliche Beschreibung eines Wagens, den er nach höchsteigenen Plänen bauen lassen und in dem er sie, Julie, spazierenfahren wollte, sobald sie ihm die Hand zum ewigen Bunde gereicht haben würde.

Kaum waren ein paar eheliche Monate vergangen, da hatten Chavernys wundersame Eigenschaften viel von ihrem Zauber eingebüßt. Er tanzte nicht mehr mit seiner Frau — das braucht gar nicht erst erwähnt zu werden. Seine witzigen Histörchen hatte er sämtlich schon drei- oder viermal zum besten gegeben. Die Ballabende dauerten ihm jetzt viel zu lange; im Theater gähnte er; und sich abends zum Diner umkleiden zu sollen, erschien ihm als unerträgliche Pflicht. Sein hauptsächliches Laster war die Faulheit. Wenn er sich einige Mühe hätte geben wollen, Sympathie zu erregen, so wäre ihm das vielleicht gelungen. Aber wie fast alle wohlbeleibten Männer empfand er jeglichen Zwang als eine wahre Folter. Die gute Gesellschaft langweilte ihn, weil sie den Einzelnen nach dem Maße des Gefallens beurteilt, das er zu erwecken sucht oder weiß. Grobianischen Späßen gab er durchaus den Vorzug vor feineren Genüssen. Wenn er sich unter Leuten seiner Art befand, so brauchte er, um hervorzustechen, nur lauter zu schreien als alle anderen — und das war seinen kraftvollen Lungen ein leichtes. Auch konnte er sich rühmen, mehr Champagner zu vertragen als die Mehrzahl der Sterblichen, und auf seinem Renner setzte er mühelos über Hürden von mehr als vier Fuß Höhe.

Infolge aller dieser Fähigkeiten genoß Monsieur de Chaverny ein wohlverdientes Ansehen in den Kreisen jener schwer zu definierenden Wesen, die man «junge Leute» zu nennen pflegt, und von welchen, gegen fünf Uhr nachmittags, unsere Boulevards beherrscht werden. Jagden, Landpartien, Wettrennen, Diners und Soupers unter Junggesellen — das war die Welt, in der Chaverny sich zu Hause fühlte. Mindestens zwanzigmal im Tage beteuerte er, er sei der glücklichste aller Menschen; und jedesmal, wenn Julie dies hörte, hob sie die Augen gen Himmel, und um ihren kleinen Mund huschte ein Zucken der Verachtung.

Jung, schön, einem ungeliebten Manne verbunden, sah sie sich, begreiflicherweise, von allerlei Huldigungen umgeben, die keineswegs uneigennützig waren. Doch bisher hatte — abgesehen von der Umsicht und Wachsamkeit ihrer Mutter — gerade die Eigenschaft, die vielleicht ihr Fehler war: der Stolz, sie vor allen

Anfechtungen bewahrt. Auch hatten die Enttäuschungen der Ehe ihr eine gewisse Erfahrung verliehen, so daß sie nicht allzuleicht zu entflammen war. Eine Art von Genugtuung bereitete es ihr immerhin, daß innerhalb der guten Gesellschaft ihr Schicksal beklagt und sie als ein Vorbild edler Verzichtleistung hingestellt wurde. Alles in allem genommen, fühlte sie sich beinahe glücklich; denn sie liebte niemanden, und ihrem Manne wäre es niemals in in den Sinn gekommen, ihre Freiheit irgendwie beschränken zu wollen. Julies Koketterie (und es darf nicht verschwiegen werden, daß sie gelegentlich recht gern durchblicken ließ, welchen Schatz Monsieur de Chaverny an ihr besaß und nicht zu würdigen verstand) — ihre Koketterie, anmutig wie die eines Kindes, paßte nicht schlecht zu einer spöttischen Reserviertheit, in der jedoch keinerlei Prüderie enthalten war. Im übrigen besaß sie das Talent einer Liebenswürdigkeit, die jedem einzelnen zu gelten schien und niemanden bevorzugte. Somit konnten die bösen Zungen der Welt nicht den geringsten Vorwurf gegen sie erheben.

2

Die beiden Ehegatten waren zum Nachtmahl bei Julies Mutter, Madame de Lussan, eingeladen, die eine Reise nach Nizza anzutreten gedachte. Chaverny, der sich tödlich langweilte und vor Sehnsucht nach seinen lebemännischen Freunden verging, mußte wohl oder übel den ganzen Abend in der Gesellschaft der Schwiegermutter aushalten. Nach Tisch machte er sich's auf einem Sofa bequem, wo er zwei Stunden hinbrachte, ohne den Mund aufzutun. Diese Schweigsamkeit hatte ihren triftigen Grund einfach darin, daß er schlief, übrigens unter Wahrung des Anstandes: sitzend, den Kopf zur Seite geneigt und dem Gespräch mit scheinbarem Interesse folgend; hin und wieder wachte er sogar auf und schien ein Wort einflechten zu wollen.

Dann aber half nichts mehr: er mußte sich mit an den Whist-Tisch setzen — zu einem Spiel, das ihm widerwärtig war, weil es von den Teilnehmern eine gewisse Aufmerksamkeit verlangt. Über alledem war es allmählich spät geworden: die Stutzuhr auf dem Kamin hatte soeben halb zwölf geschlagen. Da Chaverny für den weiteren Verlauf der Nacht keinerlei Verabredung getroffen hatte, so wußte er absolut nicht, was er beginnen sollte. Während er noch unschlüssig dasaß, wurde gemeldet, daß Julies Wagen vorgefahren sei. Falls er mit ihr nach Hause fuhr, so standen ihm zwanzig Minuten eines engen Beisammenseins bevor: eine Aussicht, vor der ihm graute. Aber er hatte keine Zigarre bei sich und starb vor Begierde, eine Kiste anzubrechen, die vorhin, wie er sich gerade zum Weggehen anschickte, aus Le Havre für ihn eingetroffen war. So fügte er sich denn in das Unvermeidliche.

Als er seine Frau in ihren seidenen Umhang

hüllte und dabei unwillkürlich in den Spiegel sah, mußte er lächeln über diese Erfüllung einer Funktion, die an die Galanterie der Flitterwochen zu erinnern schien. Gleichzeitig fiel sein Blick auf Julie, die er während des ganzen Abends kaum angesehen hatte. Sie erschien ihm hübscher als gewöhnlich, und somit vergönnte er seinem Ritterdienst eine gewisse Ausführlichkeit.

Julie sah dem ehelichen Nebeneinander, das so bedrohlich im Anzug war, mit Nervosität entgegen. Ihr Mund schürzte sich zu einem Schmollen, und die Wölbungen ihrer Augenbrauen zogen sich zusammen. Aber eben diese kleinen Verrückungen gaben ihrem Gesicht einen so reizvollen Ausdruck, daß selbst ein Ehemann nicht ganz unempfindlich dafür bleiben konnte. Im Laufe der chevaleresken Manipulation, von der ich eben gesprochen habe, trafen sich ihre Augen im Spiegel. Das setzte sie beide in Verwirrung. Um der Verlegenheit Herr zu werden, küßte Chaverny lächelnd die am Halstuch nestelnde Hand seiner Frau.

«Wie lieb sie sich doch haben!» murmelte Madame de Lussan, weder die abweisende Kälte der Frau noch die Gleichgültigkeitsmiene des Mannes gewahrend.

Wie sie nun im Wagen saßen und in der Enge desselben einander fast berühren mußten, da blieben sie eine ganze Weile stumm. Zwar empfand Chaverny durchaus, wie unpassend diese völlige Wortlosigkeit sei; aber sosehr er sich auch abmühte: kein erlösender Gedanke wollte sich einstellen. Julie ihrerseits schien sich in das trotzige Schweigen geradezu verbeißen zu wollen. Chaverny gähnte drei- oder viermal, was ihm dann jedoch so unschicklich vorkam, daß er sich verpflichtet glaubte, seine Frau um Entschuldigung zu bitten.

«Der Abend war lang», fügte er zu weiterer Rechtfertigung hinzu.

Julie sah in diesen Worten nur eine Kritik der geselligen Talente ihrer Mutter und die Absicht, etwas Unangenehmes zu sagen. Da sie schon längst die Gewohnheit angenommen hatte, jeder Auseinandersetzung mit dem Gatten auszuweichen, so verharrte sie in ihrer Schweigsamkeit.

Doch Chaverny, plötzlich von einer gewissen Plauderlust befallen, fuhr nach kurzer Weile fort:

«Ich habe heute abend gut gegessen. Immerhin möchte ich mir die Freiheit nehmen, Ihnen zu sagen, daß der Champagner Ihrer Mutter zu süß war.»

«Wie beliebt?» fragte, als ob sie nichts verstanden hätte, Julie und wandte, ohne jegliche Anteilnahme, den Kopf ein wenig zu ihm hin.

«Ich sagte, daß der Champagner Ihrer Mutter zu süß gewesen sei. Ich hätte es vorhin ihr selbst andeuten sollen. Erstaunlicherweise bildet man sich ja meistens ein, es sei die leichteste Sache von der Welt, einen guten Champagner auszuwählen. In Wirklichkeit ist nichts schwieriger als das: es gibt zwanzig Champagnersorten, die schlecht sind, und nur eine einzige, die als gut bezeichnet werden darf.»

«Ah!»... Und nachdem Julie der Höflichkeit den Tribut dieser einzigen Silbe gebracht hatte, wandte sie den Kopf wieder ab und blickte, auf ihrer Seite, zum Wagenfenster hinaus. Chaverny lehnte sich zurück und streckte seine Füße auf den vorderen Sitz der Kalesche. Es kränkte ihn ein wenig, daß seine Frau sich gegen alle Konversationsversuche so völlig teilnahmslos verhielt.

Dennoch wandte er sich, nachdem er noch zwei- oder dreimal gegähnt hatte, abermals an Julie (und rückte ihr dabei ein wenig näher):

«Sie haben da ein Kleid, das Ihnen ganz entzückend steht, Julie! Wo haben Sie es gekauft?»

Vermutlich will er seiner Geliebten ein ähnliches zum Geschenk machen, dachte Julie. — «Bei Burty», antwortete sie mit einem leichten Lächeln.

«Warum lachen Sie?» fragte Chaverny, seine Füße vom Sitz herunternehmend und abermals etwas an seine Frau heranrückend. Gleichzeitig nahm er einen Ärmel ihres Kleides und begann ihn zu streicheln — was ein wenig an die scheinheiligen Manieren von Molières Tartüff gemahnte.

«Ich lache darüber», sagte Julie, «daß Sie heute abend meine Toilette zu bemerken geruhen... Aber geben Sie doch acht: Sie zerknittern mir meine Ärmel.»

Und sie entzog ihren Ärmel dem Übergriff des Herrn Gemahls.

«Aber ich beteuere Ihnen, daß ich Ihrer Toilette immer das größte Interesse entgegengebracht habe und besonders die Erlesenheit Ihres Geschmackes bewundere! ... Wirklich, auf Ehre, ich sprach erst kürzlich darüber mit ... mit einer Frau, die immer schlecht angezogen ist ... obgleich sie unheimlich viel Geld für Kleider ausgibt ... Sie könnte den reichsten Mann ruinieren ... Ich sagte ihr noch ... Unwillkürlich sprach ich bei dieser Gelegenheit von Ihnen ...»

Julie weidete sich an seiner Verwirrung und war durchaus nicht geneigt, ihm durch ein unterbrechendes Wort zu Hilfe zu kommen.

«Ihre Pferde scheinen ja ganz erbärmlich zu sein, Julie! Sie kommen absolut nicht vorwärts! Ich muß Ihnen unbedingt andere besorgen!» sagte, in wachsender Verlegenheit, Monsieur de Chaverny.

Auch während der weiteren Fahrt vermochte die Unterhaltung keinerlei ermutigenden Zusammenhang zu gewinnen. Kaum, daß Julie ein knappes Wort der Erwiderung für die Gedankensprünge ihres Reisegefährten übrig hatte.

Endlich langten die Gatten zu Hause an. Sie wünschten einander gute Nacht und trennten sich.

Julie begann sich auszukleiden. Die Kammerfrau war — ich weiß nicht, aus welchem Grunde — gerade hinausgegangen, als die Tür ihres Schlafzimmers sich recht ungestüm öffnete und Chaverny eintrat. Julie bedeckte in aller Hast ihre Schultern.

«Pardon!» sagte der Gatte. «Ich möchte zum Einschlafen gern den letzten Band von Walter Scott haben... War es nicht der *Quentin Durward*?»

«Er muß bei Ihnen sein», antwortete Julie; «ich habe hier keine Bücher.»

Chaverny betrachtete seine Frau in dieser halben Ausgezogenheit, die der Schönheit so günstig ist. Er fand sie pikant (um mich eines jener Ausdrücke zu bedienen, die mir in der Seele zuwider sind).

Sie ist wirklich ein hübsches Weibsbild! dachte er.

Und er blieb vor ihr stehen, unbeweglich, wortlos, einen Leuchter in der Hand haltend. Julie, ebenfalls stehend, zupfte an ihrer Haube und schien ungeduldig darauf zu warten, daß er sie allein lasse.

«Sie sind zum Anbeißen heute abend, meine Liebe, Teufel noch mal!» rief endlich Chaverny, setzte den Leuchter beiseite und kam einen Schritt näher. «Frauen mit gelösten Haaren sind immer meine Schwärmerei gewesen!»

Also sprechend, griff er mit der einen Hand nach den langen Flechten, die über Julies Schultern herabfielen, und legte ihr fast zärtlich einen Arm um die Taille.

«Oh, mein Gott, Sie riechen ganz abscheulich nach Tabak!» rief Julie und suchte sich freizumachen. «Lassen Sie meine Haare, Sie werden sie noch ganz verwüsten mit diesem Geruch, den ich dann nie wieder loswerde!»

«Bah! Das sagen Sie nur so hin, weil Sie wissen, daß ich gelegentlich mal eine Zigarre rauche! Machen Sie doch nicht so viel Mätzchen, als ob Sie die Göttin der Sprödigkeit selbst wären!»

Sie vermochte sich seiner nicht rasch genug zu entledigen, um einem Kusse auszuweichen, den er ihr leidenschaftlich auf die Schultern heftete.

In diesem Augenblick trat die Kammerfrau wieder ins Zimmer — zu Julies Glück; denn es gibt für eine Frau nichts Peinlicheres als solche Zärtlichkeiten, deren Zurückweisung ebenso lächerlich wirkt wie das Geschehenlassen.

«Marie», sagte Madame de Chaverny, «die Taille von meinem blauen Kleid ist viel zu lang! Ich habe heute Gelegenheit gehabt, Madame de Bégy zu sehen, die einen ausgezeichneten Geschmack hat: ihre Taille war mindestens zwei Fingerbreit kürzer! Hier, machen Sie mir doch, bitte, mit Stecknadeln eine Falte, damit wir gleich sehen, ob es dann besser aussieht.»

Und nun entwickelte sich zwischen Kammerfrau und Herrin ein ungemein interessantes Gespräch über die genauen Maße, die eine Taille haben muß. Julie wußte recht gut, daß Chaverny nichts so gründlich verabscheute wie Beratungen über Modefragen, und daß man ihn mit solchem Geschütz unfehlbar in die Flucht schlagen konnte. Und wirklich, nach fünf Minuten unschlüssigen Gehens und Wiederkommens mußte Chaverny erkennen, daß Julie ihre Abwehrposition endgültig behaupten werde. So ergriff er denn seinen Leuchter, stieß einen furchtbaren Gähnlaut aus und verschwand, um nicht wieder aufzutauchen.

3

An einem kleinen Tische saß, aufmerksam lesend, der Major Perrin. Sein untadelig gebürsteter Überrock, die soldatische Mütze, besonders aber die Straffheit seiner Haltung — alles verriet den alten Militär. Sein Zimmer war peinlich sauber gehalten, und dabei von äußerster Einfachheit. Auf dem Tische befanden sich, neben einer Lage Schreibpapier, von der seit Monaten kein Blatt gebraucht worden zu sein schien, ein Tintenfaß und zwei sorglich zugeschnittene Gänsefedern. Wenn aber der Major Perrin auch nie etwas zu schreiben hatte, so las er dafür um so mehr. Heute war er in Montesquieus *Persische Briefe* vertieft und rauchte dazu seine Meerschaumpfeife. Diese beiden Beschäftigungen nahmen ihn so sehr in Anspruch, daß er für nichts anderes Sinn hatte. Somit bemerkte er nicht, daß die Tür sich geöffnet hatte und der Major Châteaufort eingetreten war: ein ungemein hübscher junger Offizier desselben Regimentes, sehr liebenswürdig, ein bißchen geckenhaft, Spezialgünstling des Kriegsministers — kurz, fast in jeder

Beziehung das Gegenteil des Majors Perrin. Trotzdem waren die beiden — ich weiß nicht, aus welchem Grunde — befreundet und sahen einander jeden Tag.

Monsieur de Châteaufort klopfte dem Lesenden auf die Schulter. Dieser, ohne die Pfeife aus dem Munde zu nehmen, wandte sich um. Seine erste Empfindung war Freude über den Anblick des Besuchers; dann schien sich ein gewisses Bedauern wegen der Unterbrechung der Lektüre auf dem Gesicht des würdigen Mannes abzuzeichnen — eine Enttäuschung, die ihrerseits alsbald wieder der Bereitwilligkeit Platz machte, sich als liebenswürdiger Wirt zu bewähren. Er suchte in seiner Tasche nach dem Schlüssel des Schrankes, in welchem sich eine Kiste köstlicher Zigarren befand, die er, anstatt sie selbst zu rauchen, dem Freunde anzubieten pflegte: jedesmal nur eine einzige. Aber Châteaufort, der ihn schon hundertmal dieselben Vorbereitungen hatte treffen sehen, rief:

«Bleiben Sie ruhig, wo Sie sind, Papa Perrin, und behalten Sie Ihre Zigarren: diesmal habe ich selbst welche mitgebracht!»

Dann entnahm er einem eleganten Etui aus mexikanischem Stroh eine zimmetfarbene, an beiden Enden spitze Zigarre, zündete sie an und legte sich in seiner ganzen Länge auf ein von Perrin nie benutztes Sofa: den Kopf auf ein Kissen, die Füße auf die Lehne gegenüber.

Solchermaßen installiert, begann er sich in ein dichtes Gewölk von Qualm zu hüllen und schien, mit geschlossenen Augen, in tiefes Nachdenken über das, was er sagen wollte, zu versinken. Auf seinem Gesicht malte sich eine strahlende Freude, und offenbar kostete es ihn Überwindung, das beglückende Geheimnis, das ihn erfüllte, nicht ohne weiteres preiszugeben. Perrin, der seinen Stuhl in die Nähe des Sofas gerückt hatte, rauchte weiter, ohne ein Wort zu sagen. Da jedoch auch der Gast immer noch schweigsam blieb, so erkundigte er sich:

«Wie geht es Urika?»

Urika war eine schwarze Stute, die von Châteaufort übermäßig angestrengt worden und dadurch in Gefahr geraten war, herzkrank zu werden.

«Ausgezeichnet!» sagte Châteaufort, der den Sinn der Frage gar nicht erfaßt hatte. — «Perrin!» rief er dann, seine auf der Sofalehne liegenden Beine an sich heranziehend, «wissen Sie eigentlich, welches Glück es für Sie bedeutet, mich zum Freunde zu haben?»

Der alte Major begann in seinem Gedächtnis nachzuforschen, welcherlei Nutzen ihm die Bekanntschaft mit Châteaufort bisher eingebracht haben mochte, und er fand kaum etwas anderes als das Geschenk von ein paar Pfund Knaster sowie einige Tage Stubenarrest wegen Verwickeltwerdens in eine Duellaffäre, die Châteaufort vom Zaune gebrochen hatte. Allerdings pflegte sein Freund ihm zahlreiche Beweise des Vertrauens zu geben: sooft er sich im Dienst vertreten lassen wollte oder in irgendeiner Ehrensache eines Beistandes bedurfte, wandte er sich unbedenklich an Perrin.

Châteaufort, den Freund von der Fruchtlosigkeit seines Nachdenkens erlösend, reichte ihm ein Briefchen, das auf satiniertem englischem Papier gar zierlich hingekritzelt war. Perrin machte eine Grimasse, die wohl ein Lächeln bedeuten sollte: gar zu oft schon hatte der Besucher solche graziösen Damenbillette zum Vorschein gebracht.

«Da», sagte Châteaufort, «lesen Sie! *Ich* bin es, dem Sie das zu verdanken haben!»

Und Perrin las folgendes:

«*Cher Monsieur*, es wäre sehr liebenswürdig von Ihnen, wenn Sie bei uns dinieren wollten. Monsieur de Chaverny hätte Sie gern mündlich eingeladen, sah sich aber plötzlich in die Notwendigkeit versetzt, an einer Jagdpartie teilzunehmen. Leider weiß ich die Adresse des Herrn Majors Perrin nicht, und so ist es mir nicht möglich, die Bitte, Sie begleiten zu wollen, unmittelbar an ihn zu richten. Sie haben mich jedoch so begierig auf seine Bekanntschaft gemacht, daß ich Ihnen doppelt verbunden wäre, wenn Sie ihn mitbringen wollten.

Julie de Chaverny.

Nachschrift. — Vielen Dank für die Noten, die Sie mir freundlicherweise abgeschrieben haben! Die Musik ist entzückend, ich bewundere immer von neuem Ihren Geschmack. Sie kommen gar nicht mehr zu unseren Donnerstagen — und wissen doch, wie sehr wir uns über Ihr Erscheinen freuen!»

«Eine hübsche Handschrift, nur leider sehr winzig!» urteilte Perrin, als er die Zeilen gelesen hatte. «Aber beim Teufel: das Diner dieser Dame macht mich schon im voraus krank! Man wird sich in Galatoilette werfen müssen, und nach dem Essen wird es gewiß nicht einmal erlaubt sein, daß man die Tabakspfeife hervorzieht!»

«Wirklich ein ganz unerhörtes Malheur, mein Lieber, wegen der reizendsten Frau von Paris einmal auf seinen Knaster verzichten zu sollen! ... An übertriebenem Sinn für Erkenntlichkeit scheinen Sie nicht gerade zu leiden! Kein Wort des Dankes haben Sie mir gesagt für das Glück, das Ihnen durch mich zuteil werden wird!»

«Ihnen soll ich danken?! Falls hier überhaupt von einer Verpflichtung die Rede sein kann, so sind Sie es keineswegs, dem ich für dieses Diner verpflichtet wäre ...»

«Wer denn sonst?»

«Chaverny selbst, der ja Rittmeister in unserem Regiment gewesen ist! Er wird zu seiner Frau gesagt haben: ‚Lad doch auch den Perrin ein, das ist kein Spielverderber!' Wie sollte sonst eine hübsche junge Frau, die ich bisher nur ein einziges Mal gesehen habe, dazu kommen, einen vertrockneten alten Kerl wie mich zum Diner einzuladen?»

Châteaufort lächelte und betrachtete sich

wohlgefällig in dem schmalen kleinen Spiegel, der das Zimmer seines Freundes schmückte.

«Sie sind heute nicht besonders scharfsichtig, Papa Perrin! Lesen Sie doch, bitte, das Billett noch einmal durch, dann werden Sie darin vielleicht etwas entdecken, was Ihnen bisher entgangen ist.»

Der Major wendete das Briefchen hin und her und entdeckte nichts.

«Was, Sie alter Dragoner!» rief Châteaufort, «Sie merken also nicht, daß Madame de Chaverny Sie mit einlädt, um mir damit eine Freude zu machen, um mir zu beweisen, daß sie Wert auch auf meine Freunde legt, um mir einen Beweis zu geben von . . . na, wovon?»

«Wovon denn?» fragte Perrin.

«Von . . . aber Sie wissen doch selbst ganz genau, wovon!»

«Etwa von ihrer Liebe zu Ihnen?» fragte der Major mit zweifelnder Miene.

Statt einer Antwort pfiff Châteaufort nur vor sich hin.

«Sie ist also in Sie verliebt?»

Châteaufort pfiff immer weiter.

«Hat sie Ihnen das gesagt?»

«Aber . . . das ist doch ganz unverkennbar, sollte ich meinen!»

«Wie? . . . Aus diesem Briefe etwa ließe es sich erkennen?»

«Zweifellos!»

Jetzt war die Reihe des Pfeifens an Perrin, und er gab sich dieser Beschäftigung mit ausführlicher Bedeutsamkeit hin.

«Wie?!» rief, das Billett den Händen des Freundes entreißend, der Major Châteaufort, «spüren Sie denn nichts von all der Zärtlichkeit ... von der verhaltenen Leidenschaft, die sich in diesen Zeilen verrät? Was sagen Sie gleich zu dieser Anrede: *Cher Monsieur*? ... In einem früheren Brief hatte man sich nur des formellen: *Monsieur* bedient. Und weiter: Ich wäre Ihnen doppelt verbunden — das ist geradezu mathematisch deutlich. Und, sehen Sie, hier am Schluß ist ein Wort ausgestrichen — das Wort: ‚*tausend*'. Madame de Chaverny hatte schreiben wollen: tausend freundschaftliche Grüße, hat es dann aber doch nicht gewagt und deshalb lieber auf jede Schlußformel verzichtet ... Oh, Sie alter Skeptiker, verlangen Sie etwa, daß eine hochgeborene Dame, wie Madame de Chaverny, sich ihrem Verehrer an den Hals werfen soll wie eine kleine Grisette? ... Ich sage Ihnen, es handelt sich hier um ein unwillkürliches Liebesgeständnis, und man müßte geradezu blind sein, um dies glimmende Feuer nicht zu erkennen! ... Und, hier im Postskriptum, die Vorwürfe, die sie mir macht, weil ich einen einzigen ihrer Donnerstage versäumt habe —: was sagen Sie dazu?»

«Arme kleine Frau!» rief Perrin aus, «vernarre dich ums Himmels willen nicht in diesen Don Juan: du würdest es bitter zu bereuen haben!»

Châteaufort achtete nicht weiter auf den düsteren Pessimismus dieser Beschwörung; er hatte noch ein besonderes Anliegen auf dem

Herzen, und somit begann er in sanftem, schmeichlerischem Tonfall:

«Wissen Sie, mein Lieber, daß Sie mir einen großen Gefallen erweisen könnten?»

«Welchen denn?»

«Sie müssen mir bei dieser Sache aktiv behilflich sein. Ich weiß, daß Madame de Chaverny mit ihrem Manne völlig zerfallen ist — er ist ein brutaler Kerl, der sie unglücklich macht. Na, Sie kennen ihn ja, von früher her, zur Genüge! Also müssen Sie seiner Frau sagen, Chaverny sei ein Mensch, der überall im Rufe eines Wüstlings stehe...»

«Oh!...»

«...eines Libertin, der während seiner Dienstzeit zahllose Geschichten mit Weibern gehabt habe. Und mit was für Weibern!... Das müssen Sie seiner Frau in aller Ausführlichkeit erzählen!»

«Aber wie soll ich das nur anstellen?! Nein, nein, von solchen heiklen Dingen soll man lieber die Finger lassen!»

«Mein Gott, mit einiger Geschicklichkeit kann man alles sagen!... Besonders aber reden Sie Gutes von mir!»

«Na, das würde mir schon leichter fallen! Immerhin...»

«Es ist vielleicht doch nicht ganz so einfach, wie Sie glauben! Sie dürfen mein Lob auch nicht etwa mit allzudeutlicher Absicht singen: das würde nur das Gegenteil von dem bewirken, was ich erreichen möchte... Also müssen Sie ihr sagen, daß Sie seit einer gewissen Zeit

Symptome einer seltsamen Melancholie an mir bemerkt hätten: ich spräche kein Wort mehr, ich äße nichts mehr . . .»

«Verdammt noch mal!» rief Perrin, und das Hüpfen seines Gelächters schien sich seiner Pfeife mitteilen zu wollen, «niemals könnte ich einer verehrungswürdigen Frau solche krassen Lügen ins Gesicht sagen! Noch gestern abend, nach dem Liebesmahl, das die Kameraden uns gaben, hätten Sie ja beinahe nach Hause geschleppt werden müssen!»

«Na, das brauchen Sie ihr nicht gerade zu erzählen! . . . Zu klarem Bewußtsein gebracht werden muß ihr nur, wie verliebt ich in sie bin, zumal die Herren Romanschreiber neuerdings nichts Besseres zu tun haben, als den Damen die unsinnige Meinung nahezulegen, ein Mann, der einen normalen Durst und Appetit entwickle, könne unmöglich verliebt sein.»

«Ich für mein Teil wüßte auf Gottes weiter Erde nichts, was mir die Lust am Essen und Trinken verleiden könnte!»

«Also gut, mein lieber Perrin», sagte, sein lockiges Haar zurechtstreichend und seine Kopfbedeckung nehmend, der junge Offizier: «die Sache ist abgemacht! Ich komme nächsten Donnerstag und hole Sie ab. Wohlverstanden: Lackschuhe und Seidenstrümpfe — Gesellschaftsanzug! Und vergessen Sie keinesfalls, von dem Herrn Gemahl möglichst viel Entsetzliches zu reden — und von mir ebensoviel Vorteilhaftes!»

Mit diesen Worten verließ er das Zimmer,

graziös sein Stöckchen schwingend und den Major Perrin in einer Stimmung zurücklassend, darin das Unbehagen über die ihm zugedachte Rolle noch überboten wurde durch das Beklemmende der Pflicht zu Seidenstrümpfen und Galatoilette.

4

Da verschiedene der von Madame de Chaverny erwarteten Gäste sich entschuldigt hatten, so schien das Diner nicht besonders heiter werden zu sollen. Châteaufort war neben Julie placiert worden, und er zeigte sich, wie immer, dienstbeflissen, liebenswürdig, galant.

Monsieur de Chaverny hatte von einem ausgedehnten Spazierritt einen gewaltigen Hunger mitgebracht: er aß und trank wie ein Scheunendrescher. Der biedere Perrin suchte es ihm gleichzutun; dabei schenkte er seinem Gastgeber immer von neuem ein und brach über Chavernys krasse Späße in dröhnend-sympathisierende Lachsalven aus. In Gesellschaft von Militärs fand Chaverny unfehlbar seine gute Laune und alle soldatische Derbheit wieder (wie er denn überhaupt bei seinen Scherzen niemals wählerisch war). Angesichts seiner immer gewagter werdenden Improvisationen nahm Julie ihre eisigste Miene an; und um sich den Anschein zu geben, als achte sie gar nicht auf all diese unpassenden, ihr so tief mißfallenden Anspielungen, wandte sie sich ostentativ zu ihrem Nachbarn Châteaufort, ihm fast ausschließlich die Ehre der Unterhaltung gönnend.

Im Folgenden sei ein Beispiel angeführt von der Art des Benehmens, das Monsieur de Chaverny, dieser ideale Gatte, zur Schau trug. Gegen Ende der Mahlzeit kam das Gespräch auf die Oper. Man ereiferte sich über die Vorzüge verschiedener Tänzerinnen und rühmte besonders das Talent einer gewissen Mademoiselle Ninon. Um zu dem allgemein interessierenden Thema etwas beizutragen, mischte sich auch Châteaufort in das Gespräch und pries die Grazie, die anmutige Haltung, das dezente Wesen dieser Künstlerin.

Perrin, den Châteaufort vor einigen Tagen mit in die Oper genommen hatte (und der zeitlebens nur dieses einzige Mal dort gewesen war), glaubte sich dieser Ninon genau zu erinnern.

«War das nicht», fragte er, «die Kleine in rosa Tüll, die Sprünge machte wie ein Zicklein? . . . und über deren Beine Sie sich dann so ausführlich äußerten, Châteaufort?»

«Laßt doch Ninons Beine in Ruh!» rief jetzt Chaverny. «Wenn ihr allzuviel Aufhebens von ihnen macht, könnte euch das in Konflikt bringen mit eurem eigenen Divisionsgeneral, dem Herzog von J . . .! In diesem Punkte solltet ihr lieber etwas Vorsicht üben, Kameraden!»

«Aber der Herzog kann doch nicht so schrecklich eifersüchtig sein, daß er es Kunstliebhabern untersagen möchte, besagte Beine durch das Opernglas zu betrachten?!»

«Doch, doch! Er ist auf diese Beine so stolz, als ob er sie als erster entdeckt hätte! ... Was meinen Sie dazu, Major Perrin?»

«Ich verstehe mich eigentlich nur auf Pferdebeine», erwiderte bescheiden der alte Soldat.

«Jene Ballerinenbeine sind in der Tat hinreißend», hub Chaverny wieder an; «es gibt in Paris keine schöneren, es seien denn die von...»

Er hielt inne, strich seinen Schnurrbart und blickte verschmitzt auf seine Frau, die bis zu den Schultern erglühte.

«Es seien denn die von Mademoiselle Denise?» erkundigte sich Châteaufort, eine Rivalin jener Tänzerin namhaft machend.

«Nein», antwortete Chaverny im dramatischen Ton einer Shakespeare-Figur — «aber seht euch doch meine Frau an!»

Julie wurde purpurrot vor Empörung. Sie warf ihrem Gemahl einen pfeilschnellen, mit Zorn und Verachtung geladenen Blick zu, um sodann, in erzwungener Unbefangenheit, das Wort wieder an Châteaufort zu richten:

«Wollten wir nicht ...», sagte sie mit leicht zitternder Stimme, «wollten wir nicht zusammen das Duett aus dem *Maometto* einüben? Es muß Ihnen ausgezeichnet liegen.»

Aber Monsieur de Chaverny war nicht so leicht aus dem Sattel zu heben.

«Wissen Sie, Châteaufort», fuhr er fort, «daß ich die Beine, die ich im Auge habe, einmal habe modellieren lassen wollen? Man hat aber nicht die Gnade gehabt, sich damit einverstanden zu erklären.»

Châteaufort, den diese enthüllenden Taktlosigkeiten mit Entzücken erfüllten, tat so, als habe er nichts gehört, und besprach mit Madame de Chaverny eifrig den künstlerischen Wert des *Maometto*.

«Die Person, von der ich mir zu sprechen erlaube», fuhr der Gatte unerbittlich fort, «stellte sich jedesmal, wenn man ihr über diesen Artikel Komplimente machte, furchtbar böse; im Grunde aber fühlte sie sich unverkennbar geschmeichelt. Wissen Sie, meine Herren, daß diese Frau sich, sooft sie eines Paares neuer Strümpfe bedarf, von ihrem Lieferanten extra Maß nehmen läßt? ... — Oh, meine liebe Gemahlin, werden Sie, bitte nicht unwillig ...: von ihrer Lieferantin, wollte ich sagen! Und als ich neulich eine Reise nach Brüssel antrat, mußte ich drei von der Hand der betreffenden Frau eng beschriebene Seiten mit den eingehendsten Instruktionen über zu erledigende Strumpfeinkäufe dorthin mitnehmen!»

Doch Monsieur de Chaverny mochte reden, soviel er wollte: Julie war entschlossen, nichts zu hören. In erkünstelter Heiterkeit plauderte sie mit Châteaufort; ihr liebenswürdiges Lächeln sollte ihn glauben machen, daß sie nur ihm Aufmerksamkeit schenke. Châteaufort seinerseits schien sich einzig für den *Maometto* zu interessieren; in Wirklichkeit aber ließ er sich kein Jota der ehemännlichen Indiskretionen entgehen.

Nach dem Diner wurde Musik gemacht. Madame de Chaverny, am Piano, sang mit Châteaufort. Der Gemahl verschwand in dem Moment, wo das Piano geöffnet wurde. Mehrere Gäste lauschten der Darbietung, was den Sänger nicht hinderte, der Dame des Hauses des öfteren einiges zuzuflüstern.

Auf dem Heimwege mit Perrin erklärte Châteaufort, der Abend sei für ihn kein verlorener gewesen, seine Chancen ständen ausgezeichnet.

Perrin hatte absolut nichts Verletzendes darin gefunden, daß ein Ehemann von den Beinen seiner Frau sprach. Und so sagte er denn mit einer gewissen tadelnden Schärfe zu dem leichtfertigen Begleiter:

«Woher nehmen Sie nur das Herz, ein so vollkommenes Einvernehmen stören zu wollen? Dieser Ehemann liebt seine Frau mit wahrhaft rührender Zärtlichkeit!»

5

Seit einem Monat trug Chaverny sich mit dem Gedanken, Kammerherr werden zu wollen.

Es mag verwunderlich erscheinen, daß ein wohlbeleibter, bequemer, sein persönliches Behagen über alles schätzender Mann eines solchen Wunsches fähig sein soll; indessen fehlte es ihm durchaus nicht an Motiven für sein ehrgeiziges Trachten.

«Zunächst», so pflegte er seinen Freunden zu erklären, «sind die Theaterlogen, die ich verschiedenen Damen zur Verfügung stellen muß, eine recht kostspielige Sache. Wenn ich aber eine Funktion bei Hofe habe, so stehen mir beliebig viel Logen zur Verfügung, ohne daß ich auch nur einen Sou dafür auszugeben brauche. Und man weiß ja, was sich einem als Gegenleistung für eine gute Loge alles bietet! ... Zweitens: meine Leidenschaft ist das Jagen, und alle königlichen Jagdgebiete wären mir dann erschlossen. Und endlich: seitdem ich nicht mehr aktiver Offizier bin, weiß ich nie, was für ein Gewand ich zu den Hofbällen anlegen soll. Die Tracht eines Marquis hat mir immer mißfallen, während der Kammerherrenfrack mich gewiß ausgezeichnet kleiden würde.»

Somit bewarb er sich mit Eifer um eine solche Position. Er hätte dringend gewünscht, daß seine Frau ihm bei diesen Bemühungen zu Hilfe käme; aber, obwohl sie eine Anzahl einflußreicher Freunde hatte, weigerte Julie sich dessen mit aller Entschiedenheit. Viel erhoffte Chaverny von dem Herzog von H..., der damals bei Hofe in Gunst stand, und dem er früher einige kleine Dienste zu leisten Gelegenheit gefunden hatte. Sein Freund Châteaufort, der auch über mehrere nicht zu unterschätzende Bekanntschaften verfügte, bezeigte ihm eine Dienstbereitschaft und eine Aufopferung, wie sie in dieser Welt wohl nur den Männern begehrenswerter Frauen zuteil wird.

Chavernys Pläne wurden beträchtlich gefördert durch einen Zufall, der allerdings im weiteren Verlauf recht schlimme Folgen haben sollte. Madame de Chaverny hatte sich, nicht ohne Mühe, für einen Premièrenabend der Großen Oper eine Loge besorgt. Diese enthielt sechs Plätze. Einen derselben gedachte Julie dem Major Châteaufort anzubieten. Weil sie jedoch schicklicherweise mit diesem nicht allein in die Oper gehen konnte, bat sie ihren Mann, mitzukommen; und letzterer erklärte sich denn auch, nach etlichem Brummen und Widerstreben, ausnahmsweise dazu bereit.

Gleich nach dem ersten Akt entfernte sich Chaverny, die Frau und den Freund in der Loge zurücklassend. Die beiden wahrten zunächst ein gezwungenes Schweigen: Julie, weil sie seit einiger Zeit bei jedem Alleinsein mit Châteaufort in Verlegenheit geriet, und dieser, weil es im Rahmen seiner Strategie lag, eine Miene romantischer Zerrissenheit zur Schau zu tragen. Einen verstohlenen Blick über den Saal werfend, bemerkte er zu seiner Genugtuung, daß mehrere Operngläser neugierig auf die Loge gerichtet waren. Es bereitete ihm Vergnügen, zu vermuten, daß verschiedene Freunde ihn um sein Glück beneideten, wobei sie dieses Glück allerdings wohl für weit vorgeschrittener hielten, als es in Wirklichkeit war.

Julie, nach verschiedenen Befangenheitsmanipulationen mit Riechfläschchen und Veilchenstrauß, mußte sich entschließen, das Schweigen zu brechen. Sie begann von der im Saale herrschenden Hitze zu reden, von den Toiletten, von der Aufführung. Châteaufort nahm ihre Worte mit scheinbarer Zerstreutheit auf, rekelte sich auf seinem Stuhl, blickte Julie starr an und stieß einen so tiefen Seufzer aus, daß Madame de Chaverny von Unruhe erfaßt wurde. Plötzlich brach der junge Offizier in die Worte aus:

«Wie quält es mich doch, daß die Zeiten des Rittertums auf ewig vorüber sind!»

«Die Zeiten des Rittertums? . . . Aber warum denn?» fragte Julie. «Vielleicht deshalb, weil eine mittelalterliche Tracht Ihnen gut zu Gesicht gestanden hätte?»

«Sie scheinen mich für einen recht eingebildeten Fant zu halten», sagte Châteaufort bitteren Tones. — «Nein, ich sehne jene Zeiten zurück . . . weil damals ein couragierter Mann sich . . . immerhin mancherlei Hoffnungen machen durfte . . . Um das Gefallen einer Dame zu erregen, brauchte er, zum Beispiel, nur die Hirnschale eines Riesen mit dem Säbel zu spalten . . . Sehen Sie übrigens den Riesenkerl da drüben in der Balkonloge? . . . Ich möchte, daß Sie mir den Befehl gäben, zu ihm hinzugehen und ihm den Bart abzureißen — worauf Sie mir dann versprechen müßten, drei kleine Worte von mir anzuhören, ohne ärgerlich zu werden.»

«Welche Tollheit!» rief Julie und errötete bis an die Haarwurzeln; denn sie ahnte schon, wie die «drei kleinen Worte» lauten würden... «Aber sehen Sie nur einmal, wie Madame de Sainte-Hermine sich hergerichtet hat: dekolletiert in ihrem Alter und in Balltoilette!»

«Das einzige, was ich sehe (und längst bemerkt habe), ist: daß Sie meinen Empfindungen kein Verständnis entgegenbringen wollen... Sie wünschen, daß ich schweige; nun gut, ich beuge mich Ihrem Befehl... Aber...» — fügte er mit dumpfer Stimme hinzu —: «ich fühle, daß Sie mich dennoch verstanden haben...»

«Nein, keineswegs!» sagte Julie in trockenem Ton. «Doch wohin mag mein Mann nur gegangen sein?»

Ein Bekannter betrat die Loge und kam gerade zurecht, um Julie aus ihrer Verlegenheit zu befreien. Châteaufort tat den Mund nicht auf; sein Gesicht war von erschreckender Blässe, es machte den Eindruck völliger Zerstörung. Als der Besucher gegangen war, äußerte er einiges Unbeträchtliche über die Aufführung. Dann erneuerte sich das beklemmende Schweigen.

Eben sollte der zweite Akt beginnen, da öffnete sich die Logentür und Chaverny erschien. Am Arme führte er eine sehr hübsche und sehr herausgeputzte Dame mit herrlichen rosa Federn im Haar. Ihnen folgte der Herzog von H...

«Liebe Freundin», sagte Chaverny zu seiner Frau, «ich fand den Herzog und Madame in einer ganz schrecklichen Seitenloge, die nicht den geringsten Ausblick auf die Bühne freigibt. Man hat aber die Güte gehabt, einen Platz in unserer Loge anzunehmen.»

Julie grüßte mit frostiger Neigung des Kopfes: der Herzog von H... mißfiel ihr. Der Herzog und die Dame mit den rosa Federn ergingen sich in Entschuldigungen wegen der Störung, die sie verursacht hätten. Es entstand ein lebhafter und edelmütiger Wettstreit um die Wahl der Plätze. Während das gegenseitige Komplimentieren noch im Gange war, beugte sich Châteaufort unauffällig zu Julie nieder und flüsterte ihr ins Ohr:

«Ums Himmels willen, behalten Sie keinen der vorderen Plätze!»

Julie, in höchstem Maße befremdet, blieb da, wo sie bisher gesessen hatte. Als die Platzfrage endlich geregelt war, wandte sie sich zu Châteaufort, und ihr gestrenger Blick schien nach der Lösung des Rätsels fragen zu wollen. Er aber saß nur starr da, mit zusammengekniffenen Lippen, und seine Haltung verriet, daß er sich in heftigster Erregung befand. Julie dachte nun ihrerseits über die ihr gewordene Warnung nach und deutete sie absolut falsch: sie vermutete, Châteaufort habe auch während des weiteren Verlaufes der Vorstellung leise mit ihr sprechen und ihr die krausen Einfälle seiner Schwermut zuraunen wollen — ein Unterfangen, das ihm unmöglich gewesen wäre, wenn sie auf einem der Vorderplätze verbliebe.

Wie sie nun ihren Blick unwillkürlich über den Saal schweifen ließ, bemerkte sie, daß mehrere Damen das Opernglas auf ihre Loge gerichtet hielten — was übrigens beim Auftauchen eines neuen Gesichtes keineswegs etwas Ungewöhnliches ist. Man lächelte, man tuschelte —: was war dabei? Die Große Oper ist ja ein so kleines Dorf!

Die unbekannte Dame neigte sich über Julies Bukett und sagte mit reizvollem Lächeln:

«Sie haben da einen entzückenden Veilchenstrauß, Madame! Er muß — in dieser Jahreszeit — mindestens seine zehn Franken gekostet haben, dessen bin ich sicher! Vermutlich haben Sie ihn geschenkt bekommen? Damen pflegen sich ihre Buketts ja niemals selbst zu kaufen.»

Julie betrachtete die Sprecherin mit großen Augen: aus welchen Tiefen der Provinz mochte dieses Wesen hereingeschneit sein?

«Herzog», sagte die Dame mit einem schmachtenden Blick, «Sie haben mir nicht den kleinsten Strauß zum Geschenk gemacht!»

Schon stürzte Monsieur de Chaverny dem Ausgang zu. Vergebens suchte der Herzog ihn zurückzuhalten, und die Dame desgleichen; sie habe kein Verlangen mehr nach einem Bukett.

Julie wechselte mit Châteaufort einen Blick, der zu besagen schien: Ich danke Ihnen; doch jetzt ist es zu spät. Aber den wahren Sachverhalt hatte sie noch nicht erkannt.

Während der ganzen weiteren Vorstellung trommelte die Federdame mit ihren Fingern gegen den Takt der Musik — das heißt: ohne jedes Taktgefühl —, auf die Logenbrüstung und redete dabei unaufhaltsam von musikalischen Dingen. Zwischendurch erkundigte sie sich nach dem Preis von Julies Kleid, von ihren Juwelen und Pferden. Niemals war Madame de Chaverny mit solchen Manieren in Berührung gekommen. Sie gelangte zu dem Schluß, die Unbekannte müsse eine Verwandte des Herzogs sein, frisch importiert aus der dunkelsten Bretagne. Als Chaverny mit einem riesigen Bukett zurückkam (das viel schöner war als das von Julie), da war des Bewunderns, des Dankens und des Sich-Entschuldigens kein Ende.

«Monsieur de Chaverny», sagte, nach dem Versickern dieses Wortschwalls, die vermeintliche Provinzlerin, «ich bin nicht undankbar. Um es Ihnen zu beweisen, bitte ich Sie, mich daran zu erinnern, daß ich Ihnen etwas versprechen wollte. Wirklich, ich habe die Absicht, Ihnen eine Geldbörse zu sticken, sobald ich die, die ich dem Herzog versprochen habe, fertiggestickt haben werde.»

Endlich war die Vorstellung zu Ende — zur großen Erleichterung Julies, die sich in der Nachbarschaft der eigentümlichen Frau höchst unbehaglich gefühlt hatte. Der Herzog bot ihr den Arm, Chaverny nahm den Arm der rätselhaften Dame. Châteaufort ging, verdrießlich und verdüstert, hinter Julie drein und grüßte die Bekannten, denen er auf der Treppe begegnete, mit verzerrtem Lächeln.

Einige Damen, die Julie von Ansehen bekannt waren, kamen vorbei. Ein junger Mann flüsterte ihnen etwas zu und kicherte. Neugierig wandten sich die Damen nach dem Ehepaar Chaverny um, und eine von ihnen rief:

«Ist es die Möglichkeit?!»

Der Wagen des Herzogs kam vorgefahren. Unter verbindlichster Wiederholung des Dankes für die Logengastfreundschaft verabschiedete sich der Herzog von Madame de Chaverny. Und da, mittlerweile, Monsieur de Chaverny sich beeiferte, die unbekannte Dame zum herzoglichen Wagenschlag zu begleiten, so blieben Julie und Châteaufort einen Augenblick allein.

«Was ist das für eine Frau?» fragte Julie.

«Das kann ich Ihnen nicht verraten —: es handelt sich hier um etwas, das ich nie für denkbar gehalten hätte!»

«Inwiefern?»

«Übrigens werden Ihre sämtlichen Bekannten sich ohne weiteres vorstellen können, wie völlig unbeteiligt Sie in diese Situation hineingeraten sind... Aber Chaverny!... Dem hätte ich etwas Derartiges nie zugetraut!»

«Aber was bedeutet denn das alles? Um Gottes willen, so erklären Sie es mir doch endlich!... Wer ist diese Frau?»

Da Chaverny eben wieder erschien, so hatte Châteaufort gerade noch Zeit, Julie zuzuflüstern:

«Diese Dame heißt Mélanie R . . . und ist die Geliebte des Herzogs von H . . .»

«Großer Gott!» rief Julie und blickte mit äußerster Betroffenheit auf Châteaufort, «das ist doch unmöglich!»

Châteaufort zuckte mit den Achseln. Sie zu ihrem Wagen begleitend, bemerkte er noch:

«Das sind genau dieselben Worte, deren sich die Damen bedienten, denen wir vorhin auf der Treppe begegneten. Übrigens ist jene Person in ihrer Art gar nicht so übel. Sie verlangt Höflichkeit und Ritterlichkeit . . . Einen Gemahl hat sie auch.»

«Meine Liebe», sagte, aufgeräumten Tones, Chaverny, «für die Heimfahrt bedürfen Sie meiner nicht! Gute Nacht! Ich soupiere beim Herzog.»

Julie antwortete nichts.

«Châteaufort», fuhr Monsieur de Chaverny fort, «wollen Sie mit mir zum Herzog kommen? Sie sind gleichfalls eingeladen: man hat Wohlgefallen an Ihnen gefunden, Sie Glückspilz!»

Châteaufort lehnte kühl ab. Er verneigte sich vor Madame de Chaverny, die, während ihr Wagen sich in Bewegung setzte, vor Wut in ihr Taschentuch biß.

«Dann gewähren Sie mir wenigstens Gastlichkeit in Ihrem Kabriolett», sagte Chaverny, «um mich vor der Tür des Schätzchens abzusetzen!»

«Recht gern!» antwortete Châteaufort. — «Wissen Sie übrigens, daß Ihre Frau schließlich gemerkt hat, wen man ihr da als Logennachbarin zugeführt hat?»

«Unmöglich!»

«Doch! Verlassen Sie sich darauf! . . . Aber ich muß sagen: schön war das nicht von Ihnen!»

«Ach was! Jene Frau benimmt sich ausgezeichnet. Und bisher weiß noch fast niemand, wer sie ist. Der Herzog nimmt sie überallhin mit.»

6

Madame de Chaverny verbrachte eine unruhige Nacht. Das Benehmen ihres Gemahls in der Oper setzte allen seinen Taktlosigkeiten die Krone auf, und der Gedanke einer sofortigen Trennung schien unabweisbar zu werden. Julie nahm sich vor, gleich am folgenden Tage eine Auseinandersetzung mit Chaverny herbeizuführen und ihm zu eröffnen, daß sie mit einem Manne, der sie so rücksichtslos zu kompromittieren beliebe, nicht länger unter demselben Dache leben wolle.

Indessen sah sie dieser unvermeidlichen Aussprache doch auch wieder mit einer gewissen Beklemmung entgegen. Sie hatte noch nie ein ernsthaftes Gespräch mit Chaverny gehabt. All ihrem Mißvergnügen hatte sie immer nur durch schmollende Mienen Ausdruck gegeben — was von Monsieur de Chaverny jedesmal völlig ignoriert worden war; denn da er seiner Frau eine unbeschränkte Freiheit ließ, so wäre er nie auf die Idee verfallen, daß sie ihm eine

Toleranz verweigern könne, die ihr, im Bedarfsfalle, von ihm ohne weiteres zugestanden worden wäre. Besonders fürchtete sie, daß sie im Laufe der geplanten Auseinandersetzung in Tränen ausbrechen könne, und daß dieses Weinen von ihrem Gemahl wohl gar als ein Anzeichen verletzter Liebe gedeutet werden würde.

Während solcher Überlegungen kam es ihr immer schmerzlicher zum Bewußtsein, daß ihre Mutter nicht anwesend war. Diese hätte ihr guten Rat geben oder sich vielleicht schon mit den Vorbereitungen der Ehetrennung befassen können. Je länger sie nachdachte, desto unsicherer fühlte sie sich. Als sie endlich einschlief, hatte sie den Entschluß gefaßt, sich bei einer befreundeten Dame, Madame Lambert, die augenblicklich auf ihrem Landsitz in der Nähe von Paris weilte, Rats zu erholen. Dem welterfahrenen Sinn dieser Dame, der schon Julies Kindheit vertraut gewesen war, würde es sicherlich gelingen, die beste Antwort auf Chavernys unqualifizierbares Verhalten ausfindig zu machen.

Wie groß nun auch immer Julies Entrüstung sein mochte: sie konnte sich nicht enthalten, einen Vergleich anzustellen zwischen ihrem Gemahl und dem Major Châteaufort. Die grobe Ungebührlichkeit des einen ließ das Taktgefühl des anderen um so liebenswerter erscheinen, und mit einem gewissen Wohlbehagen (das sie allerdings sogleich wieder als unstatthaft empfand) erkannte sie, daß der Freund sich um ihren guten Ruf viel größere Sorge gemacht hatte als der rechtmäßige Beschützer. Aus diesem Gesinnungskontrast ergab sich, ohne daß Julie es gewollt hätte, ein Vergleich der äußeren Erscheinung der beiden Männer; und da machte denn Chaverny eine wenig vorteilhafte Figur gegenüber den eleganten Manieren des Majors Châteaufort. Sie sah ihren Mann, wie er, dick und schwerfällig, der Geliebten des Herzogs seine Dienstwilligkeit zu beweisen suchte, während Châteaufort, ehrerbietiger noch als gewöhnlich, Julies von dem eigenen Manne so peinlich mißachtete Frauenehre zu wahren und zu verteidigen bestrebt war. Und — wie es denn oft geschieht, daß eine Gedankenreihe sich ohne unser Zutun weiterspinnt —, so begann Julie mit der Idee zu spielen, sie könne Witwe werden, und dann spreche nichts mehr dagegen, daß sie, eine junge, reiche Frau, die standhafte Liebe des jungen Schwadron-Chefs durch ein legitimes Bündnis belohne. Ein unglücklicher Versuch bewies nichts gegen die Institution der Ehe im allgemeinen, und falls Châteauforts Neigung echt und zuverlässig war... Doch schon errötete sie über solche Gedanken und nahm sich vor, in Zukunft gegen den romantischen Schwärmer noch zurückhaltender zu sein als bisher.

Am Morgen erwachte sie mit heftigen Kopfschmerzen und fühlte sich um so mehr geneigt, die entscheidende Aussprache hinauszuschieben. Um ihrem Manne nicht beim Frühstück zu begegnen, ließ sie sich den Tee in ihrem Zimmer servieren. Dann gab sie Anweisungen für die geplante Fahrt nach dem Landsitz der Madame Lambert und verlangte ihren Wagen.

Während des Frühstücks schlug sie eine Zeitung auf. Ihr erster Blick fiel auf folgende Notiz:

«*Monsieur Darcy, Erster Sekretär der französischen Botschaft in Konstantinopel, ist mit besonderen Aufträgen vorgestern in Paris eingetroffen. Se. Exzellenz der Herr Minister der Äußeren Angelegenheiten hat den jungen Diplomaten, unmittelbar nach dessen Ankunft, zu einer ausführlichen Besprechung empfangen.*»

«Darcy in Paris!» rief Julie. «Ich würde mich freuen, ihn wiederzusehen. Ob er inzwischen ein sehr würdiger Herr geworden sein mag — der junge Diplomat?!» — Darcy ein junger Diplomat! Sie konnte sich eines Lächelns über diese Standesbezeichnung nicht erwehren.

An den einstigen Gesellschaftsabenden von Julies Mutter, Madame de Lussan, war Monsieur Darcy ein regelmäßiger Gast gewesen. Er hatte damals die Position eines Attachés am Außenministerium inne. Kurze Zeit vor Julies Eheschließung hatte er Paris verlassen und seitdem nichts mehr von sich hören lassen. Sie wußte nur, daß er viel gereist war und, als Beamter, eine schnelle Karriere gemacht hatte.

Julie hielt das Zeitungsblatt noch in der Hand, als ihr Gemahl eintrat. Er schien strahlender Laune zu sein. Bei seinem Anblick erhob sie sich, um hinauszugehen. Da sie jedoch, um ihr Toilettenzimmer zu erreichen, nahe an ihm hätte vorbeigehen müssen, so blieb sie stehen, war aber so erregt, daß ihre sich auf den Tisch stützende Hand das Teeservice laut erklirren ließ.

«Liebe Freundin», sagte Chaverny, «ich komme, um mich für einige Tage von Ihnen zu verabschieden. Der Herzog von H . . . hat mich zur Jagd eingeladen. Übrigens hat er mir gestern abend noch mehrfach wiederholt, wie sehr Ihre Gastfreundschaft ihn entzückt habe. — Meine eigene Sache steht ausgezeichnet: der Herzog hat versprochen, mich dem König auf das angelegentlichste zu empfehlen.»

Bei diesen Worten wurde Julie abwechselnd blaß und rot.

«Das ist allerdings wohl das mindeste, was der Herzog Ihnen schuldig war», sagte sie mit zitternder Stimme. «Oder hätte er noch weniger tun sollen für einen Mann, der seine Frau mit der Geliebten seines Gönners so schamlos kompromittiert?!»

Dann, ihren Abscheu überwindend, ging sie hoheitsvoll an ihm vorbei, trat in ihr Toilettenzimmer und schlug die Tür hinter sich zu.

Chaverny blieb einen Augenblick betroffen stehen.

«Woher, zum Teufel, mag sie das erfahren haben?!» murmelte er. «Na, es kommt schließlich nicht viel darauf an! Was geschehen ist, ist geschehen!»

Und da es keineswegs zu seinen Gepflogenheiten gehörte, unangenehmen Eindrücken lange nachzuhängen, so drehte er sich auf dem Absatz um, nahm ein Stück Zucker aus der Dose und rief, noch vollen Mundes, der eintretenden Kammerfrau zu:

«Sagen Sie meiner Frau, daß ich vier bis fünf Tage beim Herzog bleiben und ihr allerlei Wildbret zukommen lassen werde!»

Er verließ das Zimmer und dachte nur noch an die Fasanen und Rehe, die seine Flinte erlegen sollte.

7

Als Julie nach Partigny abfuhr, war ihr Groll gegen Monsieur de Chaverny noch heftiger geworden — diesmal allerdings aus einem ziemlich geringfügigen Grunde. Er hatte nämlich für seine Fahrt zum herzoglichen Schloß die neue Kalesche ohne weiteres in eigenen Gebrauch genommen und seiner Frau nur einen Wagen gelassen, der, nach Aussage des Kutschers, sehr verbesserungsbedürftig war.

Unterwegs versuchte Julie sich zurechtzulegen, in welcher Form sie der Madame Lambert das ihr widerfahrene Unrecht mitteilen sollte. Trotz allen Kummers war sie, wie jeder, der etwas zu erzählen hat, auf die hervorzubringende Wirkung bedacht und bemühte sich, alle rhetorischen Möglichkeiten durchdenkend, besonders um einen effektvollen Ausgangspunkt. Auf diese Weise präsentierte sich ihr das Benehmen ihres Mannes unter allen nur denkbaren Aspekten, und ihre Empörung nahm in entsprechendem Maße zu.

Von Paris nach Partigny sind es, wie jedermann weiß, mehr als vier Stunden zu fahren; und so belangvoll auch das Anklagematerial der beleidigten Gattin sein mochte, so dürfte es doch selbst dem leidenschaftlichsten Hasse kaum möglich sein, während einer so langen Zeit ein und dasselbe Thema hin und her zu wenden. Das menschliche Denken ist so beschaffen, daß den peinlichsten Empfindungen oft lachende Bilder folgen; und so mischten sich denn allmählich liebliche, sanft-melancholische Erinnerungen in Julies tief verbitterte Gefühle.

Die reine, erfrischende Luft, der lachende Sonnenschein, die unbekümmerten Gesichter der Menschen, die dem Wagen begegneten — alles trug dazu bei, die junge Frau ihren gramerfüllten Betrachtungen zu entreißen. Sie dachte an ihre Kindheit zurück, an die Tage, wo sie, in Gesellschaft gleichaltriger Freundinnen, über Land gefahren war. Dann kam ihre Klosterzeit ihr in den Sinn, die gemeinsamen Spiele und Mahlzeiten. Auch entsann sie sich mancher Geheimnisse, die sie, wenn zu Hause Besuch war, aus den Gesprächen der Großen erlauscht hatte, und sie mußte lächeln über die hundert kleinen Züge, in denen die erwachende Gefallsucht eines Mädchens sich verrät.

Des weiteren versetzte sich Julie in die Zeit

zurück, wo sie von ihrer Mutter in die Gesellschaft eingeführt worden war. Oh, die vielen herrlichen Bälle, an denen sie während der Saison, die dem Verlassen des Klosters gefolgt war, hatte teilnehmen dürfen! Die späteren Gesellschaftsabende hatte sie vergessen: man wird ja so leicht übersättigt. Aber schon auf einem der frühesten Bälle war Monsieur de Chaverny aufgetaucht!

Welche Törin ich war! dachte sie. Hätte ich nicht auf den ersten Blick erkennen müssen, wie unglücklich ich mit diesem Manne sein würde?

Alle Plattheiten und abgeschmackten Redensarten, mit denen Chaverny sie dann, während der Verlobungszeit, so ausgiebig regaliert hatte, waren ihr im Gedächtnis geblieben. Auch erinnerte sie sich an die zahlreichen Anbeter, die, durch ihre Heirat «zur Verzweiflung gebracht», nichtsdestoweniger bald darauf eine Ehe eingegangen waren oder sich anderweitig zu trösten gewußt hatten.

«Wäre ich mit einem anderen Manne glücklicher geworden?» fragte sie sich. «Monsieur A... ist ja ein Dummkopf, aber er ist nicht bösartig, und Amélie hält ihn fest an der Leine; mit einem fügsamen Mann bleibt das Leben immerhin erträglich. — B... hat Mätressen, und seine Frau ist empfindsam genug, sich darüber zu grämen. Er benimmt sich übrigens ungemein rücksichtsvoll gegen sie; und... damit würde ich mich zufrieden geben. — Der junge Graf C..., der fortwährend Broschüren liest und gern Deputierter werden möchte — aus dem wäre vielleicht ein guter Ehemann geworden? — Möglich; aber diese Herren sind samt und sonders langweilig, häßlich, dumm ...»

Und wie sie dermaßen alle jungen Leute, die sie in ihrer Mädchenzeit gekannt hatte, Revue passieren ließ, trat ihr die Gestalt Darcys abermals vor Augen.

Darcy galt damals in der Gesellschaft als ein Wesen ohne Bedeutung, das heißt: als ein Mann, von dem die Mütter wußten, daß er nicht vermögend genug war, um als Bewerber für ihre Töchter in Frage zu kommen. Die jungen Mädchen fanden ihn auch keineswegs berückend. Er stand im Rufe eines höflichen, allerdings menschenfeindlichen und mokanten Herrn, dem es Freude machte, im Kreise junger Damen über die Lächerlichkeit und Selbstgefälligkeit der anderen zu spotten. Die Mütter empfanden nicht die geringste Besorgnis, wenn sie ihn mit ihren Töchtern plaudern oder sogar vertraulich flüstern sahen; denn die jungen Mädchen pflegten über seine Bemerkungen immer wieder in lautes Lachen auszubrechen, und diejenigen Mütter, deren Töchter besonders schöne Zähne hatten, erklärten sogar, dieser Monsieur Darcy sei ein ungemein liebenswürdiger Mensch.

Gemeinsamkeit der Interessen und gegenseitige Furcht vor ihrem Talent zur Bosheit hatten zwischen Julie und Darcy ein schweigendes Einverständnis bewirkt. Nach einigen Scharmützeln hatten sie ein Schutz- und Trutzbündnis geschlossen: sie schonten einander und fühlten sich verbunden in der Spottlust gegen die anderen.

Eines Abends wurde Julie gebeten, etwas zu singen. Sie hatte eine schöne Stimme und wußte es. Wie sie auf das Piano zuschritt, schien in dem Blick, mit dem sie die übrigen Damen musterte, etwas Hochmütiges, ja, fast etwas Herausforderndes zu liegen. Nun, an diesem Abend ward sie durch eine Indisposition oder eine sonstige Mißhelligkeit fast aller ihrer Mittel beraubt. Schon die ersten Töne, die aus der sonst so melodiösen Kehle hervorkamen, waren falsch. Die Sängerin wurde unsicher, verhaspelte sich, wollte es wieder gutmachen und verschlimmerte nur noch den Effekt. Zum Schluß war das Fiasko vollkommen. Wirr und verstört, dem Weinen nahe, verließ Julie das Klavier. Wie sie auf ihren Platz zuging, war die sich auf allen Gesichtern malende Schadenfreude über die erlittene Demütigung unverkennbar. Selbst die jungen Herren schienen ein maliziöses Lächeln kaum unterdrücken zu können. Vor Scham und Wut schlug Julie die Augen nieder und wagte lange Zeit nicht, sie wieder zu erheben.

Als sie endlich wieder aufblickte, war das erste, was sie wahrnahm, das Gesicht Darcys. Er war sehr blaß, in seinen Augen schimmerte es feucht; er schien von ihrem Mißgeschick mehr betroffen zu sein als sie selbst.

Er liebt mich! dachte sie, er liebt mich aus tiefster Seele!

In der Nacht fand sie keinen Schlaf. Darcys trauriges Antlitz stand ihr immer vor Augen. Volle zwei Tage lang dachte sie nur an ihn und die heimliche Leidenschaft, die er für sie zu hegen schien. Schon erträumte sie sich einen ganzen Roman, da wurde eines Tages bei Madame de Lussan eine Karte abgegeben, auf der Monsieur Darcy seinem Namen nur die drei Buchstaben hinzugefügt hatte: *P.P.C.**

«Wohin geht Monsieur Darcy?» fragte Julie einen jungen Mann, der mit ihm bekannt war.

«Wohin er geht?! Das wissen Sie nicht? ... Nach Konstantinopel! Gerade heute abend reist er ab.»

Er liebt mich also nicht, dachte sie.

Acht Tage später war Darcy vergessen.

Darcy seinerseits, der damals einen ziemlich romantischen Charakter hatte, vergaß Julie acht Monate lang nicht. Dieser Unterschied des Verhaltens erklärt sich vielleicht daraus, daß Darcy in eine fremde, düstere Welt ging, während Julie in Paris sich von Vergnügungen und Huldigungen aller Art überflutet sah.

Doch wie dem auch sein mochte —: als Julie jetzt, sechs oder sieben Jahre nach diesen Geschehnissen, auf der Straße nach Partigny dahinrollte, erinnerte sie sich an den melancholischen Gesichtsausdruck Darcys am Tage jener gesellschaftlichen Niederlage. Und — um alles wahrheitsgetreu zu berichten — sie dachte auch an die Zuneigung, die er damals für sie

* *pour prendre congé*: um Abschied zu nehmen

zu hegen schien, ja, vielleicht sogar an die Möglichkeit, daß ein Nachklang jenes Gefühls ihm bis heute verblieben sei.

Solcherlei Gedanken beschäftigten sie ziemlich lebhaft eine halbe Meile lang. Dann war Monsieur Darcy zum drittenmal vergessen.

8

Julie war nicht wenig enttäuscht, als sie, auf Madame Lamberts Besitzung anlangend, im Hofe einen Wagen erblickte, dessen Pferde eben ausgespannt wurden. Das schien auf einen Besuch von längerer Dauer hinzudeuten, und somit würde es wohl leider unmöglich sein, mit der Freundin ein ungestörtes Gespräch zu führen über alles, was sie gegen Monsieur Chaverny auf dem Herzen hatte.

Wie Julie in den Salon trat, fand sie Madame Lambert in Gesellschaft einer Dame, die ihr von Ansehen flüchtig bekannt war. Nur mühsam gelang es ihr, das Mißvergnügen über die Zwecklosigkeit der langen Fahrt nicht sichtbar werden zu lassen.

«Oh, welche Überraschung, meine Liebe!» rief Madame Lambert und küßte Julie auf die Wangen. «Wie freue ich mich, daß Sie mich nicht vergessen haben! Sie konnten zu keiner gelegeneren Stunde kommen; denn ich erwarte eine Menge Gäste, die, wie ich weiß, alle von Ihnen bezaubert sind!»

Julie erwiderte in etwas gezwungenem Ton,

sie habe gehofft, Madame Lambert allein anzutreffen.

«Oh, alle werden entzückt sein, Sie zu begrüßen!» erwiderte Madame Lambert. «Mein Haus ist seit der Heirat meiner Tochter so trist geworden, daß ich immer dankbar bin, wenn meine Freunde die Liebenswürdigkeit haben, sich bei mir zusammenzufinden... Aber, meine Liebste, was haben Sie denn mit Ihren schönen, frischen Farben gemacht!? Es kommt mir vor, als ob Sie beängstigend blaß aussähen.»

Julie erfand eine kleine Ausrede: die Länge der Wagenfahrt... der Staub unterwegs... die brennende Sonne...

«Gerade heute kommt einer Ihrer Anbeter zum Diner, Monsieur de Châteaufort — und vielleicht auch sein getreuer Begleiter, der Major Perrin. Welch angenehme Überraschung steht diesen Herren bevor, besonders dem einen!»

«Ich habe neulich das Vergnügen gehabt, den Major Perrin bei mir zu empfangen», sagte Julie und errötete bei diesen Worten; denn sie hatte eigentlich sagen wollen: den Major de Châteaufort.

«Ich erwarte auch Monsieur de Saint-Léger. Er muß hier nächsten Monat unbedingt einen Theaterabend arrangieren; wir wollen einige kleine Sprichwort-Komödien aufführen, und dabei müssen Sie mitwirken, mein Engel!... Erinnern Sie sich nicht mehr, daß Sie vor zwei Jahren an solchen Abenden alle Hauptrollen gespielt haben?»

«Mein Gott, Madame, das ist schon so lange her, daß ich gewiß ganz aus der Übung gekommen bin; heute hätte ich gar nicht mehr den Mut, mich irgendwie zu produzieren!»

«Ah, Julie, mein Kind, nun raten Sie mal, wen wir außerdem noch erwarten! . . . Aber es bedarf schon eines ziemlich guten Gedächtnisses, um den Namen des betreffenden Herrn noch behalten zu haben! . . .»

Blitzschnell huschte der Name Darcy durch Julies Gedanken.

Dieser Mensch verfolgt mich heute den ganzen Tag! dachte sie.

«Ein gutes Gedächtnis glaube ich wohl zu haben, Madame!»

«Aber es muß um sechs bis sieben Jahre zurückreichen, meine Liebe! . . . Erinnern Sie sich an jemanden, der Sie verehrte, als Sie noch ein halbes Kind waren und das Haar Ihnen in Locken über die Schultern fiel?»

«Wirklich, ich wüßte nicht, wen Sie meinen könnten.»

«Wie undankbar Sie doch sind, meine Liebe! . . . Wie kann man nur einen so reizenden Menschen vergessen — einen jungen Mann, der, wenn ich mich nicht täusche, Ihnen damals so sehr gefiel, daß Ihre Mutter darüber fast in Unruhe geriet! . . . Nun, schöne Dame, da Sie Ihre Anbeter dermaßen aus dem Sinn verlieren, so muß ich Sie wohl an den Namen erinnern: es ist Monsieur Darcy, den Sie heute wiedersehen werden.»

«Monsieur Darcy?»

«Ja; er ist seit ein paar Tagen aus Konstantinopel zurück. Vorgestern hat er mich besucht, und ich habe ihn für heute zum Diner eingeladen. Wissen Sie, Sie ungetreues Geschöpf, daß er sich mit einem Eifer, der mir auffallend erschien, nach Ihnen erkundigt hat?»

«Monsieur Darcy? . . .» sagte Julie, und ihre schleppende Stimme verriet nicht die geringste Anteilnahme, «Monsieur Darcy? . . . War das nicht ein großer, blonder junger Mann . . . ein Botschaftssekretär oder etwas Derartiges?»

«Oh, liebes Kind, Sie werden ihn nicht wiedererkennen: er hat sich ungemein verändert. Sein Gesicht ist bleich geworden oder vielmehr olivenfarben, die Augen tief eingesunken. Das Haar ist ihm sehr ausgegangen — infolge der Hitze, wie er sagt. Wenn das nicht behoben wird, muß er in zwei bis drei Jahren ganz kahl sein. Und dabei ist er noch keine dreißig Jahre alt!»

An diesem Punkte mischte sich die Dame, die den Bericht über Darcys Mißgeschick mit angehört hatte, in das Gespräch, um höchst eindringlich den Gebrauch von Kalydor zu empfehlen, einem Mittel, das ihr, wie sie beteuerte, nach einer Krankheit, die ihren Haarwuchs stark gelichtet hatte, die besten Dienste geleistet habe. Während sie sprach, strichen, wie zum Beweis, ihre Hände wohlgefällig durch die üppigen Wellen einer hellschimmernden Haarflut.

«Ist Monsieur Darcy während der ganzen

Zeit in Konstantinopel gewesen?» fragte Madame de Chaverny.

«Nein, nicht die ganze Zeit: er ist viel gereist; er hat Rußland und Griechenland kennengelernt... Wissen Sie nicht, welches Glück ihm zugefallen ist? Sein Onkel ist gestorben und hat ihm ein schönes Vermögen hinterlassen. Auch in Kleinasien ist er gewesen, und zwar in der Provinz ... wie hieß sie doch nur?... Karamanien. Er ist wirklich ein entzückender Mensch, meine Liebe! Und all das Interessante, das er erlebt hat! Vorgestern erzählte er mir so viel reizvolle Geschichten, daß ich ihn immer wieder bitten mußte, sie doch für das heutige Diner aufzusparen, anstatt alles an eine Großmutter, wie ich es bin, zu verschwenden.»

«Hat er Ihnen auch die Geschichte von der Türkin erzählt, der er das Leben gerettet hat?» fragte die Kalydor-Schwärmerin, Madame Dumanoir.

«Von der Türkin, der er das Leben gerettet hat?!... Er hat eine Türkin gerettet? Davon hat er mir keine Silbe gesagt!»

«Wirklich nicht? Aber das war ein sehr aufregendes Ereignis — ein richtiger Roman!»

«Oh, erzählen Sie uns das, bitte!»

«Nein, nein; fragen Sie ihn lieber selbst danach! Ich weiß die Geschichte nur von meiner Schwester, deren Mann, wie Ihnen bekannt sein wird, Konsul in Smyrna gewesen ist. Meine Schwester hat sie von einem Engländer erfahren, der bei dem Abenteuer anwesend war. Es ist einfach großartig!»

«Erzählen Sie uns diese Geschichte, Madame! Wie können Sie von uns verlangen, daß wir unsere Neugier bis zum Diner bezähmen sollen!? Es gibt nichts Unerträglicheres, als Andeutungen über eine Geschichte zu vernehmen, von deren Tatbestand man nicht die geringste Ahnung hat!»

«Nun gut!... Aber ich werde gewiß die ganze Wirkung verderben!... Also: meine Schwester hat mir folgendes erzählt —: Monsieur Darcy befand sich in der Türkei, irgendwo am Ufer des Meeres, wo er irgendwelche Ruinen auf ihren historischen Wert zu untersuchen gedachte. Da sah er eine unheimliche Prozession näher kommen. Es waren Stumme, die einen Sack trugen. Und dieser Sack bewegte sich, als ob sich etwas Lebendiges in ihm befände...»

«Ah, mein Gott!» rief Madame Lambert, die Byrons *Giaur* gelesen hatte: «es war eine Frau darin, die ins Meer geworfen werden sollte!»

«Genau das!» bestätigte Madame Dumanoir, ein wenig pikiert über die Vorwegnahme ihres schönsten Effektes. «Monsieur Darcy faßt den Sack ins Auge, vernimmt ein dumpfes Seufzen und ahnt sofort die schreckliche Wahrheit. Er fragt die Stummen, was sie im Sinne hätten. Anstatt Auskunft zu geben, zücken die Gefragten ihre Dolche. Glücklicherweise war Monsieur Darcy gut bewaffnet.

Er schlägt die Sklaven in die Flucht und zieht aus dem abscheulichen Sack ein wunderschönes Weib hervor. Er bringt die beinahe ohnmächtige Frau in die Stadt zurück und geleitet sie in ein Haus, das ihm sicher zu sein scheint.»

«Die arme Frau!» rief, in erwachendem Interesse, Madame de Chaverny.

«Sie glauben, sie sei nun gerettet gewesen?! Keineswegs! Der eifersüchtige Ehemann — denn ein solcher war im Spiel — wiegelte die ganze Bevölkerung auf, die sich mit Pechfackeln vor Monsieur Darcys Haus begab, um ihn lebendig zu verbrennen. Den Ausgang der Sache habe ich nicht genau erfahren; ich weiß nur, daß Darcy eine regelrechte Belagerung auszuhalten hatte, und daß es ihm endlich gelang, die Frau in Sicherheit zu bringen. Es hat sogar den Anschein» — und bei diesen Worten veränderte die Erzählerin den Gesichtsausdruck, während ihre Stimme einen unanfechtbar frommen Nasalklang annahm —, «es hat sogar den Anschein, als ob Monsieur Darcy dafür gesorgt hätte, daß die Türkin zum Christentum übertrat, und als ob sie in aller Form getauft worden sei.»

«Und hat Monsieur Darcy sie geheiratet?» fragte lächelnd Madame de Chaverny.

«Darüber bin ich leider nicht informiert. Aber diese türkische Frau — sie trug einen merkwürdigen Namen: Emineh — diese Türkin wurde von einer heftigen Leidenschaft zu Monsieur Darcy ergriffen. Meine Schwester hat mir erzählt, sie habe ihn immer Sotîr genannt (das bedeutet auf türkisch und auf griechisch: Retter, Erlöser*). Eulalie hat mir gesagt, sie sei eine der schönsten Kreaturen, die ihr je begegnet seien.»

«Wir wollen ihn ein bißchen aufziehen mit dieser Türkin!» rief Madame Lambert. «Nicht wahr, meine Damen, wir müssen ihm die Hölle heiß machen!? ... Übrigens hat das Verhalten von Monsieur Darcy für mich nichts Überraschendes: er ist einer der edelmütigsten Menschen, die ich kenne, und ich weiß Züge seines Wesens, die mir, sooft ich sie erzähle, die Tränen in die Augen treiben. — Sein verstorbener Onkel hinterließ eine natürliche Tochter, die von ihm nicht anerkannt worden war. Da er ohne Testament starb, so hatte sie keinerlei Anrechte auf die Erbschaft. Darcy, den der Verstorbene zum Universalerben gemacht hatte, ordnete sofort an, daß ihr ein Anteil zufalle, und vermutlich war dieser Anteil weit beträchtlicher als die Summe, die ihr eigener Vater ihr etwa vermacht hätte.»

«Ist sie hübsch, diese natürliche Tochter?» erkundigte sich, mit ziemlich boshafter Miene, Madame de Chaverny; es begann in ihr ein Gelüste aufzusteigen, diesen Monsieur Darcy, der ihr heute mit solcher Beharrlichkeit vor Augen geführt wurde, ein bißchen zu verdächtigen.

«Oh, meine Liebe, wie können Sie nur auf solche Gedanken verfallen?! ... Monsieur Darcy befand sich, als sein Onkel starb, in

* σωτήρ: Retter, Heiland

Konstantinopel, und wahrscheinlich hat er jenes Mädchen nie zu Gesicht bekommen.»

Das Eintreffen von Monsieur de Châteaufort und dem Major Perrin sowie von einigen anderen Personen machte diesem Gespräch ein Ende. Châteaufort beeilte sich, neben Madame de Chaverny Platz zu nehmen; und einen Augenblick benutzend, in dem das Gewirr der Stimmen besonders laut wurde, raunte er ihr zu:

«Sie scheinen bekümmert zu sein, Madame! Ich wäre untröstlich, wenn vielleicht meine gestrigen Äußerungen daran Schuld trügen.»

Madame de Chaverny hatte seine Worte nicht gehört oder nicht hören wollen. Und so ward dem jungen Offizier die Demütigung zuteil, seinen Satz wiederholen zu müssen, und die noch schlimmere Kränkung, eine recht trockene Antwort zu erhalten, nach welcher Julie sich alsbald wieder in das allgemeine Gespräch mischte. Den Platz wechselnd, entfernte sie sich von ihrem unglücklichen Verehrer.

Immerhin wollte Monsieur de Châteaufort das Spiel noch nicht verloren geben. Doch vergeblich versprühte er all seinen Geist: Julie — dieses einzige Wesen, dem er zu gefallen wünschte — hörte ihm kaum zu. Sie dachte nur daran, daß Monsieur Darcy jetzt bald ins Zimmer treten müsse — der Mann, von dem ihre Phantasie nicht loskam, den sie schicklicherweise längst hätte vergessen sollen, und der seinerseits in all den Jahren wohl kaum je an sie gedacht hatte.

Draußen ertönte das Knirschen von Wagenrädern. Bald darauf öffnete sich die Tür des Salons.

«Da haben wir ihn endlich!» rief Madame Lambert.

Julie wurde blaß. Sie wagte den Kopf nicht zu erheben. Es durchfuhr sie eiskalt, und sie mußte all ihre Kraft zusammennehmen, um den Major Châteaufort ihre Erregung nicht merken zu lassen.

Darcy küßte der Dame des Hauses die Hand, unterhielt sich eine Weile stehend mit ihr und nahm dann an ihrer Seite Platz. Darauf wurde es plötzlich still im Saale: Madame Lambert schien, zur Vorbereitung der Szene des Wiedererkennens, eine Spannungspause eintreten lassen zu wollen. Châteaufort und die übrigen Herren (mit Ausnahme des guten Majors Perrin) beobachteten Darcy mit eifersüchtigem Interesse. Ein Mann, der geradenwegs von Konstantinopel kam, hatte einen bedeutenden Vorsprung vor ihnen allen, und somit hielten die Herren es für geraten, jene abgezirkelte Verschlossenheit zu affektieren, wie sie den Fremdlingen häufig zuteil wird. Darcy, der diesem Verhalten keine Beachtung schenkte, brach das Schweigen, indem er irgend etwas Konventionelles über das Wetter oder die Reize der Landschaft hinwarf. Seine Stimme klang weich und melodisch. Madame de Chaverny wagte es, aufzublicken: sie sah Darcy im Profil. Er schien ihr magerer geworden, sein Ausdruck tief verändert . . . Im ganzen gefiel er ihr.

«Mein lieber Darcy», sagte Madame Lambert, «schauen Sie doch ein wenig in die Runde, und erspähen Sie, ob Ihnen nicht vielleicht eine alte Bekanntschaft in die Augen falle.»

Darcy wandte den Kopf und entdeckte Madame de Chaverny, die sich bis jetzt unter ihrem Hut verborgen gehalten hatte. Mit einem Ausruf des Erstaunens erhob er sich und ging, eine Hand weit vorstreckend, auf sie zu. Dann, als ob eine solche Bewegung ihm allzu vertraulich erschienen wäre, blieb er plötzlich stehen, grüßte Julie mit ehrerbietiger Verneigung und sprach ihr mit angemessenen Worten seine Freude über das Wiedersehen aus. Julie stammelte eine höfliche Erwiderung. Doch wie sie gewahrte, daß Darcy immer noch vor ihr stand und sie eindringlich betrachtete, errötete sie heiß.

Immerhin gewann sie rasch ihre Geistesgegenwart zurück und begann nun ihrerseits, ihn mit jenem halb forschenden, halb zerstreuten Blick zu mustern, über den die Angehörigen der «Gesellschaft» jederzeit verfügen. Er war ein hochgewachsener, blasser junger Mann; seine Miene war ruhig — aber diese Ruhe schien sich weniger aus einem ungestörten Gleichgewicht der Seele als vielmehr aus angespannter Selbstbeherrschung ergeben zu haben. Tiefe Furchen zogen sich über seine Stirn. Die Augen waren eingesunken, die Mundwinkel herabgezogen, und an den Schläfen lichtete sich das Haar. Und dabei hatte er das Kap des dreißigsten Jahres kaum hinter sich gelassen! . . . Darcy war unauffällig gekleidet, mit jenem selbstverständlichen Geschmack der großen Welt und zugleich mit einer Nonchalance, die dem von vielen jungen Leuten so inbrünstig gepflegten Gebiet des äußeren Aussehens nur geringen Wert beimißt. Alle diese Beobachtungen berührten Julie sympathisch. Es entging ihr auch nicht, daß seine Stirn eine ziemlich lange, von einer Haarsträhne nur halb verdeckte Narbe trug, die von einem Säbelhieb herzurühren schien.

Julie saß neben Madame Lambert. Zwischen ihr und Châteaufort war ein Stuhl frei. Sobald Darcy aufgesprungen war, hatte Châteaufort eine Hand auf die Lehne dieses Stuhles gelegt, ihn schräggekippt und seitdem in der Schwebe gehalten. Es war unverkennbar, daß er ihn für sich beanspruchen und «bewachen» wollte, gleichwie der Gärtnerhund beim Haferkasten Schildwache steht. Madame Lambert erbarmte sich des immer noch stehenden Darcy und machte auf dem Sofa, auf dem sie saß, neben sich Platz für den jungen Diplomaten, der somit an die Seite von Madame de Chaverny kam. Und er benutzte diese Nachbarschaft, um ein ausführliches Gespräch mit Julie zu beginnen.

Indessen gedachten Madame Lambert und

die anderen Damen ihn keineswegs freizugeben; sie wollten es sich nicht nehmen lassen, eine regelrechte Inquisition über seine exotischen Erlebnisse mit ihm anzustellen. Darcy suchte sich so lakonisch wie möglich aus dieser Affäre zu ziehen und ergriff jede sich bietende Möglichkeit, um seine Privatunterhaltung mit Madame de Chaverny wieder aufzunehmen.

Die Glocke des Hauses tat kund, daß das Diner beginnen solle.

«Führen Sie Madame de Chaverny zu Tisch!» sagte Madame Lambert zu Darcy.

Châteaufort biß sich auf die Lippen, wußte es jedoch so einzurichten, daß er einen Platz in der Nähe von Julie erhielt, so daß er sie unauffällig im Auge behalten konnte.

9

Da der Abend warm und schön war, so begab man sich nach dem Diner in den Garten, wo, rund um einen ländlichen Tisch, der schwarze Kaffee serviert wurde.

Mit wachsendem Unwillen gewahrte Châteaufort die respektvollen Aufmerksamkeiten, deren Darcy sich gegenüber Madame de Chaverny befleißigte; und noch mehr verdroß ihn das unverkennbare Interesse, das Julie seiner Unterhaltung entgegenbrachte. Diese quälenden Beobachtungen machten ihn selbst immer weniger liebenswürdig; seine Eifersucht hatte die Wirkung, alle gefälligen Qualitäten, über die er verfügen mochte, gründlich zu zerstören. Allmählich ward es ihm unmöglich, sich still an seinem Platz zu halten, und so schlenderte er denn nervös durch den Garten, bald die dunklen Wolken betrachtend, die am Horizont aufstiegen und ein Gewitter anzukündigen schienen, bald den verhaßten Rivalen, der immer noch leise und vertraulich mit Julie plauderte. Er sah sie lächeln, dann wieder ernsthaft werden, bisweilen scheu die Augen niederschlagen; kurz: er bemerkte, daß jedes von Darcy gesprochene Wort ihrer tiefen Anteilnahme begegnete. Und was ihn am meisten aufwühlte, war die Entdeckung, daß Julies wechselndes Mienenspiel einen genauen Abglanz und Widerschein bildete von Darcys eigener ausdrucksvoll-beweglicher Physiognomie.

Schließlich vermochte er das Martyrium nicht länger zu ertragen; er näherte sich der so qualvoll Angebeteten, beugte sich über die Lehne ihres Stuhles und sagte — in einem Augenblick, wo Darcy sich der Neugier einer Fragerin, die über den Bart des Sultans informiert sein wollte, nicht zu entziehen vermochte — bitteren Tones zu Madame de Chaverny:

«Madame, es hat den Anschein, als ob Monsieur Darcy ein recht angenehmer Gesellschafter wäre.»

«Allerdings!» bestätigte Julie mit einem unwillkürlichen Ausdruck von Entrücktheit.

«Ja, es muß wohl so sein; denn er läßt Sie Ihre alten Freunde vergessen.»

«Meine alten Freunde?!» erwiderte Julie kalt; «ich weiß nicht, wen Sie damit meinen.» Sie wandte ihm den Rücken und griff nach einem Zipfel des Taschentuches, das Madame Lambert in der Hand hielt:

«Welch entzückende Stickerei! Welch auserlesener Geschmack!»

«Finden Sie, meine Liebe? ... Das ist ein Geschenk von Monsieur Darcy; er hat mir ein ganzes Dutzend solcher gestickter Tüchlein aus Konstantinopel mitgebracht. — Sagen Sie übrigens, Darcy: war es vielleicht Ihre Türkin, die diese Kunstwerke geschaffen hat?»

«Meine Türkin?! ... Welche Türkin?»

«Na, jene wunderschöne Sultanin, der Sie das Leben gerettet haben, und die Ihnen dafür den Beinamen ... oh, wir wissen alles! ... den Beinamen ... na, kurz: den Namen eines ‚Erlösers' gegeben hat; die türkische Bezeichnung muß Ihnen ja geläufig sein.»

Lachend schlug Darcy sich auf die Stirn.

«Ist es möglich», rief er, «daß die Sage von meinem Mißgeschick schon bis nach Paris gedrungen ist?»

«Aber es war doch absolut kein Mißgeschick dabei! Oder höchstens für jenen würdevollen Türken, dem bei der Affäre seine Favoritin abhanden gekommen ist!»

«Es scheint so», erwiderte Darcy, «als ob Ihnen nur die Hälfte der Geschichte berichtet worden wäre. Dieses Abenteuer war für mich nicht weniger peinlich als das mit den Windmühlenflügeln für den armen Don Quijote.

Soll wirklich der einzige Narrenstreich, in dem ich die Rolle des irrenden Ritters gespielt habe — nachdem er von unseren Landsleuten in der Türkei schon weidlich belacht worden ist —, mich auch noch in Paris lächerlich machen?!»

«Aber davon wissen wir ja gar nichts! Erzählen Sie doch!» riefen alle Damen gleichzeitig.

«Es wäre vielleicht besser», erwiderte Darcy, «wenn wir es bei dem Ihnen schon bekannt gewordenen Teil des — für mich so unliebsamen — Melodramas bewenden ließen. Aber da einer meiner Freunde, Sir John Tyrrel, der bei dieser Tragikomödie mitgewirkt hat, demnächst nach Paris kommt — darf ich ihn gelegentlich zu Ihnen mitbringen, Madame? — und sich das boshafte Vergnügen leisten könnte, mir eine noch lächerlichere Rolle zuzuweisen, als ich sie in Wirklichkeit gespielt habe, so will ich den weiteren Verlauf der Sache kurz berichten. Also: nachdem jene unglückliche Frau im französischen Konsulat untergebracht worden war ...»

«Aber erzählen Sie doch alles hübsch von Anfang an!» rief Madame Lambert.

«Den Anfang kennen Sie doch!»

«Wir kennen nichts; und wir wollen, daß Sie uns die Sache von Anfang bis zu Ende in aller Ausführlichkeit berichten!»

«Nun gut, meine Damen! ... Im Jahre 1828 lebte ich in Larnaca. Eines Tages unternahm ich einen kleinen Ausflug in die Umgebung der Stadt, um zu zeichnen. In meiner Gesellschaft befand sich ein junger Engländer, Sir John Tyrrel, ein braver, liebenswürdiger Junge, einer von jenen angenehmen Begleitern, deren gute Laune unversieglich ist und die nie vergessen, einen ebenso reichlichen wie schmackhaften Mundvorrat mitzunehmen. Im übrigen wanderte er planlos durch die Welt, und sowohl Botanik wie Geologie — diese beiden Wissenschaften, die einen Reisegefährten so unerträglich machen können — waren ihm absolut gleichgültig.

Ich saß im Schatten eines alten Gemäuers, etwa zweihundert Schritt von der in dieser Region steil zum Meere abfallenden Felsenküste, und war eifrig dabei, in meiner Zeichnung die Überbleibsel eines verfallenen Grabmals festzuhalten. Sir John hatte es sich unterdessen im Grase bequem gemacht, schmauchte einen deliziösen Tabak und spottete über meine überflüssigen Kunstbemühungen. Ein in unseren Diensten stehender Dragoman bereitete uns den Kaffee. Er war der beste Kaffeesieder der Türkei und dabei der größte Feigling, dem ich je begegnet bin.

Plötzlich rief der Engländer freudig:

‚Da kommen Leute mit Eis von den Bergen herunter; wir wollen ihnen welches abkaufen und uns einen kühlenden Orangensorbett zurechtmachen!‘

Ich hob die Augen und sah einen Esel auf uns zukommen. Quer über seinen Rücken war ein großes, längliches Bündel befestigt, dessen Enden von je einem Sklaven gehalten wurden.

Voran schritt, das Tier am Halfterband führend, der Eselmann, und den Schluß des Zuges bildete, hoch zu Roß, ein weißbärtiger, ehrwürdig dreinschauender Türke. Diese Prozession kam langsam, mit einer gewissen Feierlichkeit, näher.

Unser Dragoman warf, unbeirrt ins Feuer blasend, einen Seitenblick auf die Last des Esels und erklärte dann mit sonderbarem Lächeln: ‚Das ist kein Eis.'

Darauf wandte er sich phlegmatisch zu seiner Kaffeewirtschaft zurück.

‚Was ist es denn?' fragte Tyrrel. ‚Vielleicht etwas zu essen?'

‚Ja, für die Fische!' antwortete der Türke.

In diesem Augenblick setzte der Berittene sich, dem Meere zu, in Galopp. Als er an uns vorbeikam, warf er uns einen jener verächtlichen Blicke zu, wie Muselmänner ihn für Christen bereitzuhalten pflegen. Er trieb sein Pferd bis hart an den felsigen Rand der Küste. Bei der steilsten, abschüssigsten Stelle machte er halt, blickte zum Wasser hinunter und schien den Platz auszusuchen, der am besten geeignet wäre, sich in die Tiefe zu stürzen.

Wir begannen inzwischen das auf den Eselrücken geschnürte Bündel aufmerksamer zu betrachten. Die seltsame Form dieses Sackes erweckte unseren Verdacht. Alle Geschichten, in denen morgenländische Frauen von eifersüchtigen Ehemännern ertränkt worden waren, kamen uns in den Sinn. Wir teilten uns diese

Gedanken gegenseitig mit, und Sir John sagte zu unserem Kaffeebereiter:

‚Frag doch die Spitzbuben, ob nicht vielleicht eine Frau darin ist — in dem Paket, das sie da transportieren!'

Der Türke machte entsetzte Augen, öffnete aber den Mund nicht; unsere Frage mochte ihm durchaus ungehörig erscheinen.

In diesem Augenblick befand sich der Esel ganz in unserer Nähe, und wir konnten deutlich sehen, wie der Sack sich bewegte; ja, wir vernahmen sogar ein Stöhnen oder Seufzen, das aus der Leinwandhülle hervordrang.

Tyrrel — der nicht nur ein Feinschmecker, sondern auch eine sehr ritterliche Natur war — sprang wild in die Höhe, lief auf den Eselführer zu und fragte ihn in englischer Sprache (der Zorn hatte ihm die Überlegung geraubt), was sich in dem Sack befinde und was man damit vorhabe. Der Eselmann hielt es für das beste, mit keiner Silbe zu antworten. Aber der Sack bewegte sich immer heftiger, und Schreie einer Frau wurden hörbar. Woraufhin die beiden Sklaven mit ihren (dem Antreiben des Esels dienenden) Riemen wütend auf den Sack einschlugen. Nun vermochte Tyrrel sich nicht länger zu halten. Mit einem wohlgezielten Faustschlag streckte er den Eselführer zu Boden und packte den einen der beiden Sklaven an der Gurgel. Der Sack, in diesem Wirrwarr aus dem Gleichgewicht geratend, fiel schwer zu Boden.

Ich lief hinzu. Der zweite Sklave raffte Steine

zusammen. Der Eselführer war wieder aufgesprungen. Obwohl es mir niemals sympathisch gewesen ist, mich in die Händel anderer Leute zu mischen, so mußte ich meinem Gefährten doch selbstverständlich zu Hilfe kommen. Ich riß den Pflock aus der Erde, der, wenn ich im Freien zeichnete, meinen Sonnenschirm zu halten bestimmt war, und schwang ihn mit möglichst kriegerischen Gebärden gegen die Sklaven und den Eselmann. Das ging so lange ganz gut, bis, durch den Lärm aufmerksam gemacht, jener berittene, den Felsenrand untersuchende Teufel sich umwandte und auf seinem Roß wie ein Blitz auf uns zugeschossen kam. Ehe wir uns dessen versehen konnten, war er schon da und zückte ein ganz infames Messer gegen uns, eine Art Haubajonett mit gekrümmter, zweischneidiger Klinge . . .»

«Einen Yatagan?» fragte Châteaufort, der für Lokalkolorit eingenommen war*.

«Einen Yatagan», bestätigte Darcy lächelnd. «Er kam auf mich losgeritten und versetzte mir mit diesem Instrument einen Hieb über die Stirn, so wohlgemeint, daß ich die Sterne am Himmel tanzen zu sehen glaubte. Immerhin behielt ich Besinnung genug, um, zur Erwiderung, meinen Pflock in die Rippen des Orientalen zu stoßen. Ich war jetzt noch zehnmal wütender als der Engländer und fuchtelte mit meiner Waffe auf Eselführer, Sklaven, Roß und

* Anspielung auf damalige Diskussionen über die Frage, ob Werke der Literatur und Kunst sich einer genauen Wiedergabe der Lokalfarbe, d. h. der Sitten und Gebräuche eines Landes, befleißigen sollten.

Reitersmann los. Dennoch stand die Sache keineswegs günstig für uns. Unser Dragoman verhielt sich neutral; und mit einem einzigen Stock konnten wir uns auf die Dauer nicht gegen drei Infanteristen, einen Kavalleristen und einen Yatagan verteidigen. Da entsann sich Sir John Tyrrel zu unserem Glück, daß er ja, für alle Fälle, ein Paar Pistolen mitgenommen hatte. Er zog sie hervor, warf mir eine derselben zu und begann mit der anderen auf den gefährlichen Kavalier anzulegen. Der Anblick dieser Waffen und das leichte Knacken der Hähne wirkte auf unsere Feinde mit magischer Gewalt. Schmählich ergriffen sie die Flucht, uns als unbeschränkte Herren des Schlachtfeldes, des Sackes und sogar des Esels zurücklassend. Trotz unserer Erbitterung hatten wir kein Feuer gegeben — und das war gut; denn einen ehrenwerten Muselman tötet man nicht ungestraft, und selbst das Verhauen eines solchen ist eine recht kostspielige Sache.

Als ich mir die Stirn ein bißchen abgewischt hatte, war, wie Sie sich denken können, unsere erste Sorge das Aufbinden des verhängnisvollen Sackes. Wir fanden darin eine ganz hübsche, etwas angefettete Frau mit schönen schwarzen Haaren; bekleidet war sie nur mit einem hellblauen Hemd, das nicht ganz so durchsichtig war wie der Shawl von Madame de Chaverny.

Ohne merkliche Verlegenheit kroch sie behende aus der Verpackung und hielt uns eine Ansprache, die gewiß tief empfunden war, von der wir aber kein Wort verstanden. Zum Schluß küßte sie mir die Hand — übrigens, meine Damen, das einzige Mal, daß solche Ehre mir seitens einer Frau zuteil geworden ist.

Doch nun galt es, kühl zu überlegen, was weiter zu tun sei. Unser Dragoman raufte sich verzweifelt den Bart. Ich verband mir, so gut es ging, den Kopf mit einem Taschentuch. Tyrrel sagte:

‚Was zum Teufel sollen wir mit diesem Weibe anfangen?... Falls wir hier bleiben, gewinnt der Gemahl Zeit, mit verstärkter Macht zurückzukommen und uns totzuschlagen. Falls wir mit Frau und Esel in Larnaca einziehen, werden wir vom Pöbel dieser guten Stadt unfehlbar gesteinigt werden... Wie konnten Sie auch nur auf die verfluchte Idee kommen, Darcy, gerade heute in freier Luft zeichnen zu wollen?!'

Diese Frage brachte mich zum Lachen; und die Frau, die kein Wort verstanden hatte, lachte mit.

Wir mußten jedoch einen Entschluß fassen. Nach ausgiebigem Nachdenken hielt ich es für das Geratenste, daß wir uns alle drei unter den Schutz des französischen Konsuls stellten. Wie aber sollten wir in die Stadt zurückgelangen? Glücklicherweise brach die Abenddämmerung herein. Unser Dragoman kannte alle Seitenpfade und Umwege nach Larnaca, und dank seiner Führung und der Dunkelheit erreichten wir unbehelligt das — etwas außerhalb der Stadt gelegene — Haus des Konsuls. Übrigens hatten wir der Frau aus dem Sackleinen und dem Turban des Dragomans ein halbwegs schickliches Kostüm zurechtgemacht.

Der Konsul empfing uns sehr ungnädig. Er behauptete, wir seien Dummköpfe, die sich nicht in die Sitten und Gebräuche eines fremden Volkes zu finden wüßten; man dürfe sich nicht in anderer Ehestreitigkeiten einmischen usw. Kurz: er kanzelte uns gehörig ab, und damit hatte er ganz recht, denn das, was wir getan hatten, war kraß genug, um eine richtige Empörung zu entfesseln und das Leben sämtlicher auf der Insel Cypern wohnhafter Franzosen in Gefahr zu bringen.

Die Frau des Konsuls äußerte sich weniger diplomatisch; sie hatte viele sentimentale Romane gelesen und fand unser Verhalten sehr edelmütig (und wir hatten uns wirklich wie vorschriftsmäßige Romanhelden benommen). Diese ausgezeichnete Dame war ungemein gottesfürchtig; sie meinte, es werde ihr ein leichtes sein, die ihr von uns zugeführte Heidin zum Christentum zu bekehren; dieser Konversion werde dann im *Moniteur universel*, dem Regierungsblatt, rühmende Erwähnung getan werden, und ihr Gemahl werde alsbald seine Beförderung zum Generalkonsul erhalten. Der ganze Plan entstand blitzschnell in ihrem Hirn. Sie umarmte die Türkin, gab ihr ein Kleid, schmähte den Konsul wegen seiner Hartherzigkeit und schickte ihn zum Pascha, um die Sache beizulegen.

Der Pascha geriet in große Wut. Jener eifersüchtige Ehemann war eine gewichtige Persönlichkeit und spie Feuer und Flamme. Es sei eine Schande, erklärte er, daß Christenhunde sich erlaubten, einen Mann wie ihn verhindern zu wollen, seine Sklavin ins Meer zu werfen. Der Konsul sah sich in schlimmer Lage; er sprach viel von seinem königlichen Herrn und noch mehr von einer mit sechzig Kanonen ausgerüsteten Fregatte, die gerade in die Gewässer von Larnaca eingelaufen war. Eine weit größere Wirkung indessen erzielte der in unserem Namen von ihm gemachte Vorschlag, die Sklavin zu ihrem vollen Werte bezahlen zu wollen.

Oh, wenn Sie wüßten, was ein Türke unter dem ‚vollen Werte' versteht! Wir mußten den Ehemann bezahlen, wir mußten den Pascha bezahlen, wir mußten den Eseltreiber (dem Tyrrel zwei Zähne eingeschlagen hatte) entschädigen, wir mußten eine Buße bezahlen für den Skandal im ganzen, wir mußten Buße erlegen für alles und jedes!

Und immer wieder klagte Tyrrel wehmutsvoll:

‚So geht es einem, wenn man dumm genug ist, am Meeresstrande zeichnen zu wollen!'»

«Das war allerdings eine Katastrophe, mein armer Darcy», rief Madame Lambert. «Und bei dieser Gelegenheit haben Sie Ihre schreckliche Narbe bekommen?! Zeigen Sie sie doch einmal genauer, nehmen Sie doch die Haarwelle ein wenig zurück! ... Es ist ein wahres Wunder, daß man Ihnen den Schädel nicht ganz eingeschlagen hat!»

Julie hatte während der Erzählung ihren Blick nicht von der Stirn des Sprechenden abgewandt. Mit schüchterner Stimme fragte sie jetzt:

«Und was ist aus der Frau geworden?»

«Ja, das ist ein Nachspiel, das ich am liebsten mit Schweigen übergehen möchte! Die Sache hatte einen so peinlichen Schlußeffekt, daß dortzulande der Fluch der Lächerlichkeit wohl unauslöschlich an mir haften bleiben wird.»

«War sie hübsch, diese Frau?» fragte Madame de Chaverny mit leichtem Erröten.

«Wie hieß sie?» erkundigte sich Madame Lambert (wobei sie vergaß, daß Madame Dumanoir den Namen der Türkin schon genannt hatte).

«Sie hieß Emineh.»

«Hübsch?...»

«Ja, sie war ganz hübsch, aber zu fett und, wie es in der Türkei üblich ist, übertrieben geschminkt. Es bedarf längerer Gewöhnung, um die Reize einer türkischen Schönheit richtig zu würdigen. Emineh wurde in das Haus des Konsuls aufgenommen. Sie stammte aus Mingrelien und erklärte der Konsulsfrau, sie sei eine Fürstentochter. In jenen Gegenden hat jeder Spitzbube, der über zehn andere Spitzbuben gebietet, den Rang eines Fürsten. Man behandelte sie somit als Prinzessin; sie speiste an der Familientafel und entwickelte einen enormen Appetit. Wenn man ihr jedoch von religiösen Dingen zu sprechen begann, schlief sie sofort ein.

Das ging eine Zeitlang ganz gut, bis der Tag der Taufe angesetzt wurde. Madame C... ernannte sich selbst zur Patin und wünschte, daß ich als Taufzeuge fungieren sollte. Bonbonnièren, galante Geschenke und alles, was sonst dazu gehört! Es stand wohl in den Sternen geschrieben, daß diese unselige Emineh mich völlig zugrunde richten sollte! Madame C... behauptete, Emineh liebe mich mehr als Tyrrel, weil sie, wenn sie mir den Kaffee serviere, ihn regelmäßig über meinen Anzug ausgieße. Mit der Zerknirschung eines Säulenheiligen bereitete ich mich auf den Akt der Taufe vor. Am Vorabend der heiligen Handlung jedoch war die schöne Emineh plötzlich verschwunden... Muß ich alles berichten? Der Konsul hatte einen georgischen Koch, der sicherlich ein großer Schuft war, dessen Pilaw jedoch als unübertrefflich galt. In diesen Georgier hatte Emineh sich verliebt, und er entführte — auf Nimmerwiedersehen — nicht nur sie, sondern gleichzeitig ein hübsches Sümmchen aus dem konsularischen Geldschrank. Und so kostete dieses Abenteuer den Konsul sein Geld, die Frau Konsulin die Ausstattung, die sie für den Täufling angeschafft hatte, und mich eine Menge von Bonbonnièren, Handschuhen und sonstigen Festgaben — ganz abgesehen von der Schmarre, die ich davongetragen hatte.

Das schlimmste aber war, daß man mich, als Alleinschuldigen, für die ganze Affäre verantwortlich zu machen suchte. Man behauptete, nur ich sei es gewesen, der dieses infame Weib (das ich auf den tiefsten Grund des Meeres verwünsche) befreit und der damit dem Konsul und seiner Frau soviel Mißhelligkeiten bereitet hätte. Tyrrel wußte sich geschickt aus der Klemme zu ziehen. Ihn (der doch den ganzen Zusammenstoß eigentlich veranlaßt hatte) ließ man als unschuldiges Opfer gelten, während mir eine häßliche Schramme und eine ebenso entstellende Don-Quijote-Reputation verblieben ist.»

Als Darcy seine Geschichte beendet hatte, begab die Gesellschaft sich in den Salon zurück. Darcy plauderte noch eine Weile mit Madame de Chaverny; dann mußte er sich von ihr trennen, weil die Dame des Hauses ihm einen Studenten der Nationalökonomie vorzustellen wünschte, der den Ehrgeiz hatte, Deputierter zu werden, und für seine Zwecke etlicher statistischer Angaben über das Ottomanische Reich zu bedürfen vermeinte.

10

Seitdem Darcy sie verlassen hatte, blickte Julie des öfteren auf die Kaminuhr. Zerstreut hörte sie dem Major Châteaufort zu; ihre Augen schweiften immer wieder zum anderen Ende des Salons, wo Darcy sich mit dem wißbegierigen Statistiker unterhielt. Mitten im Sprechen sah er bisweilen zu ihr hinüber, und sie vermochte seinen durchdringenden, wiewohl ruhigen Blick kaum zu ertragen. Sie fühlte, daß er schon eine ungewöhnliche Macht über sie gewonnen hatte; aber es erschien ihr angenehm, sich dieser Macht nicht zu entziehen.

Schließlich gab sie Anweisung, daß ihr Wagen vorfahre. Dabei flog — halb absichtlich, halb unbewußt — ein Blick zu Darcy hinüber, der sagen zu wollen schien: Wie schade um die halbe Stunde, die wir noch zusammen hätten verplaudern können!

Der Wagen war bereit. Darcy sprach noch immer; aber er schien von dem unermüdlichen Frager gelangweilt und ermüdet zu sein. Julie erhob sich, drückte Madame Lambert die Hand und wandte sich langsam dem Ausgange zu, überrascht und fast ärgerlich darüber, daß Darcy immer noch am selben Platze verblieb. Châteaufort hatte sich zu ihr gefunden; er bot ihr den Arm, den sie mechanisch nahm, ohne zu hören, was er sagte, ja, fast ohne seine Anwesenheit zu bemerken.

Sie durchschritt den Vorsaal, begleitet von Madame Lambert und einigen anderen Personen, die sich am Wagenschlag von ihr verabschiedeten. Darcy war im Salon geblieben. Als sie in ihrer Kalesche saß, fragte Châteaufort sie lächelnd, ob die Aussicht auf die einsame nächtliche Fahrt ihr keine Furcht errege; er selbst werde — so fügte er hinzu — ihr in seinem Tilbury folgen, sobald der Major Perrin seine Billardpartie beendet haben werde. Julie, ganz in Träumerei verloren, wurde erst durch den Ton seiner Stimme in die Wirklichkeit zurückgerufen, hatte aber von dem Sinn der Frage nichts verstanden. So tat sie denn das, was jede andere Frau in solcher Lage auch getan hätte: sie lächelte. Dann nickte sie den Gästen zu, die ihr von der Rampe des Schlosses nachblickten, und wurde von ihren schnellen Rossen entführt.

Doch in dem Augenblick, wo der Wagen sich in Bewegung setzte, hatte sie Darcy aus dem Salon treten sehen, bleich, mit trauriger Miene, die Augen so eindringlich zu ihr hingewandt, als ob er einen besonderen Abschiedsgruß von ihr erwartet hätte. Im Wegfahren bedauerte sie tief, daß die Gelegenheit zu solchem vertraulichem Zeichen verpaßt war, und sie fragte sich, ob er wohl gekränkt darüber sein möge. Daß er es einem anderen überlassen hatte, sie an den Wagen zu geleiten, war ihr schon ganz aus dem Sinne entschwunden, sodaß alles Unrecht bei ihr zu liegen schien und sie es sich vorwarf wie ein schweres Verbrechen. Die Empfindung, die sie nunmehr für Darcy hegte, war weit stärker als jene, von der sie einst — an dem Abend, wo sie falsch gesungen hatte — erfaßt gewesen war. Die mit den Jahren wachsende Eindrucksfähigkeit; die gegen ihren Ehemann aufgespeicherte Erbitterung; ja, vielleicht sogar das Training der halben Sympathie, die sie den Huldigungen des — jetzt völlig vergessenen — Majors Châteaufort gewährt hatte: das alles machte sie bereit und reif, sich ohne besondere Gewissensbisse der Neigung für Darcy zu überlassen.

Was Darcy selbst betraf, so waren seine Gedanken nicht so ernster Natur. Es war ihm eine Freude gewesen, die Bekanntschaft mit einer hübschen Frau, die ihn an glückliche Zeiten erinnerte, zu erneuern — eine Bekanntschaft, die, als Beigabe zu dem bevorstehenden Pariser Winter, vielleicht noch angenehme Stunden versprach. Als diese Frau seinen Blikken entschwunden war, blieb ihm nicht viel mehr als der Nachklang eines angenehm verplauderten Abends. Aber getrübt wurde seine Stimmung durch das Bewußtsein, vier geschlagene Stunden in einem peinlich rumpelnden Wagen verbringen zu müssen, bevor er endlich würde zu Bett gehen dürfen.

Überlassen wir den jungen Diplomaten seinen prosaischen Gedanken! Und beobachten wir nur noch, wie sorgsam er sich in seinen Mantel wickelt, um sich sodann in dem gemieteten Coupé so bequem einzurichten, wie es die Umstände irgend erlauben. Dann trübt sich seine Phantasie; sie schweift vom Salon der Madame Lambert nach Konstantinopel, von Konstantinopel nach Korfu und verliert sich schließlich in die Arabesken eines immer wieder abbrechenden Schlummers.

Wir aber wollen — falls es Ihnen gefällig ist, liebe Leserinnen und Leser! — uns danach umsehen, wie die Fahrt der Madame de Chaverny sich gestalten mag.

11

Als Julie das Schloß der Madame Lambert verließ, war es draußen völlig dunkel geworden. Die nächtliche Finsternis war undurchdringlich, die Atmosphäre schwer und erstikkend. Von Zeit zu Zeit erhellten Blitze die Landschaft und ließen, auf schwefelgelbem Grunde, schwarze Umrisse von Bäumen sichtbar werden. Nach jedem Blitz wurde die Dunkelheit nur um so tiefer, und der Kutscher vermochte die Köpfe seiner Pferde kaum mehr zu erkennen. Dann brach das Gewitter mit voller Macht los. Der Regen, zunächst nur in einzelnen, schweren Tropfen fallend, verwandelte sich in eine Sündflut. Rings stand der Himmel in Flammen, und ohrenbetäubend krachte der Donner. Die erschrockenen Pferde keuchten, sie bäumten sich hoch auf und kamen nicht weiter. Aber der Kutscher hatte vorhin ganz ausnehmend gut zu Nacht gegessen und getrunken, sein dichter carrick* — und besonders der reichlich konsumierte Wein — machten ihn unempfindlich für Wasserfluten und aufgeweichte Landstraßen. Erbarmungslos schlug er auf die armen Tiere ein, nicht minder verwegenen Mutes als dereinst der große Julius Cäsar, der in Sturm und Wetter zu dem verzagenden Fährmann sagte:

«*Du trägst den Cäsar und sein Glück!*»

Madame de Chaverny fürchtete sich nicht vor Gewittern. Sie achtete der Donner und

* englischer Kutscherrock mit mehreren mantelartigen Kragen

der Blitze kaum. Sie rief sich alles, was Darcy zu ihr gesagt hatte, ins Gedächtnis zurück und bereute nur, ihm hundert Dinge, die sie ihm hätte sagen können, nicht gesagt zu haben —: da, plötzlich, wurden ihre Meditationen durch einen heftigen Ruck unterbrochen. Die Wagenfenster zersprangen in tausend Scherben, und unheilverkündend krachte das Gefüge des Fahrzeuges. Halb schwebend hing die Kalesche im Straßengraben: ein Rad war gebrochen. Die Insassin kam glücklicherweise mit dem bloßen Schrecken davon. Aber mit ungemilderter Kraft prasselte der Regen weiter. Die Lichter des Wagens waren erloschen, und selbst beim Schein der Blitze war weit und breit kein Haus, in dem man ein Obdach hätte suchen können, zu erblicken. Der Kutscher fluchte; der Bediente schimpfte auf die Ungeschicklichkeit des Kutschers. Julie blieb im Wagen sitzen und fragte die beiden, ob man vielleicht irgendwie nach Partigny zurückkönne, oder was sonst zu tun sei. Doch auf alle ihre Fragen erhielt sie nur die deprimierende Auskunft:

«Nichts zu machen!»

Mittlerweile wurde das Geräusch eines sich nähernden Gefährtes hörbar, und Julies Kutscher erkannte, zu seiner Freude, auf dem Bock des herankommenden Wagens den Kollegen, mit dem er sich vorhin, in Madame Lamberts Bedientenstube, so weinkennerisch angefreundet hatte. Aufgeregt rief er ihm zu, er solle seinen Karren anhalten.

Das Kabriolett hielt. Kaum hatte Julies

Rosselenker den Namen seiner Herrin genannt, als — mit dem Rufe: «Ist sie verwundet?» — ein junger Mann hervorsprang und auf das verunglückte Vehikel zueilte.

Julie erkannte Darcy: sie hatte ihn erwartet. In der Dunkelheit fanden sich die Hände der beiden. Darcy glaubte zu spüren, daß Madame de Chaverny die seine mit besonderer Wärme ergriff; aber das war wohl nur eine Folge des ausgestandenen Schreckens.

Es braucht kaum erwähnt zu werden, daß Darcy, über die Sachlage unterrichtet, der Dame seinen Wagen zur Verfügung stellte. Julie, unschlüssig, antwortete nicht sofort. Falls man die Fahrt nach Paris fortsetzte, standen ihr drei bis vier Meilen engen Zusammenseins mit einem jungen Manne bevor; falls sie jedoch, um Gastfreundschaft bittend, wieder bei Madame Lambert erschien, hätte sie den noch im Salon versammelten Gästen das ganze Abenteuer des verunglückten Wagens und der von Darcy gebrachten Hilfe haarklein erzählen müssen. Mitten in die Whistpartie hineinzuplatzen, von Monsieur Darcy gerettet, ganz wie einst das dralle Türkenweib — nein, das war ein Ding der Unmöglichkeit! . . . Doch nicht minder unmöglich erschienen ihr die drei langen Meilen bis Paris!

So verharrte sie zögernd und murmelte einige banale Worte über die Ungelegenheit, die sie verursache. Darcy jedoch, der in der Tiefe ihres Herzens zu lesen schien, sagte kühl:

«Nehmen Sie meinen Wagen, Madame; und ich warte in dem Ihrigen, bis vielleicht jemand vorbeikommt, der mich nach Paris mitnimmt.»

Um nicht spröde zu erscheinen, erklärte Julie sich mit dem ersten Vorschlag einverstanden, nicht aber mit dem zweiten. Bei der Eile, in der dieser Entschluß gefaßt wurde, hatte sie nicht einmal Zeit gefunden, zu entscheiden, ob man nach Partigny zurückfahren oder den Weg nach Paris fortsetzen solle. Schon saß sie in Darcys Coupé, eingehüllt in seinen Mantel, den er ihr dienstfertig umlegte; und hurtig trotteten die Rosse nun in der Richtung nach Paris. Keinen Gedanken hatte sie darauf verwendet, zu überlegen, wohin die Reise eigentlich gehen solle; ihr Bedienter hatte für sie gewählt, indem er dem Kutscher die Adresse seiner Herrin angab.

Die Unterhaltung ließ sich ziemlich unbehaglich an. Darcys Stimme klang schroff und schien eine gewisse Gereiztheit zu verraten. Julie kam auf den Gedanken, ihr unschlüssiges Wesen habe sein Mißfallen erregt, er halte sie wohl für ein Musterexemplar der Zimperlichkeit. Sie befand sich schon so sehr unter dem Einfluß dieses Mannes, daß sie sich die lebhaftesten Vorwürfe machte und nur noch darauf bedacht war, Darcys Verdruß — dessen sie sich selbst beschuldigte — zu zerstreuen. Darcys Kleidung war völlig durchnäßt. Julie bemerkte es, und den ihr umgelegten Mantel wieder von der Schulter reißend, verlangte sie, daß er ihn wiedernehmen solle. Es entspann sich ein edler Wettstreit, der, kompromißlich genug, damit endete, daß jedes eine Hälfte des Mantels für sich bekam. Diese große Unklugheit wäre von Julie niemals begangen worden, wenn sie nicht ihr anfängliches Zögern in bezug auf das Arrangement der Wagenfahrt in Vergessenheit hätte bringen wollen!

Die beiden saßen nun so eng nebeneinander, daß Julie Darcys warmen Atem auf ihrer Wange spürte. Manchmal verminderte das Rütteln des Wagens den Abstand noch mehr.

«Dieser Mantel, der uns beide einhüllt», sagte Darcy, «erinnert mich an unsere Theaterspielerei von früher. Wissen Sie noch, wie Sie meine Virginie waren und wie wir zusammen unter dem Mäntelchen Ihrer Großmutter steckten?»

«Ja; und ich erinnere mich auch an den derben Verweis, den sie mir dafür gab.»

«Oh», rief Darcy, «das war eine glückliche Zeit! Wie oft habe ich mit Wehmut an die schönen Abende der Rue Bellechasse zurückgedacht! Wissen Sie auch noch, welch herrliche Geierflügel Ihnen mit rosa Bändern an die Schultern gebunden wurden und welch kunstvollen Schnabel ich Ihnen aus Goldpapier fabriziert hatte?»

«O ja», antwortete Julie: «Sie waren Prometheus und ich der Geier ... Was für ein gutes Gedächtnis Sie haben! Wie konnten Sie nur alle diese Kindereien behalten! Es ist ja schon eine Ewigkeit her, daß wir uns zuletzt gesehen haben!»

«Wünschen Sie etwa ein Kompliment von mir zu hören?» fragte Darcy lächelnd und sich dabei vorbeugend, als ob er ihr gerade ins Gesicht sehen wolle.

Dann, ernsteren Tones:

«Es ist doch wahrhaftig kein Wunder, daß ich den schönsten Stunden meines Lebens ein gutes Angedenken bewahrt habe!»

«Sie hatten ein besonderes Talent für diese kleinen dramatischen Szenen!» sagte Julie, die zu fürchten begann, daß das Gespräch zu sehr ins Sentimentale übergreife.

«Wünschen Sie vielleicht, daß ich Ihnen einen weiteren Beweis für die Zuverlässigkeit meines Gedächtnisses gebe?» hub Darcy wieder an. «Erinnern Sie sich auch an die ‚Heilige Allianz', die wir im Salon der Madame Lambert miteinander schlossen? Wir versprachen uns, über das ganze Universum Böses zu sagen, uns selbst jedoch wechselseitig in Schutz zu nehmen gegen alle und jeden ... Leider hatte unser Vertrag das Schicksal der meisten solchen Verträge: er ist niemals in Kraft getreten.»

«Was wissen Sie davon?»

«Oh, ich kann mir leicht denken, daß Sie nicht oft Gelegenheit hatten, mich zu verteidigen! Denn welches müßige Hirn hätte je darauf verfallen sollen, des Abwesenden Erwähnung zu tun?»

«Sie zu verteidigen ...: nein; aber mit Ihren Freunden über Sie zu plaudern ...»

«Ach, meine Freunde!» rief Darcy mit einem melancholischen Lächeln: «ich hatte doch kaum welche! Die jungen Leute, die im Salon Ihrer Frau Mutter verkehrten, haßten mich — ich weiß nicht recht, aus welchem Grunde; und die Damen bekundeten nicht das geringste Interesse für den simplen Herrn Attaché aus dem Ministerium der Auswärtigen Angelegenheiten.»

«Weil Sie Ihrerseits nicht das geringste Interesse für besagte Damen bekundeten!»

«Das ist allerdings wahr! Ich habe nie das Talent gehabt, gegenüber Personen, die mir keine Sympathie einflößten, den Liebenswürdigen zu spielen.»

Wenn die Dunkelheit Julies Miene hätte erkennen lassen, so würde Darcy bemerkt haben, daß bei diesen Worten — denen sie einen von dem Sprechenden vielleicht nicht beabsichtigten Sinn unterschob — ein tiefes Rot über die Wangen der jungen Frau hinflutete.

Doch wie es sich damit auch verhalten mochte: Julie hielt es für geraten, diese beiderseits allzutreu bewahrten Reminiszenzen nicht weiter zu verfolgen und Monsieur Darcy lieber auf das Thema seiner orientalischen Erlebnisse zurückzuführen — ein Schachzug, durch den sie selbst des Sprechens für eine Weile enthoben zu sein hoffte. In der Tat: das ist ein Kunstgriff, der bei Leuten, die lange im Auslande gereist sind, fast immer verfängt.

«Wieviel Interessantes Sie doch erlebt haben müssen!» sagte Madame de Chaverny. «Und wie leid tut es mir, daß ich noch nie etwas von der Welt zu sehen bekommen habe!»

Aber Darcy war jetzt nicht in erzählerischer Laune.

«Wer war der schnurrbärtige junge Mann», fragte er plötzlich, «der im Salon so eifrig mit Ihnen sprach?»

Julie errötete noch tiefer als vorhin.

«Das war ein Freund meines Mannes», antwortete sie, «ein Offizier von seinem Regiment ... Man sagt», fuhr sie fort, abermals östliche Sphären zu erreichen suchend, «daß, wer einmal unter dem ewig blauen Himmel des Orients gelebt hat, die Rückkehr in andere Gegenden kaum noch erträgt!»

«Er hat mir gründlich mißfallen; ich weiß eigentlich nicht, warum ... Ich spreche jetzt von dem Freunde Ihres Gemahls, nicht von dem blauen Himmel ... Und was letzteren betrifft, so möge Gott Sie davor bewahren, Madame! Man bekommt seine blaue Eintönigkeit bald dermaßen satt, daß einem der griesgrämigste Pariser Nebel als ein feenhaftes Traumbild vor Augen steht! Wirklich, nichts ist irritierender als diese unwandelbare Heiterkeit! Und mit welcher — stets wieder enttäuschten — Ungeduld ersehnt man das Auftauchen einer einzigen grauen Wolke!»

«Und doch sind Sie recht lange unter diesem so ‚unerträglich' strahlenden Himmel geblieben!»

«Aber, Madame, was hätte ich anderes tun sollen?! Wenn ich meiner inneren Neigung hätte folgen dürfen, so wäre ich — nach Befriedigung der den Orientwundern nun einmal gebührenden Neugier — gewiß rasch genug in die Gegend der Rue Bellechasse zurückgekehrt!»

«Vielleicht würde mancher Reisende, wenn er ebenso aufrichtig wäre wie Sie, sich ähnlichen Heimwehs bezichtigen!... Wie verbringt man denn nun in Konstantinopel und den übrigen Städten des Orients seine Tage?»

«Es gibt dort, wie überall in der Welt, verschiedene Manieren, die Zeit totzuschlagen. Die Engländer trinken; die Franzosen spielen; die Deutschen rauchen; und einige Leute von Geist klettern zur Abwechslung auf die Dächer, um von dort die Schönen des Landes zu beäugeln — ein Vorwitz, der gelegentlich durch einen wohlgezielten Flintenschuß in die Rippen belohnt wird.»

«Diesem letzteren Amüsement gaben Sie vermutlich den Vorzug?»

«Keineswegs, Madame!... Ich habe meine Zeit mehr damit hingebracht, Griechisch und Türkisch zu lernen, und bin durch diesen Eifer zur lächerlichen Figur geworden. Wenn ich mit der Redaktion der Botschaftsdepeschen fertig war, so nahm ich bisweilen auch meine Zeichnungen vor, ritt zu den Süßen Wassern oder pilgerte an den Strand des Meeres, um auszuschauen, ob von Frankreich oder anderswoher nicht irgendein menschenähnliches Antlitz auftauchen wollte.»

«Es war Ihnen wohl immer eine Freude,

einen Landsmann erscheinen zu sehen in so großer Entfernung von der Heimat?»

«Allerdings. Aber auf ein Dutzend von Eisentopfkrämern oder Kaschmirwollspekulanten kam bestenfalls ein Wesen von einer gewissen Intelligenz. Das schlimmste jedoch waren die lyrischen Jünglinge, die, sobald sie auch nur von ferne eines Mitgliedes der Gesandtschaft ansichtig wurden, ihm gebieterisch zuriefen: ‚Führen Sie mich zu den Ruinen! Führen Sie mich in die Sophien-Moschee! Bringen Sie mich in die Berge, an das blaue Meer! Ich will genau die Stelle kennenlernen, wo dermaleinst Hero nach ihrem Leander schmachtete!' Wenn es diesen Enthusiasten dann schließlich geglückt war, einen ordentlichen Sonnenstich davonzutragen, so riegelten sie sich in ihre vier Wände ein und wollten nun nichts mehr vor Augen haben als die eben eingetroffene Nummer des *Constitutionnel.*»

«Sie scheinen immer noch alles durch verzerrende Brillengläser zu sehen, Monsieur Darcy! Ihre Spottlust hat nichts an Schärfe eingebüßt!»

«Sollte es einem Verdammten, der in seinem Höllenkessel schmort, nicht vergönnt sein, sich über seine Schmorgenossen ein wenig lustig zu machen?!... Im Ernst, Madame, Sie wissen nicht, welch erbärmliches Leben wir führen dahinten in der Türkei! Wir Gesandtschaftssekretäre gleichen wirklich den Schwalben, die sich nie und nirgends ein Nest bauen dürfen! Niemals schenkt sich uns eine jener traulichen Beziehungen, die, wie mir scheinen will, das Glück des Lebens ausmachen.» (Diesen letzten Worten gab er, näher an Julie heranrückend, einen absonderlichen Tonfall.) «Sechs Jahre lang habe ich keinen einzigen Menschen getroffen, mit dem ich ein offenes Wort hätte reden können.»

«Hatten Sie denn gar keine Freunde dortzulande?»

«Ich sagte Ihnen schon, daß man im Ausland keine Freunde haben kann! Zwei hatte ich in Frankreich zurückgelassen. Der eine ist gestorben; der andere befindet sich in Amerika, von wo er erst in einigen Jahren zurückkehren wird, falls ihm das gelbe Fieber keinen Strich durch die Rechnung macht.»

«Also sind Sie ganz allein?...»

«Völlig einsam.»

«Und hat Ihnen dort nicht vielleicht die Gesellschaft von Frauen einige Abwechslung geboten?»

«Oh, damit ist es im Orient am allerschlimmsten bestellt! Türkische Frauen kommen nicht in Betracht. Zum Lobe der Griechinnen und der Armenierinnen wäre höchstens zu sagen, daß sie sehr hübsch sind. Über die Damen der Gesandtschaften und der Konsulate bitte ich mich jedes Urteils enthalten zu dürfen; es würde mir im Ministerium sehr übel vermerkt werden, wenn ich meine Meinung darüber ausspräche!»

«Sie scheinen Ihren Beruf nicht besonders zu lieben! Früher hatten Sie keinen glühenderen

Wunsch, als in die diplomatische Karriere hineinzukommen!»

«Damals kannte ich das Handwerk noch nicht. Heute würde ich es tausendmal vorziehen, zum Inspektor der Straßenreinigung von Paris ernannt zu werden!»

«Wie können Sie nur so etwas sagen! Paris ist der trübseligste Ort des Universums!»

«Sie begehen eine unverzeihliche Lästerung, Madame! . . . Ich möchte einmal hören, was Sie von Neapel sagen würden, nachdem Sie dort zwei Jahre hätten zubringen müssen!»

«Oh, Neapel zu sehen», erwiderte Julie schwärmerisch, «ist immer mein brennendes Verlangen gewesen! . . . Allerdings müßten meine Freunde mit von der Partie sein.»

«Unter dieser Bedingung wäre ich zu einer Reise um die ganze Welt bereit! Mit seinen Freunden zu reisen — das wäre so schön, als wenn man behaglich im Salon bleiben dürfte, während draußen vor den Fenstern alle Herrlichkeiten der Welt vorbeizögen, als ein hundertfältig sich entrollendes Panorama!»

«Nun, wenn es vielleicht zu viel verlangt ist, eine ganze vertraute Gesellschaft mitreisen zu sehen, so würde ich mich auch mit einem . . . mit zwei Freunden begnügen!»

«Ich meinerseits möchte nur einen einzigen Freund — oder eine einzige Freundin — zum Reisegefährten haben», sagte Darcy lächelnd. «Aber das ist ein Glück, das mir wohl nie zuteil werden wird!» fügte er seufzend hinzu.

Dann, in leichterem Tone:

«Wirklich, ich habe immer Pech gehabt. Ich habe mir im Leben eigentlich nur zwei Dinge lebhaft gewünscht, und keines von beiden habe ich erreichen können.»

«Und was waren diese beiden Dinge?»

«Oh, nichts Extravagantes! Zunächst habe ich mir leidenschaftlich gewünscht, mit jemandem Walzer tanzen zu dürfen . . . Ich habe die gründlichsten Vorstudien auf diesem Gebiete gemacht. Monatelang habe ich — ich ganz allein, nur in Gesellschaft eines Stuhles — daran gearbeitet, das Schwindelgefühl zu überwinden, das mich bei meinen Übungen immer wieder ergriff. Und als ich endlich so weit war . . .»

«Mit wem hätten Sie denn so schrecklich gern tanzen wollen?»

«Wenn ich Ihnen nun verriete, daß Sie selbst die Betreffende waren?! . . . Und als ich endlich, nach unablässigen Versuchen, ein brauchbarer Walzertänzer geworden war, da erließ Ihre Frau Großmutter — die gerade damals einen jansenistischen* Beichtvater genommen hatte — einen Tagesbefehl, der ebendiesen Tanz aus ihrem Salon verbannte, und der mir noch heute Herzbeschwerden verursacht!»

«Und welches war der andere Wunsch?» fragte, in größter Verwirrung, Madame de Chaverny.

«Mein zweiter Wunsch — der war von vornherein unerfüllbar! Ich hätte gewünscht —

* Hier im Sinne von: allzu sittenstreng; puritanisch

aber das war wirklich eine anmaßende Illusion —, ich hätte gewünscht, einmal geliebt zu werden... wirklich geliebt... Diesen Wunsch hegte ich übrigens vor jenen Walzerstudien (und ich muß um Verzeihung bitten, wenn ich mich in der Reihenfolge meiner Traumbilder vergriffen habe!)... Ich hätte gewünscht, von einer Frau so sehr geliebt zu werden, daß sie mir den Vorzug gegeben hätte vor dem gefährlichsten Rivalen, den es auf Erden gibt: vor einem Ballabend —, von ihr so sehr geliebt zu werden, daß ich mit schmutzigen Stiefeln zu ihr hätte kommen dürfen in dem Augenblick, wo sie sich gerade anschickte, in ihren Wagen zu steigen, um auf den Ball zu fahren. Sie wäre in großer Toilette gewesen; und sie hätte zu mir sagen müssen: ‚Bleiben wir zu Hause, wollen Sie?!' ... Aber das war eine ganz wahnsinnige Idee; die Wünsche eines leidlich vernünftigen Mannes sollten sich auf das Mögliche beschränken!»

«Wie boshaft Sie sind! Immer wieder diese ironische Bitterkeit! Nichts findet Gnade vor Ihren Augen! Zumal über die Frauen urteilen Sie mit schonungsloser Härte!»

«Aber im Gegenteil, Madame: nur über mich selbst urteile ich mit gerechter Strenge! Liegt denn eine Bosheit gegen die Damenwelt darin, wenn ich den selbstverständlichen Gedanken ausspreche, daß einer schönen Frau ein glänzender Gesellschaftsabend mehr Amüsement verspricht als ... ein schlichtes Zusammensein mit mir?»

«Ein Ballabend!... Mein Gott!... Welcher Frau kann heutzutage an solchen Vergnügungen noch etwas gelegen sein?»

Julie hatte kaum die Absicht, die Qualitäten des weiblichen Charakters zu verteidigen; sie glaubte, den tieferen Sinn von Darcys Worten vernommen zu haben..., und die arme Frau vernahm doch nur ihr eigenes Herz!

«Immerhin ist es jammerschade, daß die Karnevalszeit vorüber ist! Ich habe aus dem Osten ein reizendes Kostüm ‚Griechin' mitgebracht, das Ihnen wunderbar stehen müßte.»

«Wollen Sie vielleicht die Freundlichkeit haben, es mir in mein Album zu zeichnen?»

«Gern. Sie werden bei dieser Gelegenheit auch sehen, welche Fortschritte ich gemacht habe seit der Zeit, wo ich unbeholfene Fabeltiere auf den Teetisch Ihrer Frau Mutter kritzelte... Übrigens habe ich bisher ganz vergessen, Ihnen meine ergebene Gratulation auszusprechen, Madame: auf dem Ministerium wurde mir heute gesagt, daß Monsieur de Chaverny in einigen Tagen zum Kammerherrn ernannt werden soll — eine Mitteilung, die mich sehr erfreut hat.»

Julie geriet in zitternde Erregung.

Darcy, der es nicht bemerkte, fuhr fort:

«Darf ich Sie schon heute um Ihre gütige Protektion bitten, Madame?... Ehrlicherweise müßte ich allerdings gestehen, daß Ihre neue Würde mich doch nicht allzusehr beglückt: ich fürchte, daß sie Ihnen die Verpflichtung auferlegt, für den Sommer Ihren Wohnsitz in Saint-Cloud zu nehmen, wodurch ich der Ehre beraubt würde, Sie des öfteren sehen zu dürfen.»

«Niemals werde ich nach Saint-Cloud gehen!» rief Julie in trotziger Entschlossenheit.

«Ausgezeichnet! ... Denn Paris, sehen Sie, das ist das Paradies, das man höchstens einmal verlassen sollte, um einen Abend in den ländlichen Gefilden der Madame Lambert zu verbringen! Wie glücklich sind Sie doch, Madame, dauernd in Paris zu leben! Ich — der ich vielleicht nur sehr kurze Zeit dort bleiben darf — fühle mich unendlich wohl in der kleinen Wohnung, die meine Tante mir überlassen hat! Und Sie wohnen, wie man mir verraten hat, im Faubourg Saint-Honoré! Man hat mir die Lage Ihres Hauses bezeichnet; es muß von einem bezaubernden Park umgeben sein — falls die moderne Bauwut nicht auch diesen stillen Flecken Erde in Mitleidenschaft gezogen haben sollte!»

«Nein, mein Garten ist, Gott sei Dank, intakt geblieben.»

«Welches ist Ihr Empfangstag, Madame?»

«Ich bin fast jeden Nachmittag zu Hause und würde mich freuen, wenn Sie dann und wann zu mir kommen wollten.»

«Sehen Sie, Madame: ich tue ganz so, als ob unsere einstige Allianz noch in voller Kraft stünde! Ich lade mich ohne jede Förmlichkeit eigenmächtig bei Ihnen zu Gaste! ... Sie verzeihen mir dies ungezwungene Benehmen, nicht wahr? ... Außer Ihnen und Madame Lambert kenne ich niemand mehr in Paris; man hat mich vollkommen vergessen. Aber ich hege die Vermutung, daß in Ihrem Salon lauter sympathische Geister sich zusammenfinden ... Erinnern Sie sich noch an die Pläne, die Sie einst entwarfen für die Zeit, wo Sie ein eigenes Haus haben würden? ... Unzugänglich sollte Ihr Salon sich erweisen für jedes langweilige Wesen! Bisweilen sollte Musik gemacht werden, und plaudern würde man bis spät in die Nacht. Keinerlei Überheblichkeit, nur einige wenige Personen, die miteinander innig vertraut wären und deshalb weder zu lügen noch sich irgendwie aufzuspielen brauchten ... Zwei oder drei geistvolle Frauen (wie sollten Ihre Freundinnen es nicht sein? ...) würden den Reiz des Interieurs vollenden ... Wirklich, Sie sind die glücklichste aller Frauen; und Sie beglücken einen jeden, der sich Ihnen naht!»

Während Darcy also sprach, bedachte Julie, daß sie dieses von ihm so lebhaft ausgemalte Ideal wohl hätte erreichen können, wenn sie mit einem andern Manne verheiratet gewesen wäre ... mit Darcy zum Beispiel. Ach, anstatt der erträumten Elitenaturen pflegte Chaverny ihr plumpe Kasernenmenschen ins Haus zu bringen; und anstatt anregender Konversationsabende gab es Szenen wie jene, über die sie heute bei Madame Lambert Klage hatte führen wollen ... An eine unbrechbare Kette war sie geschmiedet — gefesselt auf ewig an die Existenz eines Mannes, den sie verachtete und haßte, während derjenige, den sie so liebenswert fand, daß sie ihm ihr Dasein mit tausend Freuden hätte anvertrauen mögen, immer ein Fremdling für sie bleiben mußte! Es war ihre Pflicht, ihn zu meiden, sich von ihm fernzuhalten... und er saß so nahe bei ihr, daß die Ärmel ihres Kleides von seinem Rockaufschlag gestreift wurden!

Mit der Beredsamkeit, die eine langjährige Entbehrung verleihen kann, fuhr Darcy noch eine Weile fort, die Reize des Pariser Lebens auszumalen. Währenddessen spürte Julie, wie Tränen ihr die Wangen hinunterrollten. In der Besorgnis, daß Darcy es wahrnehmen könne, suchte sie sich zu bezwingen und wurde dadurch nur noch verwirrter. Sie glaubte einer Ohnmacht nahe zu sein; sie wagte sich nicht zu rühren. Schließlich entrang ein Seufzer sich ihrer Brust, und alles war verloren. Schluchzend, fast erstickend ließ sie den Kopf in ihre Hände sinken.

Darcy war auf nichts weniger gefaßt als auf eine solche Krise; er verstummte vor Schreck. Da jedoch das Schluchzen immer heftiger wurde, so hielt er sich für verpflichtet, nach der Ursache dieses so unerwarteten Ausbruches zu forschen:

«Was haben Sie, Madame?... Um Himmels willen, Madame, so antworten Sie mir doch! Was ist passiert?»

Und da die arme Julie ihr Taschentuch nur noch fester gegen die Augen preßte, so ergriff er, ihr das Tüchlein sanft entwindend, ihre Hand.

«Ich beschwöre Sie, Madame», sagte er in einem Tone, der Julie tief ins Herz drang, «ich flehe Sie an, mir zu sagen, was mit Ihnen ist! Habe ich Sie vielleicht, ohne es zu wollen, irgendwie verletzt? ... Ihr Schweigen bringt mich zur Verzweiflung!»

«Ach», rief Julie fassungslos, «ich bin so unglücklich!»

Ihr Schluchzen wurde immer stärker.

«Unglücklich?! ... Inwiefern? ... Weshalb? ... Wer kann Sie unglücklich gemacht haben? ... Antworten Sie mir!»

Also sprechend, preßte er heftig ihre Hände. Sein Gesicht berührte fast das ihrige. Julie, anstatt zu antworten, weinte nur. Darcy wußte nicht, was er von alledem halten sollte; aber ihre Tränen bewegten ihn. Er fühlte sich um sechs Jahre verjüngt, und ein nie geahntes Bild stieg vor seiner Phantasie auf: die Möglichkeit, daß er eines Tages von der Rolle eines Vertrauten zu einer anderen avancieren könne.

Da Julie in ihrem Schweigen verharrte, begann Darcy zu fürchten, es sei ihr übel geworden. Er ließ ein Fenster des Wagens nieder, löste ihre Hutbänder und suchte sie aus Mantel und Shawl herauszuwickeln. Männer sind in solchen Dingen ungeschickt. Schon wollte er dem Kutscher zurufen, er solle beim nächsten Dorf haltmachen, da ergriff Julie seinen Arm und bat ihn dringend, den Wagen nicht anhalten zu lassen; sie beteuerte, daß sie sich bereits viel besser fühle. Der Kutscher hatte nichts bemerkt und lenkte seine Traber flott weiter in der Richtung nach Paris.

«Aber ich bitte Sie inständig, meine liebe Madame de Chaverny», sagte — die Hand, die er für einen Augenblick freigegeben hatte, wieder ergreifend — Darcy, «ich flehe Sie an, mir zu sagen, was es mit Ihnen auf sich hat! ... Ich fürchte ... Ich begreife nicht, wie ich so töricht habe sein können, Ihnen Schmerz zu bereiten!»

«Oh, Sie sind es doch nicht!» rief Julie, und ihre Hand klammerte sich leicht um die seine.

«Nun, so sagen Sie mir doch aufrichtig, wer es war, der Sie so zum Weinen gebracht hat! Fassen Sie Vertrauen zu mir! ... Sind wir denn nicht alte Freunde?» fügte er lächelnd hinzu, nun seinerseits Julies Hand pressend.

«Sie sprachen von einem Glück, von dem Sie mich umhegt glaubten ... Ach, dieses Glück ist mir unendlich fern!»

«Wie?! ... Haben Sie denn nicht alles, was eine Frau glücklich machen kann? ... Sie sind jung, reich, schön ... Ihr Gemahl hat einen hochgeachteten Rang in der Gesellschaft ...»

«Ich hasse ihn!» rief Julie, «ich verachte ihn!»

Und, noch ausgiebiger schluchzend, verbarg sie ihr Gesicht in dem Spitzentüchlein.

Oh, oh! dachte Darcy, die Sache wird interessant.

Und, alle Stöße des Wagens geschickt ausnutzend, um der unglücklichen Frau noch näher zu rücken, sagte er mit inniger Zärtlichkeit:

«Warum müssen Sie sich denn so furchtbar grämen? Darf jemand, den Sie verachten, einen solchen Einfluß auf Ihr Leben behalten? Darf er Sie um Ihr schönstes Glück betrügen? Und warum muß gerade er es sein, von dem Sie Ihr Glück erhoffen?...»

Und er küßte ihr die Fingerspitzen. Da sie jedoch ihre Hand mit Entsetzen zurückzog, so begann er zu fürchten, daß er sich zu rasch vorgewagt habe... Immerhin wollte er das Abenteuer unbedingt zu Ende führen, und so sagte er denn mit einer abgemessenen Dosis von Heuchelei:

«Wie ich mich doch getäuscht habe!... Als ich damals von Ihrer Heirat erfuhr, nahm ich an, daß Monsieur de Chaverny Ihnen ernstlich gefallen habe.»

«Ach, Monsieur Darcy, Sie haben mich nie erkannt!»

Allzudeutlich verriet ihre Stimme den Sinn dieser Worte: Ich habe Sie immer geliebt; aber Sie haben nicht die Güte gehabt, davon Kenntnis zu nehmen!

Die arme Julie glaubte in diesem Augenblick allen Ernstes, sie habe während der vergangenen sechs Jahre dauernd dieselbe Liebe für Darcy gehegt, die sie im gegenwärtigen Moment für ihn empfand.

«Und Sie, Madame!» rief, in Wallung geratend, Darcy, «haben Sie mich jemals erkannt?

Haben Sie jemals auch nur geahnt, welches meine Empfindungen waren? Ach, wenn Sie von den Gefühlen, die mich beseelten, gewußt hätten, so wären wir beide heute die glücklichsten Menschen der Welt!»

«Ach, wie unglücklich bin ich!» wiederholte Julie mit verdoppelten Tränen und einem verstärkten Händedruck.

«Aber selbst wenn Sie mich damals verstanden hätten, Madame», sagte Darcy mit jener wehmütigen Ironie, in deren Handhabung er Meister war, «was wäre damit gewonnen gewesen?! Ich verfügte über keinerlei Vermögen, das Ihrige war beträchtlich: Ihre Frau Mutter hätte mich mit Verachtung zurückgewiesen! — Von vornherein war ich hoffnungslos verdammt! — Und Sie selbst — ja, Sie, Julie! —, auch Sie hätten (damals, vor Ihren Erfahrungen in Sachen des Glückes) über meine Verwegenheit gespottet; jeder schönlackierte Wagen mit Grafenkrone wäre Ihnen verlockender erschienen als die sehnsüchtige Werbung des leidenschaftlichsten Herzens!»

«O Himmel, nun überschütten auch Sie mich mit Vorwürfen! Wird denn keine Menschenseele jemals Erbarmen haben mit meiner Qual?»

«Verzeihen Sie mir, liebe Julie!» rief, nun auch seinerseits bewegt, Darcy. «Verzeihen Sie mir, ich flehe Sie darum an! Vergessen Sie diese törichten Vorhaltungen! Ich bin ja am allerwenigsten befugt, den Ankläger zu spielen! Ich bin weit schuldiger als Sie ... Ich habe Ihr wahres Wesen nicht zu erkennen vermocht; ich habe geglaubt, Sie seien eine ebenso schwache Natur wie die meisten Frauen der Welt, in der Sie lebten! Ich habe an Ihrem Mute gezweifelt, liebe Julie! Aber wie grausam bin ich dafür bestraft worden! ...»

Feurig küßte er ihre Hände; sie ließ es geschehen. Doch als er sie umarmen wollte, stieß Julie ihn mit einem Ausdruck tödlicher Angst von sich weg und rückte so weit von ihm ab, wie die Enge des Wagens es nur irgend gestattete.

Worauf Darcy, mit einer Stimme, deren gefährliche Sanftheit mit bitterem Hohn geladen war:

«Verzeihen Sie, Madame, ich vergaß die Sitten dieses Landes! Jetzt erinnere ich mich ihrer: in Paris kommen Heiraten zustande, doch jegliche Liebe bleibt diesem Klima fremd!»

«Oh, nein, ich hab' Sie lieb!» flüsterte Julie. Und schluchzend ließ sie ihren Kopf auf die Schulter des scheinbar Ungläubigen sinken.

Darcy nahm sie leidenschaftlich in die Arme und mühte sich, ihren Tränen durch Küsse Einhalt zu tun. Sie machte noch einen Ansatz, sich seiner Umschlingung zu entziehen: dieser Widerstandsversuch blieb der letzte.

12

Darcy hatte sich über die Natur seiner Ergriffenheit getäuscht: er war nicht verliebt. Er hatte nur von der Gunst eines Zufalls profitiert — von einer Gelegenheit, die auf keinen Fall ungenützt hätte bleiben dürfen. Im übrigen war er, wie alle Männer, weit beredsamer im Begehren als im Danken. Er blieb jedoch überaus höflich; und Höflichkeit bildet ja oft einen Ersatz für ehrfürchtigere Empfindungen. Es war ihm ein leichtes, der jungen Frau, nachdem der erste Rausch verflogen war, eine Unmenge zärtlicher, von ebenso vielen Handküssen unterbrochener Phrasen zu liefern. Ganz ohne Bedauern jedoch gewahrte er, daß die Kutsche schon am Stadttor angelangt war, und daß er sich in wenigen Minuten von seinem Opfer werde trennen müssen. Das Schweigen Julies inmitten aller seiner Beteuerungen, die Niedergeschlagenheit, von der sie befallen schien, machte, wenn ich es präzisieren darf, die Situation des neuen Liebhabers schwierig, ja, geradezu peinlich.

Regungslos saß Julie in einer Ecke des Wagens, ihren Shawl mechanisch gegen die Brust pressend. Sie weinte nicht mehr; ihre Augen blickten starr; und als Darcy eine ihrer Hände, die er mit Küssen bedeckt hatte, wieder losließ, fiel diese Hand wie tot auf ihre Knie nieder. Sie sprach nicht, sie hörte kaum noch zu. Aber eine Sturmflut quälender Gedanken jagte durch ihr Hirn, und sobald sie einen derselben aussprechen wollte, schob sich ein anderer vor und verschloß ihr den Mund.

Wer könnte das Chaos dieser Bilder beschreiben, die einander folgten mit dem Ungestüm der Schläge ihres klopfenden Herzens? ... In den Ohren glaubte sie Worte zu vernehmen, die ohne Zusammenhang und Folge waren, doch alle geladen mit schrecklicher Bedeutung. Noch heute vormittag hatte sie ein volles Recht, als Anklägerin ihres Mannes aufzutreten; er war verächtlich in ihren Augen: jetzt war sie hundertmal verworfener als er! Es kam ihr vor, als müsse ihre Schmach schon zu einem öffentlichen Geheimnis geworden sein. — Sogar die Mätresse des Herzogs von H ... würde sie von sich weisen! — Madame Lambert, alle Bekannten würden sie nicht mehr sehen wollen. — Und Darcy? — Liebte er sie etwa?! — Er kannte sie ja kaum! — Er hatte sie während seiner Abwesenheit völlig vergessen. — Er hatte sie vorhin kaum wiedererkannt. — Vielleicht hatte er sie sehr verändert gefunden? — Er war kalt zu ihr, und das bedeutete den Gnadenstoß! Sie hatte sich hinreißen lassen von einem Manne, der sie kaum kannte, der ihr niemals Liebe bezeigt hatte —: nur Höflichkeit. — Es war ganz unmöglich, daß er sie liebte! — Und sie selbst: liebte sie ihn denn? — Nein; denn andernfalls hätte sie sich nicht so unmittelbar nach seiner Abreise verheiratet!

Als der Wagen den Schlagbaum passierte, schlug es ein Uhr von den Türmen von Paris.

Heute nachmittag um vier Uhr hatte sie Darcy zum erstenmal gesehen. — Ja: gesehen; sie durfte nicht sagen: wiedergesehen ... Sie hatte seine Züge, seine Stimme vergessen: er war ein Fremder für sie ... Aber neun Stunden später war sie seine Geliebte geworden! ... Neun Stunden hatten genügt, um diese unerklärliche Verhexung zustande zu bringen ... hatten genügt, um sie ehrlos zu machen in ihren eigenen Augen und gewiß auch in den Augen von Darcy selber; denn was mußte er denken von einer Frau, die sich so haltlos erwiesen hatte wie sie? Wie hätte er sie nicht verachten sollen?

Zwischendurch schenkten die zärtlichen Worte, die Darcy mit leiser Stimme an sie richtete, ihr wieder ein wenig Mut. In diesen flüchtigen Augenblicken bemühte sie sich, zu glauben, daß er die Liebe, von der er sprach, wirklich empfinde. Sie redete sich ein, sie habe sich keineswegs so leicht von ihm gewinnen lassen; die beiderseitige Neigung habe schon früher, lange bevor Darcy sie verließ, bestanden; und Darcy habe gewußt, daß sie nur aus Erbitterung über seine Abreise einem anderen Manne ihre Hand geschenkt habe. — Das Unrecht war auf der Seite von Darcy! — Dennoch hatte er sie in den langen Jahren seiner Abwesenheit immer lieb behalten. — Und jetzt, bei seiner Rückkehr, war er überglücklich gewesen, sie ebenso treu zu befinden, wie er selbst es gewesen war! — Die Offenheit ihres Geständnisses, ja, sogar ihre Schwäche mußten einen Mann, dem jede Heuchelei so gründlich zuwider war, von neuem aufs tiefste für sie einnehmen!

Doch bald kam der armen Frau zum Bewußtsein, wie absurd alle solchen Beschönigungsversuche waren. Die tröstlichen Gedanken zerplatzten wie Seifenblasen und ließen sie zurück als Beute von Verzweiflung und Schande.

Einen Augenblick lang war sie entschlossen, ihm zu offenbaren, was sie empfand. Sie sah sich von der Welt verfemt, von ihrer Familie verstoßen. Nachdem sie ihren Gemahl so schwer gekränkt hatte, würde ihr Stolz ihr niemals erlauben, ihn wiederzusehen. Darcy liebt mich, dachte sie, und ich liebe nur ihn. Ohne ihn könnte ich nie glücklich werden. — Mit ihm werde ich überall glücklich sein. — Wir wollen zusammen irgendwohin reisen, wo mir niemals ein Gesicht begegnen kann, vor dem ich erröten müßte. Er soll mich mitnehmen nach Konstantinopel...

Darcy vermutete nichts von allem, was in Julies Seele vorging. Mit Genugtuung hatte er bemerkt, daß der Wagen in die Straße, in welcher Madame de Chaverny wohnte, eingebogen war. Gemütsruhig zog er seine Glacéhandschuhe an.

«Was ich noch sagen wollte», äußerte er: «ich muß Ihrem Gemahl offiziell vorgestellt werden... Ich denke, er und ich werden bald gute Freunde sein. Am besten wäre es, wenn Madame Lambert die Freundlichkeit haben wollte, die Vorstellung zu übernehmen ... Darf ich Sie inzwischen aufsuchen, während Monsieur de Chaverny noch auf dem Lande ist?»

Julie erstarb das Wort auf den Lippen. Jede Silbe, die Darcy sprach, war ihr ein Dolchstoß ins Herz. Wie hätte sie zu diesem Manne, der so kühl und ruhig nur auf ein bequemes Arrangement ihrer Beziehung für den Sommer bedacht zu sein schien, von Flucht und Entführung reden können? Jäh zerriß sie ihr goldenes Halsband und drehte die kleinen Kettenringe krampfhaft in den Fingern.

Die Kutsche hielt vor dem Tor ihres Hauses. Mit Beflissenheit half Darcy ihr beim Ordnen des Shawls und dem Zurechtrücken des Hutes. Als der Wagenschlag sich geöffnet hatte, reichte er ihr ehrerbietig die Hand; doch Julie sprang zur Erde, ohne seine Unterstützung in Anspruch zu nehmen.

«Madame», sagte er, sich tief verbeugend, «ich möchte Sie um die Erlaubnis bitten, mich morgen nach Ihrem Befinden erkundigen zu dürfen.»

«Adieu», sagte Julie mit erstickter Stimme.

Darcy stieg wieder in den Wagen, um sich nach Hause fahren zu lassen. Er pfiff vor sich hin und hatte das Aussehen eines Mannes, der mit dem Verlauf des vergangenen Tages zufrieden ist.

13

In seiner Junggesellenwohnung angelangt, zog Darcy einen türkischen Schlafrock und gestickte Pantoffeln an. Dann stopfte er sich eine lange Pfeife, deren Rohr aus bosnischem Vogelkirschholz gefertigt war, während das Mundstück aus weißem Bernstein bestand. Es war feiner türkischer Tabak: das Erlesenste der Pflanzungen von Latakié. Hierauf machte er sich's in einem dickgepolsterten Maroquinsessel bequem. Wer sich etwa darüber wundern sollte, den erfolgreichen jungen Diplomaten, anstatt poetischen Phantasien, solchem materiellen Genießen hingegeben zu sehen, dem sei erwidert, daß eine gute Pfeife für jede Art von Träumerei nützlich, wenn nicht gar unentbehrlich ist, und daß weltkluge Leute sich darauf verstehen, einem auszukostenden Glück, zu höherer Würze, ein anderes Glück beizugesellen. Ein Freund von mir, ein sinnlich begabter Mann, öffnete keinen Brief seiner Geliebten, ohne vorher seine Krawatte abgenommen, im Kamin — falls es gerade Winter war — ein Feuer angezündet und sich auf sein Kanapee hingestreckt zu haben.

Wirklich, dachte Monsieur Darcy, ich hätte mich als Dummkopf erwiesen, wenn ich, dem Rate von Tyrrel folgend, eine griechische Sklavin gekauft und mit nach Paris genommen hätte. Das wäre nicht klüger gewesen, als wenn jemand, wie mein Freund Haleb-Effendi es auszudrücken beliebte, Feigen nach Damaskus hätte transportieren wollen. Gott sei Dank, hat während meiner Abwesenheit die Zivilisation in Paris große Fortschritte gemacht, und es hat nicht den Anschein, als ob heutzutage noch die Sittenstrenge ins Absurde getrieben würde ... Der arme Chaverny! ... Doch, wenn ich vor einigen Jahren reich genug gewesen wäre, so würde ich Julie geheiratet haben, und dann wäre vielleicht dem Kammerherrn Chaverny die Rolle zugefallen, sie heute nacht nach Hause zu begleiten. Falls ich mich jemals auf eine Ehe einlasse, werde ich den Wagen meiner Frau in regelmäßigen Intervallen revidieren lassen, damit sie nicht auf fahrende Ritter angewiesen sei, die ihr nächtlicherweile aus dem Straßengraben helfen müssen!

Doch ziehen wir das Fazit! Zusammenfassend ließe sich etwa sagen: Julie ist eine hübsche Frau, sie ist auch keineswegs dumm, und wenn ich nicht schon ein bejahrter Herr wäre, so dürfte ich mir vielleicht vorspiegeln, es sei mein persönlicher Reiz gewesen, der... O weh, mein «persönlicher Reiz»! ... Nach Verlauf eines Monats wird dieser «Reiz» kaum noch höher bewertet werden als der jenes schnurrbärtigen Gentleman, der den ganzen Abend so hartnäckig um Julie herumstrich ... Verflucht noch mal! Wie nett wäre es doch gewesen, wenn die kleine Nastasia, die ich so sehr geliebt habe, hätte lesen und schreiben und auch ein bißchen mit anständigen Leuten hätte konversieren können! Ich glaube, daß sie das einzige Frauenzimmer gewesen ist, das mich je geliebt hat!... Armes Geschöpf!...

Die Pfeife war ausgegangen. Darcy schlief ein.

14

Als sie ihre Wohnung betrat, mußte Madame de Chaverny alle Kraft zusammennehmen, um der Kammerfrau in unauffälligem Tone sagen zu können, sie bedürfe ihrer Dienste nicht. Kaum allein gelassen, warf sie sich aufs Bett und weinte noch heftiger als vor einer halben Stunde, wo Darcys Gegenwart ihr immerhin einen gewissen Zwang auferlegt hatte.

Die Nacht verschlimmert, wie die körperlichen, so auch alle seelischen Nöte. Sie gibt den Dingen einen unheilvollen Anstrich, und Bilder, die bei Tage unser Gefühl vielleicht kaum berühren oder die sogar heitere Eindrücke erwecken, gewinnen bei Nacht einen beklemmenden, quälenden Aspekt, Gespenstern gleich, deren Herrschaft sich auf die Stunden der Finsternis beschränkt. Fieberhaft arbeitet bei Nacht die Phantasie; doch die Vernunft bleibt allen Gedankengängen fern. Ein böser Zauber macht uns wirr und beraubt uns der Fähigkeit, die Ursachen unserer Angst zu erkennen und ihre Daseinsberechtigung zu prüfen.

Halb entkleidet, lag die arme Julie auf

ihrem Bett, bald von brennender Hitze, bald von eisigen Schauern erfaßt und beim leisesten Geräusch erzitternd. Bisweilen war die Veranlassung ihrer Qual ihr ganz aus den Sinnen entschwunden. Dann, blitzartig, zuckte die Erinnerung wieder auf und mit ihr ein Schmerz, so stechend wie glühendes Eisen in einer nicht vernarbenden Wunde.

Manchmal starrte sie auf die Lampe und beobachtete mit krankhafter Aufmerksamkeit das Flackern des Lichtes, bis sie vor Tränen nichts mehr zu sehen vermochte.

Warum weine ich eigentlich? fragte sie sich... Ach ja: die unauslöschliche Schande!...

Dann wieder zählte sie die Quasten ihrer Bettvorhänge, konnte aber die Gesamtsumme nicht herausrechnen.

Bin ich denn wahnsinnig geworden? sagte sie sich. Ja, es mußte wohl Wahnsinn sein, der mich, als wäre ich eine Dirne, vor einer Stunde in die Hände eines wildfremden Menschen trieb!

Hierauf folgte sie, stieren Blickes, dem vorrückenden Zeiger der Kaminuhr und empfand die Angst eines Verurteilten, der die Stunde seiner Hinrichtung herannahen sieht. Plötzlich schlug die Uhr.

Vor drei Stunden, dachte sie aufschreckend, war ich mit dem Manne zusammen, der mich entehrt hat!

Mit solchen fiebrischen Gedanken verging die ganze Nacht. Als es zu dämmern begann, öffnete sie das Fenster. Die frische, prickelnde Morgenluft brachte ihr Erleichterung. Das

Fenster ging nach dem Garten, und, auf die Brüstung gelehnt, sog sie begierig den kühlenden Duft ein. Allmählich sänftigte sich der Wirrwarr ihrer Gedanken, die Phantome zerflatterten und wichen einer konzentrierten Verzweiflung, die fast eine Erlösung war.

Irgendein Entschluß mußte gefaßt werden. Julie begann zu überlegen, was zu tun sei. Nicht einen Augenblick hielt sie sich bei der Möglichkeit auf, Darcy wiederzusehen. Das erschien ihr ganz undenkbar, sie wäre vor Scham vergangen bei seinem Anblick! Sie mußte Paris eiligst verlassen, die Stadt, wo in zwei Tagen jedermann mit dem Finger auf sie weisen würde! Ihre Mutter war in Nizza; zu ihr wollte sie fahren, ihr alles gestehen, sich ausweinen bei ihr. Und dann blieb nur noch das Letzte: irgendwo in Italien einen weltverlassenen Winkel zu suchen, wo sie einsam leben und bald sterben könnte.

Nachdem sie diese Entscheidung getroffen hatte, fühlte sie sich ruhiger. Sie setzte sich, nahe dem Fenster, an einen kleinen Tisch, legte den Kopf in die Hände und weinte, aber jetzt ohne Bitternis. Erschöpfung und Niedergeschlagenheit ließen sie einschlummern und ersparten ihr, für eine Stunde, die Qual des Nachdenkens.

Ein Fieberschauer riß sie empor. Das Wetter hatte umgeschlagen, der Himmel war grau geworden; ein feiner Sprühregen kündigte Kälte und Feuchtigkeit für den übrigen Tag an. Julie läutete nach der Kammerfrau.

«Meine Mutter ist erkrankt», sagte sie, «ich muß sofort zu ihr nach Nizza. Machen Sie einen Koffer fertig; in einer Stunde will ich reisen.»

«Aber, Madame, was ist Ihnen? Sie sind doch nicht selbst krank geworden?... Oh, Madame hat sich in der Nacht nicht zur Ruhe gelegt!» rief die Kammerfrau, erstaunt und erschrocken über die Veränderung, die sie in den Zügen ihrer Herrin gewahrte.

«Ich wünsche zu reisen», sagte Julie im Tone der Ungeduld, «ich will ganz schnell abreisen! Packen Sie einen Koffer!»

In aller Hast wurden die Vorbereitungen getroffen. Julie lief selbst von Zimmer zu Zimmer, suchte beim Einpacken zu helfen, stopfte jedoch Hüte und Kleider — die an größere Sorgfalt gewöhnt waren — in wahlloser Unordnung durcheinander.

«Madame hat doch gewiß Monsieur benachrichtigt?» fragte die Kammerfrau schüchtern.

Julie antwortete nicht; sie nahm ein Blatt Papier und schrieb:

Meine Mutter ist erkrankt, ich fahre zu ihr nach Nizza.

Sie faltete das Papier zusammen, konnte sich jedoch nicht entschließen, eine Adresse darauf zu setzen.

Mitten in diese Reisevorbereitungen hinein platzte ein Bedienter.

«Monsieur de Châteaufort», meldete er,

«läßt anfragen, ob Madame zu sprechen sei. Gleichzeitig ist noch ein anderer Herr gekommen, den ich nicht kenne; hier ist seine Karte.»

Julie las:

E. Darcy

Gesandtschaftssekretär

Mit Mühe hielt sie einen Aufschrei zurück.

«Ich bin für niemanden zu sprechen!» rief sie, «sagen Sie den beiden Herren, daß ich krank sei. Aber sagen Sie nicht, daß ich abreisen wolle!»

Sie vermochte sich nicht zu erklären, wie es zugehe, daß Châteaufort und Darcy gleichzeitig gekommen seien; in ihrer Verwirrung geriet sie auf den Gedanken, daß Darcy den anderen wohl schon zu seinem Vertrauten erwählt habe. In Wahrheit lag die Sache einfach so, daß die beiden, vom selben Motiv hergeführt, sich an der Tür getroffen, einen kühlen Gruß ausgetauscht und einander dabei schweigend zu allen Teufeln gewünscht hatten.

Auf den Bescheid des Dieners stiegen sie die Treppe wieder hinunter, verabschiedeten sich mit noch kälterem Gruße und gingen in verschiedener Richtung von dannen.

Châteaufort hatte gestern Julies Interessiertheit für Darcy wohl bemerkt und ihn prompt zu hassen begonnen. Darcy seinerseits, der sich für einen Menschenkenner hielt, hatte aus Châteauforts gedrücktem, verlegenem Wesen geschlossen, daß er in Julie verliebt sei. Und da er, als Diplomat, auf der Welt überall nur Böses vorauszusetzen geneigt war, so hatte er, ziemlich oberflächlich, die weitere Folgerung gezogen, Julie habe sich auch gegen Châteaufort nicht sonderlich spröde erwiesen.

Diese flatterhafte Kreatur, dachte er im Weggehen, hat uns nicht gleichzeitig empfangen wollen aus Furcht vor einer Auseinandersetzung im Stil des *Misanthrope* von Molière ... Aber warum bin ich so dumm gewesen, mir keinen Vorwand auszudenken, auf Grund dessen ich hätte bleiben können, während jener Laffe seines Weges hätte ziehen müssen? Wenn ich nur gerade so lange gewartet hätte, bis der Kerl außer Sicht war, so wäre ich sicher empfangen worden; denn den Reiz der Neuheit hab' ich doch jedenfalls vor ihm voraus!

Während solcher Überlegungen war er stehengeblieben, dann schnell umgekehrt und wieder in Julies Haus eingetreten. Châteaufort, der ihn beobachtet hatte, kehrte gleichfalls um und postierte sich in einiger Entfernung, um den Rivalen auch weiterhin im Auge zu behalten.

Darcy erklärte dem überraschten Diener, er habe vorhin vergessen, ihm, seitens einer befreundeten Dame, eine eilige Botschaft für Madame de Chaverny zu übergeben. Und, in englischer Sprache (deren, wie er wußte, Julie mächtig war) kritzelte er auf seine Visitenkarte die Frage, zu welcher Stunde er sich erlauben dürfe, Madame de Chaverny sein türkisches Album zu präsentieren. Er reichte dem Bedienten die Karte mit der Bemerkung, daß er auf Antwort warten werde.

Es dauerte eine Viertelstunde, bis der Diener, in großer Erregung, zurückkam:

«Madame ist ohnmächtig geworden und fühlt sich noch viel zu elend, als daß sie Ihnen irgendeinen Bescheid geben könnte.»

Darcy vermochte an die Ohnmacht nicht zu glauben. Immerhin war es unverkennbar, daß man ihn nicht zu empfangen wünsche. Er fand sich mit Gleichmut in sein Schicksal, und da er in derselben Stadtgegend noch andere Besuche erledigen konnte, so verließ er Julies Haus, ohne den Unstern dieses Vormittags irgendwie tragisch zu nehmen.

Als Châteaufort, in Angst und Wut, ihn die Treppe wieder hinaufsteigen sah, zweifelte er nicht mehr daran, daß er von seinem Rivalen endgültig aus dem Felde geschlagen sei. Er nahm sich vor, bei der nächsten sich bietenden Gelegenheit Rache zu üben sowohl an der ungetreuen Kokette wie an ihrem heimtükkischen Kavalier. Glücklicherweise traf er dann auf der Straße zufällig den Major Perrin, dem er sein Leid klagte. Der Major tröstete ihn, so gut es gehen wollte, nicht ohne ihm die geringe Wahrscheinlichkeit seines Argwohns umständlich vor Augen zu führen.

15

Julie war, als sie Darcys zweite Karte erhielt, wirklich ohnmächtig geworden. Dieser Ohnmacht folgte ein Bluterguß, der sie außerordentlich schwächte. Die Kammerfrau wollte den Doktor kommen lassen; aber Julie weigerte sich, ärztliche Hilfe in Anspruch zu nehmen. Um vier Uhr standen die Postpferde vorm Hause, die Koffer wurden aufgeschnallt: alles war zur Abfahrt bereit.

In mitleiderregendem Zustande, schrecklich hustend, stieg Julie in den Wagen. Während des ganzen Abends und der Nacht richtete sie nur hin und wieder das Wort an den auf dem Kutschbock sitzenden Diener — und immer nur in dem Sinne, er möge den Postillon zur Eile antreiben. Sie hustete unaufhörlich, schien große Schmerzen zu haben und war so schwach, daß sie, als der Wagenschlag geöffnet wurde, beinahe wieder in Ohnmacht gefallen wäre. Man geleitete sie in ein elendes Wirtshaus und brachte sie zu Bett. Der herbeigerufene Dorfarzt konstatierte ein heftiges Fieber und verbot der Kranken, die Reise fortzusetzen. Doch sie wollte absolut weiter. Gegen Abend wurde der Zustand sichtlich schlimmer; sie begann zu phantasieren und redete unaufhörlich in einer so jagenden Hast, daß es schwer war, ihre Worte zu verstehen. In den unzusammenhängenden Sätzen wiederholten sich immer wieder die Namen Darcy, Châteaufort und Madame Lambert. Die Kammerfrau schrieb an Monsieur de Chaverny, um ihm die Erkrankung seiner Frau mitzuteilen. Aber man war hier dreißig Meilen von Paris entfernt, Chaverny befand sich zur Jagd beim Herzog von H..., und da die Krankheit rapide Fortschritte machte, schien es zweifelhaft, ob er noch rechtzeitig werde eintreffen können.

Inzwischen war der Bediente eilends in die benachbarte Stadt geritten und hatte von dort einen Arzt mitgebracht. Dieser erklärte den Zustand der Leidenden für bedenklich; übrigens habe man ihn zu spät herangezogen, und die Anordnungen seines Kollegen seien ganz unzweckmäßig gewesen.

Gegen Morgen hörten die Fieberphantasien auf, und Julie fiel in einen tiefen Schlaf. Als sie — nach zwei oder drei Tagen — daraus erwachte, schien sie sich kaum noch erinnern zu können, durch welche verhängnisvolle Kette von Geschehnissen sie in diese schmutzige Wirtshauskammer geraten war. Doch kehrte ihr das Gedächtnis bald zurück. Sie sagte, daß sie sich besser fühle, und sprach sogar davon, morgen weiterreisen zu wollen. Dann schien sie in Nachdenken zu versinken; die Hände auf die Stirn gepreßt, lag sie regungslos da. Endlich verlangte sie Tinte und Papier, um zu schreiben. Die Kammerfrau sah, wie sie einen Brief immer von neuem begann und das Blatt nach den ersten Worten wieder zerriß. Gleichzeitig verlangte sie, daß man die zerfetzten Blätter sofort verbrenne. Die Kammerfrau erblickte zufällig auf mehreren dieser Briefbogen die Anrede: *Monsieur*, was ihr — wie sie später erzählte — sonderbar vorkam, denn sie hatte angenommen, Madame de Chaverny schreibe an ihre Mutter oder an ihren Gemahl. Auf einem anderen Papier las sie die Worte: *Sie müssen mich sehr verachten* . . .

Wohl eine halbe Stunde lang machte Julie Anstrengungen, ihren Brief zustande zu bringen. Endlich wurde die Erschöpfung zu groß, als daß sie es noch weiter hätte versuchen können. Sie stieß das Schreibpult, das man ihr aufs Bett gestellt hatte, von sich weg und sagte mit verstörter Miene zu der Kammerfrau:

«Schreiben Sie selbst an Monsieur Darcy!»

«Was soll ich schreiben, Madame?» fragte die Kammerfrau, welche glaubte, daß die Fieberphantasien wieder eingesetzt hätten.

«Schreiben Sie ihm, daß er mich nicht kenne . . . und daß ich ihn nicht kenne . . .»

Entkräftet sank sie in die Kissen zurück.

Das waren die letzten zusammenhängenden Worte, die man von ihr vernahm. Das Fieber kehrte zurück und gab sie nicht mehr frei. Am Tage darauf starb Julie de Chaverny — dem Anschein nach, ohne weiter zu leiden.

16

Drei Tage nach der Beerdigung kam Chaverny. Seine Trauer schien echt, und allen Dorfbewohnern wurden die Augen feucht, wie sie ihn regungslos am frischen Grabe seiner Frau stehen sahen. Er wollte den Leichnam nach Paris bringen lassen; da jedoch der Gemeindevorsteher Einspruch erhob und außerdem der Notar unendliche Formalitäten in Aussicht stellte, so begnügte er sich, Anweisungen zu geben für die Errichtung eines schlichten, aber würdigen Grabmals.

Châteaufort empfand sichtlichen Schmerz über Julies plötzlichen Tod; er lehnte mehrere Balleinladungen ab und trug eine Zeitlang nur schwarze Kleidung.

17

In den Salons waren über den Hinschied der Madame de Chaverny verschiedene Versionen im Umlauf. Eine derselben wollte, daß sie, durch einen Traum (oder eine Art Vorahnung) von der Erkrankung ihrer Mutter in Kenntnis gesetzt, sich — trotz einer bösartigen, auf der Rückkehr von einem Ausflug erworbenen Erkältung — sofort auf den Weg nach Nizza gemacht habe; und aus der Erkältung sei in wenigen Stunden eine Lungenentzündung geworden.

Andere, scharfsichtigere Beobachter raunten geheimnisvoll, Madame de Chaverny habe, im Bewußtsein ihrer Liebe zu Châteaufort, bei ihrer Mutter Widerstandskraft gegen eine verbotene Neigung suchen wollen. Erkältung und Lungenentzündung seien (in diesem Punkte war man ungefähr einig) die Folgen der überstürzten Abreise gewesen.

Darcy sprach nie von ihr. Drei oder vier Monate nach ihrem Tode verheiratete er sich auf vorteilhafte Weise — ein Ereignis, zu welchem Madame Lambert ihn mit folgenden Worten beglückwünschte:

«Ihre Frau ist wirklich reizend, Darcy!... Nur die arme Julie hätte ebensogut zu Ihnen gepaßt. Es bleibt doch jammerschade, daß Sie damals, als Julie verheiratet werden sollte, nicht reich genug für sie waren!»

Darcy lächelte sein ironisches Lächeln, sagte aber nichts.

Diese beiden — sich verkennenden — Herzen waren vielleicht doch füreinander bestimmt...

DIE VENUS VON ILLE

Ἵλεως, ἦν δ᾽ ἐγώ, ἔστω ὁ ἀνδριάς,
καὶ ἤπιος, οὕτως ἀνδρεῖος ὤν.
Λουκιάνου Φιλοψεύδης.*

Ich stieg den letzten nördlichen Abhang des Canigou hinab, eines Gipfels der Ostpyrenäen; und obwohl die Sonne schon untergegangen war, konnte man in der vor mir liegenden Ebene die Häuser der kleinen Stadt Ille erkennen, die das Ziel meiner Reise war.

«Ist Euch bekannt», fragte ich den Katalanen, der mir seit dem Vortage als Führer diente, «wo Monsieur de Peyrehorade sein Haus hat?»

«Ob es mir bekannt ist!» rief jener. «Ich kenne sein Haus wie mein eigenes, und wenn es nicht schon so dunkel wäre, so würde ich es Euch zeigen! Es ist das schönste in der ganzen Stadt. Er hat sehr viel Geld, der gute Monsieur de Peyrehorade, und sein Sohn wird ein Mädchen heiraten, das noch mehr hat!»

«Und wird die Hochzeit bald stattfinden?» fragte ich.

«Sehr bald! Vielleicht sind die Violinspieler schon bestellt zu der Festlichkeit! Es kann

* Huldvoll, sagte ich, sei die Bildsäule,
und barmherzig, da sie soviel Macht hat!
Lukianos: «Der Lügenfreund».

heute abend sein — oder morgen oder übermorgen, was weiß ich? . . . Die Sache soll in Puygarrig in Szene gehen; denn Mademoiselle de Puygarrig ist die Auserkorene des jungen Herrn! Es wird eine schöne Feier werden, das ist gewiß!»

Es war mein Freund, Monsieur de Q..., der mich an Monsieur de Peyrehorade empfohlen hatte. Letzterer sei — so hatte er mir auseinandergesetzt — ein gelehrter Altertumsforscher und dabei ein ungemein liebenswürdiger Mann, der sich gewiß ein Vergnügen daraus machen werde, mir auf zehn Meilen in der Runde alle Ruinen und sonstigen Sehenswürdigkeiten der Gegend vor Augen zu führen. Auf diesen gefälligen Kenner rechnete ich, um den an Monumenten aus der Antike und aus dem Mittelalter so reichen Distrikt von Ille zu erforschen. Die bevorstehende Heirat aber, von der ich erst jetzt erfuhr, schien mir alle diese schönen Pläne über den Haufen zu werfen.

Ich werde höchst unerwünscht in die Vorbereitungen der Zeremonie hineinplatzen! dachte ich.

Aber ich wurde erwartet. Da ich einmal von Monsieur de Q... angemeldet war, durfte ich den Besuch nicht ganz unterlassen.

«Wetten wir, Monsieur», sagte, als wir uns schon in der Ebene befanden, der Führer zu mir, «wetten wir um eine Zigarre, daß ich erraten kann, was Ihr bei Monsieur de Peyrehorade zu finden beabsichtigt!»

«Das ist nicht schwer zu erraten», erwiderte ich, ihm eine Zigarre überreichend. «Um diese Abendzeit, nach sechs Stunden Weges auf den Abdachungen des Canigou, wird das, worauf man in erster Linie seine Hoffnung setzt, wohl ein ordentliches Nachtmahl sein!»

«Sicherlich ... Aber für morgen?! ... Ich möchte wetten, daß Ihr nach Ille gekommen seid, um das *Götzenbild* kennenzulernen! Dessen bin ich gewiß, seitdem ich Euch gestern die Heiligen von Serrabano abzeichnen sah!»

«Das ‚Götzenbild'?! Welches Götzenbild?» fragte ich.

Das phantastische Wort hatte meine Neugier erregt.

«Wie?! ... Ist Euch in Perpignan denn nicht erzählt worden, daß Monsieur de Peyrehorade in der Erde ein Götzenbild entdeckt hat?!»

«Ihr wollt sagen: eine Figur aus Erde, ein Bildwerk aus Terracotta, aus gebranntem Ton, wie?»

«Nein: eine Statue aus Kupfer, so schwer und massiv, daß man ein Vermögen daraus machen könnte! Sie wiegt mindestens soviel wie eine mächtige Kirchenglocke! Tief im Boden, unter dem Wurzelwerk eines alten Olivenbaums, da haben wir sie aufgestöbert!»

«Wart Ihr denn beim Ausgraben dabei?»

«Allerdings, Monsieur! Vor genau vierzehn Tagen hat Monsieur de Peyrehorade zu uns — das heißt zu Jean Coll und mir — gesagt, wir sollten den alten Olivenbaum, der vorigen Winter erfroren ist, mitsamt den Wurzeln ausheben. Es war ja ein besonders schlimmer Winter, nicht wahr? . . . Na, der Jean Coll, der gräbt nun mit aller Macht, und wie er einmal besonders stark darafloshackt, da höre ich so etwas wie ‚bimm, bimm', ganz als ob er auf eine Glocke geschlagen hätte. ‚Was kann das sein?' sage ich. Wir hacken tüchtig weiter, wühlen uns immer mehr in die Tiefe, und da kommt mit einem Mal eine schwarze Hand zum Vorschein, wie die Hand eines Toten, die aus dem Grabe herausgriffe! Mich packt eine grausige Angst! Schleunigst laufe ich zu Monsieur de Peyrehorade und berichte ihm:

«Unter dem Olivenbaum liegen Tote! Es muß zum Pfarrer geschickt werden!»

«Was für Tote?» fragte er.

Und kommt gleich mit. Aber kaum hat er die Hand gesehen, so bricht er in den Ruf aus:

«Eine Antike! Eine Antike!»

Man hätte wahrscheinlich glauben sollen, er habe einen vergrabenen Schatz entdeckt! Und mit Hacke und Händen beginnt er nun selber mitzuarbeiten und leistet dabei in kurzer Zeit soviel wie wir beide zusammengenommen!»

«Und was habt ihr schließlich zutage gefördert?»

«Eine große, ganz schwarze Frau, die — mit Verlaub zu sagen — bis an den Gürtel nackt war, aus purem Kupfer, und Monsieur de Peyrehorade hat uns gesagt, es handle sich um ein Götzenbild aus heidnischer Zeit . . .

aus der Zeit Karls des Großen, wenn ich mich recht erinnere.»

«Ich vermute, es ist eine ehrwürdige alte Bronzemadonna aus irgendeinem zerstörten Kloster!»

«Eine Madonna?! Na, ich danke! . . . Es ist eine heidnische Dame, sage ich Euch, das merkt man schon am Gesicht! Mit ihren großen weißen Augen sieht sie einen so unheimlich an, daß man den Blick wegwenden muß! Wirklich, es wird einem ganz übel zumute, wenn sie einen so anstarrt!»

«Mit weißen Augen?! Wahrscheinlich sind sie in die Bronze eingelegt. Es handelt sich vielleicht um eine römische Statue.»

«Eine römische, ganz recht! Monsieur de Peyrehorade sagte uns auch, die Frau sei eine Römerin! Oh, ich sehe schon, Ihr seid in diesen Dingen ebensogut bewandert wie er!»

«Ist sie unversehrt? Gut erhalten?»

«Oh, Monsieur, es fehlt ihr nicht das geringste! Sie ist noch schöner und noch feiner gearbeitet als die Gipsbüste vom König Louis Philippe in unserem Rathaus! Trotzdem gefällt mir die Miene dieser Frauensperson ganz und gar nicht! Sie sieht boshaft aus . . ., und sie ist es auch!»

«Boshaft?! . . . Welcherlei Bosheit hat sie Euch denn zugefügt?»

«Mir selber keine! . . . Aber hört nur zu! . . . Also wir rackern uns ganz übermenschlich ab, um sie an einem Seil hochzubekommen, und Monsieur de Peyrehorade zieht gehörig mit, obgleich er kaum soviel Kraft hat wie ein Hühnchen, der brave Herr! Mit aller Mühe erreichen wir es endlich, daß sie aufrecht steht. Ich suche gerade nach einem Stück Ziegel zum Unterlegen, als sie, pardauz!, in ihrer ganzen Masse und Fülle rücklings zu Boden fällt! Ich rufe noch: ‚Nimm dich in acht!' Aber es war schon zu spät: Jean Coll konnte sein Bein nicht mehr retten...»

«Er ist verwundet worden?»

«Abgeknickt wie eine dürre Bohnenstange ist das Bein! Der arme Kerl! Wie ich das sah, geriet ich in solche Wut, daß ich mit der Hacke auf das Frauenzimmer losschlagen wollte! Aber Monsieur de Peyrehorade hat mich zurückgehalten. Und dem Jean Coll hat er ein Schmerzensgeld ausgezahlt. Aber Jean liegt immer noch zu Bett (genau zwei Wochen ist es her), und der Doktor sagt, mit dem verletzten Bein werde er nie wieder so gut gehen können wie mit dem anderen. Und das ist ein wahrer Jammer; denn er war unser bester Läufer und, nächst dem jungen Herrn de Peyrehorade, der geschickteste Ballspieler! Deswegen ist Monsieur Alphonse auch sehr traurig gewesen: er hat den einzigen Partner verloren, der es mit ihm aufnehmen konnte. Oh, es war immer so hübsch anzusehen, wie die beiden einander die Bälle zuschlugen! Paff, paff! Nie kam es vor, daß einer zu Boden fiel.»

Solchermaßen plaudernd, waren wir in die Straßen von Ille gelangt, und nach wenigen

Minuten fand ich mich dem gelehrten Monsieur Peyrehorade gegenüber. Das war ein kleiner alter Herr, noch sehr rüstig und aufgeräumt, gepudert, mit roter Nase und jovialer, schalkhafter Miene. Noch bevor er den Empfehlungsbrief meines Freundes aufgemacht hatte, saß ich schon an einer wohlbesetzten Tafel und war seiner Frau und seinem Sohn vorgestellt als «großer Archäologe, der die einst so berühmte alte Grafschaft Roussillon der Vergessenheit entreißen werde, in welche sie durch die sträfliche Gleichgültigkeit der gelehrten Welt geraten sei».

Während ich dem ausgezeichneten Mahl mit einem durch die Bergluft verschärften Appetit zusprach, fand ich Muße, meine Gastgeber zu betrachten. Monsieur de Peyrehorade war die Lebhaftigkeit selbst; er redete, aß, sprang von seinem Stuhle auf, lief an den Bücherschrank, schleppte Folianten herbei, zeigte mir alte Stiche, goß Wein ein; keinen Augenblick vermochte er sich ruhig zu halten. Seine Frau, etwas angefettet (wie es die meisten Katalaninnen sind, nachdem sie die Vierzig überschritten haben), schien mir die typische, nur auf das Wirtschaftliche bedachte Provinzlerin zu sein. Obwohl die aufgetragenen Speisen für mindestens sechs Personen ausgereicht hätten, rannte sie immer von neuem in die Küche, ließ Tauben schlachten, gab Anordnungen zum Braten, Backen, Sieden von tausend Dingen, öffnete unendliche Konfitürentöpfe. Allgemach überfüllte sich der Tisch mit Schüsseln,

Terrinen und Flaschen, und ich wäre sicher an einer Indigestion zugrunde gegangen, wenn ich an all den Herrlichkeiten auch nur zu nippen versucht hätte. Dabei wurde jede Speise, die ich ausschlagen mußte, noch mit umständlichen Entschuldigungen garniert: man hege die begründete Befürchtung, daß es mir in Ille nicht gefalle; aber leider seien die Bezugsquellen in der Provinz sehr beschränkt, und die Pariser seien eben verwöhnte und wählerische Kenner.

Inmitten all dieses geschäftigen Treibens seiner Eltern blieb Monsieur Alphonse unbeweglich wie ein Obelisk. Er war ein hochgewachsener junger Mann von sechsundzwanzig Jahren, mit schönen, regelmäßigen, aber ausdruckslosen Gesichtszügen. Das Athletische seiner Figur stand durchaus im Einklang mit dem großen Ruf, den er als Ballspieler genoß. Er war an diesem Abend mit außerordentlicher Eleganz gekleidet, offenbar streng nach Vorschrift der Gravüren aus dem neuesten Modejournal. Das untadelhafte Kostüm schien ihm jedoch höchst unbehaglich zu sein; steif und ungelenk steckte er in seiner Halsbinde, und wenn er sich einmal bewegte, so geschah es ruckweise und ohne jede Anmut. Seine groben, sonnenverbrannten Hände, seine breiten Fingernägel paßten schlecht zu der Distinktion seiner Kleidung. Es waren Arbeiterhände, die aus den Ärmeln eines Dandy hervorkamen. Er musterte mich — in meiner Eigenschaft als Pariser — mit sichtlicher Neugier vom Kopf bis zu den Füßen, gönnte mir aber während des ganzen Abends nur einen einzigen Satz: die Erkundigung nach dem Geschäft, in dem meine Uhrkette gekauft worden sei.

«Also, mein hochverehrter Gast», sagte, als das Mahl zu Ende ging, Monsieur de Peyrehorade, «es ist ausgemacht, daß Sie in meinem Hause wohnen, und daß Sie mir ganz gehören werden! Nicht eher lasse ich Sie los, als bis Sie alles in Augenschein genommen haben, was es in unseren Bergen Interessantes gibt! Sie müssen die Reize unseres Roussillon gründlich kennenlernen, und Sie werden sicherlich zu der Überzeugung kommen, daß es sich der Mühe lohnt! Oh, Sie ahnen ja gar nicht, was ich Ihnen alles zu zeigen habe! Phönizische, keltische, römische, arabische, byzantinische Denkmäler — Sie sollen alles zu Gesicht bekommen, von Alpha bis Omega! Überall führe ich Sie hin; erspart bleiben wird Ihnen nicht der versteckteste altertumsverdächtige Ziegelstein!»

Ein Hustenanfall gebot dem Redestrom Einhalt. Ich benutzte die Unterbrechung, um zu beteuern, daß ich den für seine Familie so bedeutungsvollen Feiertagen auf keinen Fall unbequem werden möchte. Wenn er mir freundlicherweise einige — für mich ungemein wertvolle — Ratschläge in bezug auf die von mir zu unternehmenden Exkursionen geben wolle, so könnte ich, ohne daß er sich der Mühe unterziehen möge, mich zu begleiten . . .

«Ach, Sie meinen die Hochzeit des Burschen da!» fiel er mir ins Wort. «Eine Bagatelle, die übermorgen erledigt sein wird! Sie machen die Hochzeit mit, wollen Sie uns diese Freundlichkeit erweisen? In engstem Kreise, denn die Zukünftige hat gerade Trauer um eine Tante, deren Erbin sie ist. Somit keine große Feier, kein Ball . . . Was in gewissem Sinne bedauerlich ist: Sie hätten unsere Katalaninnen tanzen sehen können! . . . Das sind reizvolle Mädchen, und vielleicht hätte die Lust Sie angewandelt, unserem Alphonse nachzueifern! Eine Hochzeit, sagt das Sprichwort, kommt selten allein . . . Am Samstag, wenn die jungen Leute glücklich zusammengetan sind, bin ich frei, und wir können uns auf den Weg machen! . . . Ich werde Sie um Verzeihung bitten müssen wegen der Langweiligkeit einer ländlichen Hochzeit — zumal ganz ohne Tanz! Ein mit Festen übersättigter Pariser wie Sie! . . . Immerhin werden Sie eine Braut zu sehen bekommen . . . eine Braut, sage ich Ihnen, von der Sie mir vielleicht noch vorschwärmen werden! . . . Aber Sie sind ja ein gesetzter Mann und lugen wohl nicht mehr nach Weibern aus! . . . Und ich habe Ihnen auch etwas viel Besseres vorzuführen! Ich werde Ihnen etwas zeigen . . . Na, für morgen dürfen Sie sich auf eine gehörige Überraschung gefaßt machen!»

«Mein Gott!» erwiderte ich: «wer einen Schatz besitzt, kann ihn nur schwer vor den Nachbarn verheimlichen! Ich glaube zu erraten, welche Art von Überraschung Sie mir zugedacht haben. Falls es sich um die Statue handelt, von der mein Führer mir erzählt hat, so bin ich ebenso neugierig wie ungeduldig, sie bewundern zu dürfen!»

«Ah, er hat Ihnen schon von dem ‚Götzenbild' gesprochen; denn so nennen die Leute hier meine schöne *Venus Tur* ... Aber für heute will ich nichts weiter verraten. Morgen, bei hellem Tageslicht, sollen Ihre Augen die Göttin erblicken, und Sie werden mir sagen, ob ich ein Recht habe, sie für ein Meisterwerk zu halten! ... Übrigens kommen Sie zu ganz besonders gelegener Stunde, verehrter Gastfreund! Denn es sind da ein paar Inschriften angebracht, die ich, als armer Ignorant, auf meine subjektive Weise zu deuten versucht habe ... Sie, ein so gelehrter Herr aus Paris, werden vielleicht über meine Interpretation lachen ... Ich habe einen kleinen Aufsatz darüber verfaßt ... Wirklich, ich alter, hinterwäldlerischer Antiquarius, ich habe es gewagt ... Ich möchte den hochmögenden wissenschaftlichen Zeitschriften eine kleine Nuß zu knacken geben ... Wenn Sie, lieber Herr Collega, die große Güte haben wollten, mein Geschreibsel durchzulesen und vielleicht etwas zu korrigieren, so dürfte ich hoffen ... Zum Beispiel wäre ich begierig zu erfahren, wie Sie die Inschrift auf dem Sockel übersetzen würden: CAVE ... Doch für heute will ich Sie nicht weiter behelligen; verschieben wir alles auf morgen! Kein Wort mehr über die geheimnisvolle Venus heute abend!»

«Es ist sehr vernünftig von dir, Peyrehorade», sagte die Herrin des Hauses, «daß du dein Götzenbild endlich in Ruhe lassen willst! Du müßtest doch längst gemerkt haben, daß unser Gast vor all deiner Geschwätzigkeit gar nicht zum Essen gekommen ist!... Und außerdem hat Monsieur in Paris gewiß weit schönere Statuen gesehen als deine Kupferhexe! In den Tuilerien gibt es ganze Dutzende, und von Bronze sind sie auch!»

«Da haben Sie ein Musterbild der Ignoranz, der heiligen Einfalt des Hinterlandes!» schmälte Monsieur Peyrehorade. «Wie kann man nur eine bewunderungswürdige Antike in Vergleich setzen mit den banalen Skulpturen eines Guillaume Coustou!

Sonder Ehrfurcht vor den Göttern
Redet dieses Ehgespons!

Werden Sie es für möglich halten, Monsieur, wenn ich Ihnen sage, daß meine Frau mir allen Ernstes geraten hat, ich solle meine Statue einschmelzen und eine Glocke für unsere Kirche daraus gießen lassen?! Eine Glocke, die dann nach ihr, als der frommen Stifterin, benannt worden wäre! Welch schnöde Bestimmung für ein des Myron würdiges Meisterwerk!»

«Ein schönes Meisterwerk, die freche Götzin! *Etwas* Meisterhaftes hat sie allerdings zustande gebracht: einem braven Manne das Bein hat sie zerschmettert!»

«Frau, sieh her!» sagte Monsieur de Peyrehorade und streckte ihr sein rechtes, buntseidenbestrumpftes Bein entgegen: «wenn die Venus mir dieses Bein zerschmettert hätte, ich wollte kein Wort der Klage darüber verlauten lassen!»

«Mein Gott, Peyrehorade, wie kannst du nur so etwas sagen?! Gott sei Dank, geht es dem Manne ja besser ... Aber noch heute mag ich die Schandperson, die solches Malheur angerichtet, keines Blickes würdigen! Der arme Jean Coll!»

«Von der Venus verwundet!» sagte, mit derbem Lachen, Monsieur de Peyrehorade. «Aphrodisisch mit einer Verletzung begnadet — und der Tölpel beklagt sich noch!

*Veneris nec praemia noris.**

Müßte man sich nicht vielmehr glücklich schätzen, von der Göttin der Liebe einen etwas dauerhaften Denkzettel empfangen zu haben?»

Monsieur Alphonse, der gewiß besser Französisch als Lateinisch konnte, zwinkerte mir verständnisinnig zu, als ob er sagen wolle:

«Und du, Pariser, was hältst du von alledem?»

Das Mahl war zu Ende. Schon seit einer Stunde hatte ich keinen Bissen mehr zu mir genommen. Ich war müde und vermochte das Gähnen kaum noch zu unterdrücken. Madame de Peyrehorade sah es und drängte zum

* Der Venus Gunst wirst du erfahren.

Schlafengehen. Eine Mahnung, die wieder nicht ohne einen Schwall von Entschuldigungen abging wegen des schlechten Nachtlagers, das meiner harre. So bequem wie in Paris könne man es mir leider nicht bieten; man sei in der Provinz eben in jeder Beziehung auf die Nachsicht der Gastfreunde angewiesen. Vergebens beteuerte ich, daß nach so ausgiebigen Strapazen selbst ein Lager von Stroh mir als herrliche Ruhestätte erscheinen würde: die Bitten um Duldsamkeit für die armen Landbewohner, die nicht so könnten, wie sie gern möchten, hörten darum nicht auf.

In Begleitung von Monsieur de Peyrehorade durfte ich mich endlich in das mir zugedachte Schlafgemach hinaufbegeben. Die Treppe, deren obere Stufen aus Holz waren, mündete auf einen Korridor, der zu mehreren Räumen führte.

«Zur Rechten» — so erläuterte mein Gastgeber — «liegt die für das junge Ehepaar bestimmte Wohnung, während Ihr Zimmer, lieber Freund, sich am entgegengesetzten Ende des Ganges befindet. Es leuchtet Ihnen ein, nicht wahr» — und diesen Worten versuchte er einen leicht faunischen Beigeschmack zu geben —, «daß Neuvermählte allein gelassen werden müssen? Somit wird der gelehrte Gast an dem einen Ende des Hauses wohnen und das verliebte Paar am anderen!»

Wir betraten eine wohleingerichtete Stube, deren dominierendes Möbelstück in einem sieben Fuß langen und sechs Fuß breiten Bette bestand, zu dessen Höhe man sich nur mittels eines Schemels emporzuhissen vermochte. Mein Gastgeber zeigte mir die Stelle, wo der Glockenzug sich befand, vergewisserte sich, daß die Zuckerdose gut gefüllt war und daß die Fläschchen mit Eau de Cologne ordentlich in Reih und Glied auf dem Toilettentisch standen, erkundigte sich mehrmals, ob es mir an nichts Weiterem fehle, wünschte mir eine gute Nacht und ließ mich allein.

Die Fenster waren geschlossen. Bevor ich mich zur Ruhe legte, öffnete ich eines derselben, um die frische, nach einer so ausführlichen Mahlzeit doppelt erquickliche Nachtluft einzuatmen. Vor mir lag der Gipfel des Canigou, der, in jeglicher Beleuchtung herrlich anzuschauen, mir jetzt, bei glänzendem Mondschein, als ein wahrer Zauberberg erschien. Ein paar Minuten lang blieb ich in den unvergleichlichen Anblick versunken, und schon wollte ich das Fenster wieder schließen, als mein sich senkender Blick mit einemmal auf die Göttin fiel, die, in einer Entfernung von etwa hundert Fuß, aus dem Laub hervorschimmerte. Sie stand im Schutze einer üppig grünenden Hecke, die den das Haus umgebenden Garten von einem weiten, kahlen Terrain trennte, welches, wie ich später erfuhr, seit einiger Zeit als öffentlicher Ballspielplatz diente. Es war von Monsieur de Peyrehorade, dem es gehört hatte, auf das wiederholte Drängen des Sohnes an die Gemeinde abgetreten worden.

Aus der Entfernung konnte ich die Einzelheiten der Statue — die etwa sechs Fuß hoch zu sein schien — nicht erkennen. In diesem Augenblick jedoch kamen, eine populäre Melodie pfeifend, zwei junge Burschen über den Platz. Sie blieben an der Hecke, unweit des ‚Götzenbildes', stehen, und einer von den beiden redete es an.

«Da bist du ja, du Canaille! Hast dem armen Jean Coll sein Bein verschandelt! Wenn du mein eigen wärest: ich schlüge dir ohne Umstände den Kopf ab!»

«Aber womit?» fragte der andere. «Die Hexe ist aus Kupfer und so hart, daß Gaston seine Feile, mit der er sie neulich ein bißchen anritzen wollte, glatt zerbrochen hat. Kupfer aus heidnischer Zeit — das ist härter als Diamant!»

«Wenn ich meinen Stahlmeißel bei mir hätte», erwiderte der erste (der ein Schlosserlehrling zu sein schien), «so wollte ich ihr die großen weißen Augen flugs heraussprengen wie eine Mandel aus der Schale! Ein paar blanke Taler wären sie sicherlich wert!»

Sie schickten sich zum Weitergehen an.

«Ich muß dem Heidenweib doch noch gute Nacht wünschen», sagte, stehenbleibend, der Größere. Er bückte sich und schien einen Stein vom Boden aufzuheben. Ich sah, wie er mit dem Arme ausholte und etwas nach der Göttin hinschleuderte. Die Statue gab einen metallischen Klang. Doch im selben Augenblick griff sich der Bursche, laut aufschreiend, mit der Hand an den Kopf.

«Sie hat ihn auf mich zurückgeschleudert!» brüllte er.

Und schleunigst machten die beiden Taugenichtse sich davon. Offenbar war der Stein von dem Metall zurückgeprallt, und so hatte das Geschoß selber als Rachewerkzeug gedient für die an der Göttin verübte Schmach.

Mit einem verhaltenen Lachen schloß ich das Fenster.

«Wieder ein von der Venus gezüchtigter Vandale! Möge allen denen, die unsere alten Monumente zu demolieren geneigt sind, ein Stein so prompt an den Kopf sausen!»

Mit diesem frommen Wunsche schlief ich ein.

Es war heller Tag, als ich die Augen aufschlug. Auf der einen Seite meines Bettes stand, im Schlafrock, Monsieur de Peyrehorade; auf der anderen ein offenbar von seiner Frau entsandter Diener, eine Tasse Schokolade in der Hand.

«Aufstehen, lieber Pariser!» rief mein Gastgeber. «Da sehe man diese Faulpelze aus der Hauptstadt! Um acht Uhr noch in den Federn zu liegen! Ich bin seit sechs Uhr auf den Beinen, und dreimal habe ich mich auf den Fußspitzen an Ihre Kammertür geschlichen, ohne das geringste Lebenszeichen zu erhaschen! Es ist auch für die Gesundheit sehr unzuträglich, so lange der Bettruhe zu pflegen! . . . Und meine Venus haben Sie noch gar nicht zu Gesicht bekommen! Rasch, trinken Sie Ihre Schokolade: erstklassige, aus Spanien eingeschmuggelte Ware, wie man sie in ganz Paris nicht findet! Sammeln Sie ein bißchen Kraft, mein Freund; denn wenn Sie erst vor der Venus stehen, werden Sie für keinerlei irdische Nahrung mehr Sinn haben!»

In fünf Minuten war ich fertig, das heißt: halb rasiert, alles falsch zugeknöpft und von der Schokolade, die ich kochend heiß hinuntergießen mußte, an Hals und Zunge arg verbrannt. Ich stürzte mit meinem Gastgeber in den Garten — und fand mich vor einem wahrhaft anbetungswürdigen Werk der Antike.

Es handelte sich wirklich um eine Venus, eine Statue von vollendeter Schönheit. Der Oberkörper war nackt, die rechte Hand in der Höhe des Busens nach innen gewandt, der Daumen und die beiden ersten Finger ausgestreckt, die beiden anderen leicht gekrümmt. Die andere Hand, an der Hüfte, hielt das den Unterkörper bedeckende Gewand. Die ganze Haltung erinnerte an die Statue des Morraspielers, an jenes Werk, das man — ich weiß nicht recht, warum — mit dem Namen des Drusus Nero Germanicus zu benennen pflegt. Hatte etwa auch die Venus als Morraspielerin dargestellt werden sollen?

Wie dem auch sei: etwas Vollkommeneres als diese aus der Erde auferstandene Göttin hätte keine noch so hochfliegende Phantasie sich ausdenken können. Nichts, was lieblicher und zugleich verführerischer wäre als ihre Konturen; nichts Eleganteres und zugleich Edleres als der Faltenwurf ihrer Gewandung! Ich hatte mich auf ein Produkt der spätrömischen — der «byzantinischen» — Kaiserzeit gefaßt gemacht; doch was ich erblickte, das war ein Meisterwerk aus der Blütezeit antiker Plastik. Am meisten frappierte mich die wunderbare Natürlichkeit der Formen, die von einem lebenden Wesen hätten abgenommen sein können, falls die Natur einem Künstler jemals so vollkommene Modelle darböte.

Das Haar, wellig aus der Stirn gestrichen, schien ehemals vergoldet gewesen zu sein. Der Kopf — von jener für die griechische Plastik so bezeichnenden relativen Kleinheit — war leicht nach vorne gebeugt. Der Gesichtsausdruck aber stand in einem krassen Gegensatz zu allem, was mir bisher von der Kunst des klassischen Altertums bekannt geworden war. Eine Welt der Empfindung trennte dies seltsame, tief befremdende Antlitz von der stillen Größe und edlen Herbe, von der erhabenen Klarheit, die von jeher als charakteristisches Kennzeichen antiken Geistes gegolten hat. Des aller Tradition so trotzig widerstrebenden Bildners Absicht schien es gewesen zu sein, seinem Geschöpf einen Ausdruck von Arglist zu geben, der bis zur Bösartigkeit gesteigert sein sollte. Alle Gesichtszüge dieser Venus befanden sich in einer verdächtigen Spannung: die Augen ein wenig schief gestellt, der Mund etwas verzogen, die Nasenflügel leicht gebläht. Geringschätzung, Spottlust und Grausamkeit sprachen aus dem rätselhaft-vieldeutigen Antlitz. Und je mehr man das Wunderwerk betrachtete, um so beklemmender ward die Frage, mit welchen Mitteln der Künstler eine so abgründige Verschmelzung von Schönheit und Gefühllosigkeit habe zustande bringen können.

«Falls jemals ein Modell zu dieser Statue existiert hat», sagte ich zu Monsieur de Peyrehorade, «— aber ich bezweifle, daß die Natur je eine solche Frau habe hervorbringen können —, so müssen ihre Liebhaber wahrhaftig nicht zu beneiden gewesen sein! Gewiß hat sie eine böse Freude empfunden an hoffnungslosen Leidenschaften, an der Verzweiflung und den Katastrophen ihrer Anbeter! Zerreißende Wildheit lauert hier in einem Gesicht, wie ich es schöner und herrlicher nie gesehen habe!»

«*Auf Beute geht sie aus, Frau Venus wunderhold!*»

zitierte, von dem Grad meiner Begeisterung befriedigt, in alexandrinischem Versmaß Monsieur de Peyrehorade.

Der Ausdruck teuflischer Ironie wurde vielleicht noch verstärkt durch den Gegensatz der glänzenden Silberaugen zu der schwarzgrünen Patina, die die Jahrhunderte dem Standbild verliehen hatten. Diese Augen erzeugten eine geradezu beängstigende Illusion von Wirklichkeit, von lebendigster Gegenwart. Ich mußte an meinen Führer denken, der die Empfindung gehabt hatte, daß diesem faszinierenden Blick niemand standhalten könne. Damit hatte er sicherlich recht, und ich vermochte mich einer

Regung des Unwillens über mein Erschauern vor einem metallenen Bilde nicht zu erwehren.

«Nun, mein verehrter Kollege und Altertumsenthusiast», sagte mein Gastgeber zu mir, «nachdem Sie so ästhetisch-pathetisch den Sinnen Genüge getan haben, wollen wir, wenn es Ihnen recht ist, zu unseren wissenschaftlichen Problemen übergehen. Was dünkt Ihnen von dieser Inschrift hier, der Sie noch keinerlei Beachtung geschenkt zu haben scheinen?»

Er wies auf den Sockel der Statue, und ich las dort die Worte:

CAVE AMANTEM

«*Quid dicis, doctissime?*»* fragte er mich, schmunzelnd und händereibend. «Laßt doch sehen, ob wir einer und derselben Meinung sind über die Bedeutung dieses *cave amantem!*»

«Nun», erwiderte ich, «es sind zwei Bedeutungen denkbar. Zunächst kann man (indem man das Wort als an die Göttin selbst gerichtet auffaßt) übersetzen: ‚Hüte dich vor dem, der dich liebt, mißtraue deinen Liebhabern und Anbetern!' Aber ich bin mir nicht klar darüber, ob das *cave amantem*, in diesem Sinne genommen, gutes Latein wäre. Ein Blick auf die diabolische Miene der Dame führt vielmehr zu der Vermutung, daß der Künstler den Beschauer des Werkes vor der verhängnisvollen Wirkung dieser Schönheit habe warnen wollen. Und so-

* Was sagst du, hochgelehrter Mann?

mit würde ich übersetzen: ‚Hüte dich, o Betrachter, wenn sie, diese Venus, dich liebt!‘»

«Hm», meinte Monsieur de Peyrehorade, «diese Interpretation ließe sich denken; sie ist sprachlich annehmbar. Aber, mit Verlaub, lieber Freund, ich ziehe doch die erste Übersetzung vor — der ich eine mythologische Erläuterung beizufügen gedenke. Erinnern Sie sich, wer Aphroditens Geliebter war?»

«Sie hatte deren mehrere.»

«Ja, aber der erste war Hephaistos, der Gott des Feuers und der Metalle. Somit nehme ich an, daß die Inschrift besagen will: ‚Hab acht, Aphrodite! Trotz all deiner Schönheit, trotz deinem hochmütigen Gehaben wirst du einen häßlichen Hinkefuß, einen humpelnden Schmiedemeister zum Gatten bekommen!‘ ... Eine drastische Lektion für kokette Damen!»

Ich mußte lächeln über das An-den-Haaren-Herbeigezogene dieser Auslegung.

«Die lateinische Sprache», sagte ich (denn ich mochte dem liebenswürdigen Manne nicht ausdrücklich widersprechen), «birgt in ihrer Knappheit eine Menge von Fallstricken!»

Um nun die Statue mehr in ihrer Gesamtwirkung betrachten zu können, trat ich ein paar Schritte von ihr zurück.

«Einen Augenblick, Collega!» rief, mich am Arme festhaltend, Monsieur de Peyrehorade. «Sie haben noch nicht alles gesehen: es ist noch eine zweite Inschrift da! Steigen Sie, bitte, auf den Sockel, und prüfen Sie den rechten Arm der Göttin!»

Und er half mir beim Hinaufklimmen auf das Postament.

Ohne viel Umstände klammerte ich mich, oben angelangt, an den Hals der Venus, mit der ich allmählich in ein vertrauteres Verhältnis zu geraten schien. Ihr Gesicht, aus solcher Nähe betrachtet, erwies sich als noch schöner und noch bösartiger. Dann entdeckte ich die — in schräger Antiqua in den Arm eingeritzte — Inschrift; und mit Hilfe meiner scharfen Brille gelang es mir, den Text zu entziffern, dessen einzelne Wörter, während ich sie buchstabierend aussprach, von Monsieur de Peyrehorade zustimmend nachgesprochen wurden. Ich las also:

VENERI TURBUL . . .
EUTYCHES MYRO
IMPERIO FECIT

Nach dem Worte *Turbul* schienen einige Buchstaben sich abgeschliffen zu haben; aber die vorhandenen waren deutlich lesbar.

«Nun, was mag das bedeuten?» fragte mein Gastgeber mit einer gewissen gutmütigen Schadenfreude; denn er vermutete gleich, daß ich mit diesem abgebrochenen Wort nicht so ohne weiteres fertig werden würde.

«Nur über ein einziges Wort bin ich mir noch im unklaren», antwortete ich. «Alles übrige ist leicht zu verstehen: *Eutyches Myron hat der Venus, auf ihr Geheiß, diese Opfergabe dargebracht.*»

«Ausgezeichnet! . . . Aber was machen Sie mit dem *Turbul . . . ?*»

«Dieses verstümmelte Wort setzt mich allerdings in Verlegenheit. Vergebens suche ich nach einem allgemein gebräuchlichen Beiwort der Venus, das uns aushelfen könnte. Doch was meinen Sie zu der Ergänzung: ‚*turbulentae*‘? Venus, die Turbulente, die Verwirrende, Beunruhigende?! . . . Sie sehen, daß ich mit meiner Deutung noch ganz unter dem Eindruck der boshaften Miene stehe, die das Bildwerk so irritierend zur Schau trägt! . . . ‚*Turbulenta*‘ scheint mir ein durchaus geeignetes Epitheton für eine Göttin von solcher Veranlagung zu sein.»

(Diesen Erklärungsversuch, der mich selbst im Grunde nur wenig befriedigte, brachte ich in ziemlich kleinlautem Tone vor.)

«Venus die Turbulente?! Venus, die Ausgelassene, die Lärmende?! Aber, lieber Herr, Sie scheinen meine der besten Gesellschaft entstammende Göttin für einen Lockvogel der Hafenspelunke zu halten! . . . Doch wenn Sie mir, bis zum Erscheinen meiner Denkschrift, unverbrüchliche Verschwiegenheit zu geloben bereit sind, will ich Ihnen meine Interpretation verraten — eine Deutung, auf die ich stolz sein zu dürfen glaube, und die mir armem Provinzgelehrten vielleicht einen flüchtigen Ruhmesstrahl seitens der Pariser Akademie eintragen wird!»

Von der Höhe des Piedestals, auf dem ich immer noch stand, leistete ich den feierlichen

Schwur, daß ich niemals so verrucht sein würde, einen uneigennützigen Altertumsforscher seines geistigen Eigentums zu berauben.

«*Turbul*...», sagte Monsieur de Peyrehorade, näher an mich herantretend und die Stimme so sehr dämpfend, daß kein noch so heimtückischer Lauscher, der sich etwa in der Nähe befunden hätte, eine Silbe vernommen haben würde, «ist zu ergänzen in: *Turbulnerae*.»

«Ich begreife nicht recht.»

«Geben Sie genau acht!... Eine Meile von hier entfernt, am Fuße des Gebirges liegt ein Dorf namens Boulternère. Dieser Name ist eine Korrumpierung des lateinischen Wortes *Turbulnera*. Derartige Silbenvertauschungen kommen ja häufig vor. Boulternère war — wie ich schon immer vermutet habe, aber erst jetzt beweisen kann — eine römische Stadt, und die Spezialgottheit dieser Ansiedelung ist eben meine Venus gewesen! Aber die Phonetik dieses Ortsnamens beweist etwas noch viel Seltsameres: nämlich, daß Boulternère, bevor es eine römische Stadt wurde, eine phönizische Kolonie gewesen sein muß!»

Er hielt inne, um Atem zu schöpfen und sich an meiner Überraschung zu weiden. Nur mit Mühe konnte ich das Lachen verbeißen.

«In der Tat», fuhr er fort, «*Turbulnera* ist reines Phönizisch. *Tur* und *Sur* ist dasselbe, nicht wahr? *Sur* ist die phönizische Bezeichnung von *Tyr* — ein Wort, an dessen Bedeutung ich Sie nicht zu erinnern brauche. *Bul* ist dasselbe wie *Baal*. — *Bâl*, *Bel*, *Bul* — das sind nur Nuancen der Aussprache. — Was die Endsilben: *nera* betrifft, so machen sie mir allerdings einiges Kopfzerbrechen. Wahrscheinlich stammen sie von dem griechischen νηρός: feucht, sumpfig. Es würde sich also um ein aus verschiedenen Sprachen zusammengesetztes Gebilde handeln. Zur Veranschaulichung dieses νηρός werde ich Ihnen an Ort und Stelle, das heißt, in Boulternère selbst, zeigen, wie dort die kristallene Klarheit der von den Bergen herabrieselnden Bäche sich in faulige Sümpfe verwandelt. — Denkbar wäre allerdings auch, daß die Endung *nera* erst in viel späterer Zeit angefügt worden wäre, und zwar zu Ehren der Nera Pivesuvia, der Frau des Tetricus, die der Stadt Turbul vielleicht irgendwelche Schenkungen hat zukommen lassen. Doch im Hinblick auf das reale Vorhandensein jener Morastgegend ziehe ich die Ableitung von νηρός vor.»

Und mit selbstzufriedener Miene vergönnte er sich eine Prise Tabak.

«Doch kommen wir auf die Inschrift selbst zurück! Ich übersetze also: *Der Venus von Turbulnera stiftet, auf Geheiß, Myron sein Werk: diese Statue.*»

Ich enthielt mich jeder etymologischen Kritik, wollte aber auch meinerseits einen kleinen Beweis von Scharfsinn geben und sagte:

«Mit Verlaub, lieber Freund! ... Festzustehen scheint allerdings, daß Myron irgend etwas gestiftet hat; aber nichts beweist, daß das gestiftete Objekt eben diese Statue gewesen sei!»

«Was?!» rief Monsieur de Peyrehorade voller Entrüstung. «War Myron nicht ein berühmter griechischer Bildhauer? Sein eminentes Talent muß sich in der Familie weitergeerbt haben, und einer seiner Nachkommen muß der Schöpfer dieser Statue gewesen sein! Das ist doch klar wie das Licht des Tages!»

«Aber», gab ich zur Antwort, «ich bemerke hier am Arme der Statue eine kleine Vertiefung, die zum Befestigen irgendeines Gegenstandes gedient haben mag, etwa eines Armbandes, das dieser Myron der zürnenden Venus als Sühnopfer dargebracht hat. Myron war in ein schönes junges Mädchen unglücklich verliebt. Venus war ihm feindlich gesinnt: er besänftigte sie, indem er ihr ein goldenes Armband um das Handgelenk schmiegte. Bedenken Sie, daß das in der Inschrift vorkommende Wort *fecit* sehr häufig im Sinne von *consecravit* gebraucht wird. Die beiden Ausdrücke, in diesem Zusammenhang, können geradezu als Synonyma bezeichnet werden. Was ist natürlicher, als daß einem Liebenden nachts im Traume die Göttin der Liebe, die Venus, erscheint und daß er, träumend, von ihr das Gebot zu erhalten glaubt, ihrem Standbild ein goldenes Armband darzubringen? Myron brachte es ihr dar, dieses Armband ... In späterer Zeit sind dann Barbaren oder schändliche, heiligtum-entweihende Räuber gekommen ...»

«Oh, man sieht, daß Sie Romane geschrieben haben, Monsieur!» rief mein Gastgeber, mir die Hand reichend zum Hinuntersteigen vom Postament. «Nein, es handelt sich ohne jeden Zweifel um ein Werk aus Myrons Schule! Stil und Technik weisen unbestreitbar darauf hin!»

Da ich es mir längst zum Gesetz gemacht hatte, auch den absurdesten Theorien der Altertumsphantasten nicht zu widersprechen, so nickte ich zustimmend und sprach nur den farblosen Satz aus:

«Es ist wirklich ein herrliches Stück!»

«Oh», rief plötzlich Monsieur de Peyrehorade, «ich entdecke da noch einen weiteren Vandalenstreich! Es muß jemand einen Stein gegen die Göttin geschleudert haben!»

Er hatte, etwas oberhalb des Busens der Venus, eine Art Einbuchtung oder Beule bemerkt. Und ich meinerseits gewahrte eine ähnliche Spur an den Fingern der rechten Hand, die, wie ich vermutete, von der Flugbahn des Steines gestreift sein mochten, falls nicht etwa ein Teilchen des Wurfgeschosses beim Anprallen abgesplittert und gegen die Hand geflogen war. Ich erzählte meinem Gastgeber nun von der nächtlichen Schandtat, deren Zeuge ich gewesen, und von der Bestrafung, die ihr so unmittelbar gefolgt war. Er brach in Lachen aus, verglich den frevelhaften Lehrbuben mit dem Diomedes, der ebenfalls in der Dunkelheit die Göttin Venus verwundet hatte, und wünschte ihm, daß er, wie jener griechische

Heros, alle seine Gefährten in weiße Vögel verwandelt sehen möge.

Die Mittagsglocke unterbrach das klassische Gespräch, und, ganz wie am gestrigen Abend, mußte ich zulangen wie ein Scheunendrescher. Bald nach dem Essen stellten die Pächter des Monsieur de Peyrehorade sich ein. Während er sie empfing, führte sein Sohn mich in den Hof, wo es eine Kalesche zu bewundern gab, die er in Toulouse für seine Braut gekauft hatte. Dann gingen wir zusammen in den Stall. Er verwandte mehr als eine halbe Stunde darauf, mir alle hervorragenden Qualitäten seiner Pferde zu rühmen, ihre Abstammung darzulegen und die Preise aufzuzählen, die sie bei den provinzialen Wettrennen gewonnen hatten. Schließlich kam er auf seine zukünftige Frau zu sprechen, wobei eine ihr zugedachte graue Stute den Übergang bildete.

«Sie werden sie heute zu sehen bekommen», sagte er. «Ich weiß allerdings nicht, ob sie Ihnen gefallen wird. Die Pariser sind ja so verwöhnt; doch hier und in Perpignan findet jedermann sie bezaubernd. Das Beste an ihr aber ist, daß sie viel Geld hat. Erst vor kurzem hat sie von einer Tante noch ein Vermögen hinzugeerbt. Oh, ich werde im Glücke schwimmen!»

Es befremdete mich tief, daß der junge Mann die Mitgift seiner Braut höher einzuschätzen schien als allen Zauber ihrer Jugend und ihrer Schönheit.

«Verstehen Sie sich vielleicht auf Juwelen?»

hub Monsieur Alphonse wieder an. «Wie finden Sie diesen Ring, den ich morgen meiner Angebeteten zum Geschenk machen will?»

Mit diesen Worten zog er vom oberen Glied seines kleinen Fingers einen dicken, mit Diamanten besetzten Ring, gebildet aus zwei ineinander verschlungenen Händen. Welch zarte, poetische Anspielung! Die Arbeit schien mir aus alter Zeit zu stammen, während die Diamanten später eingesetzt waren. Die Innenseite des Ringes trug die in gotischen Lettern eingravierten Worte: *Sempr' ab ti*, das bedeutet: Stets mit dir.

«Ein hübscher Ring!» sagte ich. «Aber beeinträchtigen die neu eingesetzten Steine nicht seinen ursprünglichen Reiz?»

«Oh, er ist dadurch nur noch schöner geworden», erwiderte lächelnd der junge Mann. «Die Edelsteine haben das nette Sümmchen von zwölfhundert Franken gekostet! Ich habe diesen Ring von meiner Mutter bekommen; auch die Großmutter und die Urgroßmutter hatten ihn schon getragen. Er ist ein Familienerbstück, das bis in die Zeit der Ritterorden zurückreicht.»

«In Paris», sagte ich, «pflegt man sich ganz einfache Ringe zu schenken, meist aus zwei Arten von Metall bestehend, wie etwa Gold und Platina. — Sehen Sie, der andere Ring, den Sie da am Finger tragen, der würde mir weit passender erscheinen! Dieser hier mit seinen Diamanten und dem sich verschlingenden, in erhabener Arbeit ausgeführten Symbol ist so dick, daß man keinen Handschuh darüber tragen könnte.»

«Na, meine Frau mag es damit halten, wie sie will! Ich glaube, sie wird das Ding ganz gerne nehmen; zwölfhundert Franken am Finger zu tragen, ist immerhin eine schmeichelhafte Sache! — Den kleinen Ring da» — und er warf einen Blick der Genugtuung auf den glatten Reif, der mein Gefallen erregt hatte —, «den habe ich in einer Karnevalsnacht von einer Pariserin geschenkt bekommen. Oh, war das ein Leben vor zwei Jahren in Paris! Da konnte man sich einmal austoben!»

Und er seufzte vor Sehnsucht nach den entschwundenen Orgien der Hauptstadt.

An diesem Tage sollten wir das Diner in Puygarrig, bei den Eltern der Braut, einnehmen. Eine Kalesche brachte uns in komfortabler Weise zu dem etwa anderthalb Meilen entfernt gelegenen Schloß. Ich wurde der Familie vorgestellt und wie ein alter Freund empfangen.

Vom Verlauf des Diners und von dem sich daran anschließenden Geplauder beim Kaffee ist wenig zu berichten. Monsieur Alphonse saß neben seiner Auserkorenen und flüsterte ihr alle Viertelstunden ein Wort zu, auf das sie, trotz leichten Errötens, jedesmal eine freimütige Antwort bereit zu haben schien.

Mademoiselle de Puygarrig war achtzehn Jahre alt. Keinen größeren Gegensatz hätte man sich denken können, als den Kontrast zwischen ihrer graziösen Geschmeidigkeit und dem knochigen Körperbau des robusten Bräutigams. Sie war nicht nur schön, sondern geradezu bezaubernd. Ihr bei aller Lieblichkeit einer gewissen Schelmerei nicht entbehrendes Antlitz ließ mich unwillkürlich an die Venus von Ille denken. Und während ich innerlich diesen Vergleich anstellte, fragte ich mich, ob die überlegene Schönheit, die man der Statue unbedingt zubilligen mußte, nicht zum großen Teil auf dem Raubtierhaften ihres Ausdrucks beruhte; denn Energie, selbst bösen Leidenschaften geltend, erweckt in uns, auf dem Umwege über das Erstaunen, eine Art widerwilliger Bewunderung.

Wie schade, dachte ich beim Verlassen des Schlosses, daß ein so liebenswürdiges junges Mädchen so reich sein muß, und daß eben ihr Reichtum sie einem Manne begehrenswert erscheinen läßt, der ihrer so unwürdig ist!

Nach Ille zurückgekehrt, fand ich mich in einer gewissen Verlegenheit in bezug auf die Wahl eines Themas, mit dem ich Madame de Peyrehorade hätte unterhalten können. Um ihr gegenüber nicht ganz stumm zu bleiben, äußerte ich:

«Man scheint hier im Roussillon doch recht freigeistig gesinnt zu sein, Madame! Ich schließe das daraus, daß Sie kein Bedenken getragen haben, die Hochzeit auf einen Freitag anzusetzen! In Paris ist man in dieser Beziehung abergläubischer; dort würde sich niemand getrauen, an diesem Wochentage eine Frau zu nehmen!»

«Reden wir lieber nicht davon!» antwortete die Dame des Hauses. «Wenn es nur auf mich angekommen wäre, so hätte man gewiß einen anderen Tag gewählt! Aber Peyrehorade hat es so gewollt, und da mußte ich nachgeben. Meine Besorgnis ist jedoch keineswegs verschwunden. Wenn uns nun wirklich ein Unglück bevorstände! An dem ‚abergläubischen' Gerede muß doch irgend etwas daran sein, sonst wäre die Angst vor dem Freitag ja ganz unerklärlich!»

«Oh», rief, sich in unsere Überlegungen einmischend, der Herr Gemahl, «Freitag — das ist der Tag der Venus, und somit der gegebene Tag für eine Hochzeit! Wie Sie sehen, lieber Collega, beherrscht die Göttin alle meine Gedanken: ihr zu Ehren habe ich den Freitag erwählt! Morgen, vor der Zeremonie, wollen wir ihr, wenn es Ihnen recht ist, ein kleines Opfer darbringen: zwei Tauben sollen ihr geweiht werden! Ach, wenn ich jetzt nur wüßte, wo man Weihrauch auftreiben könnte!...»

«Pfui über dich, Peyrehorade!» unterbrach ihn tief entrüstet die Gattin. «Einem Götzenbilde willst du Weihrauch streuen?! Das wäre eine Gotteslästerung, die uns in der ganzen Grafschaft in Verruf und Schande bringen müßte!»

«Dann», lenkte Monsieur de Peyrehorade ein, «wirst du mir vielleicht wenigstens gestatten, der Göttin einen Kranz von Rosen und Lilien auf das schöne Haupt zu setzen:

*Manibus date lilia plenis!**

Sie sehen, Monsieur, daß die liberale Verfassungsrevision von 1830 bisher ein leeres Wort geblieben ist: die Freiheit der religiösen Kulte ist in diesem Haus nicht errungen worden!»

Das Programm für den morgigen Tag wurde im einzelnen festgelegt. Um zehn Uhr vormittags mußte jedermann fix und fertig sein. Nachdem man eine Tasse Schokolade genommen haben würde, sollte die Abfahrt nach Puygarrig erfolgen. Dort würde die Ziviltrauung im Gemeindehaus des Dorfes und die kirchliche Trauung in der Schloßkapelle erfolgen. Dann das Mittagessen, nach dessen Erledigung freie Zeit bis sieben Uhr abends gegeben werden sollte. Um sieben Uhr Rückkehr nach Ille ins peyrehoradische Haus, wo ein Nachtmahl der beiden Familien vorgesehen war. Da der erwähnte, erst kurz zurückliegende Trauerfall das Tanzen verbot, so wollte man wenigstens recht epikuräisch speisen.

Schon um acht Uhr früh saß ich, einen Bleistift in der Hand, vor der Venusstatue und versuchte — wohl zum zwanzigsten Male — den Ausdruck ihres Gesichtes aufs Papier zu bannen: immer vergeblich! Monsieur de Peyrehorade scharwenzelte um mich herum, gab allerlei gute Ratschläge, kam auf seine phöni-

* Mit vollen Händen spendet Lilien!

zische Etymologie zurück. Darauf legte er einen Strauß bengalischer Rosen auf den Sockel des Standbildes und erflehte, in pathetischem Tone, den Schutz der Göttin für das junge Paar, das unter seinem Dache wohnen sollte.

Um neun Uhr begab er sich, um gebührliche Festkleidung anzulegen, ins Haus zurück. Zu gleicher Zeit erschien im Garten Monsieur Alphonse, eingepreßt in einen funkelnagelneuen Rock, mit ziselierten Knöpfen, weißen Handschuhen, Lackstiefeln, eine Rose im Knopfloch.

«Werden Sie Lust haben, meine Frau zu porträtieren?» fragte er, sich über meine Zeichnung beugend. «Die ist doch auch sehr hübsch!»

In diesem Augenblick wurde auf dem angrenzenden Ballspielplatz eine Partie begonnen, die sogleich das lebhafteste Interesse des Bräutigams auf sich zog. Und da ich allmählich daran verzweifeln mußte, die Rätselmiene der teuflischen Göttin mit dem Stifte nachzubilden, so gab ich nun alle Bemühungen auf und beschloß, den Spielern gleichfalls zuzusehen. Unter diesen befanden sich einige am Vorabend im Städtchen angekommene spanische Maultiertreiber. Es waren Leute aus Aragonien und Navarra, fast sämtlich Spieler von staunenswerter Geschicklichkeit. Und so geschah es denn, daß die einheimische Mannschaft, obwohl durch die Gegenwart von Monsieur Alphonse animiert und angestachelt, sich bald in die Rolle der Unterliegenden gedrängt sah. Die ortsansässigen Zuschauer waren bestürzt. Monsieur Alphonse blickte auf seine Uhr. Es war erst halb zehn. Er wußte, daß seine Mutter noch mit ihrer Frisur zu tun hatte, und zögerte nicht mehr. Er legte sein vornehmes Gewand ab, bat um eine wollene Jacke und forderte die Spanier heraus, sich mit ihm zu messen. Lächelnd, etwas verwundert, sah ich diesen Vorkehrungen zu.

«Man muß die Ehre seines Landes verteidigen!» sagte Monsieur Alphonse.

In diesem Moment fand ich ihn wahrhaft schön. Er war in Leidenschaft geraten. Die eben noch so ängstlich gehütete Korrektheit des Hochzeitskleides war völlig vergessen; vergessen sein sorgsam gelegtes Haar, das zierlich gefältelte Hemd, die kunstvoll geschlungene Krawatte. — Und die Braut?!... Ich glaube, er hätte, wenn es notwendig geworden wäre, kein Bedenken getragen, das ganze Hochzeitsfest auf unbestimmte Zeit hinauszuschieben!

In aller Hast legte er jetzt Sandalen an, krempelte die Ärmel auf und stellte sich zuversichtlich an die Spitze der besiegten Partei, gleich dem Julius Cäsar, als er bei Dyrrachium seine Truppen wieder zusammenfaßte. Ich klomm über die Gartenhecke und postierte mich im Schatten einer Ulme, von wo aus ich beide Lager gut überblicken konnte.

Entgegen der allgemeinen Erwartung verfehlte Monsieur Alphonse den ersten Ball. Dieser kam ganz flach über den Boden herangeflogen, von einem Aragonier mit erstaunlicher Kraft geschlagen. Der Gegner, der der Führer der spanischen Gruppe zu sein schien, war ein Mann von etwa vierzig Jahren, mager und sehnig, mindestens sechs Fuß hoch; sein olivenfarbener Teint war fast so dunkel wie die Bronze der Venus.

Wütend warf Monsieur Alphonse sein Rakett zur Erde.

«Schuld ist dieser verfluchte Ring!» rief er; «er drückt mich am Finger, und er allein hat mir den sicheren Ball verpatzt!»

Nicht ohne Mühe gelang es ihm, den Diamantring abzustreifen. Ich lief zu ihm hin, das störende Objekt in Empfang zu nehmen. Aber Monsieur Alphonse, behender als ich, eilte zur Statue der Venus, steckte der Göttin den Ring an den Goldfinger und nahm seinen Platz an der Spitze der Mannschaft von Ille wieder ein.

Er war blaß, aber ruhig und entschlossen. Im weiteren Verlauf des Spieles beging er keinen einzigen Fehler mehr: die Spanier wurden gänzlich geschlagen. Die Begeisterung der Zuschauer hatte etwas Mitreißendes: die einen warfen ihre Mützen in die Luft und stießen Freudenschreie aus, andere umdrängten den Sieger, ergriffen seine Hand und nannten ihn den «Stolz des Landes». Wenn Monsieur Alphonse eine Invasion feindlicher Truppen zurückgeschlagen hätte: der Jubel hätte nicht brausender, das Glück nicht strahlender sein können. Und die niedergeschlagene Miene der

Besiegten gab dem Triumph noch eine besondere Würze.

«Ihr habt ein Recht auf Revanche, wackerer Mann!» sagte, im Tone der Überlegenheit, Monsieur Alphonse zu dem Aragonier. «Aber bei der nächsten Partie gebe ich Euch einige Punkte vor!»

Es wäre mir lieb gewesen, wenn der Sieger etwas bescheidener gesprochen hätte, und es erregte fast mein Mitleid, den Rivalen so gedemütigt zu sehen.

Man erkannte genau, wie tief der spanische Riese die Beleidigung empfand. Er erbleichte unter seiner grünlichbraunen Haut, starrte auf sein Rakett und biß die Zähne zusammen. Dann sagte er mit gepreßter Stimme leise vor sich hin:

*Me lo pagarás.**

Verdrießliche Rufe des alten Peyrehorade unterbrachen den Triumph seines Sohnes. Mein Gastgeber schien höchlich erstaunt, ihn nicht mit Anordnungen zum Vorfahren der neuen Kalesche beschäftigt zu finden, und seine Verwunderung steigerte sich noch, als er ihn plötzlich ganz aufgelöst und verschwitzt heranstürmen sah, ein Rakett in der Hand. Monsieur Alphonse lief ins Haus, wusch sich Gesicht und Hände, legte das Festgewand und die Lackschuhe wieder an, und fünf Minuten später fuhren wir in schnellem Tempo auf der Landstraße nach Puygarrig dahin. Sämtliche

* Das sollst du mir bezahlen!

Ballspieler des Städtchens und viele von den Zuschauern rannten mit wahrem Indianergeheul hinter dem Wagen drein, und kaum vermochten die stämmigen Rosse ihren Vorsprung vor der katalanischen Beharrlichkeit beizubehalten.

Ohne Zwischenfall langten wir in Puygarrig an. Als der Hochzeitszug sich zum Gemeindehaus in Bewegung setzen wollte, sagte Monsieur Alphonse, sich an die Stirn klopfend, halblaut zu mir:

«Wie unangenehm! Ich habe den Ring vergessen! Er steckt noch am Finger dieser gottverfluchten Heidengöttin! Sagen Sie wenigstens meiner Mutter nichts davon! Vielleicht bemerkt sie es nicht!»

«Könnten Sie nicht jemanden hinschicken?» schlug ich vor.

«Hm, mein Diener ist zu Hause in Ille geblieben; und den hiesigen Leuten traue ich nicht recht! Diamanten im Werte von zwölfhundert Franken — die könnten wohl manchen in Versuchung führen! ... Und was würde man hier im Hause zu meiner Zerstreutheit sagen?! Ich glaube die Spottreden schon zu hören: man wird mich als ‚Gemahl der Venus' verhöhnen und dergleichen mehr! ... Wenn das Ding nur nicht gestohlen wird! Glücklicherweise haben die Kerle in Ille eine solche Angst vor der schönen Hexe, daß sie sich nicht bis auf Armeslänge an sie heranwagen ... Bah, im Grunde ist die ganze

Sache nicht schlimm: ich habe ja noch einen zweiten Ring!»

Die standesamtliche wie auch die kirchliche Feier vollzogen sich in den vorgeschriebenen Formen. Mademoiselle de Puygarrig — ohne zu ahnen, daß der Bräutigam ihr das Unterpfand einer Liebesnacht zum Opfer brachte — empfing aus seinen Händen den Ring einer leidenschaftlichen Pariser Modistin. Dann setzte man sich zu Tisch; man aß und trank und machte sogar Musik — alles mit größter Ausdauer. Die junge Frau tat mir leid wegen des immer derber werdenden Tones, der auf sie eindrang; aber sie hielt sich tapfer und ertrug alles ohne Ziererei und Zimperlichkeit.

(Vielleicht hat übrigens jede schwierige Lage den einen Vorteil, daß sie den Mut, den sie erfordert, eben dadurch erzeugt und befördert . . .)

Es war vier Uhr, als das Mahl zu Ende ging. Die Männer zertreuten sich in den herrlichen Park oder sahen auf der Schloßwiese dem Tanz festlich gekleideter Bäuerinnen zu. Damit vergingen wieder ein paar Stunden. Die Frauen hatten sich inzwischen um die Neuvermählte geschart und bewunderten die Fülle der Brautgeschenke. Dann kleidete die junge Frau sich um, und als ich sie wieder zu sehen bekam, trug sie auf ihren schönen Haaren eine Haube und einen Federhut. Junge Ehefrauen haben ja oft nichts Eiligeres zu tun, als sich mit dem Putz zu schmücken, den zu tragen die Landessitte jungen Mädchen verbietet.

Es war acht Uhr geworden, als man sich zum Aufbruch nach Ille rüstete. Vorher gab es noch eine pathetische Szene. Des Fräuleins Tante, die Mutterstelle an ihr vertreten hatte, eine ebenso betagte wie gottesfürchtige Dame, beschloß, in Puygarrig zurückzubleiben. So hielt sie der Nichte denn zum Abschied eine herzzerreißende Predigt über die Pflichten der Ehefrau; Tränenergüsse und endlose Umarmungen folgten. Monsieur de Peyrehorade verglich diese rührende Trennung mit dem Raub der Sabinerinnen aus der ältesten Geschichte Roms. Endlich konnten die Pferde anziehen. Unterwegs bemühten wir uns nach Kräften, die junge Frau auf hübschere Gedanken zu bringen; doch alle Aufheiterungsversuche blieben erfolglos.

In Ille erwartete uns ein Souper — und was für eines! War mir schon die Ausgelassenheit des Vormittags nicht angenehm gewesen: um wieviel quälender erschienen mir die Anspielungen und Zweideutigkeiten, mit denen man die Neuvermählten — und besonders die junge Frau — jetzt überschüttete! Monsieur Alphonse, der, bevor man sich zu Tisch gesetzt hatte, auf kurze Zeit verschwunden war, sah bleich aus und wahrte ein eisiges Schweigen. Dabei trank er unaufhörlich, und zwar jenen berauschenden Südwein aus Collioure, der fast so stark ist wie Branntwein. Ich hatte den Platz neben ihm angewiesen erhalten und glaubte ein warnendes Wort äußern zu sollen:

«Seien Sie ein bißchen vorsichtig! Man sagt, daß dieser Wein...»

Ich erinnere mich nicht mehr, mit welcher törichten — dem Stil der Tischgenossen angepaßten — Redensart ich diesen Satz beendete.

Er stieß mich ans Knie und sagte leise:

«Wenn die Tafel aufgehoben wird, möchte ich ein paar Worte mit Ihnen sprechen!»

Das Geheimnisvolle seines Tones überraschte mich. Ich sah ihn aufmerksam an und bemerkte, daß seine Züge gespannt und verzerrt waren.

«Fühlen Sie sich krank?» fragte ich.

«Nein.»

Und er begann wieder zu trinken.

Unterdessen war ein kleines Mädchen von etwa elf Jahren heimlich unter den Tisch gekrochen. Mit Geschrei und Händeklatschen begrüßt, kam es wieder zum Vorschein und zeigte der Tafelrunde ein hübsches, rosa-weiß gestreiftes Seidenband, das es vom Knöchel der jungen Frau gelöst hatte: das sogenannte «Strumpfband der Braut». Diese Trophäe wurde sogleich in Stücke geschnitten und an die jungen Leute verteilt, die nun — gemäß einem patriarchalischen Brauche, der sich in gewissen Familien erhalten hatte — ihr Knopfloch damit schmückten. Das gab der jungen Frau neuen Anlaß zum Erröten... Aber ihre Verwirrung erreichte den Gipfel, als Monsieur de Peyrehorade, nachdem er um Schweigen gebeten, in katalanischer Mundart einige lyrisch-ironische Strophen — angeblich eine

Improvisation — vorzutragen begann, die ungefähr folgendermaßen lauteten:

Was ist, Freunde, mir geschehen?
Läßt der Wein mich doppelt sehen?
Ich erblicke — welch ein Graus! —
Zwiefach Venus hier im Haus!

Monsieur Alphonse ruckte angstvoll mit dem Kopfe, und seine bestürzte Miene erregte allgemeines Gelächter.

«Ja», fuhr Monsieur de Peyrehorade fort, «*zwei* Aphroditen ...»

Eine grub ich mit Beschwerde
Wie 'ne Trüffel aus der Erde.
Doch die andre, sterngeboren,
Hat ihr Strumpfband hier verloren.

Welche willst du von den beiden,
Sohn: die aus dem Land der Heiden —
Oder die von christlich-echt
Katalanischem Geschlecht? ...

Also frag' ich alter Graukopf. —
Und was tut mein Sohn, der Schlaukopf?
Er erkiest die Maid von oben;
Und ich kann die Wahl nur loben!

Schwarz ist jenes Götterbild;
Doch das Fräulein weiß und mild.
Kalt ist jene. Doch die Braut
Flammt im Rosenschein der Haut.

Der Schlußeffekt erregte so dröhnende Beifalls- und Lachstürme, daß ich glaubte, die Zimmerdecke werde über unseren Köpfen zusammenbrechen. Nur drei Gesichter blieben ernst: die der jungen Eheleute und das meinige. Ich hatte heftige Migräne. Übrigens macht — ich weiß nicht recht, warum — jede Hochzeit mich traurig. Und die gegenwärtige erregte mir sogar einen gewissen Ekel.

Nachdem noch der Adjunkt des Stadtoberhauptes einige — recht frivole — Liedchen zum besten gegeben hatte, ging man in den Salon, um das Sichverabschieden der Braut nicht zu versäumen. Diese sollte — es ging schon gegen Mitternacht — nunmehr in ihr Schlafgemach geleitet werden.

Monsieur Alphonse zog mich in eine Fensternische und sagte mit abgewandtem Gesicht zu mir:

«Sie werden mich gewiß auslachen ... Aber ich weiß nicht, was mit mir ist ... Ich fühle mich — beim Teufel! — wie verzaubert und verhext!»

Mein erster Gedanke war, er glaube sich von einem Malheur bedroht in der Art desjenigen, das Montaigne und Madame de Sévigné meinen, wenn sie sagen:

«Das Reich der Liebe ist voll tragischer Erfahrungen ...»

Betriebsunfälle solcher Art — sagte ich zu mir selber — sollten eigentlich das Vorrecht von Leuten sein, die einigen Geist haben.

«Sie haben zuviel Collioure getrunken, lieber Monsieur Alphonse», gab ich zu bedenken.

«Vielleicht! Aber es handelt sich um etwas weit Schlimmeres!»

Er sprach mit brüchiger Stimme. Ich vermutete, er sei wohl völlig betrunken.

«Sie wissen doch ... mein Ring?!» fuhr er nach einer Weile stockend fort.

«Ist er gestohlen?»

«Nein.»

«Also haben Sie ihn wieder?»

«Nein ... Ich — ich kriege ihn nicht vom Finger dieser Teufelsvenus herunter!»

«Sie haben vielleicht nicht stark genug gezogen?»

«Doch! ... Aber die Venus — sie hat den Finger gekrümmt und hält den Ring mit aller Gewalt fest!»

Er sah mich verstört an. Er mußte sich an den Fensterriegel klammern, um nicht ohnmächtig hinzusinken.

«Was für ein Hirngespinst!» erwiderte ich. «Sie werden den Ring eben zu weit auf den Finger hinaufgeschoben haben! Aber machen Sie sich keine weiteren Gedanken: morgen kommen Sie mit einer Zange und nehmen ihn ab! Nur müssen Sie dabei achtgeben, daß die Statue nicht beschädigt wird.»

«Nein, sage ich Ihnen! Der Finger der Venus ist gekrümmt, zurückgebogen; sie krallt die Hand zusammen, verstehen Sie?! ... Sie ist anscheinend meine Frau geworden, da ich ihr meinen Ring angesteckt habe ... Sie will ihn nicht wieder hergeben!»

Es überlief mich kalt. Aber eine heftige Welle des von Monsieur Alphonse ausgehenden Weindunstes ließ alles geheimnisvolle Ahnen rasch wieder verschwinden.

Der arme Kerl, dachte ich; er ist wirklich total betrunken.

«Sie sind ein Altertumskenner, Monsieur», fügte, kläglichen Tones, der junge Gatte hinzu. «Sie verstehen sich auf solche Statuen ... Es ist da möglicherweise eine geheime Feder im Spiele, irgendeine Teufelei, die mir fremd ist ... Könnten Sie nicht schnell einmal hingehen und sich überzeugen?»

«Gern», sagte ich. «Kommen Sie!»

«Nein, nein; es wäre mir lieber, wenn Sie allein gingen!»

Ich verließ den Salon.

Während der Zeit, die mit Schmausen und Plaudern verbracht worden war, hatte das Wetter umgeschlagen: ein mächtiger Gewitterregen ging nieder. Eben wollte ich um einen Schirm bitten, da überlegte ich mir alles noch einmal und beschloß, von dieser nächtlichen Forschungsreise Abstand zu nehmen. Wäre es nicht geradezu lächerlich gewesen, in den strömenden Regen hinauszugehen, nur um zu untersuchen, ob das Geschwätz eines Betrunkenen auf irgendwelcher Realität beruhe? Vielleicht — so dachte ich weiter — wollte man mir nur eine Falle stellen zur Belustigung provinzialer Schadenfreude! Das mindeste jedoch, was ich zu erwarten hätte, wäre: bis auf die Knochen durchnäßt zu werden und einen unsterblichen Schnupfen davonzutragen.

Von der Haustür aus warf ich noch einen Blick auf die regentriefende Statue. Dann stieg ich, ohne in den Salon zurückgekehrt zu sein, in mein Zimmer hinauf. Dort legte ich mich nieder, konnte jedoch lange keinen Schlaf finden. Alle Einzelheiten des vergangenen Tages zogen an meinem Geist vorüber. Ich dachte an die Braut, dieses reine, anmutige junge Mädchen, das einem wüsten Trunkenbold in die Arme geliefert werden sollte. Wie häßlich — seufzte ich — sind doch solche Konvenienz-Ehen! Da bindet sich irgendein Gemeindevorsteher seine blau-weiß-rote Schärpe um, ein Priester legt die Stola an — und schon sieht sich die keuscheste Jungfrau einem Ungeheuer aus Mensch und Stier, einem wahren Minotaurus preisgegeben! Zwei Wesen, die sich nicht lieben — was hätten sie einander zu sagen in einem Augenblick, den liebende Herzen mit dem Opfer ihres ganzen Lebens bezahlen würden? Vermag eine Frau einen Mann je liebzugewinnen, den sie einmal in seiner ganzen Brutalität gesehen hat? Erste Eindrücke verwischen sich nie; und — dessen bin ich sicher — dieser Monsieur Alphonse wird nicht verfehlen, seiner jungen Frau hassenswert zu erscheinen! . . .

Während solcherlei Gedanken auf mich einstürmten, vernahm ich im Innern des Hauses ein mannigfaltiges Kommen und Gehen; Türen öffneten sich und wurden wieder zugeschlagen; ich hörte das Vorfahren von Kutschen, das Anziehen der Pferde. Dann war es mir, als ob die leichten Schritte mehrerer Frauen die Treppe hinaufhuschten, um sich dem meiner Kammer entgegengesetzten Ende des Korridors zuzuwenden. Das war vermutlich das Ehrengeleit der jungen Frau auf dem Wege ins Hochzeitsbett. Bald darauf trippelten die Schritte wieder treppab. Hinter der neuen Madame de Peyrehorade hatte die Kammertür sich geschlossen. Wie unglücklich mußte das arme Kind sich fühlen! Mißmutig warf ich mich auf meinem Lager herum. Ein Junggeselle in hochzeitlichem Hause spielt eine lächerliche Rolle.

Eine Zeitlang herrschte tiefes Schweigen. Dann wurde die Stille durch schwere, die Treppe hinauftappende Schritte unterbrochen. Die oberen, aus Holz bestehenden Stufen krachten und knirschten.

Was für ein ungeschlachter Kerl! dachte ich. Ich wette, er wird platt hinschlagen auf der Stiege!

Dann wieder Ruhe. Um auf weniger aufreizende Gedanken zu kommen, griff ich zu einem Buche. Es war eine statistische Publikation des Departements, bereichert um ein Memorandum aus der Feder von Monsieur de Peyrehorade über die druidischen Denkmäler des Arrondissements Prades (zu welchem das

Städtchen Ille gehört). Nach der dritten Seite war ich entschlummert.

Ich schlief jedoch unruhig und schrak mehrmals auf. Es mochte fünf Uhr morgens sein — seit etwa zwanzig Minuten lag ich wach —, da krähte der Hahn. Bald würde es heller Tag sein. Dann hörte ich mit aller Deutlichkeit, wie das schwere Stapfen und das Treppengeknarr, das ich vorm Einschlafen vernommen hatte, abermals ertönte. Das kam mir höchst sonderbar vor. Gähnend versuchte ich mir auszudenken, aus welchem Grunde Monsieur Alphonse sich zu so früher Stunde erhoben haben mochte; aber es fiel mir keinerlei plausible Erklärung ein. Schon wollte ich wieder in Schlummer sinken, da wurde ich von neuem aufgeschreckt durch ein wirres, immer lauter werdendes Lärmen: Klingelzeichen schrillten, Schritte stampften und trappten, Türen wurden krachend aufgerissen. Dann das Gellen verworrener Schreie.

Der Trunkenbold wird etwas in Brand gesteckt haben! dachte ich und sprang aus dem Bett.

Hastig angekleidet, stürzte ich auf den Korridor hinaus. Vom anderen Ende des Ganges erklang Jammern und Klagen. Eine herzzerreißende Stimme übertönte die anderen:

«Mein Sohn! mein Sohn!»

Es war unverkennbar, daß dem jungen Ehemann ein Unheil zugestoßen sein mußte. Ich drängte mich in das hochzeitliche Gemach: es war voll von Menschen. Mein erster Blick fiel auf Monsieur Alphonse, der, halb entkleidet, quer über dem breiten Bett lag, dessen Gestell zusammengebrochen und zertrümmert war. Fahl und regungslos lag er da. Die Mutter, über ihn hingestreckt, weinte und schrie. Monsieur de Peyrehorade rieb ihm die Schläfen mit Eau de Cologne, hielt ihm Riechsalze unter die Nase. Vergebens: der junge Mann war tot. Auf einem Kanapee am anderen Ende des Zimmers schluchzte, eine Beute schrecklicher Zuckungen, die Neuvermählte. Sie schrie wie ein Tier; zwei stämmige Mägde vermochten sie kaum zu halten.

«Du lieber Gott!» rief ich, «was ist hier geschehen?»

Ich trat ans Bett und hob den Körper des unglücklichen jungen Mannes ein wenig in die Höhe: er war steif und kalt. Der zusammengepreßte Mund, das verzerrte Gesicht drückten Angst und Entsetzen aus. Es konnte kein Zweifel sein, daß Alphonse de Peyrehorade eines gewaltsamen, schrecklichen Todes gestorben war. Blutspuren waren jedoch nirgends zu entdekken. Ich schlug sein Hemd auseinander und sah auf der Brust eine bläulich angelaufene Quetschung, die sich nach den Seiten und dem Rücken zu fortsetzte. Man hätte glauben können, er sei in einen eisernen Ring eingepreßt gewesen und von ihm erdrückt worden. Mein Fuß stieß an etwas Hartes. Ich bückte mich: auf dem Teppich lag der Diamantring.

Ich geleitete Monsieur und Madame de Peyrehorade in ihr Zimmer und ließ auch die junge Frau dorthin bringen.

«Sie haben noch eine Tochter!» sagte ich zu den alten Leuten; «ihr schulden Sie Trost und Hilfe!»

Dann ließ ich sie allein.

Es schien unzweifelhaft, daß Monsieur Alphonse einem Morde zum Opfer gefallen war, dessen Urheber Mittel und Wege gefunden hatten, in das nächtliche Schlafzimmer einzudringen. Unerklärlich aber blieb mir jene rund um den Körper verlaufende Quetschung: von einem Stock oder einer eisernen Stange konnte sie unmöglich herrühren. Da erinnerte ich mich, gehört zu haben, daß in Valencia die gedungenen Meuchelmörder sich, um ihre Opfer zu töten, länglicher, mit feinem Sand gefüllter Säcke bedienen. Gleichzeitig kam mir jene Drohung des aragonischen Maultiertreibers wieder in den Sinn, obwohl es eigentlich undenkbar schien, daß ein leicht hingeworfener Scherz eine so furchtbare Rache zur Folge gehabt haben sollte.

Ich suchte im ganzen Hause nach Spuren eines Einbruchs, vermochte aber nicht das geringste zu entdecken. Dann ging ich in den Garten: auch dort fanden sich keine irgendwie beweiskräftigen Anzeichen. Übrigens hatte der Regen den Erdboden so aufgeweicht, daß Fußspuren sich nicht deutlich hätten erhalten können. Ich bemerkte jedoch eine Folge von Schritten, die sich tief in die Erde eingegraben hatten. Diese Schritte gingen von der an den Ballspielplatz angrenzenden Stelle der Hecke aus und führten bis zur Tür des Hauses; dann schienen sie denselben Weg zurückgegangen zu sein. Waren es etwa Spuren von Monsieur Alphonse, der in der Dunkelheit das Haus verlassen hatte, um der Statue den Ring abzufordern? Andererseits ließ der Umstand, daß die Hecke an jener Stelle am wenigsten dicht war, den Verdacht aufkommen, daß die Mörder, um unbemerkt in den Garten hineinzugelangen, sie eben dort überstiegen hätten.

Während dieses forschenden Hin- und Hergehens blieb ich mehrmals vor der Venus stehen und betrachtete sie mißtrauisch. Nicht ohne Entsetzen gewahrte ich den Ausdruck ironischer Bosheit, den sie triumphierend zur Schau trug. Und da mir der Kopf übervoll war von den Schreckensszenen, deren Zeuge ich soeben gewesen, so ward mir jetzt, als stünde ich einer Abgesandtin der Hölle gegenüber, die sich des Unheils freute, von dem dies Haus betroffen worden war.

Ich begab mich in mein Zimmer zurück und blieb dort bis gegen Mittag. Dann erkundigte ich mich nach dem Zustand der Eltern des Ermordeten. Sie schienen etwas gefaßter zu sein. Mademoiselle de Puygarrig — jetzt Witwe von Monsieur Alphonse — hatte das Bewußtsein wiedererlangt. Es war dem Staatsanwalt aus Perpignan, den eine Amtsreise zufällig nach Ille geführt hatte, sogar gelungen, sie zu einer Zeugenaussage zu bewegen. Dann wünschte er auch die meinige. Ich sagte alles, was ich wußte, und verhehlte nicht meinen Verdacht gegen den aragonischen Maultiertreiber, dessen Verhaftung daraufhin sofort angeordnet wurde.

«Haben Sie von Madame Alphonse etwas erfahren können?» fragte ich den Vertreter der Justiz, nachdem meine Aussage niedergeschrieben und unterzeichnet war.

«Die unglückliche junge Frau ist in Wahnsinn verfallen!» antwortete mit traurigem Lächeln der Staatsanwalt. «Wirklich, sie ist vollkommen irrsinnig geworden! Erzählt hat sie mir Folgendes:

Sie habe sich niedergelegt und den Vorhang des Bettes zugezogen. Nach einigen Minuten habe die Tür sich geöffnet, und es sei jemand ins Zimmer getreten. Madame Alphonse lag am inneren Rande des Bettes, das Gesicht zur Wand gekehrt. Sie glaubte, es sei ihr Mann, und verhielt sich ganz still. Gleich darauf knirschte und krachte das Bett in allen Fugen wie unter der Last eines ungeheuren Gewichtes. Die junge Frau wurde von Angst und Grausen ergriffen, wagte aber nicht, den Kopf hinzuwenden. So vergingen fünf Minuten ... vielleicht auch zehn ... das Bewußtsein des Ablaufs der Zeit war ihr völlig entschwunden Dann machte sie unwillkürlich eine Bewegung (oder die neben ihr liegende Person machte eine solche), und da fühlte sie sich — ich wiederhole ihre eigenen Worte — von einem eiskalten Etwas berührt. Zitternd, schaudernd preßte sie sich gegen die Wand.

Bald darauf öffnete sich die Tür ein zweites Mal, und es trat jemand ein, der sagte:

«Guten Abend, kleine Frau!»

Dann wurde der Vorhang beiseite gezogen. Sie vernahm einen erstickten Schrei. Die sich neben ihr im Bette befindende Person richtete sich in die Höhe und schien die Arme vorzustrecken. In diesem Augenblick hob Madame Alphonse den Kopf und sah (wie sie angibt) ihren Mann neben dem Bette kauern, etwa in der Höhe des Kopfkissens, umschlungen und umklammert von den Armen eines dunkelgrün schimmernden Ungeheuers! Und sie sagte — und hat es mir zwanzigmal wiederholt, die Unglückliche! —, sie habe es erkannt, dies Ungeheuer! Können Sie erraten, wer die grauenerregende Erscheinung war, die das junge Weib so genau identifizieren zu können glaubte?! ... Die bronzene Venus, die Statue der Heidengöttin im Garten von Monsieur de Peyrehorade, die ja, seit sie hier im Lande ist, als nächtlicher Spuk durch alle Träume unserer guten Provinzler geistert!

Bei diesem Anblick — so erzählte Madame Alphonse weiter — sei sie ohnmächtig geworden. Wie lange die Bewußtlosigkeit etwa gedauert hat, vermag sie nicht anzugeben. Als sie ihrer Sinne wieder mächtig geworden war, gewahrte sie abermals das Phantom — oder, wie sie es immer nannte: die Venusstatue. Mit dem Unterkörper befand diese sich im Bett, während die zur Seite gestreckten Arme den Mann umpreßt hielten, der keinen Laut mehr von sich gab. Da krähte der Hahn. Die Statue erhob sich, ließ den Leichnam zu Boden sinken und schritt hinaus. Madame Alphonse riß an der Glockenschnur; und das übrige wissen Sie!»

Der Spanier wurde hereingeführt. Er war ruhig und gelassen und verteidigte sich mit größter Kaltblütigkeit. Jenen Satz, den ich nach dem Ballspiel aus seinem Munde vernommen hatte, stellte er nicht in Abrede, deutete ihn aber in dem Sinne, daß er, der besiegte Spieler, am folgenden Tage — in ausgeruhtem Zustande — ohne jeden Zweifel die Scharte werde auswetzen können. Er fügte hinzu:

«Ein Aragonier, der sich beleidigt fühlt, wartet mit seiner Rache nicht bis zum nächsten Tage! Wenn ich den Eindruck gehabt hätte, daß Monsieur Alphonse mich insultieren wolle, so würde in der gleichen Minute mein Messer in seinen Leib gefahren sein!»

Die Schuhe des Mannes wurden mit den Fußspuren im Garten verglichen: die Schuhe waren viel größer.

Im weiteren Verlauf der Vernehmung gab der Wirt, bei dem der Aragonier sich einlogiert hatte, das Zeugnis ab, sein Gast habe die ganze Nacht bei einem erkrankten Maulesel zugebracht, habe das Tier abgerieben, mit Medikamenten versehen und ununterbrochen gepflegt.

Überdies galt der Aragonier allgemein als ehrenwerter Charakter; in der ganzen Gegend, die er alljährlich als Handelsmann zu durchziehen pflegte, war er beliebt und wohlgelitten.

Auf Grund all dieser Aussagen wurde er, unter Entschuldigungen, sogleich wieder freigelassen.

Nachzutragen habe ich noch die Bekundung eines Dieners, der, als letzter, den jungen Herrn lebend gesehen hatte. Das war in dem Augenblick, wo Monsieur Alphonse sich anschickte, in das Zimmer seiner Frau zu gehen. Er rief den Diener an und fragte ihn unruhig, ob er wisse, wo ich sei. Nach der verneinenden Antwort habe — so lautete die Aussage des Zeugen — Monsieur Alphonse seufzend ausgerufen:

«Dann ist er auch vom Teufel geholt worden!»

Ich fragte den Mann, ob der junge Herr in jenem Moment seinen Brillantring am Finger gehabt hätte. Nach kurzem Zögern antwortete der Diener, er glaube nein, habe jedoch nicht weiter darauf geachtet.

«Falls er den Ring am Finger gehabt hätte», fügte er dann hinzu, «würde ich es zweifellos bemerkt haben; denn ich mußte ja der Meinung sein, daß er ihn seiner jungen Frau als Hochzeitsring gegeben hätte.»

Während dieses Verhörs drang ein Hauch des abergläubischen Schreckens, den die Erzählung der Madame Alphonse im ganzen Hause verbreitet hatte, auch in mein Empfinden ein. Der Staatsanwalt sah mich lächelnd an; und ich hütete mich, Weiteres verlauten zu lassen.

Wenige Stunden nach dem Begräbnis von Monsieur Alphonse war ich zur Abreise bereit. Die Kalesche des Hausherrn sollte mich nach Perpignan bringen. Trotz seiner Schwäche ließ der bedauernswerte Alte es sich nicht nehmen, mich bis an die Gartenpforte zu geleiten. Schweigend schritten wir zwischen den Blumenbeeten dahin. Er war so hinfällig geworden, daß er sich auf meinen Arm stützen mußte. In dem Moment, wo wir uns trennen sollten, sandte ich der Venus einen letzten Blick. Ich war des Glaubens, Monsieur de Peyrehorade werde sich — trotzdem er den gehässigen Abscheu seiner Umgebung gegen die Statue keineswegs teilte — möglichst bald eines Objektes zu entledigen trachten, das ihn immerwährend an das furchtbare seinem Hause widerfahrene Unheil erinnert hätte. Und ich gedachte ihm vorzuschlagen, es in irgendeinem Museum unterzubringen. Zögernd blieb ich noch stehen, unschlüssig, ob ich dies Thema berühren solle. Da wandte Monsieur de Peyrehorade den Kopf plötzlich in die Richtung, wohin er mich so krampfhaft starren sah. Sein Blick fiel auf das Standbild, und er brach in bittere Tränen aus. Ich küßte ihn auf beide Wangen und stieg in den Wagen, ohne ein weiteres Wort gesagt zu haben.

Seitdem ich Ille verlassen habe, ist keinerlei Nachricht zu mir gedrungen, die irgendein neues Licht auf diese geheimnisvolle Katastrophe geworfen hätte.

Monsieur de Peyrehorade starb wenige Monate nach seinem Sohne. In seinem Testament vermachte er mir seine wissenschaftlichen Manuskripte. Vielleicht entschließe ich mich eines Tages, sie zu veröffentlichen. Den Aufsatz über die Inschriften der Venus aber habe ich in dem mir zugegangenen Konvolut nicht gefunden.

Nachschrift. — Soeben schreibt mir mein Freund Q . . . aus Perpignan, die Statue der Venus existiere nicht mehr. Unmittelbar nach dem Tode ihres Mannes ließ Madame de Peyrehorade das Götzenbild einschmelzen und eine christliche Glocke daraus gießen. In dieser neuen Gestalt hat die heidnische Liebesgöttin dem Kirchspiel von Ille dienstbar werden müssen. Aber — so fügt Monsieur de Q . . . seinem Bericht hinzu —, es scheine, als ob jedem, der in den Besitz der verhängnisvollen Bronze gelange, ein böses Schicksal beschieden sei. Seitdem die neue Glocke ihr Geläut vom Kirchturm des Städtchens ertönen läßt, sind in der Umgebung die Rebstöcke schon zweimal erfroren.

1837.

DAS BLAUE ZIMMER

SICHTLICH erregt, ging ein junger Mann in der Eingangshalle eines Bahnhofs auf und nieder. Er trug eine blaue Brille und führte, obwohl er keinen Schnupfen hatte, unablässig sein Taschentuch an die Nase. In der linken Hand hielt er eine kleine schwarze Reisetasche, die, wie ich später erfahren habe, einen seidenen Schlafrock und ein türkisches Nachtgewand barg.

Von Zeit zu Zeit trat er an die Tür und blickte die Straße hinunter. Dann zog er seine Uhr und verglich sie mit dem großen Zifferblatt des Bahnhofs. Zwar sollte der Zug erst in einer Stunde abgehen, aber manche Naturen haben dauernde Angst vorm Zuspätkommen. Der Zug, mit dem der junge Mann zu fahren gedachte, war nicht für eilige Leute bestimmt und hatte nur eine geringe Anzahl von Coupés erster Klasse. Es war auch nicht jene Nachmittagsstunde, um welche die Börsianer, nach Erledigung ihrer Finanzoperationen, mit gutem Appetit in ihre Landhäuser zurückzufahren pflegen. Allmählich fanden sich die ersten Reisenden ein — Leute, deren Wesen und Haltung auf kleine Bauern oder Krämer der Pariser Vororte schließen ließ. Sooft jemand in die Halle trat oder ein Wagen vor der Tür hielt, begann das Herz des blaubebrillten jungen Mannes anzuschwellen wie ein Ballon; seine Knie erbebten, und beinah wäre ihm die Reisetasche aus der Hand und die — übrigens schief aufgesetzte — Brille von der Nase gefallen.

Endlich erschien durch eine Seitentür — aus der einzigen Richtung, die der so intensiv Wartende fast unbeobachtet gelassen hatte — eine schwarzgekleidete, dichtverschleierte Dame. In der Hand trug sie eine braune Ledertasche, die, wie ich in der Folge entdeckt habe, einen entzückenden Morgenrock und ein Paar veilchenblauer Seidenpantöffelchen umschloß. Die Dame und der junge Herr kamen — nach links und rechts blickend, doch niemals geradeaus — aufeinander zu. Sie erreichten sich, gaben sich die Hand und blieben eine Weile wortlos stehen, zitternd, schwer atmend, im Banne jener herzzerreißend-süßen Verhextheit, für die ich, der Berichterstatter, mit Freuden hundert weisheitsvolle Lebensjahre hingeben würde.

Als man die Kraft zu reden wiedergewonnen hatte, sagte die junge Dame (habe ich schon erwähnt, daß sie jung und hübsch war?):

«Leo» — sagte sie —, «Leo, welches Glück!... Mit dieser blauen Brille sind Sie vollkommen unkenntlich!»

«Welches Glück!» sagte Leo. «Mit diesem schwarzen Schleier sind Sie vollkommen unkenntlich!»

«Welches Glück!» bestätigte sie. «Nehmen wir rasch unsere Plätze! ... Wenn der Zug ohne uns abginge — welch ein Unglück wäre das!» (Und sie drückte ihm heftig den Arm.) «Niemand hat den geringsten Verdacht! In diesem Augenblick bin ich mit Clara unterwegs nach Claras Landhaus, von dem ich erst morgen wieder wegfahre ... Clara ist» (fügte sie lachend und den Kopf senkend hinzu) «vor einer Stunde abgefahren; und morgen ... nachdem ich die Nacht in ihrer Villa verbracht haben werde» (sie preßte abermals seinen Arm) ... «morgen vormittag verabschieden Clara und ich uns dann auf der Eisenbahnstation, wo ich Ursula treffe, die ich zu meiner Tante vorausgeschickt habe ... Oh, ich habe alles haarklein berechnet! Nehmen wir schnell die Billette! ... Es ist ganz unmöglich, daß man uns auf die Spur kommt! ... Doch wenn die Leute im Gasthaus nun unsere Namen wissen wollen?! ... Ich habe schon wieder vergessen ...»

«Monsieur und Madame Duru.»

«Oh, nein! ... Nicht: Duru! In der Pension, in der ich war, hatten sie einen Schuster, der hieß Duru.»

«Dann also Dumont? ...»

«Sagen wir: Daumont.»

«Das soll mir auch recht sein! Aber man wird uns gar nicht fragen.»

Eine Glocke erklang und die Tür zum Wartesaal wurde geöffnet. Die tiefverschleierte Dame und ihr Gefährte durchquerten denselben und gelangten auf den Perron. Eiligst kletterten sie in einen Wagen. Die Glocke ertönte zum zweiten Male; die Tür ihres Coupés wurde geschlossen.

«Wir sind allein!» riefen beide voller Freude.

Doch im selben Moment drang noch jemand in das Coupé ein. Es war ein etwa fünfzigjähriger Mann, schwarz gekleidet, würdigen, recht gelangweilten Aussehens, der es sich alsbald in einer Ecke bequem machte. Die Lokomotive pfiff; und der Zug setzte sich in Bewegung.

Das junge Paar, so weit wie möglich von dem unliebsamen Ankömmling wegrückend, begann, sich leise und, aus übertriebener Vorsicht, in englischer Sprache zu unterhalten.

«Monsieur», sagte der Mitfahrende in einem viel reineren Britisch, «falls Sie und Madame sich Geheimnisse anzuvertrauen haben sollten, täten Sie wohl besser, sie nicht gerade auf englisch vor mir darzulegen. Ich bin Engländer... Es hat mir leid getan, Sie stören zu müssen, aber im anderen Coupé befand sich ein Einzelmensch, und ich reise prinzipiell niemals mit Einzelmenschen... Außerdem hatte der Kerl eine wahre Galgenphysiognomie, und die Tasche da hätte ihn leicht in Versuchung führen können.»

Eine Handbewegung bezeichnete die Reisetasche, die er auf das gegenüberliegende Polster gelegt hatte.

«Im übrigen hoffe ich, Ihnen nicht weiter lästig zu fallen; sollte ich nicht gleich einschlafen können, so lese ich.»

Wirklich, er gab sich redliche Mühe, den Schlaf zu finden. Er öffnete die Tasche, brachte eine bequeme Reisemütze zum Vorschein, setzte sie auf und hielt die Augen ein paar Minuten krampfhaft geschlossen. Darauf, mit einer Gebärde der Ungeduld, öffnete er sie wieder und kramte aus der Reisetasche eine Brille hervor, sodann ein Buch mit griechischen Lettern, in dem er mit großer Aufmerksamkeit zu lesen begann. Um das Buch zu finden, hatte er die mannigfaltigsten Gegenstände mit hervorwühlen müssen. So kam, unter anderem, aus den Tiefen der Tasche ein recht umfangreiches Bündel englischer Banknoten ans Licht. Der Reisende legte es auf den Sitz gegenüber und tat es dann in die Tasche zurück. Hierauf wandte er sich an den jungen Mann mit der Frage, ob man in N... wohl Gelegenheit haben werde, Noten der Bank von England umzuwechseln.

«Wahrscheinlich! N... liegt ja auf der Strecke nach England.»

N... war das Reiseziel unseres verliebten Paares. In diesem Städtchen befindet sich ein leidlich sauber gehaltenes, von Samstagsgästen bevorzugtes kleines Hotel. Die Zimmer desselben werden als behaglich gerühmt. Die relative Nähe von Paris bewahrt den Inhaber und seine Angestellten vor dem typisch provinziellen Laster der Neugierde. Schon vor einiger Zeit hatte der junge Mann (dessen Namen Leo ich dem freundlichen Leser wohl schon eingeprägt habe?) dieses Hotel rekognoszierungshalber aufgesucht — damals ohne blaue Brille —, und sein befürwortender Bericht schien der Dame Lust gemacht zu haben, das gastliche Haus ebenfalls in Augenschein zu nehmen.

Übrigens befand sich diese Freundin heute in einer solchen Geistesverfassung, daß selbst ein Kerker ihr als reizvoller Aufenthalt gegolten hätte, wenn sie ihn nur mit Leo hätte teilen dürfen!

Inzwischen rollte der Zug unermüdlich weiter. Der Engländer studierte artig sein griechisches Werk, unter gewissenhafter Vermeidung jeglichen Seitenblickes auf die Reisegefährten. Diese plauderten mit einer, nur verliebten Leuten noch vernehmbaren Lautlosigkeit. Vermutlich bildet es für den teilnehmenden Leser und die scharfblickende Leserin keine Überraschung, wenn ich ihnen verrate, daß es sich bei unserem reisenden Paar um Liebende in des Wortes verwegenster Bedeutung handelte, wobei nur zu bedauern blieb, daß sie sich nicht hatten heiraten können — was aus triftigen Gründen eben unmöglich gewesen war.

Endlich erreichte man die Station N ... Der Engländer verließ das Coupé als erster. Während Leo seiner Freundin behilflich war, vom Waggon herunterzuklettern, ohne dabei allzuviel von ihren Beinen sichtbar werden zu lassen, schwang sich auf das Trittbrett des Nebencoupés ein Individuum. Dieser Mann hatte ein gelblichfahles Gesicht und tiefliegende, rot unterlaufene Augen. Außerdem war er schlecht rasiert — ein Symptom, an dem man häufig den Schwerverbrecher erkennt. Sein Gewand war sauber, aber fadenscheinig. Den Rock — der einst schwarz gewesen sein mochte, jetzt aber an Rücken und Ellbogen speckig erglänzte — trug er bis ans Kinn zugeknöpft, wahrscheinlich, um ein noch abgetrageneres Wams zu verdecken. Er näherte sich dem Engländer und sagte in demütigem Tone zu ihm: «Onkel! ...»

«Laß mich in Ruhe, du Lump!» rief der solchermaßen Angeredete, und ein zorniger Blitz zuckte aus seinem grauen Auge.

Er machte einen Schritt in der Richtung nach dem Ausgang des Bahnhofs.

«Bringen Sie mich nicht zur Verzweiflung!» rief der andere mit einem Ausdruck, der, bei aller Wehleidigkeit, einen bedrohlichen Unterton zu enthalten schien.

«Wollen Sie die Güte haben, einen Augenblick auf meine Reisetasche zu achten?» sagte der alte Engländer zu Leo und warf ihm besagten Gegenstand vor die Füße.

Dann packte er den Arm des Mannes, der

ihn angesprochen hatte, und führte oder vielmehr stieß ihn in eine Ecke, wo er ungehört zu bleiben hoffen mochte. Dort redete er — in einer, wie es schien, sehr heftigen Tonart — kurze Zeit auf ihn ein. Darauf zog er aus seiner Rocktasche einiges Papier hervor, ballte es zu einem Knäuel zusammen und drückte es dem Manne, der ihn Onkel genannt hatte, in die Hand. Ohne ein Wort des Dankes zu sagen, nahm der Mann das ihm widerwillig Gegönnte. Dann entfernte er sich und war rasch aus dem Gesichtskreis entschwunden.

Da es in N... nur ein einziges Gasthaus gibt, so kann es uns nicht wundernehmen, wenn, ein paar Minuten später, sämtliche in dieser wahren Geschichte bisher aufgetretenen Personen dort wieder zusammentrafen. In allen französischen Hotels wird einem Reisenden, der das Glück hat, in Gesellschaft einer geschmackvoll gekleideten jungen Dame anzukommen, ohne weiteres das beste Zimmer eingeräumt — woraus sich zur Evidenz ergibt, daß Frankreich seinen Ruf als galanteste aller europäischen Nationen in vollem Maße bewahrt hat.

Mochte nun aber das Zimmer, das Leo erhielt, sicherlich auch das beste sein: als besonders luxuriös hätte man es mit dem besten Willen nicht bezeichnen können. Auf den grün-blauen Vorhängen des großen Nußbaumbettes war, violett aufgedruckt, die Legende von Pyramus und Thisbe zu erkennen. Das Tapetenmuster stellte eine sich immer wiederholende Ansicht von Neapel dar, mit einer übergroßen Anzahl von Personen. Leider hatten müßige und leichtfertige Gäste sämtlichen Figuren, männlichen wie weiblichen, Schnurrbärte und Tabakspfeifen angemalt; und im Himmel wie in den Fluten des Meeres waren, von kecken Bleistiften hingekritzelt, gereimte und ungereimte Frivolitäten jeder Art zu lesen. Auf diesem Grunde hingen einige Gravüren: «Louis-Philippe, den Eid auf die Verfassung von 1830 leistend»; «Erste Begegnung von Julie und Saint-Preux» (aus Rousseaus «Neuer Heloise»); «Freudige Erwartung» und «Tiefe Kümmernis» nach den Originalen von Edouard Dubufe. Das Zimmer hieß das «Blaue Zimmer», weil die beiden Sessel, links und rechts vom Kamin, mit Utrechter Wollplüsch von besagter Farbe überzogen waren. Allerdings lag diese blaue Herrlichkeit leider schon seit vielen Jahren unter grauen Kattun-Schonern (mit amarantfarbenen Streifen) verborgen.

Während die neuangekommene Dame von dienstfertigen Hotelmädchen freundlich umdrängt wurde, begab sich Leo — trotz aller Verliebtheit nicht jeglicher Vernunft beraubt — nach unten in die Küche, um das Diner zu bestellen. Er mußte seine ganze Beredsamkeit und auch einige Bestechungsmittel aufwenden, um die Zusicherung zu erhalten, daß es ihm und seiner Dame im Zimmer extra serviert werden solle. Welches aber war sein Entsetzen, als er vom Hotelier erfuhr, daß im großen Speisesaal — unmittelbar neben dem Blauen Zimmer — die Herren Offiziere des 3. Husarenregimentes, die zur Ablösung der Herren Offiziere des 3. Jägerregimentes in N... eingetroffen waren, sich heute abend mit den letzteren zu einem Abschieds- und Liebesmahl vereinigen wollten, bei dem der «Geist allerherzlichster Kameradschaft» walten werde. Der Wirt leistete dem jungen Manne jedoch einen feierlichen Schwur, wonach — abgesehen von der allen Militärs nun einmal angeborenen heitern Sinnesart — die Herren Husaren und die Herren Jäger in der ganzen Stadt wegen ihrer außerordentlichen Sanftmut und Züchtigkeit berühmt seien, so daß diese Nachbarschaft für Madame nicht die geringste Ungelegenheit im Gefolge haben könne, zumal es bei den hiesigen Herren Offizieren üblich sei, die Tafel schon vor Mitternacht aufzuheben.

Als Leo, ausgestattet mit dieser immerhin fragwürdigen Beruhigung, das Blaue Zimmer wieder zu erreichen strebte, bemerkte er, daß im Nebenzimmer der Eisenbahn-Engländer installiert war. Die nach dem Korridor führende Tür dieses Nebenzimmers stand offen. Der Engländer saß, vor einer Weinflasche, am Tisch und starrte grüblerisch zur Zimmerdecke hinauf.

«Was kommt darauf an, welche Nachbarn man hat!» suchte Leo sich selbst zu ermutigen. «Der Engländer wird bald selig betrunken sein, und die Offiziere verlassen vor Mitternacht das Hotel!»

Als er das Blaue Zimmer wieder betreten hatte, galt seine erste Sorge der Untersuchung, ob die Verbindungstüren fest geschlossen seien und verriegelt werden konnten. Nach der «englischen Seite» zu war die Mauer besonders dick; und der Zugang bestand in einer Doppeltür. Nach der «Husarenseite» erwies sich die Scheidewand allerdings als weniger robust, aber die Tür hatte Schloß und Riegel. Alles in allem genommen, bot die Ausstattung einen weit besseren Schutz gegen neugierige Augen als etwa die Fensterrouleaux einer Kutsche; und wie viele Menschen glauben sich in einem Fiaker vor den Blicken der ganzen Welt gesichert!

Es bleibt unbestreitbar, daß die üppigste Phantasie sich nichts Schöneres vorzustellen vermag als das Glück zweier Liebender, die, nach langer Trennung vereint, allen Gefahren der Eifersucht und Zudringlichkeit endlich entrückt, nun über die ausgestandene Pein geruhsam miteinander plaudern dürfen! Aber der Teufel findet ein Mittel, seinen Wermutstropfen in den Becher gerade der süßesten Freuden zu träufeln.

Dr. Samuel Johnson hat (in den Geistesbahnen eines griechischen Philosophen wandelnd) den Satz niedergeschrieben, kein Mensch könne von sich sagen: «Am heutigen Tage werde ich glücklich sein!» Diese schon dem grauen Altertum vertraute Wahrheit ist leider noch heute vielen Sterblichen und zumal den meisten Liebesleuten unbekannt.

Leo und seine Freundin bekamen im Blauen Zimmer ein sehr mittelmäßiges Diner serviert: Abhub von den Schüsseln des Husaren- und Jägerbanketts. Gleichzeitig hatten sie viel zu leiden unter der hereindringenden Konversation, die sich von militärwissenschaftlichen Themen immer unbedenklicher zu entfernen schien.

Unverkennbar wurde eine Folge recht wenig salonfähiger Anekdoten zum besten gegeben — gewagter Anzüglichkeiten, an deren dröhnendem Lacherfolg unsere Liebenden sich ein paarmal fast beteiligt hätten. Aber obwohl Leos Freundin keineswegs prüde war, so gibt es doch Dinge, die man nicht in jeder Lage zu hören wünscht; und als die Herren Offiziere beim Dessert angelangt waren, wurde die Situation so peinlich, daß Leo es für unvermeidlich hielt, abermals in die Küche hinunterzugehen, um den Wirt zu bitten, den Offizieren vorstellen zu wollen, daß sich im Nebenzimmer eine leidende Dame befinde, die von der Ritterlichkeit der Pokulierenden eine gewisse Sänftigung des Lärmens erwarten zu dürfen hoffe.

Wie es jedesmal ging, wenn große Gastereien im Hause stattfanden: unter der Fülle der auf ihn einstürmenden Beanspruchungen begann dem Wirte der Kopf schwindelig zu werden. Im selben Augenblick, wo Leo ihm seine Anti-Lärm-Petition an die Offiziere vortrug, überbrachte ein Kellner den Wunsch der Herren Militärs nach neuer Champagnerzufuhr, während eine Serviermaid meldete, der englische Herr habe kategorisch Portwein geheischt.

«Ich habe ihm gesagt, wir hätten keinen», fügte sie hinzu.

«Du bist und bleibst doch eine Idiotin! Wir haben sämtliche Weine, die es gibt! Ich werde diesem Englishman seinen Portwein schon zusammenbrauen! Bring mir schnell eine Flasche Himbeerlikör (die mit Vanilleparfum) und eine Karaffe Branntwein!»

Nachdem er solchermaßen im Handumdrehen den herrlichsten «Porto» fabriziert hatte, begab sich der Wirt in den Speisesaal, um Leos Anliegen vorzutragen. Es erregte zunächst einen Sturm der Entrüstung.

Darauf erkundigte sich eine — alle anderen übertönende — Baßstimme, von welcher Art denn die Dame des Nachbarzimmers sei. Es entstand ein erwartungsvolles Schweigen. Der Wirt antwortete:

«Tja, meine Herren, darüber kann ich eigentlich keine präzise Auskunft geben! Es scheint eine sehr hübsche und zugleich sehr schüchterne Dame zu sein. Marie-Jeanne meint gesehen zu haben, daß sie einen Trauring am Finger trage. Kann sein, daß es eine Neuvermählte ist, die ihre Hochzeitsnacht hier zu feiern gedenkt, wie das ja so gelegentlich vorkommt.»

«Eine Jungvermählte!» riefen vierzig Stimmen gleichzeitig. «Sie soll herkommen und mit uns anstoßen! Wir wollen auf ihr Wohl trinken, und den Herrn Gemahl müssen wir belehren über seine ehelichen Rechte und Pflichten.»

Ein gewaltiges Sporenklirren folgte diesen Worten, und unsere Liebenden erbebten in der Besorgnis, daß ihr Zimmer im Sturm genommen werden könne. Doch plötzlich erhob sich eine dem Toben Einhalt gebietende Stimme: offenbar die eines höheren Vorgesetzten. Dieser tadelte die Offiziere wegen ihres Verhaltens und erteilte ihnen die Weisung, sich aller unziemlichen Ausdrücke wie auch allen Lärmens fürderhin zu enthalten. Dann fügte er noch einige Worte hinzu, die zu leise gesprochen wurden, als daß sie im Blauen Zimmer hätten verstanden werden können. Sie wurden respektvoll angehört, jedoch, wie es schien, nicht ohne eine gewisse unterdrückte Heiterkeit hervorzurufen.

Von diesem Augenblick an ward es im Bereich der Offiziere verhältnismäßig ruhig, und die Liebenden, das wohltätige Walten der Disziplin preisend, konnten sich ungezwungeneren Gefühlen hingeben. Immerhin bedurfte es einer gewissen Zeit, bevor alles überwunden war: die dem ganzen Abenteuer innewohnende Angst, die Strapazen der Reise und die «Bedrohung» von militärischer Seite — aber die Jugend kommt über Schlimmeres hinweg, und bald hatten Leo und seine anonyme Freundin die unangenehmen Begleiterscheinungen der Expedition vergessen, um sich nur noch ihres Glückes zu freuen.

Sie waren in aller Herzenseinfalt des Glaubens, daß mit den Husaren nunmehr ein dauernder Friede geschlossen sei. Ach, es sollte nur ein Waffenstillstand sein! Eben den Moment, wo sie, allen Erdenqualen um tausend Meilen entrückt, am wenigsten auf irgendwelche menschliche Bosheit gefaßt sein konnten — gerade diesen Augenblick hatte die nachbarliche Tücke auserwählt, um ein Geschmetter losbrechen zu lassen von vierundzwanzig Trompeten und etlichen Posaunen, welche mit untadeliger Virtuosität das bekannte französische Soldatenlied zu Gehör brachten:

La victoire est à nous!

Welcher erfahrene Leser wäre imstande, mir ein Mittel gegen solch gigantische Störung zu verraten? . . . Unsere armen Liebenden waren sehr zu bedauern! . . .

— — — — — — — — — — — — — — — — —

Nein, vielleicht doch nicht gar so sehr; denn zu guter Letzt verließen die Offiziere den Speisesaal, um, mit heftigem Geklirr von Säbeln und Sporen, an der Tür des Blauen Zimmers vorbeizuziehen und sich — jeder einzeln — mit dem Rufe zu verabschieden:

Bonsoir, madame la mariée!

Dann wurde alles still. —

Nein, ich habe mich getäuscht: der nachbarliche Engländer öffnete seine Zimmertür und schrie in den Korridor hinaus:

«Kellner, bringen Sie mir noch eine Flasche Portwein! . . . Aber genau von derselben Sorte, hören Sie?»

Endlich war die Ruhe zurückgekehrt in das hochachtbare Wirtshaus zu N... Die Nacht war milde, und am Himmel erglänzte der Mond in voller Pracht. Seit mythologischen Zeiten bildet die Mondbetrachtung einen unentbehrlichen Bestandteil des Programmes aller Liebespaare. Leo und seine Freundin öffneten das Fenster, das auf einen kleinen Garten hinausging, und atmeten in vollen Zügen den mit dem Duft blühenden Weines parfümierten Zauber der Nacht.

Aber sie blieben nicht lange am Fenster stehen. Denn im Garten promenierte ein Mann: das Haupt gesenkt, die Arme gekreuzt, eine Zigarre im Munde. Leo glaubte den Neffen seines Zimmernachbarn, des englischen Portweinliebhabers, zu erkennen.

Ich hasse überflüssige Einzelheiten. Ich bin nicht verpflichtet, dem Leser Dinge, die er sich selber sagen kann, mitzuteilen und ihm alles genau zu berichten, was — Stunde für Stunde — im Wirtshaus zu N... vor sich ging. Ich erwähne deshalb nur, daß die Kerze auf dem Kaminsims des Blauen Zimmers schon mehr als zur Hälfte niedergebrannt war, als sich im Gemach des Engländers ein dumpfes, an das schwere Fallen eines Körpers gemahnendes Geräusch vernehmen ließ. Diesem Geräusch gesellte sich ein nicht minder beängstigendes Krachen, dem ein erstickter Aufschrei folgte. Darauf einige Worte, die wie ein Fluch, eine wilde Verwünschung klangen. Aus dem

Schlummer gerissen, erzitterten die beiden verliebten Bewohner des Blauen Zimmers; diese höchst befremdlichen Laute machten einen schauerlichen Eindruck auf sie.

«Unser Engländer hat schlechte Träume, er wälzt sich auf seiner Lagerstatt hin und her», sagte Leo und machte einen krampfhaften Versuch, harmlos zu lächeln.

Er wollte seine Gefährtin beruhigen, fühlte sich aber selbst von namenlosem Grauen gepackt. Zwei oder drei Minuten später wurde, wie ihm schien, eine auf den Korridor führende Tür leise geöffnet und ebensoleise wieder geschlossen. Dann nur noch das vorsichtige Tappen und Schlurren von Schritten, die sich langsam entfernten.

«Verdammte Räuberhöhle!» rief Leo.

«Ein paradiesisches Hotel! . . .» erwiderte die junge Dame, ihren Kopf vertrauensvoll auf Leos Schulter sinken lassend. «Aber ich vergehe vor Müdigkeit . . .»

Sie seufzte auf und schlief wieder ein.

Ein berühmter Psychologe hat die Tatsache notiert, daß Männer, sobald sie nichts mehr zu wünschen haben, an Redseligkeit einbüßen. Es wird dem geneigten Leser also durchaus nicht verwunderlich erscheinen, wenn Leo keinen Versuch machte, ein neues Gespräch anzuknüpfen oder eine Diskussion über die Natur der akustischen Erscheinungen im Hotel von N . . . in die Wege zu leiten. Trotzdem kamen die vernommenen Geräusche ihm nicht aus dem Sinn. Seine Einbildungskraft setzte sie in Beziehung zu mehreren Umständen, deren er sich in anderer Geistesverfassung vielleicht gar nicht erinnert hätte. Die finstere Gestalt des so schlecht rasierten englischen Neffen trat ihm mit aller Deutlichkeit wieder vor Augen. Haß hatte aus den Blicken gesprochen, die er seinem Onkel zuwarf, trotz der anscheinenden Demut, mit der er ihn um Geld gebeten haben mochte.

Was gäbe es für einen noch jungen Mann, dessen Körperkräfte durch die Verzweiflung verdoppelt worden sind, Leichteres, als vom Garten bis an ein Fenster im ersten Stockwerk eines nächtlichen Hotels zu klettern? Überdies schien der Neffe im gleichen Hause Wohnung genommen zu haben, da er ja vorhin, zu längst nachtschlafender Zeit, im Garten auf und nieder gegangen war! Vielleicht ... vermutlich ... ja, ohne allen Zweifel wußte er, daß die Reisetasche des Onkels ein dickes Bündel hochziffriger Banknoten enthielt! ... Und jenes dumpfe Geräusch: glich es nicht ganz dem Keulenschlag, der auf einen kahlen Schädel geführt wird?! Und dann der erstickte Schrei! ... Der entsetzliche Fluch! ... Und das heimtückisch sich entfernende Tappen! ... In der Tat, dieser Neffe hatte das Aussehen des abgefeimtesten Meuchelmörders! ...

Andererseits mußte man freilich erwägen, daß in einem Hotel, in dem Dutzende von Offizieren Nachtquartier genommen haben, keine Morde begangen zu werden pflegen. Außerdem hatte der Onkel, als vorsichtiger Mann, doch gewiß einen Riegel vorgeschoben (zumal da er seinen gefährlichen Anverwandten in der Nähe wußte)! . . . Daß er dem Neffen mißtraute, bewies schon die Tatsache, daß er sich, vorhin auf dem Bahnhof, seiner Reisetasche entledigt hatte, bevor er ihn zu einem kurzen Gespräch beiseite zog.

Doch wie dem auch sein mochte: warum sollte man solchen häßlich quälenden Gedanken noch weiter nachhängen, wenn man doch so glücklich war?!

So sprach Leo zu sich selber. Aber während dieser, sich allmählich ins Traumhafte verlierenden Meditationen hielt er, ohne daß es ihm zum Bewußtsein gekommen wäre, seine Augen auf die Tür geheftet, die das Blaue mit dem «englischen» Zimmer verband.

Französische Türen schließen schlecht: zwischen besagter Verbindungstür und dem Fußboden klaffte ein mindestens zwei Zentimeter breiter Zwischenraum. In letzterem erschien jetzt, kaum erhellt vom matten Schimmer des Parketts, etwas Schwärzliches, Flaches — etwas, was der Klinge eines Messers ähnelte, denn der vom Kerzenschein getroffene Rand verlief in einer schmalen, wie metallisch aufblitzenden Linie. Diese beunruhigende Materie kroch langsam auf ein blaues Seidenpantöffelchen zu, das vom Vorwitz seiner Inhaberin bis fast an die Tür geschleudert worden war. Oder war es vielleicht etwas Insektenartiges, am Ende gar Tausendfüßlerisches? . . .

Nein, ein Insekt konnte es nicht sein: es hatte keine festbegrenzten Umrisse ... Schon waren zwei oder drei dieser rotbraunen Streifen, jeder mit blinkendem Rande, in das Zimmer eingedrungen. Durch den etwas abschüssigen Verlauf des Bodens wurde das Näherkommen beschleunigt ...

Das tückisch züngelnde, bösartig sich schlängelnde Verhängnis kam rascher herangekrochen, und schon hatte es das Pantöffelchen gestreift. Jetzt konnte kein Zweifel mehr sein: es war eine Flüssigkeit; und diese Flüssigkeit — im Schimmer der Kerze erkannte man ihre Farbe ganz deutlich — war Blut! Und während Leo, in starrem Entsetzen, die grausigen Spuren betrachtete, schlief, an seiner Seite, die junge Frau ihren friedlichen Schlaf weiter, und ihr regelmäßiger Atem wärmte ihm Hals und Nacken.

Die Tatsache, daß Leo, gleich nach der Ankunft im Hotel, mit solcher Umsicht für das Servieren des Diners gesorgt hatte, beweist uns zur Genüge, daß dem jungen Manne Intelligenz und praktische Vernunft zu eigen waren. Auch jetzt verleugnete er diese Qualitäten nicht. Er verhielt sich ganz still und verwandte alle seine geistige Kraft darauf, angesichts des drohenden Unheils einen Entschluß zu fassen.

Ich vermute, daß der Großteil meiner — aus lauter Helden und Heldinnen bestehenden — Leserschaft das zögernde Verhalten Leos heftig tadeln wird. Er hätte — das wird wohl die vorherrschende Meinung sein — in das Zimmer des Engländers hinüberstürzen und den Mörder festnehmen, zumindest aber die Glocke ziehen und das Hotelpersonal zusammenläuten sollen. Worauf ich zunächst erwidern möchte, daß in französischen Hotels die Schellenzüge einzig als Zimmerschmuck dienen und mit keinem irgendwie gearteten metallischen Apparat in Verbindung stehen. Und voll Ehrerbietung, doch auch mit fester Überzeugung möchte ich hinzufügen, daß, wenn es vielleicht nicht gerade besonders nett ist, untätig liegenzubleiben, während im Nebenzimmer ein Engländer abgewürgt wird, es mir noch viel weniger lobenswert erscheinen will, solchem alten Herrn eine lieblich-schlummernde junge Frau, deren Haupt vertrauensvoll auf der Schulter des Freundes ruht, zum Opfer zu bringen. Was wäre geschehen, wenn Leo jetzt Lärm geschlagen und das ganze Hotel aus seiner Ruhe geschreckt hätte? In wenigen Minuten wären Gendarmen zur Stelle gewesen, und ein gestrenger kaiserlicher Justizbeamter samt Protokollführer wäre ihnen alsbald gefolgt. Solche Herren sind von Berufs wegen so neugierig, daß sie, noch bevor sie fragen, was für ein Verbrechen denn begangen worden sei, gleich mit der unbehaglichsten Inquisition ins Haus fallen:

«Wie heißen Sie, Monsieur? . . . Und Ihre Ausweispapiere? . . . Und Madame? . . . Was machten Sie zusammen in diesem Blauen Zimmer? . . . Sie werden vor Gericht erscheinen müssen, um unter Ihrem Eid auszusagen, daß

Sie am Soundsovielten des soundsovielten Monats, um die und die Stunde, Zeugen von der und der Tat gewesen sind.»

Nun, eine derartige Polizei- und Gerichts-Szene trat der prophetischen Einbildungskraft des jungen Mannes in aller Anschaulichkeit vor Augen. Es gibt im Leben Gewissensfragen, die nicht leicht zu lösen sind; zum Beispiel, was ist besser: es geschehen lassen, daß einem unbekannten Reisenden die Gurgel abgeschnitten wird, oder eine angebetete Frau in Schande und Verzweiflung bringen?

Solche Alternativen sind unangenehm und kaum lösbar. Deshalb tat Leo das, was vielleicht einige andere an seiner Stelle auch getan hätten: er rührte sich vorläufig nicht vom Fleck.

Die Augen auf den veilchenblauen Pantoffel und das ihn fast schon umrahmende rote Rinnsal geheftet, verharrte er eine Weile wie gebannt, während kalter Schweiß ihm die Schläfen netzte und sein Herz so wild schlug, daß es zu zerspringen drohte.

Eine Unzahl wirrer Schreckensbilder stürzte auf ihn ein, während, mit höhnischer Beharrlichkeit, eine innere Stimme ihm zurief: «In einer Stunde werdet ihr geklappt werden; und das wird deine Schuld sein!» Aber nachdem er sich tausendmal vorgehalten hatte: «Was, zum Teufel, hattest du denn in dieser verfluchten Bude zu suchen?», blitzte schließlich doch etwas wie ein Hoffnungsschimmer vor ihm auf. Und er überlegte:

«Wenn es uns gelänge, das Mordhotel zu

verlassen, bevor die im Nebenzimmer verübte Tat entdeckt wird, so könnten wir vielleicht unsere Spuren verwischen. Niemand kennt uns hier; mich hat man nur mit der blauen Brille gesehen, und sie nur mit dem Schleier. Der Bahnhof liegt gleich nebenan, und in einer Stunde können wir über alle Berge sein!»

Da zur Vorbereitung der verliebten Expedition ein gründliches Studium des Kursbuches erforderlich gewesen war, so erinnerte sich Leo jetzt, daß gegen acht Uhr ein von Norden kommender Zug in der Station N... einlief, um, nach kurzem Aufenthalt, seine Fahrt in Richtung Paris fortzusetzen. Wenn man erst einmal in einem Coupé dieses Zuges säße, so würde es nicht mehr lange dauern, bis man entschwunden wäre in der Unermeßlichkeit einer Stadt, die so viele Schuldige verbarg, daß sie schließlich auch einmal zwei Unschuldigen Rettung und Sicherheit gewähren konnte!... Aber würde das Hotelpersonal nicht vielleicht schon vor acht Uhr auf den Gedanken kommen, dem Engländer sein Frühstück bringen zu wollen, und bei dieser Gelegenheit die Greueltat entdecken?!... Das war die Schicksalsfrage!

Nunmehr fest davon überzeugt, daß kein anderer Ausweg übrigbleibe, suchte Leo die Betäubung, die so lange auf ihm gelastet hatte, mit verzweifeltem Willensaufwand abzuschütteln. Doch schon beim ersten Ruck erwachte die schlummernde Freundin und preßte ihn gleich wie toll an sich. Als sie aber die Eiseskälte seiner Wangen spürte, stieß sie einen besorgten Schrei aus:

«Was haben Sie? . . . Ihre Stirn fühlt sich marmorkalt an!»

«Es ist nichts», antwortete Leo mit unsicherer Stimme. «Ich habe nur ein Geräusch gehört nebenan . . .»

Er entwand sich ihren Armen und sprang aus dem Bett. Dann stieß er den blauen Pantoffel beiseite und schob einen Sessel vor die Verbindungstür, um seiner Freundin die entsetzenerregende Flüssigkeit zu verbergen, die jetzt, da sie aufgehört hatte, vorzurücken, auf dem Fußboden eine breite Lache bildete. Darauf öffnete er mit unendlicher Vorsicht die zum Korridor führende Tür und lauschte angespannten Ohres hinaus. Ja, er wagte sogar, sich bis an die Tür des Engländers heranzuschleichen. Sie war verschlossen. Im Hotel herrschte schon einige Bewegung. Es wurde allmählich ganz hell. Im Hofe striegelten Stallburschen die Pferde; und aus dem zweiten Stock kam, sporenklirrend, ein Offizier heruntergestiefelt: er wollte die interessante Prozedur beaufsichtigen, die für die Pferde soviel angenehmer ist als für die dazu abkommandierten Menschen.

Leo kehrte ins Blaue Zimmer zurück; und mit all der Vorsicht und Schonung, die ein Liebender ersinnen kann, mit einem erfinderischen Aufwand von Umschreibungen und Beschönigungen setzte er seiner Freundin die Lage auseinander, in der man sich befand.

Gefährlich war es, zu bleiben; gefährlich,

überstürzt abzureisen; am gefährlichsten vielleicht, im Hotel so lange zu zögern, bis das im Nebenzimmer vollbrachte Verbrechen ans Tageslicht kommen würde.

Soll ich erzählen, welchen Schrecken die furchtbare Enthüllung hervorrief? Wieviel Tränen ihr folgten? Soll ich alle die unsinnigen Pläne wiedergeben, die den vor Angst überreizten Hirnen entsprangen? Und berichten, wie oft die beiden Unglücksgefährten einander in die Arme sanken und schluchzend riefen:

«Verzeih mir! Verzeih mir!»

Man übertraf sich an Demut und Edelsinn; beiderseits wurde das größte Maß der Schuld in Anspruch genommen. Man gab sich das Versprechen, gemeinsam in den Tod zu gehen. Die junge Frau zweifelte keinen Augenblick daran, daß der Gerichtshof sie beide der Ermordung des Engländers für schuldig befinden werde; und da sie nicht genau wußten, ob es erlaubt sei, sich auf dem Schafott noch einen letzten Kuß zu geben, so umarmten und küßten sie sich schon jetzt bis zur Atemlosigkeit und begossen einander mit ihren Tränen.

Endlich, nachdem sie tausend herzzerreißende Zärtlichkeiten und ebenso viele widersinnige Rettungsgedanken ausgetauscht hatten, gelangten sie, unter nicht enden wollenden Küssen, zu der Erkenntnis, daß das von Leo ins Auge gefaßte Projekt: Abreise mit dem Acht-Uhr-Zuge, im Grunde das einzig ausführbare und zugleich das aussichtsvollste sei. Aber es blieben noch zwei tödliche Stunden hinzubringen! Bei jedem Schritt, der auf dem Korridor laut wurde, erbebten sie in allen Gliedern; und jedes Stiefelknarren schien ihnen das Eintreffen des kaiserlichen Staatsanwaltes anzukündigen.

Die Reisetaschen waren im Nu gepackt. Die junge Frau wollte den blauen Pantoffel im Kamin verbrennen, aber Leo bemächtigte sich seiner, wischte ihn am Bettvorleger ab, küßte ihn inbrünstig und steckte ihn zu sich. Dabei überraschte es ihn, daß der zarte Gebrauchsgegenstand nach Vanille duftete, während die Freundin bisher immer dem nach der Kaiserin Eugenie benannten Parfum den Vorzug gegeben hatte.

Schon war das Hotel zu voller morgendlicher Tätigkeit erwacht. Kellner riefen einander ausgelassene Worte zu, Stubenmädchen kicherten, Soldaten bürsteten die Röcke der Offiziere. Es hatte eben sieben Uhr geschlagen. Leo suchte seine Freundin zu überreden, einen café-crème zu sich zu nehmen; aber sie erklärte, die Kehle sei ihr wie zugeschnürt, und beim geringsten Schluckversuch würde sie unfehlbar den Tod erleiden.

Angetan mit seiner blauen Brille, stieg Leo die Treppe hinunter, um in der Wirtsstube die Rechnung zu bezahlen. Die junge Frau, die ihn keinen Augenblick allein lassen wollte, folgte ihm. Unten erschöpfte sich der Wirt in Entschuldigungen wegen des Lärms, der gestern abend vollführt worden sei — ein Getöse, das er sich gar nicht habe erklären können, denn die Herren Offiziere pflegten sich sonst in geradezu mustergültiger Weise ruhig zu verhalten. Leo beteuerte, daß er gar nichts mehr gehört, sondern ununterbrochen geschlafen habe.

«Das freut mich ungemein!» sagte der Wirt. «Und Ihr Nachbar auf der anderen Seite — der hat Sie doch ganz gewiß nicht belästigt! Das ist ein Gentleman, der nicht den geringsten Lärm macht. Ich möchte wetten, daß er noch tief in den Federn liegt!»

Leo mußte sich auf den Zahltisch stützen, um nicht ohnmächtig hinzufallen. Die junge Frau, ihren Schleier fest vor das Gesicht ziehend, krampfte sich in seinen Arm.

«Das ist ein Mylord!» fuhr der Wirt unerbittlich fort. «Der ist nur an das Allerfeinste gewöhnt! Ein englischer Edelmann, wie er im Buche steht! . . . Aber nicht alle Engländer sind so wie er. Da war noch ein anderer hier: der war ein Geizhals. Alles war ihm zu teuer: das Zimmer, die Speisen, die Getränke. Er verlangte, daß ich ihm seine Fünf-Pfund-Note mit hundertfünfundzwanzig Franken berechnen sollte! . . . Wenn sie nur wenigstens echt ist, die Note der Bank von England, die er mir gegeben hat! . . . Monsieur, Sie müssen sich doch darauf verstehen —: sprachen Sie nicht mit Madame englisch? . . . Dies Billett hier — ist es unzweifelhaft echt?»

Mit diesen Worten hielt er ihm eine auf den Betrag von fünf Pfund Sterling lautende Banknote vor Augen. An einer Ecke trug sie einen roten Fleck, den Leo, zu seinem Entsetzen, sich ohne weiteres zu erklären vermochte.

«Ich halte sie für durchaus echt», sagte er mit erstickter Stimme.

«Sie haben übrigens noch reichlich Zeit!» fuhr der Wirt fort. «Der Zug läuft erst um acht Uhr hier ein, und außerdem hat er regelmäßig Verspätung. — Wollen Sie sich nicht etwas setzen, Madame? Sie scheinen ermattet zu sein . . .»

In diesem Augenblick kam, drall und prall, ein Stubenmädchen die Treppe heruntergepoltert und trat in den Saal.

«Schnell heißes Wasser», rief sie, «Mylord wünscht seinen Tee! Und bringt gleich einen großen Schwamm zu ihm hinauf! Er hat in der Nacht seine Flasche Portwein zerteppert, und das ganze Zimmer ist rot überschwemmt!»

Bei diesen Worten sank Leo in einen Stuhl. Seine Gefährtin tat desgleichen. Ein beseligendes Erlöstsein überfiel sie beide, und fast wären sie in Lachen ausgebrochen. Die junge Dame drückte dem Freunde mutwillig die Hand.

«Ich habe mir die Sache überlegt», sagte Leo zu dem Wirte: «wir wollen doch lieber erst den Zwei-Uhr-Zug nehmen! Jetzt lassen Sie uns, bitte, ein gutes Frühstück servieren; und zum Mittagessen möchten wir etwas ausgesucht Feines!»

NACHWORT

Zu allen Zeiten haben sich die Menschen Geschichten erzählt. Man sitzt am Kaminfeuer. Einer fängt an. Der andere folgt. Je nach der Stimmung fliegen Witze hin und her, oder man überbietet sich mit gruseligen Gespenstergeschichten ... Weißt du den Neusten? Habt ihr schon gehört, was dem und dem passiert ist? Hab' ich schon einmal erzählt ...?

Voraussetzung ist immer, daß das Erzählte noch nicht bekannt ist. Es muß etwas Neues sein — una novella. Novelle heißt einfach Neuigkeit.

«Was ist eine Novelle anderes», sagt Goethe zu Eckermann (29. Januar 1827), «als eine sich ereignete, unerhörte Begebenheit.»

«Unerhört» heißt nicht nur: noch nie gehört, sondern: ungewöhnlich. Damit die Erzählung einen Kreis von Hörern fesseln kann, muß sie durch den außergewöhnlichen Inhalt oder durch die besondere Art des Erzählens die Spannung erwecken. Wenn das schon von der mündlich vorgetragenen Geschichte gilt, wieviel mehr von der schriftlich niedergelegten.

Das ist für das Wesen der Novelle die entscheidende Wendung. Dieser Übergang von der mündlichen zur schriftlichen Überlieferung ist nicht nur ein Wechsel in der Art der Mitteilung, sondern ein eigentlicher Klimawechsel: das Emporsteigen von einer niederen zu einer höheren Gattung. Wir wissen viele Witze und Geschichten, die wir niemals schriftlich fixieren möchten. Damit etwas aufgeschrieben wird, muß es eine besondere Bedeutung haben.

Es fließt durch die Jahrhunderte ein Strom von Märchen, Sagen, Fabeln, Schwänken, Rätseln, Sprichwörtern, Kehrreimen, Liedern, der nur gelegentlich an die Oberfläche tritt. Dieses unterirdische Geschiebe verrät nicht nur durch die stereotype Form das Klima des Kollektiven; auch inhaltlich spiegelt es die Psychologie der Masse wider. Jahrtausendealte Erfahrungen des kleinen Volkes geben sich kund in einer illusionslosen, realistischen Weltbetrachtung, die sich gegen die hohen Lebens- und Geistesformen der obern Schichten wendet und sich gern über alles Obenhinaus-Wollen lustig macht, in ihren Untergründen aber tief hinabreicht in die Welt des Dämonischen, des instinkthaft Animalischen*

* Siehe vom Verfasser: *Der Aufstand der Fabel.* Trivium 1943. — Zur Novelle: Emil Staiger, *Kleist, das Bettelweib von Locarno und Goethe, Novelle,* Meisterwerke deutscher Sprache, Zürich 1943. — Th. Spoerri: *Die französische Novelle und Kurzgeschichte* (Volkshochschule 1947, Heft 3—5). — Sean O'Faolain: *The Short Story*, London 1948.

Es ist jeweils ein erschütternd bedeutsamer Vorgang, wenn aus den Kellergewölben der Menschheit ein Abgesandter hinaufsteigt in die vornehmen Gesellschaftsräume und eine Gattung, die sonst nur unterirdisch in der mündlichen Tradition lebte, sich den Zugang verschafft zum Bereich der großen Formen und der hohen Literatur.

Das macht uns auf eine merkwürdige Tatsache in der Geschichte der Novelle aufmerksam. Obwohl es zu allen Zeiten gute Erzähler und bedeutsame Geschichten gegeben hat, tritt die Novelle nur in besonderen Zeiten und — wenigstens bisher — immer nur für eine kurze Blütezeit in Erscheinung. Es sind immer Epochen, die der großen Formen und hohen Literatur müde sind und darum die Berührung mit der Tiefe suchen. Auf die *Divina Commedia* folgt unmittelbar der *Decamerone*. Es ist, als beugte sich der Geist der Zeiten über die marmorne Balustrade des Balkons, um einen Blick zu tun in die unteren Regionen des menschlichen Seins, als wolle er sich erholen von den hohen Spekulationen durch die Beobachtung des bunten und ein wenig unheimlichen Treibens auf der Gasse.

Diese vertikale Spannung, das Von-oben-nach-unten-Schauen drückt sich nun aus in der *Form* der Novelle. Die Geschichte, die von der obern Schicht aufgenommen wird, muß sich in die höhere Perspektive einfügen. Es genügt nicht, daß sie einfach als Geschichte da ist. Sie muß eine allgemeine Bedeutung bekommen. Das erklärt die Tatsache, daß die berühmten Novellensammlungen der Weltliteratur als Rahmenerzählungen auftreten: Das *Pantschatantram*, *Tausendundeine Nacht*, Boccaccios *Decamerone*, Chaucers *Canterbury Tales*, Gottfried Kellers *Leute von Seldwyla*. Die Rahmenerzählung ist dazu da, die einzelnen Geschichten in einen weiteren Zusammenhang hineinzustellen und ihnen dadurch eine höhere Dignität zu verleihen. So erzählt Juan Manuel in seiner Einleitung, daß er es den klugen Ärzten nachtue, die den bittern Arzneien Zucker und Honig beimischen, damit sie leichter eingenommen werden: «Auf ähnliche Weise nun soll mit Gottes Hilfe dieses Buch verfaßt und auch von Nutzen sein, wenn die, so es lesen, aus eigner Neigung zu den nützlichen Dingen, die sie darin antreffen, Gefallen finden . . .» (zit. von André Jolles, *Einleitung zur neuen deutschen Ausgabe des Dekamerons*. Leipzig 1928).

Es braucht nur noch einen entscheidenden Handgriff, um die Novelle in eine selbständige Gattung zu verwandeln: daß man den Rahmen in die Erzählung selbst hineinnimmt. Das hat Prosper Mérimée getan, und so ist er zum Schöpfer der modernen französischen Novelle geworden. In dieser Form hat sie ihren Einzug in die europäische Literatur vollzogen.

Prosper Mérimée ist ein Hätschelkind des Schicksals. Am 28. September 1803 in Paris als Sohn eines vermöglichen Malers und einer geistvollen Mutter geboren, genoß er die sorgfältigste und nachsichtigste Erziehung*. Französischem Brauch gemäß studierte er die Rechte. Er liebäugelte dann mit der Karriere eines Diplomaten, trieb in der Zeit der heraufkommenden Romantik allerlei literarischen Schabernack und kostete das Pariser Leben in vollen Zügen aus. Nach der Julirevolution wußte er seine Beziehungen klug auszunützen, um sich ehrenvolle und einträgliche Stellungen zu verschaffen. Das große Los gewann er, als er, kaum dreißigjährig, zum Inspektor der historischen Denkmäler ernannt wurde. «J'ai accepté la place d'inspecteur général des Monuments historiques . . . Elle convient fort à mes goûts, à ma paresse, à mes idées de voyage. Ainsi tout est pour le mieux dans le meilleur des mondes» (Trahard II, p. 325).

Nun kann er seinen wissenschaftlichen und künstlerischen Neigungen folgen und auf seinen mannigfachen Reisen Material und Anregungen für sein Werk sammeln. Zehn Jahre später wird er Mitglied der Académie des Inscriptions et Belles-Lettres. Kurz darauf nimmt ihn die Académie Française in ihren Schoß auf.

Die Februarrevolution läßt ihn unbehelligt. Nach dem Staatsstreich bleibt er dem neuen Herrn Frankreichs zunächst reserviert gegenüber, aber er hatte das Glück gehabt, auf einer ersten Spanienreise die Familie Montijo kennen-

* Die umfassendsten und zuverlässigsten biographischen und bibliographischen Angaben über Mérimée finden sich in dem vierbändigen Werk von Pierre Trahard: *La Jeunesse de Prosper Mérimée* (1803—1834). Tome Ier et IIme. Paris 1925. *P. Mérimée de 1834—1853.* Paris 1928. *La Vieillesse de P. Mérimée* (1854—1870) Paris 1930.

zulernen; die spätere Kaiserin Eugénie hatte er als kleines Mädchen durch seine Geschichten bezaubert. Sie zog ihn an den Hof. Er wird Sénateur de l'Empire. Der Zusammenbruch des Kaiserreiches fällt zusammen mit seinem eigenen Ende. Er stirbt wenige Wochen nach dem Sturz Napoleons (23. September 1870).

«Es ist amüsant», schreibt Mérimée aus Fontainebleau an seinen Freund Panizzi, «in den vordersten Reihen zu sitzen und der Komödie beizuwohnen, wenn man nicht mitzuspielen braucht und auch keinen Anspruch erhebt, irgendeine Rolle darin zu spielen.»

Dieses Selbstporträt gibt die Grundhaltung Mérimées dem Leben gegenüber. Der junge Dandy und Lebemann, den er am ausführlichsten und unbestechlichsten im Saint-Clair *(Le Vase étrusque)*, im Darcy *(La double Méprise)* geschildert hatte und der aus Gleichgültigkeit und materiellem Interesse sich jedem Regime zu beugen wußte, war zum Hofmann geworden — le dernier des courtisans, wie V. Hugo zweideutig und verächtlich sagte —, der alle Feste mitmacht und mitgestaltet, im kaiserlichen Schloß sein eigenes Zimmer hat, das schillernde, prickelnde Leben des Second Empire bis zur Neige mitgenießt, der Baudelaire, Flaubert, Richard Wagner, den alten Lamartine mit Spott und Verachtung links liegenließ, aber in Ponsard den Erben Corneilles sah und Emile Augier über alles stellte.

Und doch ist das alles nur Oberfläche.

Schon die Entstehung des Werkes zeigt den Zusammenhang mit tieferen Schichten.

In jugendlichem Übermut versucht sich das Enfant terrible der Romantik auf dem dramatischen und lyrischen Register mit dem *Théâtre de Clara Gazul*, comédienne espagnole (1825); *Le Carrosse du Saint-Sacrement* (1829) und der *Guzla*, ou Choix de poésies illyriques recueillies dans la Dalmatie, la Bosnie, la Croatie et l'Herzégovine (1827). Der greise Goethe hat sich durch diese Versteckspiele nicht täuschen lassen. «Mérimée», sagt er am 14. März 1830 zu Eckermann, «hat diese Dinge ganz anders traktiert als seine Mitgesellen. Es fehlt freilich diesen Gedichten nicht an allerlei schauerlichen Motiven von Kirchhöfen, nächtlichen Kreuzwegen, Gespenstern und Vampiren; aber alle diese Widerwärtigkeiten berühren nicht das Innere des Dichters, er behandelt sie vielmehr aus einer gewissen objektiven Ferne und gleichsam mit Ironie ... Er hat sein eigenes Inneres, wie gesagt, dabei gänzlich verleugnet, ja, er hat dabei sogar den Franzosen verleugnet, und zwar so sehr, daß man diese Gedichte der ,Guzla' anfänglich für wirklich illyrische Volksgedichte gehalten, und also nur wenig gefehlt hat, daß ihm die beabsichtigte Mystifikation gelungen wäre.»

Mérimées ganze Art erinnert schon hier an den zwanzig Jahre ältern Stendhal, mit dem er zeitlebens eng befreundet war.

Schon früh wird ihm bewußt, daß sein Talent zum Epischen hinneigt, und nach den ersten tastenden Versuchen — *La Jacquerie* (1828), *Chronique du temps de Charles IX* (1829) —, in denen schon das Anekdotische überwiegt, erreicht er mit einem Schlag die Meisterschaft in der Novelle *Matteo Falcone* (1829). Es folgen im gleichen Jahr *L'Enlèvement de la Redoute*, *Tamango*, im Jahr 1830: *Le Vase étrusque*, *La Partie de Tric-Trac*. Unter dem Titel *Mosaïque* erscheinen 1833 in Buchform die in Zeitschriften veröffentlichten Novellen, im gleichen Jahr *La double Méprise*.

Wenn in *Matteo Falcone* der epische Stil Mérimées schon seine äußerste Dichte erreicht hat, so fehlt ihm noch die innere Resonanz. Diese scheint fast in den folgenden Novellen zu überwiegen. Hier sickert etwas vom Geheimnis Mérimées durch. Er, der zeitlebens mit den Frauen nur gespielt hat, ist in diesen Jahren von der Leidenschaft zu einer Frau, Mme Lacoste, ergriffen, von deren Mann er in einem Duell verwundet wird, die aber in ihrer strengen Rechtgläubigkeit die Verbindung mit dem skeptischen Weltmann nicht aufrecht erhalten kann. Wie tief verwundet Mérimée ist, spürt man am *Vase étrusque* und in der *Double Méprise*. André Gide hat im *Journal des Faux-Monnayeurs* diese letztere Novelle als den paradigmatisch reinen Roman bezeichnet*.

Die Schilderung der Eifersucht im *Vase étrusque* und der Reue in *La double Méprise*,

* La *pureté* en art comme partout, c'est cela qui importe... Et ce *pur* roman, nul ne l'a donné... non, pas même l'admirable Stendhal, qui, de tous les romanciers, est peut-être celui qui en approche le plus... mais... je doute pour ma part qu'il se puisse imaginer plus *pur* roman que, par exemple, *La double Méprise*, de Mérimée (p. 72—74).

beide gleich tödlich in ihrer Wirkung, sind psychologische Analysen, die den Rahmen der Novelle sprengen und wohl nur aus der inneren Not des Augenblicks fließen. Und wie schmerzlich beleuchtet die seelische Landschaft Mérimées der letzte Satz der *Double Méprise:* «Diese beiden — sich verkennenden — Herzen waren vielleicht doch füreinander bestimmt...»

Nun aber auf dem Höhepunkt seines Lebens, in den Jahren seines Inspektorates entsteht eine neue Leidenschaft. Valentine Delessert, die Tochter eines mit Mérimée befreundeten Archäologen, die Frau eines einflußreichen Polizeipräfekten, ist während mehr als zwanzig Jahren die Freundin, deren leidenschaftlich schönes Gesicht in den Frauenbildern der großen Novellen, die sie inspiriert, wiederkehrt: *La Vénus d'Ille* (1837), *Colomba* (1840), *Carmen* (1845). Aber Ende 1854 trifft den Dichter ein unerwarteter Schlag: die Freundin gibt ihm plötzlich und unwiderruflich den Abschied. Mérimée kann sich nicht mehr erholen. «Je n'avais jamais supposé un instant que cela s'éteindrait comme une lampe, faute d'huile. La puissance aimante est finie chez elle... Je me sens démoli petit à petit. Je n'ai plus ni énergie ni force. Je ne suis plus bon à rien» (Trahard IV, p. 7—8).

Das Tragische ist, daß in der Tat die schöpferische Ader nun versiegt. «Je suis hors d'état de travailler...; je n'ai plus personne pour qui travailler...; j'avais un but...; je n'ai plus de but...» Auf die Zeit der großen starken Novellen folgt nur noch eine spärliche Nachlese, vorgebildet durch den *Vicolo di madama Lucrezia* (1846). Es sind *Lokis* und *La Chambre bleue*, beide in den letzten Jahren ausgearbeitet, die erste vor und die andere nach dem Tode Mérimées veröffentlicht.

Das eigentliche Geheimnis Mérimées ist aber, daß er unversehens der Meister der Novelle geworden ist. Trahard, sein wohlwollender Biograph, behauptet, wohl mit einigem Recht, daß sein Talent nicht zu einer langatmigen Schöpfung ausgereicht hätte. Doch ist gerade *das* der springende Punkt: daß die *Kürze* der Novelle nicht bloß eine biographisch-psychologische, sondern eine schicksalsmäßige Bedeutung hat.

Es ist nämlich so, daß die erzählende Gattung im Gegensatz zur Lyrik und Dramatik sich durch Länge auszeichnet. Die Geschichte von der Gründung Roms wird von Virgil in den 12 Gesängen seiner *Aeneis* erzählt. Die Jenseitsreise, von der Dante in seiner *Göttlichen Komödie* berichtet, umfaßt 14233 Verse. Der Roman von Marcel Proust *Auf der Suche nach der verlorenen Zeit* besteht aus 15 Bänden. Man versteht diese Länge, wenn man denkt, daß die epische Gattung zeigt, wie ein Mensch sich in der Welt zurechtfindet. Welt ist etwas Weites; bis man den Eindruck von Welt hat, muß man vieles berichten. Bis ein Mensch seinen Ort im großen Raum der Welt gefunden oder verfehlt hat, muß er einen langen Weg gehen.

Wie kommt es, daß die Mériméesche Novelle

trotz ihrer Kürze den Eindruck von Welt und großem Geschehen macht?

Denken wir noch einmal an die großen Gegensätze, die sich in Mérimées Wesen und Werk auftun: dieser skeptisch-distanzierte Weltmann und diese grausam instinkthafte Dramatik. Alle seine Geschichten riechen nach Blut und münden an der entscheidenden Stelle in den Tod. Auch wo er in späteren Novellen — vielleicht aus Altersmüdigkeit — den Schluß in ein Happy-End umbiegt, wie im *Vicolo* und im *Blauen Zimmer*, bleibt doch der Eindruck eines Nachtmahrs. Man denke an die grauenerregende Beschreibung des unter der Tür langsam durchsickernden Blutes in der *Chambre bleue*. Primitive Leidenschaften, Blutrache, werwölfischer Sadismus, Zigeunerhaß und -liebe, Schicksalsglauben — das sind die treibenden Mächte in den Meisternovellen.

Wie kommt beides zusammen: diese hochkultivierte Geisteshaltung und dieser blutrünstig-elementare Untergrund? Ganz einfach: durch die vertikale Linie. Der Zusammenstoß der obern und untern Welt ist ausgedrückt im steilen Gefälle der Handlung, und dieses Abschüssige prägt sich aus in der Kürze der Novelle.

Alle Dichtung geht aus auf Totalität; so aber die extensive Totalität der Welt im Blick ist, kann sie nur auf zwei Wegen erreicht werden — in der Horizontalen der räumlichen Ausbreitung, und das ist der Roman, oder in der Vertikalen, die absturzartig die Oberfläche mit der Tiefe verbindet, und das ist die Novelle.

Schon in *Matteo Falcone* läßt sich der vertikale Stil erkennen: dramatische Zuspitzung der Handlung, gespannter Dialog, in dem jedes Wort wie ein Faustschlag oder ein Schuß wirkt, ausdrucksvolle Gestik der handelnden Personen.

Mit dieser dramatischen Bewegung verbindet sich aber in eigentümlicher Weise die äußere Verhaltenheit.

Zur Zeit Mérimées war die kulturelle Oberfläche noch so gesichert, daß man sich den Blick in die Tiefe, den man um seiner nervenaufpeitschenden Wirkung willen wagte, noch ohne Gefahr leisten konnte. Nur mußte man sich vorsehen. Darum ist der Rahmen so sichtbar betont. Je blutiger das Geschehen der Tiefe, desto stärker wird die sichernde Oberfläche gegenüber dem dunkeln Drama abgesperrt. Man beachte, wie in *Carmen* mit übermäßiger Sorgfalt die Sicherungen eingebaut werden. Ein Archäolog treibt in Spanien seine gelehrten Studien. Er trifft mit einem Räuber zusammen. Aber sogleich wird die Gefahr gebannt durch das gemeinsame Rauchen, dessen Bedeutung mit wissenschaftlicher Gründlichkeit erläutert wird. Oder denken wir an *Colomba*. Eine blasierte englische Miß, die als Touristin von ihrem Vater begleitet nach Korsika fährt, macht auf dem Schiff Bekanntschaft mit einem jungen Offizier. Aus lauter Langeweile nimmt sie sich vor, ihm den Kopf zu verdrehen, was ihr auch mühelos gelingt. Aber nun wird sie selber in den Bann der Blutrache hineingezogen. Man taucht ein in eine untergründige Welt, niemand kann diesem Sog aus der Tiefe widerstehen. Alle ursprünglichen Instinkte, die unter der glatten Oberfläche der Kultur schlummern, erwachen wie wilde Tiere. Man wird durch den Eindruck dieser elementaren Mächte zugleich erschreckt und angezogen. Der geordnete Gesellschaftsbau scheint ins Wanken zu geraten, aber die Kultur erweist sich doch als stärker; beruhigt und erfrischt findet man sich wieder in der vertrauten, gesicherten Welt.

Im Grunde besteht die Kunst Mérimées darin, uns möglichst nahe an den Abgrund zu bringen, ohne je das Gefühl wirklicher Gefährdung aufkommen zu lassen. Man hat immer festen Boden unter den Füßen. Man schaut in den brodelnden Schlund des Vulkans hinein, man weiß aber, daß man sich auf das kunstvoll geschmiedete Geländer am Rande verlassen kann. Der Stil Mérimées mit seiner kühlen Distanz, seinen plastischen Bildern, seiner sauber prägnanten Sprache gibt uns die sichere Ruhe des Betrachters, der bei aller Ergriffenheit seine Haltung bewahrt.

Die Mériméesche Novelle, deren exaktes Gegenbild wir in Conrad Ferdinand Meyers Novellen finden, tritt in ihrer Eigenart noch deutlicher hervor, wenn wir sie mit ihren Nachfolgern vergleichen.

Das Verhältnis von Oberfläche und Tiefe verändert sich in der Folgezeit mehr und mehr und damit auch die Struktur der Novelle.

Die Tiefe drängt immer mächtiger an die Oberfläche. Die Sicherungen fallen eine um die andere. Wo sie noch bestehen, erstarren sie in ohnmächtiger Abwehr. Bei Daudet ist gegenüber Mérimée schon der Akzent verschoben. Die Oberfläche ist verhärtete Kruste, nur noch in der Tiefe zittert ein Nachklang des Lebens. Aber ein Verweilen im Ursprung der Naturverbundenheit, des Idylls, des Abenteuers, der Passion — dort schlägt Daudets Herz — ist nicht möglich. Die Oberfläche siegt, und nur in der impressionistisch-flimmernden Auflösung der dinglichen Umrisse zittert die Bewegung aus der Tiefe nach.

Bei Maupassant herrscht unerbittlich das Gesetz der Dinglichkeit. So eng ist der Raum des Lebens geworden — und diese Enge zeigt sich in der fragmentarischen Kürze der Novelle, die nun zur typisch modernen Kurzgeschichte wird —, daß der Andrang aus der Tiefe nur noch in pathologischen Verdrängungsformen *(Sur l'eau, Le Horla)* sich auswirkt. Die Panik, die als alles durchdringende Macht die Maupassantsche Welt erfüllt und mit ihren Abarten — das Gefühl der Ohmacht, das Ressentiment des Zu-kurz-Gekommenen, das Mitleid mit der unterdrückten Kreatur — die lyrische Grundierung bildet, die uns Maupassant und seine Geschöpfe innerlich nahebringt, ist — strukturell gesehen — der Druck des unverwirklichten Lebens auf den unmöglich schmalen Zugang zur Wirklichkeit.

Maupassants Novelle ist der vollendete Ausdruck einer Zeit, die sich in den Dingen verloren hat. Die Novelle hat selber die Gestalt eines Dinges. Sie ist begrenzt und beschränkt wie ein Ding. Sie hat die Geschlossenheit, Härte und Oberflächlichkeit eines Dinges. Maupassant ist der mächtigste Gestalter seiner Zeit. Seine Novellen geben genau das Welt- und Menschenbild der bürgerlich-materialistischen Epoche wieder. Die Merkmale, die seine Novelle kennzeichnen, sind die Merkmale dieser bestimmten Stufe der Zivilisation. Die Kürze der Novelle offenbart hier ihren Sinn, sie ist das Symptom einer in Auflösung begriffenen Welt. Alles ist Fragment wie die Novelle. Es gibt keinen großen Zusammenhang mehr, keinen Zusammenhang von Welt und Seele, von außen und innen, von Oberfläche und Tiefe, keinen Zusammenhang mehr der Menschen untereinander. Eine Welt ohne Liebe, eine Welt ohne Gott, eine Welt ohne Sinn. Nur blindes Schicksal waltet; die Menschen sind steuerlos dem ehernen Gesetz, das über die Dinge herrscht, anheimgegeben.

Die Novelle des 19. Jahrhunderts zeigt das Ende eines Weges an, damit aber auch den Anfang eines neuen.

Die Kurzgeschichte hat nun endgültig die literarische Daseinsberechtigung errungen. Ja sie hat die Tendenz, alle andern Formen zu verdrängen. Die breiten Massen lesen — so sie überhaupt noch Literarisches lesen — nur noch Kurzgeschichten. Vielleicht bedeutet das nichts anderes, als daß es heute keine höheren

Schichten mehr gibt; die Welt von unten hat sich ihren Platz an der Sonne erobert und, wie es keine Klassenunterschiede mehr gibt, so gibt es auch keinen Unterschied mehr zwischen höheren und niederen Gattungen*.

Dementsprechend ist auch das Rahmenhafte, das bei Mérimée so stark betont war und bei Maupassant noch gelegentlich auftaucht, fast ganz verschwunden.

Aber eine neue Entwicklung hat gerade auf dem Boden der Kurzgeschichte eingesetzt. Auf dieser Grenzzone der Literatur spielen sich heute die atemraubendsten metaphysischen Abenteuer ab. Immer noch bewegt sich die Kurzgeschichte auf der Vertikalen zwischen der obern und der untern Welt, aber die Linien haben sich nach beiden Seiten ins Unendliche geweitet. Letzte Gegensätzlichkeiten, wie Wachen und Schlaf, Leben und Tod, Himmel und Erde, Diesseits und Jenseits, durchdringen sich in vielfachen und seltsamen Verschränkungen. Auch der Glaube an die Dinglichkeit hat sich aufgelöst, und so ist das Leben nach allen Seiten offen.

Das Neue konnte aber nur kommen, weil man den Mut hatte, den alten Weg bis ans Ende zu gehen. Das ist der Mut, der die Novelle des 19. Jahrhunderts zum unvergänglichen Denkmal ihrer Zeit gemacht hat.

Theophil Spoerri

* Siehe Erich Auerbach, *Mimesis*, Bern 1946

Diese Buchausgabe der *Manesse Bibliothek der Weltliteratur*
wurde mit der Monotype Garamond gesetzt,
im Bogenoffset gedruckt und in Fadenheftung gebunden.
Alle verwendeten Materialien entsprechen alterungs-
beständiger Qualität, die Papiere sind
chlor- und säurefrei.

Die Deutsche Bibliothek – CIP-Einheitsaufnahme

Mérimée, Prosper:
Meisternovellen / Prosper Mérimée
Aus dem Französischen übersetzt von Ferdinand Hardekopf
Nachwort von Theophil Spoerri
Zürich : Manesse Verlag, 2002
(Manesse Bibliothek der Weltliteratur)
ISBN 3-7175-1284-6 Gewebe
ISBN 3-7175-1285-4 Leder